Harry Potter en de Halfbloed Prins

Van dezelfde auteur:

Harry Potter en de Steen der Wijzen

Harry Potter en de Geheime Kamer

Harry Potter en de Gevangene van Azkaban

Harry Potter en de Vuurbeker

Harry Potter en de Orde van de Feniks

J.K. ROWLING

EN DE HALFBLOED PRINS

Vertaling Wiebe Buddingh'

DE HARMONIE AMSTERDAM / STANDAARD UITGEVERIJ ANTWERPEN

Aan Mackenzie,
mijn beeldschone dochter,
draag ik
haar tweeling van inkt en papier op

HOOFDSTUK 1

DE ANDERE MINISTER

*H*et was tegen middernacht en de premier zat alleen in zijn werkkamer. Hij las een lang memo dat hij onmiddellijk weer vergat, zonder dat er ook maar één greintje van de inhoud bleef hangen. Hij wachtte op een telefoontje van de president van een ver land en had eigenlijk weinig ruimte in zijn hoofd voor iets anders behalve de vraag wanneer die stomme kerel nou eindelijk eens zou bellen, terwijl hij probeerde de onaangename herinneringen aan een lange, vermoeiende en lastige week te onderdrukken. Hoe meer hij zijn best deed om zich te concentreren op de tekst die voor hem lag, hoe duidelijker hij het gezicht zag van een van zijn politieke tegenstanders, dat hem vol leedvermaak aankeek. Deze tegenstander was 's avonds op het nieuws geweest, niet alleen om alle verschrikkelijke dingen op te sommen die de afgelopen week gebeurd waren (alsof iemand daar nog aan herinnerd hoefde te worden), maar ook om uit te leggen waarom die rampen stuk voor stuk geheel aan de regering te wijten waren.

De bloeddruk van de premier steeg zodra hij aan die beschuldigingen dacht, want ze waren oneerlijk en ook niet waar. Hoe had de regering in 's hemelsnaam kunnen voorkomen dat die brug instortte? Het was schandalig als mensen insinueerden dat er te weinig geld uitgegeven werd aan onderhoud. De brug in kwestie was nog geen tien jaar oud en zelfs de grootste deskundigen konden niet verklaren waarom hij plotseling doormidden was gebroken en er minstens tien auto's in de waterige diepte van de rivier waren gestort. En hoe durfden ze zelfs maar te suggereren dat een tekort aan blauw op straat tot die twee gruwelijke en veelbesproken moorden had geleid? Of dat de regering op de een of andere manier had moeten voorzien dat een totaal onverwachte orkaan het zuidwesten van het land zou teisteren en tot zoveel materiële schade en verlies aan mensenlevens zou leiden? En was het zíjn schuld dat een van zijn onderministers, Herbert

Corvers, juist deze week had uitgekozen om zich zo vreemd te gedragen dat hij voortaan heel wat meer tijd zou doorbrengen met zijn gezin?

'Het land is in de greep van een grimmige sfeer,' had zijn tegenstander verklaard, terwijl hij nauwelijks moeite deed om een brede grijns te verbergen.

Dat was helaas maar al te waar. De premier merkte het zelf: de mensen leken een stuk somberder dan gewoonlijk. Zelfs het weer werkte niet mee. Half juli en dan steeds die klamme mist... het klopte niet, het was niet normaal...

Hij sloeg de tweede pagina van het memo om, zag hoeveel hij nog moest lezen en besloot het bijltje erbij neer te gooien. Hij rekte zich uit, met zijn armen boven zijn hoofd, en liet zijn blik neerslachtig door de kamer gaan. Het was een fraai vertrek, met een rijk bewerkte marmeren schouw tegenover de hoge schuiframen, die nu dicht waren om de ongebruikelijke kilte buiten te sluiten. De premier huiverde een beetje, stond toen op, liep naar het raam en staarde naar de dunne nevel die langs het glas streek. Op dat moment, terwijl hij met zijn rug naar de kamer stond, hoorde hij achter zich iemand kuchen.

Hij verstijfde, neus aan neus met zijn geschrokken spiegelbeeld in het donkere glas. Hij had dat kuchje eerder gehoord. Hij draaide zich heel langzaam om en keek door de lege kamer.

'Hallo?' zei hij, in een poging dapperder te klinken dan hij zich voelde.

Heel even koesterde hij tegen beter weten in de hoop dat hij geen antwoord zou krijgen, maar vrijwel direct hoorde hij een kordate en zelfverzekerde stem, die klonk alsof hij een van tevoren opgestelde tekst oplas. De stem was afkomstig – dat had de premier na het kuchje direct beseft – van het kikkerachtige mannetje met de lange, zilvergrijze pruik dat afgebeeld stond op een klein, vuil olieverfschilderij in de verste hoek van de kamer.

'Aan de Dreuzelpremier. Overleg noodzakelijk. Gaarne zo spoedig mogelijk antwoord. Hoogachtend, Droebel.' De man op het schilderij keek de premier vragend aan.

'Eh,' zei de premier. 'Nou... het komt eigenlijk niet goed uit... ik verwacht een telefoontje... de president van...'

'Dat kan geregeld worden,' zei het portret onmiddellijk. De moed zonk de premier in de schoenen. Daar was hij al bang voor geweest.

'Maar ik zat te wachten op –'

'We zullen zorgen dat de president het telefoontje vergeet. In plaats daarvan belt hij morgen,' zei het mannetje. 'De heer Droebel wil u zo spoedig mogelijk spreken.'

'Ik... o, goed dan,' zei de premier zwakjes. 'Ja, laat Droebel maar komen.'

Hij liep haastig terug naar zijn bureau en deed zijn das goed. Net toen hij was gaan zitten en een hopelijk ontspannen en kalme uitdrukking had aangenomen, laaiden er groene vlammen op in de lege haard onder de marmeren schoorsteenmantel. De premier probeerde niets van verbazing of schrik te laten blijken terwijl er een gezette, razendsnel rondtollende man in de vlammen verscheen. Een paar tellen later stapte de man vanuit de haard op het fraaie, antieke kleed en klopte de as van zijn lange mantel met krijtstreep. Hij had een lindegroene bolhoed in zijn hand.

'Ah... premier,' zei Cornelis Droebel. Hij stapte met uitgestoken hand op de eerste minister af. 'Leuk om u weer te zien.'

De premier kon niet zeggen dat dat genoegen wederzijds was en dus zei hij niets. Hij was absoluut niet blij om Droebel te zien. Zijn eerdere bezoeken waren niet alleen op zich al angstaanjagend geweest, maar hadden hem ook steeds slecht nieuws gebracht. Bovendien zag Droebel er afgetobd uit. Hij was magerder, kaler en grijzer en zijn gezicht was ingevallen. De premier had vaker politici gezien die er zo uitzagen en dat voorspelde nooit veel goeds.

'Waarmee kan ik u van dienst zijn?' zei hij, terwijl hij Droebel heel even een hand gaf en naar de hardste stoel gebaarde die voor zijn bureau stond.

'Ik weet eigenlijk niet goed waar ik beginnen moet,' mompelde Droebel. Hij schoof de stoel bij, ging zitten en legde zijn groene bolhoed op zijn knieën. 'Wat een week, wat een week...'

'U ook al?' zei de premier stijfjes. Hij hoopte zo duidelijk te maken dat hij al meer dan genoeg aan zijn hoofd had zonder ook nog eens met de problemen van Droebel te worden opgezadeld.

'Ja, natuurlijk,' zei Droebel. Hij wreef vermoeid in zijn ogen en keek de premier nors aan. 'Ik heb dezelfde week achter de rug als u. De Brokdalbrug... de moord op Vonk en Bonkel... en dan zwijg ik nog over dat gedoe in het zuidwesten van het land...'

'Wilt – eh – dus – ik bedoel – waren úw mensen betrokken bij die – die voorvallen?'

Droebel keek de premier streng aan.

'Uiteraard,' zei hij. 'U snapt inmiddels toch wel wat er aan de hand is?'

'Ik...' hakkelde de premier.

Juist daardoor had hij zo'n hekel aan de bezoekjes van Droebel. Hij was tenslotte premier en vond het niet prettig om als een domme schooljongen in de hoek te worden gezet, maar zo was het vanaf zijn allereerste ontmoeting met Droebel op zijn allereerste avond als premier gegaan. Hij herinnerde het zich als de dag van gisteren en wist dat het hem tot aan zijn dood zou blijven achtervolgen.

Hij had destijds in zijn eentje in deze zelfde kamer gestaan en genoten van de triomf die hij behaald had na al die jaren van dromen en gekonkel. Plotseling had er achter hem iemand gekucht, net als nu, en toen hij zich omdraaide had dat lelijke kleine portret tegen hem gepraat en aangekondigd dat de Minister van Toverkunst elk moment kon arriveren om zich voor te stellen.

Vanzelfsprekend had hij gedacht dat de lange campagne en de stress van de verkiezingen hun tol van hem geëist hadden. Hij was zich doodgeschrokken toen er opeens een portret tegen hem was gaan praten, maar dat was niets vergeleken met de schok die hij gevoeld had toen iemand die beweerde dat hij een tovenaar was plotsklaps uit de haard gesprongen was en hem een hand gegeven had. Hij had geen woord kunnen uitbrengen tijdens Droebels vriendelijke praatje over de vele heksen en tovenaars die nog steeds in het geheim over de hele wereld leefden, of zijn verzekering dat hij zich daar niet druk om hoefde te maken omdat het Ministerie van Toverkunst de verantwoordelijkheid had voor de hele tovergemeenschap en ervoor zorgde dat de niet-magische bevolking daar geen lucht van kreeg. Het was een lastige taak, zei Droebel, die alles omvatte van regels voor verantwoord bezemsteelgebruik tot het in toom houden van de drakenpopulatie (de premier herinnerde zich nog goed dat hij zich na die uitspraak even aan zijn bureau overeind had moeten houden). Vervolgens had Droebel de nog steeds met stomheid geslagen premier vaderlijk op zijn schouder geklopt.

'Maakt u zich geen zorgen,' had hij gezegd. 'De kans is groot dat u me nooit meer zult zien. Ik val u alleen lastig als er bij ons echt iets ergs gebeurd is, iets wat waarschijnlijk zijn weerslag zal hebben op de Dreuzels – de niet-magische bevolking, bedoel ik. En ik moet zeggen dat u het een stuk beter opvat dan uw voorganger. Die probeerde me uit het raam te gooien. Hij dacht dat ik een grap was van de oppositie.'

Toen hij dat zei, had de premier eindelijk zijn stem hervonden.

'Dus – dus dit is géén grap?'

Zijn laatste, vertwijfelde hoop was vervlogen.

'Nee,' had Droebel vriendelijk gezegd. 'Nee, ik ben bang van niet. Kijk maar.'

En hij had het theekopje van de premier in een hamster veranderd.

'Maar,' had de premier ademloos gezegd, terwijl hij keek hoe zijn theekopje aan een hoekje van zijn volgende speech knaagde, 'maar waarom – waarom heeft niemand me verteld...?'

'De Minister van Toverkunst onthult zijn of haar identiteit alleen aan degene die op dat moment Dreuzelpremier is,' had Droebel gezegd en hij had zijn toverstaf weer in zijn jasje gestopt. 'Naar onze ervaring is dat de beste manier om geheimhouding te verzekeren.'

'Maar waarom,' had de premier geblaat, 'waarom heeft een oud-premier me dan niet verteld –'

Toen hij dat zei, was Droebel in lachen uitgebarsten.

'M'n beste collega, denkt u dat ú het ooit aan iemand zult vertellen?'

Nog nagrinnikend had Droebel een soort poeder in de haard gestrooid, was in de smaragdgroene vlammen gestapt en met een ruisend geluid verdwenen. De premier was roerloos blijven staan en besefte dat hij nooit van zijn leven ook maar iemand over deze ontmoeting zou durven vertellen. Wie zou hem in vredesnaam geloven?

Het had een tijdje geduurd voor hij de schok te boven was. Hij had eerst geprobeerd zichzelf wijs te maken dat Droebel inderdaad een hallucinatie was geweest, veroorzaakt door slaapgebrek tijdens de slopende verkiezingscampagne. In een vergeefse poging zich van alle herinneringen aan die onbehaaglijke ontmoeting te ontdoen had hij de hamster aan zijn nichtje gegeven, die er dolblij mee was geweest, en zijn privé-secretaris opdracht gegeven het portret van het lelijke mannetje dat Droebels komst aangekondigd had te verwijderen. Tot ontzetting van de premier was dat echter onmogelijk gebleken. Nadat diverse timmerlui, een paar aannemers, een kunsthistoricus en de minister van Financiën stuk voor stuk vergeefs geprobeerd hadden het ding van de muur te wrikken, had de premier het maar opgegeven en besloten om gewoon te hopen dat het portret gedurende de rest van zijn premierschap roerloos en stil zou blijven. Hij had kunnen zweren dat hij af en toe vanuit zijn ooghoek zag hoe het mannetje op het portret geeuwde of aan zijn neus krabde en zelfs een paar keer wegliep uit de lijst, zodat er alleen een stuk modderbruin canvas overbleef. Maar hij had zich getraind om niet te veel naar het schilderij te kijken en steeds te denken dat hij zich dingen in zijn hoofd haalde als er zoiets gebeurde.

Maar drie jaar geleden, op een avond die veel op deze leek, toen de premier ook alleen in zijn kamer was geweest, had het portret opnieuw de komst van Droebel aangekondigd. Droebel was kletsnat en behoorlijk in paniek uit de haard komen rollen en voor de premier kon vragen waarom hij stond te druipen op het peperdure tapijt, was Droebel losgebarsten in een tirade over een gevangenis waar de premier nog nooit van gehoord had, een zekere 'Serieus' Zwarts, iets wat als Zweinstein klonk en een jongen, Harry Potter. De premier had er geen snars van begrepen.

'... Ik kom net terug uit Azkaban,' had Droebel gehijgd en hij had een grote golf water vanuit de rand van zijn bolhoed overgegoten in zijn zak. 'Midden van de Noordzee, snapt u, lastig vliegen... de Dementors zijn in alle staten...' Hij huiverde. 'Er is nog nooit iemand ontsnapt. Hoe dan ook, ik moet u waarschuwen, premier. Zwarts is een bekende Dreuzeldoder en mogelijk is hij van plan zich aan te sluiten bij Jeweetwel... maar u weet natuurlijk niet eens wie Jeweetwel is!' Hij had de premier even wanhopig aangestaard en toen gezegd: 'Nou, ga zitten, ga zitten, dan leg ik het uit... neem een whisky...'

De premier had het niet leuk gevonden om in zijn eigen werkkamer te horen te krijgen dat hij moest gaan zitten en al helemaal niet dat hem zijn eigen whisky aangeboden werd, maar hij had niet geprotesteerd. Droebel had zijn staf gepakt en twee grote glazen vol amberkleurige vloeistof te voorschijn getoverd, er de premier eentje in de hand gedrukt en toen een stoel bijgeschoven.

Droebel had meer dan een uur gepraat. Op een zeker moment had hij geweigerd een bepaalde naam hardop uit te spreken en hem in plaats daarvan op een stuk perkament geschreven, dat hij in de whiskyvrije hand van de premier gedrukt had. Toen Droebel uiteindelijk aanstalten maakte om te vertrekken, was de premier ook opgestaan.

'Dus u denkt dat...' hij had even naar het woord in zijn linkerhand gekeken, 'dat Heer Vol –'

'Hij Die Niet Genoemd Mag Worden!' snauwde Droebel.

'Sorry... dat Hij Die Niet Genoemd Mag Worden nog leeft?'

'Volgens Perkamentus wel,' had Droebel gezegd terwijl hij zijn mantel met krijtstreep vastknoopte onder zijn kin. 'Maar we hebben hem nooit gevonden. Als u het mij vraagt, is hij niet gevaarlijk zolang hij geen medestanders heeft, dus moeten we ons eerder zorgen maken om Zwarts. U laat die waarschuwing uitgaan? Prima. Nou, ik hoop dat we elkaar niet meer zullen ontmoeten! Goedenavond.'

Maar ze hadden elkaar wel degelijk opnieuw ontmoet. Nog geen jaar later was een geplaagde Droebel totaal onverwacht in de vergaderzaal van de ministerraad verschenen en had de premier op de hoogte gebracht van het feit dat er wat probleempjes waren geweest tijdens het WK Zworkbol (of iets dergelijks) en dat daar meerdere Dreuzels bij 'betrokken' waren geweest, maar dat de premier zich geen zorgen moest maken. Het feit dat Jeweetwels Duistere Teken gesignaleerd was betekende niets; Droebel was ervan overtuigd dat het om een losstaand incident ging. Het Contactpunt Dreuzelzaken was inmiddels druk bezig met alle benodigde geheugenmodificaties.

'O ja, voor ik het vergeet,' had Droebel eraan toegevoegd. 'We zijn van plan drie buitenlandse draken en een sfinx te importeren voor het Toverschool Toernooi. Zuiver routine, hoor, maar volgens het Departement van Toezicht op Magische Wezens moeten we u formeel op de hoogte brengen als we gevaarlijke dieren invoeren.'

'Ik – wat – *draken?*' sputterde de premier.

'Drie,' zei Droebel. 'En een sfinx. Nou, tot ziens maar weer.'

De premier had tegen beter weten in gehoopt dat het bij draken en sfinxen zou blijven, maar nee. Nog geen twee jaar later was Droebel weer uit het haardvuur gesprongen, deze keer met een bericht over een massale ontsnapping uit Azkaban.

'Een *massale* ontsnapping?' had de premier schor herhaald.

'Maakt u zich niet druk, maakt u zich niet druk,' had Droebel geroepen, met één been alweer in de vlammen. 'Ze zitten in een wip weer achter slot en grendel. Ik vond alleen dat u het even moest weten!'

En voor de premier: 'Hé, wacht eens even!' kon roepen, was Droebel weer verdwenen, in een regen van groene vonken.

De premier was geen domme man, wat de pers of oppositie ook beweren mocht. Het was hem niet ontgaan dat Droebel en hij elkaar de laatste tijd steeds vaker zagen, ondanks Droebels geruststellende woorden tijdens hun eerste ontmoeting, en dat Droebel er iedere keer een beetje opgejaagder uitzag. De premier dacht niet graag aan de Minister van Toverkunst (of de *Andere* Minister, zoals hij hem in gedachten noemde), maar toch was hij bang dat Droebel de volgende keer met nóg slechter nieuws zou komen. Toen hij Droebel uit de haard had zien stappen, verfomfaaid, geïrriteerd en vol norse verbazing omdat de premier blijkbaar niet wist wat hij kwam doen, was dat dan ook een passende afsluiting van een uitermate deprimerende week geweest.

'Hoe moet ik nu weten wat er speelt in de – eh – de tovergemeenschap?' snauwde de premier. 'Ik moet het land besturen en ik heb al meer dan genoeg aan mijn hoofd zonder –'

'We zitten met dezelfde problemen,' viel Droebel hem in de rede. 'De Brokdalbrug was niet versleten. Dat was geen echte orkaan. Die moorden zijn niet gepleegd door Dreuzels. En het gezin van Herbert Corvers is een stuk veiliger als hij uit de buurt is. We zorgen momenteel voor zijn overplaatsing naar St. Holisto's Hospitaal voor Magische Ziektes en Zwaktes. Dat zou vanavond al geregeld moeten zijn.'

'Hoe bedoelt... ik ben bang dat... *wat*?' foeterde de premier.

Droebel haalde heel diep adem en zei toen: 'Premier, tot mijn grote spijt moet ik u meedelen dat hij terug is. Hij Die Niet Genoemd Mag Worden is terug.'

'Terug? Met "terug" bedoelt u... dat hij nog in leven is? Ik dacht –'

De premier zocht in zijn geheugen naar de details van dat vreselijke gesprek van drie jaar geleden, toen Droebel hem verteld had over de tovenaar die meer gevreesd werd dan alle andere, de tovenaar die wel duizend gruweldaden begaan had voor hij vijftien jaar geleden op raadselachtige wijze verdwenen was.

'Ja, hij is in leven,' zei Droebel. 'Tenminste... ik weet niet... is iemand in leven als hij niet gedood kan worden? Ik begrijp het niet goed en Perkamentus weigert het echt uit te leggen – maar hij heeft in elk geval weer een lichaam en hij loopt rond en praat en vermoordt mensen, dus uit praktisch oogpunt kunnen we ervan uitgaan dat hij in leven is.'

De premier wist niet wat hij moest zeggen, maar de hardnekkige gewoonte om goed geïnformeerd te willen lijken, ongeacht het onderwerp van discussie, maakte dat hij ieder detail opdiepte dat hij zich van hun eerdere gesprekken kon herinneren.

'Is Serieus Zwarts bij – eh – Hij Die Niet Genoemd Mag Worden?'

'Zwarts? Zwarts?' zei Droebel verstrooid terwijl hij zijn bolhoed nerveus ronddraaide in zijn vingers. 'Sirius Zwarts, bedoelt u? Merlijns baard, welnee. Zwarts is dood. Het bleek dat we ons – eh – in hem vergist hadden. Zwarts was onschuldig. En hij heulde niet met Hij Die Niet Genoemd Mag Worden. Nou ja,' voegde hij er verdedigend aan toe en hij liet zijn bolhoed nog sneller ronddraaien, 'al het bewijsmateriaal wees... we hadden meer dan vijftig ooggetuigen... maar hoe dan ook, hij is dood, zoals ik al zei. Vermoord, om precies te zijn. In het Ministerie van Toverkunst nog wel. Er komt een onderzoek...'

Tot zijn grote verbazing voelde de premier een korte vlaag van medelijden met Droebel, al werd die vrijwel onmiddellijk verdrongen door een warme, zelfvoldane gloed bij de gedachte dat hij dan misschien niet uit haarden te voorschijn kon springen, maar dat er ook nog nooit iemand vermoord was op een van de ministeries waarover hij de leiding had... nog niet, tenminste.

Terwijl de premier dat stiekem afklopte op zijn bureau, vervolgde Droebel: 'Maar Zwarts is nu in feite bijzaak. Het gaat erom dat we in staat van oorlog verkeren, premier, en dat er stappen moeten worden ondernomen.'

'In staat van oorlog?' herhaalde de premier nerveus. 'Is dat niet een tikkeltje sterk uitgedrukt?'

'Hij Die Niet Genoemd Mag Worden heeft versterking gekregen van zijn volgelingen die in januari ontsnapt zijn uit Azkaban,' zei Droebel, die steeds sneller sprak en zijn bolhoed zo vlug liet ronddraaien dat hij een lindegroen waas werd. 'Sinds ze zich openlijk durven vertonen, hebben ze de ene ravage na de andere aangericht. De Brokdalbrug – dat heeft hij gedaan, hij dreigde met een massamoord op Dreuzels als ik niet voor hem plaatsmaakte en –'

'Allemachtig! Dus het is *jouw* schuld dat al die mensen dood zijn en dat ik vragen moet beantwoorden over roestige draagkabels en aangetaste verbindingsstukken en weet ik wat nog meer!' riep de premier woedend uit.

'Míjn schuld?' zei Droebel en hij werd vuurrood. 'Denkt u werkelijk dat ik zou zwichten voor dat soort chantage?'

'Misschien niet,' zei de premier. Hij stond op en ijsbeerde door de kamer. 'Maar ik zou wel alle mogelijke moeite hebben gedaan om de chanteur te grijpen voor hij zo'n vreselijke misdaad beging!'

'Gelooft u soms dat ik niet alle mogelijke moeite heb gedaan?' zei Droebel verhit. 'Iedere Schouwer van het Ministerie was – en is – druk bezig hem op te sporen en zijn volgelingen te arresteren, maar we hebben het toevallig wel over een van de machtigste tovenaars aller tijden, een tovenaar die al bijna dertig jaar op vrije voeten heeft weten te blijven!'

'Straks vertelt u me zeker ook nog dat hij verantwoordelijk was voor die orkaan in het zuidwesten?' zei de premier, die met iedere stap die hij deed nijdiger werd. Het was om razend van te worden dat hij nu wist wat de reden was voor al die vreselijke gebeurtenissen, maar dat

13

onmogelijk aan het grote publiek kon vertellen. Dat was bijna nog erger dan wanneer het werkelijk allemaal de schuld van de regering was geweest.

'Dat was geen orkaan,' zei Droebel vol ellende.

'Pardon?' blafte de premier, die nu letterlijk stampvoette van woede. 'Bomen ontworteld, daken vernield, straatlantaarns verbogen, vreselijke verwondingen...'

'Dat waren de Dooddoeners,' zei Droebel. 'De volgelingen van Hij Die Niet Genoemd Mag Worden. En... we vermoeden dat er een reus bij betrokken was.'

De premier bleef stokstijf staan, alsof hij tegen een onzichtbare muur was gelopen.

'Een *wat*?'

Droebel trok een gezicht. 'De vorige keer gebruikte hij ook reuzen als hij een groot gebaar wilde maken. Het Departement van Verlakking is vierentwintig uur per dag in touw, teams van Revalideurs proberen de geheugens van alle Dreuzels die gezien hebben wat er werkelijk gebeurd is te modificeren, bijna het hele Departement van Toezicht op Magische Wezens kamt de streek uit, maar we kunnen de reus niet vinden. Het is één grote catastrofe.'

'Zeg dat wel!' knarsetandde de premier.

'Ik zal niet ontkennen dat het moreel op het Ministerie behoorlijk laag is,' zei Droebel. 'Eerst al die toestanden en toen ook nog eens de dood van Emilia Bonkel.'

'De dood van wie?'

'Emilia Bonkel, het Hoofd van het Departement van Magische Wetshandhaving. We denken dat Hij Die Niet Genoemd Mag Worden haar persoonlijk vermoord heeft, omdat ze een heel getalenteerde heks was en – en al het bewijsmateriaal erop wijst dat ze zich tot het uiterste verzet heeft.'

Droebel schraapte zijn keel en stopte met het ronddraaien van zijn bolhoed, al kostte hem dat blijkbaar moeite.

'Maar dat van die moord stond in de kranten,' zei de premier, die zo werd afgeleid dat hij zijn woede even vergat. '*Onze* kranten. Emilia Bonkel... een vrouw van middelbare leeftijd, die alleen woonde. Het was een – een gruwelijke moord, nietwaar? Hij heeft vrij veel publiciteit gekregen. De politie staat namelijk voor een raadsel.'

Droebel zuchtte. 'Ja, natuurlijk. Vermoord in een kamer die van binnenuit op slot was gedaan. Maar wij weten precies wie het gedaan heeft – al zal ons dat niet helpen de dader eerder te pakken te krijgen. En dan ook nog eens Emmeline Vonk. Misschien hebt u daar niet van gehoord...'

'Jawel!' zei de premier. 'Het is hier net om de hoek gebeurd. De kranten stonden er vol van: *Falende misdaadbestrijding treft bijna premier –*'

'En alsof dat nog niet genoeg was,' vervolgde Droebel, die nauwelijks naar de premier luisterde, 'wemelt het ook nog eens van de Dementors die links en rechts mensen aanvallen...'

Ooit, in gelukkiger tijden, zou de premier niets van die zin begrepen hebben, maar hij was inmiddels een stuk wijzer.

'Ik dacht dat de Dementors de gevangenis van Azkaban bewaakten?' vroeg hij behoedzaam.

'Tot voor kort,' zei Droebel vermoeid. 'Maar nu niet meer. Ze hebben de gevangenis verlaten en zich aangesloten bij Hij Die Niet Genoemd Mag Worden. Ik kan niet ontkennen dat dat een klap voor ons was.'

De premier voelde een toenemend afgrijzen. 'Maar dat waren toch de wezens die alle hoop en geluk uit mensen wegzuigen?'

'Ja, precies. En ze vermenigvuldigen zich. Vandaar al die mist.'

De premier plofte met knikkende knieën op de dichtstbijzijnde stoel neer. Hij voelde zich plotseling slap bij de gedachte dat er onzichtbare wezens door de steden en over het platteland zwermden die wanhoop en radeloosheid verspreidden onder zijn kiezers.

'Nou moet je eens goed luisteren, Droebel – je moet iets doen! Dat is jouw verantwoordelijkheid als Minister van Toverkunst!'

'M'n beste premier, u denkt toch niet echt dat ik nog steeds Minister van Toverkunst ben na al die toestanden? Ik ben drie dagen geleden ontslagen! De hele tovergemeenschap wilde al twee weken bloed zien. Ik heb ze tijdens mijn hele ministerschap nog nooit zo eensgezind meegemaakt!' zei Droebel met een dappere poging tot een glimlach.

De premier stond even met zijn mond vol tanden. Ondanks zijn verontwaardiging vanwege de positie waarin hij zich bevond, had hij toch te doen met de terneergeslagen man tegenover hem.

'Het spijt me echt,' zei hij uiteindelijk. 'Als ik iets kan doen...'

'Heel vriendelijk van u, maar u kunt niets doen. Ik ben hier om u op de hoogte te brengen van de laatste stand van zaken en u voor te stellen aan mijn opvolger. Ik had verwacht dat hij er al zou zijn, maar uiteraard heeft hij het momenteel erg druk.'

Droebel keek naar het portret van het lelijke mannetje met de lange, krullende, zilvergrijze pruik, dat met de punt van een ganzenveer in zijn oor pulkte.

Het portret zag Droebels blik en zei: 'Hij komt eraan. Hij moet even een brief aan Perkamentus afmaken.'

'Dan wens ik hem veel geluk,' zei Droebel. Voor het eerst klonk hij verbitterd. 'Ik heb Perkamentus de afgelopen weken minstens twee keer per dag geschreven, maar hij geeft geen duimbreed toe. Als hij bereid geweest was dat joch over te halen, was ik nu misschien nog... nou, misschien heeft Schobbejak meer succes.'

Droebel deed er duidelijk gegriefd het zwijgen toe, maar de stilte werd vrijwel meteen weer verbroken door het portret dat nu zijn kordate, officiële stem gebruikte.

'Aan de Dreuzelpremier. Verzoek dringend om onderhoud. Gaarne zo spoedig mogelijk antwoord. Rufus Schobbejak, Minister van Toverkunst.'

'Ja, ja, prima,' zei de premier verstrooid. Zijn gezicht vertrok nauwelijks toen het vuur in de haard smaragdgroen werd, oplaaide en een tweede tollende tovenaar onthulde, die een paar tellen later op het antieke kleed gedeponeerd werd. Droebel stond op en na een korte aarzeling volgde de premier zijn voorbeeld. Hij zag hoe de nieuwkomer overeind kwam, zijn lange zwarte gewaad afklopte en om zich heen keek.

De eerste, dwaze gedachte van de premier was dat Rufus Schobbejak veel weg had van een oude leeuw. Er zaten grijze strepen in zijn lange, geelbruine haar en borstelige wenkbrauwen; doordringende gelige ogen glinsterden achter een brilletje met stalen montuur en hij had een soepele, langbenige tred, ook al hinkte hij een beetje. De premier kreeg meteen een indruk van sluwheid en verbetenheid; hij dacht dat hij begreep waarom de tovergemeenschap in deze gevaarlijke tijden Schobbejak als leider verkoos boven Droebel.

'Hoe maakt u het?' zei de premier beleefd en hij stak zijn hand uit.

Schobbejak schudde die even terwijl zijn ogen aandachtig door de kamer gleden, en toen haalde hij een toverstok onder zijn gewaad vandaan.

'Heeft Droebel u alles verteld?' vroeg hij. Hij liep met grote passen naar de deur en tikte met zijn stok op het slot. De premier hoorde het slot klikken.

'Eh – ja,' zei de premier. 'En eerlijk gezegd heb ik liever dat die deur open blijft.'

'En ik word liever niet gestoord,' zei Schobbejak kortaf. 'Of bespioneerd,' voegde hij eraan toe. Hij wees met zijn toverstok op het raam en de gordijnen gleden dicht. 'Ik ben een drukbezet man, dus laten we terzake komen. Ten eerste moeten we het over uw beveiliging hebben.'

De premier richtte zich in zijn volle lengte op. 'Ik ben tevreden met de beveiliging die ik heb, dank u –'

'Nou, wij niet,' viel Schobbejak hem in de rede. 'De Dreuzels zullen niet blij zijn als hun premier onder een Imperiusvloek geplaatst wordt. Die nieuwe secretaris in het kantoor hiernaast –'

'Ik weiger Romeo Wolkenveldt te ontslaan, als u dat soms bedoelt!' zei de premier boos. 'Hij is superefficiënt en verzet twee keer zoveel werk als de anderen –'

'Omdat hij een tovenaar is,' zei Schobbejak zonder een spoor van een glimlach. 'Een op en top getrainde Schouwer, die aan u is toegewezen als extra beveiliging.'

'Wacht eens even!' riep de premier. 'U kunt niet zomaar mensen binnensmokkelen op mijn kantoor! Ik beslis wie er voor mij werkt en –'

'Ik dacht dat u blij was met Wolkenveldt?' zei Schobbejak kil.

'Dat ben ik ook – ik bedoel, dat was ik ook –'

'Nou, dan is er toch geen probleem. Of wel?' zei Schobbejak.

'Ik... nou, zolang Wolkenveldts werk... eh... net zo goed blijft...' hakkelde de premier, maar Schobbejak luisterde nauwelijks.

'En nu wat betreft Herbert Corvers, uw onderminister,' vervolgde hij. 'De politicus die het publiek zo geamuseerd heeft met zijn imitatie van een eend.'

'Wat is er met hem?' vroeg de premier.

'Hij is duidelijk het slachtoffer van een slecht uitgevoerde Imperiusvloek,' zei Schobbejak. 'Die heeft zijn brein aangetast, maar hij zou toch nog gevaarlijk kunnen zijn.'

'Hij kwaakt alleen een beetje!' zei de premier zwakjes. 'Ik denk dat met wat rust... misschien iets minder drinken...'

'Een team van Helers van St. Holisto's Hospitaal voor Magische Ziektes en Zwaktes onderzoekt hem momenteel. Tot dusver heeft hij geprobeerd drie Helers te wurgen,' zei Schobbejak. 'Het lijkt me verstandiger hem een tijdje uit de Dreuzelmaatschappij te verwijderen.'

'Ik... nou... het komt toch wel weer goed met hem?' vroeg de premier ongerust. Schobbejak haalde alleen zijn schouders op en liep alweer terug naar de haard.

'Dat was eigenlijk alles, wat mij betreft. Ik hou u op de hoogte van de ontwikkelingen, premier – dat wil zeggen, waarschijnlijk heb ik het zelf te druk, maar in dat geval stuur ik Droebel. Hij heeft erin toegestemd aan te blijven in een adviserende rol.'

Droebel deed een poging om te glimlachen, maar dat lukte niet echt; het was meer als een boer die kiespijn heeft. Schobbejak zocht al in zijn zak naar het mysterieuze poeder dat het vuur groen maakte. De premier staarde vertwijfeld naar Droebel en Schobbejak en flapte er toen plotseling de woorden uit die hij al de hele avond probeerde te onderdrukken.

'Maar lieve hemel – jullie zijn *tovenaars*! Jullie kunnen *toveren*! Dan hebben jullie toch wel een oplossing voor – nou, voor *alles*?'

Schobbejak draaide zich langzaam om en keek ongelovig naar Droebel, die er nu wel in slaagde te glimlachen terwijl hij zei: 'Het probleem is alleen dat onze tegenstanders ook kunnen toveren, premier.'

En na dat gezegd te hebben stapten de twee mannen een voor een in de felgroene vlammen en verdwenen.

HOOFDSTUK 2

WEVERSEIND

*H*onderden kilometers daarvandaan zweefde de kille mist die langs het raam van de premier streek boven een vervuilde rivier, die tussen overwoekerde, met afval bezaaide oevers door kronkelde. Een enorme schoorsteen, het overblijfsel van een allang gesloten fabriek, torende schimmig en dreigend boven alles uit. Het was doodstil, afgezien van het zachte ruisen van het zwarte water, en er was geen enkel teken van leven, behalve een magere vos die langs de oever omlaag sloop en tussen het hoge gras hoopvol aan wat oude frietzakjes snuffelde.

Plotseling, met een zachte *plop*, verscheen er een slanke, in kap en mantel gehulde gedaante uit het niets, aan de rand van de rivier. De vos verstijfde en staarde achterdochtig naar dat vreemde nieuwe fenomeen. De gedaante leek zich even te oriënteren en liep toen met lichte, snelle passen weg. De lange mantel streek ritselend over het gras.

Nog geen tel later verscheen er een tweede gedaante, met een luidere *plop*.

'Wacht!'

De vos, die nu bijna plat op zijn buik in het gras lag, schrok van die schorre kreet. Hij verliet abrupt zijn schuilplaats en rende tegen de oever op. Een groene lichtflits, een schel gepiep, en de vos viel dood op de grond.

De tweede gedaante draaide het dier met een voet om.

'Gewoon een vos,' zei een vrouwenstem schamper van onder de kap. 'Ik dacht dat het misschien een Schouwer – Cissy, wacht!'

Maar de ander, die even was blijven staan en had omgekeken naar de lichtflits, klauterde al tegen de steile oever op waar de vos zojuist van af was gerold.

'Cissy – Narcissa – luister nou –'

De tweede vrouw haalde de eerste in en greep haar bij haar arm, maar ze rukte zich los.

'Ga terug, Bella!'

'Je moet naar me luisteren!'

'Ik heb al geluisterd en mijn besluit staat vast. Laat me met rust!'

De vrouw die Narcissa heette was boven aan de oever, waar een oud hek de rivier scheidde van een smalle, met keitjes geplaveide straat. De andere vrouw, Bella, volgde haar. Zij aan zij keken ze naar de overkant van de straat en de lange rijen vervallen bakstenen huizen. De ramen leken dof en blind in het donker.

'Woont hij hier?' vroeg Bella vol minachting. '*Hier*? Tussen die Dreuzelkrotten? Ik denk dat wij de eersten van ons soort zijn die ooit een voet –'

Maar Narcissa luisterde niet; ze had zich al door een opening in het roestige hek gewurmd en stak nu haastig de straat over.

'Cissy, *wacht!*'

Bella volgde haar met wapperende mantel, en zag hoe Narcissa tussen de huizen een steegje in dook dat naar een tweede, vrijwel identieke straat leidde. Sommige straatlantaarns waren kapot; de twee vrouwen holden afwisselend door lichtplassen en inktzwarte schaduwen. Net toen Narcissa weer een hoek omging, haalde de achtervolgster haar prooi in en greep haar opnieuw bij haar arm. Deze keer slaagde ze erin Narcissa om te draaien, zodat ze oog in oog stonden.

'Cissy, doe dit niet! Je kunt hem niet vertrouwen...'

'De Heer van het Duister vertrouwt hem, of niet soms?'

'Ik geloof dat de Heer van het Duister zich... in dit geval... vergist,' hijgde Bella en haar ogen blonken even onder haar kap terwijl ze om zich heen keek om te controleren of ze echt alleen waren. 'Hoe dan ook, we hebben opdracht om met niemand over het plan te praten. Het zou verraad zijn aan de Heer van –'

'Laat me los, Bella!' snauwde Narcissa. Ze haalde een toverstok onder haar mantel vandaan en hield die dreigend onder de neus van de ander. Bella lachte alleen maar.

'Je bloedeigen zus, Cissy? Je zou nooit –'

'Er is niets wat ik niet meer zou doen!' hijgde Narcissa met een hysterische ondertoon in haar stem. Ze zwiepte haar toverstaf als een mes omlaag en er volgde opnieuw een lichtflits. Bella liet de arm van haar zus abrupt los, alsof ze zich gebrand had.

'*Narcissa!*'

Maar Narcissa rende al verder. Haar achtervolgster wreef over haar hand en volgde haar, maar bleef nu op enige afstand terwijl ze steeds dieper doordrongen in het verlaten labyrint van huizen. Uiteindelijk sloeg Narcissa een straat in die Weverseind heette en waar de torenhoge fabrieksschoorsteen als een reusachtige, vermanende vinger bovenuit rees. Haar voetstappen galmden op de keien terwijl ze langs dichtgespijkerde en kapotte ramen holde. Uiteindelijk kwam ze bij het allerlaatste huis in de straat, waar achter de gordijnen op de benedenverdieping een schemerig licht brandde.

Ze had al aangeklopt voor een zacht vloekende Bella haar kon inhalen. Ze wachtten samen, een beetje hijgend, en ademden de geur van de vervuilde rivier in, die meegevoerd werd door de nachtwind. Na een paar tellen hoorden ze beweging en ging de deur op een kiertje open. Ze zagen een broodmagere man met lang zwart haar, dat als twee gordijnen langs zijn tanige gezicht en zwarte ogen hing.

Narcissa deed haar kap af. Ze was zo bleek dat ze leek te gloeien in het donker; door het lange blonde haar dat sluik over haar schouders viel had ze wel iets weg van een drenkeling.

'Narcissa!' zei de man. Hij deed de deur iets verder open, zodat het licht op haar en haar zus scheen. 'Wat een aangename verrassing!'

'Kan ik je spreken, Severus?' fluisterde Narcissa gespannen. 'Het is heel belangrijk.'

'Ja, natuurlijk.'

Hij deed een stap achteruit, zodat ze binnen kon komen. Haar zus, die haar kap nog op had, volgde haar zonder een uitnodiging af te wachten.

'Sneep,' zei ze kortaf toen ze langs hem heen liep.

'Bella,' antwoordde hij. Zijn smalle lippen krulden om in een enigszins spottende glimlach, terwijl hij de deur met een klik achter haar dichtdeed.

Ze stapten vanaf de straat meteen in een piepklein woonkamertje, dat de sfeer had van een donkere cel in een gesticht. De muren gingen helemaal schuil achter boeken die voor het grootste deel in oud zwart of bruin leer gebonden waren; een versleten bank, een oude fauteuil en een gammele tafel stonden in het vage licht van de kaarsenkroon aan het plafond. Het huis maakte een verwaarloosde indruk, alsof het meestal niet bewoond werd.

Sneep gebaarde dat Narcissa op de bank moest gaan zitten. Ze deed haar mantel af, gooide die neer, ging zitten en staarde naar haar doodsbleke, trillende handen, die ineengeslagen op haar schoot lagen. Bellatrix liet haar kap een stuk langzamer zakken. In tegenstelling tot haar zus was zij donker, met zware oogleden en een krachtige kaak. Ze liet Sneep geen moment los met haar blik terwijl ze achter Narcissa ging staan.

'En, wat kan ik voor je doen?' vroeg Sneep. Hij ging in de fauteuil tegenover de twee zussen zitten.

'We... we zijn toch alleen, hè?'

'Ja, natuurlijk. Nou, Wormstaart is er ook, maar ongedierte telt niet, vind ik.'

Hij wees met zijn toverstok op de boekenwand achter hem. Met een knal vloog een verborgen deur open en er werd een smalle trap zichtbaar. Op de trap stond een kleine, verstijfde man.

'Zoals je blijkbaar ook al hebt beseft hebben we bezoek, Wormstaart,' zei Sneep lijzig.

Het mannetje sloop half ineengedoken de laatste treden af en kwam de kamer binnen. Hij had waterige oogjes, een spitse neus en een onaangename, onnozele grijns. Zijn linkerhand streelde zijn rechter, die in een glanzende zilveren handschoen leek te zijn gevat.

'Narcissa!' zei hij met een piepstem. 'En Bellatrix! Wat een prettige –'

'Wormstaart schenkt wel iets te drinken in, als jullie dat willen,' zei Sneep. 'En dan gaat hij gauw terug naar zijn kamer.'

Wormstaart trok een gezicht alsof Sneep iets naar hem gegooid had.

'Ik ben je knechtje niet!' piepte hij, maar hij durfde Sneep niet aan te kijken.

'O nee? Ik had toch echt de indruk dat de Heer van het Duister je hiernaartoe gestuurd had om me te helpen.'

'Om te helpen, ja – maar niet om drankjes in te schenken en – en het huis schoon te houden!'

'Ik had geen idee dat je stiekem verlangde naar gevaarlijker opdrachten, Wormstaart,' zei Sneep gladjes. 'Dat kan geregeld worden: ik spreek wel even met de Heer van het Duister –'

'Ik kan hem zelf spreken als ik dat wil!'

'Ja, natuurlijk,' sneerde Sneep. 'Maar schenk ondertussen iets te drinken in. Wat van die elfenwijn lijkt me wel goed.'

Wormstaart aarzelde nog even en leek op het punt te staan te protesteren, maar draaide zich toen om en verliet de kamer via een tweede verborgen deur. Ze hoorden gebonk en het gerinkel van glazen. Een paar seconden later verscheen hij weer, met een stoffige fles en drie glazen op een dienblad. Hij zette ze met een klap op de gammele tafel, trok zich toen haastig terug en sloeg de met boeken bedekte deur achter zich dicht.

Sneep schonk drie glazen bloedrode wijn in en gaf er twee aan de zussen. Narcissa mompelde een bedankje, maar Bellatrix zei niets en bleef Sneep woedend aanstaren. Dat bracht hem niet van zijn stuk; integendeel, het scheen hem juist te amuseren.

'Op de Heer van het Duister,' zei hij. Hij hief zijn glas en dronk het in één teug leeg.

De zussen volgden zijn voorbeeld en Sneep vulde hun glazen opnieuw.

Terwijl Narcissa haar tweede glas aanpakte, flapte ze er plotseling uit: 'Severus, het spijt me dat ik zo kom binnenvallen, maar ik moest je spreken. Volgens mij ben jij de enige die me kan helpen –'

Sneep stak een waarschuwende hand op en wees toen weer met zijn toverstok op de verborgen deur die naar de trap leidde. Ze hoorden een harde knal en een schel gepiep, gevolgd door het geluid van Wormstaart die de trap op rende.

'Excuses,' zei Sneep. 'Hij heeft de laatste tijd de gewoonte om aan deuren te luisteren. Ik weet niet wat hij daarmee wil bereiken... maar je zei, Narcissa?'

Ze haalde diep en trillend adem en begon opnieuw.

'Severus, ik weet dat ik hier niet hoor te zijn. Ik heb opdracht om tegen niemand iets te zeggen, maar –'

'Dan zou ik mijn mond houden, als ik jou was!' snauwde Bellatrix. 'Vooral in dit gezelschap!'

'"In dit gezelschap"?' herhaalde Sneep sardonisch. 'Wat bedoel je daar precies mee, Bellatrix?'

'Dat ik je niet vertrouw, Sneep. Dat weet je maar al te goed!'

Narcissa maakte een geluid dat een droge snik had kunnen zijn en sloeg haar handen voor haar gezicht. Sneep zette zijn glas op tafel en leunde achterover, met zijn handen op de armleuningen van zijn stoel. Hij keek glimlachend naar het woedende gezicht van Bellatrix.

'Narcissa, het lijkt me verstandig om eerst te horen wat Bellatrix zo dolgraag wil zeggen; dat zal ons een hoop irritante onderbrekingen besparen. Ga verder, Bellatrix. Waarom vertrouw je me niet?'

'Er zijn wel honderd redenen!' riep ze uit, terwijl ze met grote passen achter de bank vandaan kwam en haar glas nijdig op tafel zette. 'Waar moet ik beginnen? Waar was jij toen de Heer van het Duister viel? Waarom heb je nooit een poging gedaan hem te vinden nadat hij verdwenen was? Wat heb je uitgevoerd tijdens al die jaren dat je het hulpje van Perkamentus was? Waarom heb je verhinderd dat de Heer van het Duister de Steen der Wijzen in handen kreeg? Waarom keerde je niet onmiddellijk terug toen de Heer van het Duister herboren werd? Waar was je een paar weken geleden, toen we vochten om de profetie te bemachtigen voor onze meester? En waarom, Sneep, waarom leeft Harry Potter nog, terwijl hij nu al vijf jaar aan je genade overgeleverd is?'

Ze zweeg, met vuurrode wangen en zwaar ademend. Achter haar zat Narcissa er roerloos bij, met haar handen nog steeds voor haar gezicht.

Sneep glimlachte.

'Voor ik die vragen beantwoord – ja, ik zal ze beantwoorden, Bellatrix! Jij kunt mijn woorden overbrieven aan de mensen die achter mijn rug kletsen en met valse berichten over mijn verraad naar de Heer van het Duister hollen! Maar laat ik zelf een vraag stellen voor ik antwoord geef. Denk je werkelijk dat de Heer van het Duister me al die vragen ook niet zelf gesteld heeft? En denk je werkelijk dat ik hier met jullie zou zitten praten als ik ze niet bevredigend had kunnen beantwoorden?'

Bellatrix aarzelde.

'Ik weet dat hij je gelooft, maar –'

'Maar dat hij zich vergist? Of dat ik hem op de een of andere manier om de tuin geleid heb? Jij denkt dat ik de Heer van het Duister bedot heb, de grootste tovenaar en meest bedreven Legilimens die ooit geleefd heeft?'

Bellatrix zei niets, maar leek voor het eerst een beetje uit het veld geslagen. Sneep ging er niet verder op door. Hij pakte zijn glas, nam een slokje en vervolgde: 'Je vroeg me waar ik was toen de Heer van het Duister viel. Ik was waar ik van hem moest zijn, op Zweinsteins Hogeschool voor Hekserij en Hocus-Pocus, omdat hij wilde dat ik Albus Perkamentus zou bespioneren. Je weet toch hopelijk dat ik in opdracht van de Heer van het Duister naar de post van leraar gesolliciteerd heb?'

Ze knikte vrijwel onmerkbaar en deed haar mond open, maar Sneep was haar voor.

'Je vroeg waarom ik geen poging deed hem te vinden toen hij verdween. Om dezelfde reden dat Arduin, Jeegers, de Kragges, Vaalhaar, Lucius,' hij boog zijn hoofd even naar Narcissa, 'en vele anderen geen poging deden hem te vinden. Ik dacht dat hij dood was. Daar ben ik niet trots op, ik had het mis, maar het is niet anders... als hij degenen die destijds het geloof in hem verloren niet vergeven had, zou hij nu nog maar heel weinig volgelingen hebben.'

'Mij in elk geval wel!' zei Bellatrix hartstochtelijk. 'Ik, die al die jaren voor hem geleden heb in Azkaban!'

'Ja, natuurlijk. Echt bewonderenswaardig,' zei Sneep verveeld. 'Hij had weliswaar weinig tot niets aan je terwijl je in de cel zat, maar het was een mooi gebaar –'

'Gebaar!' krijste ze en in haar woede maakte ze een lichtelijk gestoorde indruk. 'Terwijl ik Dementors moest verdragen zat jij behaaglijk op Zweinstein, het schoothondje van Perkamentus!'

'Niet helemaal,' zei Sneep kalm. 'Perkamentus weigerde me tot docent Verweer tegen de Zwarte Kunsten te benoemen. Hij dacht blijkbaar dat dat misschien tot een terugval zou leiden... dat ik de verleiding zou voelen mijn oude gewoontes weer op te pakken.'

'Dus dat was het offer dat je bracht voor de Heer van het Duister? Dat je geen les mocht geven in je favoriete vak?' schamperde ze. 'Waarom ben je daar al die tijd gebleven, Sneep? Bespioneerde je Perkamentus nog steeds voor een meester die je voor dood hield?'

'Natuurlijk niet,' zei Sneep, 'al is de Heer van het Duister blij dat ik op mijn post gebleven ben; ik kon hem zestien jaar informatie over Perkamentus geven toen hij terugkeerde, wat een heel wat nuttiger welkomstgeschenk was dan eindeloze herinneringen aan de verschrikkingen van Azkaban...'

'Maar je bleef –'

'Ja, Bellatrix, ik bleef,' zei Sneep. Voor het eerst liet hij iets van ongeduld blijken. 'Ik verkoos een prettige baan boven een cel in Azkaban. Ze waren destijds bezig de laatste Dooddoeners op te pakken. Door de bescherming van Perkamentus wist ik uit de gevangenis te blijven. Dat kwam heel goed uit en ik heb er gebruik van gemaakt. Ik herhaal: de Heer van het Duister beklaagt zich er niet over dat ik gebleven ben, dus waarom zou jij dat dan wel doen?

Je volgende vraag was, geloof ik,' vervolgde hij snel en iets luider, omdat Bellatrix duidelijk liet merken dat ze hem in de rede wilde vallen, 'waarom ik de Heer van het Duister dwarsboomde toen hij de Steen der Wijzen wilde bemachtigen. Die vraag is eenvoudig te beantwoorden. Hij wist niet of hij me kon vertrouwen. Hij dacht, net als jij, dat ik van een trouwe Dooddoener veranderd was in het hulpje van Perkamentus. Hij was er destijds vreselijk aan toe. Hij was heel erg zwak en deelde een lichaam met een middelmatige tovenaar. Hij durfde zich niet te openbaren aan een vroegere bondgenoot, als die hem misschien aan Perkamentus of aan het Ministerie verraden zou. Ik betreur het ten zeerste dat hij me niet vertrouwde. Als hij dat wel had gedaan, zou hij drie jaar eerder opnieuw aan de macht zijn gekomen. Nu zag ik alleen een hebzuchtige, onwaardige Krinkel die probeerde de Steen te stelen, en ik moet toegeven dat ik mijn uiterste best heb gedaan om dat te verhinderen.'

De mond van Bellatrix vertrok, alsof ze een vies medicijn had ingenomen.

'Maar je kwam niet toen hij wel terugkeerde, je schaarde je niet meteen aan zijn zijde zodra je het Duistere Teken voelde branden –'

'Dat klopt. Ik keerde twee uur later terug. In opdracht van Perkamentus.'

'In opdracht van –' zei ze diep geschokt.

'Denk eens na!' zei Sneep, die weer ongeduldig werd. 'Denk eens na! Door twee uur te wachten, twee armzalige uurtjes, zorgde ik ervoor dat ik als spion op Zweinstein kon blijven! Door Perkamentus de indruk te geven dat ik alleen terugkeerde naar de Heer van het Duister omdat hij me dat opdroeg, heb ik sindsdien informatie kunnen doorspelen over Perkamentus en de Orde van de Feniks! Vergeet niet dat het Duistere Teken al maanden langzaam sterker werd, Bellatrix. Ik wist dat hij op het punt stond terug te keren; dat wisten alle Dooddoeners! Ik had ruim voldoende tijd om te bedenken wat ik moest doen, om mijn volgende stap uit te knobbelen, om te vluchten zoals Karkarov, als ik dat gewild had.

Ik kan je verzekeren dat het eerste ongenoegen van de Heer van het Duister vanwege mijn late verschijning als sneeuw voor de zon verdween toen ik uitlegde dat ik nog steeds zijn loyale dienaar was, ook al verkeerde Perkamentus in de waan dat ik trouw was aan hém. Ja, de Heer van het Duister dacht dat ik hem voorgoed verlaten had, maar hij had het mis.'

'Maar wat voor nuttigs heb je gedaan?' sneerde Bellatrix. 'Wat voor bruikbare informatie heb je dan doorgespeeld?'

'Mijn informatie gaat rechtstreeks naar de Heer van het Duister,' zei Sneep. 'Als hij besluit die niet met jou te delen –'

'Hij deelt alles met mij!' Bellatrix schoot uit haar slof. 'Hij noemt mij zijn trouwste, meest verknochte –'

'O ja?' Sneep liet door een subtiele klankverandering zijn ongeloof blijken. 'Nog steeds, zelfs na het fiasco op het Ministerie?'

'Dat was mijn schuld niet!' zei Bellatrix en ze werd rood. 'In het verleden verkoos de Heer van het Duister mij om zijn kostbaarste – als Lucius niet –'

'Waag het niet – wáág het niet om mijn man de schuld te geven!' zei Narcissa zacht en ijzig, met een blik op haar zus.

'Laten we elkaar geen verwijten maken,' zei Sneep gladjes. 'Wat gedaan is, is gedaan.'

'Maar niet door jou!' zei Bellatrix woedend. 'Nee, jij was weer nergens te vinden terwijl wij gevaar liepen, hè Sneep?'

'Ik had opdracht om achter te blijven,' zei Sneep. 'Misschien ben je het niet eens met de Heer van het Duister, misschien denk je dat Perkamentus niets gemerkt zou hebben als ik me aangesloten had bij de Dooddoeners om het op te nemen tegen de Orde van de Feniks? En – vergeef me, maar je had het over gevaar – jullie hoefden toch alleen maar af te rekenen met zes tieners?'

'Die al snel hulp kregen van bijna de helft van de Orde, zoals je heel goed weet!' beet Bellatrix hem toe. 'En nu we het toch over de Orde hebben: beweer je nog steeds dat je de ligging van hun hoofdkwartier niet kunt onthullen?'

'Ik ben de Geheimhouder niet. Ik kan het adres niet uitspreken. Je weet toch hoe die betovering werkt, hoop ik? De Heer van het Duister is tevreden met de informatie over de Orde die ik aan hem doorgegeven heb. Zoals je misschien begrepen hebt, heeft die onlangs tot de gevangenneming en dood van Emmeline Vonk geleid, en het heeft ons beslist geholpen om Sirius Zwarts uit te schakelen, al geef ik graag toe dat jij de genadeklap hebt uitgedeeld.'

Hij boog zijn hoofd en hief zijn glas, maar Bella's uitdrukking bleef hardvochtig.

'Je geeft geen antwoord op mijn laatste vraag, Sneep. Harry Potter. Je had hem de afgelopen vijf jaar op ieder moment kunnen vermoorden. Dat heb je niet gedaan. Waarom niet?'

'Heb je dat al besproken met de Heer van het Duister?' vroeg Sneep.

'Hij... de laatste tijd... wij... ik vraag het aan jóú, Sneep!'

'Als ik Harry Potter had vermoord, had de Heer van het Duister zijn bloed niet kunnen gebruiken om zichzelf nieuw leven in te blazen, om onkwetsbaar te worden –'

'Dus je beweert dat jij zijn gebruik van Potter voorzien hebt?' spotte ze.

'Dat beweer ik helemaal niet. Ik had geen idee wat hij van plan was; ik heb al toegegeven dat ik dacht dat hij dood was. Ik probeer alleen

uit te leggen waarom de Heer van het Duister het tot zo'n jaar geleden helemaal niet erg vond dat Potter nog leefde...'

'Maar waarom liet je hem leven?'

'Heb je wel geluisterd? Alleen de bescherming van Perkamentus
hield me uit Azkaban! Als ik zijn favoriete leerling vermoord had,
zou hij zich misschien tegen me gekeerd hebben, denk je ook niet?
Maar er zat meer achter. Vergeet niet dat, toen Potter voor het eerst
op Zweinstein verscheen, er heel veel verhalen over hem de ronde
deden, geruchten dat hij zelf een machtige Duistere tovenaar was
en daarom de aanval van de Heer van het Duister overleefd had.
Veel van de oude volgelingen van de Heer van het Duister dachten
zelfs dat we ons misschien rond Potter zouden kunnen hergroepe-
ren. Ik moet toegeven dat ik nieuwsgierig was en absoluut niet de
aandrang voelde om hem te vermoorden zodra hij voet in het kasteel zette.

Uiteraard werd me al snel duidelijk dat hij helemaal geen uitzonderlijk talent bezit. Hij heeft zich uit een aantal hachelijke situaties
weten te redden door een combinatie van puur geluk en meer getalenteerde vrienden. Hij is door en door middelmatig, maar wel net zo
zelfvoldaan en onuitstaanbaar als zijn vader vroeger. Ik heb mijn uiterste best gedaan om te zorgen dat hij zou worden verwijderd van
Zweinstein, waar hij naar mijn idee nauwelijks thuishoort, maar hem
vermoorden of laten vermoorden waar ik bij was? Ik zou wel gek zijn
geweest om dat risico te nemen terwijl Perkamentus constant in de
buurt was.'

'En toch moeten we geloven dat Perkamentus nooit achterdocht
gekoesterd heeft?' vroeg Bellatrix. 'Hij heeft er geen idee van waar je
loyaliteit werkelijk ligt en vertrouwt je nog steeds volledig?'

'Ik heb mijn rol goed gespeeld,' zei Sneep. 'En je vergeet de grootste zwakte van Perkamentus: hij moet altijd het beste van mensen
denken. Ik hing een verhaal vol immens berouw op toen ik begon als
leraar, vlak na mijn tijd als Dooddoener, en hij ontving me met open
armen – al heeft hij me altijd zo ver mogelijk van de Zwarte Kunsten
vandaan gehouden, zoals ik al zei. Perkamentus is lang een grandioos
tovenaar geweest – jawel' (Bellatrix had een smalend geluid gemaakt)
'zelfs de Heer van het Duister geeft dat toe. Ik kan jullie echter tot
mijn genoegen meedelen dat Perkamentus oud begint te worden.
Het duel met de Heer van het Duister vorige maand heeft hem aan
het wankelen gebracht. Hij heeft een ernstige verwonding opgelopen
omdat zijn reacties minder snel zijn dan vroeger. Maar door de jaren

heen is hij Severus Sneep altijd blijven vertrouwen en daarin ligt mijn grote waarde voor de Heer van het Duister.'

Bellatrix keek nog steeds niet blij, al leek ze niet goed te weten hoe ze de aanval op Sneep moest voortzetten. Sneep benutte haar stilte door zich tot haar zus te wenden.

'Zo... je kwam me om hulp vragen, Narcissa?'

Narcissa keek hem aan. De wanhoop straalde van haar gezicht.

'Ja, Severus. Ik – ik denk dat jij de enige bent die mij kan helpen. Ik weet niet wie ik het verder zou moeten vragen. Lucius zit in de gevangenis en...'

Ze sloot haar ogen en twee dikke tranen rolden over haar wangen.

'De Heer van het Duister heeft me verboden erover te praten,' vervolgde Narcissa. Haar ogen waren nog steeds gesloten. 'Hij wil dat niemand van het plan weet. Het is... heel erg geheim. Maar...'

'Als hij het verboden heeft, hoor je er niet over te praten,' zei Sneep onmiddellijk. 'De wil van de Heer van het Duister is wet.'

Narcissa snakte naar adem, alsof hij een plens koud water over haar heen gegooid had. Bellatrix daarentegen keek voor het eerst sinds ze binnen was zelfvoldaan.

'Zie je wel?' zei ze triomfantelijk tegen haar zus. 'Zelfs Sneep zegt het: je hebt opdracht gekregen om niets te vertellen, dus hou je mond!'

Maar Sneep was opgestaan en liep naar het kleine venster. Hij tuurde tussen de gordijnen door naar de uitgestorven straat en trok ze toen abrupt weer dicht. Hij draaide zich om en keek Narcissa fronsend aan.

'Toevallig ben ik op de hoogte van het plan,' zei hij zacht. 'Ik ben een van de weinigen die de Heer van het Duister in vertrouwen genomen heeft. Maar als ik niet van het geheim geweten had, zou jij je schuldig hebben gemaakt aan inktzwart verraad aan de Heer van het Duister.'

'Ik dacht wel dat jij ervan zou weten!' zei Narcissa, die wat ontspannener ademhaalde. 'Hij vertrouwt je zo volkomen, Severus...'

'Weet jij van het plan?' vroeg Bellatrix. Haar vluchtige tevredenheid maakte plaats voor diepe verontwaardiging. 'Weet jíj ervan?'

'Zeker,' zei Sneep. 'Maar wat voor hulp heb je nodig, Narcissa? Als je denkt dat ik de Heer van het Duister kan ompraten ben ik bang dat er geen enkele hoop is, geen greintje.'

'Severus,' fluisterde ze en de tranen biggelden over haar bleke wangen. 'Mijn zoon... mijn enige zoon...'

'Draco zou trots moeten zijn,' zei Bellatrix onverschillig. 'De Heer van het Duister bewijst hem een grote eer. En ik moet je dit zeggen: Draco onttrekt zich niet aan zijn plicht. Hij lijkt blij met de kans om zichzelf te kunnen bewijzen, opgewonden bij het vooruitzicht –'

Narcissa begon nu echt te huilen, maar bleef Sneep smekend aankijken.

'Dat is omdat hij pas zestien is en geen idee heeft wat hem te wachten staat! Waarom, Severus? Waarom mijn zoon? Het is te gevaarlijk! Dit is wraak vanwege de fout die Lucius heeft begaan, dat weet ik gewoon!'

Sneep zweeg. Hij wendde zijn blik af om haar tranen niet te hoeven zien, alsof ze iets onfatsoenlijks waren, maar hij kon niet doen alsof hij haar niet hoorde.

'Daarom heeft hij Draco gekozen, of niet soms?' drong ze aan. 'Om Lucius te straffen.'

'Als Draco slaagt, zal hij meer geëerd worden dan enig ander,' zei Sneep, die haar nog steeds niet aankeek.

'Maar hij zal niet slagen!' snikte Narcissa. 'Hoe zou hij ook kunnen, als zelfs de Heer van het Duister –'

Bellatrix snakte naar adem en Narcissa scheen te schrikken van haar eigen woorden.

'Ik bedoelde alleen... dat het nog niemand gelukt is... Severus... alsjeblieft... je bent een oude vriend van Lucius... ik smeek je... je staat in hoog aanzien bij de Heer van het Duister, je bent zijn meest vertrouwde adviseur... wil je niet met hem praten, hem ompraten –'

'De Heer van het Duister laat zich niet ompraten en ik ben niet zo dom om het te proberen,' zei Sneep kortaf. 'Ik zal niet beweren dat de Heer van het Duister niet boos is op Lucius. Lucius werd geacht de leiding te hebben, maar liet zich gevangennemen, samen met al die anderen, en slaagde er bovendien niet in de profetie te bemachtigen. Ja, de Heer van het Duister is boos, Narcissa, heel erg boos.'

'Dan heb ik gelijk. Hij heeft Draco gekozen uit wraak!' zei Narcissa gesmoord. 'Hij wil helemaal niet dat hij slaagt, hij wil dat hij het probeert en dan gedood wordt.'

Sneep zei niets en Narcissa leek haar laatste restje zelfbeheersing te verliezen. Ze stond op, wankelde naar Sneep en greep hem bij het voorpand van zijn gewaad. Met haar gezicht vlak bij het zijne en terwijl haar tranen op zijn borst vielen bracht ze er moeizaam uit: 'Jij zou het kunnen doen. Jíj zou het kunnen doen in plaats van Draco,

Severus. Jij zou natuurlijk slagen en hij zou je rijkelijker belonen dan wie dan ook –'

Sneep greep haar bij haar polsen en trok de handen die zijn gewaad vastgrepen weg. Hij keek naar haar betraande gezicht en zei langzaam: 'Hij wil dat ik het uiteindelijk doe, geloof ik. Maar hij is vastbesloten om het Draco eerst te laten proberen. In het onwaarschijnlijke geval dat Draco succes heeft, kan ik dan nog wat langer op Zweinstein blijven in mijn nuttige rol als spion.'

'Met andere woorden, het doet er niet toe of Draco gedood wordt!'

'De Heer van het Duister is heel erg boos,' herhaalde Sneep zacht. 'Hij heeft de profetie niet gehoord. Je weet net zo goed als ik dat hij niet gemakkelijk vergeeft, Narcissa.'

Ze zakte in elkaar, viel aan zijn voeten neer en bleef snikkend en kreunend op de grond liggen.

'Mijn enige zoon... mijn enige zoon...'

'Je zou trots moeten zijn!' zei Bellatrix genadeloos. 'Als ik zoons had, zou ik ze graag opofferen in dienst van de Heer van het Duister!'

Narcissa slaakte een kreet van wanhoop en trok aan haar lange blonde haar. Sneep bukte zich, pakte haar bij haar armen, tilde haar op en loodste haar terug naar de bank. Hij schonk nog een glas wijn in en drukte dat in haar hand.

'Zo is het genoeg, Narcissa. Drink wat. Luister naar me.'

Ze kalmeerde een beetje, nam een trillerig slokje en morste wijn op haar gewaad.

'Het zou kunnen... dat ik Draco kan helpen.'

Ze ging overeind zitten, met een krijtwit gezicht en grote, starende ogen.

'Severus – o Severus – ben je bereid hem te helpen? Bereid op hem te letten, te zorgen dat hem niets overkomt?'

'Ik kan het proberen.'

Ze smeet het glas weg; het rolde over de tafel terwijl ze zich van de bank liet glijden, neerknielde aan Sneeps voeten, zijn hand vastpakte en die tegen haar lippen drukte.

'Als jij er bent om hem te beschermen... Severus, wil je dat zweren? Wil je de Onbreekbare Eed afleggen?'

'De Onbreekbare Eed?' Sneeps gezicht was uitdrukkingsloos en ondoorgrondelijk, maar Bellatrix slaakte een hoge, triomfantelijke lach.

'Heb je niet geluisterd, Narcissa? O, hij zal het vast wel *proberen*... de gebruikelijke loze woorden, de gebruikelijke, laffe aftocht als er iets gedáán moet worden – in opdracht van de Heer van het Duister, uiteraard!'

Sneep keek Bellatrix niet aan. Zijn zwarte ogen staarden in Narcissa's blauwe, betraande ogen terwijl ze zijn hand bleef vasthouden.

'Natuurlijk ben ik bereid de Onbreekbare Eed af te leggen, Narcissa,' zei hij kalm. 'Misschien wil je zus als onze Binder fungeren.'

De mond van Bellatrix viel open. Sneep liet zich zakken, zodat hij tegenover Narcissa knielde. Onder de verbijsterde ogen van Bellatrix pakten ze elkaar bij de rechterhand.

'We hebben je toverstaf nodig, Bellatrix,' zei Sneep kil.

Ze pakte hem, maar leek nog steeds met stomheid geslagen.

'En kom iets dichterbij,' zei Sneep.

Ze deed een paar passen, zodat ze vlak naast hen stond, en legde de punt van haar toverstok op hun ineengeslagen handen.

Narcissa sprak als eerste.

'Ben jij, Severus, bereid over mijn zoon Draco te waken terwijl hij een poging doet de wensen van de Heer van het Duister te vervullen?'

'Daartoe ben ik bereid,' zei Sneep.

Een dun lint van oogverblindend vuur schoot uit de toverstok en wond zich om hun handen als een withete ijzerdraad.

'En zul je hem naar je beste vermogen beschermen?'

'Dat zal ik,' zei Sneep.

Een tweede tong van vuur schoot uit de toverstaf en verweefde zich met de eerste, zodat er een dunne, gloeiende ketting ontstond.

'En als het nodig mocht blijken... als het ernaar uitziet dat Draco niet zal slagen...' fluisterde Narcissa (Sneeps hand bewoog zenuwachtig, maar hij trok hem niet terug) 'zul jij dan de opdracht uitvoeren waarmee de Heer van het Duister Draco belast heeft?'

Er viel even een stilte. Bellatrix keek met grote ogen toe.

'Dat zal ik,' zei Sneep.

Bellatrix' verblufte gezicht gloeide rood op in het licht van een derde tong van vuur die uit de toverstok spoot, zich met de andere verstrengelde en zich keer op keer om hun ineengeslagen handen wikkelde, als een touw of een vurige slang.

HOOFDSTUK 3

WEL OF NIET?

*H*arry Potter snurkte luid. Hij had bijna vier uur in een stoel naast zijn slaapkamerraam zitten kijken hoe het buiten langzaam donker werd en was uiteindelijk in slaap gevallen met zijn wang tegen de kille ruit, zijn bril scheef en zijn mond wijdopen. Het mistige waas dat zijn adem achterliet op het raam fonkelde in de oranje gloed van de straatlantaarn en in het kunstlicht leek zijn gezicht kleurloos, zodat hij er spookachtig uitzag onder zijn warrige bos zwart haar.

De kamer lag vol met spullen en een hoop rommel. De grond was bezaaid met uilenveren, klokhuizen en snoeppapiertjes, spreukenboeken waren her en der verspreid tussen de gekreukelde berg gewaden op het bed en een slordige stapel kranten lag in een lichtplas op het bureau. De kop van een van de kranten schreeuwde:

HARRY POTTER: DE UITVERKORENE?

Er blijven geruchten de ronde doen over de recente, mysterieuze opschudding op het Ministerie van Toverkunst, waarbij Hij Die Niet Genoemd Mag Worden opnieuw gesignaleerd zou zijn.

'We mogen er niet over praten, dus stel alsjeblieft geen vragen,' zei een geagiteerde Revalideur die anoniem wilde blijven toen hij het Ministerie gisteravond verliet.

Desondanks bevestigen hooggeplaatste bronnen binnen het Ministerie dat het incident plaatsvond in en rond de welhaast legendarische Hal der Profetieën.

Hoewel woordvoerders van het Ministerie tot nu toe geweigerd hebben te bevestigen dat zo'n ruimte zelfs maar zou bestaan, gelooft een steeds groter deel van de tovergemeenschap dat de Dooddoeners die momenteel een straf uitzitten in Azkaban wegens inbraak en poging tot diefstal, probeerden een profetie te stelen. Het is niet bekend om wat voor profetie het gaat, al wordt er druk gespeculeerd dat het Harry Potter zou betreffen, de enige persoon van wie bekend is dat hij de Vloek des Doods overleefd heeft en die op de avond in kwestie ook op het Ministerie aanwezig was. Sommigen gaan zelfs zo ver dat ze Potter betitelen als 'de Uitverkorene' en geloven dat hij in de profetie genoemd wordt als de enige die ons zal kunnen verlossen van Hij Die Niet Genoemd Mag Worden.

Het is niet bekend waar de profetie, als die al bestaat, zich momenteel bevindt, alhoewel (lees verder op pagina 2, kolom 5)

Er lag een tweede krant naast de eerste, nu met de kop:

SCHOBBEJAK VOLGT DROEBEL OP

Het grootste deel van de voorpagina werd in beslag genomen door een grote zwartwitfoto van een man met dikke manen en een nogal gehavend gezicht. De foto bewoog – de man zwaaide naar het plafond van Harry's kamer.

Rufus Schobbejak, de voormalige nummer één van het Schouwershoofdkwartier op het Departement van Magische Wetshandhaving, zal Cornelis Droebel opvolgen als Minister van Toverkunst. De benoeming is over het algemeen goed gevallen binnen de tovergemeenschap, al doken er enkele uren na de benoeming van Schobbejak al geruchten op over een conflict tussen de nieuwe Minister en Albus Perkamentus, die onlangs opnieuw is aangesteld tot Hoofdbewindwijzer van de Wikenweegschaar.

Woordvoerders van Schobbejak bevestigden dat hij direct nadat hij de hoogste baan bemachtigd had een ontmoeting had met Perkamentus, maar weigerden iets los te laten over de besproken onderwerpen. Van Albus Perkamentus is bekend dat hij (lees verder op pagina 3, kolom 2)

Links daarvan lag nog een krant, die zo was gevouwen dat er een artikel met de kop MINISTERIE GARANDEERT VEILIGHEID VAN LEERLINGEN zichtbaar was.

Rufus Schobbejak, de kersverse Minister van Toverkunst, besprak vandaag de ingrijpende nieuwe maatregelen die het Ministerie genomen heeft om de veiligheid te verzekeren van de leerlingen die deze herfst terugkeren naar Zweinsteins Hogeschool voor Hekserij en Hocus-Pocus.

'Om voor de hand liggende redenen geeft het Ministerie geen details vrij omtrent onze strenge nieuwe beveiligingsplannen,' zei de Minister, al bevestigde een bron binnen het Ministerie dat de maatregelen defensieve spreuken en bezweringen omvatten, plus een complex geheel van tegenvervloekingen en een

34

kleine, speciale eenheid van Schouwers die uitsluitend belast is met de bewaking van Zweinstein.

De meeste mensen lijken gerustgesteld door het doortastende optreden van het Ministerie wat betreft de veiligheid van de leerlingen. Mevrouw Augusta Lubbermans zei: 'Mijn kleinzoon Marcel – die trouwens een goede vriend is van Harry Potter en in juni nog samen met hem tegen de Dooddoeners heeft gevochten op het Ministerie –

De rest van het artikel ging schuil onder de grote vogelkooi die op de krant stond en die een schitterende sneeuwuil bevatte. Haar geelbruine ogen staarden hooghartig door de kamer en af en toe draaide ze haar kop om en keek naar haar snurkende baasje. Ze klikte een of twee keer ongeduldig met haar snavel, maar Harry was zo diep in slaap dat hij haar niet hoorde.

Precies in het midden van de kamer stond een grote hutkoffer. Het deksel was open en de koffer zag er verwachtingsvol uit, maar was toch nog bijna leeg, afgezien van de lichtelijk aangekoekte laag oud ondergoed, snoep, lege inktpotjes en geknakte ganzenveren op de bodem. Naast de koffer lag een paars pamflet op de grond, met in grote letters:

Uitgave van het Ministerie van Toverkunst
HOE BESCHERM IK MIJN HUIS EN GEZIN TEGEN DE MACHTEN VAN HET DUISTER?

De tovergemeenschap wordt momenteel bedreigd door een organisatie die zich de Dooddoeners noemt. Door de volgende, eenvoudige veiligheidsmaatregelen in acht te nemen, kunt u uzelf, uw gezin en uw huis beschermen tegen een eventuele aanval.

1. U wordt aangeraden niet alleen van huis te gaan.

2. Wees extra voorzichtig als het donker is. Probeer een reis te voltooien voor het nacht wordt.

3. Neem de veiligheidssituatie rond uw huis kritisch onder de loep en spreek met alle gezinsleden over eventuele noodmaatregelen zoals Schild- en Kameoflagespreuken en, in het geval van minderjarige gezinsleden, Bijverschijnselen.

4. Spreek wachtwoorden af met goede vrienden en gezinsleden, zodat u Dooddoeners kunt ontmaskeren die zich als anderen voordoen met behulp van Wisseldrank (zie pagina 2).

5. Als u vindt dat een gezinslid, collega, vriend of buurman zich vreemd gedraagt, neem dan onmiddellijk contact op met het Magisch Arrestatieteam. Het is mogelijk dat dergelijke personen onder invloed van de Imperiusvloek verkeren (zie pagina 4).

6. Als het Duistere Teken verschijnt boven een woonhuis of kantoor, GA DAN NIET NAAR BINNEN, *maar neem onmiddellijk contact op met het Schouwershoofdkwartier.*

7. Tot dusver onbevestigde berichten wijzen erop dat de Dooddoeners mogelijk gebruikmaken van Necroten (zie pagina 10). Iedere waarneming van of confrontatie met een Necroot moet ONMIDDELLIJK gemeld worden aan het Ministerie.

Harry gromde in zijn slaap en zijn hoofd gleed een paar centimeter omlaag, zodat zijn bril nog schever kwam te staan, maar hij werd niet wakker. Een oude wekker, die Harry jaren geleden gerepareerd had, tikte luid op de vensterbank en gaf aan dat het één minuut voor elf was. Naast de wekker, op zijn plaats gehouden door Harry's slappe hand, lag een stuk perkament met een dun, schuin handschrift. Harry had die brief de afgelopen dagen zo vaak gelezen dat hij nu helemaal glad en vlak was, ook al was hij bezorgd als een strak opgerold kokertje.

> *Beste Harry,*
>
> *Als het schikt, kom ik aanstaande vrijdag om elf uur 's avonds naar de Ligusterlaan nummer 4 om je naar Het Nest te begeleiden. Je bent uitgenodigd om daar de rest van je schoolvakantie door te brengen.*
>
> *Als je wilt, zou ik ook je hulp kunnen gebruiken bij een kwestie die ik hoop te regelen op weg naar Het Nest. Ik zal het uitgebreider uitleggen als ik je zie.*
>
> *Stuur me alsjeblieft antwoord per kerende uil. Hopelijk tot vrijdag.*
>
> *Met de vriendelijkste groeten,*
>
> *Albus Perkamentus*

Harry kende de brief inmiddels uit zijn hoofd, maar had er toch om de paar minuten een blik op geworpen sinds hij die avond om zeven uur zijn positie had ingenomen bij zijn slaapkamerraam, van waaruit hij een redelijk zicht had op beide uiteinden van de Ligusterlaan. Hij wist dat het geen zin had om de woorden van Perkamentus steeds opnieuw te lezen: Harry had zijn 'ja' teruggestuurd met de bezorguil, zoals Perkamentus gevraagd had, en kon nu alleen nog maar afwachten: Perkamentus zou komen of niet.

Maar Harry had nog niet gepakt. Het leek te mooi om waar te zijn dat hij na twee weken al uit de klauwen van de Duffelingen gered zou worden. Hij kon het gevoel niet van zich afzetten dat er iets mis zou gaan – misschien was zijn antwoord aan Perkamentus verkeerd bezorgd, of kon Perkamentus toch niet komen, of was de brief helemaal niet van het schoolhoofd maar een flauwe grap of een list of een valstrik. Harry had zichzelf er niet toe kunnen brengen om te pakken en vervolgens misschien teleurgesteld te worden en alles weer te moeten uitpakken. Zijn enige concessie aan het feit dat hij misschien inderdaad zou vertrekken was dat hij zijn sneeuwuil, Hedwig, had opgesloten in haar kooi.

De minutenwijzer van de wekker bereikte het cijfer twaalf en precies op dat moment ging de straatlantaarn voor het raam uit.

Harry schrok wakker, alsof de plotselinge duisternis een signaal was. Hij zette haastig zijn bril recht, trok zijn wang los van het glas, drukte zijn neus tegen het raam en tuurde naar het trottoir. Een lange gedaante in een wijde, wapperende mantel kwam aanlopen over het tuinpad.

Harry sprong overeind alsof hij een stroomstoot had gekregen, schopte zijn stoel om en begon alles wat binnen zijn bereik was van de grond te grissen en in zijn hutkoffer te mikken. Net toen hij een stel gewaden, twee spreukenboeken en een zakje chips door de kamer smeet, ging de bel.

Beneden in de woonkamer riep oom Herman: 'Wie belt er in 's hemelsnaam zó laat nog aan?'

Harry verstijfde, met een koperen telescoop in zijn ene hand en een paar sportschoenen in de andere. Hij was totaal vergeten om de Duffelingen te waarschuwen dat Perkamentus misschien zou komen. Paniekerig maar ook met het gevoel dat hij ieder moment in lachen kon uitbarsten, klauterde hij over de hutkoffer heen en rukte zijn slaapkamerdeur open. Hij was net op tijd om een zware stem te horen zeggen: 'Goedenavond. U bent vast meneer Duffeling. Ik neem aan dat Harry verteld heeft dat ik hem kom ophalen?'

Harry rende met twee treden tegelijk de trap af, maar bleef een paar treden van onderen abrupt staan. Hij wist uit lange ervaring dat hij beter buiten het bereik van zijn oom kon blijven als dat maar enigszins mogelijk was. In de deuropening stond een lange, magere man met zilvergrijs haar en een dito baard, die tot aan zijn middel kwamen. Een halfrond brilletje balanceerde op zijn kromme neus en hij droeg een lange zwarte reismantel en een punthoed. Herman Duffeling, wiens snor net zo borstelig was als die van Perkamentus maar dan zwart, en die een paarsbruine ochtendjas droeg, staarde de bezoeker aan alsof hij zijn kleine oogjes niet kon geloven.

'Te oordelen naar uw uitdrukking van verbijstering en ongeloof zou ik zeggen dat Harry u níét gewaarschuwd heeft,' zei Perkamentus minzaam. 'Laten we echter aannemen dat u me vriendelijk gevraagd heeft binnen te komen. Het is in deze gevaarlijke tijden niet verstandig om te lang op andermans stoep te blijven staan.'

Hij stapte kwiek over de drempel en deed de voordeur achter zich dicht.

'Het is lang geleden sinds mijn laatste bezoek,' zei Perkamentus en hij tuurde langs zijn kromme neus naar oom Herman. 'Ik moet zeggen dat uw gladiolen er puik bij staan.'

Herman Duffeling zei helemaal niets. Harry twijfelde er niet aan dat zijn oom snel zijn spraakvermogen zou terugkrijgen – de kloppende ader bij zijn slaap was gevaarlijk gezwollen – maar iets aan Perkamentus scheen hem tijdelijk de adem benomen te hebben. Misschien was het omdat hij er zo overduidelijk toverachtig uitzag, maar mogelijk voelde zelfs oom Herman dat dit een man was die hij maar heel moeilijk zou kunnen koeioneren.

'Ah, goedenavond, Harry,' zei Perkamentus en hij keek Harry door zijn halfronde brilletje tevreden aan. 'Uitstekend, uitstekend.'

Die woorden schenen oom Herman te prikkelen. Het was duidelijk dat, wat hem betrof, iemand die Harry zag en dan 'uitstekend' zei een man was met wie hij nooit op één lijn zou zitten.

'Ik wil niet onbeleefd zijn –' begon hij op een toon waar de onbeleefdheid van afdroop.

'– maar helaas komt onbedoelde onbeleefdheid schrikbarend vaak voor,' maakte Perkamentus ernstig zijn zin af. 'Zwijgen is meestal goud, beste man. Ah, en dit moet Petunia zijn.'

De keukendeur ging open en Harry's tante verscheen. Ze droeg rubberhandschoenen en een ochtendjas over haar nachtpon en was blijkbaar bezig met haar gebruikelijke grondige schoonmaak van de hele keuken voor ze naar bed ging. De geschoktheid droop van haar lange paardengezicht.

'Albus Perkamentus,' zei Perkamentus toen oom Herman hen niet aan elkaar voorstelde. 'We hebben uiteraard met elkaar gecorrespondeerd.' Dat vond Harry een vreemde manier om tante Petunia eraan te herinneren dat hij haar ooit een ontploffende brief gestuurd had, maar ze ging er niet op in. 'En dit is natuurlijk jullie zoon, Dirk?'

Dirk gluurde voorzichtig om de deur van de woonkamer. Zijn

dikke blonde hoofd, dat oprees uit de gestreepte kraag van zijn pyjama, leek merkwaardig te zweven, alsof het niet aan zijn lichaam vastzat, en zijn mond hing open van verbijstering en angst. Perkamentus wachtte even, blijkbaar om te zien of een van de Duffelingen iets zou zeggen, maar toen de stilte langer en langer duurde glimlachte hij.

'Zullen we aannemen dat u me gevraagd heeft mee te gaan naar de woonkamer?'

Dirk schoot haastig opzij toen Perkamentus hem passeerde. Harry, met zijn telescoop en sportschoenen nog in zijn hand, holde ook de laatste treden af en volgde Perkamentus, die had plaatsgenomen in de stoel die het dichtst bij de haard stond en zijn blik nu vol minzame belangstelling door de kamer liet gaan. Hij viel bijna lachwekkend uit de toon.

'Gaan – gaan we niet, professor?' vroeg Harry ongerust.

'Ja, we gaan zo, maar eerst moeten we een paar dingetjes bespreken,' zei Perkamentus. 'En dat doe ik liever niet in de buitenlucht. We zullen helaas nog ietsje langer misbruik moeten maken van de gastvrijheid van je oom en tante.'

'Dacht je dat?'

Oom Herman was binnengekomen. Petunia stond vlak achter hem en Dirk was angstig weggekropen achter zijn ouders.

'Dat denk ik zeker,' zei Perkamentus simpelweg.

Hij trok zijn toverstok zo snel dat Harry het nauwelijks kon volgen; een achteloos zwiepje en de bank schoot van zijn plaats en ramde van achteren tegen de knieën van de Duffelingen, zodat ze in een slordige hoop op de kussens ploften. Nog een zwiepje en de bank schoot terug naar zijn oorspronkelijke positie.

'We kunnen het ons net zo goed gemakkelijk maken,' zei Perkamentus vriendelijk.

Terwijl hij zijn toverstok terugstopte in zijn zak zag Harry dat zijn hand zwart en verschrompeld was; het leek wel alsof het vlees was weggeschroeid.

'Professor – wat is er met uw –?'

'Later, Harry,' zei Perkamentus. 'Ga alsjeblieft ook zitten.'

Harry koos de overgebleven fauteuil, maar keek niet naar de Duffelingen, die blijkbaar met stomheid geslagen waren.

'Ik zou graag willen geloven dat ik iets te drinken krijg aangeboden,' zei Perkamentus tegen oom Herman, 'maar alles wijst erop dat dat een aan dwaasheid grenzende vorm van optimisme zou zijn.'

Een derde gebaartje met de toverstok en er hingen opeens een stoffige fles en vijf glazen in de lucht. De fles kantelde en schonk een ruime hoeveelheid honingkleurige vloeistof in de glazen, die vervolgens naar alle aanwezigen zweefden.

'Madame Rosmerta's beste, op eiken gerijpte mede,' zei Perkamentus. Hij hief zijn glas naar Harry, die zelf ook zijn glas pakte en een slokje nam. Hij had nog nooit zoiets geproefd, maar vond het heerlijk. De Duffelingen keken elkaar alleen even angstig aan en probeerden toen hun glazen volkomen te negeren, wat moeilijk was omdat ze zachtjes tegen de zijkant van hun hoofd duwden. Harry had het vermoeden dat Perkamentus zich stiekem amuseerde.

'Nou, Harry,' zei Perkamentus en hij keek hem aan. 'We zitten met een probleem en ik hoop dat jij dat voor ons kunt oplossen. Met "ons" bedoel ik de Orde van de Feniks. Maar eerst moet ik je vertellen dat we een week geleden het testament van Sirius gevonden hebben en dat hij je al zijn bezittingen heeft nagelaten.'

Op de bank draaide oom Herman zijn hoofd om, maar Harry keek hem niet aan. Hij kon ook niets bedenken om te zeggen, behalve: 'O. Aha.'

'Voor het grootste deel is het vrij simpel,' vervolgde Perkamentus. 'Er wordt een redelijke hoeveelheid Galjoenen bijgeschreven op je rekening bij Goudgrijp en je erft alle persoonlijke eigendommen van Sirius. Een enigszins problematisch aspect van de erfenis –'

'Is zijn peetvader dood?' zei oom Herman luid vanaf de bank. Perkamentus en Harry draaiden zich allebei om en keken hem aan. Het glas mede tikte nu hardnekkig tegen de zijkant van Hermans hoofd en hij probeerde het weg te jagen. 'Is hij dood? Zijn peetvader?'

'Ja,' zei Perkamentus. Hij vroeg niet waarom Harry de Duffelingen niet in vertrouwen genomen had. 'Ons probleem,' zei hij tegen Harry alsof hij niet in de rede gevallen was, 'is dat Sirius je ook Grimboudplein 12 heeft nagelaten.'

'Heeft hij een huis geërfd?' zei oom Herman inhalig. Zijn kleine oogjes versmalden zich, maar niemand gaf antwoord.

'Jullie kunnen het als Hoofdkwartier blijven gebruiken,' zei Harry. 'Mij kan het niet schelen. Ik wil het niet hebben.' Harry had geen zin ooit nog één voet op Grimboudplein 12 te zetten als het niet per se hoefde. Hij had af en toe het gevoel dat hij eeuwig achtervolgd zou worden door de herinnering aan Sirius die in zijn eentje door die donkere, muffe kamers ijsbeerde, opgesloten in het huis waaruit hij zo dolgraag had willen ontsnappen.

'Dat is heel royaal van je,' zei Perkamentus. 'Maar we waren genoodzaakt het pand tijdelijk te ontruimen.'

'Waarom?'

'Nou,' zei Perkamentus en hij negeerde het gemompel van oom
Herman, die nu venijnige tikken tegen zijn schedel kreeg van het kop-
pige glas mede, 'volgens de familietraditie van de Zwartsen ging het
huis altijd in rechte lijn over op de eerstvolgende man met de naam
Zwarts. Sirius was de laatste van zijn geslacht, omdat zijn jongere
broer Regulus al eerder gestorven was en ze beiden geen kinderen
hadden. In zijn testament staat duidelijk dat hij het huis aan jou na-
laat, maar desondanks is het mogelijk dat er een spreuk of betovering
op rust die ervoor zorgt dat het alleen kan overgaan op iemand van
zuiver bloed.'

Er flitste een levendig beeld door Harry's hoofd: het gillende,
schuimbekkende portret van de moeder van Sirius dat in de hal van
Grimboudplein 12 hing. 'Dat geloof ik graag,' zei hij.

'Precies,' zei Perkamentus. 'En als er zo'n betovering bestaat, vervalt het huis hoogstwaarschijnlijk aan Sirius' oudste nog levende familielid. In dit geval zijn nicht, Bellatrix van Detta.'

Zonder het zelf te beseffen sprong Harry overeind; de telescoop
en sportschoenen die op zijn schoot hadden gelegen vielen op de
grond. Bellatrix van Detta, de moordenaar van Sirius, zou nu zijn huis
erven?

'Nee!' zei hij.

'Uiteraard hebben we zelf ook liever niet dat zij het krijgt,' zei Perkamentus kalm. 'Maar de situatie is heel gecompliceerd. We weten
niet of de betoveringen die we zelf over het huis hebben uitgesproken, bijvoorbeeld om het onleesbaar te maken, nog wel zullen werken nu het niet meer in het bezit is van Sirius. Bellatrix zou elk moment op de stoep kunnen staan. We moesten het huis tijdelijk
verlaten tot de situatie opgehelderd is.'

'Maar hoe willen jullie erachter komen of ik het huis mag bezitten?'

'Gelukkig bestaat er een eenvoudige test,' zei Perkamentus.

Hij zette zijn lege glas op het bijzettafeltje naast zijn stoel, maar
voor hij verder nog iets kon doen schreeuwde oom Herman: '*Haal die
rotdingen weg!*'

Harry keek op. De Duffelingen zaten angstig ineengedoken op de
bank met hun armen over hun hoofd, terwijl de glazen op en neer stuiterden op hun schedels en de mede in het rond spatte.

'O, sorry,' zei Perkamentus hoffelijk en hij hief zijn toverstok weer op. 'Maar het zou beleefder zijn geweest om te drinken.'

Oom Herman moest duidelijk grote moeite doen om een hele-boel onbeleefde antwoorden te onderdrukken, maar hij zakte zwijgend achterover in de kussens, samen met tante Petunia en Dirk, en staarde met zijn kleine varkensoogjes naar de toverstok van Perkamentus.

'Kijk,' zei Perkamentus terwijl hij zich weer tot Harry wendde en opnieuw deed alsof oom Herman hem niet in de rede gevallen was, 'als je het huis inderdaad geërfd hebt, hoort bij die erfenis ook –'

Hij gaf voor de vijfde keer een zwiepje met zijn toverstaf. Er klonk een luide *knal* en er verscheen een huis-elf met een gigantische kromme neus, reusachtige vleermuisoren en enorme, bloeddoorlopen ogen. Hij zat gehurkt op het hoogpolige tapijt van de Duffelingen, gekleed in gore lompen. Tante Petunia slaakte een ijselijke gil: ze had nog nooit zoiets smerigs in haar huis gehad. Dirk trok zijn dikke, blote, roze voeten gauw op tot bijna boven zijn hoofd, alsof hij bang was dat het wezen door zijn pyjamabroek omhoog zou kruipen en oom Herman bulderde: 'Wat is dát in godsnaam?'

'Knijster,' besloot Perkamentus.

'Knijster wil niet, Knijster wil niet, Knijster wil niet!' kraste de huis-elf minstens zo luid als oom Herman. Hij stampte met zijn lange, knoestige voeten en trok aan zijn oren. 'Knijster is van juffrouw Bellatrix, ja, Knijster is van de Zwartsen, Knijster wil zijn nieuwe bazin, Knijster gaat niet naar dat rotjoch van een Potter, dat wil Knijster niet, niet, niet –'

'Zoals je ziet, Harry,' zei Perkamentus met stemverheffing om boven Knijsters gekras van 'niet, niet, niet' uit te komen, 'is Knijster niet bijster enthousiast bij het vooruitzicht dat jij zijn nieuwe meester wordt.'

'Kan me niet schelen,' zei Harry en hij keek vol afkeer naar de kronkelende, stampvoetende huis-elf. 'Ik wil hem toch niet.'

'*Niet, niet, niet, niet* –'

'Wil je liever dat hij eigendom wordt van Bellatrix van Detta? In aanmerking genomen dat hij het afgelopen jaar in het Hoofdkwartier van de Orde van de Feniks gewoond heeft?'

'*Niet, niet, niet, niet* –'

Harry keek Perkamentus aan. Hij wist dat ze Knijster niet bij Bellatrix van Detta konden laten wonen, maar het idee dat de huis-elf nu van hem was, dat hij verantwoordelijk was voor het wezen dat Sirius verraden had, stuitte hem tegen de borst.

'Geef hem een bevel,' zei Perkamentus. 'Als hij werkelijk van jou is, moet hij gehoorzamen. Zo niet, dan zullen we een andere manier moeten bedenken om hem uit handen van zijn rechtmatige eigenaresse te houden.'

'Niet, niet, niet, NIET!'

Knijsters stem ging over in gekrijs. Harry kon niets bedenken om te zeggen, behalve: 'Knijster, hou je mond!'

Even leek het erop dat Knijster zou stikken. Hij greep naar zijn keel, met furieus bewegende mond en uitpuilende ogen. Na een paar tellen verwoed naar lucht gehapt te hebben wierp hij zich plat op het tapijt (tante Petunia jammerde zachtjes) en begon met handen en voeten op de grond te beuken, in de greep van een heftige maar volkomen geluidloze woedeaanval.

'Nou, dat maakt de zaak er een stuk eenvoudiger op,' zei Perkamentus opgewekt. 'Blijkbaar wist Sirius wat hij deed. Je bent nu de rechtmatige eigenaar van Grimboudplein 12 en van Knijster.'

'Moet ik – moet ik hem bij me houden?' vroeg Harry ontzet terwijl Knijster aan hun voeten spartelde.

'Niet als je dat niet wilt,' zei Perkamentus. 'Als ik een suggestie mag doen, stel ik voor dat je hem naar Zweinstein stuurt om daar in de keuken te werken. Op die manier kunnen de andere huis-elfen hem in de gaten houden.'

'Ja,' zei Harry opgelucht. 'Ja, ik denk dat ik dat doe. Eh – Knijster – ik wil dat je op Zweinstein in de keuken gaat werken, samen met de andere huis-elfen.'

Knijster, die nu plat op zijn rug lag met zijn armen en benen in de lucht, wierp Harry ondersteboven een blik vol hartgrondige afkeer toe en verdween toen met opnieuw een harde *knal*.

'Mooi zo,' zei Perkamentus. 'En dan zitten we ook nog met de kwestie van de Hippogrief Scheurbek. Hagrid heeft voor hem gezorgd sinds de dood van Sirius, maar Scheurbek is nu van jou, dus als je een andere regeling wilt treffen –'

'Nee,' zei Harry vlug. 'Hij kan bij Hagrid blijven. Ik denk dat Scheurbek dat liever heeft.'

'Hagrid zal ook blij zijn,' zei Perkamentus glimlachend. 'Hij was dolgelukkig toen hij Scheurbek terugzag. Met het oog op Scheurbeks veiligheid hebben we trouwens besloten hem tijdelijk om te dopen in Kortwiekje, al betwijfel ik of het Ministerie erachter zou komen dat hij de Hippogrief is die ze ooit ter dood veroordeeld hebben. Nou, Harry, heb je je koffer gepakt?'

'Eh...'

'Wist je niet zeker of ik wel zou komen?' vroeg Perkamentus scherpzinnig.

'Ik zal even de – eh – laatste dingetjes inpakken,' zei Harry en hij greep haastig zijn gevallen telescoop en sportschoenen.

Het duurde iets meer dan tien minuten om alles wat hij nodig had bij elkaar te zoeken; als laatste viste hij zijn Onzichtbaarheidsmantel onder het bed vandaan, schroefde de dop weer op zijn potje Regenbooginkt en wist het deksel van zijn hutkoffer dicht te krijgen, ondanks de toverketel die erin zat. De koffer meeslepend met zijn ene hand en met Hedwigs kooi in de andere ging hij de trap weer af.

Tot zijn teleurstelling stond Perkamentus niet in de hal te wachten, wat inhield dat hij terug moest naar de woonkamer.

Daar zweeg iedereen als het graf. Perkamentus neuriede zachtjes en voelde zich blijkbaar prima op zijn gemak, maar de sfeer was killer dan koude custard en Harry durfde de Duffelingen niet aan te kijken terwijl hij zei: 'Professor – ik ben zover.'

'Mooi zo,' zei Perkamentus. 'Nog één laatste opmerking.' Hij wendde zich weer tot de Duffelingen. 'Zoals jullie ongetwijfeld weten, wordt Harry over een jaar meerderjarig –'

'Nietes,' zei tante Petunia. Het was het eerste wat ze gezegd had sinds de komst van Perkamentus.

'Pardon?' zei Perkamentus beleefd.

'Hij wordt nog niet meerderjarig. Hij is een maand jonger dan Dirk en Dirk wordt pas over twee jaar achttien.'

'Juist ja,' zei Perkamentus vriendelijk. 'In de toverwereld worden we meerderjarig op ons zeventiende.'

Oom Herman mompelde: 'Belachelijk!' maar Perkamentus negeerde hem.

'Zoals u weet, is de tovenaar die Heer Voldemort genoemd wordt naar dit land teruggekeerd. De tovergemeenschap verkeert momenteel in openlijke staat van oorlog. Heer Voldemort heeft al een aantal pogingen gedaan om Harry te vermoorden en hij loopt nu zelfs nog meer gevaar dan vijftien jaar geleden, op de dag dat ik hem achterliet op jullie stoep, met een brief waarin ik uitlegde dat zijn ouders vermoord waren en de hoop uitsprak dat jullie voor hem zouden zorgen als jullie eigen kind.'

Perkamentus zweeg even en hoewel zijn stem licht en kalm bleef en hij geen teken van woede liet blijken, voelde Harry de kilte die hij uitstraalde. Hij zag dat de Duffelingen iets dichter bij elkaar gingen zitten.

'Jullie hebben niet gedaan wat ik vroeg. Jullie hebben Harry nooit als een zoon behandeld. Hij heeft bij jullie alleen verwaarlozing en vaak wreedheid gekend. Het beste wat ik kan zeggen is dat hem tenminste de vreselijke schade bespaard is gebleven die jullie de onfortuinlijke jongen naast jullie hebben toegebracht.'

Zowel tante Petunia als oom Herman keek instinctief opzij, alsof ze verwachtten dat er iemand anders dan Dirk tussen hen in geklemd zou zitten.

'Wat – wij Dirk mishandelen? Hoe bedoel –?' begon oom Herman woedend, maar Perkamentus hief zijn vinger op en maande hem tot stilte, een stilte die zo abrupt viel dat het leek alsof hij oom Herman met stomheid geslagen had.

'De magie die ik vijftien jaar geleden heb opgeroepen houdt in dat Harry een krachtige bescherming geniet zolang hij dit huis nog zijn thuis kan noemen. Hoe ellendig hij zich hier ook gevoeld heeft, hoe onwelkom hij ook was, hoe slecht hij ook behandeld werd, jullie hebben hem in elk geval schoorvoetend in jullie huis laten wonen. Die magie vervalt zodra Harry zeventien wordt; met andere woorden, op het moment dat hij een man wordt. Ik vraag alleen dit: dat jullie hem voor zijn zeventiende verjaardag nog één keer laten terugkeren naar dit huis, zodat de bescherming in elk geval tot die tijd zal blijven werken.'

De Duffelingen zwegen alle drie. Dirks voorhoofd was een beetje gefronst, alsof hij probeerde uit te knobbelen wanneer hij ooit mishandeld was. Oom Herman zag eruit alsof hij zich verslikt had, en tante Petunia was merkwaardig rood en zenuwachtig.

'Nou, Harry... het is tijd om te gaan,' zei Perkamentus uiteindelijk. Hij stond op en streek zijn lange zwarte mantel glad. 'Tot de volgende keer,' zei hij tegen de Duffelingen, voor wie dat genoegen zo te zien voor onbepaalde tijd mocht worden uitgesteld. Perkamentus lichtte zijn hoed en beende toen met grote passen de kamer uit.

'Dag,' zei Harry haastig tegen de Duffelingen en hij volgde Perkamentus. Die was blijven staan naast Harry's hutkoffer, waar Hedwigs kooi op balanceerde.

'Het zou lastig zijn om die te moeten meezeulen,' zei hij en hij pakte zijn toverstok weer. 'Ik stuur ze vast vooruit naar Het Nest. Ik wil wel graag dat je je Onzichtbaarheidsmantel meeneemt... je weet maar nooit.'

Harry diepte met enige moeite de mantel op uit zijn hutkoffer en probeerde Perkamentus niet te laten zien hoe slordig hij gepakt had. Toen hij de mantel in de binnenzak van zijn jack gepropt had, zwaaide Perkamentus met zijn toverstok en verdwenen de hutkoffer, de kooi en Hedwig. Perkamentus zwaaide opnieuw met zijn staf. De voordeur ging open en ze zagen koele mist.

'En laten we ons nu in het nachtelijk duister begeven, Harry, op zoek naar die wispelturige verleidster: het avontuur.'

HOOFDSTUK 4

HILDEBRAND SLAKHOORN

O ndanks het feit dat hij de afgelopen dagen ieder moment dat hij wakker was vurig gehoopt had dat Perkamentus hem zou komen halen, voelde Harry zich uitgesproken slecht op zijn gemak toen ze samen de Ligusterlaan uit liepen. Hij had buiten Zweinstein nooit echt een gesprek gevoerd met zijn schoolhoofd; meestal stond er een bureau tussen hen in. Harry werd geplaagd door de herinnering aan de laatste keer dat ze elkaar gezien hadden en dat maakte dat hij zich nog onbehaaglijker voelde; hij had toen een hoop geschreeuwd en zijn best gedaan om een paar van de dierbaarste bezittingen van Perkamentus kapot te slaan.

Perkamentus zelf leek echter volkomen op zijn gemak.

'Hou je toverstok gereed, Harry,' zei hij opgewekt.

'Ik dacht dat ik buiten school niet mocht toveren, professor?'

'Als we worden aangevallen,' zei Perkamentus, 'geef ik je toestemming om iedere tegenspreuk of -vloek te gebruiken die je bedenken kunt, al denk ik eerlijk gezegd niet dat je bang hoeft te zijn dat je vanavond aangevallen zult worden.'

'Waarom niet, professor?'

'Ik ben bij je,' zei Perkamentus simpelweg. 'Dit lijkt me ver genoeg, Harry.'

Hij bleef abrupt staan aan het einde van de Ligusterlaan.

'Je hebt natuurlijk je Verschijnselbrevet nog niet?' vroeg hij.

'Nee,' zei Harry. 'Ik dacht dat je daar zeventien voor moest zijn?'

'Klopt,' zei Perkamentus. 'Dan zul je mijn arm heel stevig vast moeten houden. Mijn linkerarm, als je het niet erg vindt – zoals je gemerkt hebt, is mijn toverstokarm op het moment een beetje broos.'

Harry pakte de arm die Perkamentus uitstak vast.

'Goed zo,' zei Perkamentus. 'Nou, daar gaan we dan.'

Harry voelde de arm van Perkamentus van hem wegdraaien en greep hem extra stevig vast; het volgende moment werd alles zwart.

Hij voelde aan alle kanten een hevige druk, hij kon niet ademhalen, het was alsof ijzeren banden zich om zijn borst klemden, zijn ogen werden steeds dieper in hun kassen gedrukt, zijn trommelvliezen werden verder en verder zijn schedel in geduwd en toen –

Harry nam grote happen koele lucht en deed zijn tranende ogen open. Hij had het gevoel dat hij door een heel nauwe rubberen buis was geperst. Het duurde een paar seconden voor hij besefte dat de Ligusterlaan verdwenen was. Perkamentus en hij stonden op een verlaten dorpsplein. In het midden van het plein zag hij een oud oorlogsmonument en een paar bankjes. Harry's verstand zei hem wat zijn zintuigen al wisten, en hij realiseerde zich dat hij voor het eerst in zijn leven Verschijnseld had.

'Alles goed?' vroeg Perkamentus en hij keek Harry bezorgd aan. 'Het is een gevoel waaraan je wennen moet.'

'Alles oké,' zei Harry. Hij wreef over zijn oren, die zo te voelen de Ligusterlaan ietsje langzamer verlaten hadden dan de rest. 'Maar ik heb zo'n idee dat ik voortaan toch liever de bezem neem.'

Perkamentus glimlachte, sloeg zijn reismantel dichter om zich heen en zei: 'Deze kant op.'

Hij liep met kwieke pas langs een gesloten café en een paar huizen. Volgens de klok op een naburige kerk was het bijna middernacht.

'Zeg eens, Harry,' zei Perkamentus, 'heb je de laatste tijd nog last van je litteken?'.

Harry hief onbewust zijn hand op en wreef over het bliksemvormige litteken op zijn voorhoofd.

'Nee,' zei hij. 'Dat vond ik zelf ook al vreemd. Ik dacht dat het de hele tijd zou branden, nu Voldemort weer zo machtig aan het worden is.'

Hij wierp een blik op Perkamentus en zag dat die hem tevreden aankeek.

'Ik vermoedde precies het tegenovergestelde,' zei Perkamentus. 'Voldemort heeft eindelijk beseft wat een gevaarlijke toegang tot zijn gedachten en gevoelens jij had. Blijkbaar gebruikt hij nu Occlumentie tegen je.'

'Nou, ik klaag niet,' zei Harry. Hij miste die verontrustende dromen helemaal niet, net zomin als de alarmerende flitsen van inzicht in de gedachten van Voldemort.

Ze gingen een hoek om en passeerden een telefooncel en een bushokje. Harry keek opnieuw vanuit zijn ooghoeken naar Perkamentus.

'Professor?'

'Ja, Harry?'

'Waar – eh – waar zijn we eigenlijk?'

'Dit, Harry, is het pittoreske dorpje Boven-Botelberg.'

'En wat doen we hier?'

'Ach, natuurlijk. Dat heb ik je nog niet verteld,' zei Perkamentus. 'Ik weet werkelijk niet meer hoe vaak ik dit de afgelopen jaren al niet heb moeten zeggen, maar we komen opnieuw een docent te kort. We zijn hier om een oude collega over te halen iets minder stil te gaan leven en terug te keren naar Zweinstein.'

'Hoe kan ik daarbij helpen, professor?'

'O, ik weet zeker dat je van pas zult komen,' zei Perkamentus vaag. 'Hier naar links, Harry.'

Ze sloegen af naar een steil, smal straatje met huizen aan weerszijden. Alle ramen waren donker. De vreemde kilte die de Ligusterlaan al twee weken in zijn greep had, was hier ook merkbaar. Harry moest aan Dementors denken. Hij keek vlug over zijn schouder en zocht naar het geruststellende gevoel van zijn toverstok in zijn broekzak.

'Waarom zijn we niet gewoon tot in het huis van uw ex-collega Verschijnseld, professor?'

'Omdat dat net zo onbeleefd zou zijn als de voordeur intrappen,' zei Perkamentus. 'Volgens de etiquette moeten we medetovenaars de gelegenheid geven ons de toegang te weigeren. Bovendien zijn de meeste toverwoningen magisch beschermd tegen ongewenste Verschijnselaars. Op Zweinstein, bijvoorbeeld –'

'– kun je niet Verschijnselen of Verdwijnselen binnen de gebouwen of op het schoolterrein,' zei Harry vlug. 'Dat zei Hermelien Griffel ook al.'

'Ze had groot gelijk. Hier opnieuw naar links.'

Achter hen sloeg de kerkklok middernacht. Harry vroeg zich af waarom Perkamentus het niet onbeleefd vond om zo laat nog bij zijn oude collega op de stoep te staan, maar nu er eenmaal een gesprek op gang was, had hij wel belangrijkere dingen te vragen.

'Ik zag in de *Ochtendprofeet* dat Droebel ontslagen is, professor...'

'Inderdaad,' zei Perkamentus. Hij nam een steil zijstraatje. 'Dan zul je ongetwijfeld ook gelezen hebben dat hij opgevolgd is door Rufus Schobbejak, die eerder de leiding had over de Schouwers.'

'Is... vindt u hem geschikt?' vroeg Harry.

'Een interessante vraag,' zei Perkamentus. 'Hij is bekwaam, dat zeker. Een krachtiger en doortastender persoonlijkheid dan Cornelis.'

'Ja, maar ik bedoelde –'

'Ik weet wat je bedoelt. Rufus is een man van de daad. Hij heeft het grootste deel van zijn werkzame leven tegen Duistere tovenaars gevochten en onderschat Heer Voldemort niet.'

Harry wachtte, maar Perkamentus zei niets over het conflict met Schobbejak waarover de *Ochtendprofeet* geschreven had. Hij durfde er niet verder op in te gaan en veranderde daarom van onderwerp.

'En... ik... las over madame Bonkel.'

'Ja,' zei Perkamentus zacht. 'Een vreselijk verlies. Ze was een uitmuntende heks. We zijn er bijna, geloof ik – au.'

Hij had gewezen met zijn gewonde hand.

'Professor, wat is er gebeurd met uw –'

'Ik heb geen tijd om dat nu uit te leggen,' zei Perkamentus. 'Het is een sensationeel verhaal en ik wil het eer aandoen.'

Hij glimlachte tegen Harry, die begreep dat hij niet op zijn nummer werd gezet en toestemming had om vragen te blijven stellen.

'Professor – ik kreeg per uilenpost een folder van het Ministerie van Toverkunst, over de veiligheidsmaatregelen die iedereen zou moeten nemen tegen Dooddoeners...'

'Ja, ik heb er zelf ook een gehad,' zei Perkamentus, nog steeds glimlachend. 'Heb je er goede tips uit gehaald?'

'Niet echt.'

'Dat dacht ik al. Je hebt me bijvoorbeeld niet gevraagd wat mijn favoriete soort jam is, om te controleren of ik werkelijk professor Perkamentus ben en geen bedrieger.'

'Ik heb niet...' begon Harry, die niet helemaal zeker wist of dat een standje was of niet.

'Het is frambozenjam, Harry. Dan weet je dat voortaan... hoewel ik, als ik Dooddoener was, uiteraard onderzoek zou hebben gedaan naar mijn voorkeur op jamgebied alvorens ik me uitgaf voor mezelf.'

'Eh... ja, natuurlijk,' zei Harry. 'Maar in die folder stond ook iets over Necroten. Wat zijn dat precies? Het foldertje was niet erg duidelijk.'

'Het zijn lijken,' zei Perkamentus kalm. 'Dode lichamen die behekst zijn, zodat ze gehoorzamen aan een Duistere tovenaar. We hebben heel lang geen Necroten meer gezien, eigenlijk niet meer sinds Voldemort voor het laatst machtig was... hij had uiteraard voldoende mensen vermoord voor een heel leger Necroten. We zijn er, Harry. Hier is het...'

Ze waren bij een klein, keurig, vrijstaand stenen huisje. Harry had het nog zo druk met het verwerken van die gruwelijke informatie over Necroten dat hij weinig aandacht had voor iets anders, maar toen ze bij het tuinhek waren bleef Perkamentus plotseling staan en liep Harry pardoes tegen hem op.

'O jee. O jee, o jee, o jee.'

Harry volgde de blik van Perkamentus langs het keurig onderhouden tuinpad, en kreeg een hol gevoel in zijn maag. De voordeur hing scheef in zijn scharnieren.

Perkamentus keek links en rechts door de straat, maar die leek uitgestorven.

'Trek je toverstok en volg me, Harry.'

Hij deed het hekje open en liep vlug en geruisloos over het tuinpad met Harry op zijn hielen. Hij duwde heel langzaam de voordeur open met zijn opgeheven toverstok in de aanslag.

'*Lumos.*'

Het puntje van de toverstaf van Perkamentus begon te gloeien en verlichtte een smalle gang. Links stond nog een deur open. Met zijn lichtgevende toverstok hoog opgeheven liep Perkamentus naar de woonkamer. Harry volgde hem op de voet.

Ze zagen een onvoorstelbare ravage. Een staande klok lag versplinterd aan hun voeten. Het glas was gebarsten en de slinger lag een eindje verderop, als een gevallen zwaard. Een piano lag op zijn kant en de toetsen waren her en der verspreid. Daarnaast glinsterden de scherven van een gevallen kroonluchter. Veren stroomden uit de lange scheuren in slappe, opengesneden kussens en alles was bedekt met een fijn gruis van glas en porselein. Perkamentus hief zijn toverstaf nog hoger op en het licht scheen op de muren. Het behang was bespat met iets donkerroods en kleverigs. Harry snakte zacht naar adem en Perkamentus keek om.

'Geen leuk gezicht, hè?' zei hij. 'Ja, er is hier iets vreselijks gebeurd.'

Perkamentus liep voorzichtig naar het midden van de kamer en bestudeerde de puinhoop. Harry volgde hem. Hij was een beetje bang voor wat er misschien achter de vernielde piano of de omgevallen bank zou liggen, maar er was nergens een lichaam te bekennen.

'Misschien hebben ze gevochten en – en hem toen meegesleurd, professor?' suggereerde Harry. Hij probeerde er niet aan te denken hoe erg iemand gewond zou moeten zijn om de muren tot halverwege met bloed te bespatten.

51

'Dat denk ik niet,' zei Perkamentus zacht en hij keek achter een goed gestoffeerde fauteuil die op zijn kant lag.

'Bedoelt u dat –?'

'Hij hier nog ergens moet zijn? Ja.'

Zonder enige waarschuwing bukte Perkamentus zich plotseling en porde hard met de punt van zijn toverstok in de zitting van de fauteuil, die 'Au!' riep.

'Goedenavond, Hildebrand,' zei Perkamentus en hij kwam weer overeind.

Harry's mond viel open. Waar een fractie van een seconde eerder nog een fauteuil gelegen had, hurkte nu een moddervette, kale oude man. Hij wreef over zijn onderbuik en keek Perkamentus verontwaardigd en met waterige ogen aan.

'Moest dat nou echt zo hard?' vroeg hij nors terwijl hij half overeind kwam. 'Het deed pijn!'

Het licht van de toverstaf glansde op zijn kale schedel, uitpuilende ogen, reusachtige zilvergrijze walrussnor en de glimmende knopen van het kastanjebruine, fluwelen huisjasje dat hij over een pyjama van lila zijde droeg. Zijn kruin kwam nauwelijks tot aan de kin van Perkamentus.

'Hoe merkte je het?' gromde hij terwijl hij wankel ging staan en nog steeds over zijn buik wreef. Hij leek zich opmerkelijk weinig te generen voor iemand die net betrapt was op het imiteren van een fauteuil.

'M'n beste Hildebrand,' zei Perkamentus geamuseerd, 'als er hier werkelijk Dooddoeners waren geweest, zou het Duistere Teken wel boven het huis gehangen hebben.'

De tovenaar sloeg met een mollige hand tegen zijn brede voorhoofd.

'Het Duistere Teken,' mompelde hij. 'Ik wist wel dat ik iets... nou ja, ik had er toch geen tijd voor gehad. Ik had mezelf net goed weten te stofferen toen jullie binnenkwamen.'

Hij slaakte een diepe zucht, zodat de uiteinden van zijn snor wapperden.

'Moet ik helpen met opruimen?' vroeg Perkamentus beleefd.

'Ja, graag,' zei de ander.

Ze gingen rug aan rug staan, de lange magere tovenaar en de korte dikke, en zwaaiden met hun toverstokken in een identiek, weids gebaar.

Meubels zoefden terug naar hun oorspronkelijke plek; snuisterijen werden midden in de lucht weer heel; veren schoten terug in hun kussens; gescheurde boeken herstelden zich terwijl ze neerdaalden op hun planken; olielampen vlogen naar bijzettafeltjes en begonnen weer te branden; een enorme collectie versplinterde zilveren foto-lijstjes wervelde glinsterend door de kamer en landde gerepareerd en wel op het dressoir; overal verdwenen scheuren, barsten en gaten en de muren veegden zichzelf schoon.

'Wat was dat trouwens voor bloed?' vroeg Perkamentus luid, boven het slaan van de nu weer geheel ongeschonden staande klok uit.

'Op de muren? Drakenbloed,' schreeuwde de tovenaar die Hilde-brand heette, terwijl de luchter zich met een oorverdovend geknars en gerinkel vastschroefde in het plafond.

De piano gaf een laatste *ping* en toen was het stil.

'Ja, drakenbloed,' herhaalde de tovenaar spraakzaam. 'Mijn laatste fles, en het kost op het moment kapitalen. Maar goed, misschien kan ik het hergebruiken.'

Hij kloste naar een kristallen flesje dat op het buffet stond, hield het tegen het licht en bestudeerde de dikke vloeistof die het bevat-te.

'Hmm. Een beetje stoffig.'

Hij zette het flesje terug en zuchtte. Op dat moment viel zijn blik op Harry.

'Hola,' zei hij en zijn grote ronde ogen flitsten naar Harry's voor-hoofd en het bliksemvormige litteken. '*Hola!*'

'Dit,' zei Perkamentus, die naar voren stapte om hen aan elkaar voor te stellen, 'is Harry Potter. Harry, dit is Hildebrand Slakhoorn, een oude vriend en collega van me.'

Slakhoorn keek naar Perkamentus met een sluwe uitdrukking op zijn gezicht.

'Dus zo wilde je me overhalen? Nou, het antwoord is nee, Albus.'

Hij wrong zich langs Harry met zijn gezicht resoluut afgewend en een air van iemand die een verleiding probeert te weerstaan.

'Er kan toch hopelijk wel een glaasje af?' vroeg Perkamentus. 'We zijn tenslotte oude vrienden en collega's.'

Slakhoorn aarzelde.

'Nou, vooruit. Eén glaasje dan,' zei hij onbeleefd.

Perkamentus glimlachte tegen Harry en gebaarde naar een stoel die veel weg had van de fauteuil die Slakhoorn zonet geïmiteerd had en die vlak naast het weer ontbrande haardvuur en een fel gloeiende olielamp stond. Harry ging zitten. Hij had de indruk dat Perkamentus om de een of andere reden wilde dat hij zo veel mogelijk in het zicht zou blijven. Slakhoorn was druk in de weer met karaffen en glazen, maar toen hij zich omkeerde gleed zijn blik onmiddellijk naar Harry.

'Hmmf,' zei hij en hij keek vlug de andere kant uit, alsof hij bang was dat hij zijn ogen pijn zou doen. 'Alsjeblieft –' Hij gaf een glas aan Perkamentus, die onuitgenodigd was gaan zitten, duwde het dienblad onder de neus van Harry, plofte neer op de kussens van de gerepareerde bank en deed er nors het zwijgen toe. Zijn beentjes waren zo kort dat ze niet tot op de grond kwamen.

'En, hoe gaat het ermee, Hildebrand?' vroeg Perkamentus.

'Niet best,' zei Slakhoorn vlug. 'Last van m'n borst. Hoesten en piepen. En reumatiek, natuurlijk. Ik kom bijna niet meer vooruit. Ach, wat kun je anders verwachten? Ouderdom. Aftakeling.'

'En toch moet je behoorlijk snel geweest zijn om ons op zulke korte termijn zo'n welkom te bereiden,' zei Perkamentus. 'Ik denk dat je hoogstens drie minuten de tijd had.'

'Twee minuten,' zei Slakhoorn, half geïrriteerd en half trots. 'Ik hoorde mijn Insluipbetovering niet afgaan. Ik zat in bad. Maar goed,' voegde hij er streng aan toe en hij scheen zich weer te vermannen, 'dat verandert niets aan het feit dat ik een oude man ben, Albus. Een vermoeide oude man die recht heeft op een rustige oude dag en wat kleine materiële genoegens.'

Die had hij zeker, dacht Harry terwijl hij door de kamer keek. Het was er bedompt en overvol, maar je kon niet zeggen dat het niet comfortabel was; het stond vol met zachte stoelen en voetenbankjes, boeken en drankjes, dozen bonbons en donzen kussens. Als Harry niet geweten had wie er woonde, zou hij gedacht hebben dat het een rijke, pietluttige oude dame was.

'Je bent minder oud dan ik, Hildebrand,' zei Perkamentus.

'Nou, misschien zou je zelf ook eens moeten overwegen om met pensioen te gaan,' zei Slakhoorn bot. Zijn bleke, uitpuilende ogen waren afgedwaald naar de gewonde hand van Perkamentus. 'Je reflexen zijn niet meer wat ze geweest zijn, zie ik.'

'Je hebt gelijk,' zei Perkamentus sereen. Hij deed zijn mouw omhoog en onthulde de toppen van zijn zwarte, verschroeide vingers. Harry kreeg een onaangenaam, prikkend gevoel in zijn nek toen hij ze zag. 'Ik ben beslist trager dan ik ooit was. Aan de andere kant...'

Hij haalde zijn schouders op en spreidde zijn armen, alsof hij wilde zeggen dat de ouderdom ook zijn compensaties had. Harry's blik viel op een ring aan Perkamentus' niet-gewonde hand die hij hem nooit eerder had zien dragen: hij was groot, nogal onbeholpen gesmeed, blijkbaar van goud en bezet met een massieve zwarte steen met een barst in het midden. Slakhoorns blik bleef ook een paar tellen op de ring rusten en Harry zag dat een kleine frons zijn brede voorhoofd plooide.

'En al die voorzorgsmaatregelen tegen indringers, Hildebrand... waren die bedoeld voor Dooddoeners of voor mij?' vroeg Perkamentus.

'Wat zouden de Dooddoeners moeten met zo'n arme, versleten oude tobber als ik?' vroeg Slakhoorn.

'Ik denk dat ze je aanzienlijke talenten willen aanwenden voor dwang, marteling en moord,' zei Perkamentus. 'Wil je me echt wijsmaken dat ze niet geprobeerd hebben je in te lijven?'

Slakhoorn staarde Perkamentus even boosaardig aan en mompelde toen: 'Ik heb ze de kans niet gegeven. Ik blijf nooit langer dan één week op dezelfde plek. Ik trek van het ene Dreuzelhuis naar het andere – de eigenaars van dit huis zijn momenteel met vakantie op de Canarische Eilanden. Ik heb het hier echt naar mijn zin en ik zal het jammer vinden als ik weg moet. Het is een fluitje van een cent, als je maar weet hoe. Je spreekt een eenvoudige Verstijvingsspreuk uit over die idiote inbraakbeveiligingen die ze gebruiken in plaats van Gluiposcopen en zorgt ervoor dat de buren je niet zien als je de piano naar binnen brengt.'

'Heel ingenieus,' zei Perkamentus. 'Maar het lijkt me een nogal vermoeiend bestaan voor een versleten oude tobber die alleen maar op zoek is naar een rustig leventje. Als je nou zou terugkeren naar Zweinstein –'

'Als je me wilt vertellen dat ik een vrediger leven zou leiden op die verschrikkelijke school, kun je je de moeite besparen, Albus! Misschien heb ik ondergedoken gezeten, maar ik heb toch de nodige rare geruchten gehoord sinds het vertrek van Dorothea Omber. Als je je docenten tegenwoordig zo behandelt –'

'Professor Omber kreeg het aan de stok met onze kudde centauren,' zei Perkamentus. 'Ik denk dat jij niet zo dom zou zijn geweest om het Verboden Bos binnen te stormen en een meute woedende centauren "smerige halfmensen" te noemen.'

'Heeft ze dat echt gedaan?' zei Slakhoorn. 'Idioot mens. Ik heb haar nooit gemogen.'

Harry grinnikte en zowel Perkamentus als Slakhoorn keken hem aan.

'Sorry,' zei Harry haastig. 'Het is gewoon dat – dat ik haar ook niet mocht.'

Perkamentus stond nogal plotseling op.

'Ga je weg?' vroeg Slakhoorn hoopvol.

'Nee, ik vroeg me af of ik even van je toilet gebruik mag maken,' zei Perkamentus.

'O,' zei Slakhoorn duidelijk teleurgesteld. 'Tweede deur links aan het eind van de gang.'

Perkamentus liep naar de deur. Zodra hij die achter zich dicht had gedaan viel er een stilte. Na enkele ogenblikken stond Slakhoorn ook op, maar hij scheen niet goed te weten wat hij moest doen. Hij keek stiekem naar Harry, liep toen met grote passen naar het haardvuur, draaide zich om en warmde zijn omvangrijke zitvlak.

'Denk maar niet dat ik niet weet waarom hij je heeft meegenomen,' zei hij abrupt.

Harry keek Slakhoorn alleen maar aan. Diens waterige ogen gleden weer naar Harry's litteken, maar bekeken nu ook de rest van zijn gezicht.

'Je lijkt op je vader.'

'Dat heb ik vaker gehoord,' zei Harry.

'Behalve je ogen. Je hebt –'

'Mijn moeders ogen, ja.' Harry had dat al zo vaak gehoord dat het een beetje vermoeiend werd.

'Hmmf. Ja, nou, je mag als leraar eigenlijk geen lievelingetjes hebben, maar zij was er wel een van mij. Je moeder,' voegde Slakhoorn eraan toe toen hij Harry vragend zag kijken. 'Lily Evers. Een van de meest sprankelende leerlingen aan wie ik ooit les heb gegeven. Levenslustig, snap je? Een charmant meisje. Ik zei soms dat ze eigenlijk op mijn afdeling had moeten zitten en dan kreeg ik vaak een brutaal antwoord.'

'Wat was uw afdeling dan?'

'Ik was Hoofd van Zwadderich,' zei Slakhoorn. 'Kom,' voegde hij er snel aan toe toen hij Harry's gezicht zag, en hij schudde vermanend met een dikke vinger. 'Neem me dat alsjeblieft niet kwalijk. Jij hoort zeker bij Griffoendor, net als zij? Ja, dat zit meestal in de familie, maar niet altijd. Heb je ooit van Sirius Zwarts gehoord? Vast wel – er hebben de afgelopen jaren veel stukken over hem in de krant gestaan – hij is een paar weken geleden gestorven –'

Het was alsof een onzichtbare hand Harry's ingewanden verdraaid had en er nu in kneep.

'Hoe dan ook, hij was een goede vriend van je vader. De hele familie Zwarts had op mijn afdeling gezeten, maar Sirius kwam in Griffoendor terecht! Doodzonde – hij had een hoop talent, die jongen. Ik kreeg zijn broer Regulus wel toen die naar school ging, maar ik had ze graag allemaal gehad.'

Hij klonk als een enthousiaste verzamelaar die afgetroefd was op een veiling. Blijkbaar in herinneringen verzonken staarde hij naar de muur aan de andere kant van de kamer en draaide langzaam heen en weer om de warmte gelijkmatig over zijn achterwerk te verspreiden.

'Je moeder kwam uiteraard uit een Dreuzelgezin. Ik kon mijn oren niet geloven toen ik het hoorde. Ik was ervan overtuigd dat ze van zuiver bloed was, zo goed was ze.'

'Een heel goede vriendin van me heeft ook Dreuzelouders en is de beste van ons schooljaar,' zei Harry.

'Dat komt soms voor. Gek hè?' zei Slakhoorn.

'Niet echt,' zei Harry kil.

Slakhoorn keek hem verbaasd aan.

'Denk alsjeblieft niet dat ik bevooroordeeld ben!' zei hij. 'Nee, nee, nee! Zei ik niet dat je moeder een van mijn favoriete leerlingen was? En je had Dirk Kramer, die nu hoofd is van het Contactpunt Kobolden – ook Dreuzelouders, maar een bijzonder getalenteerde leerling die me nog steeds uitstekende informatie geeft over wat zich allemaal afspeelt bij Goudgrijp!'

Hij wipte een beetje op en neer, grijnsde zelfvoldaan en wees op de vele glanzende fotolijstjes op het dressoir, die allemaal bevolkt werden door kleine, bewegende portretjes.

'Stuk voor stuk oud-leerlingen, stuk voor stuk gesigneerd. Barnabas Botterijk staat erbij, de hoofdredacteur van de *Ochtendprofeet*. Hij vindt het altijd interessant om mijn mening over het dagelijks nieuws te horen. En Ambrosius Flier van Zacharinus – ik krijg op mijn verjaardag steevast een mand met lekkers, en dat alleen omdat ik hem voorgesteld heb aan Clemens Leidsman die hem zijn eerste baantje bezorgde! En achteraan – je moet even op je tenen gaan staan, dan zie je haar – dat is Gwendoline Jacobs, de aanvoerster van de Holyhead Harpies... mensen zijn vaak verbaasd dat ik zo vriendschappelijk omga met de spelers van de Harpies en altijd vrijkaartjes krijg als ik wil!'

Die gedachte scheen hem enorm op te vrolijken.

'En al die mensen weten waar ze u kunnen vinden, zodat ze u dingen kunnen sturen?' vroeg Harry. Hij vroeg zich af waarom de Dood-

57

doeners Slakhoorn nog niet op het spoor waren als hij blijkbaar overspoeld werd met manden vol lekkers, Zwerkbalkaartjes en bezoekers
die hem om raad kwamen vragen.

De glimlach verdween even snel van Slakhoorns gezicht als het
bloed van de wanden.

'Nee, natuurlijk niet,' zei hij met een blik op Harry. 'Ik heb al een
jaar lang met niemand contact gehad.'

Harry had de indruk dat Slakhoorn zelf geschokt was door die
woorden; hij leek even echt van slag. Toen haalde hij zijn schouders
op.

'Maar goed... in tijden als deze houdt de voorzichtige tovenaar zich
gedeisd. Perkamentus heeft mooi praten, maar als ik nu zou terugkeren naar Zweinstein, zou dat gelijkstaan aan een openlijke steunbe-
tuiging aan de Orde van de Feniks! En hoewel ze vast allemaal hoog-
staand en dapper en weet ik veel zijn, ligt het sterftecijfer me eerlijk
gezegd net ietsje te hoog...'

'Je hoeft geen lid te zijn van de Orde om les te kunnen geven op
Zweinstein,' zei Harry. Hij slaagde er niet helemaal in een schampere
ondertoon te vermijden: het was moeilijk om sympathie te voelen
voor Slakhoorn en zijn luizenleventje als hij aan Sirius dacht, die eenzaam in een krappe grot had gezeten en ratten had moeten eten. 'De
meeste docenten zijn geen lid en er is nog geen enkele leraar vermoord – nou, afgezien van Krinkel, en die kreeg zijn verdiende loon
omdat hij samenwerkte met Voldemort.'

Harry was ervan overtuigd geweest dat Slakhoorn een van de tovenaars was die er niet tegen konden als Voldemorts naam hardop
werd uitgesproken en hij werd niet teleurgesteld. Slakhoorn huiverde en slaakte een schril protestkreetje, dat Harry negeerde.

'Volgens mij is het onderwijzend personeel veiliger dan de meeste andere mensen zolang Perkamentus schoolhoofd is,' vervolgde
Harry. 'Ze zeggen toch dat hij de enige is voor wie Voldemort ooit bang
is geweest?'

Slakhoorn staarde een paar tellen voor zich uit en scheen over Harry's woorden na te denken.

'Nou... het klopt dat Hij Die Niet Genoemd Mag Worden nooit de
confrontatie gezocht heeft met Perkamentus,' mompelde hij met tegenzin. 'En je zou kunnen zeggen dat, nu ik me niet heb aangesloten
bij de Dooddoeners, Hij Die Niet Genoemd Mag Worden me niet echt
als zijn vriend beschouwt... en in dat geval zou ik misschien veiliger
zijn in de directe omgeving van Albus... ik zal niet zeggen dat ik niet

diep geschokt was door de dood van Emilia Bonkel... als zij, met al haar kennissen op het Ministerie en alle officiële bescherming...'

Perkamentus kwam weer binnen en Slakhoorn maakte een sprongetje van schrik, alsof hij was vergeten dat hij er ook nog was.

'O, dus daar ben je, Albus,' zei hij. 'Je bleef lang weg. Last van je maag?'

'Nee, ik zat gewoon Dreuzeltijdschriften te lezen,' zei Perkamentus. 'Ik ben dol op breipatronen. Nou, Harry, we hebben lang genoeg misbruik gemaakt van Hildebrands gastvrijheid. Het lijkt me tijd om weer eens op te stappen.'

Daar had Harry wel oren naar en hij sprong overeind. Slakhoorn leek een beetje uit het veld geslagen.

'Gaan jullie weg?'

'Ja. Ik herken een hopeloze zaak als ik er een zie.'

'Een hopeloze...'

Slakhoorn maakte een geagiteerde indruk. Hij draaide met zijn dikke duimen en bewoog onrustig terwijl hij keek hoe Perkamentus zijn reismantel omdeed en Harry zijn jack dichtritste.

'Het spijt me dat je die baan niet wilt hebben, Hildebrand,' zei Perkamentus en hij stak zijn niet-gewonde hand op. 'Zweinstein zou blij geweest zijn je weer te begroeten. Ondanks onze sterk toegenomen veiligheidsmaatregelen blijf je altijd welkom als je een keertje langs zou willen komen.'

'Ja... goed... heel vriendelijk... zoals ik al zei...'

'Tot ziens dan maar.'

'Tot ziens,' zei Harry.

Net toen ze bij de voordeur waren, hoorden ze achter zich een kreet.

'Goed, goed, ik doe het!'

Perkamentus draaide zich om en zag Slakhoorn buiten adem in de deuropening van de woonkamer staan.

'Ben je bereid weer les te geven?'

'Ja, ja,' zei Slakhoorn ongeduldig. 'Ik moet niet goed bij mijn hoofd zijn, maar ik doe het.'

'Geweldig,' zei Perkamentus met een brede glimlach. 'Dan zien we je op één september, Hildebrand.'

'Ga daar maar van uit,' gromde Slakhoorn.

Terwijl ze over het tuinpad liepen, hoorden ze achter zich de stem van Slakhoorn.

'Ik wil wel opslag, Perkamentus!'

Perkamentus grinnikte. Het tuinhek sloeg achter hen dicht en ze liepen de heuvel weer af, door kolkende mist en duisternis.

'Goed gedaan, Harry,' zei Perkamentus.

'Ik heb niets gedaan,' zei Harry verbaasd.

'Jawel. Je hebt Hildebrand duidelijk gemaakt hoeveel hij zou winnen met een terugkeer naar Zweinstein. Vond je hem aardig?'

'Eh...'

Harry wist niet zeker of hij Slakhoorn aardig vond of niet. Waarschijnlijk was hij op zijn eigen manier best vriendelijk geweest, maar hij leek ook ijdel en veel te verbaasd dat iemand met Dreuzelouders een goede heks kon zijn, al had hij dat nog zo heftig ontkend.

'Hildebrand is op zijn comfort gesteld,' zei Perkamentus, zodat Harry niet gedwongen was die gedachte uit te spreken. 'Hij is ook heel erg gesteld op het gezelschap van beroemde, succesvolle en machtige figuren. Hij geniet van het gevoel dat hij invloed heeft op die mensen. Hij heeft nooit de behoefte gehad om zelf op de troon te zitten; hij geeft de voorkeur aan de achterbank – daar heb je meer armslag, snap je? Hij had vroeger vaak lievelingetjes onder de studenten, soms vanwege hun ambitie of intelligentie, soms vanwege hun charme of talent en hij had een griezelig goede neus voor leerlingen die later uitblinkers zouden worden op hun vakgebied. Hildebrand vormde een soort club van favorieten met zichzelf als middelpunt. Hij zorgde voor introducties, legde nuttige contacten tussen de leden en hield er altijd zelf iets aan over, of het nu een gratis doos van zijn geliefde geconfijte ananas was of de kans om het volgende jongste lid van het Contactpunt Kobolden aan te bevelen.'

Harry had plotseling een helder beeld van een enorme, dikke spin die een web om zich heen weefde en af en toe aan een draad trok om een grote, sappige vlieg naar zich toe te halen.

'Ik vertel je dit niet om je in te nemen tegen Hildebrand – of professor Slakhoorn, zoals we hem nu moeten noemen – maar om te zorgen dat je op je hoede bent,' vervolgde Perkamentus. 'Hij zal ongetwijfeld proberen jou ook in te palmen, Harry. Jij zou het pronkstuk van zijn collectie zijn: de Jongen Die Bleef Leven... of zoals ze je de laatste tijd noemen, de Uitverkorene.'

Toen hij dat hoorde, voelde Harry een kilte die niets te maken had met de mist om hen heen. Hij moest denken aan de woorden die hij een paar weken geleden gehoord had, woorden die voor hem een speciale en gruwelijke betekenis hadden:

De een kan niet voortleven als de ander niet dood is...

Perkamentus was blijven staan ter hoogte van de kerk die ze eerder gepasseerd waren.

'Hier lijkt me wel goed, Harry. Zou je me weer bij mijn arm willen pakken?'

Harry zette zich deze keer schrap en was erop voorbereid, maar Verschijnselen bleef een onaangenaam gevoel. Toen de druk verdween en hij weer normaal kon ademen stond hij op een landweggetje, samen met Perkamentus, en zag hij een eindje verderop het schots en scheve silhouet van zijn op één na favoriete gebouw ter wereld: Het Nest. Ondanks het beklemmende gevoel dat hem zojuist geplaagd had, vrolijkte hij bij die aanblik meteen op. Ron was daar... en mevrouw Wemel, die beter kon koken dan wie dan ook...

'Als je het niet erg vindt, zou ik nog een of twee dingen tegen je willen zeggen voor we afscheid nemen, Harry,' zei Perkamentus terwijl hij het hek opendeed. 'Onder vier ogen. Misschien daar?'

Perkamentus wees op het vervallen stenen schuurtje waar de Wemels hun bezems bewaarden. Enigszins verbaasd volgde Harry Perkamentus door de knarsende deur. Ze stapten een ruimte in die net iets kleiner was dan de gemiddelde wandkast. Perkamentus liet de punt van zijn toverstok oplichten, zodat hij gloeide als een fakkel, en keek Harry glimlachend aan.

'Ik hoop dat je me vergeeft dat ik erover begin, Harry, maar ik ben blij en best een beetje trots dat je je zo goed redt na alles wat er op het Ministerie gebeurd is. Sta me toe om te zeggen dat Sirius volgens mij trots op je geweest zou zijn.'

Harry slikte; hij scheen zijn stem plotseling kwijt te zijn. Hij dacht niet dat hij het kon verdragen om het over Sirius te hebben. Het was al pijnlijk genoeg geweest om oom Herman te horen zeggen: 'Is zijn peetvader dood?' maar nog veel erger dat Slakhoorn de naam van Sirius zo terloops had laten vallen.

'Het was wreed dat jij en Sirius zo weinig tijd samen konden doorbrengen,' zei Perkamentus zacht. 'Een bruut einde van wat een lange en gelukkige relatie had moeten zijn.'

Harry knikte en staarde resoluut naar de spin die nu tegen de hoed van Perkamentus op kroop. Hij voelde dat Perkamentus het begreep, dat hij misschien zelfs vermoedde dat, tot zijn brief arriveerde, Harry bij de Duffelingen voornamelijk op bed had gelegen, niet had willen eten en naar het mistige raam had gestaard, vol van de kille leegte die hij met Dementors was gaan associëren

'Het is gewoon moeilijk om te beseffen dat hij me nooit meer schrijven zal,' zei Harry uiteindelijk zacht.

Hij voelde plotseling tranen prikken en knipperde met zijn ogen. Hij schaamde zich omdat hij het toegegeven had, maar het feit dat er buiten Zweinstein iemand geweest was die het iets kon schelen wat er met hem gebeurde, haast een soort ouder, was een van de allerbeste dingen geweest aan de ontdekking dat Sirius zijn peetvader was... en nu zouden de postuilen hem die troost nooit meer brengen...

'Sirius belichaamde voor jou veel wat je nooit eerder gekend had,' zei Perkamentus. 'Zo'n verlies komt des te harder aan...'

'Maar toen ik bij de Duffelingen was,' viel Harry hem in de rede en zijn stem werd krachtiger, 'besefte ik dat ik mezelf niet altijd kan af-sluiten en... en er niet aan onderdoor mag gaan. Dat zou Sirius niet ge-wild hebben. Bovendien is het leven te kort... kijk maar naar madame Bonkel, kijk maar naar Emmeline Vonk... ik zou de volgende kunnen zijn. Ja toch? Maar als dat zo is,' zei hij fel en hij keek Perkamentus nu recht in zijn blauwe ogen, die glansden in het licht van zijn toverstok, 'dan zorg ik ervoor dat ik zo veel mogelijk Dooddoeners met me mee-neem, en Voldemort ook als het maar even kan.'

'Gesproken als een ware zoon van je ouders en petekind van Siri-us!' zei Perkamentus. Hij klopte Harry goedkeurend op zijn schouder. 'Ik neem mijn hoed voor je af – of dat zou ik tenminste doen als ik niet bang was dat je bedolven zou worden onder de spinnen.

En nu even over een onderwerp dat hier nauw verband mee houdt, Harry... ik heb begrepen dat je de afgelopen twee weken dagelijks de *Ochtendprofeet* hebt gelezen?'

'Ja,' zei Harry en zijn hart begon ietsje sneller te slaan.

'Dan zul je gemerkt hebben dat we niet zozeer moeten spreken van informatielekken als wel van een dambreuk wat betreft je avon-tuur in de Hal der Profetieën?'

'Ja,' zei Harry opnieuw. 'En nu weet iedereen dat ik de –'

'Nee, dat weten ze niet,' viel Perkamentus hem in de rede. 'Er zijn maar twee mensen op de hele wereld die de volledige inhoud kennen van de profetie over jou en Heer Voldemort, en beiden staan op dit moment in dit onwelriekende en van spinnen vergeven bezemschuur-tje. Het is wel zo dat veel mensen terecht de conclusie getrokken heb-ben dat Voldemort zijn Dooddoeners gestuurd had om een profetie te stelen en dat die profetie op jou sloeg. Heb ik gelijk als ik zeg dat je niemand verteld hebt dat je de inhoud van de profetie kent?'

'Ja,' zei Harry.

'Een verstandig besluit, over het geheel genomen,' zei Perkamentus. 'Al vind ik dat je een uitzondering moet maken voor je goede vrienden Ronald Wemel en Hermelien Griffel. Ja,' vervolgde hij toen Harry hem verbaasd aankeek, 'ik vind dat zij het moeten weten. Je bewijst hun een slechte dienst door hen niet in vertrouwen te nemen als het om zoiets belangrijks gaat.'

'Ik wilde niet dat –'

'– ze zich zorgen zouden maken of bang zouden zijn?' zei Perkamentus. Hij keek Harry aan over zijn halfronde brilletje. 'Of wilde je niet toegeven dat je zelf bezorgd en bang bent? Je hebt je vrienden nodig, Harry. Sirius zou niet gewild hebben dat je je afzonderde, zoals je zelf zo terecht opmerkte.'

Harry zweeg, maar Perkamentus verwachtte blijkbaar geen antwoord. Hij vervolgde: 'Om over te stappen op een onderwerp dat hierop aansluit: ik wil dat je dit jaar privé-les van mij krijgt.'

'Privé-les – van u?' zei Harry, die verbaasd zijn tobberige stilte verbrak.

'Ja. Het wordt tijd om me meer met je opleiding te gaan bemoeien.'

'Wat wilt u me leren, professor?'

'O, een beetje van dit, een beetje van dat,' zei Perkamentus luchtig.

Harry wachtte hoopvol, maar Perkamentus ging er verder niet op in en dus stelde hij een andere vraag die hem al een tijdje dwarszat.

'Als u me lesgeeft, krijg ik dan geen Occlumentielessen meer van Sneep?'

'*Professor* Sneep, Harry – en het antwoord is nee.'

'Gelukkig,' zei Harry opgelucht, 'want die waren –'

Hij zweeg en besloot maar niet te zeggen wat hij werkelijk vond.

'Ik geloof dat de woorden "een fiasco" hier op hun plaats zouden zijn,' zei Perkamentus knikkend.

Harry lachte.

'Nou, dat betekent dat ik voortaan niet veel meer te maken zal hebben met professor Sneep,' zei hij. 'Ik mag van hem alleen verdergaan met Toverdranken als ik "Uitmuntend" haal voor mijn SLIJMBAL en dat zit er echt niet in.'

'Tel je SLIJMBALlen niet voor de post bezorgd is,' zei Perkamentus ernstig. 'Nu ik erover nadenk, zou dat trouwens later vandaag het geval moeten zijn. Goed, Harry, nog twee dingen voor we afscheid nemen.

Ten eerste wil ik dat je van nu af aan altijd je Onzichtbaarheidsmantel bij je hebt, zelfs op Zweinstein. Voor het geval dat, begrijp je?'

Harry knikte.

'En ten slotte nog iets over je verblijf hier. Het Nest geniet de hoogste beveiliging die het Ministerie van Toverkunst kan bieden. Die maatregelen bezorgen Arthur en Molly een zekere mate van ongemak – al hun post wordt bijvoorbeeld eerst geopend op het Ministerie voor hij wordt doorgestuurd. Dat vinden ze absoluut niet erg, want ze zijn alleen maar bezorgd om jouw veiligheid. Dat neemt niet weg dat het behoorlijk ondankbaar zou zijn om je leven te riskeren terwijl je hier logeert.'

'Ik begrijp het,' zei Harry vlug.

'Goed dan,' zei Perkamentus. Hij deed de deur van het bezemschuurtje open en stapte het erf op. 'Ik zie licht branden in de keuken. Laten we Molly niet langer het genoegen ontzeggen om zich te beklagen over hoe mager je bent.'

HOOFDSTUK 5

VEEL SLIJMBALLEN
EN ÉÉN ZEUR

*H*arry en Perkamentus liepen naar de achterdeur van Het Nest, waar de gebruikelijke, rommelige hoop oude kaplaarzen en roestige toverketels lag. In een schuur, een eindje verderop, hoorde Harry het zachte getok van slaperige kippen. Perkamentus klopte drie keer en Harry zag iemand bewegen achter het keukenraam.

'Wie is daar?' vroeg een zenuwachtige stem die hij herkende als die van mevrouw Wemel. 'Maak jezelf bekend!'

'Ik ben het, Perkamentus, en ik breng Harry.'

De deur ging meteen open en daar stond mevrouw Wemel: kort, mollig en met een oude groene ochtendjas aan.

'Harry, schat! Lieve hemel, Albus, je liet me schrikken! Je zei dat we je pas morgenochtend konden verwachten.'

'We boften,' zei Perkamentus en hij nam Harry mee naar binnen. 'Slakhoorn liet zich veel gemakkelijker overhalen dan ik gedacht had. Dankzij Harry, uiteraard. O, hallo, Nymphadora!'

Harry keek om en zag dat mevrouw Wemel niet alleen was, al was het na middernacht. Een jonge heks met een bleek, hartvormig gezicht en muisbruin haar zat aan de keukentafel met een grote beker in haar handen.

'Hallo, professor,' zei ze. 'Ha die Harry!'

'Hoi Tops.'

Harry vond dat ze er afgetobd en zelfs ongezond uitzag en haar glimlach had iets geforceerds. Haar uiterlijk was in elk geval een stuk minder kleurig dan normaal, zonder haar gebruikelijke, zuurstokroze haar.

'Ik moet weer eens gaan,' zei ze vlug. Ze stond op en sloeg haar mantel om haar schouders. 'Bedankt voor de thee en het medeleven, Molly.'

'Ga alsjeblieft voor mij niet weg,' zei Perkamentus beleefd. 'Ik kan niet lang blijven. Ik heb dringende zaken te bespreken met Rufus Schobbejak.'

'Nee, nee, ik moet echt gaan,' zei Tops. Ze keek Perkamentus niet aan. 'Nou, tot ziens –'

'Waarom kom je dit weekend niet eten, liefje? Remus en Dolleman komen ook...'

'Nee, echt niet, Molly... bedankt... nou, 'trusten, allemaal.'

Tops liep haastig langs Perkamentus en Harry en stapte het erf op; na een paar passen bleef ze staan, tolde rond en verdween. Harry zag dat mevrouw Wemel nogal bezorgd keek.

'Nou, dan zie ik je op Zweinstein, Harry,' zei Perkamentus. 'Pas goed op jezelf. Het was me een genoegen, Molly, zoals altijd.'

Hij boog naar mevrouw Wemel, volgde Tops naar buiten en verdween op precies dezelfde plek. Mevrouw Wemel deed de deur dicht en sloot het verlaten erf buiten. Toen pakte ze Harry bij zijn schouders en trok hem in het volle licht van de lantaarn op tafel, zodat ze hem eens goed kon bekijken.

'Je bent net Ron,' zuchtte ze terwijl ze hem van top tot teen bestudeerde. 'Jullie zien er allebei uit alsof er een Rekvloek op je rust. Ik durf te zweren dat Ron tien centimeter langer is geworden sinds de laatste keer dat ik schoolgewaden voor hem heb gekocht. Heb je honger, Harry?'

'Ja,' zei Harry. Plotseling besefte hij dat hij rammelde.

'Ga zitten, liefje, dan maak ik gauw wat klaar.'

Zodra Harry ging zitten, sprong er een rossige kat met een dikke vacht en een platgedrukt gezicht op zijn schoot. Het dier ging luid spinnend liggen.

'Dus Hermelien is er ook?' vroeg Harry blij en hij kietelde Knikkebeen achter zijn oor.

'Ja, ze is eergisteren gearriveerd,' zei mevrouw Wemel. Ze tikte met haar toverstok op een grote ijzeren pan, die met een galmende dreun op het fornuis sprong en meteen begon te borrelen. 'Iedereen ligt natuurlijk al op bed; we verwachtten jullie pas uren later. Alsjeblieft –'

Ze tikte opnieuw op de pan, die opsteeg, naar Harry vloog en kantelde; mevrouw Wemel schoof behendig een bord onder de pan, net op tijd om een dikke, dampende stroom uiensoep op te vangen.

'Brood, liefje?'

'Graag, mevrouw Wemel.'

Ze zwaaide met haar toverstok over haar schouder; een brood en een mes daalden met een elegante boog op tafel neer. Terwijl het brood zichzelf sneed en de soeppan weer op het fornuis neerstreek, ging mevrouw Wemel tegenover hem zitten.

'Dus je hebt Hildebrand Slakhoorn overgehaald om weer aan het werk te gaan?'

Harry knikte. Hij had zoveel hete soep in zijn mond dat hij even niets kon zeggen.

'Hij heeft Arthur en mij ook lesgegeven,' zei mevrouw Wemel. 'Hij is jaren en jaren op Zweinstein geweest; volgens mij is hij rond dezelfde tijd begonnen als Perkamentus. Vond je hem aardig?'

Harry had zijn mond nu vol brood, dus haalde hij zijn schouders op en maakte een nietszeggend gebaar met zijn hoofd.

'Ik weet wat je bedoelt,' zei mevrouw Wemel en ze knikte wijs. 'Hij kan natuurlijk heel charmant zijn als hij wil, maar Arthur moest niet veel van hem hebben. Het krioelt op het Ministerie van Slakhoorns oude lievelingetjes. Hij was altijd bereid om voor bepaalde mensen een goed woordje te doen, maar met Arthur had hij nooit veel op. Volgens mij dacht hij dat hij het niet ver zou schoppen. Nou, daar zie je maar aan dat zelfs Slakhoorn zich vergissen kan. Ik weet niet of Ron het je geschreven heeft – het is trouwens pas gebeurd – maar Arthur heeft promotie gemaakt!'

Het was overduidelijk dat mevrouw Wemel gepopeld had om dat te vertellen. Harry slikte een grote hap gloeiend hete soep door en voelde de blaren op zijn slokdarm springen.

'Geweldig!' bracht hij er met moeite uit.

'Dat is heel lief van je!' zei mevrouw Wemel glunderend, misschien omdat ze de tranen in zijn ogen toeschreef aan zijn emotie bij het horen van het nieuws. 'Ja, Rufus Schobbejak heeft diverse nieuwe afdelingen opgericht, als reactie op de huidige situatie, en Arthur is nu hoofd van de Afdeling voor de Opsporing en Inbeslagneming van Vervalste Verdedigingsspreuken en Beveiligende Voorwerpen. Het is echt een belangrijke functie, er werken nu tien mensen onder hem!'

'En wat houdt het precies –'

'Nou, met al die paniek rond Jeweetwel worden er opeens overal rare dingen te koop aangeboden, die je zogenaamd zouden beschermen tegen Jeweetwel en de Dooddoeners. Je kunt je wel voorstellen wat voor rommel – beschermende drankjes die in feite alleen bestaan uit jus met een scheut Fisteldistelpus, of instructies voor verdedigingsvloeken waardoor je oren eraf vallen... over het algemeen zitten er lui zoals Levenius Lorrebos achter, die nog nooit van hun leven één dag eerlijk gewerkt hebben en de angst van anderen uitbuiten, maar af en toe wordt er echt iets kwalijks gevonden. Laatst nam Arthur een doos vol vervloekte Gluiposcopen in beslag, die vrijwel zeker door een Dooddoener geplaatst waren. Dus je ziet dat hij heel belangrijk werk doet en ik zeg steeds tegen hem dat het idioot is om het jammer te vinden dat hij zich niet meer bezig hoeft te houden met bougies en broodroosters en andere Dreuzelrotzooi.' Mevrouw Wemel besloot haar toespraak met een strenge blik, alsof Harry gesuggereerd had dat het normaal was om heimwee te hebben naar broodroosters.

'Is meneer Wemel nog op zijn werk?' vroeg Harry.

'Ja. Eerlijk gezegd is hij een tikje aan de late kant... hij zei dat hij rond middernacht terug zou zijn...'

Ze draaide zich om en keek op een grote klok, die wankel op een stapel lakens in de wasmand aan het einde van de tafel balanceerde. Harry herkende de klok meteen; hij had negen wijzers, die allemaal de naam van een familielid droegen, en hing meestal aan de muur in de woonkamer. Zijn huidige positie wees erop dat mevrouw Wemel tegenwoordig de klok overal mee naartoe sjouwde. Alle negen wijzers stonden op *levensgevaar*.

'Zo is het al een tijdje,' zei mevrouw Wemel op een toon die non-chalant moest klinken, maar niet echt overtuigde. 'Sinds Jeweetwel zich weer openlijk vertoond heeft. Ik denk dat iedereen nu in levens-gevaar verkeert... het lijkt me niet dat het alleen ons gezin is... maar ik ken verder niemand die zo'n klok heeft en dus kan ik het niet con-troleren. O!'

Ze slaakte een kreetje en wees naar de klok. De wijzer van meneer Wemel was versprongen naar *op reis*.

'Hij komt eraan!'

Inderdaad werd er enkele ogenblikken later op de achterdeur ge-klopt. Mevrouw Wemel sprong overeind en liep haastig naar de deur; met een hand op de knop en haar gezicht tegen het hout gedrukt zei ze zacht: 'Arthur, ben jij dat?'

'Ja,' klonk de vermoeide stem van meneer Wemel. 'Maar dat zou ik ook zeggen als ik een Dooddoener was, schat. Stel je vraag!'

'Moet dat nou?'

'Molly!'

'Goed, goed... wat is je liefste wens?'

'Erachter komen hoe vliegtuigen in de lucht blijven.'

Mevrouw Wemel knikte en draaide de deurknop om, maar blijk-baar hield meneer Wemel hem aan de andere kant stevig vast, want de deur bleef potdicht.

'Ik moet je eerst jouw vraag stellen, Molly!'

'Hè Arthur, dit wordt echt een beetje vervelend...'

'Hoe wil je graag dat ik je noem als we alleen zijn?'

Zelfs in het schemerige licht van de lantaarn zag Harry dat mevrouw Wemel vuurrood werd; hij voelde zelf ook het bloed naar zijn hoofd stijgen en nam gauw een paar grote happen soep, waarbij hij zo hard mogelijk met zijn lepel tegen het bord kletterde.

'Molliebollie,' fluisterde mevrouw Wemel opgelaten door het spleetje tussen de deur en het kozijn.

'Klopt,' zei meneer Wemel. 'Nu kun je me binnenlaten.'

Mevrouw Wemel deed de deur open en haar man verscheen: een magere, kalende, roodharige tovenaar met een hoornen bril en een lange, stoffige reismantel.

'Ik snap niet waarom we iedere keer dat je thuiskomt die hele riedel af moeten draaien,' zei mevrouw Wemel. Haar gezicht was nog steeds een beetje rood terwijl ze haar man uit zijn mantel hielp. 'Ik bedoel, een Dooddoener zou je ook gedwongen kunnen hebben het antwoord te vertellen voor hij zich als jou voordeed.'

'Weet ik, schat, maar zo zijn de regels van het Ministerie nou eenmaal en ik moet het goede voorbeeld geven. Wat ruikt er zo lekker – uiensoep?'

Meneer Wemel keek hoopvol in de richting van de keukentafel.

'Harry! We verwachtten je morgen pas!'

Ze gaven elkaar een hand en meneer Wemel plofte naast Harry neer terwijl mevrouw Wemel hem ook een bord soep gaf.

'Bedankt, Molly. Ik heb een zware nacht achter de rug. Een of andere idioot heeft Metamorf-Medaillons op de markt gebracht. Hang er een om je nek en je kunt naar believen van uiterlijk veranderen. Honderdduizend vermommingen voor maar tien Galjoenen!'

'Wat gebeurt er echt als je zo'n ding omdoet?'

'Meestal krijg je alleen een onaangename oranje huidskleur, maar een paar mensen werden geteisterd door tentakelachtige wratten over hun hele lichaam. Alsof ze in het St. Holisto niet genoeg te doen hebben!'

'Het klinkt als iets wat Fred en George grappig zouden vinden,' zei mevrouw Wemel aarzelend. 'Weet je zeker...'

'Natuurlijk!' zei meneer Wemel. 'Dat zouden de jongens nooit doen, niet nu mensen snakken naar bescherming!'

'Dus daarom ben je zo laat? Vanwege die Metamorf-Medaillons?'

'Nee, we kregen ook lucht van een lelijke Averechtse Vloek in het oosten van de stad, maar gelukkig had het Magisch Arrestatieteam alles al onder controle tegen de tijd dat wij arriveerden.,,'

Harry smoorde een geeuw achter zijn hand.

'Naar bed,' zei mevrouw Wemel, die zich niet voor de gek liet houden. 'Ik heb de kamer van Fred en George voor je klaargemaakt. Je hebt hem helemaal voor jezelf.'

'Waar zijn zij dan?'

'O, op de Wegisweg. Ze slapen in het appartementje boven de fopwinkel nu ze het zo druk hebben,' zei mevrouw Wemel. 'Ik moet zeggen dat ik het eerst niet zag zitten, maar ze schijnen gevoel voor zaken te hebben! Vooruit, Harry. Je hutkoffer staat al boven.'

"Trusten, meneer Wemel,' zei Harry en hij schoof zijn stoel achteruit. Knikkebeen sprong lichtjes van zijn schoot en sloop de kamer uit.

'Welterusten, Harry,' zei meneer Wemel.

Harry zag mevrouw Wemel vlug even naar de klok op de wasmand kijken toen ze de keuken verlieten. Alle wijzers stonden weer op *levensgevaar*.

De slaapkamer van Fred en George was op de tweede verdieping. Mevrouw Wemel wees met haar toverstok naar de lamp op het nachtkastje, die meteen begon te branden en een aangename gouden gloed verspreidde. Er stond een grote vaas bloemen op het bureau bij het kleine venster, maar hun geur kon de hardnekkige stank van iets wat op buskruit leek niet helemaal verdringen. Een groot deel van de ruimte werd in beslag genomen door talloze verzegelde kartonnen dozen zonder opschrift. Tussen de dozen stond Harry's hutkoffer. Zo te zien werd de kamer als tijdelijke opslagruimte gebruikt.

Hedwig kraste blij naar Harry vanaf een grote kleerkast en vloog toen weg door het raam; Harry wist dat ze op hem gewacht had voor ze op jacht ging. Harry zei welterusten tegen mevrouw Wemel, trok zijn pyjama aan en stapte in een van de bedden. Hij voelde iets hards in het kussensloop; hij stak zijn hand erin en haalde een kleverig, paars met oranje snoepje te voorschijn dat hij herkende als een Braakbabbelaar. Glimlachend draaide Harry zich om en viel onmiddellijk in slaap.

Een paar seconden later, zo leek het tenminste naar Harry's gevoel, schrok hij wakker toen de deur met een geluid als een kanonsalvo werd opengegooid. Hij ging rechtovereind zitten en hoorde het schrapende geluid van de gordijnen die werden opengetrokken; het was alsof het schelle licht hem venijnig in zijn ogen prikte. Hij hield een hand boven zijn ogen en tastte met de andere vertwijfeld naar zijn bril.

'Tizzer?'

70

'We wisten niet dat je er al was!' zei een luide, opgewonden stem en hij kreeg een harde tik op zijn hoofd.

'Niet slaan, Ron!' zei een meisjesstem verwijtend.

Harry's hand vond zijn bril en hij zette hem haastig op, maar het licht was zo fel dat hij nog steeds bijna niets kon zien. Een lange, trillende schaduw doemde voor hem op; hij knipperde verwoed met zijn ogen en een grijnzende Ron Wemel werd zichtbaar.

'Alles oké?'

'Kan niet beter,' zei Harry. Hij wreef over zijn hoofd en liet zich weer in de kussens zakken. 'En jij?'

'Z'n gangetje,' zei Ron. Hij schoof een kartonnen doos bij en ging zitten. 'Wanneer ben je aangekomen? We hoorden het net van ma!'

'Een uur of één vannacht.'

'Hoe was het bij de Dreuzels? Hebben ze je een beetje goed behandeld?'

'Zoals gewoonlijk,' zei Harry terwijl Hermelien op de rand van het bed ging zitten. 'Ze zeiden bijna niets, maar dat heb ik eigenlijk liever. Hoe is het met jou, Hermelien?'

'O, prima,' zei Hermelien. Ze bestudeerde Harry alsof hij een ziekte onder de leden had.

Harry dacht dat hij wel wist wat daar de reden voor was en omdat hij op dat moment geen zin had om het over de dood van Sirius of andere deprimerende onderwerpen te hebben zei hij: 'Hoe laat is het? Heb ik het ontbijt gemist?'

'Maak je geen zorgen, ma komt dadelijk met een dienblad. Ze vindt dat je er ondervoed uitziet,' zei Ron. Hij sloeg zijn ogen ten hemel. 'En, wat is er allemaal gebeurd?'

'Weinig. Ik ben de hele tijd bij mijn oom en tante geweest, dat zei ik toch?'

'Schei uit!' zei Ron. 'Je bent op stap geweest met Perkamentus!'

'Zo opwindend was dat nou ook weer niet. Ik moest helpen een oude leraar over te halen weer aan het werk te gaan. Hildebrand Slakhoorn heet hij.'

'O,' zei Ron teleurgesteld. 'We dachten –'

Hermelien wierp Ron een waarschuwende blik toe en Ron veranderde vliegensvlug zijn zin.

'– we dachten al zoiets.'

'O ja?' zei Harry geamuseerd.

'Ja... ja, nu Omber weg is, hebben we een nieuwe docent Verweer tegen de Zwarte Kunsten nodig, of niet soms? En – eh – hoe was hij?'

'Hij lijkt een beetje op een walrus en hij was vroeger Hoofd van Zwadderich,' zei Harry. 'Is er iets, Hermelien?'

Ze staarde hem aan alsof ze vermoedde dat hij ieder moment vreemde symptomen kon gaan vertonen. Haastig plooide ze haar gezicht in een geforceerde glimlach.

'Nee, natuurlijk niet. Eh – leek die Slakhoorn je een goede leraar?'

'Geen idee,' zei Harry. 'Hij kan moeilijk erger zijn dan Omber.'

'Ik ken iemand die véél erger is dan Omber,' zei een stem vanuit de deuropening. Rons jongere zusje kwam binnensjokken met een gezicht waar de irritatie van afdroop. 'Hoi, Harry.'

'Wat is er?' vroeg Ron.

'Zij,' zei Ginny en ze liet zich op Harry's bed vallen. 'Ik word stapelgek van haar!'

'Wat heeft ze nu weer gedaan?' vroeg Hermelien vol medeleven.

'Gewoon, zoals ze tegen me praat – alsof ik een kleuter van drie ben!'

'Ik weet er alles van,' zei Hermelien zachter. 'Ze is zo vol van zichzelf.'

Harry was verbijsterd dat Hermelien zo over mevrouw Wemel praatte en gaf Ron groot gelijk toen hij nijdig zei: 'Kunnen jullie het nou niet eens vijf seconden over iemand anders hebben?'

'Ja, natuurlijk, neem het maar voor haar op,' snauwde Ginny. 'We weten allemaal dat je geen genoeg van haar kunt krijgen.'

Dat leek een vreemde opmerking als ze het over Rons moeder hadden. Met het gevoel dat hij iets gemist had zei Harry: 'Over wie hebben –'

Maar zijn vraag werd beantwoord voor hij hem kon afmaken. De deur vloog weer open en Harry trok de dekens instinctief op tot aan zijn kin, met zo'n kracht dat Hermelien en Ginny van het bed gleden en op de grond vielen.

Er stond een jonge vrouw in de deuropening, een vrouw van zo'n adembenemende schoonheid dat het leek alsof alle lucht uit de kamer werd weggezogen. Ze was lang en slank, had lang blond haar en leek een vage, zilverachtige gloed uit te stralen. Als klap op de vuurpijl had dat visioen van volmaaktheid een afgeladen dienblad bij zich.

''Arry!' zei ze met hese stem. 'Iek 'eb je veel te lang niet gezien!'

Ze kwam de kamer in en liep met grote passen naar Harry, op korte afstand gevolgd door mevrouw Wemel, die ook naar binnen schommelde en nogal boos leek.

'Je hoefde dat blad niet naar boven te brengen. Ik wilde het net zelf doen!'

''Et ies geen moeite,' zei Fleur Delacour. Ze zette het blad op Harry's knieën, bukte zich en kuste hem op beide wangen; hij voelde de plaatsen waar haar mond hem aangeraakt had branden. 'Iek wilde 'em zó graag zien! Je 'erinnert je mijn zusje, Gabrielle? Ze 'eeft 'et aldoor over 'Arry Potter. Zij zal 'et ook 'eerlijk vinden om je weer te zien.'

'O... is zij er ook?' kraste Harry.

'Nee, nee, malle jongen,' zei Fleur met een melodieus lachje. 'Iek bedoel volgende zomer, als we – maar weet je dat nog niet?'

Haar enorme blauwe ogen werden nog groter en ze keek verwijtend naar mevrouw Wemel. Die zei: 'We hebben nog geen tijd gehad om het te vertellen.'

Fleur wendde zich weer tot Harry en draaide haar hoofd zo abrupt om dat haar lange, zilverblonde haar in mevrouw Wemels gezicht zwiepte.

'Bill en iek gaan trouwen!'

'O,' zei Harry nogal wezenloos. Hij merkte dat mevrouw Wemel, Hermelien en Ginny grimmig weigerden elkaar aan te kijken. 'Wauw. Nou – eh – proficiat!'

Ze stortte zich weer op hem en kuste hem opnieuw.

'Bill 'eeft 'et op 'et moment 'eel druk, 'ij moet 'eel 'ard werken en iek werk alleen parttime bij Goudgrijp, om de taal beter te leren. Daarom 'eeft 'ij me een paar dagen mee 'ierheen genomen om zijn familie beter te leren kennen. Iek was zó blij toen iek 'oorde dat jij zou komen – er ies 'ier bijna niets te doen, of je moet van koken en kippen 'ouden. Nou – smakelijk eten, 'Arry!'

Na dat gezegd te hebben draaide ze zich elegant om en leek de kamer uit te zweven. Ze deed de deur zachtjes achter zich dicht.

Mevrouw Wemel maakte een geluid dat veel op 'bah!' leek.

'Ma haat haar,' zei Ginny zacht.

'Ik haat haar helemaal niet!' fluisterde mevrouw Wemel nijdig. 'Ik vind alleen dat ze zich veel te snel verloofd hebben!'

'Ze kennen elkaar al een jaar,' zei Ron, die met een merkwaardig versufte blik in zijn ogen naar de deur staarde.

'Nou, dat is helemaal niet lang. Ik weet natuurlijk hoe het komt. Al die onzekerheid nu Jeweetwel is teruggekeerd. Mensen denken dat ze morgen wel dood kunnen zijn en dus nemen ze allerlei overhaaste beslissingen, waar ze anders veel langer de tijd voor zouden nemen. De laatste keer dat hij machtig was ging het net zo. Mensen gingen er links en rechts met elkaar vandoor –'

'Zoals pa en jij,' zei Ginny plagerig.

'Ja, nou, je vader en ik waren voor elkaar geschapen. Wat had het voor zin om nog langer te wachten?' zei mevrouw Wemel. 'Maar Bill en Fleur... ik bedoel... wat hebben ze in feite gemeen? Bill is een hard-werkende, nuchtere jongen en zij is –'

'Onuitstaanbaar,' zei Ginny knikkend. 'Maar zo nuchter is Bill nou ook weer niet. Hij is Vloekbreker, of niet soms? Hij houdt wel van een beetje avontuur, een beetje glamour... waarschijnlijk viel hij daarom op Zeur.'

'Noem haar niet steeds zo, Ginny,' zei mevrouw Wemel op scherpe toon toen Harry en Hermelien lachten. 'Nou, ik moet verder... eet je eieren op nu ze nog warm zijn, Harry.'

Met een zorgelijk gezicht verliet ze de kamer. Ron maakte nog steeds een lichtelijk aangeslagen indruk; hij schudde voorzichtig met zijn hoofd, als een hond die water uit zijn oren probeert te krijgen.

'Wen je niet aan haar als ze bij je in huis logeert?' vroeg Harry.

'Dat wel,' zei Ron, 'maar als ze onverwacht voor je staat, zoals net...'

'Zielig gewoon!' zei Hermelien woedend. Ze liep met grote passen weg van Ron, tot ze bij de muur was en niet verder kon. Toen draaide ze zich om en keek hem aan, met haar armen over elkaar.

'Je wilt toch niet echt dat ze hier altijd rondhangt?' vroeg Ginny vol ongeloof aan Ron. Toen hij alleen zijn schouders ophaalde zei ze: 'Nou, ik wil wedden dat ma probeert er een stokje voor te steken, als het maar even kan.'

'Hoe dan?' vroeg Harry.

'Ze vraagt steeds of Tops wil komen eten. Volgens mij hoopt ze dat Bill op Tops zal vallen. Ik hoop het ook. Die zou ik veel liever in de fa-milie hebben.'

'Ja, goed plan,' zei Ron sarcastisch. 'Hoor eens, geen enkele kerel die goed bij zijn hoofd is valt op Tops als Fleur in de buurt is. Ik be-doel, Tops ziet er best leuk uit als ze geen rare dingen doet met haar neus en haar, maar –'

'Ze is heel wat aardiger dan *Zeur*,' zei Ginny.

'En intelligenter! Tops is Schouwer!' zei Hermelien vanuit haar hoekje.

'Fleur is niet dom. Ze was goed genoeg om mee te doen aan het Toverschool Toernooi,' zei Harry.

'Begin jij ook al?' zei Hermelien boos.

'Je vindt het zeker leuk zoals Zeur "'Arry" zegt?' vroeg Ginny schamper.

'Nee,' zei Harry en hij wenste dat hij zijn mond gehouden had. 'Ik wil alleen maar zeggen dat Zeur – ik bedoel Fleur –'

'Ik heb veel liever Tops in de familie,' zei Ginny. 'Met haar kun je tenminste lachen.'

'De laatste tijd niet,' zei Ron. 'Iedere keer als ik haar zie lijkt ze meer op Jammerende Jenny.'

'Dat is niet eerlijk,' beet Hermelien hem toe. 'Ze heeft het nog steeds moeilijk met wat er gebeurd is... je weet wel... hij was tenslotte haar neef!'

Harry kreeg een hol gevoel in zijn maag. Ze waren bij Sirius aangeland. Hij pakte zijn vork en begon zijn roereieren naar binnen te werken, in de hoop dat hij daardoor onder dit deel van het gesprek uit kon komen.

'Tops en Sirius kenden elkaar nauwelijks!' zei Ron. 'Sirius heeft zijn halve leven in Azkaban gezeten en daarvoor hebben hun families elkaar nooit ontmoet –'

'Daar gaat het niet om,' zei Hermelien. 'Ze vindt het haar schuld dat hij dood is!'

'Hoe komt ze daarbij?' vroeg Harry onwillekeurig.

'Nou, zij vocht toch met Bellatrix van Detta? Volgens mij heeft ze het gevoel dat als zij haar had kunnen afmaken, Bellatrix Sirius niet had kunnen doden.'

'Dat is belachelijk,' zei Ron.

'Ze voelt zich schuldig omdat zij het overleefd heeft,' zei Hermelien. 'Ik weet dat Lupos op haar ingepraat heeft, maar ze is nog steeds vreselijk down. Ze heeft zelfs problemen met haar Transformagie!'

'Met haar –?'

'Ze kan haar uiterlijk niet meer veranderen, zoals vroeger,' legde Hermelien uit. 'Volgens mij zijn haar vermogens aangetast door de schok.'

'Ik wist niet dat dat kon,' zei Harry.

'Ik ook niet,' zei Hermelien. 'Maar misschien als je zwaar depressief bent...'

De deur ging weer open en mevrouw Wemel stak haar hoofd naar binnen.

'Ginny,' fluisterde ze, 'kom naar beneden. Je moet me helpen met de lunch.'

'Ik zit met mijn vrienden te praten!' zei Ginny diep verontwaardigd.

'Nu!' zei mevrouw Wemel en ze deed de deur weer dicht.

'Ik moet gewoon naar beneden komen omdat ze niet alleen wil zijn met Zeur!' zei Ginny boos. Ze zwaaide met haar lange rode haar, in een heel goede imitatie van Fleur, en huppelde aanstellerig door de kamer met haar armen boven haar hoofd, als een ballerina.

'Jullie kunnen beter ook vlug komen,' zei ze terwijl ze naar beneden ging.

Harry benutte de tijdelijke stilte om meer van zijn ontbijt naar binnen te proppen. Hermelien keek in de dozen van Fred en George, maar gluurde af en toe ook vanuit haar ooghoeken naar Harry. Ron, die zonder iets te vragen Harry's toost gepakt had, staarde nog steeds dromerig naar de deur.

'Wat is dit?' vroeg Hermelien. Ze liet iets zien wat op een kleine telescoop leek.

'Geen idee,' zei Ron. 'Maar als Fred en George het hier achtergelaten hebben is het waarschijnlijk nog onvoldoende uitgetest voor de fopwinkel, dus wees voorzichtig.'

'Je moeder zei dat de winkel goed loopt en dat Fred en George echt gevoel voor zaken hebben,' zei Harry.

'Dat is nog zachtjes uitgedrukt,' zei Ron. 'Ze halen de Galjoenen met bakken tegelijk binnen! Ik sta te popelen om hun winkel te bekijken. Die moet echt geweldig zijn. We zijn nog niet op de Wegisweg geweest omdat ma zegt dat pa ook mee moet vanwege de veiligheid, en hij heeft het vreselijk druk op zijn werk.'

'En hoe zit het met Percy?' vroeg Harry; de op twee na oudste broer van Ron had onenigheid met de rest van het gezin. 'Praat hij weer met je ouders?'

'Nee,' zei Ron.

'Maar hij weet nu toch dat je vader gelijk had toen hij zei dat Voldemort terug was –'

'Volgens Perkamentus is het veel gemakkelijker om mensen te vergeven omdat ze het mis hebben dan omdat ze gelijk hebben,' zei Hermelien. 'Dat hoorde ik hem tegen je moeder zeggen, Ron.'

'Typisch zo'n idiote uitspraak van Perkamentus,' zei Ron.

'Hij wil me dit jaar privé-les geven,' zei Harry terloops.

Ron verslikte zich in zijn toost en Hermelien snakte naar adem.

'Daar heb je niks van gezegd!' zei Ron.

'Het schoot me net weer te binnen,' zei Harry eerlijk. 'Hij vertelde het me gisteravond, in jullie bezemschuurtje.'

'Jemig... privé-les van Perkamentus!' zei Ron diep onder de indruk. 'Ik vraag me af waarom hij...'

Zijn stem stierf weg en Harry zag dat Hermelien en hij elkaar aankeken. Harry legde zijn mes en vork neer. Zijn hart sloeg nogal snel, als je in aanmerking nam dat hij alleen maar rechtop in bed zat. Perkamentus had gezegd dat hij het moest doen, dus waarom niet nu? Hij keek naar zijn vork, die glansde in het zonlicht dat op zijn schoot viel, en zei: 'Ik weet niet precies waarom hij me les wil geven, maar volgens mij heeft het te maken met de profetie.'

Ron en Hermelien zeiden niets. Harry had de indruk dat ze allebei verstijfd waren. Nog steeds tegen zijn vork pratend vervolgde hij: 'Je weet wel, de profetie die ze probeerden te stelen op het Ministerie.'

'Maar niemand weet wat die profetie precies inhoudt,' zei Hermelien vlug. 'Hij is aan scherven gevallen.'

'Al stond er in de *Ochtendprofeet* –' begon Ron, maar Hermelien zei: 'Sst!'

'De *Profeet* had het bij het rechte eind,' zei Harry. Met grote moeite slaagde hij erin zijn vrienden aan te kijken: Hermelien leek bang en Ron stomverbaasd. 'De glazen bol die kapotviel was niet de enige kopie van de profetie. Ik heb de volledige versie gehoord op de kamer van Perkamentus. De profetie was tegen hem gedaan, dus wist hij er alles van. Zo te horen,' zei Harry en hij haalde diep adem, 'ben ik degene die Voldemort om zeep moet helpen... volgens de profetie kan de een niet voortleven als de ander niet dood is.'

Ze staarden elkaar een paar tellen zwijgend aan. Toen klonk er een harde knal en verdween Hermelien achter een zwarte rookwolk.

'Hermelien!' riepen Harry en Ron; het dienblad viel met een klap op de grond.

Hermelien dook hoestend weer uit de rook op, met de telescoop in haar hand en een pimpelpaars oog.

'Ik kneep erin en – en toen kreeg ik een stomp!' bracht ze er moeizaam uit.

Inderdaad zagen ze een klein vuistje aan een lange veer uit de telescoop bengelen.

'Maak je geen zorgen,' zei Ron, die duidelijk moeite moest doen om niet te lachen, 'dat knapt ma wel op. Ze is goed in het genezen van kleine verwondingen –'

'Nou ja, dat doet er nu niet toe!' zei Hermelien haastig. 'Harry, o Harry...'

Ze ging weer op de rand van het bed zitten

'We vroegen ons al af, nadat we terug waren van het Ministerie... we wilden natuurlijk niets tegen jou zeggen, maar te oordelen naar wat Lucius Malfidus over de profetie zei, dat hij over jou en Voldemort ging, nou, toen dachten we al dat het wel eens zoiets zou kunnen zijn... o Harry...' Ze keek hem aan en fluisterde: 'Ben je bang?'

'Niet meer zo erg als eerst,' zei Harry. 'Toen ik het pas gehoord had wel... maar nu is het alsof ik altijd al geweten heb dat ik het uiteindelijk tegen hem zal moeten opnemen...'

'Toen we hoorden dat Perkamentus je persoonlijk ging ophalen, dachten we al dat hij je misschien iets zou vertellen of zou laten zien wat verband hield met de profetie,' zei Ron gretig. 'En we zaten er niet ver naast, hè? Hij zou je geen les geven als hij dacht dat het een verloren zaak was, dan zou hij er geen tijd aan verspillen... hij moet denken dat je een kans maakt!'

'Dat is waar,' zei Hermelien. 'Ik ben benieuwd wat hij je zal leren. Waarschijnlijk heel geavanceerde verdedigingsmagie... krachtige tegenvervloekingen... anti-beheksingen...'

Harry luisterde niet echt. Er trok een warm gevoel door hem heen, dat niets te maken had met het zonlicht: het was alsof een grote knoop in zijn borst langzaam oploste. Hij wist dat Ron en Hermelien dieper geschokt waren dan ze lieten merken, maar alleen het feit dat ze nog steeds naast hem zaten, hem moed inspraken en geruststelden en niet angstig bij hem wegschoven, alsof hij besmet of gevaarlijk was, was meer waard dan hij hun ooit zou kunnen vertellen.

'... en ontwijkingsbezweringen in het algemeen,' besloot Hermelien. 'Nou, je weet tenminste één les die je dit jaar zult volgen en dat is meer dan Ron en ik. Wanneer zouden onze SLIJMBALlen komen?'

'Dat kan niet lang meer duren. We hebben een maand geleden examen gedaan,' zei Ron.

'Wacht eens even,' zei Harry, toen hem nog iets te binnen schoot van het gesprek van gisteravond. 'Volgens mij zei Perkamentus dat onze uitslagen vandaag zouden arriveren.'

'Vandaag?' krijste Hermelien. '*Vandaag*? Waarom heb je niet – o mijn god – waarom zei je niet –'

Ze sprong overeind.

'Ik ga kijken of er al uilen zijn...'

Maar toen Harry tien minuten later beneden kwam, aangekleed en wel en met het lege dienblad bij zich, zat Hermelien bloednerveus aan de keukentafel terwijl mevrouw Wemel probeerde haar iets minder op een halve panda te laten lijken.

'Ik krijg het niet weg,' zei mevrouw Wemel ongerust. Ze stond naast Hermelien met haar toverstok in haar hand en haar exemplaar van *Helen Doe Je Zo* opengeslagen bij 'Kneuzingen, Schrammen en Schaafwonden'. 'Tot nu toe heeft dit altijd gewerkt. Ik begrijp er niets van.'

'Waarschijnlijk vinden Fred en George dit grappig en hebben ze ervoor gezorgd dat het nooit meer weggaat,' zei Ginny.

'Maar het móét weg!' piepte Hermelien. 'Ik kan toch niet altijd zo blijven rondlopen?'

'Dat gebeurt ook niet, liefje, we vinden heus wel een middeltje, maak je maar geen zorgen,' zei mevrouw Wemel sussend.

'Bill 'eeft verteld dat Fred en George 'eel amusant zijn,' zei Fleur met een serene glimlach.

'Nou! Ik kom niet meer bij!' snauwde Hermelien.

Ze sprong overeind en begon handenwringend door de keuken te ijsberen.

'Mevrouw Wemel, weet u echt zeker dat er vanochtend geen uilen gearriveerd zijn?'

'Ja, liefje. Dat zou ik gemerkt hebben,' zei mevrouw Wemel geduldig. 'Maar het is net negen uur, er is nog ruim voldoende tijd...'

'Ik weet dat ik Oude Runen verknald heb,' mompelde Hermelien koortsachtig. 'Ik heb minstens één ernstige vertaalfout gemaakt. En het praktijkexamen Verweer tegen de Zwarte Kunsten was waardeloos. Ik dacht eerst dat Gedaanteverwisselingen redelijk ging, maar nu ik erop terugkijk –'

'Hermelien, hou alsjeblieft je mond! Jij bent niet de enige die zenuwachtig is!' blafte Ron. 'En als je straks je elf "Uitmuntende" SLIJM-BALlen op zak hebt...'

'Zeg dat niet, zeg dat niet, zeg dat niet!' jammerde Hermelien, hysterisch met haar handen wapperend. 'Ik weet zeker dat ik overal voor gezakt ben!'

'Wat gebeurt er als we inderdaad zakken?' vroeg Harry aan de aanwezigen in het algemeen, maar het was opnieuw Hermelien die antwoord gaf.

'Dan bespreken we onze mogelijkheden met ons Afdelingshoofd. Dat heb ik aan het eind van vorig semester aan professor Anderling gevraagd.'

Harry's maag draaide zich om en hij had er plotseling spijt van dat hij zo uitgebreid ontbeten had.

'Op Beauxbatons 'adden we een ander systeem,' zei Fleur zelfvoldaan. 'Volgens mij was dat beter. We deden geen examen na vijf jaar
maar na zes en dan –'

Fleurs woorden werden overstemd door een gil. Hermelien wees
naar het keukenraam. Ze zagen drie zwarte stipjes aan de hemel, die
snel groter werden.

'Het zijn uilen, dat staat vast,' zei Ron schor. Hij sprong overeind
en ging naast Hermelien bij het raam staan.

'En het zijn er drie,' zei Harry, die haastig aan de andere kant van
Hermelien ging staan.

'Ieder een,' fluisterde Hermelien doodsbenauwd. 'O nee... o nee...
o nee...'

Ze greep Harry en Ron krampachtig bij hun ellebogen.

De uilen kwamen regelrecht op Het Nest af: drie fraaie bosuilen
die, zo werd duidelijk toen ze daalden en over het pad naar het huis
vlogen, alle drie een grote, vierkante envelop bij zich hadden.

'O *nee!*' piepte Hermelien.

Mevrouw Wemel wrong zich langs hen heen en deed het keukenraam open. De uilen zweefden een voor een naar binnen en landden
in een keurige rij op de keukentafel, waar ze alle drie hun rechterpoot
ophieven.

Harry liep naar de tafel. De brief die aan hem geadresseerd was zat
aan de poot van de middelste uil. Met onhandige vingers maakte hij
hem los. Links van hem probeerde Ron zijn eigen resultatenlijst los
te maken en aan zijn rechterkant beefden Hermeliens handen zo vreselijk dat haar hele uil schudde.

Het was doodstil in de keuken. Uiteindelijk lukte het Harry om de
envelop los te krijgen. Hij scheurde hem vlug open en streek het perkament glad.

SCHRIFTELIJKE LOFTUITING WEGENS IJVER, MAGISCHE
BEKWAAMHEID *en* ALGEHEEL LEERVERMOGEN – UITSLAG.

Voldoendes:	*Uitmuntend* (U)
	Boven Verwachting (B)
	Acceptabel (A)
Onvoldoendes:	*Slecht* (S)
	Dieptreurig (D)
	Zwakzinnig (Z)

HARRY JAMES POTTER HEEFT DE VOLGENDE
RESULTATEN BEHAALD:

Astronomie:	A
Verzorging van Fabeldieren:	B
Bezweringen:	B
Verweer tegen de Zwarte Kunsten:	U
Waarzeggerij:	S
Kruidenkunde:	B
Geschiedenis van de Toverkunst:	D
Toverdranken:	B
Gedaanteverwisselingen:	B

Harry las het perkament verscheidene keren door en na iedere keer
werd zijn ademhaling iets rustiger. Hij zat goed: hij had altijd geweten dat hij een onvoldoende zou krijgen voor Waarzeggerij en hij
had geen schijn van kans gemaakt op een goed cijfer voor Geschiedenis van de Toverkunst, als je naging dat hij halverwege het examen flauwgevallen was, maar verder had hij alleen voldoendes! Hij
ging met zijn vinger het lijstje af... hij had het goed gedaan in Gedaanteverwisselingen en Kruidenkunde en had zelfs Boven Verwachting gepresteerd in Toverdranken! En het mooiste van alles
was dat hij 'Uitmuntend' behaald had voor Verweer tegen de Zwarte Kunsten!

Hij keek om. Hermelien stond met haar rug naar hem toe en haar
hoofd was gebogen, maar Ron was opgetogen.

'Alleen onvoldoendes voor Waarzeggerij en Geschiedenis van de
Toverkunst en wie kan dat wat schelen?' zei hij blij tegen Harry. 'Hier
– ruilen –'

Harry keek vlug naar Rons resultaten: hij had nergens 'Uitmuntend'
voor...

'Ik wist wel dat je top zou zijn in Verweer tegen de Zwarte Kunsten,'
zei Ron en hij stompte Harry tegen zijn schouder. 'We hebben het
goed gedaan, vind je ook niet?'

'Heel goed!' zei mevrouw Wemel trots en ze streek door Rons haar.
'Zeven SLIJMBALlen! Dat is meer dan Fred en George samen gehaald
hebben!'

'Hermelien?' zei Ginny aarzelend, want Hermelien had zich nog
steeds niet omgedraaid. 'Hoe heb jij het gedaan?'

'Ik – niet slecht,' zei Hermelien met een klein stemmetje.

'Schei toch uit!' zei Ron. Hij liep naar haar toe en trok de lijst uit haar hand. 'Ja hoor – tien keer "Uitmuntend" en één keer "Boven Verwachting", voor Verweer tegen de Zwarte Kunsten.' Hij keek haar half geamuseerd en half geërgerd aan. 'Volgens mij ben je nog teleurgesteld ook!'

Hermelien schudde haar hoofd, maar Harry lachte.

'Nou, we zijn nu officiële SLIJMBAL-studenten!' zei Ron grijnzend. 'Waren er nog meer van die worstjes, ma?'

Harry keek opnieuw naar zijn resultaten. Ze waren zo goed als hij maar had kunnen hopen en hij voelde slechts één kleine steek van spijt... dit betekende het einde van zijn ambitie om Schouwer te worden. Hij had geen 'Uitmuntend' gehaald voor Toverdranken. Dat had hij van tevoren geweten, maar toch keek hij met een hol gevoel in zijn maag naar die kleine zwarte 'B'.

Eigenlijk was het vreemd, omdat een Dooddoener in vermomming voor het eerst tegen Harry gezegd had dat hij een goede Schouwer zou zijn, maar om de een of andere reden had dat idee hem niet meer losgelaten en hij kon eigenlijk ook niet bedenken wat hij anders zou willen worden. Bovendien had het hem de juiste lotsbestemming geleken, nadat hij een maand geleden de profetie gehoord had... *de een kan niet voortleven als de ander niet dood is*... Zou hij niet het meest aan de profetie beantwoorden en niet de grootste overlevingskans hebben als hij zich aansloot bij de door en door getrainde tovenaars die tot taak hadden om Voldemort op te sporen en te doden?

HOOFDSTUK 6

DRACO'S OMMETJE

*H*arry kwam de weken daarna niet verder dan de tuin van Het Nest. Hij bracht een groot deel van de dag door met twee-tegen-twee Zwerkbal in de boomgaard van de Wemels (hij en Hermelien tegen Ron en Ginny; Hermelien was hopeloos en Ginny goed, dus waren ze redelijk tegen elkaar opgewassen), en de avonden met drie keer opscheppen van alles wat mevrouw Wemel hem voorzette.

Het zou een vrolijke, vredige vakantie zijn geweest als hij niet verstoord was door de verhalen over verdwijningen, merkwaardige ongelukken en zelfs sterfgevallen die nu vrijwel dagelijks in de *Profeet* verschenen. Soms kwam Bill of meneer Wemel thuis met een nieuwtje dat nog niet eens in de krant had gestaan. Tot ongenoegen van mevrouw Wemel werd de viering van Harry's zestiende verjaardag verstoord door lugubere berichten uit de mond van Remus Lupos, die hologig en grimmig op het feestje verscheen. Zijn bruine haar zat vol grijze strepen en zijn kleren waren havelozer en opgelapter dan ooit.

'Er zijn opnieuw mensen aangevallen door Dementors,' vertelde hij terwijl mevrouw Wemel hem een groot stuk taart gaf. 'En ze hebben het lichaam van Igor Karkarov gevonden, in een schuurtje ergens in het noorden. Het Duistere Teken hing erboven – het verbaast me eerlijk gezegd dat hij het nog een jaar heeft volgehouden nadat hij de Dooddoeners in de steek gelaten had. Regulus, de broer van Sirius, wist maar een paar dagen in leven te blijven voor zover ik me herinner.'

'Ja, nou,' zei mevrouw Wemel fronsend, 'misschien kunnen we beter ergens an–'

'Heb je het al gehoord van Florian Fanielje?' vroeg Bill, die door Fleur regelmatig van wijn werd voorzien. 'Je weet wel, van –'

'– de ijssalon aan de Wegisweg?' viel Harry hem in de rede met een hol gevoel in zijn maag. 'Ik kreeg vaak gratis ijsjes van hem. Wat is er met hem gebeurd?'

'Aan zijn winkel te zien hebben ze hem met geweld meegesleurd.'

'Waarom?' vroeg Ron terwijl mevrouw Wemel nijdig en nadrukkelijk naar Bill keek.

'Geen idee. Hij moet iets gedaan hebben wat hun niet beviel. Florian was een prima vent.'

'En nu we het toch over de Wegisweg hebben,' zei meneer Wemel, 'het ziet ernaar uit dat meneer Olivander ook verdwenen is.'

'De toverstokkenmaker?' vroeg Ginny geschokt.

'Ja, precies. Zijn zaak staat leeg. Geen spoor van een worsteling. Niemand weet of hij vrijwillig vertrokken is of ontvoerd.'

'Maar zijn toverstokken dan! Hoe moeten mensen nu aan toverstokken komen?'

'Ze zullen het met andere makers moeten doen,' zei Lupos. 'Maar Olivander was de beste en als de tegenpartij hem heeft, is dat niet best voor ons.'

De dag na dat nogal sombere verjaardagspartijtje arriveerden hun brieven en boekenlijsten van Zweinstein. Harry's brief bevatte een verrassing: hij was tot aanvoerder van het Zwerkbalteam benoemd.

'Dan heb je nu dezelfde status als de klassenoudsten!' zei Hermelien blij. 'Je mag onze speciale badkamer gebruiken en zo!'

'Wauw! Ik weet nog goed dat Charlie zo'n ding droeg,' zei Ron. Hij staarde vergenoegd naar de bijgesloten badge. 'Dit is echt supercool, Harry! Je bent nu mijn aanvoerder – als ik tenminste weer gekozen word voor het team, ha ha ha...'

'Het wordt echt hoog tijd voor een bezoek aan de Wegisweg, nu jullie deze gekregen hebben,' verzuchtte mevrouw Wemel met een blik op Rons boekenlijst. 'We gaan zaterdag wel, als jullie vader tenminste niet hoeft te werken. Ik ga niet zonder hem.'

'Denk je echt dat Jeweetwel verscholen zit achter de boeken bij Klieder & Vlek, ma?' grinnikte Ron.

'Dacht jij soms dat Fanielje en Olivander lekker op vakantie zijn?' schoot mevrouw Wemel meteen uit haar slof. 'Als je onze veiligheid om te lachen vindt, blijf je maar thuis en haal ik je spullen wel –'

'Nee, ik wil mee! Ik wil de winkel van Fred en George zien!' zei Ron haastig.

'Probeer dan ietsje meer je verstand te gebruiken, jongeman, voor ik besluit dat je te onvolwassen bent om mee te mogen!' zei mevrouw Wemel boos. Ze greep haar klok, waarvan de wijzers nog steeds alle negen op *levensgevaar* stonden, en zette die wankel op een stapel pasgewassen handdoeken. 'En dat geldt ook voor je terugkeer naar Zweinstein!'

Ron keek vol ongeloof naar Harry terwijl zijn moeder de wasmand met de wiebelende klok optilde en de kamer uit stormde.

'Jemig... je kunt hier niet eens meer een grapje maken...'

Desondanks onthield Ron zich de rest van de week van spottende opmerkingen over Voldemort. Ze haalden de zaterdag zonder verdere uitbarstingen van mevrouw Wemel, al leek ze erg gespannen tijdens het ontbijt. Bill, die thuis zou blijven met Fleur (tot groot genoegen van Hermelien en Ginny), gaf Harry een volle geldzak toen ze aan de keukentafel zaten.

'Waar is die van mij?' vroeg Ron met grote ogen.

'Dat is Harry's geld, idioot,' zei Bill. 'Ik heb het voor je uit je kluis gehaald, Harry, want het duurt op het moment gemiddeld zo'n vijf uur voor onze cliënten bij hun goud kunnen. De kobolden hebben de beveiliging enorm verscherpt. Twee dagen geleden duwden ze Arie Pinkel nog een Deugendetector in z'n... nou, geloof me, dit is heel wat eenvoudiger.'

'Bedankt, Bill,' zei Harry en hij stopte het goud in zijn zak.

''IJ ies altijd zó attent,' kirde Fleur vol aanbidding en ze streelde Bill over zijn neus. Achter haar deed Ginny of ze moest overgeven in haar ontbijtbord. Harry verslikte zich in zijn cornflakes en Ron sloeg hem op zijn rug.

Het was een grauwe, donkere dag. Toen ze naar buiten stapten en hun mantel omdeden, stond er op het erf voor het huis een van de speciale auto's van het Ministerie van Toverkunst waar Harry al eerder in gereden had.

'Geweldig dat pa weer vervoer kon regelen,' zei Ron goedkeurend. Hij rekte zich uitgebreid uit terwijl de auto soepel wegzoefde van Het Nest en Bill en Fleur hen uitzwaaiden van achter het keukenraam. Hij, Harry, Hermelien en Ginny hadden alle ruimte die ze maar wensen konden op de ruime achterbank.

'Je kunt er beter niet aan wennen, want het is alleen vanwege Harry,' zei meneer Wemel over zijn schouder. Mevrouw Wemel en hij zaten voorin naast de chauffeur van het Ministerie: de passagiersstoel had zich gehoorzaam opgerekt tot iets wat op een tweezitsbank leek. 'Ze hebben hem de hoogste beveiligingsstatus gegeven. In de Lekke Ketel wachten trouwens nog meer veiligheidsmensen op ons.'

Harry zei niets, maar hij voelde er weinig voor om gezellig te gaan winkelen met een heel bataljon Schouwers om zich heen. Hij had zijn Onzichtbaarheidsmantel in zijn rugzak en vond eigenlijk dat, als dat goed genoeg was voor Perkamentus, het ook goed genoeg zou moeten zijn voor het Ministerie – al was hij er niet eens zeker van of het Ministerie wel wist dat hij een Onzichtbaarheidsmantel had, nu hij er eens goed over nadacht.

'Nou, we zijn er,' zei de chauffeur verrassend korte tijd later toen hij vaart minderde in het centrum van de stad en stopte bij de Lekke Ketel. Het was het eerste wat hij tijdens de hele rit gezegd had. 'Ik moet op jullie wachten. Enig idee hoe lang het gaat duren?'

'Een paar uur, lijkt me,' zei meneer Wemel. 'O, mooi zo! Daar is hij.'

Harry volgde het voorbeeld van meneer Wemel en keek door het raampje. Zijn hart sprong op, want er stonden geen Schouwers te wachten voor de herberg. Hij zag alleen de gigantische gedaante van Rubeus Hagrid, de jachtopziener van Zweinstein, met zijn grote zwarte baard. Hij droeg een lange jas van bevervel, grijnsde breed toen hij Harry's gezicht zag en trok zich niets aan van de verbijsterde blikken van passerende Dreuzels.

'Harry!' bulderde hij. Zodra Harry uitstapte omhelsde Hagrid hem zo stevig dat Harry's botten kraakten. 'Scheurbek – ik bedoel Kortwiekje – je zou hem 'ns motten zien, Harry! Hij is zo blij dat ie weer lekker in de buitenlucht is –'

'Nou, gelukkig maar,' zei Harry grijnzend terwijl hij over zijn ribben wreef. 'We wisten niet dat ze met "beveiliging" jou bedoelden!'

'Weet ik. Net als vroeger, hè? 't Ministerie wou een stel Schouwers sturen, maar Perkamentus zei dat ik 't best in m'n eentje aankon,' zei Hagrid trots. Hij stak zijn borst vooruit en haakte zijn duimen in zijn broekzakken. 'Nou, vooruit met de geit – na jullie, Molly, Arthur –'

Voor het eerst sinds Harry zich kon herinneren was er helemaal niemand in de Lekke Ketel. Waar het vroeger altijd zo druk was geweest zagen ze nu alleen Tom de waard, gerimpeld en tandeloos. Hij keek hoopvol op toen ze binnenkwamen, maar voor hij iets kon zeggen verkondigde Hagrid gewichtig: 'We hebben vandaag geen tijd voor een neut, Tom. Je begrijp 't vast wel. We motten dingen doen voor Zweinstein, snappie?'

Tom knikte somber en ging verder met glazen poetsen: Harry, Hermelien, Hagrid en de Wemels liepen via de bar naar het kille achterplaatsje waar de vuilnisbakken stonden. Hagrid pakte zijn roze paraplu en tikte op een bepaalde baksteen in de muur, die meteen openging en een gewelfde doorgang vormde naar een met keitjes geplaveide kronkelstraat. Ze stapten door de boog, bleven even staan en keken om zich heen.

De Wegisweg was veranderd. De kleurige, aantrekkelijke etalages vol spreukenboeken, ingrediënten voor toverdranken en ketels waren bijna helemaal dichtgeplakt met grote, sombere paarse posters van het Ministerie van Toverkunst. Op de meeste posters stond in grotere letters hetzelfde veiligheidsadvies als op de folders die het Ministerie tijdens de zomer verspreid had, maar andere waren voorzien van bewegende zwartwitfoto's van Dooddoeners die nog op vrije voeten waren. Bellatrix van Detta keek hen hooghartig aan vanaf de ruit van de dichtstbijzijnde apothekerij. Een paar zaken waren dichtgespijkerd, waaronder Florian Fanieljes IJssalon, maar er stonden ook diverse nieuwe, sjofele kraampjes. Eentje, voor de winkel van Klieder & Vlek, had een gevlekte, gestreepte luifel en er was een stuk karton op vastgeprikt met het opschrift:

Amuletten tegen Weerwolven, Dementors *en* Necroten

Een haveloze kleine tovenaar rammelde naar de voorbijgangers met handenvol zilveren symbolen aan kettingen.

'Misschien iets voor de kleine meid, mevrouw?' riep hij tegen mevrouw Wemel toen ze voorbijkwamen en hij grijnsde naar Ginny. 'Wilt u die mooie hals van haar niet beschermen?'

'Als ik dienst had...' zei meneer Wemel en hij keek woedend naar de amulettenverkoper.

'Ja, schat, maar ga nu alsjeblieft geen mensen arresteren. We hebben haast,' zei mevrouw Wemel. Ze raadpleegde zenuwachtig haar lijstje. 'Misschien kunnen we beter eerst naar madame Mallekin. Hermelien heeft een nieuw galagewaad nodig, Rons schoolgewaden komen nog maar tot halverwege zijn kuiten en jij hebt vast ook nieuwe kleren nodig, Harry. Je bent enorm gegroeid. Kom op –'

'Molly, het heeft geen zin om allemaal tegelijk naar madame Mallekin te gaan,' zei meneer Wemel. 'Als die drie nou meegaan met Hagrid, gaan wij naar Klieder & Vlek en kopen we voor iedereen schoolboeken.'

'Ik weet niet,' zei mevrouw Wemel ongerust. Ze werd duidelijk verscheurd tussen het verlangen om zo snel mogelijk alle inkopen te doen en de wens om vooral bij elkaar te blijven. 'Hagrid, denk je –'

'Met mij d'rbij zijn ze hartstikke veilig, Molly. Maak je niet druk,' zei Hagrid sussend en hij wuifde luchtig met een hand zo groot als een wagenwiel. Mevrouw Wemel leek niet helemaal overtuigd, maar verzette zich ook niet tegen de scheiding en repte zich naar Klieder & Vlek met haar man en Ginny, terwijl Harry, Ron, Hermelien en Hagrid op weg gingen naar de zaak van madame Mallekin.

Harry merkte dat veel mensen op straat net zo opgejaagd en nerveus leken als mevrouw Wemel en dat niemand bleef staan om een praatje te maken; het winkelende publiek vormde kleine, hechte groepjes die zich concentreerden op hun boodschappen. Er was zo te zien niemand die alleen inkopen deed.

''t Zou een tikkie krap kennen wezen als we met z'n allen naar binnen gaan,' zei Hagrid. Hij was blijven staan bij de winkel van madame Mallekin, bukte zich en tuurde door de etalageruit. 'Ik blijf wel buiten op wacht staan, oké?'

Harry, Ron en Hermelien gingen het winkeltje binnen. Ze dachten eerst dat er niemand was, maar zodra de deur achter hen dichtviel, hoorden ze een bekende stem achter een rek galagewaden in glitterende patronen van groen en blauw.

'... geen kind meer als u het soms nog niet gemerkt had, moeder. Ik ben heel goed in staat zélf mijn spullen te kopen.'

Iemand klakte met haar tong en een stem die Harry herkende als die van madame Mallekin zei: 'Kom, beste jongen, je moeder heeft gelijk. Niemand zou nu alleen over straat moeten zwerven, dat heeft helemaal niets met je leeftijd te maken –'

'Kijk uit waar je die speld in steekt, mens!'

Een jongen van een jaar of zestien met een bleek, spits gezicht en witblond haar kwam achter het rek vandaan, gekleed in een fraai donkergroen gewaad dat bij de zoom en manchetten glinsterde van de spelden. Hij liep met grote passen naar de spiegel en bekeek zichzelf; het duurde even voor hij Harry, Ron en Hermelien achter zich zag staan. Zijn lichtgrijze ogen versmalden zich.

'Als u zich soms afvraagt wat er zo stinkt, moeder: er is net een Modderbloedje binnengekomen,' zei Draco Malfidus.

'Dat soort taal wil ik hier niet horen!' zei madame Mallekin. Ze verscheen ook van achter het rek met kleren, met een centimeter en een toverstok in haar hand. 'En ik wil ook niet dat er toverstokken getrokken worden in mijn zaak!' voegde ze er haastig aan toe. Na één blik in de richting van de deur had ze al gezien dat Harry en Ron hun stok gepakt hadden en die op Malfidus richtten.

Hermelien stond vlak achter hen en fluisterde: 'Nee, dat is het niet waard...'

'Ja, alsof jij ooit zou durven toveren als je niet op school zit!' sneerde Malfidus. 'Wie heeft je trouwens dat blauwe oog bezorgd, Griffel? Dan kan ik een bloemetje sturen.'

'Zo is het genoeg!' zei madame Mallekin op scherpe toon. Ze keek achterom en zocht naar steun. 'Madame – alstublieft –'

Narcissa Malfidus kwam achter het rek met kleren vandaan.

'Stop die stokken weg,' zei ze ijzig tegen Harry en Ron. 'Als jullie het wagen mijn zoon opnieuw aan te vallen, zal ik ervoor zorgen dat dat het laatste is wat jullie doen.'

'O ja?' zei Harry. Hij deed een stap naar voren en keek naar het gladde, arrogante gezicht dat dan misschien doodsbleek was, maar toch op dat van haar zuster leek. 'Vraag je dan aan een paar van je Dooddoenersmaatjes of ze ons om zeep willen helpen?'

Madame Mallekin slaakte een hoog kreetje en greep naar haar hart.

'Nee echt – dat soort beschuldigingen – gevaarlijke uitspraken – toverstokken weg, alsjeblieft!'

Maar Harry liet zijn stok niet zakken. Narcissa Malfidus glimlachte onaangenaam.

'Het feit dat je het lievelingetje van Perkamentus bent, heeft je een misplaatst gevoel van veiligheid gegeven, zie ik. Maar Perkamentus zal niet altijd in de buurt zijn om je te beschermen, Harry Potter.'

Harry liet zijn blik spottend door de zaak gaan.

'Wauw... moet je zien... hij is er nu ook niet! Waarom probeer je het niet? Misschien hebben ze wel een tweepersoonscel in Azkaban. Ben je weer gezellig samen met die sukkel van een man van je!'

Malfidus liep woedend op Harry af, maar struikelde over zijn te lange gewaad. Ron schaterde het uit.

'Waag het niet om zo tegen mijn moeder te praten, Potter!' snauwde Malfidus.

'Het geeft niet, Draco,' zei Narcissa. Ze legde haar magere, bleke vingers op zijn schouder en hield hem tegen. 'Ik denk dat Potter eerder herenigd zal zijn met onze geliefde Sirius dan ik met Lucius.'

Harry hief zijn toverstaf nog hoger op.

'Harry, nee!' kreunde Hermelien. Ze greep zijn arm en probeerde die omlaag te trekken. 'Denk nou na... doe het niet... je komt vreselijk in de problemen...'

Madame Mallekin maakte even wat zenuwachtige beweginkjes, maar besloot toen te doen alsof er niets aan de hand was, in de hoop dat er dan misschien ook niets zou gebeuren. Ze boog zich naar Malfidus, die Harry nog steeds woedend aankeek.

'Ik denk dat de linkermouw net ietsje korter kan, beste jongen. Laat ik even –'

'Au!' brulde Malfidus en hij sloeg haar hand weg. 'Pas op wat je met die spelden doet, stom mens! Moeder – ik geloof niet dat ik dit vod nog wil –'

Hij trok het gewaad over zijn hoofd en smeet het op de grond, voor de voeten van madame Mallekin.

'Je hebt gelijk, Draco,' zei Narcissa met een verachtelijke blik op Hermelien. 'Nu ik eenmaal weet wat hier voor uitschot komt... vooruit, we slagen vast beter bij Kreukniet & De Krimp.'

En na dat gezegd te hebben liepen ze met grote passen de winkel uit, waarbij Malfidus ervoor zorgde dat hij zo hard mogelijk tegen Ron opbotste.

'Nou ja!' zei madame Mallekin. Ze griste het gewaad van de vloer en bewoog de punt van haar toverstok er als een stofzuiger overheen, zodat het vuil verwijderd werd.

Ze was erg afwezig terwijl Ron en Harry hun nieuwe gewaden pasten en probeerde Hermelien een galagewaad voor een tovenaar aan te smeren in plaats van voor een heks. Toen ze hen uiteindelijk buigend uitliet, hadden ze de indruk dat ze blij was dat ze opkrasten.

'En, hebben jullie alles?' vroeg Hagrid opgewekt toen ze naar buiten kwamen.

'Zo'n beetje wel,' zei Harry. 'Zag je de Malfidussen?'

'Ja,' zei Hagrid onbezorgd. 'Maar ze zouden hier geen stennis durven schoppen, zo midden op de Wegisweg. Maak je geen zorgen.'

Harry, Ron en Hermelien keken elkaar aan, maar voor ze Hagrid uit die roze droom konden helpen verschenen meneer en mevrouw Wemel en Ginny. Ze torsten zware pakken boeken met zich mee.

'Alles in orde?' vroeg mevrouw Wemel. 'Hebben jullie je gewaden? Goed, dan gaan we even naar de apothekerij en Braakbals en daarna naar Fred en George. Dicht bij elkaar blijven, allemaal...'

Harry en Ron sloegen geen ingrediënten in bij de apothekerij nu ze toch geen Toverdranken meer studeerden, maar kochten wel grote zakken uilennootjes voor Hedwig en Koekeroekus bij Braakbals Uilenboetiek. Terwijl mevrouw Wemel om de haverklap op haar horloge keek liepen ze verder, op zoek naar Tovertweelings Topfopshop, de winkel van Fred en George.

'We hebben niet veel tijd meer,' zei mevrouw Wemel. 'We kijken alleen vlug even rond en gaan dan terug naar de auto. We zouden er bijna moeten zijn. Dat is nummer tweeënnegentig... vierennegentig...'

'Ho,' zei Ron en hij bleef abrupt staan.

Vergeleken met de saaie, met posters volgeplakte winkels in de rest van de straat, knalde de zaak van Fred en George eruit als een vuurwerkshow. Zelfs toevallige voorbijgangers keken onwillekeurig achterom en een paar nogal verblufte mensen waren blijven staan en staarden gebiologeerd naar de etalage. Het linkerraam was gevuld met een oogverblindende verscheidenheid aan artikelen die rondtolden, knalden, flitsten, op en neer stuiterden en krijsten; Harry's ogen begonnen al te tranen als hij er alleen maar naar keek. Voor het rechterraam hing een reusachtige poster. Hij was paars, net als de posters van het Ministerie, maar droeg in lichtgevende gele letters het opschrift:

Waarom Maakt U Zich Zorgen Om Jeweetwel?
U Kunt Zich Beter Zorgen Maken Om
POE-PIE-NEE
De Constipatie-sensatie Die De Schrik Is Van De Natie!

Harry begon te lachen. Naast zich hoorde hij een zacht gekreun en toen hij omkeek, zag hij mevrouw Wemel verbijsterd naar de poster staren. Haar lippen bewogen geluidloos en vormden de woorden 'Poe-Pie-Nee'.

'Ze worden gelyncht!' fluisterde ze.

'Welnee,' zei Ron, die net zo hard moest lachen als Harry. 'Het is geweldig!'

Hij en Harry gingen de anderen voor naar binnen. De winkel puilde uit van de klanten; Harry kon niet eens in de buurt van de rekken komen. Hij keek om zich heen, naar de artikelen die tot aan het plafond waren opgestapeld. Hij zag de Spijbelsmuldozen die de tweeling geperfectioneerd had tijdens hun laatste, onafgemaakte schooljaar; de Neusbloednoga was blijkbaar het populairst, want er stond nog maar één gehavende doos. Er waren bakken vol foptoverstokken; de goedkoopste veranderden alleen maar in een rubberen kip of een onderbroek als je ermee zwaaide, maar de duurdere sloegen de onvoorzichtige gebruiker op hoofd en schouders. Er waren allerlei soorten veren te koop, bijvoorbeeld Zelfdopende, Superspellende en Slimschrijvende. Er ontstond even een beetje ruimte in de mensenmassa en Harry wrong zich naar de toonbank, waar een groep verrukte kinderen keek hoe een piepklein houten mannetje langzaam de trap van een levensecht schavot op liep. Veroordeelde en galg balanceerden op een doos met het opschrift: *Galgje Nooitgenoeg – Wie Niet Spelt, Krijgt De Strop!*

'Gepatenteerde Zwijmelbezweringen...'

Hermelien had zich een weg gebaand naar een grote tafel bij de toonbank en las de gebruiksaanwijzing op een doos met een felgekleurde afbeelding van een knappe jongen en een flauwvallend meisje op het dek van een piratenschip.

'"Eén simpele bezwering en u gaat op in een uiterst realistische, selecte dagdroom van dertig minuten lang. Gemakkelijk in te passen in de gemiddelde les. Ontdekking vrijwel onmogelijk (eventuele neveneffecten zijn een wezenloze uitdrukking en lichte kwijlsporen). Verkoop aan minderjarigen verboden." Dat is echt toverkunst van uitzonderlijk niveau!' zei Hermelien met een blik op Harry.

'Voor dat compliment krijg je een gratis exemplaar, Hermelien,' zei een stem achter hen.

Ze zagen een glunderende Fred, gekleed in een fuchsiakleurig gewaad dat onwaarschijnlijk vloekte bij zijn vuurrode haar.

'Hoe gaat het, Harry?' Ze gaven elkaar een hand. 'Wat is er met je oog gebeurd, Hermelien?'

'Je stompende telescoop,' zei ze zuur.

'O jemig, die was ik vergeten,' zei Fred. 'Alsjeblieft –'

Hij haalde een potje uit zijn zak en gaf dat aan Hermelien; toen ze voorzichtig het deksel losdraaide zagen ze een dikke gele pasta.

'Als je dat erop smeert, is de blauwe plek binnen een uur verdwenen,' zei Fred. 'We moesten wel een goede builenverwijderaar zien te vinden, want we testen de meeste producten op onszelf uit.'

Hermelien keek bezorgd. 'Het is toch wel *veilig*?'

'Ja, natuurlijk,' zei Fred geruststellend. 'Kom op, Harry, dan geef ik je een rondleiding.'

Terwijl Hermelien behoedzaam de pasta op haar blauwe oog smeerde, volgde Harry Fred naar achteren, waar hij een tafeltje zag met kaart- en touwtrucs.

'Dreuzelgoochelarij,' zei Fred vrolijk. 'Voor freaks zoals pa, die dol zijn op Dreuzeldingen. Het loopt niet storm, maar we verkopen geregeld wat. Het zijn leuke nieuwigheden... o, daar heb je George...'

Freds tweelingbroer gaf Harry enthousiast een hand.

'Geef je hem een rondleiding? Kom mee naar achteren, Harry. Daar wordt het echte geld verdiend – *als je iets jat, kost het je meer dan alleen Galjoenen!*' snauwde hij tegen een jongetje dat haastig zijn hand terugtrok uit een bak met het opschrift: Eetbare Duistere Tekens – Om Van Te Kotsen!

George schoof een gordijn naast de Dreuzeltrucs opzij en Harry zag een donkerder ruimte, waar het ook minder druk was. De verpakkingen van de producten op de planken waren veel minder opzichtig.

'We hebben net deze serieuzere lijn op de markt gebracht,' zei Fred. 'Eigenlijk was het vreemd...'

'Je wil niet weten hoeveel mensen, zelfs werknemers van het Ministerie, niet eens tot een fatsoenlijke Schildspreuk in staat zijn,' zei George. 'Uiteraard hebben ze geen les gehad van jou, Harry.'

'Precies... nou, we dachten dat Schildhoeden misschien een leuk idee zouden zijn. Je weet wel, daag een vriend uit voor een duel, zet die hoed op en kijk naar zijn gezicht als zijn vloek gewoon afketst. Maar het Ministerie kocht vijfhonderd hoeden voor het ondersteunend personeel en de bestellingen stromen nog steeds binnen!'

'Dus hebben we ons assortiment uitgebreid met Schildmantels, Schildhandschoenen...'

'... ik bedoel, je hebt er niet veel aan bij een Onvergeeflijke Vloek, maar met lichte tot middelzware vervloekingen of beheksingen...'

'En toen bedachten we dat Verweer tegen de Zwarte Kunsten een gigantisch gat in de markt is. Daar is het grote geld te halen,' vervolgde George enthousiast. 'Kijk, dit is echt vet. Instant Duistergruis. We importeren het uit Peru. Hartstikke handig als je snel ontsnappen wilt.'

'En onze Alarmisthoorns vliegen de zaak uit. Kijk maar,' zei Fred. Hij wees op een aantal bizarre, zwarte, toeterachtige voorwerpen die inderdaad probeerden van de planken af te springen. 'Je laat er stiekem eentje vallen en dan holt hij gauw weg en maakt een enorm lawaai als hij uit het zicht is. De perfecte afleidingsmanoeuvre.'

'Handig,' zei Harry, onder de indruk.

'Alsjeblieft,' zei George. Hij ving twee van de hoorns en gooide ze naar Harry.

Een jonge heks met kort blond haar stak haar hoofd om het gordijn; Harry zag dat ze ook een fuchsiakleurig personeelsgewaad droeg.

'Ik heb hier een klant die een fopketel zoekt, meneer Wemel en meneer Wemel,' zei ze.

Harry wist niet wat hij hoorde toen ze Fred en George 'meneer Wemel' noemde, maar de tweeling was er blijkbaar aan gewend.

'Goed, Nicole, ik kom eraan,' zei George. 'Harry, pak wat je wilt, oké? Je hoeft niets te betalen.'

'Dat kan toch niet?' zei Harry. Hij had zijn geldzak al gepakt om de Alarmisthoorns af te rekenen.

'Ik wil geen geld zien,' zei Fred gedecideerd en hij wuifde Harry's goud weg.

'Maar –'

'Jij hebt ons een starterslening gegeven en dat zijn we niet vergeten,' zei George streng. 'Neem wat je wilt. Je hoeft alleen te vertellen
waar je het vandaan hebt, als mensen ernaar vragen.'

George verdween door het gordijn om te helpen met de klanten
en Fred bracht Harry terug naar het hoofdgedeelte van de zaak, waar
Hermelien en Ginny nog steeds gefascineerd de Gepatenteerde
Zwijmelbezweringen bestudeerden.

'Hebben jullie onze speciale FashionFeeksproducten nog niet gezien?' vroeg Fred. 'Kom maar mee, dames...'

Bij de etalage stond een hele serie knalroze producten uitgestald,
omringd door opgewonden, enthousiast giechelende meisjes. Hermelien en Ginny bleven achterdochtig op een afstandje.

'Alsjeblieft,' zei Fred trots. 'Het beste assortiment liefdesdrankjes
dat er te koop is.'

Ginny trok argwanend haar wenkbrauwen op. 'Werken ze ook?'

'Ja natuurlijk. Tot vierentwintig uur lang, afhankelijk van het gewicht van de jongen in kwestie –'

'– en de aantrekkelijkheid van het meisje,' zei George, die plotseling weer naast hen stond. 'Maar we verkopen ze niet aan ons zusje,'
zei hij plotseling streng. 'Niet nu ze al zo'n vijf vriendjes tegelijk heeft,
te oordelen naar –'

'Als het iets is wat Ron gezegd heeft, is het regelrecht gelogen,' zei
Ginny kalm. Ze boog zich voorover en pakte een klein roze potje. 'Wat
is dit?'

'Gegarandeerd Supersnelle Pukkelpoetser,' zei Fred. 'Werkt uitstekend tegen van alles, van steenpuisten tot mee-eters, maar ver-
ander niet gauw van onderwerp. Ga je de laatste tijd om met Daan
Tomas of niet?'

'Ja,' zei Ginny. 'Maar volgens mij is dat nog altijd één vriendje en
niet vijf. Wat zijn dit?'

Ze wees op een aantal ronde pluisballen in verschillende tinten
roze en paars, die rondrolden in een kooi en hoge, pieperige kreetjes uitstootten.

'Ukkepulken,' zei George. 'Minipulkerikken. We kunnen ze niet
snel genoeg fokken. Maar hoe zit het dan met Michel Kriek?'

'Die heb ik gedumpt. Hij kon niet tegen zijn verlies,' zei Ginny. Ze
stak een vinger door de spijlen van de kooi en keek hoe de Ukkepulken er meteen op af kwamen. 'Wat een schatjes!'

'Ja, ze hebben een redelijk hoge aaibaarheidsfactor,' gaf Fred toe.

'Maar je verslijt je vriendjes wel in een erg hoog tempo, vind je ook niet?'

Ginny draaide zich om en keek hem aan, met haar handen op haar heupen en zo'n woedende, mevrouw Wemelachtige blik in haar ogen dat Harry verbaasd was dat Fred niet angstig terugdeinsde.

'Gaat je niks aan! En zou jij alsjeblieft niet constant over me willen roddelen tegen die twee hier?' voegde ze er nijdig aan toe tegen Ron, die naast George opdook met zijn armen vol spullen.

'Dat is dan drie Galjoenen, negen Sikkels en een Knoet,' zei Fred nadat hij zijn blik over de vele dozen in Rons armen had laten gaan. 'Mag ik even vangen?'

'Ik ben jullie broer!'

'En dat zijn onze spullen die je jat. Drie Galjoenen en negen Sikkels dan. Die Knoet mag je houden.'

'Maar ik héb geen drie Galjoenen en negen Sikkels!'

'Dan zou ik alles maar gauw terugzetten, en op de plaats waar je het vandaan hebt.'

Ron liet een paar dozen vallen, vloekte en maakte een obsceen handgebaar naar Fred. Helaas werd hij betrapt door mevrouw Wemel, die net op dat moment kwam aanlopen.

'Als ik dat nog één keer zie, vervloek ik je vingers aan elkaar vast!' zei ze boos.

'Ma, mag ik een Ukkepulk?' vroeg Ginny.

'Een wat?' vroeg mevrouw Wemel behoedzaam.

'Kijk, zijn ze niet schattig...?'

Mevrouw Wemel liep naar de kooi om de Ukkepulken te bekijken en Harry, Ron en Hermelien hadden even onbelemmerd uitzicht op de etalageruit. Draco Malfidus kwam aanlopen door de straat en hij was alleen. Toen hij langs Tovertweelings Topfopshop kwam keek hij even om, maar een paar tellen later was hij de etalage gepasseerd en verdween hij uit het zicht.

'Waar zou zijn mammie zijn?' vroeg Harry fronsend.

'Zo te zien heeft hij haar afgeschud,' zei Ron.

'Maar waarom?' zei Hermelien.

Harry zei niets; hij dacht diep na. Narcissa Malfidus zou haar geliefde zoontje er nooit uit eigen vrije wil in zijn eentje vandoor hebben laten gaan. Malfidus moest echt moeite hebben gedaan om aan haar aandacht te ontsnappen en Harry, die Malfidus kende en haatte, was ervan overtuigd dat de reden niet onschuldig kon zijn.

Hij keek vlug achterom. Mevrouw Wemel en Ginny bogen zich over de Ukkepulken, meneer Wemel bestudeerde opgetogen een stel gemarkeerde Dreuzelspeelkaarten en Fred en George waren bezig klanten te helpen. Buiten, voor de etalage, stond Hagrid met zijn rug naar hen toe en keek links en rechts door de straat.

'Kom eronder, vlug!' zei Harry en hij haalde zijn Onzichtbaarheidsmantel uit zijn rugzak.

'O – ik weet niet, Harry,' zei Hermelien. Ze keek onzeker naar mevrouw Wemel.

'Kom *op*!' zei Ron.

Ze aarzelde nog heel even, maar dook toen onder de mantel bij Harry en Ron. Niemand zag hen verdwijnen; iedereen had veel te veel aandacht voor de producten van Fred en George. Harry, Ron en Hermelien laveerden zo vlug mogelijk naar de deur, maar tegen de tijd dat ze buiten waren, was Malfidus even succesvol verdwenen als zij.

'Hij ging die kant uit,' mompelde Harry heel zacht, zodat een neuriënde Hagrid hen niet zou horen. 'Kom mee.'

Ze schuifelden haastig verder en tuurden links en rechts door etalageruiten en deuropeningen, tot Hermelien plotseling wees.

'Dat is hem toch?' fluisterde ze. 'Hij slaat net naar links af.'

'O, wat een verrassing!' mompelde Ron.

Want Malfidus had om zich heen gekeken en was toen de Verdonkeremaansteeg ingedoken.

'Vlug, anders raken we hem kwijt,' zei Harry en hij begon sneller te lopen.

'Dadelijk zien ze onze voeten nog!' zei Hermelien ongerust terwijl de mantel rond hun enkels wapperde; het was tegenwoordig een stuk moeilijker om er met zijn drieën onder te schuilen.

'Maakt niet uit,' zei Harry ongeduldig. 'Schiet op!'

Maar de Verdonkeremaansteeg, het zijstraatje dat gewijd was aan de Zwarte Kunsten, leek volkomen verlaten. Ze keken door de ruiten van de winkels die ze passeerden, maar zagen nergens een klant. Waarschijnlijk was het in deze gevaarlijke en achterdochtige tijden een beetje te link om Duistere spullen te kopen, dacht Harry – of in elk geval om erop betrapt te worden.

Hermelien kneep plotseling hard in zijn arm.

'Au!'

'Sst! Kijk! Daar is hij,' fluisterde ze in Harry's oor.

Ze waren nu ter hoogte van de enige zaak in de Verdonkeremaansteeg die Harry ooit bezocht had: de winkel van Odius & Oorlof, waar je een grote verscheidenheid aan sinistere voorwerpen kon kopen.

Daar, tussen de vitrines vol schedels en oude flessen, stond Draco Malfidus met zijn rug naar hen toe. Ze konden hem nog net zien, achter dezelfde grote zwarte kast waarin Harry zich ooit verborgen had voor Malfidus en zijn vader. Te oordelen naar de bewegingen van Draco's handen was hij druk in gesprek. De eigenaar van de zaak, meneer Odius, een gebogen man met vettig haar, stond tegenover Malfidus. Zijn uitdrukking was een merkwaardige mengeling van wrevel en angst.

'Konden we ze maar verstaan!' zei Hermelien.

'Dat kan ook!' zei Ron. 'Wacht even – shit –'

Hij liet een paar van de dozen die hij meezeulde vallen terwijl hij aan de grootste frunnikte.

'Hangoren, kijk!'

'Fantastisch!' zei Hermelien toen Ron de lange, vleeskleurige draden afrolde en ze naar de onderkant van de deur begon te schuiven. 'O, ik hoop dat er geen Fnuikspreuk op de deur rust...'

'Nee!' zei Ron opgewonden. 'Luister maar!'

Ze hielden hun hoofden bij elkaar en luisterden aandachtig naar het uiteinde van de draden. De stem van Malfidus klonk luid en duidelijk, alsof ze een radio hadden aangezet.

'... weet toch wel hoe je het moet repareren?'

'Misschien,' zei Odius. Zijn toon wees erop dat hij geen zin had zich ergens op vast te leggen. 'Maar ik moet het eerst zien. Waarom brengt u het niet naar de zaak?'

'Dat gaat niet,' zei Malfidus. 'Het moet blijven waar het is. Ik wil gewoon dat je me vertelt hoe ik het moet doen.'

Harry zag Odius nerveus langs zijn lippen likken.

'Nou, dat is lastig, zonder het te zien. Misschien wel onmogelijk. Ik kan niets garanderen.'

'O nee?' zei Malfidus en Harry hoorde alleen al aan zijn stem dat hij Odius schamper aankeek. 'Misschien geeft dit je wat meer zelfvertrouwen.'

Hij liep naar Odius en verdween achter de zwarte kast. Harry, Ron en Hermelien schuifelden opzij, in een poging hem binnen hun gezichtsveld te houden, maar ze zagen alleen een blijkbaar hevig geschrokken Odius.

'Als je het tegen iemand vertelt, zal dat gewroken worden,' zei Malfidus. 'Ken je Fenrir Vaalhaar? Hij is een vriend van onze familie. Ik denk dat hij af en toe even zal aanwippen, om te kijken of je wel voldoende aandacht aan het probleem besteedt.'

'Het is echt niet nodig –'

'Dat beslis ik,' zei Malfidus. 'Nou, ik moet gaan. En vergeet niet om *deze* veilig te bewaren. Ik zal hem nog nodig hebben.'

'Wilt u hem niet liever meteen meenemen?'

'Nee, natuurlijk niet, idioot! Zie je me al over straat lopen met dat ding? Als je hem maar niet verkoopt.'

'Natuurlijk niet... meneer.'

Odius boog net zo diep voor Draco als Harry hem ooit voor de vader van Malfidus had zien doen.

'Niemand mag ervan weten, Odius, en daarmee bedoel ik ook mijn moeder. Begrepen?'

'Natuurlijk, natuurlijk,' mompelde Odius en hij boog opnieuw.

Het volgende moment rinkelde de bel boven de winkeldeur en kwam Malfidus naar buiten. Hij leek heel erg tevreden met zichzelf en liep zo dicht langs Harry, Ron en Hermelien dat ze de Onzichtbaarheidsmantel rond hun knieën voelden wapperen. In de winkel stond Odius er roerloos bij. Zijn schijnheilige glimlach was verdwenen en hij leek bezorgd.

'Waar ging dat over?' vroeg Ron terwijl hij de Hangoren oprolde.

'Geen idee,' zei Harry, verwoed nadenkend. 'Hij wil dat er iets gerepareerd wordt... en hij wil ook iets uit de winkel reserveren... konden jullie zien waar hij op wees toen hij "deze" zei?'

'Nee, hij stond achter die kast –'

'Blijven jullie hier,' fluisterde Hermelien.

'Wat ga je –'

Maar Hermelien was al onder de mantel uit geglipt. Ze keek in de etalageruit of haar haar goed zat en ging toen de winkel binnen, zodat de bel opnieuw rinkelde. Ron schoof haastig de Hangoren weer onder de deur door en gaf een van de draden aan Harry.

'Hallo. Wat een vreselijk weer, hè?' zei Hermelien opgewekt tegen Odius. Die gaf geen antwoord, maar keek haar achterdochtig aan. Vrolijk neuriënd slenterde Hermelien langs de wirwar van uitgestalde voorwerpen.

'Is die halsketting te koop,' vroeg ze en ze bleef bij een vitrine staan.

'Alleen als je vijftienhonderd Galjoenen hebt,' zei Odius koeltjes.

'O – eh – nee – dat is een beetje prijzig,' zei Hermelien. Ze liep verder. 'En... deze prachtige – eh – schedel?'

'Zestien Galjoenen.'

'Dus hij is te koop? Hij is niet... voor iemand gereserveerd?'

Odius keek haar wantrouwig aan. Harry had het onaangename gevoel dat Odius precies wist waar Hermelien op uit was. Blijkbaar besefte Hermelien ook dat hij haar doorhad, want plotseling sloeg ze alle voorzichtigheid in de wind.

'Het is namelijk zo dat – eh – de jongen die hier net was, Draco Malfidus... nou, dat is een vriend van me. Ik wilde een verjaardagscadeau voor hem kopen, maar als hij al iets gereserveerd heeft wil ik natuurlijk niet hetzelfde kopen en dus... eh...'

Harry vond het een vrij lamme smoes en kennelijk dacht Odius er net zo over.

'Eruit!' zei hij vinnig. 'Vooruit, maak dat je wegkomt!'

Dat liet Hermelien zich geen twee keer zeggen. Ze liep vlug naar de deur met Odius op haar hielen. De bel rinkelde opnieuw en Odius sloeg de deur achter haar dicht en hing het bordje 'Gesloten' op.

'Nou ja,' zei Ron en hij gooide de Onzichtbaarheidsmantel weer over Hermelien heen. 'Het was het proberen waard. Het lag er wel een beetje dik bovenop –'

'Laat jij de volgende keer dan maar zien hoe het wel moet, Meesterspion!' snauwde ze.

Ron en Hermelien kibbelden de hele weg terug naar Tovertweelings Topfopshop, waar ze voorzichtig moesten manoeuvreren om ongemerkt langs een ongeruste mevrouw Wemel en Hagrid heen te kunnen glippen. Het was duidelijk dat hun afwezigheid niet onopgemerkt was gebleven. Binnen deed Harry vlug zijn Onzichtbaarheidsmantel af, stopte hem weer in zijn rugzak en voegde zich bij de anderen. In antwoord op de beschuldigende vragen van mevrouw Wemel hielden ze stug vol dat ze de hele tijd achter in de zaak waren geweest en dat ze vast niet goed gekeken had.

DE SLAKKERS

*H*arry bracht een groot deel van zijn laatste vakantie-week door met nadenken over het gedrag van Malfidus in de Verdonkeremaansteeg. Wat hem nog het meest dwarszat was de zelfvoldane uitdrukking op het gezicht van Malfidus toen hij de winkel verliet. Iets waar Malfidus blij mee was, kon onmogelijk goed nieuws zijn. Het ergerde hem enigszins dat Ron en Hermelien lang niet zo nieuwsgierig naar de activiteiten van Malfidus waren als hij. Na een paar dagen van discussie schenen ze het in ieder geval een beetje zat te worden.

'Ja, ik heb al gezegd dat ik het verdacht vond, Harry,' zei Hermelien een tikje ongeduldig. Ze zat op de kamer van Fred en George in de vensterbank, met haar voeten op een kartonnen doos, en keek met tegenzin op uit haar splinternieuwe exemplaar van *Oude Runen: Vertalen voor Gevorderden.* 'Maar we waren het er toch over eens dat er een hoop verklaringen voor kunnen zijn?'

'Misschien is zijn Hand van de Gehangene kaduuk,' zei Ron vaag terwijl hij de kromme staarttwijgjes van zijn bezem weer probeerde recht te buigen. 'Je weet wel, die verschrompelde arm die Malfidus had.'

'En toen hij zei: "En vergeet niet om *deze* veilig te bewaren" dan?' vroeg Harry voor de zoveelste keer. 'Het klonk meer alsof Odius nog een kapot voorwerp had en dat Malfidus ze allebei wilde hebben.'

'Denk je dat?' zei Ron, die nu een poging deed om wat vuil van zijn bezemsteel te schrapen.

'Ja!' zei Harry. Toen Ron en Hermelien niet reageerden zei hij: 'De vader van Malfidus zit in Azkaban. Denken jullie soms dat Malfidus niet op wraak zint?'

Ron keek op en knipperde met zijn ogen.

'Malfidus en wraak? Wat kan hij nou doen?'

'Dat is het nou juist! Ik weet het niet!' zei Harry gefrustreerd. 'Maar hij voert iets in zijn schild en ik vind dat we het serieus moeten nemen. Zijn vader is een Dooddoener –'

Harry zweeg abrupt en staarde met open mond naar het raam achter Hermelien. Er was plotseling een verbijsterende gedachte bij hem opgekomen.

'Harry?' vroeg Hermelien ongerust. 'Is er iets?'

'Je litteken doet toch geen pijn?' vroeg Ron nerveus.

'Hij is een Dooddoener,' zei Harry langzaam. 'Hij heeft de plaats van zijn vader ingenomen als Dooddoener!'

Er viel even een stilte en toen begon Ron te schateren.

'*Malfidus*? Hij is zestien, Harry! Denk je dat Jeweetwel op *Malfidus* zit te wachten?'

'Het lijkt me erg onwaarschijnlijk, Harry,' zei Hermelien afwijzend. 'Waarom denk je –'

'Bij madame Mallekin. Ze raakte hem niet aan, maar hij schreeuwde het uit en trok zijn arm weg toen ze zijn mouw wilde oprollen. Zijn linkerarm. Hij is gebrandmerkt met het Duistere Teken.'

Ron en Hermelien keken elkaar aan.

'Nou...' zei Ron, die absoluut niet overtuigd leek.

'Volgens mij wilde hij daar gewoon zo snel mogelijk weg, Harry,' zei Hermelien.

'Hij liet Odius iets zien toen hij even uit ons zicht was,' ging Harry koppig verder. 'Iets waar Odius behoorlijk van schrok. Het was het Teken, dat weet ik gewoon – hij liet Odius zien met wie hij te maken had. Jullie hoorden zelf hoe serieus Odius hem nam!'

Ron en Hermelien keken elkaar opnieuw aan.

'Ik weet niet, Harry...'

'Het lijkt me stug dat Jeweetwel iemand als Malfidus erbij zou willen hebben...'

Nijdig maar overtuigd van zijn gelijk griste Harry een berg modderige Zwerkbalgewaden van de grond en ging naar beneden; mevrouw Wemel drong er al dagen op aan dat ze niet tot het laatste moment moesten wachten met inpakken en het doen van de was. Op de overloop liep hij Ginny tegen het lijf, die terugging naar haar kamer met een grote stapel pas gewassen kleren.

'Ik zou maar niet naar de keuken gaan, als ik jou was,' waarschuwde ze hem. 'Er heerst op het moment een hoge Zeurgraad.'

'Ik zal ervoor zorgen dat ik me niet brand,' zei Harry glimlachend.

Toen hij de keuken binnenkwam, zat Fleur inderdaad aan tafel en sprak uitvoerig over haar plannen voor de bruiloft, terwijl mevrouw Wemel humeurig naar een berg zelfpellende spruitjes staarde.

'... Bill en ıek 'ebben bıjna besloten om maar twee bruidsmeisjes te nemen. Ginny en Gabrielle zien er samen vast 'eel lief uit. Iek denk over bruidsjurkjes in lichtgoud – roze zou natuurlijk vreselijk vloeken met Ginny's 'aar...'

'Ah, Harry!' zei mevrouw Wemel, dwars door Fleurs monoloog heen. 'Mooi zo. Ik wilde nog even uitleggen wat morgen de veiligheidsmaatregelen zijn voor de reis naar Zweinstein. Er komen weer auto's van het Ministerie en er wachten Schouwers op het station –'

'Komt Tops ook?' vroeg Harry terwijl hij haar de Zwerkbalgewaden gaf.

'Nee, volgens mij niet. Te oordelen naar wat Arthur zegt, is ze ergens anders gestationeerd.'

'Ze laat zich verslonzen, die Tops,' mijmerde Fleur. Ze keek naar de achterkant van een theelepeltje en bestudeerde haar eigen beeldschone spiegelbeeld. 'Een grote vergissing als je 'et mij –'

'Ja, *dank* je,' viel mevrouw Wemel haar opnieuw pinnig in de rede. 'Ik zou maar opschieten als ik jou was, Harry. Ik wil dat jullie hutkoffers vanavond al gepakt zijn, zodat we deze keer niet weer alles op het laatste moment moeten doen.'

En hun vertrek de volgende ochtend verliep inderdaad een stuk soepeler dan normaal. Toen de auto's van het Ministerie kwamen aansnorren en stopten voor Het Nest, stond iedereen al te wachten: hutkoffers waren gepakt, Hermeliens kat Knikkebeen was veilig opgeborgen in zijn reismand en Hedwig, Rons uil Koekeroekus en Ginny's nieuwe, paarse Ukkepulk Arnold zaten in hun kooien.

'Au revoir, 'Arry,' zei Fleur hees en ze gaf hem een afscheidskus. Ron stapte haastig en hoopvol op haar af, maar Ginny lichtte hem beentje en hij viel languit in het stof aan Fleurs voeten. Woedend, onder de modder en met een vuurrood hoofd dook Ron de auto in zonder afscheid te nemen.

Bij het station werden ze niet opgewacht door een vrolijke Hagrid, maar kwamen er twee grimmige, bebaarde Schouwers in donkere Dreuzelpakken aanlopen zodra de auto's stopten. Ze flankeerden het gezelschap en loodsten hen zwijgend het stationsgebouw binnen.

'Vlug, vlug, door het hek,' zei mevrouw Wemel, blijkbaar een beetje zenuwachtig van zoveel norse efficiëntie. 'Harry kan beter als eerste gaan, samen met –'

Ze keek vragend naar een van de Schouwers. Die knikte, greep Harry bij zijn bovenarm en probeerde hem mee te trekken naar het hek tussen de perrons negen en tien.

'Ik kan best zelf lopen,' zei Harry geïrriteerd en hij rukte zijn arm los. Hij duwde zijn bagagewagentje recht op het massieve hek af, zonder zich iets aan te trekken van zijn zwijgende begeleider, en stond een oogwenk later op een druk perron $9^3/_4$, waar de vuurrode Zweinsteinexpres dikke stoomwolken uitbraakte.

Hermelien en de Wemels voegden zich even later bij hem. Zonder eerst zijn grimmige Schouwer te raadplegen wenkte Harry Ron en Hermelien en liep het perron af, op zoek naar een lege coupé.

'Dat gaat niet, Harry,' zei Hermelien. 'Ron en ik moeten eerst naar de coupé van de klassenoudsten en daarna een tijdje toezicht houden in de gangpaden.'

'O ja, dat was ik vergeten,' zei Harry.

'Ik zou maar gauw instappen als ik jullie was. Jullie hebben nog maar een paar minuten,' zei mevrouw Wemel en ze keek op haar horloge. 'Nou, veel plezier dit schooljaar, Ron...'

'Meneer Wemel, kan ik u even spreken?' zei Harry, die impulsief een besluit nam.

'Natuurlijk,' zei meneer Wemel. Hij leek een beetje verrast, maar volgde Harry tot ze buiten gehoorsafstand van de anderen waren.

Harry had er zorgvuldig over nagedacht en was tot de conclusie gekomen dat, als hij het aan iemand wilde vertellen, meneer Wemel de aangewezen persoon was; ten eerste werkte hij op het Ministerie en verkeerde hij dus in de beste positie om nader onderzoek te doen, en ten tweede was er volgens hem niet al te veel kans dat meneer Wemel boos zou worden.

Hij zag dat mevrouw Wemel en de norse Schouwer hen achterdochtig nakeken terwijl ze wegliepen.

'Toen we op de Wegisweg waren –' begon Harry. Meneer Wemel trok een gezicht en kapte zijn zin af.

'Krijg ik nu eindelijk te horen waar jij, Ron en Hermelien geweest zijn toen jullie zogenaamd achter in de winkel van Fred en George rondhingen?'

'Hoe weet u –?'

'Harry, alsjeblieft. Je hebt het tegen de man die Fred en George heeft opgevoed.'

'Eh... ja, oké, we waren niet achter in de zaak.'

'Goed. Vertel me dan wat jullie wel hebben uitgespookt.'

'Nou, we zijn Draco Malfidus gevolgd. Ik had mijn Onzichtbaarheidsmantel bij me.'

'Had je daar een bepaalde reden voor, of was het gewoon een impuls?'

'Ik dacht dat Malfidus iets in zijn schild voerde,' zei Harry zonder acht te slaan op meneer Wemels uitdrukking, die half geërgerd en half geamuseerd was. 'Hij was er stiekem tussenuit geknepen, zonder dat zijn moeder het wist, en ik wilde weten waarom.'

'Natuurlijk,' zei meneer Wemel berustend. 'En? Ben je daar achter gekomen?'

'Hij ging naar Odius & Oorlof en wilde dat Odius hem hielp om iets te repareren. Hij zette hem echt onder druk. En hij wilde dat Odius iets anders voor hem vast zou houden. Zo te horen leek het op het ding dat gerepareerd moest worden. Alsof het een stel was. En...'

Harry haalde diep adem.

'Er is nog iets. We zagen dat Malfidus een sprong van schrik maakte toen madame Mallekin probeerde zijn linkerarm aan te raken. Volgens mij is hij gebrandmerkt met het Duistere Teken. Ik denk dat hij de plaats van zijn vader heeft ingenomen als Dooddoener.'

Meneer Wemel leek even van zijn stuk gebracht, maar zei toen: 'Harry, ik betwijfel of Jeweetwel een jongen van zestien zou toelaten tot –'

'Weet iemand werkelijk wat Jeweetwel wel of niet zou doen?' vroeg Harry boos. 'Sorry hoor, meneer Wemel, maar is het niet de moeite waard om dat te onderzoeken? Als Malfidus wil dat iets gerepareerd wordt en hij Odius moet bedreigen om dat voor elkaar te krijgen, gaat het waarschijnlijk om iets gevaarlijks en Duisters, of niet soms?'

'Om heel eerlijk te zijn betwijfel ik het, Harry,' zei meneer Wemel langzaam. 'Toen Lucius Malfidus gearresteerd werd, hebben we namelijk ook zijn huis doorzocht. We hebben alles in beslag genomen wat eventueel gevaarlijk zou kunnen zijn.'

'Volgens mij hebben jullie iets over het hoofd gezien,' zei Harry koppig.

'Nou, dat zou kunnen,' gaf meneer Wemel toe, maar Harry voelde dat hij dat alleen zei om hem gerust te stellen.

Achter hen snerpte een fluitje; bijna iedereen was al ingestapt en de deuren van de trein sloegen dicht.

'Ik zou maar opschieten als ik jou was,' zei meneer Wemel en mevrouw Wemel riep: 'Harry, vlug!'

Hij holde naar de trein en meneer en mevrouw Wemel hielpen hem om zijn hutkoffer aan boord te hijsen.

'Je komt met de kerstvakantie naar ons toe, Harry. We hebben het al geregeld met Perkamentus, dus zien we je over een paar maanden,' zei mevrouw Wemel door het raampje terwijl Harry de deur dichtsloeg en de trein begon te rijden. 'Zorg goed voor jezelf en –'

De trein begon vaart te maken.

'– doe geen gekke dingen en –'

Ze moest nu hollen om hem bij te houden.

'– pas goed op!'

Harry zwaaide tot de trein een bocht maakte en meneer en mevrouw Wemel uit het zicht verdwenen. Toen draaide hij zich om en keek waar de anderen gebleven waren. Waarschijnlijk zaten Ron en Hermelien verplicht in de coupé met klassenoudsten, maar Ginny stond een eindje verderop in het gangpad met een stel vriendinnen te praten. Harry liep naar haar toe en zeulde zijn hutkoffer mee.

Leerlingen bekeken hem schaamteloos toen hij langskwam en drukten hun gezicht zelfs tegen de raampjes van hun coupé om hem beter te kunnen zien. Harry had wel verwacht dat hij dit semester nog meer aangegaapt en aangestaard zou worden dan gewoonlijk, na al die geruchten over de 'Uitverkorene' in de *Ochtendprofeet*, maar desondanks was het niet bepaald prettig om constant in de schijnwerpers te staan. Hij tikte Ginny op haar schouder.

'Zullen we samen een coupé zoeken?'

'Sorry, Harry, ik heb met Daan afgesproken,' zei Ginny opgewekt. 'Misschien zie ik je later nog.'

'Ja, goed,' zei Harry. Hij voelde een vreemde steek van ergernis terwijl ze wegliep en haar lange rode haar achter haar aan danste. Hij was zo gewend geraakt aan haar aanwezigheid tijdens de zomervakantie dat hij bijna vergeten was dat Ginny eigenlijk niet zoveel met Ron, Hermelien en hem optrok als ze op school waren. Hij knipperde met zijn ogen en keek om zich heen: hij werd omringd door gefascineerd starende meisjes.

'Hoi, Harry,' zei een vertrouwde stem achter hem.

'Marcel!' zei Harry opgelucht. Hij draaide zich om en zag hoe een jongen met een rond gezicht zich door de menigte wrong.

'Hallo, Harry,' zei een meisje met lang haar en grote, wazige ogen. Ze kwam vlak achter Marcel aan.

'Hé, Loena, hoe is het ermee?'

'Goed, dank je,' zei Loena. Ze drukte een tijdschrift tegen haar borst; grote letters op het omslag verkondigden dat het blad een gratis Kakelbontbril bevatte.

'Dus *De Kibbelaar* loopt nog steeds goed?' vroeg Harry. Hij had een zwak voor het tijdschrift sinds hij er vorig jaar een exclusief interview aan gegeven had.

'Ja, de oplage is behoorlijk gestegen,' zei Loena blij.

'Laten we een plaatsje zoeken,' zei Harry. Ze baanden zich een weg door de horde zwijgend starende leerlingen tot ze uiteindelijk een lege coupé vonden. Harry schoot dankbaar naar binnen.

'Ze staren zelfs naar *ons*,' zei Marcel en hij wees op Loena en zichzelf. 'Alleen omdat we samen met jou zijn!'

'Ze staren ook naar jullie omdat jullie op het Ministerie waren,' zei Harry terwijl hij zijn hutkoffer in het bagagerek hees. 'De *Ochtendprofeet* heeft uitgebreid verslag gedaan van ons kleine avontuur. Dat hebben jullie vast wel gelezen.'

'Ja, ik dacht eerst dat oma boos zou zijn vanwege al die publiciteit, maar ze was juist blij,' zei Marcel. 'Ze zei dat ik eindelijk in de voetsporen van mijn vader trad. Ze heeft zelfs een nieuwe toverstok voor me gekocht, kijk maar!'

Hij haalde hem te voorschijn en liet hem aan Harry zien.

'Kersenhout en eenhoornhaar,' zei hij trots. 'Volgens mij is het een van de laatste stokken die Olivander verkocht heeft. De dag daarop verdween hij – hé, kom terug, Willibrord!'

Hij dook onder de bank om zijn pad te grijpen, die weer een van zijn vele ontsnappingspogingen deed.

'Zijn er dit jaar ook weer bijeenkomsten van de SVP, Harry?' vroeg Loena terwijl ze de psychedelische bril losmaakte van de middenpagina van De *Kibbelaar*.

'Dat heeft eigenlijk geen zin meer nu Omber is opgekrast,' zei Harry en hij ging zitten. Marcel stootte zijn hoofd toen hij onder de bank vandaan kwam. Hij keek erg teleurgesteld.

'Ik vond de SVP echt geweldig! Ik heb ontzettend veel van je geleerd!'

'Ik vond de bijeenkomsten ook leuk,' zei Loena sereen. 'Het was net alsof ik vrienden had.'

Dat was typerend voor de pijnlijke dingen die Loena vaak zei en waardoor Harry zich soms geen raad wist van medelijden en gêne. Maar voor hij kon reageren hoorden ze rumoer bij de deur van hun coupé; een stel meiden uit het vierde jaar fluisterde en giechelde aan de andere kant van het glas.

'Vraag jij het!'

'Nee, jij!'

'Dan doe ik het wel!'

Een van hen, een vrijpostig meisje met grote donkere ogen, een forse kin en lang zwart haar, schoof de deur open en kwam binnen.

'Hallo, Harry. Ik ben Regina Valster,' zei ze zelfverzekerd. 'Waarom kom je niet bij ons zitten? Je hoeft echt niet bij díe twee daar te blijven,' voegde ze er op doordringende fluistertoon aan toe en ze wees op Marcels achterwerk, dat onder de bank uitstak terwijl hij zijn speurtocht naar Willibrord voortzette, en op Loena, die haar gratis Kakelbontbril had opgezet en nu veel weg had van een gestoorde, veelkleurige uil.

'Dit zijn mijn vrienden,' zei Harry koeltjes.

'O,' zei het meisje verbaasd. 'O. Nou, goed dan.'

Ze ging weer naar buiten en deed de deur achter zich dicht.

'Een hoop mensen denken dat je vrienden vast veel cooler zijn dan wij,' zei Loena met een nieuw vertoon van gênante eerlijkheid.

'Jullie zíjn cool,' zei Harry kortaf. 'Die anderen waren niet op het Ministerie. Ze hebben niet samen met mij gevochten.'

'Dat is heel aardig van je,' glunderde Loena. Ze schoof de Kakelbontbril iets verder omhoog op haar neus en verdiepte zich in De Kibbelaar.

'Maar wij hebben het niet opgenomen tegen hem,' zei Marcel. Hij kwam weer onder de bank vandaan met pluisjes en stof in zijn haar en een berustende Willibrord in zijn hand. 'Jij wel. Je zou eens moeten horen wat oma over je zegt. "Die Harry Potter heeft meer lef dan het hele Ministerie van Toverkunst bij elkaar!" Ze zou er alles voor willen geven als jij haar kleinzoon was...'

Harry lachte slecht op zijn gemak en stapte zo vlug mogelijk over op het onderwerp van hun SLIJMBAL-resultaten. Terwijl Marcel zijn uitslagen opsomde en zich afvroeg of hij met niet meer dan een 'Acceptabel' toch voor een PUIST in Gedaanteverwisselingen zou kunnen gaan, keek Harry naar hem zonder echt te luisteren.

Marcels jeugd was net zo erg geruïneerd door Voldemort als die van Harry, maar Marcel had er geen idee van dat het lot van Harry bijna op zíjn schouders gerust had. De profetie had zowel op Harry als op Marcel kunnen slaan, maar om zijn eigen ondoorgrondelijke redenen had Voldemort geloofd dat Harry degene was om wie het ging.

Als Voldemort Marcel had gekozen, zou die dan nu tegenover Harry zitten met een bliksemvormig litteken op zijn voorhoofd en de last van de profetie op zijn schouders... of niet? Zou Marcels moeder ook haar leven gegeven hebben om hem te redden, zoals Lily dat gedaan had voor Harry? Vast wel... maar stel dat ze zich niet tussen haar zoon en Voldemort had kunnen gooien? Zou er dan helemaal geen 'Uitverkorene' geweest zijn? Alleen een lege plek waar Marcel nu zat en een Harry zonder litteken, die een afscheidskus gekregen zou hebben van zijn eigen moeder in plaats van die van Ron?

'Voel je je wel goed, Harry? Je ziet er een beetje vreemd uit,' zei Marcel.

Harry schrok.

'Sorry – ik –'

'Je bent toch niet gebeten door een Knarkloppertje?' vroeg Loena vol medeleven. Ze keek Harry aan door haar enorme, kleurige brillenglazen.

'Ik – een wat?'

'Een Knarkloppertje... ze zijn onzichtbaar, vliegen stiekem door je oren naar binnen en maken je hoofd dan helemaal suizelig,' zei ze. 'Ik dacht al dat ik er eentje hoorde rondzoemen.'

Ze wapperde met haar handen alsof ze grote, onzichtbare motten wegjoeg. Harry en Marcel keken elkaar even aan en begonnen toen vlug over Zwerkbal te praten.

Het weer was even veranderlijk als het de hele zomer geweest was; ze reden vaak door kille mistbanken, maar soms scheen er plotseling een waterig zonnetje. Tijdens een van die heldere periodes, toen ze de zon bijna recht boven hun hoofd zagen, kwamen Ron en Hermelien eindelijk de coupé binnen.

'Kwam het lunchkarretje maar. Ik rammel,' zei Ron verlangend. Hij plofte naast Harry neer en wreef over zijn buik. 'Hoi Marcel. Ha die Loena. Zal ik jullie eens wat vertellen?' voegde hij eraan toe en hij keek naar Harry. 'Malfidus houdt geen toezicht, zoals de andere klassenoudsten. Hij zit gewoon in een coupé met een stel andere Zwadderaars. We zagen hem op weg hierheen.'

Harry ging belangstellend overeind zitten. Het was niets voor Malfidus om niet de kans te benutten zijn gezag als klassenoudste te laten gelden. Vorig jaar had hij daar constant misbruik van gemaakt.

'Wat deed hij toen hij jullie zag?'

'Het gebruikelijke,' zei Ron onverschillig en hij maakte een onbeleefd handgebaar. 'Eigenlijk niks voor hem, hè? Nou – dát wel' – hij herhaalde het handgebaar – 'maar waarom is hij niet druk bezig eerstejaars af te blaffen?'

'Geen idee,' zei Harry, maar zijn gedachten werkten op topsnelheid. Het leek erop dat Malfidus wel belangrijkere dingen aan zijn hoofd had dan jongere leerlingen koeioneren.

'Misschien gaf hij de voorkeur aan het Inquisitiekorps,' zei Hermelien. 'Daar steekt het werk als klassenoudste nogal bleekjes bij af.'

'Nee, dat denk ik niet,' zei Harry. 'Volgens mij is hij –'

Maar voor hij zijn theorie verder uiteen kon zetten gleed de coupédeur weer open en kwam er een bloednerveuze derdejaars binnen.

'Ik moest dit aan Marcel Lubbermans en Harry P-Potter geven,' hakkelde ze. Ze keek Harry aan, werd knalrood en stak twee rollen perkament uit, die met lila lint waren dichtgebonden. Stomverbaasd pakten Harry en Marcel de aan hen geadresseerde rollen aan. Het meisje verliet haastig en struikelend de coupé.

'Wat is dat nou weer?' vroeg Ron terwijl Harry zijn perkament uitrolde.

'Een uitnodiging,' zei Harry.

Beste Harry,
  Ik zou het leuk vinden als je samen met mij een hapje zou willen lunchen in coupé C.
  Met vriendelijke groeten, professor H.E.F. Slakhoorn

'Wie is professor Slakhoorn?' vroeg Marcel, die stomverbaasd leek door zijn eigen uitnodiging.

'Een nieuwe leraar,' zei Harry. 'Nou, we kunnen er moeilijk onderuit.'

'Maar wat wil hij van mij?' vroeg Marcel nerveus, alsof hij verwachtte nu al strafwerk te krijgen.

'Geen idee,' zei Harry. Dat was niet helemaal waar, ook al had hij nog geen bewijs dat zijn vermoeden klopte. 'Hoor eens,' voegde hij eraan toe toen hij een plotselinge ingeving kreeg, 'laten we onder mijn Onzichtbaarheidsmantel gaan, dan kunnen we onderweg eens even goed naar Malfidus kijken. Misschien komen we er wel achter wat hij in zijn schild voert.'

Dat plan bleek echter onuitvoerbaar; het wemelde in het gangpad van de mensen die uitkeken naar het lunchkarretje en daar zouden ze nooit ongezien doorheen kunnen komen met de Onzichtbaarheidsmantel om. Spijtig stopte Harry de mantel terug. Hij bedacht dat het sowieso prettig zou zijn geweest om de mantel te dragen, al was het maar om te kunnen ontsnappen aan alle starende blikken. Het was alsof die nog in hevigheid waren toegenomen sinds de laatste keer dat hij zich op de gang gewaagd had. Er holden af en toe zelfs leerlingen hun coupé uit om hem beter te kunnen bekijken. De enige uitzondering was Cho Chang, die vlug naar binnen schoot zodra ze Harry zag aankomen. Toen Harry langskwam, zag hij dat ze een vastberaden gesprek voerde met haar vriendin Marina, wier dikke laag make-up net niet dik genoeg was om de merkwaardige rijen puisten die haar gezicht nog steeds ontsierden te verbergen. Met een flauwe grijns liep Harry verder.

Toen ze bij coupé C arriveerden, zagen ze meteen dat ze niet Slakhoorns enige genodigden waren, al had hun nieuwe docent blijkbaar wel het meest naar Harry's komst uitgekeken, te oordelen naar zijn enthousiaste ontvangst.

'Harry, beste jongen!' zei Slakhoorn. Hij sprong overeind zodra hij Harry zag, zodat zijn enorme, in fluweel gehulde buik alle overgebleven ruimte in de coupé scheen te vullen. Zijn kale hoofd en reusachtige zilvergrijze snor glansden even helder in het zonlicht als de gouden knopen van zijn vest. 'Geweldig om je weer te zien! En dit is natuurlijk de heer Lubbermans!'

Marcel knikte nogal angstig. Slakhoorn maakte een gebaar en ze gingen tegenover elkaar zitten op de enige twee overgebleven plaatsen, het dichtst bij de deur. Harry keek even naar de andere genodigden. Hij herkende een Zwadderaar uit hetzelfde jaar als zij: een lange zwarte jongen met hoge jukbeenderen en enigszins schuine ogen. Er waren ook twee zevendejaars die Harry niet kende en in het benauwde hoekje naast Slakhoorn, met een uitdrukking alsof ze niet helemaal snapte wat ze daar deed, zat Ginny.

'Kennen jullie iedereen?' vroeg Slakhoorn aan Harry en Marcel. 'Benno Zabini zit in hetzelfde jaar als jullie –'

Zabini groette niet en deed alsof hij hen niet zag, net als Harry en Marcel: leerlingen van Griffoendor en Zwadderich hadden per definitie een bloedhekel aan elkaar.

'Dit is Magnus Stoker. Misschien hebben jullie elkaar al eerder ontmoet –? Nee?'

Stoker, een grote jongen met stug, krullend haar stak zijn hand op en Harry en Marcel knikten.

'– en dit is Alfons Gasthuis. Ik weet niet of –?'

Gasthuis, mager en nerveus, glimlachte gespannen.

'– en *deze* charmante jongedame zegt dat ze jullie al kent!' besloot Slakhoorn.

Ginny trok achter Slakhoorns rug een gezicht tegen Harry en Marcel.

'Nou, is dit gezellig of niet?' zei Slakhoorn genoeglijk. 'Een mooie kans om elkaar wat beter te leren kennen. Neem een servetje. Ik heb mijn eigen lunch meegenomen; ik kan me herinneren dat het etens-

karretje vooral sterk is op het gebied van Droptoverstokken en dergelijke, en daar is de spijsvertering van een arme oude man echt niet
meer tegen bestand... stukje fazant, Gasthuis?'

Gasthuis schrok en pakte iets aan wat op een halve koude fazant
leek.

'Ik zei net tegen Alfons dat ik nog het genoegen heb gehad om zijn
oom Damocles les te geven,' zei Slakhoorn tegen Harry en Marcel terwijl hij een mandje met broodjes liet rondgaan. 'Een uitmuntende tovenaar, werkelijk uitmuntend. Hij heeft die Orde van Merlijn dubbel
en dwars verdiend. Zie je je oom vaak, Alfons?'

Helaas had Gasthuis net een grote hap fazant genomen; in zijn
haast om te antwoorden verslikte hij zich, liep paars aan en begon te
hoesten.

'*Anapneo*,' zei Slakhoorn kalm. Hij wees met zijn toverstok op Gasthuis, die onmiddellijk weer lucht scheen te krijgen.

'Niet... niet echt vaak, nee,' hijgde Gasthuis met tranende ogen.

'Nou ja, hij heeft het natuurlijk druk,' zei Slakhoorn met een vra-
gende blik op Gasthuis. 'Ik denk dat hij heel wat werk heeft moeten
verzetten voor hij die Wolfsworteldrank had uitgevonden!'

'Ja, dat zal wel...' zei Gasthuis, die blijkbaar geen hap meer durfde
te nemen tot hij zeker wist dat Slakhoorn met hem klaar was. 'Eh...
mijn vader en hij kunnen niet echt goed met elkaar overweg, snapt u,
dus ik weet in feite niet veel...'

Zijn stem stierf weg toen Slakhoorn koeltjes tegen hem glimlachte
en zich tot Stoker wendde.

'Ik weet toevallig dat jij wél vaak bij je oom Canisius komt, Magnus,
omdat hij een fraaie foto heeft waarop jullie op Nogtandsen jagen. Ergens in het oosten van het land, nietwaar?'

'Ja, dat was leuk,' zei Stoker. 'Boudewijn Hilarius en Rufus Schobbejak waren er ook bij – dat was voor Schobbejak Minister werd, uiteraard –'

'Aha, dus je kent Boudewijn en Rufus ook?' vroeg Slakhoorn met
een brede glimlach. Hij bood de anderen een blad met pasteitjes
aan, maar op de een of andere manier werd Gasthuis overgeslagen.
'Vertel eens...'

Het was precies zoals Harry al gedacht had. Iedereen was uitgenodigd vanwege zijn connecties met bekende of invloedrijke mensen –
iedereen behalve Ginny. Zabini, die na Stoker aan de beurt was om
verhoord te worden, bleek een moeder te hebben die befaamd was
om haar schoonheid (te oordelen naar wat Harry hoorde was ze zeven

keer getrouwd geweest, waren al haar echtgenoten op mysterieuze wijze gestorven en hadden ze haar bergen goud nagelaten). Daarna was het de beurt van Marcel: dat waren tien heel onbehaaglijke minuten, omdat Marcels ouders bekende Schouwers waren geweest, die door Bellatrix van Detta en een paar van haar Dooddoenervriendjes gemarteld waren tot ze krankzinnig werden. Na afloop van het gesprek had Harry de indruk dat Slakhoorn zijn oordeel over Marcel opschortte en eerst wilde afwachten of hij iets van de flair van zijn ouders geërfd had.

'En nu!' zei Slakhoorn. Hij draaide zich log om, met het air van een presentator die het optreden van zijn grote ster aankondigt. 'Harry Potter! W*aar* zal ik beginnen? Ik heb het gevoel dat ik nog net zo vol met vragen zit als toen we elkaar van de zomer voor het eerst ontmoetten!'

Hij keek Harry aan alsof hij een extra groot en smakelijk stuk fazant was en zei toen: 'De "Uitverkorene" noemen ze je tegenwoordig!'

Harry zei niets. Gasthuis, Stoker en Zabini staarden hem aan.

'Uiteraard gingen er al jarenlang geruchten,' zei Slakhoorn. Hij bestudeerde Harry aandachtig. 'Ik kan me nog goed herinneren – nou – na die *vreselijke* nacht – Lily – James – en jij overleefde het – toen werd al gezegd dat je over buitengewone krachten moest beschikken –'

Zabini gaf een klein kuchje, dat duidelijk bedoeld was om spot en ongeloof uit te drukken. Plotseling klonk achter Slakhoorn een woedende stem.

'Ja, natuurlijk, Zabini! Je bent zelf zo goed... in je aanstellen, bedoel ik...'

'O jee!' gniffelde Slakhoorn en hij keek over zijn schouder naar Ginny, die nijdig langs Slakhoorns reusachtige buik naar Zabini staarde. 'Wees voorzichtig, Benno! Ik zag deze jongedame een geweldige Vleddervleervloek uitvoeren toen ik langs haar coupé kwam! Ik zou haar maar niet boos maken!'

Zabini keek alleen minachtend.

'Hoe dan ook,' zei Slakhoorn en hij wendde zich weer tot Harry, 'het *gonsde* deze zomer van de geruchten! Je weet natuurlijk niet altijd wat je moet geloven. De *Ochtendprofeet* heeft zich wel vaker vergist en onnauwkeurige berichten afgedrukt – maar afgaande op het aantal getuigen geloof ik toch dat we rustig mogen stellen dat er een *hoop* opschudding is geweest op het Ministerie en dat jij daarbij betrokken was!'

Harry zag geen manier om dat te ontkennen, behalve door glas-hard te liegen, en dus knikte hij zwijgend. Slakhoorn keek hem glun-derend aan.

'Zo bescheiden, zo bescheiden! Geen wonder dat Perkamentus zo gesteld is op – dus je was er inderdaad? Maar de rest van die verha-len – vreselijk sensationeel, natuurlijk. Je weet niet meer wat je moet geloven – die legendarische profetie, bijvoorbeeld –'

'We hebben nooit een profetie gehoord,' zei Marcel met een hoog-rood hoofd.

'Klopt,' zei Ginny loyaal. 'Marcel en ik waren er ook en al dat ge-klets over de "Uitverkorene" slaat nergens op. De *Profeet* zuigt weer dingen uit z'n duim, zoals zo vaak.'

'Waren jullie er ook bij?' zei Slakhoorn vol belangstelling. Hij keek van Ginny naar Marcel, maar beiden hielden hun lippen stijf op el-kaar, ondanks Slakhoorns bemoedigende glimlach. 'Ja... nou... het klopt natuurlijk dat de *Profeet* vaak overdrijft,' vervolgde Slakhoorn. Hij klonk nogal teleurgesteld. 'Ik weet nog goed dat ik van die lieve Gwendoline hoorde – ik bedoel uiteraard Gwendoline Jacobs, de aan-voerster van de Holyhead Harpies...'

Slakhoorn stak een lang, onsamenhangend verhaal af, maar Harry had de indruk dat hij nog niet met hem klaar was en niet overtuigd was door Marcel en Ginny.

Hij vertelde de rest van die middag nog veel meer anekdotes over de beroemde tovenaars en heksen aan wie hij les had gegeven. Ze hadden blijkbaar allemaal dolgraag lid willen worden van de Slak-kers, Slakhoorns clubje op Zweinstein. Harry wilde liefst zo snel mo-gelijk weg, maar wist niet hoe hij dat voor elkaar kon krijgen zonder onbeleefd te zijn. Toen de trein ten slotte het rode licht van de zons-ondergang in reed, na opnieuw een lang mistig stuk, keek Slakhoorn om zich heen en knipperde met zijn ogen.

'Lieve hemel, het begint al donker te worden! Ik had helemaal niet gemerkt dat ze de lampen al hadden aangedaan! Jullie kunnen beter je gewaad gaan aantrekken. Stoker, kom gerust een keer bij me langs, dan leen ik je dat boek over Nogtandsen. Harry, Benno – als jullie in de buurt zijn... Dat geldt ook voor jou, meisje,' zei hij met twinkelen-de ogen tegen Ginny. 'Nou, ga dan maar, ga dan maar!'

Terwijl Zabini zich langs Harry naar het schemerige gangpad wrong, keek hij hem vuil aan. Harry deed hetzelfde, maar dan nog een graad-je erger. Hij, Ginny en Marcel liepen terug naar hun coupé, op een af-standje van Zabini.

'Ik ben blij dat het erop zit,' mompelde Marcel. 'Een vreemde vent, hè?'

'Een beetje wel,' zei Harry. Hij staarde naar Zabini. 'Wat deed jij daar eigenlijk, Ginny?'

'Hij zag dat ik Zacharias Smid behekste. Je weet wel, die halve-gare van Huffelpuf die ook bij de SVP zat. Hij bleef maar doorzeuren over wat er toch op het Ministerie gebeurd was en op het laatst werd ik het zo zat dat ik hem vervloekte. Net op dat moment kwam Slak-hoorn langs. Ik dacht dat ik straf zou krijgen, maar hij vond het ge-woon een prima vervloeking en nodigde me uit voor de lunch! Idioot, hè?'

'Een betere reden om iemand uit te nodigen dan omdat zijn moe-der toevallig een beroemde heks is,' zei Harry. Hij keek nijdig naar Zabini's achterhoofd. 'Of omdat zijn oom –'

Hij zweeg abrupt. Er was plotseling een idee bij hem opgekomen, een roekeloos maar potentieel geweldig idee... over een minuutje zou Zabini de coupé met de zesdejaars van Zwadderich binnengaan. Malfidus zou er ook zijn en denken dat er alleen Zwadderaars waren... als Harry ongezien achter Zabini naar binnen kon glippen, zou hij mis-schien van alles en nog wat zien en horen. De reis zat er weliswaar bijna op – ze konden hoogstens nog een halfuurtje van het station van Zweinsveld zijn, te oordelen naar het woeste landschap dat buiten langsflitste – maar verder was blijkbaar niemand bereid om Harry's verdenkingen serieus te nemen. Het was aan hem om te bewijzen dat hij gelijk had.

'Ik zie jullie later wel,' zei Harry zacht. Hij haalde gauw zijn On-zichtbaarheidsmantel uit zijn zak en gooide die over zich heen.

'Wat ga je –?' vroeg Marcel.

'Later!' fluisterde Harry. Hij holde zo stilletjes mogelijk achter Zabini aan, al waren dat soort voorzorgsmaatregelen in feite overbo-dig door het gedender van de trein.

De gangpaden waren nu vrijwel verlaten. Bijna alle leerlingen waren bezig hun gewaad aan te trekken en spullen in te pakken. Harry volgde Zabini zo dicht als hij maar kon zonder hem aan te raken, maar was toch niet snel genoeg om ongemerkt de coupé binnen te glippen toen Zabini de deur opendeed. Zabini schoof hem al weer dicht toen Harry vlug een voet uitstak en de deur tegenhield.

'Wat is er mis met dat ding?' zei Zabini boos terwijl hij herhaalde-lijk met de schuifdeur tegen Harry's voet ramde.

Harry greep de deur en duwde hem met kracht open; Zabini, die de greep nog vasthield, viel om en plofte bij Kwast op schoot. In de opschudding die volgde dook Harry de coupé in, sprong op de nog lege plaats van Zabini en hees zich in het bagagerek. Het was maar goed dat Kwast en Zabini elkaar uitscholden en dat alle blikken op hen gericht waren, want Harry was ervan overtuigd dat zijn voeten en enkels even zichtbaar waren toen de mantel om hem heen wapperde; hij dacht zelfs één afschuwelijk moment dat hij Malfidus naar zijn sportschoen zag kijken terwijl hij die vlug optrok, maar toen smeet Kwast de deur met een klap dicht en duwde Zabini van zich af. Zabini smakte met een nogal verhit gezicht op zijn eigen plaats neer, Vincent Korzel richtte zijn aandacht weer op zijn stripblaadje en Malfidus strekte zich grinnikend over twee zitplaatsen uit, met zijn hoofd op de schoot van Patty Park. Harry zat ongemakkelijk opgekruld onder zijn mantel, zodat iedere vierkante centimeter van zijn lichaam bedekt was, en keek hoe Patty het sluike blonde haar wegstreek van het voorhoofd van Malfidus. Ze grijnsde zelfvoldaan, alsof er talloze mensen waren die graag met haar van plaats hadden willen ruilen. De schommelende lantaarns aan het plafond wierpen een helder licht op het tafereel: Harry kon ieder woord lezen van de strip van Korzel, die recht onder hem zat.

'En, Zabini,' zei Malfidus. 'Wat wilde Slakhoorn?'

'Gewoon, zich inlikken bij mensen met connecties,' zei Zabini. Hij keek nog steeds nijdig naar Kwast. 'Niet dat hij er veel had weten te vinden.'

Malfidus was blijkbaar niet tevreden met die informatie.

'Wie waren er allemaal?' vroeg hij.

'Stoker, uit Griffoendor –' zei Zabini.

'O ja, zijn oom is een of andere hotemetoot op het Ministerie,' zei Malfidus.

'– een zekere Gasthuis, van Ravenklauw –'

'Nee toch! Die zak?' zei Patty.

'– en Lubbermans, Potter en die meid van Wemel,' besloot Zabini.

Malfidus ging abrupt overeind zitten en sloeg Patty's hand weg.

'Had hij *Lubbermans* uitgenodigd?'

'Ik neem aan van wel. Lubbermans was er tenminste bij,' zei Zabini onverschillig.

'Wat heeft Lubbermans dat Slakhoorn kan interesseren?'

Zabini haalde zijn schouders op.

'Potter, onze geliefde Potter, ja, natuurlijk wilde hij de *Uitverkorene* zien,' sneerde Malfidus. 'Maar dat kind van Wemel! Wat is daar zo bijzonder aan?'

'Een hoop jongens vinden haar leuk,' zei Patty. Ze keek vanuit haar ooghoeken hoe Malfidus zou reageren. 'Zelfs jij vindt haar knap, Benno. Ja toch? En we weten allemaal hoe kieskeurig jij bent.'

'Ik zou zo'n smerige bloedverraadster nooit aanraken, al was ze nog zo knap,' zei Zabini kil en Patty keek tevreden. Malfidus liet zijn hoofd weer op haar schoot zakken en stond toe dat ze zijn haar streelde.

'Nou, dan heeft Slakhoorn een belabberde smaak. Misschien begint hij seniel te worden. Jammer, want mijn vader zei dat hij vroeger een goede tovenaar was. Pa was ook een van zijn lievelingetjes. Ik denk dat Slakhoorn niet wist dat ik in de trein zat, anders –'

'Ik zou maar niet op een uitnodiging rekenen,' zei Zabini. 'Hij vroeg meteen hoe het met de vader van Noot was toen ik binnenkwam. Blijkbaar waren ze vroeger vrienden, maar toen hij hoorde dat hij gearresteerd was op het Ministerie, leek hij niet echt blij. Noot heeft ook geen uitnodiging gekregen. Ik denk niet dat Slakhoorn geïnteresseerd is in Dooddoeners.'

Malfidus keek nijdig, maar stootte toen een geforceerde en buitengewoon humorloze lach uit.

'Mij een zorg waarin hij geïnteresseerd is! Wat is Slakhoorn nou helemaal, als je er goed over nadenkt? Gewoon een stomme leraar.' Malfidus geeuwde demonstratief. 'Ik bedoel, misschien zit ik volgend jaar niet eens meer op Zweinstein. Moet ik me er dan druk om maken of een of andere uitgerangeerde oude dikzak me aardig vindt of niet?'

'Hoe bedoel je, volgend jaar zit je misschien niet meer op Zweinstein?' vroeg Patty verontwaardigd. Ze stopte meteen met het strelen van Malfidus.

'Ach, je weet maar nooit,' zei Malfidus met een flauwe grijns. 'Misschien houd ik me dan bezig met – eh – grotere en belangrijkere zaken.'

Harry's hart begon sneller te slaan terwijl hij onder de Onzichtbaarheidsmantel in het bagagerek hurkte. Wat zouden Ron en Hermelien hiervan zeggen? Korzel en Kwast staarden Malfidus met open mond aan; blijkbaar waren ze niet op de hoogte geweest van zijn plan om zich met grotere en belangrijkere zaken bezig te gaan houden. Zelfs Zabini liet een nieuwsgierige uitdrukking toe op zijn hooghartige gelaat. Patty begon het haar van Malfidus weer langzaam te strelen, maar was duidelijk met stomheid geslagen.

'Bedoel je – H*em*?'

Malfidus haalde zijn schouders op.

'Moeder wil dat ik mijn schoolopleiding afmaak, maar persoonlijk lijkt me dat niet zo belangrijk meer. Ik bedoel, denk eens na... als de Heer van het Duister aan de macht komt, kan het hem dan iets schelen hoeveel SLIJMBALlen of PUISTen je hebt? Nee, natuurlijk niet... hij wil alleen weten of je hem goed gediend hebt, of je hem wel trouw was.'

'En denk je dat jíj iets voor hem kunt betekenen?' schamperde Zabini. 'Zestien jaar oud en nog niet eens afgestudeerd?'

'Heb je niet geluisterd? Ik zei toch net dat het hem niets kan schelen of je afgestudeerd bent of niet. Misschien is de klus die ik voor hem moet opknappen wel iets waarvoor je niet afgestudeerd hoeft te zijn,' zei Malfidus zacht.

Korzel en Kwast zaten er met wijdopen mond bij, als twee waterspuwers, en Patty staarde naar Malfidus alsof ze nog nooit zoiets ontzagwekkends gezien had.

'Ik zie Zweinstein,' zei Malfidus, duidelijk genietend van de indruk die hij gemaakt had. Hij wees door het beroete raam. 'Laten we ons gewaad maar aantrekken.'

Harry had het zo druk met kijken naar Malfidus dat hij niet merkte dat Kwast zijn hutkoffer pakte; toen hij hem uit het bagagerek trok kwam de koffer hard tegen Harry's hoofd. Hij slaakte onwillekeurig een kreetje van pijn en Malfidus keek fronsend naar het bagagerek.

Harry was niet bang voor Malfidus, maar hij had ook weinig zin om door een vijandige groep Zwadderaars betrapt te worden terwijl hij zich schuilhield onder zijn Onzichtbaarheidsmantel. Met tranende ogen en een bonzend hoofd trok hij heel voorzichtig zijn toverstok, zodat zijn mantel niet zou afglijden, en wachtte met ingehouden adem. Tot zijn opluchting besloot Malfidus blijkbaar dat het geluid maar verbeelding was geweest; hij trok zijn gewaad aan, net als de anderen, en deed zijn hutkoffer op slot. Toen de trein hortend en stotend vaart minderde, sloeg hij een dikke nieuwe reismantel om en maakte die vast.

Harry zag dat het gangpad weer volstroomde en hoopte dat Ron en Hermelien zijn spullen voor hem op het perron zouden zetten; hij kon zich niet verroeren tot de coupé leeg was. Ten slotte kwam de trein met een laatste schok tot stilstand. Kwast gooide de deur open, wrong zich met geweld door een horde tweedejaars en stompte hen opzij; Korzel en Zabini volgden hem.

'Ga maar vast,' zei Malfidus tegen Patty. Ze wachtte op hem met uitgestoken hand, alsof ze hoopte dat hij die zou vastpakken. 'Ik wil nog even iets controleren.'

Patty vertrok. Harry en Malfidus waren nu alleen in de coupé. Buiten stroomden mensen langs die het donkere perron op stapten. Malfidus liep naar de deur van de coupé en liet het rolgordijn zakken, zodat de leerlingen op de gang niet naar binnen konden kijken. Hij boog zich over zijn hutkoffer en maakte hem weer open.

Harry gluurde over de rand van het bagagerek en zijn hart begon nog sneller te slaan. Wat wilde Malfidus zo graag verborgen houden voor Patty? Zou hij het mysterieuze voorwerp te zien krijgen dat per se gerepareerd moest worden?

'*Petrificus Totalus!*'

Zonder enige waarschuwing richtte Malfidus zijn toverstok op Harry, die onmiddellijk verlamd werd. Heel langzaam gleed hij uit het bagagerek, alsof er een vertraagde film werd afgedraaid, en viel met een daverende en ontzettend pijnlijke klap aan de voeten van Malfidus. Zijn mantel gleed van hem af en zijn hele lichaam was nu zichtbaar, met zijn benen absurd gevouwen in een verkrampte, knielende houding. Hij kon geen vin verroeren en alleen maar omhoog staren naar een breed grijnzende Malfidus.

'Als ik het niet dacht!' zei hij. 'Ik hoorde hoe de hutkoffer van Kwast je raakte, en ik dacht al dat ik iets wits omhoog zag schieten nadat Zabini terugkwam...' Zijn blik bleef even op Harry's sportschoenen rusten. 'Jij zat zeker tussen de deur toen Zabini binnenkwam, hè?'

Hij staarde naar Harry.

'Je hebt niets belangrijks gehoord, Potter. Maar nu je er toch bent...'

Hij stampte met zijn voet hard op Harry's gezicht. Harry voelde zijn neus breken en het bloed spoot alle kanten op.

'Zo, dat is voor mijn vader. En nu eens even kijken...'

Malfidus trok de Onzichtbaarheidsmantel onder Harry's roerloze lichaam vandaan en gooide die over hem heen.

'Ik denk dat ze je pas vinden als de trein al lang en breed terug is in Londen,' zei hij zacht. 'Nou, tot ziens dan maar, Potter... of niet.'

En na opzettelijk op Harry's vingers te zijn gaan staan, verliet Malfidus de coupé.

HOOFDSTUK 8

SNEEPS VICTORIE

*H*arry kon geen vin verroeren. Hij lag onder zijn Onzichtbaarheidsmantel, voelde het bloed uit zijn neus warm en nat over zijn gezicht stromen en luisterde naar de stemmen en voetstappen in het gangpad. Eerst dacht hij nog dat er vast wel iemand zou controleren of alle coupés leeg waren, maar die gedachte werd vrijwel meteen gevolgd door het deprimerende besef dat, zelfs als iemand zijn hoofd om de deur stak, hij Harry toch niet kon zien of horen. Eigenlijk was zijn enige hoop dat iemand binnen zou komen en boven op hem zou gaan staan.

Harry had Malfidus nog nooit zo hartgrondig gehaat als op dat moment, terwijl hij als een potsierlijke schildpad op zijn rug lag en het weeïge bloed in zijn open mond drupte. Wat had hij zichzelf in een idiote positie gemanoeuvreerd... en nu stierven ook de laatste voetstappen weg; iedereen schuifelde over het donkere perron en hij hoorde het schrapen van hutkoffers en het geroezemoes van stemmen.

Ron en Hermelien zouden denken dat hij al eerder was uitgestapt. Als ze eenmaal op Zweinstein waren, hun plaats in de Grote Zaal innamen, een paar keer goed de tafel van Griffoendor langskeken en eindelijk beseften dat hij er niet was, zou hij waarschijnlijk al lang op de terugweg zijn naar Londen.

Hij probeerde een geluid te maken, al was het maar een grom, maar dat was onmogelijk. Toen herinnerde hij zich dat sommige tovenaars, zoals Perkamentus, spreuken konden uitvoeren zonder ze hardop uit te spreken. Hij probeerde zijn toverstok, die uit zijn hand gevallen was, te Sommeren door in gedachten keer op keer de woorden *Accio toverstok!* te zeggen, maar er gebeurde niets.

Harry dacht dat hij de bomen rond het meer hoorde ruisen. In de verte kraste een uil, maar hij hoorde niets wat erop wees dat er naar hem gezocht werd en zelfs (hij voelde een kleine steek van zelfverachting omdat hij dat hoopte) geen panickerige stemmen die zich afvroegen waar Harry Potter toch gebleven was. Een gevoel van hopeloosheid maakte zich van hem meester toen hij zich voorstelde hoe de stoet door Terzielers getrokken rijtuigen langzaam naar de school reed, terwijl er een gedempt geschater opsteeg uit de koets van Malfidus die vast in geuren en kleuren aan de andere Zwadderaars zou vertellen hoe hij met Harry had afgerekend.

De trein schokte en Harry rolde op zijn zij. Nu staarde hij naar de stoffige onderkant van de banken in plaats van naar het plafond. De vloer begon te trillen toen de locomotief weer tot leven kwam. De Expres stond op het punt te vertrekken en niemand wist dat hij nog aan boord was...

Toen voelde hij dat de Onzichtbaarheidsmantel van hem af werd getrokken. Een stem boven zijn hoofd zei: 'Ha die Harry.'

Er volgde een rode lichtflits en plotseling kon Harry weer bewegen; hij hees zich moeizaam overeind, nam een wat waardiger zittende houding aan, veegde met de rug van zijn hand het bloed van zijn gekneusde gezicht, hief zijn hoofd op en keek naar Tops. Ze hield zijn Onzichtbaarheidsmantel vast.

'We kunnen beter zo snel mogelijk uitstappen,' zei ze toen er stoomwolken langs het raam kolkten en de trein langzaam het station uit reed. 'Kom op, dan springen we.'

Harry volgde haar haastig naar het gangpad. Tops gooide de deur open en sprong op het perron, dat onder hen door leek te glijden terwijl de trein vaart maakte. Harry volgde haar, wankelde even toen hij neerkwam, richtte zich op en zag de glanzend rode stoomtrein snelheid maken, een bocht nemen en uit het zicht verdwijnen.

De koele lucht had een verzachtend effect op zijn pijnlijke neus. Tops keek hem aan; hij voelde zich boos en opgelaten omdat hij in zo'n belachelijke positie betrapt was. Zwijgend gaf ze hem zijn Onzichtbaarheidsmantel terug.

'Wie heeft dat gedaan?'

'Draco Malfidus,' zei Harry woedend. 'Bedankt voor... je weet wel...'

'Graag gedaan,' zei Tops zonder een spoor van een glimlach. Voor zover Harry kon zien in het donker, was ze nog even neerslachtig en haar haar nog even muizig als toen hij haar ontmoet had in Het Nest. 'Ik kan je neus oplappen, als je even stil blijft staan.'

Daar voelde Harry eigenlijk weinig voor; hij ging liever naar madame Plijster, want in haar Heelspreuken had hij ietsje meer vertrouwen, maar het leek hem onbeleefd om dat te zeggen en dus bleef hij roerloos staan en kneep zijn ogen dicht.

'*Balsemio*,' zei Tops.

Harry's neus werd eerst heel warm en toen heel koud. Hij voelde er voorzichtig aan; hij leek genezen te zijn.

'Bedankt!'

'Ik zou die mantel maar weer omdoen als ik jou was, dan lopen we naar het kasteel,' zei Tops, nog steeds even ernstig. Terwijl Harry de Onzichtbaarheidsmantel weer over zich heen drapeerde zwaaide zij met haar toverstok; er spoot een reusachtig, viervoetig dier uit dat wegschoot door het duister.

'Was dat een Patronus?' vroeg Harry. Hij had Perkamentus zo ook wel eens berichten zien versturen.

'Ja. Ik laat ze op het kasteel weten dat je bij mij bent, anders maken ze zich misschien zorgen. Nou, we kunnen beter opschieten.'

Ze liepen naar het weggetje dat naar de school leidde.

'Hoe heb je me gevonden?'

'Ik merkte dat je niet was uitgestapt en ik wist dat je die mantel had. Ik dacht dat je je misschien om de een of andere reden schuilhield. Toen ik zag dat in die ene coupé het rolgordijn dicht was, besloot ik even te kijken.'

'Maar wat doe je hier eigenlijk?' vroeg Harry.

'Ik ben nu in Zweinsveld gestationeerd om de school extra te beschermen,' zei Tops.

'Alleen jij of –'

'Nee, Ongans, Barsing en Donders zijn er ook.'

'Donders? De Schouwer die vorig jaar door Perkamentus behekst werd?'

'Ja, precies.'

Ze liepen over het donkere, verlaten weggetje en volgden de verse wielsporen van de rijtuigen. Harry keek Tops van onder zijn mantel zijdelings aan. Vorig jaar was ze nieuwsgierig geweest (zo erg dat het soms een beetje irritant werd), ze had veel gelachen, ze had grapjes gemaakt. Nu leek ze een stuk ouder en veel serieuzer en doelbewuster. Kwam dat allemaal door wat er op het Ministerie gebeurd was? Harry had het onbehaaglijke gevoel dat Hermelien hem ingefluisterd zou hebben dat hij iets troostends moest zeggen over Sirius, dat het haar schuld niet was geweest, maar hij kon zich er niet toe brengen. Hij maakte haar absoluut geen verwijt over de dood van Sirius; daar had zij niet meer schuld aan dan iemand anders (en zeker niet zoveel als Harry zelf), maar hij praatte liever niet over Sirius als het niet per se hoefde. En dus sjokten ze zwijgend door de koude nacht, terwijl de lange mantel van Tops ruisend over de grond gleed.

Harry had tot nu toe altijd per koets gereisd en daarom nooit echt beseft hoe ver Zweinstein eigenlijk van het station van Zweinsveld lag. Hij voelde een golf van opluchting toen hij eindelijk de hoge hekpalen zag opdoemen, bekroond met gevleugelde everzwijnen. Hij was verkleumd, hij had honger en hij zou het helemaal niet erg vinden om afscheid te nemen van die nieuwe, sombere Tops, maar toen hij het hek wilde openduwen, zag hij dat het met een ketting op slot zat.

'Alohomora!' zei hij zelfverzekerd en hij wees met zijn toverstok op het hangslot, maar er gebeurde niets.

'Dat werkt hier niet,' zei Tops. 'Perkamentus heeft het hek persoonlijk behekst.'

Harry keek om zich heen.

'Dan klim ik wel over de muur,' zei hij.

'Vergeet het maar,' zei Tops kortaf. 'Er rusten overal anti-insluipvloeken op. De beveiliging is van de zomer enorm verscherpt.'

'Nou,' zei Harry, die zich begon te ergeren omdat ze zo onbehulpzaam was, 'dan slaap ik wel buiten en wacht ik tot het ochtend wordt.'

'Er komt al iemand aan,' zei Tops. 'Kijk maar.'

In de verte, aan de voet van het kasteel, danste een lantaarn. Harry was zo blij die te zien dat hij zelfs niet opzag tegen Vilders onvermijdelijke, amechtige opmerkingen over zijn late aankomst en zijn tirades over het positieve effect dat een regelmatige marteling met duimschroeven op zijn gevoel voor tijd zou hebben. Pas toen de gele gloed nog maar zo'n drie meter van hen vandaan was en Harry zijn Onzichtbaarheidsmantel afdeed, zodat hij gezien zou worden, herkende hij met een vlaag van pure walging de van onderen verlichte haakneus en het lange, vettige zwarte haar van Severus Sneep.

'Wel, wel, wel,' sneerde Sneep terwijl hij zijn toverstok pakte en een tikje op het hangslot gaf, zodat de kettingen zich loswikkelden en het hek knarsend openging. 'Leuk dat je toch nog gekomen bent, Potter, al heb je blijkbaar besloten dat een schoolgewaad afbreuk zou doen aan je uiterlijk.'

'Ik kon me niet verkleden. Ik had mijn –' begon Harry, maar Sneep viel hem in de rede.

'Je hoeft niet te wachten, Nymphadora. Potter is nu in – eh – goede handen.'

'Ik had mijn boodschap aan Hagrid gestuurd,' zei Tops fronsend.

'Hagrid was te laat voor het feestmaal, net als Potter, dus heb ik de boodschap maar aangenomen. Tussen haakjes,' zei Sneep en hij deed een stap achteruit, zodat Harry hem kon passeren, 'het was interessant om je nieuwe Patronus te zien.'

Hij sloeg het hek met een metaalachtige klap voor haar neus dicht en tikte met zijn toverstok op de kettingen, die zich weer rammelend om het hek wikkelden.

'Ik vond je oude beter,' zei Sneep. Het venijn in zijn stem was onmiskenbaar. 'Die nieuwe oogt nogal zwak.'

Sneep draaide zich om met de lantaarn in zijn hand, en Harry zag heel even een geschokte en woedende uitdrukking op het gezicht van Tops voor ze werd opgeslokt door het donker.

'Tot ziens,' riep Harry over zijn schouder tegen Tops terwijl hij met Sneep naar school liep. 'Bedankt voor... alles.'

'Tot ziens, Harry.'

Sneep deed er een tijdje het zwijgen toe. Harry had het gevoel dat zijn lichaam zulke krachtige golven van haat uitstraalde dat het ongelooflijk was dat Sneep ze niet voelde branden. Hij had vanaf het allereerste begin een gloeiende hekel gehad aan Sneep, maar wat hij hem nooit of te nimmer kon vergeven was zijn houding tegenover Sirius. Harry had tijdens de zomervakantie veel tijd gehad om na te denken en was tot de conclusie gekomen dat, wat Perkamentus ook zeggen mocht, Sneeps steken onder water over Sirius die veilig thuiszat terwijl de rest van de Orde van de Feniks het opnam tegen Voldemort, waarschijnlijk een grote rol hadden gespeeld bij Sirius' besluit om op de avond van zijn dood halsoverkop naar het Ministerie te gaan. Harry klampte zich hardnekkig aan dat idee vast omdat hij Sneep dan de schuld kon geven, wat bevredigend was, en ook omdat hij wist dat, als iemand het niet erg vond dat Sirius dood was, het de man was die nu naast hem door het nachtelijk duister liep.

'Vijftig punten aftrek voor Griffoendor omdat je te laat bent,' zei Sneep. 'En eens kijken: nog eens twintig punten in mindering vanwege je Dreuzelkleren. Ik kan me niet herinneren dat er ooit een afdeling zó vroeg in het schooljaar al in de min gestaan heeft – we zijn nog niet eens aan het toetje begonnen. Ik denk dat je een record gevestigd hebt, Potter.'

De woede en haat in Harry's hart laaiden witheet op, maar hij zou liever verlamd en roerloos in de Zweinsteinexpres hebben gelegen dan aan Sneep te vertellen waarom hij te laat was.

'Je wilde zeker een grootse entree maken?' vervolgde Sneep. 'En nu je geen vliegende auto tot je beschikking had, dacht je dat het een mooi, dramatisch effect zou zijn als je halverwege het feestmaal de Grote Zaal kwam binnenstormen?'

Harry bleef zwijgen, al dacht hij dat zijn borst zou ontploffen. Hij wist dat dit de reden was dat Sneep hem was komen ophalen: om Harry een paar minuten lang ongestoord te kunnen kwellen en zieken, zonder dat er iemand meeluisterde.

Eindelijk waren ze bij het bordes voor het kasteel en toen de eiken deuren openzwaaiden en ze de enorme, met steen geplaveide hal in stapten, steeg er een vlaag van geroezemoes en gelach op door de openstaande deuren van de Grote Zaal. Harry vroeg zich af of hij stiekem zijn Onzichtbaarheidsmantel om zou kunnen doen en zo ongemerkt naar de lange tafel van Griffoendor zou kunnen sluipen (die vervelend genoeg het verst van de ingang was).

Het was alsof Sneep Harry's gedachten gelezen had, want hij zei: 'Geen Onzichtbaarheidsmantel. Je gaat gewoon naar binnen, zodat iedereen je kan zien. Ik weet zeker dat dat ook je bedoeling was.'

Harry draaide zich meteen om en marcheerde naar de open deuren van de zaal: hij was tot alles bereid, als hij maar niet langer in het gezelschap van Sneep hoefde te zijn. De Grote Zaal met zijn vier lange afdelingstafels en Oppertafel was zoals gewoonlijk versierd met zwevende kaarsen, zodat de borden op tafel fonkelden en glansden. Harry zag alleen een glimmerend waas; hij liep zo snel dat hij de tafel van Huffelpuf al gepasseerd was voor er mensen echt begonnen te staren, en tegen de tijd dat ze opstonden om beter te kunnen kijken, had hij Ron en Hermelien zien zitten. Hij liep haastig langs de lange banken naar hen toe en wrong zich tussen hen in.

'Waar ben je – jemig, wat is er met je gezicht gebeurd?' zei Ron. Hij keek Harry met grote ogen aan, net als iedereen die bij hen in de buurt zat.

'Is er dan iets mee?' vroeg Harry. Hij pakte een lepel en tuurde naar zijn vervormde spiegelbeeld.

'Je zit onder het bloed!' zei Hermelien. 'Kom hier –'

Ze hief haar toverstok op, zei: '*Hygiëna*!' en verwijderde het opgedroogde bloed.

'Bedankt,' zei Harry. Hij streek over zijn nu schone gezicht. 'Hoe ziet mijn neus eruit?'

'Normaal,' zei Hermelien ongerust. 'Hoezo? Wat is er gebeurd, Harry? We wisten ons geen raad!'

'Vertel ik later wel,' zei Harry kortaf. Hij was zich ervan bewust dat Ginny, Marcel, Daan en Simon allemaal meeluisterden; zelfs Haast

Onthoofde Henk, het spook van Griffoendor, was aan komen zweven om te horen wat er gezegd werd.

'Maar –'

'Niet nu, Hermelien,' zei Harry op duistere en veelbetekenende toon. Hij hoopte dat iedereen zou denken dat hij bij iets heldhaftigs betrokken was geweest, liefst iets waar een paar Dooddoeners en een Dementor aan te pas waren gekomen. Natuurlijk zou Malfidus het verhaal overal rondbazuinen, maar je had altijd kans dat niet al te veel Griffoendors het zouden horen.

Hij reikte voor Ron langs om een paar kippenpootjes en wat friet te pakken, maar voor hij ze op zijn bord kon doen verdwenen ze en maakten plaats voor de toetjes.

'Je hebt in elk geval de Sorteerceremonie gemist,' zei Hermelien terwijl Ron zich gulzig op een grote chocoladetaart stortte.

'Had de Hoed nog iets interessants te melden?' zei Harry en hij pakte een stuk strooptaart.

'Gewoon, meer van hetzelfde... je weet wel, eensgezind zijn tegenover de vijand en zo.'

'Heeft Perkamentus het nog over Voldemort gehad?'

'Nog niet, maar hij bewaart zijn echte speech altijd tot na het feestmaal. Dat kan nu niet lang meer duren.'

'Sneep zei dat Hagrid ook te laat was –'

'Heb je Sneep gesproken? Waarom was dat?' zei Ron tussen razendsnelle happen chocoladetaart door.

'Ik liep hem toevallig tegen het lijf,' zei Harry ontwijkend.

'Hagrid was maar een paar minuten te laat,' zei Hermelien. 'Kijk, hij zwaait naar je.'

Harry keek naar de Oppertafel en grijnsde tegen Hagrid, die inderdaad naar hem zwaaide. Hagrid was er nooit in geslaagd zich te gedragen met de waardigheid van een professor Anderling, het Hoofd van Griffoendor, die naast Hagrid zat en met haar kruin tot ergens tussen Hagrids elleboog en schouder kwam. Professor Anderling keek enigszins afkeurend naar hun enthousiaste begroeting. Tot zijn verbazing zag Harry professor Zwamdrift, de lerares Waarzeggerij, aan de andere kant van Hagrid zitten; ze verliet haar torenkamer zelden en hij had haar nog nooit aan het begin van het schooljaar bij het feestmaal gezien. Ze zag er even curieus uit als altijd, vol glinsterende kralen en wapperende omslagdoeken en met reusachtig uitvergrote ogen achter haar dikke brillenglazen. Harry had haar altijd een beetje een charlatan gevonden en was geschokt geweest toen hij aan het eind van het afgelopen schooljaar gehoord had dat zij de voorspelling had gedaan die Voldemort ertoe gebracht had Harry's ouders te doden en zijn mislukte aanval op Harry zelf te doen. Door die wetenschap had hij nu zelfs nog minder zin om in haar gezelschap te verkeren, maar gelukkig kon hij Waarzeggerij dit jaar laten vallen. Professor Zwamdrifts enorme, bijna lichtgevende ogen gleden in zijn richting en Harry keek snel naar de tafel van Zwadderich. Draco Malfidus deed onder luid gelach en veel applaus alsof hij iemands neus kapot trapte. Harry staarde vlug naar zijn stuk taart terwijl het vanbinnen weer bij hem begon te gloeien. Wat zou hij er niet voor geven om het in een gevecht van man tot man tegen Malfidus op te nemen...

'Wat wilde professor Slakhoorn eigenlijk?' vroeg Hermelien.

'Weten wat er werkelijk gebeurd was op het Ministerie,' zei Harry.

'Net als de rest van de school,' snoof Hermelien. 'We werden er constant over doorgezaagd in de trein, hè Ron?'

'Ja,' zei Ron. 'Iedereen wilde weten of je werkelijk de Uitverkorene bent –'

'Zelfs onder ons geesten is dat een geliefd onderwerp van discussie,' viel Haast Onthoofde Henk hem in de rede. Hij knikte met zijn bijna afgehakte hoofd naar Harry, zodat het gevaarlijk wiebelde op zijn brede kanten kraag. 'Men beschouwt mij als een expert als het om Potter gaat; iedereen weet dat we bevriend zijn. Desondanks heb ik de geestengemeenschap verzekerd dat ik niet om informatie zal bedelen. "Harry Potter weet dat hij me met een gerust hart in vertrouwen kan nemen," zei ik. "Ik ga nog liever dood dan dat ik dat vertrouwen schend."'

'Nou, dat zegt ook niet veel. Je bént al dood,' merkte Ron op.

'Je gedraagt je weer eens met de subtiliteit van een botte bijl,' zei Haast Onthoofde Henk beledigd. Hij steeg op en gleed naar het andere eind van de tafel van Griffoendor, net op het moment dat Perkamentus opstond aan de Oppertafel. Het gepraat en gelach in de Grote Zaal stierf vrijwel onmiddellijk weg.

'Een opperbeste avond, allemaal!' zei Perkamentus met een brede lach. Hij spreidde zijn armen, alsof hij iedereen in de zaal omhelzen wilde.

'Wat is er met zijn hand gebeurd?' vroeg Hermelien geschokt.

Zij was niet de enige die het gezien had. De rechterhand van Perkamentus was nog even zwart en doods als op de avond dat hij Harry was komen ophalen bij de Duffelingen.

Er werd druk gefluisterd in de zaal; Perkamentus interpreteerde die opschudding juist, glimlachte alleen maar en schudde zijn paars met gouden mouw over zijn verwonding.

'Niets aan de hand,' grapte hij. 'Zo... tegen nieuwe leerlingen zeg ik welkom, tegen oude leerlingen welkom terug! Er wacht jullie weer een jaar vol magisch onderwijs...'

'Zijn hand was al zo toen ik hem van de zomer zag,' fluisterde Harry tegen Hermelien. 'Ik dacht dat hij hem nu wel genezen zou hebben... of dat madame Plijster dat zou hebben gedaan...'

'Het lijkt wel alsof zijn hand afgestorven is,' zei Hermelien, die wit wegtrok. 'Maar sommige verwondingen kun je niet genezen... oude vloeken... en vergiffen waar geen tegengif voor is...'

'... en meneer Vilder, onze conciërge, heeft me verzocht jullie mee te delen dat alle artikelen die gekocht zijn in Tovertweelings Top-fopshop streng verboden zijn.

Leerlingen die willen uitkomen voor het Zwerkbalteam van hun afdeling kunnen zich opgeven bij hun Afdelingshoofd, zoals gewoonlijk. We zoeken ook nieuwe Zwerkbalcommentatoren, die zich eveneens kunnen opgeven bij hun Afdelingshoofd.

Tot mijn genoegen kunnen we dit jaar een nieuw staflid verwelkomen.' Slakhoorn stond op. Zijn kale hoofd glom in het kaarslicht en zijn enorme buik wierp een schaduw over de Oppertafel. 'Professor Slakhoorn, een oud-collega van me, heeft erin toegestemd zijn vroegere werk als docent Toverdranken weer op te pakken.'

'Toverdranken?'

'Toverdranken?'

Het gefluister echode door de zaal, terwijl de leerlingen zich afvroegen of ze het wel goed verstaan hadden.

'Toverdranken?' zeiden Ron en Hermelien in koor en ze staarden Harry aan. 'Maar jij zei –'

'Dit houdt in dat professor Sneep,' zei Perkamentus met stemverheffing om zich verstaanbaar te maken boven het gemompel, 'vanaf nu de positie van leraar Verweer tegen de Zwarte Kunsten zal gaan bekleden.'

'Nee!' zei Harry zo hard dat veel mensen omkeken. Dat kon hem niets schelen; hij staarde woedend naar de Oppertafel. Hoe kon Sneep na al die tijd opeens Verweer tegen de Zwarte Kunsten krijgen? Het was toch al jaren bekend dat Perkamentus hem niet vertrouwde als het om de Zwarte Kunsten ging?

'Maar Harry, jij zei dat Slakhoorn onze leraar Verweer tegen de Zwarte Kunsten zou worden!' zei Hermelien.

'Dat dacht ik ook!' zei Harry. Hij pijnigde zijn hersens om te bedenken of Perkamentus dat ook werkelijk gezegd had, maar nu hij erover nadacht, kon hij zich niet herinneren of Perkamentus hem ooit verteld had welk vak Slakhoorn zou gaan geven.

Sneep, die rechts van Perkamentus zat, stond niet op toen zijn naam genoemd werd, maar stak alleen achteloos zijn hand op als reactie op het applaus aan de tafel van Zwadderich. Toch was Harry ervan overtuigd dat hij een uitdrukking van triomf bespeurde op het gezicht dat hij zo verafschuwde.

'Nou, er is tenminste één geluk bij een ongeluk,' zei hij woest. 'Sneep is aan het eind van het jaar weer verdwenen.'

'Hoe kom je daarbij?' vroeg Ron.

'Er rust een vloek op die baan. Geen enkele leraar heeft het langer dan een jaar volgehouden en het heeft Krinkel zelfs zijn leven gekost. Ik denk dat ik ga duimen voor een nieuw sterfgeval dit jaar...'

'Harry!' zei Hermelien geschokt en verwijtend.

'Misschien stapt Sneep na dit jaar wel weer over op Toverdranken,' zei Ron sussend. 'Het zou heel goed kunnen dat Slakhoorn niet lang wil blijven. Dat wilde Dolleman ook niet.'

Perkamentus schraapte zijn keel. Harry, Ron en Hermelien waren niet de enigen die hadden zitten praten: de hele zaal gonsde bij het nieuws dat Sneep eindelijk zijn hartenwens in vervulling had zien gaan. Perkamentus zelf was zich blijkbaar niet bewust van de sensatie die hij teweeg had gebracht; hij zei verder niets over de nieuwe benoemingen, maar wachtte tot de stilte compleet was voor hij verderging.

'Zoals iedereen in deze zaal weet, zijn Heer Voldemort en zijn volgelingen weer op vrije voeten en winnen ze dagelijks aan kracht.'

De stilte werd steeds meer geladen en gespannen terwijl Perkamentus sprak. Harry wierp een blik op Malfidus. Die keek niet naar Perkamentus, maar liet zijn vork in de lucht zweven met behulp van zijn toverstok, alsof hij de woorden van het schoolhoofd onbelangrijk vond.

'Ik kan niet genoeg benadrukken hoe gevaarlijk de situatie is en hoe voorzichtig iedereen op Zweinstein moet zijn als we veilig willen blijven. De magische verdediging van het kasteel is van de zomer versterkt, we worden op nieuwe en krachtiger manieren beschermd, maar desondanks moeten alle leerlingen en stafleden waakzamer zijn dan ooit. Ik zou jullie op het hart willen drukken je toch vooral te houden aan de beperkende maatregelen die de docenten jullie eventueel opleggen, al zijn ze nog zo irritant – en dan vooral de regel dat jullie 's avonds niet meer op de gangen mogen komen. Ik zou jullie ook dringend willen verzoeken onmiddellijk een docent op de hoogte te brengen als jullie iets vreemds of verdachts zien in het kasteel of op het schoolterrein. Ik vertrouw erop dat jullie de grootst mogelijke aandacht zullen hebben voor je eigen veiligheid en die van anderen.'

De blauwe ogen van Perkamentus gleden over de leerlingen en toen glimlachte hij opnieuw.

'Maar nu wachten jullie bedden, zo warm en behaaglijk als je maar zou kunnen wensen. Ik weet dat het jullie eerste prioriteit is om goed uitgerust te zijn voor de lessen van morgen, dus laten we elkaar welterusten wensen. Slaap lekker!'

Met het gebruikelijke oorverdovende geschraap werden de banken achteruitgeschoven en stroomden de honderden leerlingen de Grote Zaal uit, op weg naar hun slaapzalen. Harry voelde er niets voor om door al die mensen aangegaapt te worden en ook niet om zo dicht in de buurt van Malfidus te komen dat die opnieuw zou gaan vertellen hoe hij zijn neus gebroken had. Daarom deed hij alsof hij de veter van zijn sportschoen moest vastmaken en liet hij de andere leerlingen van Griffoendor eerst naar buiten gaan. Hermelien was vlug naar de deur gesprint om haar plicht als klassenoudste te vervullen en de eerstejaars te begeleiden, maar Ron bleef bij Harry.

'Wat is er nou echt met je neus gebeurd?' vroeg hij toen ze zich als allerlaatsten aansloten bij de menigte die de Grote Zaal uitstroomde en verder niemand hen kon horen.

Dat vertelde Harry. Het was tekenend voor de kracht van hun vriendschap dat Ron niet lachte.

'Ik zag Malfidus al iets naspelen wat met een neus te maken had,' zei hij duister.

'Nou, dat doet er nu verder niet toe,' zei Harry bitter. 'Weet je wat hij vertelde voor hij me ontdekte...'

Hij had verwacht dat Ron verbijsterd zou zijn door het gepoch van Malfidus, maar Ron weigerde hardnekkig om onder de indruk te zijn.

'Kom nou, Harry, hij wilde gewoon belangrijk doen tegenover Patty Park... wat denk je dat Jeweetwel hem voor opdracht zou geven?'

'Hoe weet je dat Voldemort geen spion nodig heeft op Zweinstein? Het zou niet de eerste keer zijn –'

'Ik wou dat je die naam niet steeds zei, Harry,' zei een verwijtende stem achter hem. Harry keek om en zag een hoofdschuddende Hagrid.

129

'Perkamentus gebruikt die naam ook,' zei Harry koppig.

'Nou ja, da's Perkamentus, niet?' zei Hagrid raadselachtig. 'Waar bleef je zo lang, Harry? Ik maakte me zorgen.'

'O, er was wat oponthoud in de trein,' zei Harry. 'Waarom was jíj zo laat?'

'Ik was bij Groemp,' zei Hagrid opgewekt. 'Ik was effe de tijd vergeten. Hij heb nu een nieuw huis in de bergen. Perkamentus heb d'rvoor gezorgd – een lekker grote grot. Daar is ie een stuk gelukkiger dan in 't Verboden Bos. We hebben een hele tijd zitten kletsen.'

'O ja?' zei Harry. Hij keek met opzet niet naar Ron; de laatste keer dat hij Hagrids halfbroer ontmoet had, een slechtgehumeurde reus met een voorkeur voor het ontwortelen van bomen, had zijn vocabulaire uit vijf woorden bestaan, waarvan hij er twee niet goed kon uitspreken.

'Ja, 't gaat echt hartstikke goed met hem,' zei Hagrid trots. 'Ik denk dat je paf zal staan. Ik denk d'rover om hem op te leiden tot m'n assistent.'

Ron snoof luid, maar slaagde erin om te doen alsof hij hard moest niesen. Ze stonden nu bij de eiken voordeuren.

'Nou, ik zie jullie morgen wel. De eerste les na de lunch. Kom maar ietsie vroeger, dan kennen jullie gedag zeggen tegen Scheur – ik bedoel Kortwiekje!'

Hij stak vrolijk groetend zijn hand op en verdween in het donker.

Harry en Ron keken elkaar aan. Harry zag dat Ron geplaagd werd door hetzelfde schuldbewuste gevoel als hijzelf.

'Jij doet geen Verzorging van Fabeldieren meer, hè?'

Ron schudde zijn hoofd.

'Jij zeker ook niet?'

Harry schudde zijn hoofd.

'En Hermelien?' zei Ron. 'Die ook niet, hè?'

Harry schudde opnieuw zijn hoofd. Hij dacht er maar liever niet aan wat Hagrid zou zeggen als hij besefte dat zijn drie favoriete leerlingen zijn vak hadden laten vallen.

HOOFDSTUK 9

DE HALFBLOED PRINS

*H*arry en Ron zagen Hermelien de volgende ochtend in de leerlingenkamer, nog voor het ontbijt. Harry hoopte op wat steun voor zijn theorie en vertelde Hermelien meteen wat hij Malfidus had horen zeggen in de Zweinsteinexpres.

'Maar hij wilde gewoon indruk maken op Patty Park! Dat is toch duidelijk?' zei Ron vlug, voor Hermelien kon reageren.

'Nou,' zei ze onzeker, 'dat weet ik niet... het is wel echt iets voor Malfidus om zich belangrijker voor te doen dan hij is... maar dit zou wel een erg grote leugen zijn...'

'Precies,' zei Harry. Hij kon er verder niet op ingaan omdat er zoveel mensen probeerden mee te luisteren, nog afgezien van alle leerlingen die hem aanstaarden en fluisterden achter hun hand.

'Het is onbeleefd om te wijzen!' snauwde Ron tegen een piepkleine eerstejaars terwijl ze zich aansloten bij de rij wachtenden voor het portretgat. De jongen, die stiekem iets over Harry gefluisterd had tegen een vriend, kreeg een kop als vuur en viel van schrik uit het gat. Ron grinnikte.

'Geweldig om zesdejaars te zijn! En we hebben dit jaar ook veel meer vrij. Hele uren dat we lekker kunnen relaxen in de leerlingenkamer.'

'We zullen die uren hard nodig hebben voor ons huiswerk, Ron!' zei Hermelien terwijl ze de gang uit liepen.

'Ja, maar vandaag niet,' zei Ron. 'Vandaag wordt echt een makkie, denk ik.'

'Stop!' zei Hermelien. Ze stak haar arm uit en hield een vierdejaars tegen, die zich langs haar heen probeerde te wurmen met een geelgroene schijf in zijn hand. 'Fragmentatiefrisbees zijn verboden! Hier ermee!' zei ze streng. Nijdig gaf de jongen haar de knetterende frisbee, dook onder Hermeliens arm door en holde achter zijn vrienden aan. Ron wachtte even tot hij uit het zicht was en griste de frisbee toen uit de handen van Hermelien.

'Geweldig! Ik heb altijd al zo'n ding willen hebben.'

Hermeliens protesten werden overstemd door luid gegiechel; blijkbaar vond Belinda Broom Rons opmerking erg grappig. Ze bleef lachen toen ze hen passeerde en keek over haar schouder naar Ron, die nogal zelfvoldaan leek.

Het plafond van de Grote Zaal was helderblauw met hier en daar wat dunne wolkensliertjes, net als de vierkante stukken lucht die zichtbaar waren door de hoge ramen met hun stenen kozijnen. Terwijl ze aanvielen op hun havermout en eieren met spek vertelden Harry en Ron Hermelien over hun gênante gesprek met Hagrid.

'Maar hij dacht toch niet echt dat we verdergingen met Verzorging van Fabeldieren?' zei Hermelien een beetje onthutst. 'Ik bedoel, wanneer hebben we ooit iets laten blijken van... nou ja... enig enthousiasme?'

'Maar dat is het juist,' zei Ron, die een heel gebakken ei in één hap naar binnen werkte. 'Wij deden altijd het meest ons best tijdens de lessen omdat we Hagrid aardig vinden, maar hij denkt dat we dat stomme vak leuk vinden. Zou er ook maar iemand zijn die voor een PUIST gaat?'

Harry en Hermelien gaven geen antwoord; dat was ook niet nodig. Ze wisten maar al te goed dat niemand uit hun jaar verder wilde gaan met Verzorging van Fabeldieren. Ze probeerden niet naar Hagrid te kijken en wuifden niet echt enthousiast terug toen hij tien minuten later opstond van de Oppertafel en vrolijk naar hen zwaaide.

Nadat ze waren uitgegeten bleven ze zitten en wachtten tot professor Anderling klaar was met haar ontbijt en de lesroosters zou uitdelen. Dat was dit jaar ingewikkelder dan gewoonlijk, omdat professor Anderling eerst moest vaststellen of iedereen wel de benodigde SLIJMBALlen had gehaald om verder te kunnen gaan met zijn PUISTen.

Hermelien kreeg onmiddellijk het groene licht voor Bezweringen, Verweer tegen de Zwarte Kunsten, Gedaanteverwisselingen, Kruidenkunde, Voorspellend Rekenen, Oude Runen en Toverdranken, en vertrok haastig voor haar eerste uur Oude Runen. Het duurde iets langer voor Marcels rooster rond was; hij keek ongerust toe terwijl professor Anderling eerst zijn aanvraagformulier bekeek en vervolgens zijn SLIJMBAL-resultaten raadpleegde.

'Kruidenkunde is natuurlijk prima,' zei ze. 'Professor Stronk zal je graag terugzien nu je "Uitmuntend" hebt gehaald. Je kunt ook doorgaan in Verweer tegen de Zwarte Kunsten, want je had "Boven Verwachting". Het probleem is Gedaanteverwisselingen. Het spijt me, Lubbermans, maar "Acceptabel" is gewoon niet goed genoeg om voor een PUIST te gaan. Ik denk echt dat je de lessen dit jaar niet aan zou kunnen.'

Marcel liet zijn hoofd hangen en professor Anderling keek hem aan door haar vierkante bril.

'Waarom wil je eigenlijk zo graag verder met Gedaanteverwisselingen? Ik had eerlijk gezegd nooit de indruk dat je het nou zo leuk vond.'

Met een rood hoofd mompelde Marcel iets over 'mijn oma'.

'Hmmf,' snoof professor Anderling. 'Het wordt hoog tijd dat je oma eens leert om trots te zijn op de kleinzoon die ze heeft, in plaats van op de kleinzoon die ze zich zou wensen – vooral na wat er op het Ministerie gebeurd is.'

Marcel werd nog veel roder en knipperde met zijn ogen; professor Anderling had hem nog nooit eerder een compliment gemaakt.

'Sorry, Lubbermans, maar ik kan je niet toelaten tot mijn PUIST-klas. Ik zie dat je wel "Boven Verwachting" gehaald hebt voor Bezweringen – waarom ga je niet voor een PUIST in Bezweringen?'

'Mijn oma vindt Bezweringen maar een pretpakket,' mompelde Marcel.

'Doe Bezweringen,' zei professor Anderling. 'Dan stuur ik Augusta wel een briefje om haar eraan te herinneren dat, omdat zíj nou toevallig een onvoldoende had voor Bezweringen, het nog niet wil zeggen dat het meteen een waardeloos vak is.' Professor Anderling glimlachte flauwtjes bij het zien van Marcels opluchting en ongeloof, tikte met haar toverstok op een blanco lesrooster en gaf het aan Marcel, nu voorzien van zijn nieuwe lesindeling.

Als volgende was Parvati Patil aan de beurt. Haar eerste vraag was of Firenze, de knappe centaur, nog steeds lesgaf in Waarzeggerij.

'Hij en professor Zwamdrift delen dit jaar de lessen,' zei professor Anderling met lichte afkeuring; het was algemeen bekend dat ze Waarzeggerij helemaal niets vond. 'De zesdejaars krijgen les van professor Zwamdrift.'

Vijf minuten later ging een lichtelijk ontgoochelde Parvati op weg naar haar eerste les Waarzeggerij.

'Zo, Potter, Potter...' zei professor Anderling. Ze raadpleegde haar aantekeningen terwijl ze zich tot Harry wendde. 'Bezweringen, Verweer tegen de Zwarte Kunsten, Kruidenkunde, Gedaanteverwisselingen... allemaal uitstekend. Ik moet zeggen dat ik blij was met je resultaat voor Gedaanteverwisselingen, Potter, heel blij. Waarom heb je je niet ingeschreven voor Toverdranken? Ik dacht dat je Schouwer wilde worden?'

'Dat is ook zo, maar u zei dat ik dan "Uitmuntend" moest halen voor mijn SLIJMBAL.'

'Klopt, toen professor Sneep nog lesgaf in Toverdranken, maar professor Slakhoorn neemt graag genoegen met studenten die "Boven Verwachting" hebben gehaald. Wil je verdergaan met Toverdranken?'

'Ja,' zei Harry, 'maar ik heb geen boeken of ingrediënten gekocht...'

'Professor Slakhoorn zal je vast wel iets kunnen lenen,' zei professor Anderling. 'Goed, Potter, hier heb je je rooster. O, en nog iets – er hebben al twintig hoopvolle kandidaten hun naam opgegeven voor het Zwerkbalteam van Griffoendor. Ik geef je binnenkort het lijstje wel, dan kun je selectietrainingen houden wanneer dat je het beste uitkomt.'

Een paar minuten later kreeg Ron toestemming om dezelfde vakken te doen als Harry en gingen ze samen van tafel.

'Kijk,' zei Ron, opgetogen naar zijn rooster starend, 'we hebben nu al een vrij uur... en na de pauze ook... en na de lunch... *geweldig*!'

Ze gingen terug naar de leerlingenkamer. Die was leeg, afgezien van een handjevol zevendejaars, onder wie Katja Bell, de enige die nog over was van het oorspronkelijke Zwerkbalteam waarbij Harry zich in zijn eerste jaar had aangesloten.

'Ik dacht al dat je die zou krijgen. Goed gedaan!' riep ze en ze wees op de aanvoerdersbadge op Harry's borst. 'Laat het me weten als er proeftrainingen zijn.'

'Doe niet zo stom,' zei Harry. 'Jij hoeft je niet meer te bewijzen. Ik heb je vijf jaar lang zien spelen...'

'Zo moet je niet beginnen,' zei ze waarschuwend. 'Misschien lopen er veel betere spelers rond dan ik. Er zijn vaker goede ploegen naar de knoppen geholpen omdat de aanvoerders weigerden nieuwe spelers een kans te geven of de voorkeur gaven aan hun vriendjes...'

Ron keek een beetje ongemakkelijk en begon te spelen met de Fragmentatiefrisbee die Hermelien had afgepakt van de vierdejaars. Hij zoefde grommend door de leerlingenkamer en probeerde de wandtapijten aan stukken te bijten. Knikkebeens gele ogen volgden de frisbee en hij blies als die te dichtbij kwam.

Een uur later verlieten ze met tegenzin de zonnige leerlingenkamer en gingen op weg naar het lokaal van Verweer tegen de Zwarte Kunsten, vier verdiepingen lager. Hermelien stond al te wachten voor de deur van het lokaal. Ze had haar armen vol dikke boeken en keek nogal zorgelijk.

'We hebben zoveel huiswerk voor Oude Runen!' zei ze zenuwachtig. 'Een werkstuk van minimaal vijfendertig centimeter, twee vertalingen en ik moet voor woensdag ook nog eens al deze boeken lezen!'

'Goh, wat erg voor je,' zei Ron geeuwend.

'Wacht maar,' zei ze gepikeerd. 'Ik wil wedden dat Sneep ons ook bergen huiswerk geeft.'

Terwijl ze dat zei ging de deur van het lokaal open en kwam Sneep de gang op. Zoals gewoonlijk ging zijn tanige gezicht half schuil achter twee gordijntjes van vettig zwart haar. Er heerste onmiddellijk stilte op de gang.

'Naar binnen,' zei Sneep.

Harry keek om zich heen terwijl ze naar binnen gingen. Sneep had nu al zijn eigen stempel op het lokaal gedrukt; het was er donkerder dan gewoonlijk, want de gordijnen waren dicht en het enige licht kwam van kaarsen. Er hingen ook nieuwe afbeeldingen aan de muur. De meeste waren van mensen die pijn leden, gruwelijk gewond waren of merkwaardig verwrongen lichaamsdelen hadden. Niemand van de leerlingen zei iets terwijl ze gingen zitten en naar de schimmige, angstaanjagende platen keken.

'Ik heb jullie niet gevraagd je boeken te pakken,' zei Sneep terwijl hij de deur dichtdeed, naar zijn bureau liep en zijn blik door de klas liet gaan. Hermelien stopte haar exemplaar van In het Aangezicht van het Gezichtsloze vlug weer in haar tas en schoof die onder haar stoel. 'Ik heb jullie een paar dingen te zeggen en ik eis jullie volledige aandacht.'

Zijn zwarte ogen gleden over hun opgeheven gezichten en bleven een fractie van een seconde langer op dat van Harry rusten.

'Ik geloof dat jullie tot dusver vijf verschillende leraren hebben gehad voor dit vak.'

Ik geloof... alsof je ze niet allemaal hebt zien komen en gaan, Sneep, terwijl je hoopte dat jij de volgende zou zijn, dacht Harry vol minachting.

'Uiteraard hadden al die docenten hun eigen methodes en prioriteiten. Gezien die chaos verbaast het me dat zoveel leerlingen toch een SLIJMBAL hebben weten te halen, al was het dan vaak met de hakken over de sloot. Het zal me nog veel meer verbazen als jullie erin slagen behoorlijk werk te leveren voor je PUIST, want dan praten we over een veel hoger niveau.'

Sneep liep nu langs de rand van het lokaal en sprak zacht; de leerlingen probeerden hem reikhalzend te volgen.

'De Zwarte Kunsten,' zei Sneep, 'zijn talrijk, gevarieerd, veranderlijk en eeuwig. Ertegen strijden is als strijden tegen een veelkoppig monster. Iedere keer dat je een kop afhakt, groeit er een nog woestere en sluwere kop voor in de plaats. Jullie strijden tegen iets wat ongrijpbaar, grillig en tegelijkertijd onverwoestbaar is.'

Harry keek naar Sneep. Het was één ding om de Zwarte Kunsten te respecteren als een geduchte vijand, maar iets anders om erover te spreken op zo'n liefdevolle, bijna strelende toon als Sneep nu deed.

'Jullie verweer,' zei Sneep iets luider, 'moet daarom even flexibel en inventief zijn als de Kunsten die jullie proberen te bestrijden. Deze afbeeldingen' – hij wees in het voorbijgaan op een paar platen – 'geven een vrij goed beeld van wat er gebeurt met mensen die getroffen worden door de Cruciatusvloek' (hij gebaarde naar een heks die het duidelijk uitgilde van de pijn) 'de Kus van de Dementor voelen' (een tovenaar die slap ineengezakt tegen een muur lag, met nietsziende, wezenloze ogen) 'of de agressie van een Necroot opwekken' (een bloederig hoopje op de grond).

'Zijn er echt Necroten gesignaleerd?' vroeg Parvati Patil met een hoog stemmetje. 'Is het waar? Gebruikt hij ze echt weer?'

'De Heer van het Duister heeft in het verleden gebruikgemaakt van Necroten,' zei Sneep. 'Dus is het verstandig om er rekening mee te houden dat hij ze opnieuw zou kunnen gebruiken. Goed...'

Hij liep nu langs de andere muur van het lokaal terug naar zijn bureau en de hele klas keek naar hem en zijn wapperende zwarte gewaad.

'... ik heb begrepen dat jullie nog geen enkele ervaring hebben met nonverbale spreuken. Wat is het voordeel van een nonverbale spreuk?'

Hermeliens hand schoot onmiddellijk omhoog. Sneep nam de tijd en keek eerst of er echt niemand anders was voor hij kortaf zei: 'Goed – juffrouw Griffel?'

'Je tegenstander weet dan niet wat voor toverspreuk je gaat gebruiken, waardoor je een fractie van een seconde in het voordeel bent,' zei Hermelien.

'Een antwoord dat vrijwel woordelijk is overgenomen uit Het Standaard Spreukenboek, Niveau 6,' zei Sneep schamper (in de hoek grinnikte Malfidus), 'maar dat in essentie juist is. Inderdaad, mensen die kunnen toveren zonder spreuken te brullen, hebben een verrassingselement in hun magie. Uiteraard zijn niet alle tovenaars daartoe in staat; het vereist een mate van concentratie en geestkracht waaraan het sommigen' – zijn blik bleef opnieuw even boosaardig op Harry rusten – 'ontbreekt.'

Harry wist dat Sneep hun rampzalige Occlumentielessen van vorig jaar bedoelde. Hij weigerde zijn ogen neer te slaan, maar bleef Sneep nijdig aankijken tot die zijn blik afwendde.

'Jullie vormen nu paren,' vervolgde Sneep. 'De een probeert zijn partner *zonder iets te zeggen* te vervloeken, terwijl de ander *even geluidloos* probeert de vervloeking af te weren. Ga jullie gang.'

Sneep wist het niet, maar Harry had minstens de helft van de klas (iedereen die lid was geweest van de SVP) vorig jaar geleerd een Schildspreuk uit te voeren. Niemand had die spreuk echter ooit gebruikt zonder hem hardop uit te spreken. Er werd dan ook redelijk veel gesjoemeld; een hoop leerlingen fluisterden de spreuk gewoon in plaats van hem echt duidelijk uit te spreken. Het was tekenend voor Hermelien dat ze er al na tien minuten in slaagde Marcels Bibberkniebezwering af te weren zonder één woord te zeggen, een prestatie die iedere redelijke leraar beloond zou hebben met twintig punten voor Griffoendor, dacht Harry verbitterd, maar die Sneep negeerde. Hij liep met grote passen tussen de oefenende stellen door en leek nog net zo sterk op een uit zijn krachten gegroeide vleermuis als altijd. Hij bleef wat langer staan om te kijken hoe Harry en Ron worstelden met de opdracht.

Ron, die Harry moest vervloeken, had een rood aangelopen hoofd en kneep zijn lippen stijf op elkaar om niet te bezwijken voor de verleiding de spreuk toch stiekem te mompelen. Harry had zijn toverstok in de aanslag en wachtte gespannen op een vervloeking die zo te zien nooit zou komen.

'Droevig, Wemel,' zei Sneep na een tijdje. 'Hier – ik zal het je voordoen –'

Hij richtte zijn toverstok zo snel op Harry dat die instinctief reageerde; hij had even helemaal geen aandacht meer voor nonverbale spreuken en brulde: '*Protego!*'

Zijn Schildspreuk was zo krachtig dat Sneep zijn evenwicht verloor en tegen een lessenaar smakte. De hele klas had gekeken en zag nu dat Sneep nijdig overeind krabbelde.

'Zei ik niet dat we *nonverbale* spreuken zouden oefenen, Potter?'

'Ja,' zei Harry stijfjes.

'Ja *meneer*.'

137

'U hoeft me geen meneer te noemen, professor.'

Het was eruit voor hij er erg in had. Verscheidene leerlingen snakten naar adem, onder wie Hermelien, maar achter de rug van Sneep grijnsden Ron, Daan en Simon goedkeurend.

'Dat wordt strafwerk, Potter. Zaterdagavond, op mijn kamer,' zei Sneep. 'In mijn lokaal maakt niemand brutale opmerkingen, zelfs de U*itverkorene* niet.'

'Geweldig, Harry!' gniffelde Ron toen het een paar minuten later pauze was en ze op de gang liepen.

'Dat had je niet moeten zeggen,' zei Hermelien en ze keek boos naar Ron. 'Waarom deed je dat?'

'Hij probeerde me te vervloeken, als je het soms nog niet gemerkt had!' brieste Harry. 'Dat heb ik meer dan genoeg meegemaakt tijdens die Occlumentielessen! Waarom gebruikt hij niet eens iemand anders als proefkonijn? En waarom laat Perkamentus uitgerekend hém Verweer geven? Hoorden jullie hem over de Zwarte Kunsten praten? Hij is er dol op! Al dat geleuter over hoe *veranderlijk* en *onverwoestbaar* ze zijn –'

'Nou,' zei Hermelien, 'eerlijk gezegd klonk hij een beetje zoals jij.' 'Zoals *ik*?'

'Ja, toen je ons vertelde hoe het is om het tegen Voldemort op te nemen. Je zei dat het niet alleen ging om spreuken uit je hoofd leren, maar om je eigen ik, je hersens en je lef – was dat ook niet wat Sneep zei? Dat het er in feite op neerkomt dat je dapper moet zijn en snel moet kunnen nadenken?'

Harry vond het zo ontwapenend dat ze zijn woorden blijkbaar even memorabel vond als H*et* S*tandaard* S*preukenboek* dat hij er niet tegenin ging.

'Harry! Hé, Harry!'

Harry keek om. Jacques Sippe, die vorig jaar als Drijver voor het team van Griffoendor was uitgekomen, liep haastig op hem af met een rol perkament in zijn hand.

'Voor jou,' hijgde Sippe. 'Zeg, ik hoorde dat jij de nieuwe aanvoerder bent. Wanneer zijn er selectietrainingen?'

'Weet ik nog niet,' zei Harry. Hij dacht heimelijk dat Sippe van geluk zou mogen spreken als hij weer in het team zou komen. 'Laat ik je wel weten.'

'O, goed. Ik hoopte eigenlijk dat het van het weekend zou zijn –'

Maar Harry luisterde niet meer; hij had het dunne, hellende handschrift op het perkament herkend. Hij keerde Sippe midden in een zin zijn rug toe en liep haastig verder met Ron en Hermelien terwijl hij het perkament uitrolde.

Beste Harry,

Ik zou aanstaande zaterdag graag willen beginnen met onze privé-lessen. Zou je om acht uur 's avonds naar mijn kamer willen komen? Ik hoop dat je geniet van je eerste schooldag.

Met vriendelijke groeten,

Albus Perkamentus

P.S. Ik hou van Zoutzuurtjes.

'Houdt hij van Zoutzuurtjes?' zei Ron verbaasd. Hij had over Harry's schouder meegelezen.

'Dat is het wachtwoord om langs de waterspuwer bij zijn kamer te komen,' zei Harry zacht. 'Ha! Zal Sneep even balen... nu kan ik zijn strafwerk niet maken!'

Hij, Ron en Hermelien vroegen zich de hele pauze af wat Perkamentus Harry zou gaan leren. Ron dacht dat het spectaculaire vervloekingen en beheksingen zouden zijn die zelfs de Dooddoeners niet kenden. Hermelien zei dat dat soort dingen illegaal waren en dat het haar veel waarschijnlijker leek dat Perkamentus Harry geavanceerde verdedigingsmagie wilde leren. Na de pauze ging zij naar Voorspellend Rekenen en keerden Harry en Ron terug naar de leerlingenkamer, waar ze met tegenzin aan Sneeps huiswerk begonnen. Dat bleek zo ingewikkeld te zijn dat ze nog niet klaar waren toen ze tijdens hun vrije uur na de lunch weer gezelschap kregen van Hermelien (al zorgde zij er wel voor dat het een stuk sneller af was). Ze waren net klaar toen de bel ging voor het blokuur Toverdranken. Ze volgden de vertrouwde route naar het lokaal in de kerkers waar Sneep zo lang zijn terreur had uitgeoefend.

Toen ze in de gang bij het lokaal aankwamen, zagen ze dat maar een stuk of twaalf mensen voor hun PUIST gingen. Korzel en Kwast was het blijkbaar niet gelukt een goed resultaat te halen voor hun SLIJMBAL, maar er waren wel vier andere Zwadderaars, onder wie Malfidus, plus vier Ravenklauwen en één Huffelpuf, Ernst Marsman, die Harry graag mocht ondanks zijn nogal pompeuze manier van doen.

'Harry,' zei Ernst gewichtig en hij stak zijn hand uit. 'Ik had niet de kans om vanochtend met je te praten tijdens Verweer tegen de Zwarte Kunsten. Een prima les, vond ik, al zijn Schildspreuken natuurlijk oude koek voor de trouwe leden van de SVP... hoe gaat het met jou, Ron – en met jou, Hermelien?'

Voor ze meer konden zeggen dan 'goed' ging de deur van de kerker open en kwam eerst Slakhoorns buik naar buiten en toen de rest. Zijn enorme walrussnor krulde boven zijn breed lachende mond terwijl ze naar binnen gingen. Hij begroette Harry en Zabini extra enthousiast.

Heel ongebruikelijk hing de kerker al vol dampen en vreemde geuren. Harry, Ron en Hermelien snoven belangstellend toen ze langs grote, borrelende ketels kwamen. De vier Zwadderaars gingen samen aan een tafel zitten, net als de Ravenklauwen, zodat Harry, Ron en Hermelien een tafel deelden met Ernst. Ze kozen de tafel naast een goudkleurige toverketel waaruit een van de meest verlokkende geuren opsteeg die Harry ooit geroken had; het deed hem denken aan strooptaart, de houtachtige geur van een bezemsteel en iets bloemachtigs wat hij ooit in Het Nest geroken had. Hij merkte dat hij langzaam en diep ademhaalde en dat de dampen van de toverdrank helemaal door hem heen trokken, als sterkedrank. Hij voelde een diepe tevredenheid en grijnsde tegen Ron, die loom teruggrijnsde.

'Kom, kom,' zei Slakhoorn, wiens massieve silhouet vaag door de trillende dampen heen schemerde. 'Pak jullie weegschaal en ingrediënten en vergeet je exemplaar van *Toverdranken voor Gevorderden* niet...'

'Professor?' zei Harry en hij stak zijn hand op.

'Ja, beste jongen?'

'Ik heb geen boek en geen weegschaal – en Ron ook niet – we wisten niet dat we door mochten gaan voor onze PUIST...'

'O ja, professor Anderling zei al zoiets... maak je geen zorgen, beste jongen, maak je geen zorgen. Pak vandaag de ingrediënten maar uit de voorraadkast. Ik heb wel ergens een weegschaal voor je en er liggen vast nog wel wat oude boeken die jullie kunnen gebruiken tot jullie Klieder & Vlek kunnen schrijven...'

Slakhoorn liep naar een hoekkast, rommelde er even in en kwam terug met twee gehavende exemplaren van *Toverdranken voor Gevorderden* door Libatius Bernage. Hij gaf de boeken aan Harry en Ron, samen met twee weegschalen die nodig schoongemaakt moesten worden.

'Ziezo,' zei Slakhoorn. Hij ging weer voor de klas staan en zette zijn toch al uitpuilende buik nog verder uit, zodat de knopen van zijn vest dreigden te springen. 'Ik heb alvast een paar toverdranken klaargemaakt om jullie te laten zien, gewoon voor de lol. Dit soort dranken moeten jullie ook kunnen bereiden als jullie geslaagd zijn voor je PUIST. Jullie zouden er in elk geval van gehoord moeten hebben, ook al hebben jullie ze nog nooit gemaakt. Weet iemand wat dit is?'

Hij gebaarde naar de ketel naast de tafel van Zwadderich. Harry kwam een beetje overeind uit zijn stoel en zag iets borrelen wat op gewoon water leek.

Hermeliens geoefende hand schoot uiteraard als eerste omhoog en Slakhoorn wees naar haar.

'Veritaserum, een kleurloze en geurloze drank die de gebruiker dwingt de waarheid te vertellen,' zei Hermelien.

'Heel goed, heel goed!' zei Slakhoorn blij. 'Kijk, hier,' vervolgde hij en hij wees op de ketel die het dichtst bij de tafel van Ravenklauw stond. 'Dit is ook vrij bekend... er is de laatste tijd het nodige over geschreven in een aantal folders van het Ministerie... weet iemand –'

Hermeliens hand was opnieuw de snelste.

'Wisseldrank, professor,' zei ze.

Harry had de traag borrelende, modderachtige substantie in de tweede ketel ook herkend, maar vond het niet erg dat Hermelien met de eer ging strijken; zij had die drank tenslotte al weten te brouwen toen ze pas in hun tweede jaar zaten.

'Uitstekend, uitstekend! En deze hier... ja, meisje?' zei Slakhoorn nu enigszins verbluft toen Hermeliens hand weer door de lucht kliefde.

'Dat is Amortentia!'

'Klopt helemaal. Het is waarschijnlijk een overbodige vraag,' zei Slakhoorn, die diep onder de indruk leek, 'maar ik neem aan dat je ook weet wat het doet?'

'Het is de krachtigste liefdesdrank die er bestaat!' zei Hermelien.

'Precies! Herkende je het aan de kenmerkende, parelmoerachtige glans?'

'Ja, en aan de damp die in karakteristieke spiralen opstijgt,' zei Hermelien enthousiast. 'Ze zeggen dat iedereen het anders vindt ruiken, afhankelijk van wat je aantrekkelijk vindt. Ik ruik versgemaaid gras en nieuw perkament en –'

Ze werd opeens een beetje rood en maakte haar zin niet af.

'Mag ik vragen hoe je heet?' vroeg Slakhoorn, zonder acht te slaan op Hermeliens gêne.

'Hermelien Griffel, professor.'

'Griffel? Griffel? Ben je soms familie van Hector Goud-Griffel, die de Buitengewone Vereniging van Toverdrankbrouwmeesters heeft opgericht?'

'Nee, dat denk ik niet. Ik heb namelijk Dreuzelouders.'

Harry zag dat Malfidus zich naar Noot toe boog en iets fluisterde; ze grinnikten allebei, maar Slakhoorn trok zich daar niets van aan; integendeel, hij glimlachte breed en keek van Hermelien naar Harry, die naast haar zat.

'Aha! *"Een heel goede vriendin van me heeft ook* Dreuzelouders *en zij is de beste van ons jaar!"* Ik neem aan dat dit de vriendin in kwestie is, Harry?'

'Ja, professor,' zei Harry.

'Wel, wel, wel. U heeft Griffoendor twintig welverdiende punten bezorgd, juffrouw Griffel,' zei Slakhoorn opgewekt.

Malfidus keek net als die keer dat Hermelien hem een stomp op zijn neus had gegeven, maar Hermelien zelf wendde zich met een stralend gezicht naar Harry en zei: 'Heb je echt gezegd dat ik de beste was? O, Harry!'

'Wat is daar zo bijzonder aan?' fluisterde Ron, die om de een of andere reden geïrriteerd was. 'Je bént ook de beste – dat zou ik ook gezegd hebben als hij het aan mij gevraagd had!'

Hermelien glimlachte maar gebaarde dat hij stil moest zijn, zodat ze konden horen wat Slakhoorn zei. Ron keek een beetje knorrig.

'Amortentia creëert natuurlijk niet echt *liefde*. Het is onmogelijk om liefde te vervaardigen of te imiteren. Nee, deze drank zorgt gewoon voor een zeer sterke bevlieging of obsessie. Het is waarschijnlijk de gevaarlijkste en krachtigste drank in dit lokaal – jazeker,' zei hij en hij knikte ernstig tegen Malfidus en Noot, die allebei sceptisch grijnsden. 'Als je zoveel hebt meegemaakt als ik, onderschat je de kracht van geobsedeerde verliefdheid niet meer... en nu is het tijd om aan de slag te gaan.'

'U heeft ons nog niet verteld wat er in die ketel zit, professor,' zei Ernst Marsman en hij wees op de kleine zwarte ketel op Slakhoorns bureau. De inhoud borrelde vrolijk; het had de kleur van gesmolten goud en grote druppels sprongen als goudvissen boven de rand uit, al was er niet één spatje gemorst.

'Aha,' zei Slakhoorn opnieuw. Harry wist zeker dat Slakhoorn de drank helemaal niet vergeten was, maar gewoon gewacht had tot ernaar gevraagd werd, vanwege het dramatische effect. 'Ja. Die drank. Nou, dát, dames en heren, is een uiterst merkwaardig brouwseltje dat bekendstaat als Felix Fortunatis.' Hij draaide zich glimlachend om en keek naar Hermelien, die hoorbaar naar adem gesnakt had. 'Ik neem aan dat u weet wat Felix Fortunatis doet, juffrouw Griffel?'

'Het is vloeibaar geluk,' zei Hermelien opgewonden. 'Het maakt dat je geluk hebt!'

De hele klas ging ietsje rechter overeind zitten. Het enige wat Harry nu nog van Malfidus zag was zijn sluike blonde achterhoofd, omdat Slakhoorn eindelijk zijn onverdeelde aandacht had.

'Heel goed. Nogmaals tien punten voor Griffoendor. Ja, Felix Fortunatis is een grappig drankje,' zei Slakhoorn. 'Ontzettend lastig om te maken, want iedere fout is rampzalig, maar als het goed gebrouwen is, zoals nu, zul je merken dat alles wat je onderneemt een succes wordt... tot de drank is uitgewerkt.'

'Waarom drinken mensen het dan niet de hele tijd?' vroeg Terry Bootsman gretig.

'Omdat een overdosis leidt tot duizelingen, roekeloosheid en gevaarlijke overmoed,' zei Slakhoorn. 'Te veel van het goede, snap je... uiterst giftig in grote hoeveelheden, maar als je heel af en toe een klein beetje neemt...'

'Heeft u het ooit zelf ingenomen?' vroeg Michel Kriek vol belangstelling.

'Twee keer in mijn leven,' zei Slakhoorn. 'Op mijn vierentwintigste en op mijn zevenenvijftigste. Twee eetlepels bij het ontbijt, twee volmaakte dagen.'

Hij staarde dromerig voor zich uit. Harry wist niet of hij acteerde of niet, maar het effect was in elk geval goed.

'En dat,' zei Slakhoorn, die blijkbaar uit een trance ontwaakte, 'is de prijs die ik uitloof tijdens deze les.'

Er viel een doodse stilte, waarin het geborrel en gegorgel van de omringende toverdranken tien keer zo hard klonk.

'Eén klein flesje Felix Fortunatis,' zei Slakhoorn. Hij haalde een minuscuul flesje met een kurk erin uit zijn zak en liet dat zien. 'Genoeg om twaalf uur geluk te hebben. Van 's ochtends vroeg tot 's avonds laat zul je boffen bij alles wat je onderneemt.

Ik moet jullie wel waarschuwen dat Felix Fortunatis een verboden middel is bij evenementen zoals sportwedstrijden, examens of verkiezingen. De winnaar mag het alleen gebruiken op een gewone dag... om vervolgens te zien hoe die gewone dag buitengewoon wordt!

Nou,' zei Slakhoorn, plotseling kordaat, 'hoe kunnen jullie deze fabelachtige prijs winnen? Door pagina 10 van *Toverdranken voor Gevorderden* op te slaan. We hebben nog bijna een uur de tijd, wat voldoende zou moeten zijn voor een redelijke poging om het Vocht van de Levende Dood te brouwen. Ik weet dat het ingewikkelder is dan alle andere dranken die jullie tot dusver gemaakt hebben en ik verwacht echt geen perfect resultaat. Degene die het dichtst in de buurt komt, wint onze kleine Felix. Ga je gang!'

Er klonk een hoop geschraap toen alle leerlingen hun toverketel naar zich toe trokken en luide tikken terwijl ze gewichten in hun weegschaal legden, maar niemand zei iets. De concentratie in de kerker was bijna voelbaar. Harry zag Malfidus koortsachtig bladeren in zijn exemplaar van *Toverdranken voor Gevorderden*; het was duidelijk dat Malfidus echt gebrand was op een dag vol voorspoed. Harry boog zich vlug over het gehavende boek dat Slakhoorn hem geleend had.

Tot zijn ergernis zag hij dat de vorige eigenaar allerlei aantekeningen had gemaakt in het boek, zodat de kantlijnen net zo zwart waren als de gedrukte gedeeltes. Harry hield zijn neus bijna tegen het papier in een poging de ingrediënten te ontcijferen (zelfs daar had de vorige eigenaar woorden bijgeschreven en andere dingen doorgestreept) en liep toen haastig naar de voorraadkast om te pakken wat hij nodig had. Terwijl hij terugholde naar zijn ketel, zag hij Malfidus zo snel mogelijk valeriaanwortel fijnhakken.

Iedereen keek voortdurend naar wat de anderen deden; het was zowel een voor- als een nadeel van Toverdranken dat het zo moeilijk was om je werk geheim te houden. Binnen tien minuten hing de hele kerker vol blauwe damp. Hermelien was uiteraard het verst gevorderd en haar drankje leek al op de 'gladde, bosbeskleurige vloeistof' die als het ideale tussenstadium omschreven werd.

Nadat Harry zijn wortels had fijngehakt, boog hij zich weer over het boek. Het was echt vreselijk irritant om instructies te moeten lezen die half schuilgingen onder de stomme krabbels van de vorige eigenaar. Om de een of andere reden was die het kennelijk niet eens geweest met de opdracht om de Sodejusboon klein te snijden en had hij in de kantlijn een alternatieve instructie geschreven:

Kneuzen met platte kant van zilveren dolk levert meer jus op dan snijden.

'Ik geloof dat u mijn grootvader nog gekend heeft, professor? Abraxas Malfidus?'

Harry keek op; Slakhoorn kwam net langs de tafel van Zwadderich.

'Ja,' zei Slakhoorn zonder Malfidus aan te kijken. 'Tragisch om te horen dat hij gestorven was, al kwam het natuurlijk niet helemaal onverwacht. De drakenpest, op zijn leeftijd...'

Hij liep vlug verder. Harry boog zich grijnzend weer over zijn ketel.

Hij wist dat Malfidus gehoopt had dat hij net zo behandeld zou worden als Harry of Zabini of misschien zelfs voorgetrokken zou worden, zoals Sneep altijd had gedaan, maar het leek erop dat Malfidus het alleen van zijn talent zou moeten hebben als hij dat flesje Felix Fortunatis wilde winnen.

Het was heel moeilijk om de Sodejusboon klein te snijden. Harry wendde zich tot Hermelien.

'Mag ik je zilveren mes even lenen?'

Ze knikte ongeduldig, zonder haar ogen af te wenden van haar toverdrank die nog steeds donkerpaars was, al zou hij volgens het boek inmiddels licht lila moeten zijn.

Harry kneusde de boon met de platte kant van de dolk. Tot zijn verbazing liepen er onmiddellijk stromen sap uit; het was een wonder dat zo'n verschrompelde boon zoveel vloeistof had kunnen bevatten. Hij gooide het haastig in zijn ketel en zag tot zijn verbazing dat de drank precies de kleur lila kreeg die beschreven werd in het boek.

Harry's boosheid op de vorige eigenaar verdween als sneeuw voor de zon en hij tuurde naar de instructies op de volgende regel. Volgens het boek moest hij de drank nu tegen de klok in roeren tot hij helder als water werd, maar volgens de aantekeningen van de vorige eigenaar moest hij na zeven keer tegen de klok in, één keer met de klok mee-roeren. Zou de oude eigenaar opnieuw gelijk kunnen hebben?

Harry roerde tegen de klok in, hield zijn adem in en roerde één keer met de klok mee. Dat had onmiddellijk effect; zijn toverdrank werd heel licht roze.

'Hoe doe je dat?' vroeg Hermelien. Ze had een rood hoofd en haar haar ging steeds meer overeind staan door de dampen uit haar ketel; haar eigen drank was nog steeds hardnekkig paars.

'Je moet een keertje met de klok mee roeren –'

'Nee, nee, in het boek staat tegen de klok in!' beet ze hem toe.

Harry haalde zijn schouders op en ging verder. Zeven keer tegen de klok in, één keer met de klok mee... even wachten... zeven keer tegen de klok in, één keer met de klok mee...

Aan de andere kant van de tafel vloekte Ron zacht maar onophoudelijk; zijn toverdrank leek meer op dropwater. Harry keek om zich heen. Voor zover hij kon zien, had verder niemand een drank die zo licht van kleur was als de zijne. Hij voelde zich opgetogen, iets wat nog nooit eerder was voorgekomen in deze kerker.

'En... stop!' riep Slakhoorn. 'Ophouden met roeren, allemaal!'

Slakhoorn liep langzaam tussen de tafels door en keek in de ketels. Hij gaf geen commentaar, maar roerde af en toe in een van de toverdranken of rook eraan. Uiteindelijk kwam hij bij de tafel waar Harry, Ron, Hermelien en Ernst zaten. Hij glimlachte met ironisch medelijden bij het zien van de teerachtige substantie in Rons ketel, had geen op- of aanmerkingen op het donkerblauwe brouwsel van Ernst en knikte goedkeurend bij het zien van Hermeliens drankje. Toen zag hij de toverdrank van Harry en verscheen er een verrukte maar ongelovige glimlach op zijn gezicht.

'De terechte winnaar!' riep hij tegen iedereen in de kerker. 'Uitstekend, Harry, uitstekend! Lieve hemel, het is duidelijk dat je het talent van je moeder geërfd hebt. Lily was een kei in Toverdranken! Alsjeblieft, zoals beloofd: één flesje Felix Fortunatis, en maak er goed gebruik van!'

Harry stopte het piepkleine flesje met gouden vloeistof vlug in zijn binnenzak, met een vreemde mengeling van vreugde vanwege de woede van de Zwadderaars, en gewetenswroeging vanwege Hermeliens teleurstelling. Ron keek alleen maar verbijsterd.

'Hoe heb je dat geflikt?' fluisterde hij tegen Harry toen ze de kerker verlieten.

'O, gewoon geluk, denk ik,' zei Harry omdat Malfidus nog binnen gehoorsafstand was.

Toen ze 's avonds tijdens het avondeten aan de lange tafel van Griffoendor zaten, voelde hij zich veilig genoeg om het te vertellen. Met ieder woord dat hij zei werd Hermeliens gezicht ijziger.

'Je vindt zeker dat ik de boel bedonderd heb?' zei hij ten slotte, gepikeerd door haar uitdrukking.

'Nou, het was niet echt je eigen werk, hè?' zei ze stijfjes.

'Hij heeft alleen andere instructies opgevolgd dan wij,' zei Ron. 'Het had ook totaal verkeerd kunnen uitpakken. Maar hij durfde het risico te nemen en dat heeft zich uitbetaald.' Hij zuchtte. 'Slakhoorn had mij ook dat boek kunnen geven, maar nee hoor, ik krijg er natuurlijk weer eentje waar nooit iemand iets in geschreven heeft. Wel op gekotst, te oordelen naar pagina 52, maar –'

'Wacht eens even,' zei een stem bij Harry's linkeroor en plotseling kwam weer de bloemengeur aandrijven die hij in de kerker van Slakhoorn ook geroken had. Hij keek om en zag dat Ginny bij hen was komen zitten. 'Hoorde ik dat goed? Heb je de aanwijzingen opgevolgd die iemand in een boek heeft geschreven, Harry?'

Ze keek boos en geschrokken en Harry besefte meteen waar ze bang voor was.

'Het is niets,' zei hij zacht en geruststellend. 'Het lijkt niet op, je weet wel, dat dagboek van Vilijn. Gewoon een oud schoolboek waar iemand wat in gekrabbeld heeft.'

'Maar je doet wat het boek zegt?'

'Ik heb gewoon een paar tips in de kantlijn uitgeprobeerd. Echt, Ginny, er is niks vreemds –'

'Ginny heeft gelijk,' zei Hermelien en ze monterde meteen weer op. 'We moeten controleren of er niets raars mee is. Ik bedoel, al die gekke instructies...'

'Hé!' zei Harry verontwaardigd toen ze zijn exemplaar van *Toverdranken voor Gevorderden* uit zijn schooltas haalde en haar toverstok ophief.

'*Specialis revelio!*' zei ze en ze tikte ferm op de voorkant van het omslag.

Er gebeurde niets. Het boek bleef gewoon liggen, oud, vuil en vol ezelsoren.

'Klaar?' zei Harry geïrriteerd. 'Of wil je graag dat het een salto achterstevoren maakt?'

'Nou, zo te zien is het in orde,' zei Hermelien. Ze keek nog steeds wantrouwig naar het boek. 'Ik bedoel, het lijkt inderdaad... gewoon een schoolboek.'

'Goed zo. Dan wil ik het graag terug,' zei Harry. Hij griste het boek van tafel, maar het gleed uit zijn hand en viel open op de grond.

Verder keek niemand. Harry bukte zich om het boek op te rapen en terwijl hij dat deed, zag hij op de achterkant van het omslag, helemaal onderaan, een krabbel in hetzelfde kleine, gedrongen handschrift als de aantekeningen die hem zijn flesje Felix Fortunatis hadden opgeleverd, dat nu veilig verborgen zat in een opgerold paar sokken in zijn hutkoffer.

Dit Boek is het Eigendom van de Halfbloed Prins.

147

HOOFDSTUK 10

HET HUIS MERGEL

*D*e rest van de week volgde Harry tijdens Toverdrankles de aanwijzingen van de Halfbloed Prins op als die afweken van de instructies van Libatius Bernage, met als gevolg dat Slakhoorn na een les of vier helemaal lyrisch was over Harry's prestaties en zei dat hij zelden les had gegeven aan iemand met zoveel talent. Ron en Hermelien hadden daar allebei de nodige moeite mee. Harry had gezegd dat zij ook in zijn boek mochten kijken, maar het kostte Ron veel meer moeite om het handschrift te ontcijferen en hij kon niet steeds vragen of Harry de notities hardop wilde voorlezen, want dat zou verdacht zijn geweest. Hermelien hield ondertussen koppig vast aan wat zij de 'officiële instructies' noemde, maar werd kribbiger en kribbiger toen die alsmaar slechtere resultaten opleverden dan de aanwijzingen van de Prins.

Harry vroeg zich af wie de Halfbloed Prins geweest kon zijn. Ze moesten zulke stapels huiswerk maken dat hij zijn exemplaar van *Toverdranken voor Gevorderden* nog niet goed had kunnen bestuderen, maar hij had er wel voldoende in gebladerd om te zien dat er nauwelijks een bladzijde was waarop de Prins geen aantekeningen had gemaakt. Ze hadden niet allemaal betrekking op toverdranken; hier en daar stonden ook instructies voor spreuken, die de Prins blijkbaar uit zijn duim gezogen had.

'Of haar duim,' zei Hermelien geïrriteerd toen Harry op zaterdagavond in de leerlingenkamer wat van die notities aan Ron voorlas. 'Het zou ook best een meisje geweest kunnen zijn. Het handschrift lijkt eerder op dat van een meisje dan van een jongen.'

'De Halfbloed P*rins*,' zei Harry. 'Ken jij veel meisjes die prins zijn geweest?'

Daar had Hermelien geen antwoord op. Ze keek alleen maar nijdig en trok haar werkstuk over 'De Grondbeginselen van Rematerialisatie' weg van Ron, die probeerde het ondersteboven te lezen.

Harry keek op zijn horloge en stopte het oude exemplaar van *To-verdranken voor Gevorderden* gauw in zijn schooltas.

'Vijf voor acht. Ik moet gaan, anders kom ik te laat bij Perkamentus.'

'Oooo!' zei Hermelien geïmponeerd. 'Succes! We wachten wel op je. We willen weten wat hij je gaat leren!'

'Ja, veel succes,' zei Ron en hij en Hermelien keken hoe Harry door het portretgat klom.

Harry liep door verlaten gangen, al moest hij op een gegeven moment vlug achter een standbeeld springen toen professor Zwamdrift de hoek om kwam. Ze mompelde in zichzelf terwijl ze een spel beduimelde kaarten schudde en die onder het lopen las.

'Schoppen twee, conflict,' mompelde ze toen ze het plekje naderde waar Harry gehurkt achter het beeld zat. 'Schoppen zeven: een slecht voorteken. Schoppen tien: geweld. Schoppenboer: een donkere jongeman, mogelijk met problemen, iemand die een hekel heeft aan de ondervrager –'

Ze bleef abrupt staan, precies tegenover Harry's standbeeld.

'Nee, dat kan niet kloppen,' zei ze geërgerd. Harry hoorde hoe ze haar kaarten energiek opnieuw schudde en toen liep ze verder, alleen de geur van goedkope sherry achterlatend. Harry wachtte tot hij zeker wist dat ze verdwenen was en liep toen haastig verder, tot hij op de gang op de zevende verdieping was waar een eenzame stenen waterspuwer tegen de muur stond.

'Zoutzuurtjes,' zei Harry en de spuwer sprong opzij. De muur achter de spuwer gleed open en onthulde een bewegende stenen wenteltrap. Harry stapte op de trap en werd in soepele spiralen meegevoerd naar de deur met de koperen klopper die toegang gaf tot de kamers van Perkamentus.

Harry klopte.

'Binnen,' zei de stem van Perkamentus.

'Goedenavond, professor,' zei Harry toen hij de kamer van het schoolhoofd binnenging.

'Ah, goedenavond, Harry. Ga zitten,' zei Perkamentus glimlachend. 'Ik hoop dat je een prettige eerste week achter de rug hebt?'

'Ja, professor. Dank u,' zei Harry.

'Je moet het druk hebben gehad, als je nu al met strafwerk bent opgezadeld!'

'Eh ' zei Harry opgelaten, maar Perkamentus keek niet al te streng.

'Ik heb met professor Sneep afgesproken dat je je strafwerk volgende week zaterdag maakt.'

'Ja, goed,' zei Harry. Hij had wel dringender zaken aan zijn hoofd dan het strafwerk van Sneep. Hij keek stiekem om zich heen en zocht naar een aanwijzing voor wat Perkamentus van plan was. De ronde kamer zag er net zo uit als altijd; tere zilveren instrumenten stonden rokend en snorrend op tafels met dunne pootjes, de portretten van vroegere schoolhoofden dommelden in hun lijsten en Felix, de schitterende feniks van Perkamentus, zat op zijn stok achter de deur en keek vol belangstelling naar Harry. Zo te zien had Perkamentus niet eens ruimte vrijgemaakt om te oefenen in duelleren.

'Zo, Harry,' zei Perkamentus zakelijk. 'Je hebt je ongetwijfeld afgevraagd wat er op het programma staat tijdens deze – bij gebrek aan een beter woord – lessen?'

'Ja, professor.'

'Nou, ik heb besloten dat het tijd wordt dat je bepaalde informatie krijgt, nu je weet waarom Heer Voldemort vijftien jaar geleden een poging deed je te vermoorden.'

Er viel even een stilte.

'U zei aan het eind van vorig schooljaar dat u me alles zou vertellen,' zei Harry. Het kostte hem moeite om zijn stem niet beschuldigend te laten klinken. 'Professor,' voegde hij eraan toe.

'Klopt,' zei Perkamentus kalm. 'En ik héb je ook alles verteld wat ik weet. Van nu af aan laten we dat fundament van feiten achter ons en reizen we samen via de wazige wegen van het geheugen naar het ongebaande oerwoud van het naarstige nattevingerwerk. Vanaf dit punt zou ik het net zo vreselijk mis kunnen hebben als Hudibras Braakwater, die dacht dat de tijd rijp was voor een toverketel van kaas.'

'Maar u denkt dat u gelijk heeft?' zei Harry.

'Natuurlijk, maar zoals je al gemerkt hebt, maak ik net zo goed fouten als de meeste andere mensen. Omdat ik – vergeef me – een stuk slimmer ben dan de meeste andere mensen, zou je zelfs kunnen zeggen dat mijn fouten evenredig veel groter zijn.'

'Professor,' zei Harry aarzelend, 'heeft wat u me wilt vertellen iets te maken met de profetie? Zal het me helpen om... te overleven?'

'Het heeft alles te maken met de profetie,' zei Perkamentus even achteloos alsof Harry hem gevraagd had wat voor weer het morgen zou worden. 'En ik hoop zeker dat het je zal helpen om te overleven.'

Perkamentus stond op, kwam achter zijn bureau vandaan en liep langs Harry, die zich gretig omdraaide en keek hoe Perkamentus zich over het kastje bij de deur boog. Toen hij weer overeind kwam, had hij een vertrouwde, ondiepe stenen kom met merkwaardige, ingekraste symbolen in zijn handen. Hij zette de Hersenpan op het bureau, tegenover Harry.

'Je lijkt me nogal bezorgd.'

Harry had inderdaad een beetje benauwd naar de Hersenpan gekeken. Zijn eerdere ervaringen met het vreemde voorwerp waarin je gedachten en herinneringen kon opslaan en afspelen waren bijzonder leerzaam geweest, maar ook allesbehalve aangenaam. De laatste keer dat hij de inhoud van de Hersenpan beroerd had, had hij heel wat meer gezien dan hem lief was, maar Perkamentus glimlachte.

'Deze keer gaan we samen... en deze keer heb je toestemming, wat nog ongebruikelijker is.'

'Waar gaan we heen, professor?'

'We gaan een reisje maken door het geheugen van Bob Klare,' zei Perkamentus. Hij haalde een kristallen flesje uit zijn zak dat een kolkende, zilverwitte substantie bevatte.

'Wie is Bob Klare?'

'Een werknemer van het Departement van Magische Wetshandhaving,' zei Perkamentus. 'Hij is een tijdje geleden gestorven, maar gelukkig had ik hem al eerder opgespoord en overgehaald deze herinnering met me te delen. We staan op het punt hem te vergezellen tijdens een bezoek dat hij aflegde in zijn officiële hoedanigheid. Als je wilt gaan staan, Harry...'

Het kostte Perkamentus moeite om de kurk uit het kristallen flesje te trekken: zijn gewonde hand leek stijf en pijnlijk.

'Zal – zal ik het doen, professor?'

'Het lukt wel, Harry.'

Perkamentus wees met zijn toverstok op het flesje en de kurk vloog eruit.

'Professor – hoe heeft u uw hand zo toegetakeld?' vroeg Harry. Hij keek met een mengeling van afkeer en medelijden naar de geblakerde vingers.

'Dit is niet het moment voor dat verhaal, Harry. Nog niet. We hebben een afspraak met Bob Klare.'

Perkamentus goot de zilverachtige inhoud van het flesje in de Hersenpan, waar het glimmerend rondwervelde. Het was geen vloeistof en ook geen gas.

'Na jou,' zei Perkamentus en hij gebaarde naar de kom.

Harry boog zich voorover, haalde diep adem en stak zijn gezicht in de zilverachtige substantie. Hij voelde dat zijn voeten loskwamen van de grond; hij viel en viel, door kolkende duisternis, tot hij plotseling in fel zonlicht stond en met zijn ogen knipperde. Nog voor zijn ogen aan het licht gewend waren, was Perkamentus naast hem geland.

Ze stonden op een landweggetje tussen hoge, overwoekerde heggen, onder een zomerse hemel die zo blauw was als vergeet-mij-nietjes. Op zo'n drie meter afstand zagen ze een kleine, gezette man. Hij droeg een bril met zulke dikke jampotglazen dat zijn ogen molachtige stipjes leken, en hij keek op de houten wegwijzer die links van de weg omhoogstak uit de braamstruiken. Harry wist dat dat Klare moest zijn; verder was er niemand te bekennen en bovendien droeg hij het rare assortiment kleren dat karakteristiek was voor onervaren tovenaars die op Dreuzels probeerden te lijken: in dit geval een pandjesjas, slobkousen en een gestreept badpak. Harry had nauwelijks tijd gehad om die bizarre uitmonstering in zich op te nemen toen Klare met ferme passen het weggetje begon af te lopen.

Perkamentus en Harry volgden hem. In het voorbijgaan keek Harry naar de twee armen van de houten wegwijzer. De arm die in de richting wees waar ze vandaan kwamen droeg het opschrift: 'Musley, 8 kilometer' en de arm die in de richting van Klare wees: 'Havermouth, $1\,{}^1\!/_2$ kilometer.'

Ze liepen een tijdje zonder iets te zien, behalve de hoge heggen, de weidse blauwe hemel en de gedaante in de ruisende pandjesjas, maar toen maakte de weg een bocht naar links en begon steil te dalen, zodat ze plotseling uitzicht hadden over de vallei die zich voor hen uitstrekte. Harry zag een dorp, dat ongetwijfeld Havermouth was. Het was genesteld tussen twee heuvels, en de kerk en het kerkhof waren duidelijk zichtbaar. Aan de andere kant van de vallei lag op een helling een fraai landhuis, omgeven door brede, fluweelachtige gazons.

Klare zette met tegenzin een drafje in, vanwege de steile helling. Perkamentus nam nu grotere passen en Harry moest zich haasten om hem bij te kunnen houden. Hij vermoedde dat Havermouth hun bestemming was en vroeg zich af waarom ze eerst zo'n eind moesten lopen, net als op de avond dat ze op bezoek waren gegaan bij Slakhoorn, maar kwam er algauw achter dat ze helemaal niet naar het dorp gingen. Het weggetje boog naar rechts en toen ze om de bocht kwamen, zagen ze het puntje van Klares pandjesjas nog net door een gat in de heg verdwijnen.

Perkamentus en Harry volgden hem over een smal, onverhard kronkelpad tussen nog veel hogere en wildere heggen dan eerst. Het pad was steenachtig en zat vol diepe kuilen en liep ook heuvelaf-waarts. Zo te zien leidde het naar een wat lager gelegen groepje don-kere bomen. Na een paar minuten kwam het pad inderdaad bij de bomen uit en bleven Perkamentus en Harry staan, achter Klare die ook gestopt was en zijn toverstok getrokken had.

Ondanks de wolkeloze hemel wierpen de oude bomen diepe, donkere, koele schaduwen en het duurde even voor Harry het huisje kon onderscheiden dat half schuilging achter de wirwar van stammen. Hij vond het een vreemde plaats voor een huis, of anders een eigen-aardige beslissing om al die bomen te laten staan, zodat ze alle licht tegenhielden en het uitzicht op de vallei blokkeerden. Hij vroeg zich af of het wel bewoond was; de muren zaten onder het mos en er waren zoveel pannen van het dak gevallen dat hier en daar de spanten zicht-baar waren. Rond het huis groeiden dichte bossen brandnetels. De toppen kwamen tot aan de kleine raampjes, die zwart zagen van het vuil. Net toen Harry besloten had dat er niemand kon wonen, werd een van de ramen rammelend opengeschoven en kringelde er een dunne wolk stoom of rook naar buiten, alsof iemand iets aan het koken was.

Klare liep stilletjes en, vond Harry, nogal behoedzaam naar het huis. Toen de donkere schaduwen van de bomen over hem heen gle-den bleef hij weer staan en keek hij naar de voordeur, waarop iemand een dode slang had vastgespijkerd.

Met veel geritsel en gekraak viel er plotseling een in lompen ge-klede man uit de dichtstbijzijnde boom. Hij landde rechtop, vlak voor Klare, die zo snel achteruitsprong dat hij op de panden van zijn jas trapte en struikelde.

'Je bent hier niet welkom.'

De man die voor Klare stond had een dikke bos haar, die zo stijf stond van het vuil dat de kleur niet te achterhalen was. Hij had diver-se gaten in zijn gebit en zijn kleine, donkere ogen keken in twee ver-schillende richtingen. Hij had er misschien komisch uit kunnen zien maar dat was niet zo; hij leek juist angstaanjagend en Harry nam het Klare niet kwalijk dat hij nog een paar passen verder achteruitdeins-de voor hij iets zei.

'Eh – goedemorgen. Ik ben van het Ministerie van Toverkunst –'

'Je bent niet welkom.'

'Eh – sorry – ik begrijp u niet,' zei Klare zenuwachtig.

Harry vond Klare heel erg traag van begrip; de vreemdeling was naar Harry's idee maar al te duidelijk, vooral omdat hij in zijn ene

153

hand een toverstok hield en in de andere een kort en nogal bloederig mes.

'Jij begrijpt hem vast wel, Harry?' vroeg Perkamentus zacht.

'Ja, natuurlijk,' zei Harry enigszins verbouwereerd. 'Waarom kan
Klare –?'

Maar toen gleed zijn blik weer naar de dode slang op de deur en
begreep hij het plotseling.

'Gebruikt hij Sisselspraak?'

'Goed zo,' zei Perkamentus knikkend.

De in lompen gehulde man kwam langzaam op Klare af met zijn toverstok en mes in de aanslag.

'Hoor eens even –' begon Klare maar hij was te laat: er klonk een
knal en Klare lag plotseling op de grond, met zijn handen tegen zijn
neus gedrukt, terwijl een onaangename, geelachtige drab tussen zijn
vingers door spoot.

'Morfin!' riep iemand.

Een oudere man kwam haastig naar buiten; hij sloeg de deur met
een klap achter zich dicht, zodat de dode slang treurig heen en weer
zwaaide. Deze man was kleiner dan de eerste en merkwaardig gebouwd: zijn schouders waren heel breed en zijn armen onnatuurlijk
lang. Samen met zijn helderbruine ogen, zijn korte, borstelige haar en
gerimpelde gezicht zag hij eruit als een sterke oude aap. Hij bleef
staan naast de man met het mes, die hees lachte bij de aanblik van
Klare die languit op de grond lag.

'Van het Ministerie, zeker?' zei de oude man met een blik op Klare.

'Inderdaad,' zei Klare boos en hij veegde zijn gezicht af. 'En u bent
meneer Mergel, neem ik aan?'

'Klopt,' zei Mergel. 'Hij heeft je in je gezicht geraakt, hè?'

'Ja!' snauwde Klare.

'Had je maar moeten laten weten dat je kwam,' zei Mergel agressief. 'Dit is privé-bezit. Je kunt niet zomaar over ons land struinen en
dan denken dat mijn zoon zich niet verdedigen zal.'

'Verdedigen? Waartegen in godsnaam?' vroeg Klare terwijl hij
overeind krabbelde.

'Bemoeials. Indringers. Dreuzels. Schorem.'

Klare wees met zijn toverstok op zijn eigen neus, waar nog steeds
grote golven gele pus uit stroomden, en de vloed droogde meteen
op. Meneer Mergel zei uit zijn mondhoek tegen Morfin:

'*Naar binnen, en geen tegenspraak.*'

Deze keer was Harry erop voorbereid en herkende hij de Sisselspraak; hij begreep wat er gezegd werd, maar hoorde tegelijkertijd de bizarre, sissende geluiden die Klare ook opving. Morfin deed zijn mond open om te protesteren, maar toen zijn vader hem dreigend aankeek bedacht hij zich. Hij sjokte met een merkwaardige, deinende pas naar het huis en sloeg de deur achter zich dicht, zodat de slang weer triest heen en weer wiegde.

'Ik kwam eigenlijk voor uw zoon, meneer Mergel,' zei Klare terwijl hij de laatste pus van zijn jas veegde. 'Dat was Morfin, neem ik aan?'

'Ja, dat was Morfin,' zei de oude man onverschillig. 'Ben je trouwens wel van zuiver bloed?' vroeg hij opeens weer agressief.

'Dat is volkomen onbelangrijk,' zei Klare kil, en Harry kreeg meteen meer respect voor hem.

Mergel dacht daar blijkbaar anders over. Hij bestudeerde Klares gezicht en mompelde op een toon die duidelijk beledigend bedoeld was: 'Nu ik erover nadenk, heb ik in het dorp wel vaker neuzen gezien zoals de jouwe.'

'Dat zou heel goed kunnen, als uw zoon daar heeft huisgehouden,' zei Klare. 'Misschien kunnen we dit gesprek beter binnen voortzetten?'

'Binnen?'

'Ja, meneer Mergel. Ik heb al gezegd dat ik voor Morfin kom. We hebben een uil gestuurd –'

'Ik kijk nooit of er uilen zijn,' zei Mergel. 'Ik maak geen brieven open.'

'Dan kunt u ook niet klagen als u niet weet dat er bezoekers komen,' zei Klare pinnig. 'Ik ben hier vanwege een ernstige overtreding van de toverwetten die vanochtend in alle vroegte heeft plaatsgevonden –'

'Goed, goed, goed!' bulderde Mergel. 'Kom dan verdomme maar binnen, en ik hoop dat je er veel plezier aan beleeft!'

Het huis bestond blijkbaar uit drie piepkleine kamertjes, want in het grootste vertrek, dat als woonkamer en ook als keuken diende, zagen ze nog twee deuren. Morfin zat in een smerige leunstoel bij de rokende haard. Zijn dikke vingers speelden met een levende adder en hij fluisterde zangerig in Sisselspraak:

> *'Sissel sissel kleine slang,*
> *Wees Morfin niet tot last,*
> *Glibber braaf over de grond,*
> *Anders spijker ik je vast.'*

Harry hoorde een schuifelend geluid in de hoek bij het open raam en besefte dat er nog iemand in de kamer was: een meisje in een rafelige grijze jurk, die precies dezelfde kleur had als de smerige stenen muur achter haar. Ze stond bij een dampende pan op een goor zwart fornuis en rommelde met de even vuile potten en pannen op de plank daarboven. Haar haar was dof en sliertig en ze had een bleek, nogal pafferig en niet bepaald knap gezicht. Haar ogen keken in verschillende richtingen, net als die van haar broer. Ze leek ietsje schoner dan de twee mannen, maar Harry dacht dat hij nog nooit zo'n moedeloos persoon gezien had.

'M'n dochter Merope,' zei Mergel met tegenzin toen Klare vragend naar haar keek.

'Goedemorgen,' zei Klare.

Ze gaf geen antwoord maar keek angstig naar haar vader, keerde de aanwezigen de rug toe en ging verder met het verschuiven van de pannen op de plank.

'Zo, meneer Mergel,' zei Klare. 'Om maar met de deur in huis te vallen: we hebben reden om aan te nemen dat uw zoon Morfin gisteravond laat getoverd heeft in aanwezigheid van een Dreuzel.'

Er klonk een oorverdovend *dong*. Merope had een van de pannen laten vallen.

'*Raap op!*' brulde Mergel. 'Welja, smijt het eten maar op de grond, als een of andere smerige Dreuzel! Vooruit, waar heb je een toverstok voor, luie mestbaal?'

'Meneer Mergel, alstublieft!' zei Klare geschokt. Merope, die de pan al had opgeraapt, kreeg een vlekkerige rode kleur, liet de pan weer vallen, haalde haastig haar toverstok uit haar zak, wees daarmee op de pan en mompelde een onverstaanbare spreuk. De pan spoot van haar weg, rolde over de grond, botste aan de andere kant van de kamer tegen de muur en barstte in tweeën.

Morfin stootte een hoog, krankzinnig, hinnikend gelach uit en Mergel schreeuwde: 'Repareer dat ding, nutteloos stuk vreten, repareer het!'

Merope liep struikelend naar de andere kant van de kamer, maar voor ze haar toverstok kon opheffen, had Klare dat al gedaan. '*Reparo!*' zei hij gedecideerd en de pan was onmiddellijk weer heel.

Even leek het erop dat Mergel nu Klare zou uitschelden, maar hij scheen zich te bedenken en zei alleen hatelijk tegen zijn dochter: 'Nou, je bof dat die aardige meneer van het Ministerie er is. Misschien dat hij ons van je verlost, misschien heeft hij niets tegen gore Snullen...'

Zonder iemand aan te kijken of Klare te bedanken raapte Merope de pan op, zette hem met trillende handen weer op de plank en bleef doodstil staan met haar rug tegen de muur tussen het vuile raam en het fornuis, alsof ze het liefst door de stenen vloer zou zakken.

'Meneer Mergel,' herhaalde Klare, 'zoals ik al zei is de reden voor mijn bezoek –'

'Ik heb je de eerste keer heus wel gehoord!' snauwde Mergel. 'En wat dan nog? Morfin heeft een Dreuzel zijn verdiende loon gegeven – nou en?'

'Morfin heeft de toverwetten overtreden,' zei Klare streng.

'*Morfin heeft de toverwetten overtreden*,' bauwde Mergel hem na, op pompeuze en sarcastische toon. Morfin lachte weer hinnikend. 'Hij heeft een vuile Dreuzel een lesje geleerd! Mag dat tegenwoordig ook al niet meer?'

'Nee,' zei Klare. 'Dat mag niet.'

Hij haalde een kleine rol perkament uit zijn binnenzak en rolde die uit.

'Wat is dat? Zijn vonnis of zo?' zei Mergel. Zijn stem schoot woedend omhoog.

'Dit is een dagvaarding om op het Ministerie te verschijnen voor een hoorzitting –'

'Dagvaarding? *Dagvaarding*? Wie denk je dat je bent, om mijn zoon te dagvaarden?'

'Ik ben het Hoofd van het Magische Arrestatieteam,' zei Klare.

'En je vindt ons zeker maar uitschot, hè?' schreeuwde Mergel. Hij liep naar Klare en wees met een vuile, vergeelde vinger naar diens borst. 'Uitschot dat meteen komt aanhollen als iemand van het Ministerie met zijn vingers knipt? Weet je wel tegen wie je het hebt, smerig Modderbloedje?'

'Ik verkeerde in de veronderstelling dat ik het tegen meneer Mergel had,' zei Klare. Hij maakte een behoedzame indruk, maar deinsde niet terug.

'Precies!' bulderde Mergel. Even dacht Harry dat Mergel een obsceen gebaar maakte, maar toen besefte hij dat hij Klare de lelijke, met een zwarte steen bezette ring aan zijn middelvinger liet zien en daarmee onder Klares neus zwaaide. 'Zie je dit? Zie je dit? Weet je wat dit is? Weet je waar dit vandaan komt? Het is al eeuwen in onze familie, zo ver gaan we terug, en altijd van zuiver bloed! Weet je hoeveel geld ik hiervoor heb kunnen krijgen, met het wapen van de Prospers in de steen gegraveerd?'

'Ik heb geen idee,' zei Klare, met zijn ogen knipperend toen de ring op twee centimeter afstand langs zijn neus zwiepte. 'En het doet er ook niet toe, meneer Mergel. Uw zoon is schuldig aan –'

Met een woedende brul holde Mergel naar zijn dochter. Harry dacht heel even dat hij haar zou wurgen, want zijn hand vloog naar haar keel, maar het volgende moment sleepte hij haar aan de gouden ketting die ze om haar hals had naar Klare.

'Zie je dit?' schreeuwde hij tegen Klare en hij schudde met een zwaar gouden medaillon, terwijl Merope hoestte en naar lucht hapte.

'Ik zie het, ik zie het!' zei Klare haastig.

'Van *Zwadderich*!' gilde Mergel. 'Zalazar Zwadderich! Wij zijn zijn laatste nog levende afstammelingen! Wat zeg je daarvan?'

'Meneer Mergel, uw dochter!' zei Klare geschrokken, maar Mergel had Merope al losgelaten; ze wankelde terug naar haar hoekje, over haar hals wrijvend en naar adem snakkend.

'Zo!' zei Mergel triomfantelijk, alsof hij een ingewikkeld dispuut beslecht had. 'Praat dus niet tegen ons alsof we het stof op je schoenen zijn! Generaties van tovenaars, allemaal van zuiver bloed – dat kun jíj vast niet zeggen!'

Hij spuwde op de vloer voor Klares voeten; Morfin lachte weer en Merope, die ineengedoken bij het raam stond met haar hoofd gebogen en haar gezicht verborgen achter haar sliertige haar, zei niets.

'Meneer Mergel,' zei Klare koppig, 'ik ben bang dat uw voorouders noch de mijne iets te maken hebben met de reden van mijn bezoek. Ik ben hier vanwege Morfin, Morfin en de Dreuzel die hij gisteravond heeft aangevallen. Volgens onze informatie' – hij keek even op zijn perkament – 'sprak Morfin een vloek of kwalijke bezwering uit over voornoemde Dreuzel, zodat die onmiddellijk geteisterd werd door uitermate pijnlijke galbulten.'

Morfin giechelde.

'*Kop dicht, jongen*,' snauwde Mergel in Sisselspraak en Morfin was stil.

'En wat dan nog?' zei Mergel uitdagend tegen Klare. 'Jullie hebben de smerige smoel van die Dreuzel vast wel weer schoongeveegd, om nog maar te zwijgen over zijn geheugen –'

'Ja, maar daar gaat het niet om, meneer Mergel,' zei Klare. 'Dit is een duidelijk voorbeeld van zinloos geweld tegen een weerloze –'

'Ik zag gelijk al dat je echt zo'n Dreuzelvriendje was,' sneerde Mergel en hij spuwde opnieuw op de grond.

'Met deze discussie schieten we niets op,' zei Klare gedecideerd.

'Uit de houding van uw zoon blijkt duidelijk dat hij geen enkel berouw voelt.' Hij keek opnieuw op zijn perkament. 'Morfin zal op 14 september een hoorzitting bijwonen om zich te verantwoorden wegens het gebruik van toverkunst in het bijzijn van een Dreuzel en het veroorzaken van lichamelijk en geestelijk letsel bij voornoemde Dreu–'

Klare zweeg abrupt. Door het open raam zweefden de rinkelende, klepperende geluiden van paarden en luide, lachende stemmen naar binnen. Blijkbaar liep het kronkelweggetje naar het dorp vlak langs de bomengroep met het huis. Mergel verstijfde en luisterde, met grote ogen. Morfin siste en keek met een hongerig gezicht in de richting van de geluiden. Merope hief haar hoofd op. Haar gezicht was krijtwit, zag Harry.

'Hemel, wat een lelijk krot!' zei een heldere meisjesstem, net zo duidelijk als wanneer ze naast hen had gestaan. 'Waarom laat je vader het niet slopen, Marten?'

'Het is niet van ons,' zei een jongeman. 'Alles aan de andere kant van de vallei is ons land, maar dat huisje is van een oude zwerver, Mergel, en zijn kinderen. Zijn zoon is stapelgek, je zou eens moeten horen wat ze over hem vertellen in het dorp –'

Het meisje lachte. De rinkelende en klepperende geluiden werden luider en Morfin wilde opstaan uit zijn stoel.

'*Blijf zitten*,' zei zijn vader waarschuwend in Sisselspraak.

'Marten,' zei het meisje en haar stem was nu zo duidelijk dat ze vlak bij het huisje moesten zijn, 'vergis ik me of heeft iemand een slang op de deur gespijkerd?'

'Goeie god, je hebt gelijk!' zei de mannenstem. 'Dat heeft die zoon vast gedaan. Ik zei toch dat hij niet goed bij zijn hoofd was? Kijk maar niet, Cecilia, schat –'

De rinkelende en klepperende geluiden stierven langzaam weer weg.

'"*Schat*",'fluisterde Morfin in Sisselspraak en hij keek naar zijn zus. '*Hij noemde haar "schat". Dan wil hij jou al helemáál niet hebben.*'

Merope zag zo bleek dat Harry ervan overtuigd was dat ze flauw zou vallen.

'*Wat zei je?*' vroeg Mergel op scherpe toon en ook in Sisselspraak. Hij keek van zijn zoon naar zijn dochter. '*Wat zei je, Morfin?*'

'*Ze kijkt graag naar die Dreuzel,*' zei Morfin en hij keek venijnig naar zijn zus, die doodsbang leek. '*Ze staat altijd in de tuin als hij langskomt, gluurt altijd naar hem door de heg. En gisteravond –*'

Merope schudde schokkerig en smekend haar hoofd, maar Morfin

159

ging genadeloos verder: *'Gisteravond hing ze uit het raam en wachtte ze tot hij terug zou komen rijden, of niet soms?'*

'Hing je uit het raam om naar een Dreuzel te loeren?' zei Mergel zacht.

De drie Mergels schenen Klare volkomen vergeten te zijn. Hij leek zowel verbijsterd als geïrriteerd door die nieuwe uitbarsting van onbegrijpelijk gesis en gerasp.

'Is *dat waar?'* zei Mergel op moordlustige toon en hij deed een paar stappen in de richting van het doodsbange meisje. *'Hunkert mijn dochter – een bloedzuivere afstammeling van Zalazar Zwadderich – naar een smerige Dreuzel met drek in zijn aderen?'*

Merope schudde geagiteerd haar hoofd en drukte zich tegen de muur, maar kon blijkbaar geen woord uitbrengen.

'*Maar ik heb hem behekst, vader!'* hinnikte Morfin. *'Ik heb hem behekst toen hij voorbijkwam en met een gezicht vol galbulten leek hij opeens een stuk minder knap, hè Merope?'*

'Weerzinwekkende kleine Snul! Smerige kleine bloedverraadster!' brulde Mergel, die zijn laatste restje zelfbeheersing verloor. Zijn handen sloten zich om de keel van zijn dochter.

Harry en Klare schreeuwden tegelijkertijd: 'Nee!' Klare hief zijn toverstok op en riep: *'Relashio!'* Mergel werd naar achteren geslingerd, weg van zijn dochter; hij struikelde over een stoel en viel plat op zijn rug. Met een brul van woede sprong Morfin overeind en rende op Klare af, zwaaiend met zijn bebloede mes en de ene vervloeking na de andere afvurend met zijn toverstok.

Klare rende voor zijn leven. Perkamentus gebaarde dat zij hem moesten volgen en Harry gehoorzaamde, terwijl het gegil van Merope nog nagalmde in zijn oren.

Met zijn armen over zijn hoofd sprintte Klare het pad af en vloog de verharde weg op, waar hij tegen het glanzende vosbruine paard botste van een knappe jongeman met donker haar. Hij en het mooie meisje dat naast hem reed op een schimmel brulden van het lachen bij het zien van Klare, die van de flank van het paard terugkaatste en verder rende. Met wapperende jaspanden en van top tot teen onder het stof holde hij het weggetje af.

'Dat lijkt me wel voldoende, Harry,' zei Perkamentus. Hij pakte Harry bij zijn elleboog en trok hem mee. Het volgende moment zweefden ze gewichtloos omhoog door het duister, tot ze stevig op hun voeten neerkwamen in de inmiddels schemerige kamer van Perkamentus.

'Wat is er met het meisje gebeurd?' vroeg Harry meteen, terwijl

Perkamentus met één beweging van zijn toverstok extra lampen aanstak. 'Merope, of hoe ze ook heette?'

'O, die heeft het overleefd,' zei Perkamentus. Hij nam weer achter zijn bureau plaats en gebaarde dat Harry ook moest gaan zitten. 'Klare Verschijnselde naar het Ministerie en kwam nog geen kwartier later terug met versterking. Morfin en zijn vader probeerden zich te verzetten, maar werden overmeesterd, afgevoerd en later veroordeeld door de Wikenweegschaar. Morfin, die al een strafblad had wegens aanvallen op Dreuzels, werd tot drie jaar Azkaban veroordeeld en Asmodom, die behalve Klare nog diverse medewerkers van het Ministerie verwond had, tot zes maanden.'

'Asmodom?' herhaalde Harry verbluft.

'Precies,' zei Perkamentus met een goedkeurende glimlach. 'Fijn dat je het nog zo goed weet.'

'Dus die oude man was –'

'Voldemorts grootvader. Inderdaad,' zei Perkamentus. 'Asmodom, zijn zoon Morfin en zijn dochter Merope waren de laatsten van de Mergels, een oeroude tovenaarsfamilie die bekendstond om het labiele en gewelddadige gedrag dat bij iedere nieuwe generatie wel weer de kop opstak en dat te wijten was aan hun gewoonte om met hun eigen neven en nichten te trouwen. Dat gebrek aan verstand, gekoppeld aan een enorme voorliefde voor grandeur, betekende dat de familie al diverse generaties voordat Asmodom geboren werd, er al hun goud doorheen gejaagd had. Zoals je zag leefde Asmodom in armoede en ellende, met een ongelooflijk opvliegend humeur, een krankzinnige arrogantie en trots en een paar erfstukken die hij minstens zo waardevol vond als zijn zoon, en heel wat waardevoller dan zijn dochter.'

'Dus Merope...' zei Harry. Hij boog zich voorover in zijn stoel en staarde Perkamentus aan. 'Dus Merope was... professor, houdt dat in dat ze... de *moeder van Voldemort* was?'

'Inderdaad,' zei Perkamentus. 'En toevallig hebben we ook een glimp opgevangen van Voldemorts vader. Had je dat al beseft?'

'De Dreuzel die Morfin zo toetakelde? De man te paard?'

'Heel goed,' zei Perkamentus met een brede glimlach. 'Ja, dat was Marten Vilijn senior, de knappe Dreuzel die vaak langs het huisje van de Mergels kwam en voor wie Merope Mergel een heimelijke, brandende hartstocht voelde.'

'En zijn ze getrouwd?' vroeg Harry vol ongeloof. Hij kon zich geen twee mensen indenken van wie het minder waarschijnlijk was dat ze op elkaar verliefd zouden worden.

'Je vergeet dat Merope een heks was,' zei Perkamentus. 'Ik denk niet dat haar magische talenten erg goed tot hun recht kwamen toen ze door haar vader geterroriseerd werd. Zodra Asmodom en Morfin veilig achter slot en grendel zaten in Azkaban, zodra ze voor het eerst in haar leven vrij was, gaf ze haar magische vermogens vermoedelijk de ruimte en beraamde ze een plan om te ontsnappen uit het ellendige leven dat ze achttien jaar lang geleid had.

Kun je geen middel bedenken dat Merope had kunnen gebruiken zodat Vilijn zijn Dreuzelvriendin zou vergeten en op haar verliefd zou worden?'

'De Imperiusvloek?' opperde Harry. 'Of een liefdesdrank?'

'Heel goed. Persoonlijk denk ik dat ze een liefdesdrank gebruikte. Dat zal haar romantischer hebben geleken en waarschijnlijk was het ook niet moeilijk om Vilijn over te halen een glas water te drinken als hij op een warme zomerdag in zijn eentje langs haar huisje kwam. Hoe dan ook, een paar maanden na het tafereel dat we zojuist gezien hebben, genoot het dorpje Havermouth van een geweldig schandaal. Je kunt je de roddels wel voorstellen toen de zoon van de plaatselijke landeigenaar ervandoor ging met Merope, de dochter van een zwerver.

Maar de verbijstering van de dorpelingen was nog niets vergeleken met de schok die Asmodom te wachten stond. Toen hij terugkeerde uit Azkaban verwachtte hij dat zijn dochter gedwee op hem zou zitten wachten en dat er een warme maaltijd op tafel zou staan. In plaats daarvan lag er alleen twee centimeter stof en haar afscheidsbriefje, waarin ze uitlegde wat ze gedaan had.

Voor zover ik heb kunnen nagaan, heeft haar vader daarna nooit meer haar naam genoemd of zelfs maar haar bestaan erkend. Het feit dat ze hem in de steek gelaten had, heeft waarschijnlijk bijgedragen aan zijn vroege dood – of misschien had hij gewoon nooit geleerd om voor zichzelf te zorgen. Asmodom was in Azkaban ernstig verzwakt en heeft de terugkeer van Morfin nooit meer meegemaakt.'

'En Merope? Zij... zij is ook gestorven, hè? Voldemort is toch opgegroeid in een weeshuis?'

'Inderdaad,' zei Perkamentus. 'We moeten nu het nodige gissen, al is het denk ik niet moeilijk om te achterhalen wat er gebeurd is. Een paar maanden na hun overhaaste huwelijk keerde Marten Vilijn terug naar het landhuis in Havermouth, maar zonder zijn vrouw. Al gauw ging het gerucht in het dorp dat hij beweerde dat ze hem 'bedrogen' of 'beetgenomen' had. Ik denk dat hij bedoelde dat hij onder een betovering verkeerde die nu verbroken was, al durfde hij het waarschijnlijk zelf niet zo te formuleren uit angst dat men zou denken dat hij gek was. Toen de dorpelingen hoorden wat hij vertelde, dachten ze dat Merope tegen Marten Vilijn gelogen had, dat ze gedaan had alsof ze een kind van hem verwachtte en dat hij daarom met haar getrouwd was.'

'Maar ze hééft ook een kind van hem gekregen.'

'Ja, maar pas een jaar na hun huwelijk. Marten Vilijn liet haar in de steek toen ze nog zwanger was.'

'Wat ging er mis?' vroeg Harry. 'Waarom werkte de liefdesdrank niet meer?'

'Ik moet nu opnieuw gissen,' zei Perkamentus, 'maar ik denk dat Merope, die smoorverliefd was op haar man, het niet over haar hart kon verkrijgen om hem met magische middelen aan zich te blijven binden. Ik denk dat ze zelf besloot hem niet langer liefdesdrank te geven. Omdat ze zelf zo verliefd was, had ze zich misschien wijsgemaakt dat hij inmiddels ook wel verliefd zou zijn geworden op haar, of dacht ze dat hij zou blijven vanwege het kind. Als dat zo was, had ze het in beide gevallen mis. Hij liet haar in de steek, heeft haar nooit meer gezien en heeft ook nooit de moeite genomen om uit te vissen wat er van zijn zoon geworden was.'

Buiten was de hemel nu inktzwart en de lampen op de kamer van Perkamentus leken helderder te gloeien.

'Nou, dat lijkt me wel genoeg voor vanavond, Harry,' zei Perkamentus na enkele ogenblikken.

'Ja, professor,' zei Harry.

Hij stond op, maar ging nog niet weg.

'Professor... is het belangrijk om dat allemaal te weten van Voldemorts verleden?'

'Heel belangrijk,' zei Perkamentus.

'En heeft... heeft het iets te maken met de profetie?'

'Het heeft alles te maken met de profetie.'

'Aha,' zei Harry, een beetje verward maar ook gerustgesteld.

Hij draaide zich om, maar plotseling schoot hem nog iets te binnen en wendde hij zich weer tot Perkamentus.

'Professor, mag ik Ron en Hermelien vertellen wat ik zojuist van u gehoord heb?'

Perkamentus dacht even na en zei toen: 'Ja. Meneer Wemel en juffrouw Griffel hebben bewezen dat ze te vertrouwen zijn, lijkt me. Maar Harry, ik wil wel dat je hun op het hart drukt om vooral niets aan anderen door te vertellen. Het zou niet goed zijn als bekend werd hoeveel ik weet, of vermoed, van de geheimen van Heer Voldemort.'

'Nee, professor. Ik zal zorgen dat het niet verder gaat dan Ron en Hermelien. Welterusten.'

Hij keerde zich weer om en was bijna bij de deur toen hij het zag. Op een van de kleine tafels met dunne pootjes waar zoveel breekbare zilveren instrumenten op stonden, lag een lelijke gouden ring die bezet was met een grote, gebarsten zwarte steen.

'Professor,' zei Harry starend. 'Die ring –'

'Ja?' zei Perkamentus.

'Die droeg u op de avond dat we op bezoek gingen bij professor Slakhoorn.'

'Dat klopt,' beaamde Perkamentus.

'Maar is dat niet... is dat niet de ring die Asmodom Mergel aan Klare liet zien?'

Perkamentus boog zijn hoofd.

'Dezelfde.'

'Maar hoe –? Heeft u hem al lang?'

'Nee, pas sinds kort,' zei Perkamentus. 'Ik heb hem een paar dagen voor ik je kwam ophalen bij je oom en tante in mijn bezit gekregen.'

'Zo rond de tijd dat uw hand gewond raakte?'

'Inderdaad, Harry. Rond die tijd.'

Harry aarzelde. Perkamentus glimlachte.

'Professor, hoe heeft –'

'Te laat, Harry! Ik vertel het je wel een andere keer. Welterusten.'

'Welterusten, professor.'

HOOFDSTUK 11

HERMELIENS HELPENDE HAND

Zoals Hermelien al voorspeld had – en in tegenstelling tot Rons verwachtingen – waren de vrije uren van de zesdejaars geen tijden van zalig nietsdoen, maar periodes waarin ze moesten proberen hun gigantische bergen huiswerk ietsje te verkleinen. Ze studeerden niet alleen alsof ze iedere dag examens hadden, ook de lessen zelf waren moeilijker dan ooit. Harry begreep tegenwoordig nog maar de helft van wat professor Anderling zei en zelfs Hermelien had een of twee keer moeten vragen of ze haar instructies wilde herhalen. Verbazingwekkend genoeg, en tot Hermeliens groeiende ongenoegen, was Harry's beste vak plotseling Toverdranken, en dat allemaal dankzij de Halfbloed Prins.

Nonverbale spreuken werden nu niet alleen geëist bij Verweer tegen de Zwarte Kunsten, maar ook bij Bezweringen en Gedaanteverwisselingen. Als Harry onder het eten of in de leerlingenkamer naar zijn klasgenoten keek, zag hij vaak paars aangelopen gezichten en zweterige voorhoofden, alsof ze een overdosis Poe-Pie-Nee hadden ingenomen, al wist hij dat ze in werkelijkheid hun best deden om spreuken te gebruiken zonder de toverformules hardop uit te spreken. Het was een opluchting om af en toe naar buiten te mogen en in de kassen te werken; ze behandelden met Kruidenkunde gevaarlijker planten dan ooit, maar mochten tenminste nog hardop vloeken als het Langdradig Weekblad hen van achteren besloop.

Een van de gevolgen van die ladingen huiswerk en de uren dat ze verwoed aan hun nonverbale spreuken werkten, was dat Harry, Ron en Hermelien nog geen tijd hadden gehad om bij Hagrid op bezoek te gaan. Hij at niet meer aan de Oppertafel, een veeg teken, en de paar keer dat ze hem waren tegengekomen op de gang of buiten op het schoolterrein, had hij hen blijkbaar niet gezien en hun begroetingen niet gehoord.

'We moeten het echt gaan uitleggen,' zei Hermelien. Ze keek zaterdag tijdens het ontbijt naar de enorme, lege stoel van Hagrid aan de Oppertafel.

'We hebben vanochtend selectietrainingen voor Zwerkbal!' zei Ron. 'En we moeten ook nog eens die *Aguamenti*-spreuk oefenen voor Banning! Wat valt er trouwens uit te leggen? Hoe moeten we hem vertellen dat we zijn stomme vak vreselijk vonden?'

'We vonden het niet vreselijk!' zei Hermelien.

'Spreek voor jezelf. Ik ben die Skreeften nog niet vergeten,' zei Ron duister. 'En ik kan je verzekeren dat we op het nippertje ontsnapt zijn. Jij hoorde hem niet doorzeuren over die achterlijke broer van hem – als we waren doorgegaan, hadden we Groemp nu zijn veters moeten leren strikken.'

'Ik vind het afschuwelijk dat we niet meer met Hagrid praten,' zei Hermelien, die duidelijk van streek was.

'We gaan na het Zwerkbal wel even bij hem langs,' stelde Harry haar gerust. Hij miste Hagrid ook, al vond hij net als Ron dat ze een stuk beter af waren zonder Groemp in hun leven. 'Maar de selectietrainingen zouden best eens de hele ochtend kunnen duren, zoveel mensen hebben zich opgegeven.' Hij voelde zich een beetje zenuwachtig nu hij die eerste horde van zijn aanvoerderschap moest nemen. 'Ik snap niet waarom het team opeens zo populair is.'

'Hè, kom nou toch, Harry!' zei Hermelien ongeduldig. 'Niet Zwerkbal is populair, maar jíj! Je bent nog nooit zo interessant geweest, en eerlijk gezegd ook nog nooit zo aantrekkelijk.'

Ron verslikte zich in een grote hap bokking. Hermelien keek hem even schamper aan en wendde zich toen weer tot Harry.

'Iedereen weet nu dat je de waarheid hebt verteld. Ja toch? De hele tovergemeenschap heeft moeten toegeven dat jij gelijk had toen je zei dat Voldemort was teruggekeerd. Ze weten dat je de afgelopen jaren twee keer met hem gevochten hebt en het er twee keer levend van af hebt gebracht. En nu noemen ze je ook nog eens de "Uitverkorene" – je snapt toch wel waarom mensen door je gefascineerd worden?'

Harry vond het plotseling heel erg warm in de Grote Zaal, ook al oogde het plafond kil en regenachtig.

'En je hebt ook nog eens het Ministerie op je nek gehad, toen ze je wilden afschilderen als labiele leugenaar. Je ziet nog steeds de littekens waar dat afschuwelijke mens van Omber je liet schrijven met je eigen bloed, maar je bleef bij je verhaal...'

'Je kunt bij mij ook nog zien waar die hersens me te grazen hebben genomen op het Ministerie. Kijk maar,' zei Ron en hij stroopte zijn mouwen op.

'En als klap op de vuurpijl ben je in de zomervakantie nog eens een kop groter geworden,' zei Hermelien. Ze negeerde Ron.

'Ik ben ook best lang,' zei Ron irrelevant.

De postuilen zoefden door de natgeregende ramen naar binnen en bespatten iedereen met druppels. De meeste leerlingen kregen meer post dan gewoonlijk: ongeruste ouders wilden weten hoe het met hun kinderen ging en hen tegelijkertijd verzekeren dat thuis alles goed was. Harry had sinds het begin van het schooljaar geen post gehad; de enige die hem regelmatig geschreven had was nu dood en hoewel hij gehoopt had dat Lupos misschien af en toe een brief zou sturen, was hij tot nu toe teleurgesteld. Hij was dan ook verbaasd toen hij zijn sneeuwwitte Hedwig tussen alle bruine en grijze uilen zag circkelen. Ze streek op tafel neer met een groot, vierkant pak aan haar poot. Een paar tellen later landde Rons minuscule en uitgeputte uiltje Koekeroekus, dat bijna geplet werd onder een identiek pak.

'Ha!' zei Harry toen hij het pak openmaakte en een splinternieuw exemplaar van *Toverdranken voor Gevorderden* zag, dat opgestuurd was door Klieder & Vlek.

'Mooi zo!' zei Hermelien opgetogen. 'Nu kun je dat volgekliederde boek teruggeven.'

'Ben je helemaal gek?' zei Harry. 'Dat hou ik! Kijk, ik heb er al over nagedacht –'

Hij haalde het oude exemplaar van *Toverdranken voor Gevorderden* uit zijn tas, tikte met zijn toverstok op het omslag en mompelde: '*Diffindo!*' Het omslag viel eraf. Hij deed hetzelfde met zijn nieuwe boek (Hermelien was diep geschokt), verwisselde de omslagen, tikte op beide en zei: '*Reparo!*'

Het boek van de Prins zag er van buiten nu gloednieuw uit en het pasgekochte boek van Klieder & Vlek leek oud en haveloos.

'Ik geef Slakhoorn gewoon het nieuwe boek terug. Hij kan moeilijk klagen, want het heeft negen Galjoenen gekost.'

Hermelien kneep haar lippen afkeurend samen, maar werd toen afgeleid door een derde uil die voor haar neerstreek met de *Ochtendprofeet* van die dag. Ze vouwde de krant open en keek vlug op de voorpagina.

'Zijn er nog bekenden dood?' vroeg Ron opzettelijk nonchalant; elke keer als Hermelien de krant opensloeg, stelde hij dezelfde vraag

'Nee, maar er zijn wel mensen aangevallen door Dementors,' zei Hermelien. 'En er is iemand gearresteerd.'

'Goed zo. Wie?' zei Harry, die aan Bellatrix van Detta dacht.

'Sjaak Stuurman,' zei Hermelien.

'Wie?' zei Harry verbluft.

'Sjaak Stuurman, de conducteur van de Collectebus, het populaire magische ver-voermiddel, is gearresteerd op verdenking van Dooddoeneractiviteiten. De eenen-twintigjarige Stuurman werd gisteravond laat opgepakt na een inval in zijn huis...'

'Sjaak Stuurman een Dooddoener?' zei Harry. Hij dacht aan de pukkelige jongen die hij drie jaar geleden voor het eerst ontmoet had. 'Nooit van z'n leven!'

'Misschien verkeerde hij onder de Imperiusvloek,' zei Ron. 'Je weet maar nooit.'

'Volgens mij niet,' zei Hermelien. Ze las verder. 'Hier staat dat hij gearresteerd werd nadat ze hem in een café over de geheime plan-nen van de Dooddoeners hoorden praten.' Ze keek de anderen on-gerust aan. 'Als hij onder de Imperiusvloek verkeerde, zou hij vast niet in een kroeg over hun plannen gaan zitten roddelen.'

'Zo te horen wilde hij gewoon indruk maken,' zei Ron. 'Beweerde Sjaak ook niet dat hij Minister van Toverkunst zou worden toen hij die Glamorgana's probeerde te versieren?'

'Ja, precies,' zei Harry. 'Ik denk dat ze het op het Ministerie echt niet meer weten, als ze Sjaak ook al serieus nemen.'

'Waarschijnlijk willen ze laten merken dat ze niet stilzitten,' zei Hermelien fronsend. 'Veel mensen zijn bang. Wist je dat de zusjes Patil misschien door hun ouders van school worden gehaald? Herpi-ne Zoster is al weg. Haar vader heeft haar gisteren opgehaald.'

'Wat?' zei Ron. Hij keek Hermelien stomverbaasd aan. 'Maar op Zweinstein is het stukken veiliger dan thuis. Dat kan niet anders! We hebben Schouwers en extra beveiligingsbezweringen en Perkamen-tus!'

'Volgens mij hebben we hem niet de hele tijd,' zei Hermelien zacht. Ze keek over de rand van de *Ochtendprofeet* naar de Oppertafel. 'Hebben jullie dat nog niet gemerkt? Hij is deze week minstens even vaak afwezig als Hagrid.'

Harry en Ron keken naar de Oppertafel. De stoel van het school-hoofd was inderdaad leeg. Nu Harry erover nadacht, had hij Perka-mentus niet meer gezien sinds hun privé-les van een week geleden.

'Als hij weg is, doet hij volgens mij iets voor de Orde,' fluisterde Hermelien. 'Ik bedoel... het wordt allemaal behoorlijk serieus.'

Harry en Ron gaven geen antwoord, maar Harry wist dat ze allemaal hetzelfde dachten. Een dag eerder was er iets vreselijks gebeurd: ze waren Hannah Albedil tijdens Kruidenkunde komen halen en hadden haar verteld dat haar moeder dood was. Sindsdien hadden ze Hannah niet meer gezien.

Toen ze vijf minuten later van tafel opstonden om naar het Zwerkbalveld te gaan, kwamen ze langs Belinda Broom en Parvati Patil. Harry herinnerde zich dat Hermelien gezegd had dat de ouders van de Patils hun dochters van school wilden halen en dus verbaasde het hem niet dat de twee hartsvriendinnen samen zaten te fluisteren en erg van streek leken. Wat hem wel verbaasde was dat, toen Ron passeerde, Parvati Belinda een por gaf en dat Belinda breed lachte naar Ron. Ron knipperde met zijn ogen en lachte onzeker terug. Zijn manier van lopen werd meteen een stuk haniger, maar Harry weerstond de verleiding om te lachen. Dat had Ron tenslotte ook niet gedaan nadat Malfidus Harry's neus gebroken had. Tijdens de wandeling naar het stadion door de kille motregen deed Hermelien echter koel en afstandelijk en ze zocht een plaatsje op de tribune zonder Ron succes te wensen.

Zoals Harry al verwacht had, namen de selectietrainingen het grootste deel van de ochtend in beslag. Half Griffoendor was blijkbaar komen opdagen, van eerstejaars die nerveus een afgeragde oude schoolbezem tegen hun borst drukten, tot zevendejaars die boven iedereen uittorenden en er koel en intimiderend uitzagen. Tot die laatsten behoorde ook een lange jongen met stug, krullend haar die Harry onmiddellijk herkende uit de Zweinsteinexpres.

'We hebben elkaar in de trein ontmoet, in de coupé van die ouwe Slak,' zei hij zelfverzekerd. Hij stapte naar voren en gaf Harry een hand. 'Magnus Stoker, Wachter.'

'Jij was er vorig jaar niet bij, hè?' vroeg Harry. Hij keek naar Stokers massieve postuur en dacht dat hij waarschijnlijk alle drie de doelringen zou kunnen afschermen zonder zich ook maar te verroeren.

'Nee, toen lag ik op de ziekenzaal,' zei Stoker een beetje snoeverig. 'Ik had met iemand gewed dat ik een pond Doxy-eieren op durfde te eten.'

'Aha,' zei Harry. 'Nou... als je daar zou willen wachten...'

Hij wees naar de rand van het veld waar Hermelien ook zat, en zag even iets van ergernis op Stokers gezicht. Hij vroeg zich af of Stoker dacht dat hij hem zou voortrekken omdat ze allebei lievelingetjes waren van die 'ouwe Slak'.

Harry besloot met een basistest te beginnen en vroeg of de kandidaten zich wilden verdelen in groepen van tien, die eerst een rondje om het veld moesten vliegen. Dat was een wijs besluit: het eerste tiental bestond uit eerstejaars en het was meteen duidelijk dat vrijwel niemand ooit op een bezem had gezeten. Slechts één jongen wist langer dan een paar seconden in de lucht te blijven en was daar zelf zo verbaasd over dat hij prompt tegen een van de doelpalen vloog.

De tweede groep werd gevormd door tien van de onnozelste meiden die Harry ooit gezien had. Nadat hij op zijn fluitje had geblazen, rolden ze alleen maar giechelend over de grond en hielden ze zich aan elkaar vast. Regina Valster behoorde ook tot die groep. Toen Harry zei dat ze het veld moesten verlaten, deden ze dat heel opgewekt en gingen op de tribune zitten om de andere kandidaten uit te fluiten.

De mensen uit de derde groep knalden halverwege hun rondje tegen elkaar op. Van de vierde groep had bijna niemand een bezem bij zich. De vijfde groep bestond uit Huffelpufs.

'Wil iedereen die niet bij Griffoendor hoort onmiddellijk opkrassen?' brulde Harry, die nu echt nijdig begon te worden.

Er viel even een stilte en toen sprintten een paar kleine Ravenklauwen van het veld af, proestend van het lachen.

Na twee uur, veel geklaag en diverse woedeaanvallen, waarvan er eentje betrekking had op een neergestorte Komeet 260 en enkele gebroken tanden, had Harry eindelijk drie Jagers. Katja Bell was terug in het team, na een uitstekende try-out. Demelza Rovers, die vooral sterk was in het ontwijken van Beukers, was een aanwinst en Ginny Wemel had beter gevlogen dan al haar concurrenten en bovendien zeventien goals gescoord. Harry was blij met zijn keuzes, maar had zich ook schor geschreeuwd tegen de vele klagers en moest nu opnieuw in de clinch met de afgewezen Drijvers.

'Dit is mijn definitieve keuze en als jullie niet gauw plaatsmaken voor de Wachters, vervloek ik jullie!' brulde hij.

De twee Drijvers die hij er ten slotte uitpikte hadden geen van beiden de flair van Fred en George, maar toch was Harry redelijk tevreden. Jimmy Postelijn, een korte maar breedgeschouderde derdejaars, had Harry's achterhoofd verrijkt met een buil zo groot als een ei door middel van een keihard weggeslagen Beuker, en Rick Cools oogde tenger, maar kon heel goed mikken. Ze gingen bij Katja, Demelza en Ginny op de tribune zitten om te kijken hoe het laatste teamlid gekozen werd.

Harry had de selectie van de Wachters opzettelijk voor het laatst bewaard. Hij had gehoopt dat het stadion dan wat leger zou zijn en dat iedereen minder onder druk zou staan, maar helaas was de tribune juist volgestroomd met afgewezen kandidaten en mensen die na een uitgebreid ontbijt kwamen kijken, zodat het drukker was dan ooit. Terwijl de Wachters een voor een naar de doelringen vlogen, steeg vanuit het publiek evenveel gejoel als gejuich op. Harry keek naar Ron, die altijd geplaagd werd door zenuwen. Harry had gehoopt dat hij daar minder last van zou hebben nadat ze vorig schooljaar hun laatste wedstrijd gewonnen hadden, maar dat leek ijdele hoop: Rons gezicht was lichtgroen.

De eerste vijf kandidaten wisten niet meer dan twee doelpunten tegen te houden. Tot Harry's grote teleurstelling stopte Magnus Stoker vier van de vijf strafworpen, maar bij de laatste worp schoot hij precies de verkeerde kant uit. Het publiek lachte en joelde en Stoker daalde knarsetandend weer af naar de grond.

Het kostte Ron kennelijk moeite om niet flauw te vallen toen hij op zijn Helleveeg 11 stapte.

'Succes!' riep iemand vanaf de tribune. Harry keek om en verwachtte Hermelien te zien, maar het was Belinda Broom. Nadat ze geroepen had, sloeg ze haar handen voor haar gezicht. Harry had haar voorbeeld graag gevolgd, maar vond dat hij als aanvoerder iets meer karakter moest tonen en keek daarom hoe Ron het ervan afbracht.

Hij had zich geen zorgen hoeven maken: Ron stopte een, twee, drie, vier, vijf strafworpen op rij. Harry was in de wolken en het kostte hem moeite om niet mee te juichen met het publiek. Hij wilde tegen Stoker zeggen dat Ron hem helaas verslagen had, maar toen hij zich omdraaide, was het rode gezicht van Stoker maar een paar centimeter van het zijne verwijderd en stapte Harry haastig achteruit.

'Z'n zus heeft hem gematst,' zei Stoker dreigend. Er klopte een ader bij zijn slaap, net als de ader die Harry zo vaak bewonderd had bij oom Herman. 'Die worp was een eitje.'

'Onzin,' zei Harry kil. 'Dat was juist de worp die hij bijna miste.'

Stoker deed opnieuw een stap in zijn richting, maar deze keer deinsde Harry niet terug.

'Ik wil het nog een keer proberen!'

'Nee,' zei Harry. 'Je hebt je beurt gehad. Jij hield er vier tegen en Ron vijf. Ron is onze Wachter. Hij heeft eerlijk gewonnen. En ga nu opzij.'

Even dacht hij dat Stoker hem zou slaan, maar die stelde zich tevreden met een woedende grimas en stormde het veld af terwijl hij dreigementen gromde.

Toen Harry zich omdraaide, zag hij zijn glunderende nieuwe teamgenoten.

'Goed gedaan,' zei hij schor. 'Jullie hebben echt prima gevlogen –' 'Je was fantastisch, Ron!'

Deze keer was het wel degelijk Hermelien. Ze holde de tribune af en Harry zag dat Belinda arm in arm met Parvati van het veld liep en nogal sikkeneurig keek. Ron was heel erg tevreden met zichzelf en leek nog langer dan hij al was terwijl hij grijnzend naar het team en naar Hermelien keek.

Na een tijd te hebben afgesproken voor hun eerste echte training op donderdag, namen Harry, Ron en Hermelien afscheid van de rest van de ploeg en gingen op weg naar Hagrid. Een waterig zonnetje probeerde door de wolken te breken en het motregende niet meer. Harry rammelde van de honger en hoopte dat er iets te eten zou zijn bij Hagrid.

'Ik dacht even dat ik die vierde zou missen,' vertelde Ron blij. 'Echt een lastige worp van Demelza, met behoorlijk wat effect –'

'Ja, ja, je was geweldig,' zei Hermelien geamuseerd.

'In elk geval beter dan Stoker,' zei Ron tevreden. 'Zagen jullie hem precies de verkeerde kant op duiken bij zijn vijfde worp? Het leek wel alsof er een Waanzichtspreuk op hem was afgevuurd...'

Tot Harry's verbazing werd Hermelien vuurrood toen Ron dat zei. Ron zelf merkte het niet; hij had het veel te druk met het tot in de kleinste details beschrijven van zijn andere gestopte strafworpen.

Scheurbek, de enorme grijze Hippogrief, stond voor Hagrids huisje aan de lijn. Hij draaide zijn reusachtige kop om toen ze aan kwamen lopen en klikte met zijn vlijmscherpe snavel.

'O jee,' zei Hermelien zenuwachtig. 'Hij is nog steeds een beetje eng, vinden jullie ook niet?'

'Kom nou! Je hebt toch op hem gereden?' zei Ron.

Harry stapte naar de Hippogrief en boog diep, zonder het oogcontact te verbreken of met zijn ogen te knipperen. Na een paar seconden zakte Scheurbek door zijn voorpoten en boog ook.

'Hoe gaat het?' vroeg Harry zacht. Hij liep naar de Hippogrief en streelde zijn gevederde kop. 'Mis je hem? Maar je zit hier wel goed, hè, zo samen met Hagrid?'

'Hé!' zei een luide stem.

Hagrid kwam met grote passen om de hoek van zijn huisje. Hij had een gebloemd schort voor en een zak aardappelen onder zijn arm. Zijn reusachtige wolfshond, Muil, volgde hem op de voet; Muil blafte oorverdovend en rende op hen af.

'Maak dat je wegkomt! Hij bijt je fikken d'r – o! O, zijn jullie 't?'

Muil sprong tegen Hermelien en Ron op en probeerde hun oren te likken. Hagrid bleef even staan en keek naar hen, draaide zich toen om, ging zijn huisje in en sloeg de deur met een klap dicht.

'O jee!' zei Hermelien ontdaan.

'Maak je geen zorgen,' zei Harry grimmig. Hij liep naar de deur en klopte hard.

'Hagrid! Doe open! We willen met je praten!'

Binnen bleef het stil.

'Als je niet gauw opendoet, blaas ik je deur eruit!' zei Harry en hij trok zijn toverstok.

'Harry!' zei Hermelien geschokt. 'Je kunt niet –'

'Jawel!' zei Harry. 'Ga achter me staan –'

Maar voor hij nog iets kon zeggen vloog de deur open, zoals Harry al verwacht had, en verscheen Hagrid. Hij keek Harry woedend aan en zag er ondanks zijn gebloemde schort behoorlijk angstaanjagend uit.

'Ik ben een leraar!' bulderde hij. 'Een leraar, Potter! Hoe haal je 't in je harses om m'n deur in te beuken?'

'Nou, sorry hoor, *meneer*,' zei Harry, die dat laatste woord benadrukte terwijl hij zijn toverstok weer wegstopte.

Hagrid keek hem verbijsterd aan.

'Sinds wanneer noem jij me "meneer"?'

'En sinds wanneer noem jij me "Potter"?'

'O, wat gevat!' gromde Hagrid. 'Om je een breuk te lachen. Nou, daar ken ik 't weer mee doen, hè? Oké, kom dan maar binnen, stelletje ondankbare kleine...'

Hij stapte nors mompelend achteruit, zodat ze hem konden passeren. Hermelien glipte na Harry naar binnen en keek nogal geschrokken.

'Nou?' zei Hagrid knorrig toen Harry, Ron en Hermelien aan zijn reusachtige houten tafel gingen zitten. Muil legde zijn kop meteen op Harry's knie en begon zijn gewaad onder te kwijlen. 'Wat motten jullie? Vinden jullie me zielig of zo? Denken jullie dat ik hier in m'n uppie zit weg te kwijnen?'

'Nee,' zei Harry. 'We wilden je graag zien.'

'We hebben je gemist!' zei Hermelien trillerig.

'Mijn gemist, hè?' snoof Hagrid. 'Ja, zal best!'

Hij kloste door de kamer en zette thee in zijn enorme koperen ketel terwijl hij aan één stuk door mompelde. Uiteindelijk kwakte hij drie bekers zo groot als emmers op tafel, vol kastanjebruine thee, plus een bord met zelfgebakken pindarotsjes. Harry had zo'n honger dat zelfs Hagrids baksels aantrekkelijk leken en pakte een rotsje.

'Hagrid,' zei Hermelien schuchter toen hij ook aan tafel kwam zitten en aardappels begon te schillen, met zo'n bruut geweld dat het leek alsof iedere knol hem groot persoonlijk onrecht had aangedaan, 'we wilden echt graag verder met Verzorging van Fabeldieren.'

Hagrid snoof opnieuw oorverdovend. Harry dacht dat hij het nodige snot op de aardappels zag landen en was blij dat ze niet bleven eten.

'Echt waar!' zei Hermelien. 'We konden het gewoon niet inpassen in ons rooster!'

'Ja, zal best,' zei Hagrid opnieuw.

Ze hoorden een eigenaardig, vochtig geluid en keken om: Hermelien slaakte een kreetje en Ron sprong van zijn stoel en liep haastig om de tafel heen, weg bij de grote ton in de hoek die ze nu pas zagen. Hij zat vol met dertig centimeter lange, slijmerige, witte en kronkelende maden.

'Wat zijn dat, Hagrid?' vroeg Harry. Hij probeerde belangstelling te laten doorklinken in zijn stem in plaats van walging, maar legde toch zijn pindarotsje terug.

'Gewoon, reuzenlarven,' zei Hagrid.

'En wat moeten dat worden?' vroeg Ron ongerust.

'Ze worden niks,' zei Hagrid. ''t Is voer voor Aragog.'

En zonder enige waarschuwing barstte hij in tranen uit.

'Hagrid!' riep Hermelien. Ze sprong overeind, liep met een grote bocht om de ton met maden heen en sloeg haar arm om zijn schokkende schouders. 'Wat is er?'

''t Is... Aragog,' snikte Hagrid. De tranen stroomden uit zijn pikzwarte ogen en hij veegde zijn gezicht af met zijn schort. 'Aragog... volgens mijn leg ie op sterven... hij werd van de zomer ziek en hij wordt maar niet beter... ik weet niet wat ik aanmot als ie... als ie... we kennen mekaar al zo lang...'

Hermelien klopte Hagrid op zijn schouder, maar wist blijkbaar niet wat ze moest zeggen. Dat kon Harry zich heel goed voorstellen. Hagrid had teddybeertjes gegeven aan een valse babydraak, sentimenteel gedaan over reusachtige schorpioenen met zuignappen en an-

174

gels en geprobeerd een redelijk gesprek te voeren met zijn brute reus van een halfbroer, maar dit was misschien wel zijn meest onbegrijpelijke monsterliefde: de gigantische, pratende spin Aragog die in het hart van het Verboden Bos woonde en aan wie Harry en Ron vier jaar geleden ternauwernood ontsnapt waren.

'Kunnen – kunnen wij iets doen?' vroeg Hermelien zonder acht te slaan op Ron, die gezichten trok en heftig zijn hoofd schudde.

'Nee, volgens mijn niet, Hermelien,' zei Hagrid gesmoord. Hij probeerde zijn tranenvloed te stuiten. 'Kijk, de rest van 't pak... Aragogs familie... nou, die doen een beetje raar nou ie ziek is... ze zijn een tikkie ongedurig...'

'Ja, zo kennen wij ze ook,' zei Ron zacht.

'... dus ik denk dat alleen ik op 't moment veilig in de buurt van de kolonie ken komen,' besloot Hagrid. Hij snoot zijn neus toeterend in zijn schort en keek op. 'Maar bedankt voor 't aanbod, Hermelien... dat waardeer ik...'

Daarna werd de sfeer stukken beter, want hoewel Harry en Ron nergens uit hadden laten blijken dat ze er ook maar iets voor voelden om reuzenlarven te voeren aan een moordzuchtige, gigantische spin, ging Hagrid ervan uit dat ze dat graag gedaan zouden hebben en werd hij meteen weer de oude.

'Ach, ik wist wel dat jullie me niet zouden kennen inpassen in jullie roosters,' zei hij bruusk terwijl hij opnieuw thee inschonk. 'Zelfs als jullie Tijdverdrijvers aanvroegen –'

'Dat gaat niet,' zei Hermelien. 'We hebben de hele voorraad Tijdverdrijvers op het Ministerie vernield, met die toestand van de zomer. Het heeft in de *Ochtendprofeet* gestaan.'

'Nou ja,' zei Hagrid. 'Dan had 't echt niet gekend... sorry hoor, als ik een tikkie – je weet wel – ik maakte me gewoon zorgen om Aragog... maar ik vroeg me wel af of jullie, als jullie les hadden gehad van professor Varicosus...'

Harry, Ron en Hermelien verklaarden onmiddellijk categorisch maar niet helemaal waarheidsgetrouw dat professor Varicosus, die een paar keer was ingevallen voor Hagrid, een verschrikkelijk slechte lerares was, zodat Hagrid hen bij het vallen van de avond een stuk opgewekter uitzwaaide.

'Ik val om van de honger,' zei Harry zodra Hagrid de deur achter hen dicht had gedaan en ze zich naar de school haastten over het schemerige en verlaten terrein; hij had het pindarotsje teruggelegd nadat een van zijn kiezen een onheilspellend, krakend geluid had gemaakt.

'En ik moet vanavond dat strafwerk nog doen voor Sneep. Ik heb niet veel tijd om te eten...'

Toen ze het kasteel binnenkwamen zagen ze Magnus Stoker. Hij wilde de Grote Zaal binnengaan, maar had daar twee pogingen voor nodig; de eerste keer liep hij keihard tegen de deurpost aan. Ron lachte vol leedvermaak en ging ook naar de Grote Zaal, maar Harry pakte Hermelien bij haar arm en hield haar tegen.

'Wat is er?' vroeg Hermelien verdedigend.

'Als je het mij vraagt,' zei Harry zacht, 'is er inderdaad een Waanzichtspreuk uitgesproken over Stoker. En zweefde hij niet precies voor jouw plaats op de tribune?'

Hermelien werd rood.

'Ja, goed, ik heb het gedaan,' fluisterde ze. 'Maar je had hem eens moeten horen over Ron en Ginny! Bovendien is hij veel te opvliegend. Je zag zelf hoe hij reageerde toen hij niet voor het team werd geselecteerd – zo iemand wil je er toch niet bij hebben?'

'Nee,' gaf Harry toe. 'Nee, daar heb je gelijk in. Maar was dat niet oneerlijk van je, Hermelien? Ik bedoel, je bent toch klassenoudste?'

'O, hou je mond,' snauwde ze. Harry keek haar grijnzend aan.

'Wat doen jullie daar?' vroeg Ron, die weer in de deuropening van de Grote Zaal verscheen en hen wantrouwig aankeek.

'Niets,' zeiden Harry en Hermelien in koor en ze liepen vlug achter Ron aan. Harry's maag deed pijn van de honger toen hij de geur van rosbief rook, maar nadat ze misschien drie passen in de richting van de tafel van Griffoendor hadden gedaan, versperde professor Slakhoorn hen opeens de weg.

'Harry, Harry, ik zocht je al!' zei hij opgewekt. Hij draaide de punten van zijn walrussnor op en stak zijn enorme buik nog verder naar voren. 'Ik hoopte je nog voor het eten te kunnen spreken. Wat dacht je van een gezellig soupeetje, vanavond op mijn kamer? Ik geef een klein feestje, gewoon voor een paar aankomende sterren. Stoker is er ook, en Zabini, plus de charmante Melinda Braspenning – ken je haar? Haar familie bezit een grote keten apothekerijen – en ik hoop uiteraard dat juffrouw Griffel me het genoegen zal doen om ook te komen.'

Slakhoorn maakte een buiginkje naar Hermelien terwijl hij dat zei. Het was alsof Ron er niet bij was; Slakhoorn kéék zelfs niet naar hem.

'Ik kan niet, professor,' zei Harry vlug. 'Ik moet strafwerk maken voor professor Sneep.'

'O jee!' zei Slakhoorn en zijn gezicht betrok zo snel dat het komisch was. 'O jee, o jee! Ik rekende op je, Harry! Nou, ik praat wel even met Severus. Ik zal hem de situatie uitleggen en dan zal hij ongetwijfeld bereid zijn je strafwerk uit te stellen. Ja, ik zie jullie vanavond!'

Hij verliet de Grote Zaal.

'Hij maakt geen schijn van kans bij Sneep,' zei Harry zodra Slakhoorn buiten gehoorsafstand was. 'Mijn strafwerk is al een keer uitgesteld. Sneep doet het misschien voor Perkamentus, maar zeker niet voor iemand anders.'

'O, kon je maar mee. Ik heb geen zin om alleen te gaan,' zei Hermelien ongerust en Harry wist dat ze aan Stoker dacht.

'Ik denk niet dat je alleen zult zijn. Ginny zal ook wel gevraagd zijn,' zei Ron kortaf. Blijkbaar kon hij het niet verkroppen dat Slakhoorn hem zo opzichtig genegeerd had.

Na het eten gingen ze terug naar de toren van Griffoendor. Het was heel druk in de leerlingenkamer, omdat de meeste mensen al klaar waren met eten, maar ze wisten nog een vrij tafeltje te vinden en gingen zitten. Ron, die sinds hun ontmoeting met Slakhoorn in een slecht humeur was, sloeg zijn armen over elkaar en staarde nors naar het plafond. Hermelien pakte een *Avondprofeet* die iemand op een stoel had laten liggen.

'Nog nieuws?' vroeg Harry.

'Niet echt...' Hermelien had de krant opengeslagen en liet haar blik nu over de binnenpagina's gaan. 'O, kijk, er staat iets over je vader, Ron – nee, niets aan de hand!' voegde ze er vlug aan toe, want Ron had geschrokken gekeken. 'Er staat alleen dat hij in het huis van Malfidus is geweest. *De tweede huiszoeking in de woning van de Dooddoener schijnt geen resultaat te hebben opgeleverd. Arthur Wemel, van de Afdeling voor de Opsporing en Inbeslagneming van Valse Verdedigingsspreuken en Verdedigende Voorwerpen, zei dat zijn eenheid in actie was gekomen na een vertrouwelijke tip.*'

'Van mij!' zei Harry. 'Ik heb hem op het station verteld over Malfidus en het ding dat hij wilde laten repareren door Odius! Nou, als het niet bij Malfidus thuis is, moet hij het meegenomen hebben naar Zweinstein.'

'Hoe kan dat nou, Harry?' vroeg Hermelien. Ze legde verbaasd haar krant neer. 'We zijn toch allemaal gefouilleerd toen we hier aankwamen?'

'Gefouilleerd?' zei Harry verbaasd. 'Welnee! Ik niet.'

'O nee, natuurlijk niet. Ik was vergeten dat je te laat was... nou, Vilder heeft iedereen afgetast met een Hypocrietspriet toen we de hal binnenkwamen. Ieder Duister object zou zijn opgespoord. Korzel had een gekrompen hoofd bij zich en dat is door Vilder in beslag genomen, dus Malfidus kan niets gevaarlijks hebben meegesmokkeld!'

Harry wist even niet wat hij moest zeggen. Hij keek een tijdje hoe Ginny met Arnold de Ukkepulk speelde, maar zag toen hoe dat bezwaar overwonnen kon worden.

'Dan heeft iemand het per uil opgestuurd,' zei hij. 'Zijn moeder of zo.'

'Alle uilen worden ook gecontroleerd. Dat zei Vilder terwijl hij ons overal betastte met die stomme Hypocrietspriet.'

Nu wist Harry het echt niet meer. Blijkbaar kon Malfidus onmogelijk een gevaarlijk of Duister voorwerp de school hebben binnengesmokkeld. Hij keek hoopvol naar Ron, die met zijn armen over elkaar naar Belinda Broom zat te staren.

'Heb jij enig idee hoe Malfidus –?'

'Hou er nou eens over op, Harry,' zei Ron.

'Hoor eens, het is niet mijn schuld dat Slakhoorn Hermelien en mij voor zijn stomme feestje heeft gevraagd! We gaan allebei net zo lief niet!' zei Harry gepikeerd.

'Nou, aangezien ik voor geen enkel feestje ben uitgenodigd, denk ik dat ik maar eens naar bed ga,' zei Ron en hij stond op.

Hij stampte nijdig naar de jongensslaapzalen terwijl Harry en Hermelien hem nakeken.

'Harry, ik heb een boodschap voor je,' zei een stem. Plotseling stond Demelza Rovers, de nieuwe Jager, naast hem.

'Van professor Slakhoorn?' zei Harry en hij ging hoopvol overeind zitten.

'Nee... van professor Sneep,' zei Demelza. Harry kreeg een onheilspellend gevoel. 'Hij zegt dat hij je vanavond om halfnegen op zijn kamer verwacht voor je strafwerk, al word je – eh – voor nog zoveel feestjes uitgenodigd. En hij wilde je laten weten dat je rotte Flubberwurmen moet scheiden van goede exemplaren om bij Toverdranken te gebruiken en – en dat je je beschermende handschoenen niet hoeft mee te nemen.'

'Juist,' zei Harry grimmig. 'Nou, bedankt, Demelza.'

HOOFDSTUK 12

ZILVER EN OPAAL

Waar was Perkamentus en wat voerde hij allemaal uit? In de weken daarna zag Harry het schoolhoofd maar een of twee keer. Hij was er zelden tijdens de maaltijden en Harry was ervan overtuigd dat Hermelien gelijk had toen ze zei dat hij soms dagenlang afwezig was. Was Perkamentus vergeten dat hij Harry les zou geven? Perkamentus had gezegd dat de lessen zouden leiden tot iets wat met de profetie te maken had. Harry had zich daardoor zelfverzekerder en gerustgesteld gevoeld, maar nu had hij het idee dat hij een beetje in de steek gelaten werd.

Half oktober stond hun eerste trip naar Zweinsveld op het programma. Harry had zich afgevraagd of het uitstapje niet afgeblazen zou worden, gezien de steeds strengere veiligheidsmaatregelen in en rond de school, maar tot zijn opluchting ging het gewoon door. Het was altijd prettig om een paar uur van het schoolterrein af te zijn.

Op de ochtend van hun uitstapje werd Harry vroeg wakker. Het weer was stormachtig en hij doodde de tijd tot het ontbijt met het lezen van *Toverdranken voor Gevorderden*. Hij las niet vaak schoolboeken in bed; zoals Ron terecht opmerkte was dat onfatsoenlijk, behalve in het geval van Hermelien, die nou eenmaal een afwijking had op dat gebied. Harry had echter het gevoel dat je zijn exemplaar van *Toverdranken voor Gevorderden* van de Halfbloed Prins moeilijk een gewoon schoolboek kon noemen. Hoe meer Harry zich erin verdiepte, hoe meer hij zich realiseerde wat er allemaal in stond: niet alleen de handige hints en tijdbesparende tips waardoor Slakhoorn nu zo'n hoge dunk van hem had, maar ook allerlei inventieve beheksingen en vervloekingen die in de kantlijn waren gekrabbeld en die de Prins zelf bedacht had, te oordelen naar de vele verbeteringen en doorgestreepte woorden.

Harry had al een paar spreuken van de Prins uitgeprobeerd. Er was bijvoorbeeld een vervloeking waardoor teennagels schrikbarend snel groeiden (die had hij op de gang uitgetest op Korzel, met heel amusante resultaten) en een vloek waardoor je tong aan je verhemelte vastkleefde (die had Harry twee keer onder luid applaus uitgesproken over een nietsvermoedende Argus Vilder). Misschien wel de nuttigste was *Murmelio*, een spreuk waardoor in de oren van omstanders plotseling een onverklaarbaar gegons klonk, zodat je in de klas lange gesprekken kon voeren zonder dat er andere mensen meeluisterden. De enige die die spreuken niet grappig vond was Hermelien. Ze keek altijd heel afkeurend als Harry ze gebruikte en weigerde koppig om ook maar één woord te zeggen als hij de *Murmelio*-spreuk had uitgesproken over iemand in zijn omgeving.

Harry ging rechtop in bed zitten en hield het boek in het licht, om de haastig neergekrabbelde instructies te kunnen ontcijferen van een spreuk die de Prins blijkbaar de nodige moeite had gekost. Er waren veel dingen doorgehaald en veranderd, maar helemaal in een hoekje van de bladzijde stonden de woorden:

Levicorpus (*nvbl*)

Terwijl wind en hagel tegen de ramen beukten en Marcel snurkte, tuurde Harry naar de letters tussen haakjes. N*vbl*... dat moest nonverbaal betekenen. Harry betwijfelde of hij deze spreuk zou kunnen uitvoeren; hij had nog steeds moeite met nonverbale spreuken, iets waar Sneep steevast commentaar op had tijdens Verweer tegen de Zwarte Kunsten. Aan de andere kant was de Prins tot nu toe een veel efficiëntere leraar gebleken dan Sneep.

Harry wees met zijn toverstok op niets in het bijzonder, gaf een zwiepje en zei in gedachten *Levicorpus*!

'Aaaaaaaah!'

Er volgde een lichtflits en plotseling was de kamer vol stemmen: iedereen was wakker geschrokken toen Ron het uitschreeuwde. In paniek liet Harry *Toverdranken voor Gevorderden* uit zijn handen vallen; Ron hing ondersteboven in de lucht, alsof een onzichtbare haak hem aan zijn enkels had opgehesen.

'Sorry!' riep Harry, terwijl Daan en Tomas brulden van het lachen en Marcel, die uit bed gevallen was, slaperig overeind krabbelde. 'Wacht even, dan laat ik je weer zakken –'

Hij zocht naar zijn toverdrankenboek en bladerde het paniekerig door. Uiteindelijk wist hij de juiste bladzijde te vinden en ontcijferde hij één woord dat in kleine lettertjes onder de spreuk gekrabbeld was. Harry hoopte vurig dat het de tegenvloek was en dacht met al zijn kracht: *Liberacorpus*!

Er volgde opnieuw een lichtflits en Ron plofte in een wirwar van armen en benen op zijn matras neer.

'Sorry,' herhaalde Harry zwakjes terwijl Daan en Tomas het nog steeds uitschaterden.

'Zou je morgen gewoon de wekker willen zetten?' zei Ron gesmoord.

Tegen de tijd dat ze zich hadden aangekleed, met zelfgebreide truien van mevrouw Wemel onder hun gewaad, en ze hun mantel, sjaal en handschoenen hadden gepakt, was Ron de schrik te boven en had hij besloten dat Harry's nieuwe spreuk ontzettend grappig was; zo grappig dat hij het verhaal meteen in geuren en kleuren aan Hermelien vertelde toen ze aan het ontbijt zaten.

'... en na nog een lichtflits viel ik weer op bed!' zei Ron grijnzend terwijl hij worstjes opschepte.

Hermelien had tijdens het verhaal niet één keer gelachen en keek Harry nu ijzig en afkeurend aan.

'Kwam die spreuk toevallig uit dat toverdrankenboek van je?' vroeg ze.

Harry fronste zijn voorhoofd.

'Je denkt ook altijd meteen het ergste, hè?'

'Heb je het daaruit?'

'Nou... ja, maar wat dan nog?'

'Dus je zag een onbekende, met de hand geschreven spreuk en dacht, laat ik die eens even uitproberen?'

'Wat doet het ertoe of hij met de hand geschreven is?' zei Harry, die liever geen antwoord gaf op de rest van de vraag.

'Omdat hij dan waarschijnlijk niet is goedgekeurd door het Ministerie van Toverkunst,' zei Hermelien. 'En bovendien,' voegde ze eraan toe toen Harry en Ron hun ogen ten hemel sloegen, 'krijg ik steeds meer de indruk dat die zogenaamde Prins een onbetrouwbaar figuur was.'

Harry en Ron vielen meteen over haar heen.

'Het was gewoon een geintje!' zei Ron en hij goot grote klodders ketchup over zijn worstjes. 'Een geintje, Hermelien! Weet je wat dat is?'

'Mensen aan hun enkels in de lucht laten bengelen?' zei Hermelien. 'Wie steekt er nou tijd en energie in het verzinnen van dat soort spreuken?'

'Fred en George,' zei Ron schouderophalend. 'Het is echt iets voor hen. En, eh –'

'Mijn vader,' zei Harry. Het schoot hem plotseling te binnen.

'Wat?' zeiden Ron en Hermelien in koor.

'Mijn vader gebruikte die spreuk ook,' zei Harry. 'Ik – dat hoorde ik van Lupos.'

Dat laatste was niet waar. Harry had gezien hoe zijn vader de spreuk gebruikte tegen Sneep, maar hij had Ron en Hermelien nooit verteld over dat uitstapje in de Hersenpan. Nu kwam er opeens een fantastische gedachte bij hem op. Zou de Halfbloed Prins –?

'Misschien heeft je vader die spreuk inderdaad gebruikt, Harry,' zei Hermelien. 'Maar hij was niet de enige. We hebben zelf gezien hoe een heleboel anderen hem gebruikten, als je dat soms vergeten mocht zijn. Ze lieten mensen bengelend door de lucht zweven, slapend en hulpeloos.'

Harry keek haar met grote ogen aan. Met een hol gevoel in zijn maag herinnerde hij zich het gedrag van de Dooddoeners tijdens het WK Zwerkbal. Ron schoot hem te hulp.

'Dat was iets anders,' zei hij gedecideerd. 'Zij maakten misbruik van die spreuk. Harry en zijn vader deden het voor de lol. Je hebt gewoon een hekel aan de Prins omdat hij beter is in Toverdranken dan jij!' voegde hij eraan toe en hij wees streng naar Hermelien met een worstje.

'Dat heeft er niets mee te maken!' zei Hermelien, maar haar wangen werden rood. 'Ik vind het gewoon onverantwoordelijk om spreuken te gebruiken als je niet eens weet waarvoor ze bedoeld zijn! En praat niet steeds over "de Prins" alsof dat een soort titel is. Ik wil wedden dat het gewoon een stomme bijnaam is en ik denk eerlijk gezegd dat hij helemaal geen aardig iemand was.'

'Hoe kom je daar nou weer bij?' vroeg Harry verhit. 'Als hij een Dooddoener in de dop was geweest, zou hij niet hebben opgeschept dat hij "Halfbloed" was, of wel?'

Terwijl hij dat zei, herinnerde Harry zich dat zijn vader van zuiver bloed was geweest, maar die gedachte verdrong hij. Daar zou hij zich later wel zorgen over maken...

'De Dooddoeners kunnen onmogelijk allemaal van zuiver bloed zijn. Er zijn gewoon niet voldoende bloedzuivere tovenaars meer,' zei Hermelien koppig. 'Ik denk dat de meesten halfbloed zijn en gewoon doen alsof ze zuiver bloed hebben. Ze haten alleen tovenaars met Dreuzelouders. Jij en Ron zouden zo lid mogen worden van de club.'

'Ze zouden mij echt nooit als Dooddoener willen hebben!' zei Ron verontwaardigd. Er vloog een stukje worst van de vork waarmee hij naar Hermelien zwaaide, dat Ernst Marsman op zijn achterhoofd raakte. 'Al mijn familieleden zijn bloedverraders! Dat vinden Dooddoeners net zo erg als Dreuzelouders!'

'Mij willen ze vast graag hebben,' zei Harry sarcastisch. 'Ik denk dat we de beste maatjes zouden zijn, als ze me maar niet steeds probeerden te vermoorden.'

Ron lachte en zelfs Hermelien grijnsde zuur. Op dat moment arriveerde er afleiding in de vorm van Ginny.

'Hé Harry, dit moest ik je geven.'

Het was een rol perkament met Harry's naam erop, in een vertrouwd, schuin handschrift.

'Bedankt, Ginny... de volgende les van Perkamentus!' zei Harry tegen Ron en Hermelien. Hij maakte de rol open en las vlug wat erin stond. 'Maandagavond!' Hij voelde zich plotseling enorm opgelucht en blij. 'Ga je met ons mee naar Zweinsveld, Ginny?' vroeg hij.

'Ik ga met Daan – misschien zie ik jullie daar,' zei ze. Ze zwaaide en vertrok weer.

Vilder stond zoals gewoonlijk bij de eiken voordeuren en controleerde de namen van de leerlingen die toestemming hadden om naar Zweinsveld te gaan. Dat proces nam nu nog meer tijd in beslag dan normaal, omdat Vilder iedereen drie keer controleerde met zijn Hypocrietspriet.

'Wat maakt het uit of we Duistere spullen de school UIT smokkelen?' vroeg Ron. Hij keek ongerust naar de lange dunne Hypocrietspriet. 'Kun je niet beter controleren wat we mee TERUG nemen?'

Die brutale opmerking leverde hem een paar extra porren met de Spriet op. Rons gezicht was nog steeds pijnlijk vertrokken toen ze de wind en natte sneeuw in stapten.

Het was geen prettige wandeling naar Zweinsveld. Harry sloeg zijn sjaal voor zijn neus en mond; de rest van zijn gezicht was al snel ijskoud en gevoelloos. De weg naar het dorp wemelde van de leerlingen, die bijna dubbelgebogen tegen de snerpende wind optornden. Harry vroeg zich af of het niet veel gezelliger zou zijn geweest in de warme leerlingenkamer en toen ze eindelijk in Zweinsveld aankwamen en merkten dat Zonko's Fopmagazijn dichtgespijkerd was, zag hij dat als een bevestiging van het feit dat hun uitstapje geen succes zou worden. Ron wees met dik gehandschoende vingers naar Zacharinus, die gelukkig wel open was, en Harry en Hermelien wankelden in zijn kielzog naar de overvolle winkel.

'Goddank,' zei Ron bibberend toen ze de warme, naar toffee geurende zaak in stapten. 'Laten we hier de rest van de dag blijven.'

'Harry, beste jongen!' zei een zware, galmende stem achter hen.

'O nee,' mompelde Harry. Ze draaiden zich om en zagen professor Slakhoorn staan. Hij droeg een gigantische bontmuts en een jas met bijpassende bontkraag, had een grote zak geconfijte ananas in zijn hand en nam minstens een kwart van de winkelruimte in beslag.

'Harry, je hebt nu al drie van mijn soupeetjes gemist!' zei Slakhoorn en hij gaf Harry een gemoedelijke por tegen zijn borst. 'Dat kunnen we niet hebben, beste jongen. Ik rust niet voor je ook komt! Juffrouw Griffel vindt ze juist ontzettend leuk. Ja toch?'

'Ja,' zei Hermelien hulpeloos. 'Ze zijn echt –'

'Waarom kom je dan niet, Harry?' vroeg Slakhoorn.

'Nou, ik had iedere keer Zwerkbaltraining,' zei Harry. Hij had inderdaad steeds vlug een training ingelast als Slakhoorn hem weer zo'n uitnodiging met een lila lint erom stuurde. Die strategie hield ook in dat Ron niet buitengesloten werd en dat ze samen met Ginny konden lachen om Hermelien, die met Stoker en Zabini opgescheept was.

'Nou, na al dat trainen verwacht ik wel dat jullie je eerste wedstrijd winnen!' zei Slakhoorn. 'Maar een beetje ontspanning heeft nog nooit iemand kwaad gedaan. Wat dacht je van maandagavond? Ik denk toch echt niet dat je met dit weer wilt trainen.'

'Dat gaat niet, professor. Op maandagavond heb ik een – eh – afspraak met professor Perkamentus.'

'Opnieuw pech!' riep Slakhoorn dramatisch. 'Nou ja... je kunt me niet altijd blijven ontlopen, Harry!'

Hij zwaaide vorstelijk, waggelde de zaak uit en negeerde Ron volkomen, alsof hij een bak Kakkerlak Krunchies was.

'Ongelooflijk dat je er wéér onderuit hebt weten te komen,' zei Hermelien hoofdschuddend. 'Zo erg zijn die soupeetjes nou ook weer niet, hoor... soms zijn ze zelfs best leuk...' Ze zag Rons gezicht. 'O kijk – ze hebben Suikerveren Deluxe – daar doe je uren mee!'

Harry was blij dat Hermelien van onderwerp veranderd was en toonde veel meer belangstelling voor de nieuwe en extra grote Suikerveren dan hij normaal gedaan zou hebben, maar Ron bleef humeurig en haalde alleen zijn schouders op toen Hermelien vroeg waar hij nu heen wilde.

'Laten we naar de Drie Bezemstelen gaan,' zei Harry. 'Daar is het in elk geval warm.'

Ze sloegen hun sjaal weer voor hun gezicht en verlieten de snoepwinkel. De ijzige wind voelde extra snijdend aan na de zoetige warmte bij Zacharinus. Het was ook niet erg druk op straat; niemand bleef staan om een praatje te maken en iedereen liep gehaast naar zijn of haar bestemming. De enige uitzonderingen waren twee mannen die voor de Drie Bezemstelen stonden. Eentje was lang en mager. Harry tuurde wat beter door zijn beslagen bril en herkende de barman van de Zwijnskop, de andere kroeg in Zweinsveld. Toen Harry, Ron en Hermelien aan kwamen lopen sloeg de barman zijn mantel wat dichter om zich heen en liep weg. De andere man frunnikte aan iets wat hij in zijn armen had. Pas toen ze nauwelijks een meter van hem vandaan waren, besefte Harry wie het was.

'Levenius!'

De man was kort en gedrongen, met kromme beentjes en lang, warrig, roodachtig haar. Hij maakte een sprongetje van schrik en liet een stokoude koffer vallen. Die sprong prompt open en er rolden voldoende spullen over straat om een uitdragerij mee te beginnen.

'O, hallo Harry,' zei Levenius Lorrebos, in een absoluut niet overtuigende poging om luchtig te doen. 'Nou, laat ik je niet langer ophouden.'

Hij begon razendsnel de inhoud van de koffer bij elkaar te grabbelen en maakte de indruk dat hij liefst zo snel mogelijk wilde vertrekken.

'Wil je die ouwe troep verkopen?' vroeg Harry. Hij keek hoe Levenius een heel assortiment groezelige voorwerpen opraapte.

'Nou ja, je moet wel aan de kost zien te komen, hè?' zei Levenius. 'Hé, geef hier!'

Ron had zich ook gebukt en een zilveren voorwerp opgeraapt.

'Wacht eens even,' zei Ron langzaam. 'Dit komt me bekend voor –'

'Bedankt,' zei Levenius. Hij griste de beker uit Rons hand en stopte hem vlug in de koffer. 'Nou, ik zie jullie nog – AU!'

Harry greep Levenius bij zijn keel en drukte hem met één hand tegen de muur van het café, terwijl hij met de andere zijn toverstok trok.

'Harry!' gilde Hermelien.

'Die heb je gejat uit het huis van Sirius,' zei Harry. Hij stond bijna neus aan neus met Levenius en rook een onaangename geur van muffe tabak en verschaalde drank. 'Het familiewapen van de Zwartsen stond op die beker.'

'Ik – nee – wat –?' sputterde Levenius, die langzaam paars aanliep.

'Wat heb je gedaan? Ben je op de avond van zijn dood gelijk teruggegaan en heb je het huis leeggeroofd?' snauwde Harry.

'Ik – nee –'

'Geef hier!'

'Harry, doe niet!' gilde Hermelien toen Levenius blauw werd.

Er klonk een knal en Harry voelde hoe zijn hand van de keel van Levenius losgerukt werd. Hoestend en naar adem happend greep Levenius zijn gevallen koffer en Verdwijnselde met een luide BENG.

Harry vloekte en draaide zich een paar keer razendsnel om, om te zien waar Levenius gebleven was.

'KOM TERUG, VUILE DIEF!'

'Het heeft geen zin, Harry.'

Tops was uit het niets verschenen. Haar muisbruine haar was nat van de sneeuw.

'Ik denk dat Levenius alweer in Londen is. Het heeft geen zin om te schreeuwen.'

'Hij heeft de spullen van Sirius gejat! Gejat!'

'Ja, maar toch zou ik niet in de kou blijven staan,' zei Tops, blijkbaar niet onder de indruk van die informatie.

Ze keek hoe ze de Drie Bezemstelen binnengingen. Zodra hij in het café was brieste Harry: 'Hij *heeft de spullen van Sirius gejat!*'

'Weet ik, Harry, maar schreeuw niet zo. De mensen kijken,' fluisterde Hermelien. 'Ga zitten, dan haal ik wat te drinken.'

Harry was nog steeds woest toen Hermelien een paar minuten later terugkwam met drie Boterbiertjes.

'Kan de Orde niet iets aan Levenius doen?' vroeg Harry op woedende fluistertoon. 'Ze zouden er in elk geval voor kunnen zorgen dat hij niet alles steelt wat niet vastgespijkerd is als hij op het Hoofdkwartier rondhangt!'

'Sst!' zei Hermelien vertwijfeld. Ze keek vlug om zich heen, om te zien of er iemand meeluisterde. Aan een naburig tafeltje staarden twee heksenmeesters vol belangstelling naar Harry, en Zabini leunde niet ver daarvandaan tegen een pilaar. 'Harry, ik zou ook boos zijn, hij steelt tenslotte jouw spullen –'

Harry verslikte zich in zijn Boterbier; hij was even vergeten dat hij nu de eigenaar was van Grimboudplein 12.

'Ja, het zijn mijn spullen!' zei hij. 'Geen wonder dat hij schrok toen hij me zag! Nou, ik vertel Perkamentus wat er gebeurd is. Hij is de enige voor wie Levenius ontzag heeft.'

'Goed idee,' fluisterde Hermelien, blij dat Harry weer kalmeerde. 'Waar zit jij zo naar te staren, Ron?'

'Niks,' zei Ron. Hij scheurde zijn ogen vlug los van de bar, maar

Harry wist dat hij geprobeerd had een glimp op te vangen van madame Rosmerta, de wulpse en aantrekkelijke waardin voor wie hij al lang een zwak had.

'Ik denk dat "niks" even in de kelder is om drank te halen,' zei Hermelien stekelig.

Ron negeerde die opmerking, nam een slok Boterbier en volhardde daarna in wat hij blijkbaar een waardig stilzwijgen vond. Harry dacht aan Sirius, die een enorme hekel had gehad aan die zilveren bekers. Hermelien roffelde met haar vingers op tafel en haar ogen flitsten heen en weer tussen Ron en de bar.

Zodra Harry zijn laatste druppels Boterbier had opgedronken zei ze: 'Nou, zullen we maar eens teruggaan naar school?'

De anderen knikten; het was geen leuk uitstapje geweest en het weer verslechterde met de minuut. Ze wikkelden zich opnieuw in hun mantel, sloegen hun sjaal om, trokken hun handschoenen aan en volgden Katja Bell en een vriendin, die ook net naar buiten gingen. Harry's gedachten dwaalden af naar Ginny terwijl ze door de halfbevroren sneeuw naar Zweinstein sjokten. Ze hadden haar niet gezien, ongetwijfeld omdat zij en Daan gezellig in de tearoom van madame Kruimelaar zaten, het trefpunt van verliefde stelletjes. Nors boog hij zijn hoofd en liep verder door de rondwervelende sneeuw.

Het duurde even voor Harry besefte dat de stemmen van Katja Bell en haar vriendin, die werden meegevoerd door de wind, steeds schriller en luider werden. Harry tuurde naar de twee vage gedaantes. De meisjes ruzieden over iets wat Katja in haar hand had.

'Jij hebt er niks mee te maken, Lia!' hoorde hij Katja zeggen.

Het weggetje maakte een bocht. De sneeuw dwarrelde in steeds dichtere vlagen neer en bleef op Harry's bril plakken. Net toen hij hem met zijn gehandschoende hand wilde schoonvegen, greep Lia het pakje van Katja; Katja griste het weer terug en het pakje viel op de grond.

Katja rees onmiddellijk in de lucht omhoog, niet zoals Ron, komisch bengelend aan een enkel, maar gracieus en met uitgestrekte armen, alsof ze op het punt stond om te gaan vliegen. Toch was er iets raars aan, iets griezeligs... haar haar zwiepte om haar hoofd in de felle wind, maar haar ogen waren gesloten en haar gezicht was volkomen uitdrukkingsloos. Harry, Ron, Hermelien en Lia bleven stokstijf staan en keken toe.

Toen ze zo'n twee meter boven de grond was, slaakte Katja plotseling een snerpende gil. Haar ogen gingen abrupt open en het was duidelijk dat wat ze zag, of voelde, haar ondraaglijke pijn bezorgde. Ze gilde en gilde; Lia begon ook te gillen, greep Katja bij haar enkels en probeerde haar omlaag te trekken. Harry, Ron en Hermelien renden naar haar toe om te helpen, maar net toen ze Katja's benen grepen viel ze boven op hen. Harry en Ron wisten haar op te vangen, maar ze kronkelde zo vreselijk dat ze haar nauwelijks konden vasthouden. Ze legden haar op de grond, waar ze krampachtig spartelde en krijste. Ze scheen de anderen niet te herkennen.

Harry keek om zich heen, maar de omgeving was verlaten.

'Blijf hier!' riep hij boven de gierende wind uit tegen de anderen. 'Ik ga hulp halen!'

Hij holde in de richting van de school; hij had nog nooit meegemaakt dat iemand zich zo gedroeg als Katja en hij kon zich niet voorstellen wat er aan de hand was. Net toen hij om een bocht van het weggetje sprintte, botste hij tegen een soort enorme beer die op zijn achterpoten liep.

'Hagrid!' hijgde hij en hij hees zich weer uit de heg waarin hij beland was.

'Harry!' zei Hagrid. De natte sneeuw kleefde aan zijn wenkbrauwen en baard en hij droeg zijn dikke, harige jas van bevervel. 'Ik ben net effe wezen buurten bij Groemp. Hij gaat hartstikke goed vooruit, je zou 't niet –'

'Hagrid, er is iemand gewond of vervloekt of zo –'

'Watte?' zei Hagrid. Hij bukte zich om Harry te kunnen verstaan, boven het bulderen van de wind uit.

'Er is iemand vervloekt!' brulde Harry.

'Vervloekt? Wie is er vervloekt – toch niet Ron? Of Hermelien?'

'Nee, zij niet. Katja Bell. Hierheen...'

Ze renden samen terug en zagen meteen het groepje mensen rond Katja, die nog steeds gillend en spartelend op de grond lag: Ron, Hermelien en Lia probeerden haar allemaal te kalmeren.

'Opzij!' schreeuwde Hagrid. 'Laat mij d'r zien!'

'Er is iets met haar gebeurd!' snikte Lia. 'Ik weet niet wat –'

Hagrid keek even naar Katja, bukte zich toen zonder een woord te zeggen, nam haar in zijn armen en rende naar het kasteel. Binnen een paar seconden stierf Katja's doordringende gegil weg en hoorden ze alleen nog het razen van de wind.

Hermelien liep naar Katja's jammerende vriendin en sloeg haar arm om haar heen.

'Lia, hè?'

Het meisje knikte.

'Gebeurde het plotseling, of –'

'Toen dat pakje scheurde,' snikte Lia. Ze wees op het doorweekte pakje op de grond. Het bruine papier was gescheurd en ze zagen een groenachtige schittering. Ron bukte zich en stak zijn hand uit, maar Harry greep hem bij zijn arm en trok hem terug.

'*Blijf af!*'

Hij ging op zijn hurken zitten. Een stukje van een rijk bewerkte halsketting met opalen stak uit het papier.

'Die heb ik eerder gezien,' zei Harry en hij staarde naar de ketting. 'Een hele tijd geleden, bij Odius & Oorlof. Hij lag in een vitrine met een kaartje erbij dat hij vervloekt was. Katja moet hem aangeraakt hebben.' Hij keek naar Lia, die nu onbedwingbaar trilde. 'Hoe komt Katja eraan?'

'Daar hadden we ruzie over. Toen ze in de Drie Bezemstelen terugkwam van de wc, had ze dat pakje bij zich. Ze zei dat het een verrassing was voor iemand op Zweinstein en dat zij het moest geven. Ze keek heel vreemd toen ze dat zei... o nee, o nee, ze verkeerde vast onder de Imperiusvloek zonder dat ik het wist!'

Lia begon opnieuw te snikken en te trillen. Hermelien klopte haar zachtjes op haar schouder.

'Wilde ze niet zeggen van wie ze het gekregen had, Lia?'

'Nee... dat wilde ze niet vertellen... en ik zei dat ze niet zo gek moest doen en het niet moest meenemen, maar ze wilde niet luisteren en... en toen probeerde ik het van haar af te pakken... en... en –' Lia jammerde van wanhoop.

'Laten we naar school gaan, dan kunnen we vragen hoe het met haar gaat,' zei Hermelien met haar arm nog steeds om Lia. 'Kom...'

Harry aarzelde even, maar deed toen zijn sjaal af. Hij negeerde Ron, die geschrokken naar adem snakte, sloeg de sjaal voorzichtig om de halsketting en raapte hem op.

'We moeten dat ding aan madame Plijster laten zien,' zei hij.

Terwijl ze Hermelien en Lia volgden, dacht Harry verwoed na. Zodra ze op het schoolterrein waren, kon hij zijn gedachten niet langer voor zich houden.

'Malfidus weet van die ketting,' zei hij. 'Hij lag vier jaar geleden in een vitrine bij Odius & Oorlof. Ik zag zelf dat hij hem bekeek, toen ik me daar schuilhield voor zijn vader en hem. *Dit* is wat hij kocht, die keer dat we hem volgden! Hij herinnerde zich dat ze die ketting hadden en is hem gaan halen!'

'Ik – ik weet niet, Harry,' zei Ron aarzelend. 'Er komen veel mensen bij Odius & Oorlof... en zei dat meisje niet dat Katja het pakje gekregen had op de dames-wc?'

'Ze zei dat ze van de wc terugkwam met dat pakje. Dat wil nog niet zeggen dat ze het ook per se op de wc gekregen heeft –'

'Anderling!' zei Ron waarschuwend.

Harry keek op. Inderdaad kwam professor Anderling haastig het stenen bordes af, door de rondwervelende sneeuw.

'Hagrid zei dat jullie gezien hebben wat er met Katja Bell gebeurd is – kom mee naar mijn kamer, alsjeblieft! Wat heb je daar, Potter?'

'Het ding dat Katja heeft aangeraakt,' zei Harry.

'Lieve hemel,' zei professor Anderling geschrokken terwijl ze de ketting aanpakte. 'Nee, nee, Vilder, ze horen bij mij!' voegde ze er haastig aan toe toen Vilder gretig kwam aanschuifelen door de hal met zijn Hypocrietspriet in de aanslag. 'Breng deze ketting onmiddellijk naar professor Sneep, maar raak hem niet aan en hou hem in deze sjaal gewikkeld!'

Harry en de anderen volgden professor Anderling naar boven. De druipende ramen op haar kamer rammelden in hun kozijnen en het was er kil, ondanks het knetterende haardvuur. Professor Anderling deed de deur dicht, ging achter haar bureau staan en keek naar Harry, Ron, Hermelien en de nog steeds snikkende Lia.

'En?' zei ze op scherpe toon. 'Wat is er gebeurd?'

Hakkelend en met veel onderbrekingen waarin ze haar tranen probeerde te bedwingen, vertelde Lia hoe Katja in de Drie Bezemstelen naar de wc was gegaan en was teruggekomen met een pakje zonder opschrift. Katja had een beetje vreemd gedaan en ze hadden ruzie gekregen over de vraag of het wel verstandig was om onbekende voorwerpen mee te nemen. Die ruzie was uitgemond in getrek aan het pakje, dat was opengescheurd. Op dat punt werd Lia zo overmand door emotie dat ze geen zinnig woord meer uit haar konden loskrijgen.

'Nou, goed,' zei professor Anderling niet onvriendelijk. 'Ga naar de ziekenzaal en vraag of madame Plijster je iets geeft tegen de schrik, Lia.'

Toen Lia vertrokken was, richtte professor Anderling haar aandacht op Harry, Ron en Hermelien.

'Wat gebeurde er toen Katja de ketting aanraakte?'

'Ze steeg op in de lucht,' zei Harry voor Ron of Hermelien ook maar iets kon zeggen. 'En toen begon ze te gillen en viel ze op de grond. Professor, zou ik professor Perkamentus kunnen spreken?'

'Het schoolhoofd is tot maandag afwezig, Potter,' zei professor Anderling nogal verbaasd.

'Afwezig?' herhaalde Harry boos.

'Ja, Potter, afwezig!' zei professor Anderling pinnig. 'Maar als je iets te zeggen hebt over deze vreselijke toestand, kun je dat ook gerust tegen mij doen!'

Harry aarzelde een fractie van een seconde. Professor Anderling was niet iemand die je snel in vertrouwen nam; Perkamentus was in veel opzichten weliswaar intimiderender, maar ook minder geneigd een theorie weg te honen, al was die nog zo vergezocht. Maar dit was een kwestie van leven of dood en niet het juiste moment om zich zorgen te maken dat hij misschien uitgelachen zou worden.

'Volgens mij heeft Katja die ketting gekregen van Draco Malfidus, professor.'

Ron, die naast hem stond, wreef opgelaten over zijn neus; aan zijn andere kant schuifelde Hermelien met haar voeten, alsof ze graag een beetje afstand wilde scheppen tussen Harry en haarzelf.

'Dat is een ernstige beschuldiging, Potter,' zei professor Anderling na een geschokte stilte. 'Heb je daar enig bewijs voor?'

'Nee,' zei Harry, 'maar...' Hij vertelde hoe ze Malfidus gevolgd waren naar Odius & Oorlof en hoe ze daar zijn gesprek met Odius hadden afgeluisterd.

Toen hij was uitgesproken, leek professor Anderling een beetje in de war.

'Dus Malfidus bracht iets naar Odius & Oorlof om te laten repareren?'

'Nee, professor, hij wilde dat Odius hem zou vertellen hoe hij het repareren moest. Hij had het niet bij zich. Maar daar gaat het niet om. Het gaat erom dat hij ook iets kocht en volgens mij was dat deze ketting.'

'Zag je Malfidus de winkel verlaten met net zo'n pakje?'

'Nee, professor, hij zei dat Odius het voor hem moest bewaren –'

'Maar Harry,' viel Hermelien hem in de rede, 'Odius vroeg of hij het wilde meenemen en toen zei Malfidus nee!'

'Omdat hij het niet wilde aanraken, natuurlijk,' zei Harry boos.

'Wat hij werkelijk zei was "Denk je dat ik met zo'n ding over straat wil lopen?"' zei Hermelien.

'Nou, hij zou behoorlijk voor gek gelopen hebben met een halsketting om,' deed Ron een duit in het zakje.

'Hè Ron,' zei Hermelien ongeduldig, 'Die ketting zou natuurlijk goed verpakt zijn, zodat hij hem niet hoefde aan te raken en hij zou hem gemakkelijk onder zijn mantel gestopt kunnen hebben, zodat niemand hem kon zien. Volgens mij was wat hij bij Odius & Oorlof reserveerde iets groots of lawaaierigs – iets waardoor hij de aandacht zou trekken als hij ermee over straat liep – en trouwens,' vervolgde ze met stemverheffing voor Harry haar in de rede kon vallen, 'ik vroeg Odius naar die ketting, weten jullie nog? Toen ik naar binnen ging om uit te vissen wat Malfidus in zijn schild voerde, zag ik die ketting liggen. Odius zei alleen hoe duur hij was, niet dat hij al verkocht was –'

'Nou, je deed niet bepaald subtiel. Hij had je binnen vijf seconden al door. Logisch dat hij het niet wilde zeggen. Bovendien kan Malfidus het hebben laten opsturen –'

'Zo is het genoeg!' zei professor Anderling toen Hermelien hem woedend van repliek wilde dienen. 'Ik waardeer het dat je me dit vertelt, Potter, maar we kunnen meneer Malfidus niet van iets beschuldigen omdat hij toevallig in de winkel is geweest waar deze ketting misschien gekocht is. Datzelfde geldt voor honderden andere mensen –'

'– dat zei ik ook al –' mompelde Ron.

'– en er gelden dit jaar trouwens strenge veiligheidsmaatregelen. Ik geloof niet dat die ketting de school binnengekomen kan zijn zonder dat wij ervan wisten –'

'– maar –'

'– en bovendien,' zei professor Anderling op een toon die geen tegenspraak duldde, 'was meneer Malfidus vandaag niet in Zweinsveld.'

Harry gaapte haar aan en voelde al zijn zelfverzekerdheid wegebben.

'Hoe weet u dat, professor?'

'Omdat hij strafwerk moest maken voor mij. Hij heeft twee keer achter elkaar zijn huiswerk voor Gedaanteverwisselingen niet op tijd ingeleverd. Dus bedankt dat je je verdenkingen met me gedeeld hebt, Potter,' zei ze terwijl ze met grote passen naar de deur liep, 'maar nu moet ik echt naar de ziekenzaal om te kijken hoe het met Katja Bell gaat. Een prettige dag verder.'

Ze hield de deur open en ze waren gedwongen om zwijgend naar buiten te schuifelen.

Harry was boos op de anderen omdat ze de kant van Anderling hadden gekozen, maar voelde zich toch genoodzaakt mee te doen aan de discussie over wat er gebeurd was.

'Aan wie had Katja die ketting moeten geven, denk je?' vroeg Ron terwijl ze de trap op liepen naar de leerlingenkamer.

'Geen idee,' zei Hermelien. 'Maar die persoon is op het nippertje ontsnapt. Niemand had dat pakje open kunnen maken zonder de ketting aan te raken.'

'Het zou voor zoveel mensen bedoeld kunnen zijn geweest,' zei Harry. 'Perkamentus, bijvoorbeeld – die zouden de Dooddoeners maar wat graag willen uitschakelen. Ik denk dat hij helemaal boven aan hun lijstje staat. Of Slakhoorn – Perkamentus denkt dat Voldemort hem graag aan zijn kant wilde hebben en ze zijn er vast niet blij mee dat hij voor Perkamentus gekozen heeft. Of –'

'Of jij,' zei Hermelien ongerust.

'Nee, dat kan niet,' zei Harry. 'Dan had Katja zich gewoon omgedraaid en het pakje aan mij gegeven. Nadat we weggingen uit de Drie Bezemstelen, heb ik de hele tijd achter haar gelopen. Het zou ook veel logischer zijn geweest om het pakje buiten te overhandigen, nu Vilder iedereen controleert die Zweinstein in en uit gaat. Waarom wilde Malfidus zo graag dat Katja het meenam naar het kasteel?'

'Harry, Malfidus was niet in Zweinsveld!' zei Hermelien, letterlijk stampvoetend van frustratie.

'Dan moet hij een medeplichtige hebben gehad,' zei Harry. 'Korzel of Kwast – of waarschijnlijk een andere Dooddoener. Hij heeft vast betere vriendjes dan Korzel en Kwast nu hij eenmaal lid is van de club –'

Ron en Hermelien keken elkaar aan, op een manier die duidelijk zei: 'Met hem valt niet te praten.'

'Haringbaas!' zei Hermelien kortaf toen ze bij de Dikke Dame waren.

Het portret zwaaide open en ze klommen de leerlingenkamer in. Het was er stampvol en het rook er naar vochtige kleren; blijkbaar waren veel mensen eerder uit Zweinsveld teruggekeerd vanwege het slechte weer. Ze hoorden echter geen angstig of nieuwsgierig geroezemoes; het was duidelijk dat het nieuws over Katja nog niet de ronde had gedaan.

'Eigenlijk was het helemaal geen slimme aanslag, als je er goed over nadenkt,' zei Ron. Hij schopte achteloos een eerstejaars uit een van de fauteuils bij de haard, zodat hij er zelf kon gaan zitten. 'De vloek heeft niet eens het kasteel gehaald. Niet bepaald een waterdicht plan.'

'Je hebt gelijk,' zei Hermelien. Ze duwde Ron met haar voet uit de stoel en bood die weer aan de eerstejaars aan. 'In feite was het niet goed doordacht.'

'Maar sinds wanneer is Malfidus een van 's werelds grote denkers?' vroeg Harry.

Ron en Hermelien deden allebei alsof ze hem niet hoorden.

HOOFDSTUK 13

VILIJNS VERBORGEN VERLEDEN

*K*atja werd de volgende dag overgebracht naar St. Holisto's Hospitaal voor Magische Ziektes en Zwaktes. Tegen die tijd wist de hele school dat ze vervloekt was, al kende niemand de details en wisten blijkbaar alleen Harry, Ron, Hermelien en Lia dat Katja niet het beoogde slachtoffer was geweest.

'O, en Malfidus, natuurlijk,' zei Harry tegen Ron en Hermelien. Die deden alsof ze niets hoorden, zoals altijd als Harry weer eens over zijn Malfidus-is-een-Dooddoenertheorie begon.

Harry had zich afgevraagd of Perkamentus wel op tijd terug zou zijn voor hun les op maandag, maar omdat hij geen tegenbericht kreeg stond hij om acht uur 's avonds voor de deur. Hij klopte en een stem zei dat hij binnen moest komen. Perkamentus zat aan zijn bureau. Hij zag er ongewoon moe uit en zijn hand was nog altijd zwart en geblakerd, maar hij gebaarde glimlachend dat Harry moest gaan zitten. De Hersenpan stond weer op het bureau en wierp zilverachtige schitteringen op het plafond.

'Je hebt het druk gehad tijdens mijn afwezigheid,' zei Perkamentus. 'Ik hoorde dat je getuige bent geweest van Katja's ongeluk.'

'Ja, dat klopt. Hoe gaat het met haar, professor?'

'Ze is er nog steeds niet best aan toe, al heeft ze in feite geluk gehad. Ze heeft blijkbaar maar met een piepklein stukje blote huid langs de halsketting gestreken: er zat een minuscuul gaatje in haar handschoen. Als ze de ketting had omgedaan of hem zelfs maar even zonder handschoenen had vastgehouden zou ze gestorven zijn, misschien wel op slag. Gelukkig kon professor Sneep een snelle uitbreiding van de vloek voorkomen –'

'Waarom Sneep?' viel Harry hem in de rede. 'Waarom niet madame Plijster?'

'Onbeschaamdheid!' zei een stem vanuit een van de portretlijsten aan de muur. Firminus Nigellus Zwarts, de over-overgrootvader van Sirius, had ogenschijnlijk liggen slapen, maar hief zijn hoofd nu op van zijn armen. 'Ik zou nooit hebben toegestaan dat een leerling vraagtekens zette bij het beleid van Zweinstein.'

'Ja, dank je, Firminus.' Perkamentus snoerde hem de mond. 'Professor Sneep weet veel meer van de Zwarte Kunsten dan madame Plijster, Harry. Ik krijg trouwens ieder uur bericht vanuit het St. Holisto en ik heb goede hoop dat Katja mettertijd volledig zal herstellen.'

'Waar was u dit weekend, professor?' vroeg Harry. Hij negeerde het sterke gevoel dat dat misschien wat al te vrijpostig was, een gevoel dat blijkbaar gedeeld werd door Firminus Nigellus, want die siste zacht tussen zijn tanden.

'Dat zeg ik nu liever nog niet,' zei Perkamentus. 'Maar te zijner tijd zul je het horen.'

'Echt?' zei Harry verbluft.

'Ik denk het wel,' zei Perkamentus. Hij haalde een nieuw flesje met zilveren herinneringen onder zijn gewaad vandaan en verwijderde de kurk met een tikje van zijn toverstok.

'Professor,' zei Harry aarzelend, 'ik kwam Levenius tegen in Zweinsveld.'

'O ja. Ik heb vernomen dat Levenius zich met zijn gebruikelijke vingervlugheid aan je erfenis vergrepen heeft,' zei Perkamentus met een lichte frons. 'Hij is ondergedoken nadat jij hem bij de Drie Bezemstelen betrapte. Ik heb zo'n idee dat hij mij niet onder ogen durft te komen, maar je kunt ervan verzekerd zijn dat hij niet nog meer bezittingen van Sirius zal ontvreemden.'

'Heeft die schurftige halfbloed erfstukken van de Zwartsen gestolen?' zei Firminus Nigellus woedend. Hij beende zijn lijst uit, ongetwijfeld om op bezoek te gaan bij zijn portret op Grimboudplein 12.

'Professor,' zei Harry na een korte stilte, 'heeft professor Anderling u verteld wat ik gezegd heb na die toestand met Katja? Over Draco Malfidus?'

'Ze heeft me op de hoogte gebracht van je verdenkingen, ja,' zei Perkamentus.

'En denkt u –'

'Ik neem alle noodzakelijke maatregelen en iedereen die betrokken zou kunnen zijn bij Katja's ongeval wordt onderzocht,' zei Perkamentus. 'Maar op dit moment lijkt onze les me belangrijker, Harry.'

Harry voelde zich een beetje gepikeerd: als hun lessen echt zo vreselijk belangrijk waren, waarom zat er dan zo'n lange onderbreking tussen de eerste en de tweede les? Hij zei echter niets meer over Malfidus en keek hoe Perkamentus de verse herinneringen in de Hersenpan goot en de vloeistof in de stenen kom liet rondwervelen tussen zijn lange vingers.

'Je herinnert je natuurlijk nog wel dat we het verhaal van Voldemorts jeugd verlieten op het punt dat de knappe jonge Dreuzel Marten Vilijn zijn vrouw, de heks Merope, in de steek liet en terugkeerde naar het landhuis van zijn vader in Havermouth. Merope bleef alleen achter in Londen, in verwachting van het kind dat zou opgroeien tot Heer Voldemort.'

'Hoe weet u dat ze in Londen was, professor?'

'Door de verklaring van een zekere Caractacus Oorlof,' zei Perkamentus. 'De Oorlof die, heel toevallig, een van de oprichters was van de zaak waar de zojuist genoemde halsketting gekocht is.'

Hij liet de inhoud van de Hersenpan opnieuw rondwervelen, als een goudzoeker die erts wast. Uit de kolkende, zilverachtige massa rees een oude man op. Hij draaide langzaam rond in de Hersenpan, zilvergrijs als een geest maar veel minder doorzichtig. Een dikke bos haar hing voor zijn ogen.

'Ja, die kregen we onder merkwaardige omstandigheden in ons bezit. Vlak voor kerst stond er opeens een jonge heks in de zaak. Dat is nu al heel wat jaartjes geleden. Ze zei dat ze dringend goud nodig had. Nou, dat zag je meteen. Ze was gehuld in lompen en ze was behoorlijk dik... ze was in verwachting, snap je. Ze zei dat het medaillon van Zwadderich was geweest. Dat soort verhalen horen we vaak. "O, deze was van Merlijn, het was zijn favoriete theepot", maar toen ik keek, zag ik inderdaad zijn merkteken, en een paar eenvoudige spreuken waren voldoende om de echtheid te bevestigen. Dat betekende natuurlijk dat het onbetaalbaar was, maar ze scheen geen idee te hebben van de werkelijke waarde. Ze was blij toen ze er tien Galjoenen voor kreeg. De beste aankoop die we ooit gedaan hebben!'

Perkamentus schudde extra stevig met de Hersenpan en Caractacus Oorlof zonk weer weg in de kolkende massa herinneringen waaruit hij was opgerezen.

'Gaf hij haar maar tien Galjoenen?' zei Harry verontwaardigd.

'Caractacus Oorlof stond niet bekend om zijn vrijgevigheid,' zei Perkamentus. 'We weten nu dus dat Merope aan het eind van haar zwangerschap in Londen was en wanhopig om geld verlegen zat. Ze was zelfs zo wanhopig dat ze bereid was haar enige waardevolle bezit te verkopen: het medaillon dat een van Asmodoms gekoesterde familiestukken was geweest.'

'Maar ze kon toveren!' zei Harry ongeduldig. 'Ze kon toch door toverkracht aan eten komen en zo?'

'Ah,' zei Perkamentus. 'Misschien wel, maar ik denk – ik moet nu gissen, al ben ik ervan overtuigd dat ik gelijk heb – dat Merope stopte met toveren toen haar man haar in de steek liet. Ik geloof dat ze niet langer een heks wilde zijn. Het zou natuurlijk ook kunnen dat haar onbeantwoorde liefde en de wanhoop die daaruit voortsproot haar van haar magische krachten beroofde; dat komt soms voor. Hoe dan ook, Merope weigerde haar toverstok nog te gebruiken, zelfs niet om haar eigen leven te redden, zoals je straks zult zien.'

'Wilde ze niet eens blijven leven voor haar zoon?'

Perkamentus trok zijn wenkbrauwen op.

'Je hebt toch geen medelijden met Heer Voldemort, Harry?'

'Nee,' zei Harry vlug. 'Maar zij kon kiezen, of niet soms? Niet zoals mijn moeder –'

'Jouw moeder had ook een keuze,' zei Perkamentus. 'Ja, Merope Vilijn verkoos de dood, ondanks de zoon die haar nodig had, maar oordeel niet te hard over haar, Harry. Ze was ernstig verzwakt na alle ellende die ze had meegemaakt en ze had ook nooit de moed die jouw moeder bezat. En als je nu zou willen gaan staan...'

'Waar gaan we heen?' vroeg Harry terwijl Perkamentus om zijn bureau heen liep en naast hem kwam staan.

'Deze keer gaan we een reisje maken door míjn geheugen,' zei Perkamentus. 'Je zult merken dat dat zowel rijk aan details als bevredigend nauwkeurig is. Na jou, Harry...'

Harry boog zich over de Hersenpan; zijn gezicht brak door het koele oppervlak van de herinnering en toen tuimelde hij weer door het duister... Een paar seconden later landden zijn voeten op een stevige ondergrond. Hij deed zijn ogen open en zag dat Perkamentus en hij in een drukke, ouderwetse straat in Londen stonden.

'Kijk, dat ben ik,' zei Perkamentus opgewekt. Hij wees op een lange gedaante die de straat overstak, vlak voor een melkkarretje dat getrokken werd door een paard.

Het haar en de baard van deze jongere Albus Perkamentus waren roodbruin. Toen hij aan hun kant van de straat was, liep hij met grote passen verder over het trottoir. Veel voorbijgangers keken hem na vanwege zijn flamboyante pak van donkerrood fluweel.

'Mooi pak, professor,' zei Harry. Het was eruit voor hij er erg in had, maar Perkamentus grinnikte alleen maar terwijl ze zijn jongere zelf op korte afstand volgden. Na een paar minuten lopen gingen ze door een ijzeren poort en stapten ze een kale binnenplaats op. Daar stond een nogal grimmig, vierkant gebouw, omgeven door hoge hekken. De jonge Perkamentus liep de treden naar de voordeur op en klopte één keer. Na enkele ogenblikken werd de deur geopend door een sjofel gekleed meisje met een schort.

'Goedemiddag. Ik heb een afspraak met de directrice, mevrouw Koort.'

'O,' zei het meisje verbluft terwijl ze naar de excentrieke uitmonstering van Perkamentus keek. 'Eh... één moment... MEVROUW KOORT!' brulde ze over haar schouder.

Harry hoorde in de verte iemand iets terugroepen. Het meisje wendde zich weer tot Perkamentus.

'Kom maar binnen, ze komt eraan.'

Perkamentus stapte een hal in met zwarte en witte vloertegels; alles was versleten maar wel brandschoon. Harry en de oudere Perkamentus volgden hem. Nog voor de deur was dichtgevallen, kwam er een magere, opgejaagde vrouw naar hen toe. Ze had een spits gezicht, dat eerder bezorgd dan onvriendelijk leek, en ze praatte over haar schouder tegen een tweede meisje met een schort.

'... en breng de jodium naar boven voor Martha. Billy Stroeve heeft weer aan zijn korsten gepulkt en Erik Wartels lakens zitten onder – als klap op de vuurpijl heeft hij ook nog eens waterpokken.' Toen zag ze Perkamentus en bleef ze stokstijf staan. Ze had niet verbaasder kunnen zijn als er een giraf in de hal had gestaan.

'Goedemiddag,' zei Perkamentus en hij stak zijn hand uit.

Mevrouw Koort gaapte hem met open mond aan.

'Mijn naam is Albus Perkamentus. Ik heb u een brief gestuurd waarin ik vroeg of we een afspraak konden maken en u was zo vriendelijk om me vandaag uit te nodigen.'

Mevrouw Koort knipperde met haar ogen en kwam kennelijk tot de conclusie dat Perkamentus geen hallucinatie was. Zwakjes zei ze: 'O. Ja. Nou... nou... dan kunt u beter meekomen naar mijn kamer. Ja.'

Ze ging Perkamentus voor naar een kleine kamer die deels zitkamer en deels kantoor was. Het zag er net zo sjofel uit als de hal en de meubels waren oud en pasten niet bij elkaar. Ze nodigde Perkamentus uit om te gaan zitten, in een gammele stoel, nam zelf achter een overvol bureau plaats en keek hem zenuwachtig aan.

'Zoals ik u al schreef, ben ik hier om over Marten Vilijn te praten en zijn toekomstige schoolopleiding te regelen,' zei Perkamentus.

'Bent u familie van hem?' vroeg mevrouw Koort.

'Nee, ik ben leraar,' zei Perkamentus. 'Ik kom Marten een plaatsje op mijn school aanbieden.'

'Welke school is dat dan?'

'Zweinstein,' zei Perkamentus.

'Waarom bent u geïnteresseerd in Marten?'

'We geloven dat hij precies de kwaliteiten heeft die we zoeken.'

'Bedoelt u dat hij een beurs gekregen heeft? Hoe kan dat? Die heeft hij nooit aangevraagd.'

'Nou, zijn naam staat al vanaf zijn geboorte bij ons in de boeken –'

'Wie heeft hem dan ingeschreven? Zijn ouders?'

Het was duidelijk dat mevrouw Koort een hinderlijk scherpzinnige vrouw was. Dat vond Perkamentus blijkbaar ook, want Harry zag dat hij zijn toverstok stiekem uit de zak van zijn fluwelen pak haalde en tegelijkertijd een blanco vel papier van het bureau van mevrouw Koort pakte.

'Alstublieft,' zei Perkamentus. Hij zwaaide één keer met zijn toverstok terwijl hij haar het papier gaf. 'Ik denk dat dit alles duidelijk zal maken.'

De ogen van mevrouw Koort werden even wazig en daarna weer scherp. Ze keek een paar tellen aandachtig naar het blanco papier.

'Ja, dat lijkt me prima in orde,' zei ze kalm en ze gaf het papier terug. Haar blik viel op een fles jenever en twee glazen, die er kort daarvoor beslist nog niet gestaan hadden.

'Eh – wilt u misschien een jenevertje?' zei ze met een gemaakt beschaafde stem.

'Nou, graag,' zei Perkamentus met een brede glimlach.

Het werd al gauw duidelijk dat mevrouw Koort niet in haar eerste jenevertje gestikt was. Ze schonk twee forse glazen in en dronk haar glas in één teug leeg. Ze smakte ongegeneerd met haar lippen en glimlachte voor het eerst tegen Perkamentus, die dat voordeel meteen uitbuitte.

'Kunt u me iets vertellen over de voorgeschiedenis van Marten? Hij is hier in het weeshuis geboren, geloof ik?'

'Klopt,' zei mevrouw Koort en ze schonk nog een jenever in. 'Ik weet het nog goed, omdat ik hier toen zelf pas werkte. Oudejaarsavond en bitterkoud. Het sneeuwde, snapt u? Echt vreselijk weer. Opeens zagen we een meisje naar de voordeur wankelen, niet veel ouder dan ik toen was. Nou ja, ze was niet de eerste. We lieten haar

200

binnen en een uur later kreeg ze haar baby. En nog een uur later was ze dood.'

Mevrouw Koort knikte indrukwekkend en nam opnieuw een forse slok.

'Zei ze nog iets voor ze stierf?' vroeg Perkamentus. 'Over de vader van het kind, bijvoorbeeld?'

'Ja, eerlijk gezegd wel,' zei mevrouw Koort. Ze leek nu eigenlijk wel te genieten van het gesprek, met een glas jenever in haar hand en een aandachtige toehoorder tegenover haar.

'Ik weet nog dat ze zei: "Ik hoop dat hij op zijn vader lijkt." Nou, het was niet vreemd dat ze dat hoopte, want zelf was ze bepaald geen schoonheid, daar hoeven we niet omheen te draaien. Toen zei ze dat hij Marten moest heten, naar zijn vader, en Asmodom, naar *haar* vader – ja, rare naam, hè? We vroegen ons af of ze misschien uit een circusfamilie kwam. Ze wilde dat de achternaam van haar zoon Vilijn zou zijn en kort daarna stierf ze, zonder verder nog een woord te zeggen.

Nou, we gaven hem die namen, zoals ze gevraagd had, want ze vond het blijkbaar erg belangrijk, arme meid, maar er kwam nooit een Marten of Asmodom of andere Vilijn naar hem vragen. Er kwam helemaal nooit familie van hem, dus bleef hij in het weeshuis en daar is hij nu nog steeds.'

Mevrouw Koort schonk zichzelf bijna verstrooid nog een glas jenever in. Op haar wangen verschenen twee rode blosjes. Opeens zei ze: 'Het is een aparte jongen.'

'Ja,' zei Perkamentus. 'Dat vermoedde ik al.'

'En hij was ook een aparte baby. Hij huilde vrijwel nooit, weet u. En toen hij ouder werd, was hij vaak... raar.'

'Raar? Op wat voor manier?' vroeg Perkamentus terloops.

'Nou, hij –'

Plotseling zweeg mevrouw Koort en er was niets wazigs of vaags aan de blik die ze Perkamentus toewierp over haar glas jenever.

'Is er definitief plaats voor hem bij u op school?'

'Definitief,' zei Perkamentus.

'En niets wat ik zeg kan daar nog iets aan veranderen?'

'Niets,' zei Perkamentus.

'Dus u neemt hem hoe dan ook mee, wat ik ook vertel?'

'Wat u ook vertelt,' zei Perkamentus ernstig.

Ze keek hem even met half samengeknepen ogen aan, alsof ze zich afvroeg of ze hem kon vertrouwen of niet. Blijkbaar besloot ze dat dat het geval was, want plotseling flapte ze eruit: 'De andere kinderen zijn bang voor hem.'

'Bedoelt u dat hij hen pest?' vroeg Perkamentus.

'Dat moet haast wel,' zei mevrouw Koort met gefronst voorhoofd. 'Het is alleen moeilijk om hem te betrappen. Maar er zijn dingen gebeurd... heel vervelende dingen...'

Perkamentus stelde geen vragen, al zag Harry dat hij geïnteresseerd was. Mevrouw Koort nam opnieuw een slok jenever en haar wangen werden nog roder.

'Het konijn van Billy Stroeve... Marten zei dat hij het niet gedaan had en ik zou ook niet weten hoe hij het had kúnnen doen, maar dat arme beest kan zichzelf toch niet opgehangen hebben aan de dakbalken?'

'Nee, dat lijkt me onwaarschijnlijk,' zei Perkamentus.

'Al heb ik geen flauw idee hoe Marten zo hoog zou hebben kunnen klimmen. Ik weet alleen dat hij en Billy de dag daarvoor ruzie hadden gehad. En toen –' mevrouw Koort nam nog een slok en morste een beetje jenever op haar kin, 'tijdens ons uitstapje – één keer per jaar gaan we met de kinderen naar zee of naar het platteland, snapt u – nou, Annie Bolster en Dennis Brokking zijn daarna nooit meer echt de oude geworden. Het enige dat ze los wilden laten was dat ze met Marten in een soort grot waren geweest. Hij bezwoer me dat ze er gewoon hadden rondgekeken, maar ik weet zeker dat er *iets* is gebeurd. En er zijn nog meer dingen geweest, rare dingen...'

Ze keek Perkamentus weer aan en haar ogen waren nuchter, ook al waren haar wangen rood.

'Ik denk dat niemand het erg zal vinden dat hij vertrekt.'

'U begrijpt hopelijk wel dat hij niet het hele jaar bij ons blijft?' zei Perkamentus. 'Hij zal hier in elk geval alle zomervakanties moeten terugkeren.'

'Nou ja, dat is altijd nog beter dan je achterwerk als speldenkussen gebruiken,' zei mevrouw Koort en ze hikte even. Ze kwam overeind en Harry was onder de indruk toen hij zag dat ze nog heel goed op haar benen kon staan, ook al was de fles jenever voor twee derde leeg. 'Ik neem aan dat u hem nu wilt ontmoeten?'

'Ja, graag,' zei Perkamentus en hij stond ook op.

Met mevrouw Koort voorop verlieten ze haar kantoortje en liepen een stenen trap op. In het voorbijgaan riep ze instructies en vermaningen tegen helpers en kinderen. Harry zag dat de weeskinderen allemaal hetzelfde grauwe uniform droegen. Er werd zo te zien redelijk goed voor hen gezorgd, maar het was een grimmige omgeving om in op te groeien.

'We zijn er,' zei mevrouw Koort toen ze op de tweede overloop waren. Ze bleef staan bij de eerste deur in een lange gang, klopte twee keer en ging naar binnen.

'Marten? Er is bezoek voor je. Dit is meneer Permantig – sorry, Perkamantel. Hij komt je – nou, misschien kan hij het beter zelf vertellen.'

Harry en de twee Perkamentussen gingen naar binnen en mevrouw Koort deed de deur achter hen dicht. Ze zagen een kleine, kale kamer. Het enige meubilair bestond uit een oude klerenkast, een keukenstoel en een ijzeren ledikant. Een jongen zat op de grijze dekens, met zijn benen uitgestrekt en een boek in zijn hand.

Het gezicht van Marten Vilijn had niets van de Mergels. Meropes laatste wens was vervuld: hij was zijn knappe vader in het klein, lang voor een jongen van elf, met donker haar en een bleek gezicht. Zijn ogen versmalden zich even toen hij de excentrieke uitmonstering van Perkamentus zag en er viel een stilte.

'Hoe maak je het, Marten?' zei Perkamentus. Hij stapte op hem af en stak zijn hand uit.

De jongen aarzelde even, maar gaf hem toen een hand. Perkamentus schoof de keukenstoel bij en ging naast het bed zitten, zodat het leek alsof hij op ziekenbezoek was.

'Ik ben professor Perkamentus.'

'"Professor"?' herhaalde Vilijn. Hij keek Perkamentus achterdochtig aan. 'Is dat net zoiets als "dokter"? Wat komt u doen? Wil *zij* dat u me onderzoekt?'

Hij wees op de deur die mevrouw Koort achter zich had dichtgedaan.

'Nee, nee,' zei Perkamentus glimlachend.

'Ik geloof u niet,' zei Vilijn. 'Ze wil dat ik onderzocht word, hè? Spreek de waarheid!'

Hij zei die laatste woorden met een galmende kracht die bijna schokkend was. Het klonk als een bevel, en zo te horen had hij die al vaker gegeven. Zijn ogen waren groot en hij staarde Perkamentus dwingend aan. Perkamentus reageerde niet, maar bleef gewoon vriendelijk glimlachen. Na enkele momenten stopte Vilijn met zijn gestaar, maar leek hij des te achterdochtiger.

'Wie bent u?'

'Dat zei ik al. Ik ben professor Perkamentus en ik werk op een

203

school die Zweinstein heet. Ik kom je een plaats aanbieden op mijn school – jouw nieuwe school, als je wilt komen.'

Vilijn reageerde volkomen onverwacht. Hij sprong van het bed en deinsde woedend achteruit.

'Daar trap ik niet in! U bent van het gekkenhuis, hè? "Professor", ja, het zal wel! Nou, ik ga niet mee! Die ouwe taart hoort in het gekkenhuis te zitten, niet ik. Ik heb Annie Bolster en Dennis Brokking niks gedaan! Vraag maar, dan zullen ze het u vertellen!'

'Ik ben niet van het gekkenhuis,' zei Perkamentus geduldig. 'Ik ben een leraar, en als je weer rustig gaat zitten, zal ik je over Zweinstein vertellen. Als je liever niet naar onze school gaat, zal niemand je dwingen –'

'Laat ze het maar proberen!' sneerde Vilijn.

'Zweinstein,' vervolgde Perkamentus alsof hij die laatste woorden van Vilijn niet gehoord had, 'is een school voor mensen met speciale talenten –'

'Ik ben niet gek!'

'Ik weet dat je niet gek bent. Zweinstein is geen school voor gekken, maar voor tovenaars.'

Er viel een stilte. Vilijn was verstijfd en zijn gezicht was uitdrukkingsloos, maar zijn blik flitste van het ene oog van Perkamentus naar het andere, alsof hij ze om de beurt op een leugen probeerde te betrappen.

'Tovenaars?' herhaalde hij fluisterend.

'Dat klopt,' zei Perkamentus.

'Dus... dus wat ik allemaal kan, is toverkunst?'

'Wat kun je dan?'

'Van alles en nog wat,' fluisterde Vilijn. Een rode kleur van opwinding trok van zijn hals omhoog naar zijn holle wangen; hij maakte een koortsige indruk. 'Ik kan dingen verplaatsen zonder ze aan te raken. Ik kan dieren laten doen wat ik wil, zonder ze te trainen. Ik kan ervoor zorgen dat er iets ergs gebeurt met mensen die me boos maken. Ik kan ze pijn laten voelen als ik dat wil.'

Zijn benen trilden. Hij deed wankelend een paar passen, ging weer op bed zitten en staarde met gebogen hoofd naar zijn handen, alsof hij bad.

'Ik wist dat ik anders was,' fluisterde hij tegen zijn bevende vingers. 'Ik wist dat ik bijzonder was. Ik wist dat er íéts was.'

'Nou, daar had je gelijk in,' zei Perkamentus. Hij glimlachte niet meer, maar keek aandachtig naar Vilijn. 'Je bent een tovenaar.'

Vilijn hief zijn hoofd op. Zijn gezicht was getransformeerd: het straalde een uitzinnig geluk uit, maar om de een of andere reden werd het daar niet knapper van, integendeel: zijn delicate gelaatstrekken leken juist grover en zijn uitdrukking had bijna iets beestachtigs.

'Bent u ook een tovenaar?'

'Ja.'

'Bewijs het!' zei Vilijn, op dezelfde bevelende toon die hij ook gebruikt had toen hij 'spreek de waarheid' zei.

Perkamentus trok zijn wenkbrauwen op.

'Als je mijn uitnodiging om naar Zweinstein te komen aanneemt, en daar ga ik van uit –'

'Ja, natuurlijk!'

'Dan spreek je me voortaan aan met "professor" of "meneer".'

Het gezicht van Vilijn verhardde een fractie van een seconde, maar toen zei hij met een onherkenbare, beleefde stem: 'Het spijt me. Ik bedoelde – professor, zou u alstublieft willen laten zien –?'

Harry was ervan overtuigd dat Perkamentus zou weigeren, dat hij tegen Vilijn zou zeggen dat er meer dan voldoende gelegenheid voor demonstraties op Zweinstein was, dat ze nu in een gebouw vol Dreuzels waren en daarom voorzichtig moesten zijn. Tot zijn verbazing haalde Perkamentus echter zijn toverstok uit de binnenzak van zijn jasje, richtte die op de haveloze klerenkast in de hoek van de kamer en gaf een achteloos zwiepje.

De klerenkast vloog in brand.

Vilijn sprong overeind. Harry kon het hem niet kwalijk nemen dat hij het uitschreeuwde van schrik en woede, want al zijn wereldse bezittingen zaten waarschijnlijk in die kast. Zodra hij zich woedend naar Perkamentus keerde, doofden de vlammen plotseling weer en bleek de kast volkomen onbeschadigd te zijn.

Vilijn staarde van de kast naar Perkamentus en wees toen gretig op zijn toverstok.

'Waar kan ik zo'n ding krijgen?'

'Alles op zijn tijd,' zei Perkamentus. 'Volgens mij zit er iets in je kast dat eruit wil.'

Er klonk inderdaad een flauw gerammel op uit de kast. Voor het eerst leek Vilijn een beetje bang.

'Doe de deur open,' zei Perkamentus.

Vilijn aarzelde even, maar liep toen naar de kast en deed de deur open. Op de bovenste plank, boven een stang waaraan versleten kleren hingen, stond een kleine kartonnen doos. Hij rammelde en schudde alsof er een stel opgewonden muizen in zat.

'Pak die doos,' zei Perkamentus.

Vilijn pakte de trillende doos. Hij leek een beetje van streek.

'Zit er iets in die doos wat niet van jou is?' vroeg Perkamentus.

Vilijn keek Perkamentus even berekenend aan.

'Misschien wel, professor,' zei hij ten slotte uitdrukkingsloos.

'Maak open,' zei Perkamentus.

Vilijn haalde het deksel van de doos en keerde hem om boven het bed, zonder naar de inhoud te kijken. Harry, die iets veel spannenders verwacht had, zag alleen een hoopje kleine, alledaagse voorwerpen, zoals een jojo, een zilveren vingerhoed en een doffe mondharmonica. Zodra ze uit de doos gevallen waren hielden ze op met trillen en lagen ze roerloos op de dunne dekens.

'Je geeft die spullen terug aan hun rechtmatige eigenaars en maakt je excuses,' zei Perkamentus kalm. 'Ik zal te weten komen of je dat gedaan hebt of niet. En laat ik je waarschuwen: op Zweinstein wordt diefstal niet geduld.'

Vilijn leek zich helemaal niet te schamen; hij staarde nog steeds kil en schattend naar Perkamentus. Uiteindelijk zei hij met kleurloze stem: 'Goed, professor.'

'Op Zweinstein,' vervolgde Perkamentus, 'leren we je niet alleen toverkracht te gebruiken, maar ook om die te beheersen. Je hebt – en dat was vast onbedoeld – je krachten gebruikt op een manier die op onze school niet onderwezen en ook niet getolereerd wordt. Jij bent niet de eerste die zich laat meeslepen door zijn magische vermogens en je zult ook niet de laatste zijn. Maar weet wel dat we op Zweinstein leerlingen van school kunnen sturen en dat het Ministerie van Toverkunst – ja, er is een Ministerie – wetsovertreders vaak nog veel strenger straft. Alle nieuwe tovenaars moeten zich aan onze wetten houden als ze deel willen uitmaken van onze wereld.'

'Ja, professor,' herhaalde Vilijn.

Het was onmogelijk om te zien wat hij dacht; zijn gezicht had geen enkele uitdrukking terwijl hij de gestolen voorwerpen terugdeed in de kartonnen doos. Toen hij daarmee klaar was, wendde hij zich weer tot Perkamentus en zei zonder omwegen: 'Ik heb geen geld.'

'Dat is gemakkelijk te verhelpen,' zei Perkamentus en hij haalde een leren geldbuidel uit zijn zak. 'Zweinstein heeft een speciaal fonds voor leerlingen die hulp nodig hebben bij de aanschaf van hun boeken en gewaden. Je zult misschien wat spreukenboeken en andere spullen tweedehands moeten kopen, maar –'

'Waar kun je spreukenboeken kopen?' viel Vilijn hem in de rede. Hij had de zware geldbuidel aangepakt zonder Perkamentus te bedanken en bestudeerde nu een dikke gouden Galjoen.

'Op de Wegisweg,' zei Perkamentus. 'Ik heb je lijst met boeken en andere schoolspullen bij me. Ik kan je helpen om alles te halen –'

'Gaat u met me mee?' vroeg Vilijn en hij keek op.

'Zeker, als je dat –'

'Ik heb u niet nodig,' zei Vilijn. 'Ik ben eraan gewend om dingen zelf te doen. Ik loop zo vaak in mijn eentje door de stad. Hoe kom je op die Wegisweg – professor?' voegde hij eraan toe toen hij Perkamentus zag kijken.

Harry dacht dat Perkamentus per se met Vilijn mee zou willen gaan, maar hij werd opnieuw verrast. Perkamentus gaf Vilijn zijn lijst met schoolspullen en na nauwkeurig beschreven te hebben hoe hij vanuit het weeshuis bij de Lekke Ketel moest komen zei hij: 'Jij zult het café kunnen zien, maar de Dreuzels – de niet-magische mensen – niet. Ik laat Tom, de barman, wel weten dat je komt. Je hoeft alleen je naam maar te noemen – ik denk wel dat hij die onthoudt, want er zijn wel meer Martens...'

Vilijn maakte een geïrriteerd gebaartje, alsof hij probeerde een lastige vlieg weg te jagen.

'Hou je niet van de naam "Marten"?'

'Er zijn zoveel Martens. Dat zei u al,' mompelde Vilijn. Het was alsof hij zich niet langer kon inhouden en hij gooide de volgende vraag er bijna tegen wil en dank uit. 'Was mijn vader een tovenaar? Ze zeiden dat hij ook Marten Vilijn heette.'

'Dat weet ik niet, ben ik bang,' zei Perkamentus vriendelijk.

'Mijn moeder kon vast niet toveren, anders was ze niet doodgegaan,' zei Vilijn, meer in zichzelf dan tegen Perkamentus. 'Het moet mijn vader geweest zijn. Nou – als ik die spullen heb, hoe kom ik dan op Zweinstein?'

'De details staan op het tweede perkament in de envelop,' zei Perkamentus. 'De trein vertrekt op één september van het station van King's Cross. Er zit ook een kaartje bij.'

Vilijn knikte. Perkamentus stond op en stak zijn hand weer uit. Terwijl hij die schudde zei Vilijn: 'Ik kan met slangen praten. Dat heb ik gemerkt tijdens uitstapjes naar het platteland. Ze zoeken me op, ze fluisteren tegen me. Is dat normaal voor een tovenaar?'

Harry merkte dat hij die informatie over zijn vreemdste kracht voor het laatst bewaard had, om indruk te maken.

'Het is ongebruikelijk,' zei Perkamentus na een korte aarzeling, 'maar het komt af en toe voor.'

Hij sprak heel terloops, maar zijn blik gleed nieuwsgierig over het gezicht van Vilijn. De jongen en de man bleven nog even zo staan en keken elkaar aan. Toen lieten ze elkaars hand los en liep Perkamentus naar de deur.

'Tot ziens, Marten. Ik zie je op Zweinstein.'

'Dat lijkt me wel voldoende,' zei de grijze Perkamentus naast Harry. Een oogwenk later stegen ze weer gewichtsloos op door het duister en landden ze met een plof in de huidige tijd en de kamer van Perkamentus.

'Ga zitten,' zei Perkamentus.

Dat deed Harry, nog steeds vol van wat hij gezien had.

'Hij geloofde het veel sneller dan ik – toen u zei dat hij kon toveren, bedoel ik,' zei Harry. 'Ik geloofde Hagrid eerst niet toen hij het me vertelde.'

'Ja, Vilijn was meteen bereid om te geloven dat hij – om zijn eigen woorden te gebruiken – "bijzonder" was,' zei Perkamentus.

'Wist u dat ook – toen?' vroeg Harry.

'Of ik wist dat ik de gevaarlijkste Duistere tovenaar aller tijden ontmoet had?' zei Perkamentus. 'Nee. Ik had geen idee dat hij zou opgroeien tot wie hij nu is. Ik was wel door hem geïntrigeerd. Toen ik terugkeerde naar Zweinstein, was ik van plan hem goed in de gaten te houden. Dat zou ik trouwens toch wel gedaan hebben, omdat hij een wees zonder vrienden was, maar ik had het gevoel dat ik dat niet alleen in zijn eigen belang moest doen, maar ook in het belang van anderen.

Zoals je zelf hoorde, waren zijn vermogens verbazend goed ontwikkeld voor zo'n jonge tovenaar. Het interessantste en onheilspellendste was dat hij zelf al ontdekt had dat hij een zekere mate van controle had over die vermogens en ze ook al bewust was gaan gebruiken. En zoals je zag waren dat niet de lukrake experimenten die typerend zijn voor jonge tovenaars: hij gebruikte zijn toverkracht om anderen angst aan te jagen, te straffen en te overheersen. Die verhaaltjes over het gewurgde konijn en de twee kinderen die hij een grot in lokte waren heel suggestief... *Ik kan ze pijn laten voelen als ik dat wil...*'

'En hij was een Sisseltong,' viel Harry hem in de rede.

'Inderdaad: een zeldzaam talent dat vaak in verband wordt gebracht met de Zwarte Kunsten, al zijn er ook goede en nobele Sisseltongen, zoals we allebei weten. Zijn vermogen om met slangen te spreken vond ik eerlijk gezegd lang niet zo verontrustend als zijn instinctieve voorliefde voor wreedheid, geheimhouding en overheersing.

De tijd gaat weer eens sneller dan wij stervelingen denken,' zei Perkamentus en hij wees op de ramen en de donkere hemel. 'Maar voor we afscheid nemen, wil ik je aandacht vestigen op bepaalde elementen uit het tafereel waarvan we zojuist getuige waren, omdat die veel te maken hebben met de zaken die we tijdens onze toekomstige ontmoetingen zullen bespreken.

Ten eerste hoop ik dat je merkte hoe Vilijn reageerde toen ik zei dat er wel meer mensen waren die Marten heten?'

Harry knikte.

'Toen al liet hij zijn verachting blijken voor alles wat hem aan andere mensen bond, voor alles wat ook maar enigszins gewoon aan hem was. Zelfs toen wilde hij al anders zijn, apart, berucht. Zoals je weet, liet hij een paar jaar na dat gesprek zijn naam vallen en schiep hij het masker van "Heer Voldemort" waarachter hij zich nu al zo lang schuilhoudt.

Ik neem aan dat je ook merkte dat Marten Vilijn zelfs destijds al erg onafhankelijk en gesloten was en blijkbaar geen vrienden had? Hij wilde geen hulp of gezelschap tijdens zijn bezoek aan de Wegisweg. Hij deed alles veel liever alleen. De volwassen Voldemort is net zo. Je zult veel Dooddoeners horen beweren dat hij hen in vertrouwen neemt, dat zij hem na staan of hem zelfs begrijpen. Ze houden zichzelf voor de gek. Heer Voldemort heeft nooit vrienden gehad en ik geloof dat hij die ook nooit gewild heeft.

En ten slotte – ik hoop dat je niet te moe bent om hier aandacht aan te besteden, Harry – verzamelde de jonge Marten Vilijn graag trofeeën. Je zag de doos met gestolen spullen die hij op zijn kamer bewaarde. Hij had die dingen afgepakt van de slachtoffers van zijn getreiter. Je zou het aandenkens aan bijzonder onaangename staaltjes magie kunnen noemen. Vergeet die eksterachtige neiging niet, want die zal later een belangrijke rol gaan spelen.

En nu is het echt tijd om naar bed te gaan.'

Harry stond op. Terwijl hij naar de deur liep, viel zijn blik op het tafeltje waar de vorige keer de ring van Asmodom Mergel had gelegen, maar de ring was weg.

'Ja, Harry?' zei Perkamentus, want Harry was blijven staan.

'De ring is er niet meer,' zei Harry en hij keek om zich heen, 'maar ik dacht dat u misschien ook de mondharmonica of zo zou hebben.'

Perkamentus glimlachte breed en keek hem aan over zijn half-ronde brilletje.

'Heel scherpzinnig van je, Harry, maar de mondharmonica is nooit méér geweest dan een mondharmonica.'

En na die raadselachtige uitspraak wuifde hij naar Harry, die begreep dat hij kon gaan.

HOOFDSTUK 14

FELIX FORTUNATIS

*H*arry had de volgende ochtend het eerste uur Kruidenkunde. Hij had Ron en Hermelien tijdens het
ontbijt niet kunnen vertellen over zijn les bij Perkamentus, uit angst dat er anderen zouden meeluiste-
ren, maar hij bracht hen op de hoogte toen ze via de moestuin naar
de kassen liepen. De snijdende wind uit het weekend was gaan liggen, maar de eigenaardige mist was teruggekeerd en het duurde langer dan normaal voor ze de juiste kas gevonden hadden.

'Wauw! Griezelig, een jonge Jeweetwel,' zei Ron zacht terwijl ze hun
plaatsen innamen rond de knoestige Schrabbelstomp, hun project
voor dat semester, en beschermende handschoenen aantrokken.
'Maar ik snap nog steeds niet waarom Perkamentus je dat allemaal laat
zien. Het is hartstikke interessant en zo, maar wat is de bedoeling?'

'Geen idee,' zei Harry en hij deed een mondbeschermer in. 'Maar
Perkamentus zegt dat het belangrijk is en dat het me zal helpen om
te overleven.'

'Ik vind het fascinerend,' zei Hermelien. 'Het lijkt me logisch om zoveel mogelijk van Voldemort te weten te komen. Hoe moet je anders
zijn zwakke punten ontdekken?'

'En, hoe was Slakhoorns feestje?' vroeg Harry nogal gesmoord vanwege zijn mondbeschermer.

'O, best leuk eigenlijk,' zei Hermelien en ze deed een veiligheidsbril op. 'Ik bedoel, hij zaagt een beetje door over zijn beroemde oud-
leerlingen en hij slijmt *vreselijk* tegen Stoker omdat die zoveel connecties heeft, maar het eten was heerlijk en hij heeft ons voorgesteld
aan Gwendoline Jacobs.'

'Gwendoline Jacobs?' zei Ron. Hij keek haar met grote ogen aan
van achter zijn eigen veiligheidsbril. 'Dé Gwendoline Jacobs? De aan-
voerster van de Holyhead Harpies?'

'Ja, die,' zei Hermelien. 'Persoonlijk vond ik dat ze wel erg vol was
van zichzelf, maar –'

'Genoeg gekletst daar!' zei professor Stronk. Ze keek hen streng aan. 'Jullie lopen achter. Iedereen is al begonnen en Marcel heeft zijn eerste peul al!'

Ze keken om en inderdaad, daar zat Marcel met bloed op zijn lip en lelijke schrammen op zijn wang, maar ook met een onaangenaam pulserend groen voorwerp ter grootte van een grapefruit in zijn hand.

'Goed, professor, we beginnen meteen!' zei Ron. Toen professor Stronk zich weer had omgedraaid voegde hij er zachtjes aan toe: 'Je had eigenlijk *Murmelio* moeten gebruiken, Harry.'

'Helemaal niet!' zei Hermelien. Zoals gewoonlijk leek alleen al de gedachte aan de Halfbloed Prins en zijn spreuken haar enorm te irriteren. 'Vooruit... laten we beginnen...'

Ze keek de anderen nerveus aan; ze haalden allemaal diep adem en stortten zich toen op de knoestige stronk tussen hen in.

Die kwam meteen tot leven: lange, stekelige, braamachtige ranken schoten uit de bovenkant en zwiepten door de lucht. Eentje raakte verward in Hermeliens haar en Ron sloeg hem weg met een snoeischaar; Harry slaagde erin twee ranken te grijpen en aan elkaar vast te binden. Plotseling ontstond er een opening tussen de tentakelachtige takken; Hermelien stak moedig haar arm in het gat, dat onmiddellijk als een stalen val dichtklapte rond haar elleboog. Harry en Ron rukten en sjorden aan de ranken en dwongen het gat om zich weer te openen. Hermelien trok vlug haar arm terug, met net zo'n peul in haar hand als die van Marcel. De stekelige takken schoten terug in de knoestige stomp en die leek plotseling weer een onschuldig, dood stuk hout.

'Ik denk niet dat ik zo'n ding in mijn tuin wil hebben als ik op mezelf woon,' zei Ron. Hij schoof zijn veiligheidsbril omhoog en veegde het zweet van zijn gezicht.

'Geef eens een kom aan,' zei Hermelien. Ze hield de pulserende peul zo ver mogelijk van zich af. Harry gaf haar een kom en met een gezicht vol walging gooide ze de peul erin.

'Kom, niet zo moeilijk doen! Knijp hem uit. Ze zijn het beste als ze vers zijn!' riep professor Stronk.

'Maar goed,' vervolgde Hermelien hun onderbroken gesprek, alsof ze niet net door een boomstronk waren aangevallen, 'Slakhoorn geeft een kerstfeestje, Harry, en deze keer kom je er niet onderuit. Hij vroeg me speciaal of ik wilde kijken op welke avonden je vrij bent, zodat hij zeker weet dat je kunt komen.'

Harry kreunde. Ron, die probeerde de peul in de kom stuk te breken door te gaan staan en er met beide handen zo hard mogelijk op te drukken, zei nijdig: 'Is dat feestje ook weer alleen voor Slakhoorns lievelingetjes?'

'Alleen voor de Slakkers, ja,' zei Hermelien.

De peul schoot onder Rons vingers vandaan, vloog tegen het glazen dak van de kas, ketste af en raakte professor Stronk op haar achterhoofd, zodat haar oude, opgelapte hoed af viel. Harry ging de peul gauw halen; toen hij terugkwam, zei Hermelien: 'Hoor eens, ík heb de naam "Slakkers" niet verzonnen –'

'*Slakkers*,' herhaalde Ron, met een minachting die een Malfidus waardig was. 'Wat een zielige vertoning! Nou, ik hoop dat het een leuk feestje wordt. Waarom probeer je Stoker niet te versieren, dan kan Slakhoorn jullie tot Koning en Koningin Slak uitroepen –'

'We mogen introducés meenemen,' zei Hermelien, die om de een of andere reden een kop als vuur gekregen had, 'en ik *was* van plan om jou te vragen, maar als je het zó stom vindt, dan hoeft het voor mij niet meer!'

Harry wenste plotseling dat de peul nog ietsje verder was weggeschoten, zodat hij nu niet naast Ron en Hermelien hoefde te zitten. Zonder dat de anderen het merkten greep hij de kom en probeerde de peul zo lawaaierig en energiek mogelijk open te maken; helaas kon hij nog steeds ieder woord van hun gesprek verstaan.

'Wilde je mij vragen?' zei Ron op totaal andere toon.

'Ja,' zei Hermelien boos. 'Maar als je liever wilt dat ik *Stoker probeer te versieren...*'

Er viel een stilte terwijl Harry op de veerkrachtige peul beukte met zijn plantenschepje.

'Nee, dat wil ik niet,' zei Ron zacht.

Harry miste de peul en raakte de kom, die in stukken brak.

'*Reparo*,' zei hij haastig. Hij tikte met zijn toverstok op de scherven en de kom was onmiddellijk weer heel, maar door de klap hadden Ron en Hermelien beseft dat Harry er ook nog was. Hermelien begon meteen opgelaten in *Het Grote Vleesetende Bomenboek* te bladeren om te kijken hoe je de peul van een Schrabbelstomp moest openmaken, en Ron keek schaapachtig maar ook tamelijk tevreden.

'Geef hier, Harry,' zei Hermelien. 'Er staat dat je hem door moet prikken met iets scherps...'

Harry gaf haar de kom met de peul. Hij en Ron zetten hun veiligheidsbrillen weer op en wierpen zich opnieuw op de stronk.

Eigenlijk was hij niet echt verrast, dacht Harry terwijl hij worstelde met een stekelige rank die hem probeerde te wurgen; hij had al zo'n voorgevoel gehad dat dit wel eens zou kunnen gebeuren. Hij wist alleen niet zeker wat hij ervan vond... hij en Cho geneerden zich nu zo dat ze elkaar niet eens meer aan durfden te kijken, laat staan met elkaar praten. Als Ron en Hermelien nou ook eens iets kregen en het dan weer uit ging? Zou hun vriendschap daar wel tegen bestand zijn? Harry herinnerde zich hun derde schooljaar, toen ze een paar weken niet met elkaar gepraat hadden; hij had het helemaal niet leuk gevonden om steeds maar te moeten proberen de kloof tussen hen te overbruggen. Of stel dat ze net zo werden als Bill en Fleur en dat je al kromme tenen kreeg als je alleen maar in hun buurt was, zodat hij voorgoed buitengesloten zou worden?

'Hebbes!' riep Ron en hij griste een tweede peul uit de stronk, net op het moment dat Hermelien de eerste open wist te krijgen, zodat het in de kom plotseling krioelde van de wriemelende knolletjes, als lichtgroene wormen.

De rest van de les werd er niet meer gesproken over het feestje van Slakhoorn. Harry hield zijn vrienden de dagen daarna beter in de gaten dan gewoonlijk, maar Ron en Hermelien leken niet anders dan anders. Ze waren alleen misschien wat beleefder tegen elkaar. Harry bedacht dat hij gewoon maar moest afwachten wat er onder de invloed van Boterbier zou gebeuren in Slakhoorns schemerig verlichte kamer op de avond van het feest. Ondertussen had hij wel wat anders aan zijn hoofd.

Katja Bell lag nog steeds in het St. Holisto en zou daar voorlopig ook nog wel blijven, zodat het veelbelovende Zwerkbalteam dat Harry sinds september zo zorgvuldig getraind had een Jager te kort kwam. Hij had het zoeken van een vervanger voor Katja steeds uitgesteld in de hoop dat ze zou terugkeren, maar hun openingswedstrijd tegen Zwadderich kwam eraan en hij moest uiteindelijk erkennen dat ze niet op tijd hersteld zou zijn om mee te kunnen spelen.

Harry dacht niet dat hij nog een uitgebreide selectietraining zou kunnen verdragen. Met een hol gevoel in zijn maag dat weinig met Zwerkbal te maken had, schoot hij na Gedaanteverwisselingen Daan Tomas aan. De meeste andere leerlingen waren al vertrokken, maar er zoefden nog diverse tsjilpende gele vogeltjes door het lokaal. Dat waren allemaal creaties van Hermelien; verder was niemand erin geslaagd ook maar één veertje te voorschijn te toveren.

'Wil je nog steeds graag Jager zijn?'

'Wat? Ja, natuurlijk!' zei Daan opgewonden. Over de schouder van

Daan zag Harry dat Simon Filister met een zuur gezicht zijn school-boeken in zijn tas smeet. Een van de redenen waarom Harry Daan ei-genlijk liever niet had willen vragen was dat hij wist dat Simon het niet leuk zou vinden. Aan de andere kant stond het teambelang voorop, en Daan had beter gevlogen dan Simon tijdens de trainingen.

'Nou, dan zit je bij de ploeg,' zei Harry. 'We trainen vanavond om zeven uur.'

'Oké,' zei Daan. 'Bedankt, Harry! Wauw, ik kan gewoon niet wach-ten om het aan Ginny te vertellen!'

Hij sprintte het lokaal uit en Harry en Simon bleven achter: een pijn-lijk moment dat er niet gemakkelijker op werd toen een van Herme-liens kanaries over Simon heen fladderde en op zijn hoofd poepte.

Simon was niet de enige die aanmerkingen had op Harry's keuze voor een vervanger. Er werd in de leerlingenkamer veel gemopperd over het feit dat er nu al twee van Harry's klasgenoten in de ploeg speelden. Harry had veel erger gemompel moeten aanhoren gedu-rende zijn schooltijd en zat daar niet echt mee, maar desondanks werd de druk om de wedstrijd tegen Zwadderich te winnen steeds groter. Als Griffoendor won, zou de hele afdeling meteen vergeten zijn dat ze ooit kritiek hadden gehad en zou iedereen roepen dat ze altijd wel geweten hadden dat dit een geweldig team was. Als ze ver-loren... nou, dacht Harry wrang, ook dan had hij nog veel erger ge-mompel moeten aanhoren...

Harry had geen reden om spijt te hebben van zijn keuze toen hij Daan die avond zag vliegen; hij speelde goed samen met Ginny en Demelza. De Drijvers, Postelijn en Cools, werden nog steeds beter. Het enige probleem was Ron.

Harry had altijd al geweten dat Ron een speler van momenten was, die geplaagd werd door zenuwen en gebrek aan zelfvertrouwen, en helaas kwamen al die oude onzekerheden weer aan de oppervlakte door het vooruitzicht op de openingswedstrijd van het seizoen. Na een stuk of zes goals te hebben doorgelaten, waarvan de meeste ge-scoord waren door Ginny, werd zijn techniek steeds wilder, tot hij ten slotte een aanstormende Demelza Rovers een klap op haar mond gaf.

'Het was een ongelukje! Sorry, Demelza, het spijt me vreselijk!' riep Ron haar na terwijl ze zigzaggend en hevig bloedend afdaalde naar de grond. 'Ik was gewoon –'

'Totaal in paniek,' zei Ginny boos. Ze landde naast Demelza en be-keek haar dikke lip. 'Ron, zak die je bent! Moet je zien wat je gedaan hebt!'

'Dat kan ik wel weer oplappen,' zei Harry. Hij landde naast de meisjes, wees met zijn toverstok op Demelza's mond en zei: '*Balsemio*. En Ginny, noem Ron geen zak. Je bent niet de aanvoerder van dit team.'

'Nou, jij had het blijkbaar te druk om hem een zak te noemen en ik vond dat íémand dat moest doen –'

Harry dwong zichzelf om niet te lachen.

'Oké, op jullie bezems, allemaal, daar gaan we weer...'

Al met al was het een van de slechtste trainingen van het seizoen, al dacht Harry dat eerlijkheid niet de beste aanpak was nu de openingswedstrijd voor de deur stond.

'Goed gespeeld, allemaal. Ik denk dat we Zwadderich gaan inmaken,' zei hij bemoedigend en toen de Jagers en Drijvers de kleedkamer verlieten, leken ze redelijk tevreden met zichzelf.

'Ik speelde als een baal drakenmest,' zei Ron met holle stem toen de deur achter Ginny was dichtgevallen.

'Niet waar,' zei Harry resoluut. 'Je bent de beste Wachter die ik heb uitgetest, Ron. Het enige probleem is dat je je veel te druk maakt.'

Hij bleef Ron op de terugweg naar het kasteel aan één stuk door moed inspreken en tegen de tijd dat ze op de tweede verdieping waren, keek Ron weer een beetje vrolijker. Toen Harry het wandtapijt opzij duwde om zoals gewoonlijk een stuk af te snijden naar de toren van Griffoendor, stonden ze echter opeens recht tegenover Ginny en Daan, die in een innige omhelzing verstrengeld waren en elkaar zoenden alsof hun leven ervan afhing.

Het was alsof een groot, geschubd monster plotseling tot leven kwam in Harry's maag en zijn klauwen in zijn binnenste sloeg: kokend bloed steeg naar zijn hoofd, zodat hij niet meer helder kon nadenken en alleen nog maar het woeste verlangen voelde om Daan tot moes te vervloeken. Terwijl Harry worstelde met die aanval van waanzin hoorde hij de stem van Ron, die van heel ver leek te komen.

'Hé!'

Daan en Ginny lieten elkaar los en keken om.

'Wat?' zei Ginny.

'Ik wil niet dat mijn zus in het openbaar andere mensen aflebbert!'

'Dit was toevallig een lege gang, totdat jij aan kwam klossen!' zei Ginny.

Daan grijnsde opgelaten naar Harry, maar die grijnsde niet terug. Het pasgeboren monster in hem brulde dat Daan onmiddellijk weer uit het team geschopt moest worden.

'Eh... kom, Ginny,' zei Daan. 'Laten we teruggaan naar de leerlingenkamer...'

'Ga jij maar vast!' zei Ginny. 'Ik wil eerst een woordje wisselen met mijn lieve broertje!'

Daan vertrok. Zo te zien vond hij het helemaal niet erg dat hij niet hoefde te blijven.

'Oké,' zei Ginny. Ze zwaaide haar lange rode haar uit haar gezicht en keek Ron woedend aan. 'Laten we één ding duidelijk afspreken: het gaat je niks maar dan ook helemaal niks aan met wie ik omga of wat ik met ze doe –'

'Jawel!' zei Ron net zo boos. 'Denk je dat ik het leuk vind als mensen mijn zus uitmaken voor een –'

'Een wat?' schreeuwde Ginny en ze trok haar toverstok. 'Een *wat*, als ik vragen mag?'

'Hij bedoelt er niets mee, Ginny,' zei Harry, al brulde het monster goedkeurend bij het horen van Rons woorden.

'O, jawel!' zei Ginny, die nu uit haar slof schoot tegen Harry. 'Alleen omdat *hij* nog nooit iemand gezoend heeft, alleen omdat de lekkerste kus die *hij* ooit gehad heeft van tante Marga was –'

'Hou je kop!' bulderde Ron, die zonder eerst rood te worden meteen donkerpaars werd.

'Vergeet het maar!' gilde Ginny buiten zichzelf. 'Ik heb je gezien met Zeur! Iedere keer als je haar ziet, hoop je dat ze je een kusje op je wang zal geven! Zielig gewoon! Als je zelf iemand had om lekker mee te zoenen, zou je het niet zo erg vinden dat anderen het doen!'

Ron had ook zijn toverstok getrokken; Harry ging vlug tussen hen in staan.

'Je weet niet waar je het over hebt!' brulde Ron. Hij probeerde Ginny in zijn schootsveld te krijgen, maar Harry stond met uitgespreide armen voor haar. 'Alleen omdat ik het niet in het openbaar doe!'

Ginny krijste van het lachen en probeerde Harry opzij te duwen.

'O, heb je Koekeroekus gezoend? Of heb je een foto van tante Marga onder je kussen verstopt?'

'Vuile –'

Een oranje lichtflits schoot onder Harry's linkerarm door en miste Ginny op een haar. Harry duwde Ron tegen de muur.

'Doe niet zo idioot –'

'Harry heeft gezoend met Cho Chang!' schreeuwde Ginny. Zo te horen stond ze op het punt om in tranen uit te barsten. 'En Hermelien

217

met Viktor Kruml! Jij bent de enige die doet alsof het iets smerigs is, Ron, en dat komt omdat je net zoveel ervaring hebt als een jochie van twaalf!'

Nadat ze dat gezegd had stormde ze weg. Harry liet Ron vlug los, want hij keek moordzuchtig. Ze bleven zwaar ademend staan tot mevrouw Norks, de kat van Vilder, de hoek om kwam en de spanning verbrak.

'Kom op,' zei Harry toen ze de slepende passen van Vilder zelf hoorden.

Ze liepen de trap op en haastten zich door een gang op de zevende verdieping. 'Opzij!' blafte Ron tegen een klein meisje, dat een sprongetje van schrik maakte en een fles kikkerdril liet vallen.

Harry hoorde het geluid van brekend glas nauwelijks. Hij was gedesoriënteerd en duizelig; zo moest je je ook voelen als je door de bliksem getroffen was. *Het is alleen omdat ze Rons zus is,* dacht hij. *Je vindt het niet leuk om haar en Daan te zien zoenen omdat ze Rons zus is...*

Maar onwillekeurig drong zich het beeld op van diezelfde verlaten gang waarin hij nu Ginny kuste... het monster in zijn borst snorde... maar toen zag hij Ron het wandtapijt openrukken en met getrokken toverstok op Harry afkomen, terwijl hij dingen schreeuwde zoals 'vertrouwen beschaamd'... 'dacht dat je mijn vriend was'...

'Denk je dat Hermelien echt met Kruml gezoend heeft?' vroeg Ron abrupt toen ze bijna bij de Dikke Dame waren. Harry schrok en rukte zijn verbeelding los van een gang waarin Ron niet te zien was, waarin hij en Ginny helemaal alleen waren –

'Wat?' zei hij verward. 'O... eh...'

Het eerlijke antwoord was 'ja', maar dat wilde hij niet geven. Ron scheen echter het ergste af te leiden uit Harry's uitdrukking.

'Haringbaas!' gromde hij tegen de Dikke Dame en ze klommen door het portretgat de leerlingenkamer in.

Ze zeiden verder niets meer over Ginny of Hermelien; ze spraken die avond nauwelijks nog met elkaar en stapten zwijgend in bed, in beslag genomen door hun eigen gedachten.

Harry lag lang wakker. Hij staarde naar de hemel van zijn hemelbed en probeerde zichzelf wijs te maken dat zijn gevoelens voor Ginny die van een oudere broer waren. Hadden ze niet de hele zomer als broer en zus onder één dak gewoond? Ze hadden Zwerkbal gespeeld en Ron gepest en gelachen om Bill en Zeur. Hij kende Ginny nu al jaren... het was natuurlijk dat hij haar wilde beschermen... natuurlijk dat hij voor haar wilde zorgen... natuurlijk dat hij Daan aan

stukken wilde scheuren omdat hij haar gekust... nee... dát broeder-
lijke gevoel moest hij zien te bedwingen...

Ron snurkte hard en grommend.

Ze is Rons zus, hield Harry zich resoluut voor. *Rons zus. Ze is taboe*. Hij
zou zijn vriendschap met Ron nooit op het spel zetten, om welke
reden dan ook. Hij stompte tegen zijn kussen zodat het wat lekkerder
lag, en wachtte tot hij in slaap zou vallen, terwijl hij zijn uiterste best
deed om zijn gedachten niet te laten afdwalen naar Ginny.

Toen Harry de volgende ochtend wakker werd voelde hij zich suf en
verward, na een hele reeks dromen waarin Ron hem achterna had gezeten met een Drijversknuppel. Rond een uur of twaalf zou hij de Ron
uit zijn dromen echter graag geruild hebben tegen de echte Ron, die
niet alleen Ginny en Daan straal negeerde, maar ook een gekwetste en
verbijsterde Hermelien met ijzige onverschilligheid behandelde. Bovendien scheen Ron in één nacht even lichtgeraakt en agressief te zijn
geworden als een Schroeistaartige Skreeft. Harry deed de hele dag
zijn best om de vrede tussen Ron en Hermelien te bewaren, maar zonder succes; ten slotte ging Hermelien woedend naar bed en beende
Ron briesend naar de jongensslaapzaal, na een stel angstige eerstejaars te hebben uitgekafferd omdat ze naar hem keken.

Tot Harry's schrik nam Rons prikkelbaarheid in de dagen daarna
niet af, maar ging die ook nog eens gepaard met een extra dip in zijn
Wachterskwaliteiten, waardoor hij nóg agressiever werd. Tijdens de
laatste training voor de wedstrijd op zaterdag hield hij niet één bal
die de Jagers op hem afvuurden tegen, maar schold hij wel iedereen
de huid vol, zodat Demelza Rovers in tranen uitbarstte.

'Hou je mond en laat haar met rust!' schreeuwde Postelijn, die
twee koppen kleiner was dan Ron maar wel een zware knuppel in zijn
hand had.

'GENOEG!' brulde Harry. Hij had Ginny ook al woedend naar Ron
zien kijken en herinnerde zich haar reputatie als expert in de Vleddervleervloek. Hij kwam snel tussenbeide voor het echt uit de hand
liep. 'Postelijn, pak de Beukers in. Demelza, kalmeer, je hebt prima
gespeeld. Ron...' hij wachtte tot de rest van het team buiten gehoorsafstand was en zei toen: 'Je bent mijn beste vriend, maar als je
je zo blijft gedragen, schop ik je uit het team.'

Hij dacht echt even dat Ron hem zou slaan, maar toen gebeurde er
nog iets veel ergers: Ron leek in elkaar te zakken op zijn bezem, al zijn
agressie verdween als sneeuw voor de zon en hij zei: 'Ik stap zelf wel
op. Ik ben waardeloos.'

'Je bent helemaal niet waardeloos en je stapt ook niet op!' zei Harry fel en hij greep Ron bij de voorkant van zijn gewaad. 'Als je in vorm bent, hou je alles tegen! Je enige probleem zit tussen je oren!'

'Bedoel je dat ik gestoord ben?'

'Ja, misschien wel!'

Ze keken elkaar even woedend aan, maar toen schudde Ron vermoeid zijn hoofd.

'Ik weet dat je geen tijd hebt om een andere Wachter te zoeken. Morgen speel ik, maar als we verliezen, en dat gaat gebeuren, dan stap ik op.'

Harry kon hem niet op andere gedachten brengen, wat hij ook zei. Tijdens het avondeten probeerde hij steeds Rons zelfvertrouwen op te krikken, maar Ron had het zo druk met sikkeneurig zijn en lelijk doen tegen Hermelien dat hij het niet eens merkte. Harry ging later in de leerlingenkamer verder, maar zijn bewering dat het hele team het doodzonde zou vinden als Ron opstapte, werd enigszins ondermijnd door het feit dat de rest van het team nors mompelend in een hoekje zat en Ron steeds vuil aankeek. Als laatste redmiddel probeerde Harry weer om boos te worden, in de hoop dat dat Ron zou prikkelen en tot beter spel zou leiden, maar die aanpak leek al even weinig succes te hebben als zijn aanmoedigingen: Ron was nog net zo terneergeslagen en moedeloos toen hij naar bed ging.

Harry lag een hele tijd wakker op de donkere slaapzaal. Hij wilde de komende wedstrijd niet verliezen: het was niet alleen de eerste keer dat hij aanvoerder zou zijn, maar hij wilde ook per se Draco Malfidus verslaan, zelfs al kon hij zijn verdenkingen tegen hem niet bewijzen. Maar als Ron net zo slecht speelde als op de laatste training, was de kans op een overwinning miniem...

Kon hij maar iets doen om Ron een beetje nieuwe moed te geven... iets wat ervoor zou zorgen dat hij op de toppen van zijn kunnen speelde... een superdag had...

Plotseling schoot het antwoord hem te binnen, in een oogverblindende flits van inspiratie.

De volgende ochtend, tijdens het ontbijt, was het even rumoerig als altijd voor een wedstrijd; de Zwadderaars floten iedere speler van Griffoendor uit die de Grote Zaal binnenkwam. Harry keek naar het plafond en zag een heldere, lichtblauwe hemel: een goed voorteken.

De tafel van Griffoendor was één massa rood en goud en iedereen juichte voor Harry en Ron. Harry grijnsde en zwaaide; Ron grimaste zwakjes en schudde zijn hoofd.

'Kop op, Ron!' riep Belinda. 'Ik weet zeker dat je het fantastisch zult doen!'

Ron negeerde haar.

'Thee?' vroeg Harry. 'Koffie? Pompoensap?'

'Maakt niet uit,' zei Ron en hij nam een neerslachtig hapje toost.

Hermelien, die Rons chagrijnige gedrag van de laatste dagen zo zat was dat ze niet samen met hen naar beneden was gegaan, bleef even staan terwijl ze naar een plaatsje verderop aan de tafel liep.

'Hoe voelen jullie je?' vroeg ze aarzelend en ze keek naar Rons achterhoofd.

'Prima,' zei Harry afwezig. Hij had meer aandacht voor het glas pompoensap dat hij aan Ron gaf. 'Alsjeblieft, Ron. Drink op.'

Ron bracht het glas naar zijn lippen, maar toen zei Hermelien op scherpe toon:

'Niet opdrinken, Ron!'

Harry en Ron keken haar aan.

'Waarom niet?' zei Ron.

Hermelien staarde naar Harry alsof ze haar ogen niet kon geloven.

'Je hebt iets in zijn glas gedaan!'

'Pardon?' zei Harry.

'Je hoorde me wel! Ik heb het zelf gezien. Je goot iets in Rons glas. Je hebt het flesje nog in je hand!'

'Ik weet niet waar je het over hebt,' zei Harry en hij stopte het flesje vlug in zijn zak.

'Ron, ik waarschuw je! Niet drinken!' zei Hermelien geschrokken, maar Ron pakte het glas, dronk het in één teug leeg en zei: 'Commandeer me niet steeds zo, Hermelien.'

Hermelien was diep verontwaardigd. Ze boog zich zo dicht naar Harry toe dat alleen hij haar kon horen en siste: 'Je hoort van school gestuurd te worden! Wat valt me dat van je tegen, Harry!'

'De pot verwijt de ketel!' fluisterde hij terug. 'Heb je de laatste tijd nog goede Waanzichtspreuken uitgevoerd?'

Hermelien liep woedend weg en ging verderop aan de tafel zitten. Harry keek haar na, maar voelde geen gewetenswroeging. Hermelien had nooit begrepen wat voor bloedserieuze zaak Zwerkbal was. Hij keek naar Ron, die met zijn lippen smakte.

'Bijna tijd,' zei Harry vrolijk.

Het bevroren gras knerpte onder hun voeten terwijl ze naar het stadion liepen.

'We boffen met het weer, hè?' zei Harry tegen Ron.

221

'Ja,' zei Ron, die er bleek en ziek uitzag.

Ginny en Demelza hadden hun Zwerkbalgewaad al aan en wachtten in de kleedkamer.

'Ideale omstandigheden,' zei Ginny, zonder Ron aan te kijken. 'En zal ik je eens wat zeggen? Valom, die Jager van Zwadderich, heeft gisteren tijdens de training een Beuker tegen zijn hoofd gekregen en kan niet spelen! En nog beter – Malfidus is ook geblesseerd!'

'Wat?' zei Harry. Hij draaide zich abrupt om en staarde haar aan. 'Is hij ziek of zo? Wat heeft hij?'

'Geen idee, maar het komt ons goed uit,' zei Ginny vrolijk. 'Hondsdraf is zijn vervanger; hij zit in mijn jaar en is echt een idioot.'

Harry glimlachte vaag tegen haar, maar terwijl hij zijn vuurrode gewaad aantrok, waren zijn gedachten niet bij de wedstrijd. Malfidus had al eens eerder beweerd dat hij niet kon spelen vanwege een blessure, maar had er toen voor gezorgd dat de wedstrijd verplaatst werd naar een tijdstip dat de Zwadderaars beter uitkwam. Waarom liet hij nu een invaller opdraven? Was hij echt geblesseerd of simuleerde hij?

'Verdacht, vind je ook niet?' mompelde hij tegen Ron. 'Dat Malfidus niet speelt.'

'Eerder een meevaller,' zei Ron ietsje opgewekter dan eerst. 'En Valom is ook geblesseerd! Hij is hun meest productieve Jager; ik zag er echt tegenop om – hé!' zei hij plotseling. Hij was bezig zijn Wachtershandschoenen aan te trekken, maar nu verstijfde hij en keek Harry aan.

'Wat is er?'

'Ik... jij...' fluisterde Ron; hij leek zowel bang als opgewonden. 'Mijn glas... mijn pompoensap... heb je...?'

Harry trok zijn wenkbrauwen op, maar zei alleen: 'De wedstrijd begint over vijf minuten, dus ik zou mijn schoenen maar aandoen als ik jou was.'

Onder daverend gejuich en gejoel betraden ze het veld. De ene kant van het stadion was een massa rood en goud, de andere kant een zee van groen en zilver. Veel Huffelpufs en Ravenklauwen hadden ook partij gekozen: boven al het geschreeuw en applaus uit hoorde Harry duidelijk het gebrul van Loena Leeflangs befaamde leeuwenhoed.

Harry liep naar madame Hooch, de scheidsrechter, die op het punt stond de ballen los te laten uit hun krat.

'Aanvoerders, geef elkaar de hand,' zei ze en Harry's vingers werden geplet door Urnveld, de nieuwe aanvoerder van Zwadderich. 'Bestijg uw bezems en wacht op mijn fluitje... drie... twee... een...'

Het fluitje snerpte, Harry en de anderen zetten zich hard af tegen de bevroren grond en de wedstrijd was begonnen.

Harry zoefde langs de rand van het veld op zoek naar de Snaai, en keek met één oog naar Hondsdraf die ver onder hem zigzagde. Plotseling klonk er een stem die totaal anders was dan de vertrouwde commentaarstem.

'Nou, daar gaan ze en ik geloof dat veel mensen hun vraagtekens zetten bij het team dat Potter heeft opgesteld. Vrijwel iedereen dacht dat Ronald Wemel eruit zou liggen, gezien zijn matige optreden van vorig seizoen, maar uiteraard is een persoonlijke vriendschap met de aanvoerder nooit weg...'

Die woorden werden aan de Zwadderich-kant van het stadion met veel applaus en sarcastisch gejuich begroet. Harry keek vanaf zijn bezem reikhalzend omlaag naar het commentaarpodium en zag een lange, magere, blonde jongen met een wipneus. In zijn hand hield hij de magische megafoon die ooit van Leo Jordaan was geweest; Harry herkende Zacharias Smid, een speler van Huffelpuf aan wie hij een hartgrondige hekel had.

'O, daar komt de eerste aanval van Zwadderich. Urnveld stormt op het doel af en –'

Harry's maag keerde zich om.

'– Wemel redt. Nou ja, hij mag ook wel eens een keertje geluk hebben...'

'Inderdaad, Smid. Dat heeft hij ook,' mompelde Harry grijnzend. Hij dook tussen de Jagers door en keek om zich heen, op zoek naar een glimp van de ongrijpbare Snaai.

Na een halfuur spelen leidde Griffoendor met zestig tegen nul. Ron had een aantal spectaculaire reddingen verricht, soms met de toppen van zijn handschoenen, en Ginny had vier van de zes goals van Griffoendor gescoord. Zacharias Smid kon zich nu moeilijk nog afvragen of de twee Wemels alleen maar in het team zaten omdat Harry hen aardig vond en begon in plaats daarvan Postelijn en Cools af te kraken.

'Cools heeft uiteraard niet echt de bouw van een Drijver,' zei Smid uit de hoogte. 'Meestal zijn die toch ietsje gespierder –'

'Sla een Beuker tegen zijn hoofd,' riep Harry in het voorbijgaan tegen Cools. Die grijnsde breed, maar mepte de volgende Beuker naar Hondsdraf, die Harry net in de tegenovergestelde richting pas seerde. Tot zijn genoegen hoorde Harry een doffe *bonk*, wat inhield dat de Beuker doel getroffen had.

Het was alsof Griffoendor niets verkeerd kon doen. Ze scoorden keer op keer en aan de andere kant van het veld stopte Ron de ene bal na de andere, blijkbaar met het grootste gemak. Hij glimlachte nu warempel, en toen het publiek hem na een uitzonderlijk fraaie redding op een daverend refrein van de oude favoriet *Wemel is onze vrind* trakteerde, deed hij alsof hij het lied vanaf zijn bezem dirigeerde.

'Hij vindt zichzelf heel wat vandaag, hè?' zei een schampere stem en Harry viel bijna van zijn bezem toen Hondsdraf opzettelijk hard tegen hem aan vloog. 'Je beste vriend, de bloedverrader...'

Madame Hooch keek niet en hoewel de supporters van Griffoendor het uitschreeuwden van woede, was Hondsdraf al doorgevlogen tegen de tijd dat ze zich had omgedraaid. Met een pijnlijke schouder vloog Harry achter hem aan, vastbesloten om hem ook te rammen...

'En volgens mij heeft Hondsdraf van Zwadderich de Snaai gezien!' riep Zacharias Smid door de megafoon. 'Ja, hij ziet beslist iets wat Potter niet ziet!'

Smid was echt een halvegare, dacht Harry. Had hij hen niet op elkaar zien botsen? Maar een fractie van een seconde later maakte zijn maag een driedubbele salto – Smid had gelijk en Harry had het mis. Hondsdraf was niet zomaar op goed geluk omhoog gevlogen. Hij had iets gezien wat Harry gemist had, namelijk de Snaai die hoog boven hun hoofden zoefde en glinsterend afstak tegen de helderblauwe hemel.

Harry maakte vaart. De wind floot in zijn oren, zodat hij het commentaar van Smid en het gebrul van het publiek niet meer kon horen, maar Hondsdraf had nog steeds een voorsprong en Griffoendor lag maar honderd punten voor. Als Hondsdraf de Snaai wist te bemachtigen, zou Griffoendor verliezen... en nu was Hondsdraf nog geen meter van het balletje verwijderd en stak hij zijn hand al uit...

'Hé, Hondsdraf!' brulde Harry wanhopig. 'Hoeveel heeft Malfidus je betaald om in zijn plaats te spelen?'

Hij wist niet waarom hij dat zei, maar Hondsdraf aarzelde even; hij tastte mis, liet de Snaai door zijn vingers glippen en schoot erlangs. Harry graaide vertwijfeld naar het fladderende balletje en slaagde erin het te grijpen.

'JA!' schreeuwde Harry. Hij keerde en spoot omlaag naar het publiek, met de Snaai in zijn opgeheven hand. Toen de toeschouwers beseften wat er gebeurd was steeg er een daverend gejuich op, dat het fluitje waarmee de wedstrijd beëindigd werd bijna overstemde.

'Ginny, waar ga je heen?' riep Harry. Hij werd midden in de lucht innig omhelsd door de rest van het team en kon zich niet verroeren, maar Ginny zoefde langs hen heen en botste met een enorme klap op het commentaarpodium. Terwijl het publiek gilde en lachte, landde het team van Griffoendor naast de versplinterde massa hout waar Zacharias Smid moeizaam onderuit probeerde te kruipen. Harry hoorde Ginny vrolijk tegen een woedende professor Anderling zeggen: 'Ik vergat te remmen, professor. Sorry hoor.'

Harry schudde de rest van het team lachend van zich af en omhelsde Ginny, maar liet haar vlug weer los. Hij keek haar niet aan en sloeg in plaats daarvan een juichende Ron op zijn schouder terwijl de spelers van Griffoendor, die op slag alle irritaties vergeten waren, arm in arm van het veld gingen, met opgestoken vuisten en zwaaiend naar hun supporters.

Er heerste een uitbundige sfeer in de kleedkamer.

'Feest in de leerlingenkamer, zei Simon!' riep Daan opgetogen. 'Kom op, Ginny! Demelza!'

Ron en Harry bleven als laatsten achter en wilden ook weggaan toen Hermelien de kleedkamer binnenkwam. Ze speelde met haar sjaal van Griffoendor en keek nerveus maar vastberaden.

'Ik wil je even spreken, Harry.' Ze haalde diep adem. 'Dat had je niet moeten doen. Je hebt Slakhoorn zelf gehoord. Het mag niet!'

'Wat wil je doen? Ons erbij lappen?' vroeg Ron.

'Waar hebben jullie het over?' zei Harry. Hij keerde zich om en hing zijn wedstrijdgewaad op, zodat de anderen hem niet zouden zien grinniken.

'Je weet heel goed waar we het over hebben!' zei Hermelien schril. 'Je hebt tijdens het ontbijt die geluksdrank in Rons glas gedaan! Felix Fortunatis!'

'Nietes,' zei Harry en hij keek de anderen aan.

'Jawel, Harry! Daarom ging vandaag alles goed, waren er spelers van Zwadderich geblesseerd en hield Ron iedere bal tegen!'

'Ik heb helemaal niets in zijn glas gedaan!' zei Harry, die nu breed grijnsde. Hij stak zijn hand in zijn zak en pakte het flesje dat Hermelien 's ochtends in zijn hand had gezien. Het zat vol gouden toverdrank en het waszegel zat nog op de kurk. 'Ik wilde alleen dat Ron dat zou denken, en dus deed ik alsof ik iets in zijn glas goot toen ik wist dat jij het zou zien.' Hij keek naar Ron. 'Je dacht dat je al die worpen stopte omdat je geluk had, maar je hebt het helemaal zelf gedaan.'

Hij stopte het flesje weer weg.

'Zat er niets in mijn pompoensap?' vroeg Ron verbluft. 'Maar het weer was goed... en Valom kon niet spelen... heb je me echt geen geluksdrank gegeven?'

Harry schudde zijn hoofd. Ron keek hem even met open mond aan, wendde zich toen boos tot Hermelien en aapte haar stem na.

'*Je hebt vanochtend Felix Fortunatis in Rons sap gedaan, daarom speelde hij zo goed*! Ha! Ik kan ook best goals tegenhouden zonder hulp, Hermelien!'

'Ik heb nooit gezegd dat je dat niet kon – Ron, je dacht zelf ook dat je dat drankje gekregen had!'

Maar Ron had zijn bezemsteel al op zijn schouder gelegd en liep nu met grote passen naar buiten.

'Eh...' zei Harry in de stilte die volgde; hij had niet verwacht dat zijn plannetje zo averechts zou werken. 'Zullen we... zullen we ook naar het feestje gaan?'

'Ga jij maar!' zei Hermelien. Ze moest moeite doen om haar tranen te bedwingen. 'Ik ben Ron even helemaal *zat*! Ik weet niet wat ik anders had moeten doen...'

Ze stormde ook de kleedkamer uit.

Harry liep langzaam terug naar het kasteel, over het schoolterrein waar het nog wemelde van de supporters. Veel leerlingen schreeuwden felicitaties naar hem, maar hij voelde zich vreselijk teleurgesteld. Hij was ervan overtuigd geweest dat Ron en Hermelien meteen weer de beste maatjes zouden zijn als Ron de wedstrijd voor hen gewonnen had. Hoe moest hij in hemelsnaam aan Hermelien uitleggen dat ze Ron zo vreselijk gekwetst had door Viktor Kruml te kussen, terwijl dat vergrijp al zo lang geleden plaatsgevonden had?

Harry zag Hermelien niet op het overwinningsfeestje van Griffoendor, dat in volle gang was toen hij arriveerde. Er werd opnieuw luid gejuicht en geapplaudisseerd toen hij binnenkwam en hij werd al gauw omringd door een hele menigte mensen die hem allemaal wilden feliciteren. Harry moest niet alleen de broertjes Krauwel afschudden, die wilden dat hij de wedstrijd worp voor worp zou analyseren, maar ook de vele meisjes die om hem heen stonden, flirtend en lachend om zelfs zijn minst amusante opmerkingen. Uiteindelijk wist hij Regina Valster kwijt te raken, die wel heel erg duidelijk liet doorschemeren dat ze graag met hem naar Slakhoorns kerstfeestje zou gaan, en toen hij vlug naar de dranktafel glipte liep hij Ginny tegen het lijf. Arnold de Ukkepulk zat op haar schouder en Knikkebeen liep hoopvol miauwend achter haar aan.

'Zoek je Ron?' zei ze grijnzend. 'Hij staat daar in de hoek, de vuile huichelaar.'

Harry volgde haar wijzende vinger. Daar, in het volle zicht van de hele kamer, stond Ron. Hij was zo innig verstrengeld met Belinda Broom dat het moeilijk te zeggen was welke handen nou van wie waren.

'Het lijkt wel alsof hij haar gezicht opvreet, hè?' zei Ginny koeltjes. 'Maar goed, hij moet op de een of andere manier zijn techniek verbeteren. Goed gespeeld, Harry.'

Ze klopte hem op zijn arm; Harry kreeg even een warm gevoel van binnen, maar toen liep ze verder en pakte nog een flesje Boterbier. Knikkebeen trippelde achter haar aan en zijn gele ogen staarden naar Arnold.

Harry scheurde zijn blik los van Ron, die zo te zien nog wel even bezig zou zijn, en zag nog net het portretgat dichtgaan. Hij had het akelige gevoel dat hij een grote bos bruin haar naar buiten had zien schieten.

Hij holde naar het gat, ontweek Regina Valster opnieuw en duwde het portret van de Dikke Dame open. De gang leek verlaten.

'Hermelien?'

Hij vond haar in het eerste het beste lokaal dat niet op slot was. Ze zat op het bureau van de leraar en was alleen, afgezien van een ring van kwetterende gele vogeltjes die om haar hoofd cirkelden en die ze net te voorschijn moest hebben getoverd. Harry had onwillekeurig bewondering voor haar spreukwerk, en dan vooral op zo'n moment.

'O, hallo, Harry,' zei ze geforceerd. 'Ik zat wat te oefenen.'

'Ja... ze – eh – zijn heel goed...' zei Harry.

Hij wist absoluut niet wat hij tegen haar moest zeggen. Hij vroeg zich net af of ze Ron misschien niet gezien had en gewoon even naar buiten was gegaan omdat het feestje te rumoerig was, toen ze met onnatuurlijk hoge stem zei: 'Ron schijnt zich goed te amuseren.'

'Eh.... ja?' zei Harry.

'Doe maar niet alsof je hem niet gezien hebt,' zei Hermelien. 'Hij deed niet bepaald stiekem –'

Op dat moment vloog de deur open en kwam er tot Harry's afgrijzen een lachende Ron binnen. Hij trok Belinda mee aan haar hand.

'O,' zei hij en hij bleef abrupt staan toen hij Harry en Hermelien zag.

'Oeps!' zei Belinda. Ze schuifelde giechelend het lokaal uit en deed de deur achter zich dicht.

Er viel een afschuwelijke, aanzwellende, verstikkende stilte. Hermelien staarde naar Ron, maar die weigerde haar aan te kijken en zei met een mengeling van bravoure en gêne: 'Ha, Harry! Ik vroeg me al af waar je gebleven was!'

Hermelien liet zich van het bureau glijden. De gouden vogeltjes bleven kwetterend om haar hoofd cirkelen, zodat ze net een vreemd, gevederd model van het zonnestelsel leek.

'Je moet Belinda niet buiten op de gang laten staan,' zei ze kalm. 'Dadelijk vraagt zij zich nog af waar jij gebleven bent.'

Ze liep heel langzaam en kaarsrecht naar de deur. Harry keek naar Ron, die opgelucht was dat er niets ergers gebeurd was.

'*Oppugno!*' krijste een stem vanuit de deuropening.

Harry draaide zich om en zag Hermelien met haar toverstok wijzen. Haar gezicht was vertrokken en de vogeltjes schoten als een regen van dikke gouden kogels op Ron af. Die piepte van angst en sloeg zijn handen voor zijn gezicht, maar de vogels vielen hem aan en pikten en klauwden naar ieder onbedekt stukje huid.

'Lamemerus!' schreeuwde Ron, maar met een laatste blik van wraakzuchtige woede rukte Hermelien de deur open en stormde de gang op. Harry dacht dat hij een snik hoorde voor de deur met een klap dichtsloeg.

HOOFDSTUK 15

DE ONBREEKBARE EED

Opnieuw dwarrelde er sneeuw langs de met ijsbloemen bedekte ramen; Kerstmis naderde met rasse schreden. Hagrid had al in zijn eentje de gebruikelijke twaalf kerstbomen afgeleverd voor de Grote Zaal; slingers van hulst en goudfolie waren om de leuningen van de trappen gewikkeld; eeuwigdurende kaarsen brandden in de helmen van de harnassen en om de zoveel meter hingen er grote bossen maretak in de gangen. Er stonden steeds grote groepen meisjes onder de maretak als Harry voorbijkwam, wat vaak tot opstoppingen leidde, maar gelukkig had Harry, door zijn talrijke nachtelijke uitstapjes, een uitzonderlijk grondige kennis van de geheime gangen in het kasteel en kon hij zonder al te veel moeite maretakvrije routes uitstippelen tussen de verschillende klaslokalen.

Ron zou vroeger jaloers geweest zijn vanwege de noodzaak die omwegen te maken, maar nu schaterde hij alleen maar van het lachen als hij Harry weer eens moeite zag doen. Die nieuwe, vrolijke Ron was verre te verkiezen boven de chagrijnige, agressieve versie waar Harry de afgelopen weken mee te kampen had gehad, maar tegenover dat voordeel stonden ook grote nadelen. Ten eerste verkeerde Harry nu noodgedwongen vaak in het gezelschap van Belinda Broom, die ieder moment dat ze Ron niet kuste blijkbaar een verloren moment vond, en ten tweede was Harry opnieuw de beste vriend van twee mensen die zo te zien nooit meer één woord met elkaar zouden wisselen.

Rons armen zaten nog steeds onder de schrammen en wondjes na Hermeliens vogelaanval en hij stelde zich defensief en wrokkig op.

'Ze kan niet klagen,' zei hij tegen Harry. 'Zij heeft met Kruml gezoend en nu merkt ze opeens dat er iemand is die mij ook leuk vindt. Nou, we leven in een vrij land. Ik heb niets verkeerds gedaan.'

Harry gaf geen antwoord, maar deed alsof hij in beslag genomen werd door het boek dat ze eigenlijk gelezen moesten hebben voor ze de volgende ochtend Bezweringen hadden (*Kwintessens: Een Queeste*).

Hij was vastbesloten om met zowel Ron als Hermelien bevriend te blijven en hield daarom een groot deel van de tijd zijn lippen stijf op elkaar.

'Ik heb Hermelien nooit iets beloofd,' mompelde Ron. 'Ja, goed, ik zou met haar naar dat kerstfeestje van Slakhoorn gaan, maar ze heeft nooit gezegd... gewoon als vrienden... ik mag doen wat ik wil...'

Harry sloeg een bladzijde van *Kwintessens* om. Hij wist dat Ron naar hem keek. Rons stem stierf weg tot een zacht gemopper dat nauwelijks verstaanbaar was boven het geknetter van het haardvuur, al dacht Harry dat hij de woorden 'Kruml' en 'niets te klagen' opving.

Hermelien had zo'n druk rooster dat Harry alleen 's avonds wat langer met haar kon praten. Ron was dan toch zo innig verbonden met Belinda dat hij niet merkte wat Harry deed. Hermelien weigerde in de leerlingenkamer te blijven als Ron er ook was en dus was Harry meestal gedwongen haar te volgen naar de bibliotheek, wat inhield dat ze alleen konden fluisteren.

'Hij heeft het volste recht om te zoenen met wie hij wil,' zei Hermelien terwijl de bibliothecaresse, madame Rommella, tussen de boekenkasten patrouilleerde. 'Mij een zorg!'

Ze hief haar veer op en zette met zo'n kracht een punt op een i dat ze een gat maakte in het perkament. Harry zei niets, maar was bang dat hij zijn stem binnenkort wel eens kwijt zou kunnen raken door gebrek aan oefening. Hij boog zich ietsje dieper over *Toverdranken voor Gevorderden* en bleef aantekeningen maken over Eeuwigdurende Elixers. Af en toe moest hij goed kijken om de nuttige opmerkingen die de Prins aan de tekst van Libatius Bernage had toegevoegd te kunnen ontcijferen.

'En trouwens,' zei Hermelien na een tijd, 'je moet voorzichtig zijn.'

'Voor de laatste keer,' fluisterde Harry nogal schor na bijna drie kwartier stilte, 'ik geef dit boek niet terug! Ik heb meer geleerd van de Halfbloed Prins dan Sneep of Slakhoorn me ooit hebben –'

'Ik had het niet over die achterlijke zogenaamde Prins,' zei Hermelien. Ze wierp een vuile blik op het boek, alsof het iets lelijks tegen haar gezegd had. 'Nee, ik bedoel iets wat eerder op de dag gebeurd is. Voor ik naar de bieb ging moest ik even naar de wc en daar waren wel een stuk of tien meisjes, onder wie Regina Valster, druk aan het overleggen hoe ze jou het beste stiekem een liefdesdrankje konden toedienen. Ze hopen dat je een van hen meeneemt naar dat feestje van Slakhoorn en blijkbaar hebben ze liefdesdrankjes gekocht bij Fred en George, die helaas nog wel zullen werken ook...'

'Waarom heb je ze dan niet in beslag genomen?' vroeg Harry verontwaardigd. Het leek bizar dat Hermeliens dwangmatige neiging om de regels te volgen haar op zo'n cruciaal moment in de steek gelaten had.

'Ze hadden die drankjes niet bij zich op de wc,' zei Hermelien schamper. 'Ze bespraken alleen de beste tactiek. En aangezien ik betwijfel of zelfs de Halfbloed Prins' – ze keek opnieuw vol afkeuring naar het boek – 'een tegengif zou kunnen verzinnen voor tien verschillende liefdesdrankjes tegelijk, zou ik maar gauw iemand vragen om mee te gaan. Dan denken de anderen niet meer dat ze ook nog een kans maken. Het feestje is morgenavond al, dus ze worden wanhopig.'

'Er is niemand die ik wil vragen,' mompelde Harry. Hij probeerde nog steeds zo min mogelijk aan Ginny te denken, al zag hij haar tegenwoordig wel vaak terug in zijn dromen, en dan op zo'n manier dat hij dolblij was dat Ron nooit Legilimentie geleerd had.

'Nou, wees voorzichtig met wat je drinkt, want Regina Valster laat er vast geen gras over groeien,' zei Hermelien grimmig.

Ze rolde het lange stuk perkament waarop ze haar werkstuk voor Voorspellend Rekenen maakte wat verder uit en kraste erop los met haar veer. Harry keek naar haar, maar zijn gedachten waren ver weg.

'Wacht eens even,' zei hij langzaam. 'Ik dacht dat Vilder alles wat bij Tovertweelings Topfopshop gekocht was verboden had?'

'Sinds wanneer heeft iemand zich ooit iets aangetrokken van wat Vilder verboden heeft?' zei Hermelien. Ze concentreerde zich nog steeds op haar werkstuk.

'Maar alle uilen worden toch ook gecontroleerd? Hoe kunnen die meiden dan liefdesdrankjes de school binnensmokkelen?'

'Fred en George vermommen ze als parfum of hoestsiroop,' zei Hermelien. 'Dat maakt deel uit van hun Uilkoeriersdienst.'

'Je weet er wel veel van.'

Hermelien keek net zo vuil naar Harry als naar zijn exemplaar van Toverdranken voor Gevorderden.

'Het stond achter op de flesjes die ze van de zomer aan Ginny en mij lieten zien,' zei ze kil. 'Ik giet geen drankjes in de glazen van andere mensen... en ik doe ook niet alsof, wat net zo erg is...'

'Ja, oké, daar hebben we het nu niet over,' zei Harry vlug. 'Het gaat erom dat Vilder voor de gek gehouden wordt. Die meiden smokkelen spullen de school binnen die eruitzien als iets heel anders! Waarom zou Malfidus dan ook niet die halsketting de school hebben kunnen binnensmokkelen?'

'Hè Harry... begin je daar nou wéér over?'

'Zeg op. Waarom niet?' vroeg Harry.

'Hoor eens,' zuchtte Hermelien, 'Hypocrietsprieten detecteren leugens, vervloekingen en vermommingen. Ze worden onder meer gebruikt om Duistere magie en Duistere voorwerpen op te sporen. Een krachtige vervloeking zoals er op die ketting rustte zouden ze binnen een paar seconden hebben opgepikt. Maar iets wat gewoon in een verkeerd flesje zit, zou niet opvallen – en bovendien zijn liefdesdrankjes niet Duister of gevaarlijk –'

'Jij hebt makkelijk praten,' zei Harry. Hij dacht aan Regina Valster.

'Vilder zou dus zelf moeten ontdekken dat iets geen echte hoestdrank is en hij is niet bepaald een goede tovenaar. Volgens mij weet hij niet eens het verschil tussen een toverdrank en –'

Hermelien zweeg abrupt. Harry had het ook gehoord: er had iemand bewogen tussen de donkere boekenkasten. Ze wachtten en enkele ogenblikken later kwam het gierachtige gezicht van madame Rommella om de hoek. Haar ingevallen wangen, perkamentachtige huid en lange haakneus werden onflatteus verlicht door de lantaarn in haar hand.

'De bibliotheek is nu gesloten,' zei ze. 'Zet alles wat jullie geleend hebben terug op de juiste – *wat heb je met dat boek gedaan, ontaarde jongen?*'

'Dat is mijn eigen boek, niet uit de bibliotheek!' zei Harry haastig. Hij griste *Toverdranken voor Gevorderden* van tafel terwijl zij er ook naar graaide met een klauwachtige hand.

'Besmeurd!' siste ze. 'Bezoedeld! Ontheiligd!'

'Het is gewoon een boek waar iemand in geschreven heeft!' zei Harry en hij trok het uit haar vingers.

Even leek het alsof ze een beroerte zou krijgen; Hermelien, die haastig haar spullen had gepakt, greep Harry bij zijn arm en trok hem mee naar de uitgang.

'Als je niet oppast, mag je straks niet meer in de bieb komen. Waarom moest je zo nodig dat stomme boek meenemen?'

'Het is niet mijn schuld dat dat mens knettergek is, Hermelien. Of denk je dat ze je beledigende opmerkingen over Vilder hoorde? Ik heb altijd al gedacht dat die twee misschien samen iets hadden...'

'O, ha ha ha...'

Genietend van het feit dat ze weer hardop konden praten liepen ze door de verlaten, met lantaarns verlichte gangen terug naar de leerlingenkamer en kibbelden over de vraag of Vilder en madame Rommella stiekem op elkaar verliefd waren of niet.

'Gouden ballen,' zei Harry tegen de Dikke Dame, want dat was het nieuwe wachtwoord tijdens de feestdagen.

'Jij ook,' zei de Dikke Dame met een schalkse grijns en ze zwaaide opzij om hen door te laten.

'Hallo, Harry!' zei Regina Valster zodra hij door het portretgat klom. 'Wil je een violierwatertje?'

Hermelien keek hem over haar schouder aan, met een blik waar het 'Wat zei ik?' vanaf droop.

'Nee, bedankt,' zei Harry vlug. 'Dat lust ik niet.'

'Nou, neem deze dan,' zei Romilda en ze duwde een doos in zijn handen. 'Chocoketels, gevuld met Oude Klares Jonge Borrel. Mijn oma heeft ze gestuurd, maar ik vind ze niet lekker.'

'O – oké – bedankt,' zei Harry. Hij wist niet wat hij anders moest zeggen. 'Eh – ik was net op weg naar...'

Hij liep haastig achter Hermelien aan.

'Heb ik het niet gezegd?' zei Hermelien. 'Hoe eerder je iemand uitnodigt, hoe eerder de anderen je met rust laten en dan kun je –'

Plotseling werd haar gezicht uitdrukkingsloos; ze had Ron en Belinda innig verstrengeld samen in één stoel zien zitten.

'Nou, welterusten, Harry,' zei Hermelien, ook al was het pas zeven uur 's avonds. Zonder verder nog een woord te zeggen liep ze naar de meisjesslaapzaal.

Toen Harry zelf ook naar bed ging, troostte hij zich met de gedachte dat ze zich nog maar door één lesdag heen hoefden te worstelen, plus Slakhoorns feestje, en dat Ron en hij dan naar Het Nest zouden vertrekken. Het leek nu vrijwel onmogelijk dat Ron en Hermelien het nog voor de vakantie zouden goedmaken, maar misschien hadden ze tijd om te kalmeren als ze vrij hadden en zouden ze spijt krijgen van hun gedrag...

Harry's verwachtingen waren niet hooggespannen en kregen een extra optater toen hij de dag daarna een les Gedaanteverwisselingen moest uitzitten met Ron en Hermelien. Ze waren net begonnen aan het ongelooflijk moeilijke onderwerp van menselijke gedaanteverwisselingen; ze werkten met spiegels en moesten de kleur van hun eigen wenkbrauwen veranderen. Hermelien lachte hatelijk om Rons eerste, totaal mislukte poging waarbij hij zichzelf van een spectaculaire krulsnor voorzag: Ron sloeg terug door middel van een onbarmhartige maar accurate imitatie van Hermelien die gretig op en neer wipte op haar stoel, iedere keer als professor Anderling een vraag stelde. Belinda en Parvati moesten er hard om lachen, maar het kostte Hermelien moeite haar tranen te bedwingen. Ze sprintte het lokaal uit zodra de bel ging en liet de helft van haar spullen achter. Harry besloot dat Hermelien hem nu harder nodig had dan Ron, dus raapte hij vlug haar achtergebleven boeken bij elkaar en volgde haar.

Hij vond haar uiteindelijk een verdieping lager. Ze kwam de meisjes-wc uit in het gezelschap van Loena Leeflang, die haar vaag op haar schouder klopte.

'O, hallo, Harry,' zei Loena. 'Wist je dat een van je wenkbrauwen knalgeel is?'

'Ha, Loena. Hermelien, je hebt je spullen laten liggen...'

Hij gaf haar de boeken.

'O ja,' zei Hermelien gesmoord. Ze pakte ze aan en draaide zich vlug om, zodat Harry niet zou zien dat ze haar ogen afveegde met haar etui. 'Bedankt, Harry. Nou, ik moet weer eens gaan...'

Ze liep haastig verder, zonder Harry de kans te geven nog wat troostende woorden te zeggen, al schoten die hem eerlijk gezegd ook absoluut niet te binnen.

'Ze is een tikkeltje van streek,' zei Loena. 'Ik dacht eerst dat ik Jammerende Jenny hoorde op de wc, maar het was Hermelien. Ze zei iets over Ron Wemel...'

'Ja, ze hebben ruzie gehad,' zei Harry.

'Hij zegt soms heel grappige dingen, hè?' zei Loena terwijl ze samen door de gang liepen. 'Maar af en toe kan hij ook een beetje onaardig zijn. Dat heb ik vorig jaar gemerkt.'

'Ja, misschien,' zei Harry. Loena gaf opnieuw blijk van haar talent om plompverloren de waarheid te zeggen; hij had nog nooit iemand ontmoet zoals zij. 'En, heb jij een goed semester gehad?'

'Ja, gaat best,' zei Loena. 'Een beetje eenzaam zonder de SVP. Maar Ginny is heel aardig. Ze zei laatst met Gedaanteverwisselingen tegen twee jongens dat ze me niet steeds "Lijpo" moesten noemen –'

'Heb je zin om vanavond met mij naar het feestje van Slakhoorn te gaan?'

De woorden waren eruit voor Harry het wist; het was alsof hij een wildvreemde hoorde praten.

Loena keek hem met haar uitpuilende ogen stomverbaasd aan.

'Naar Slakhoorns feestje? Met jou?'

'Ja,' zei Harry. 'We worden geacht introducés mee te nemen en ik dacht dat jij het misschien leuk zou vinden... ik bedoel' – hij wilde daar geen enkel misverstand over laten bestaan – 'gewoon als een goede vriendin, snap je? Maar als je geen zin hebt...'

Hij hoopte eigenlijk al half en half dat ze geen zin zou hebben.

'Nee, nee! Het lijkt me juist heel erg leuk, als goede vriendin!' zei Loena, breder glimlachend dan Harry haar ooit had zien doen. 'Niemand heeft me ooit voor een feestje uitgenodigd als goede vriendin! Heb je daarom je wenkbrauw geverfd? Voor het feestje? Zal ik het ook doen?'

'Nee!' zei Harry gedecideerd. 'Dat was gewoon een foutje. Ik vraag wel of Hermelien hem weer ontkleurt. Nou, dan zie ik je vanavond om acht uur in de hal.'

'AHA!' krijste een stem boven hun hoofd. Ze schrokken zich dood; ze waren ongemerkt onder Foppe de klopgeest door gelopen. Hij hing ondersteboven in een kroonluchter en keek hen boosaardig grijnzend aan.

'*Pottertje heeft Lijpo gevraagd voor het feestje! Pottertje is op Lijpo! Pottertje iiiiis op Lijpoooo!*'

Hij zoefde schel grinnikend weg en brulde aan één stuk door: 'Pottertje is op Lijpo!'

'Altijd goed om dit soort dingen privé te houden,' zei Harry. Inderdaad wist de hele school binnen de kortste keren dat Harry Potter met Loena Leeflang naar het feestje van Slakhoorn ging.

'Je had *elk meisje* kunnen vragen dat je maar wilde!' zei Ron vol ongeloof tijdens het avondeten. '*Elk meisje!* En dan kies je Lijpo Leeflang?'

'Noem haar niet zo, Ron,' snauwde Ginny. Ze bleef even achter Harry staan, op weg naar haar vrienden. 'Ik ben echt blij dat je haar gevraagd hebt, Harry. Ze is zó door het dolle!'

Ze liep verder en ging bij Daan zitten. Harry probeerde het leuk te vinden dat Ginny blij was dat hij met Loena naar het feestje ging, maar dat wilde niet echt lukken. Een eind verderop aan tafel zat Hermelien, in haar eentje. Ze prikte met haar vork in haar stoofpot, maar at niet echt. Harry zag dat Ron stiekem naar haar keek.

'Waarom zeg je niet dat het je spijt?' vroeg Harry op de man af.

'En dan weer aangevallen worden door een meute kanaries?' mompelde Ron.

'Waarom moest je haar ook zo nodig nadoen?'

'Ze lachte om mijn snor!'

'Ik ook. Je zag er ongelooflijk stom uit.'

Ron leek dat niet gehoord te hebben; Belinda was zojuist gearriveerd, samen met Parvati. Ze wurmde zich tussen Harry en Ron in en sloeg haar armen om Rons hals.

'Hallo, Harry,' zei Parvati. Kennelijk voelde ze zich een beetje opgelaten vanwege het gedrag van haar vriendin en begon het haar de keel uit te hangen. Harry wist precies hoe ze zich voelde.

'Hoe is het met je?' vroeg Harry. 'Blijf je toch gewoon op Zweinstein? Ik hoorde dat je ouders je van school wilden halen.'

'Ik heb ze voorlopig weten om te praten,' zei Parvati. 'Ze gingen echt door het lint toen ze hoorden van Katja, maar omdat er sindsdien niets meer gebeurd is... o, hallo, Hermelien!'

Parvati glimlachte werkelijk van oor tot oor naar Hermelien en Harry merkte dat ze zich schuldig voelde omdat ze haar tijdens Gedaanteverwisselingen had uitgelachen. Hij keek om en zag Hermelien zo mogelijk nog breder teruglachen. Meisjes konden soms heel erg vreemd zijn.

'Ha, Parvati!' zei Hermelien. Ze negeerde Ron en Belinda volkomen. 'Ga je vanavond ook naar het feestje van Slakhoorn?'

'Ik ben niet uitgenodigd,' zei Parvati somber. 'Anders was ik dolgraag gegaan. Zo te horen wordt het heel leuk... jij gaat wel, hè?'

'Ja, ik heb om acht uur afgesproken met Magnus en we –'

Er klonk een geluid alsof er een gootsteenontstopper uit een verstopte afvoer werd losgetrokken en Ron kwam boven water. Hermelien deed alsof ze niets gehoord of gezien had.

'– we gaan samen naar het feestje.'

'Magnus?' zei Parvati. 'Magnus Stoker, bedoel je?'

'Precies,' zei Hermelien liefjes. 'De jongen die *bijna*,' ze legde de nadruk op dat laatste woord, 'de Wachter van Griffoendor was geweest.'

'Dus jullie hebben samen iets?' vroeg Parvati. Ze keek Hermelien met grote ogen aan.

'O – ja – wist je dat nog niet?' zei Hermelien met een heel erg on-Hermelienachtig gegiechel.

'Nee!' zei Parvati. Haar ogen puilden bijna uit haar hoofd bij het horen van die sappige roddel. 'Wauw! Je houdt wel van Zwerkbalspelers, hè Hermelien? Eerst Kruml en nu Stoker...'

'Ik hou van *echt goede* Zwerkbalspelers,' corrigeerde Hermelien haar, nog steeds glimlachend. 'Nou, ik zie je nog wel... ik moet me omkleden voor het feest...'

Hermelien vertrok. Belinda en Parvati staken onmiddellijk de koppen bij elkaar om deze nieuwste ontwikkeling grondig te bespreken, samen met alles wat ze ooit over Stoker hadden gehoord en alles wat ze altijd wel van Hermelien hadden gedacht. Rons gezicht was merkwaardig uitdrukkingsloos en hij zei niets. Harry verbaasde zich er in stilte over hoe ver meisjes konden gaan als ze op wraak uit waren.

Toen hij om acht uur 's avonds in de hal arriveerde, hingen er veel meer meisjes rond dan normaal. Ze keken allemaal nogal rancuneus naar hem terwijl hij naar Loena liep. Ze droeg een met glitters overdekt zilveren gewaad waar een hoop omstanders om moesten giechelen, maar verder zag ze er best leuk uit. Harry was in elk geval blij dat ze haar radijsjesoorbellen, ketting van Boterbierkurken en Kakelbontbril had thuisgelaten.

'Hoi,' zei hij. 'Zullen we gaan?'

'O ja!' zei ze blij. 'Waar is het feestje?'

'In de kamer van Slakhoorn,' zei Harry. Hij loodste haar mee naar de marmeren trap, weg van al het gestaar en gemompel. 'Heb je gehoord dat er misschien ook een vampier komt?'

'Rufus Schobbejak?' vroeg Loena.

'Ik – wat?' zei Harry stomverbaasd. 'Bedoel je de Minister van Toverkunst?'

'Ja, die is een vampier,' zei Loena nuchter. 'Vader heeft er een lang artikel over geschreven toen Schobbejak pas tot opvolger van Droebel benoemd was, maar iemand van het Ministerie heeft hem gedwongen het niet te publiceren. Ze willen natuurlijk niet dat de waarheid aan het licht komt!'

Het leek Harry uitermate onwaarschijnlijk dat Schobbejak een vampier was, maar hij was eraan gewend dat Loena de bizarre meningen van haar vader napraatte en gaf geen antwoord: ze waren al bijna bij de kamer van Slakhoorn en met iedere stap hoorden ze meer muziek, gelach en gepraat.

Harry wist niet of Slakhoorns kamer zo gebouwd was of dat hij magische trucs gebruikt had, maar hij leek veel groter dan de werkkamers van de meeste docenten. Het plafond en de muren waren behangen met smaragdgroene, vuurrode en gouden doeken, zodat het leek alsof ze zich in een reusachtige tent bevonden. Het was er vol en benauwd en alles baadde in het rode licht van een rijk bewerkte lamp die aan het plafond hing en waarin echte feeën rondfladderden, als oogverblindende lichtstippen. Uit een hoek klonk luid gezang op, begeleid door het getokkel van wat zo te horen mandolines waren. Een blauwe walm van tabaksrook hing boven een groepje bejaarde heksenmeesters die diep in gesprek waren en huis-elfen laveerden pieperig door het woud van knieën. Je zag ze bijna niet onder de mas sieve zilveren schalen met eten die ze droegen en ze leken wel kleine, rondwandelende tafeltjes.

'Harry, beste jongen!' zei Slakhoorn met zijn galmende stem zodra Harry en Loena zich naar binnen hadden gewurmd. 'Kom binnen, kom binnen! Er zijn veel mensen aan wie ik je wil voorstellen!'

Slakhoorn droeg een fluwelen muts met kwastjes die bij zijn fluwelen huisjasje paste. Hij pakte Harry zo stevig bij zijn arm dat het leek alsof hij met hem wilde Verdwijnselen en trok hem doelbewust mee in het feestgedruis. Harry pakte Loena's hand en sleepte haar mee.

'Harry, ik wil je voorstellen aan Elias Mier, een oud-leerling van me. Hij is de auteur van *Bloedbroeders: Mijn Leven Tussen de Vampiers* – en dit is zijn vriend Sanguini.'

Mier, een kleine man met een bril, greep Harry's hand en schudde die enthousiast; de vampier Sanguini, lang en uitgemergeld en met donkere wallen onder zijn ogen, knikte alleen maar. Zo te zien verveelde hij zich nogal. Niet ver van hem vandaan stond een nieuwsgierig en opgewonden groepje meisjes.

'Harry Potter! Een waar genoegen!' zei Mier en hij tuurde bijziend naar Harry's gezicht. 'Ik zei een tijdje geleden nog tegen professor Slakhoorn: *Waar is toch de biografie van Harry Potter waar iedereen op zit te wachten?*'

'Eh...' zei Harry. 'Zit u daarop te wachten?'

'Net zo bescheiden als Hildebrand al zei!' riep Mier uit. 'Maar even serieus –' zijn manier van doen werd plotseling nuchter en zakelijk, 'ik zou die biografie best zelf willen schrijven. Ontzettend veel mensen willen dolgraag meer van je weten, beste jongen! Dolgraag! Als je bereid zou zijn me een paar interviews van een uur of vijf te geven, kan het boek binnen enkele maanden af zijn. En je hoeft er zelf bijna niets voor te doen! Vraag maar aan Sanguini hier of het niet – *Sanguini, blijf hier!*' voegde Mier er streng aan toe, want de vampier schuifelde met een nogal hongerige blik in zijn ogen naar het groepje meisjes. 'Hier, neem een pasteitje,' zei Mier. Hij griste er eentje van het blad van een passerende huis-elf, drukte het in Sanguini's hand en richtte zijn aandacht toen weer op Harry.

'Het goud dat je zou kunnen verdienen, beste jongen! Je hebt geen idee –'

'Ik ben echt niet geïnteresseerd,' zei Harry resoluut. 'Ik zie een bekende. Sorry.'

Hij trok Loena met zich mee en dook de menigte in; hij had inderdaad een grote bos bruin haar zien verdwijnen tussen wat twee leden van de Witte Wieven leken te zijn.

'Hermelien! *Hermelien!*'

'Harry! Gelukkig, daar ben je! Hoi, Loena!'

'Wat is er met jou gebeurd?' vroeg Harry. Hermelien zag er nogal verfomfaaid uit, alsof ze zich had moeten losworstelen uit een grote kluwen Duivelsstrik.

'O, ik ben net ontsnapt – ik bedoel, ik heb Magnus even daar achtergelaten,' zei ze. 'Onder de maretak,' voegde ze eraan toe toen Harry haar vragend bleef aankijken.

'Net goed. Had je hem maar niet moeten kiezen,' zei Harry streng.

'Ik dacht dat Ron zich aan hem nog het meest zou ergeren,' zei Hermelien koeltjes. 'Ik heb ook nog even overwogen om Zacharias Smid te vragen, maar het leek me dat, over het geheel genomen –'

'*Heb je overwogen om Smid te vragen?*' zei Harry vol walging.

'Ja, en ik krijg er steeds meer spijt van dat ik dat niet heb gedaan. Vergeleken met Stoker is zelfs Groemp nog een heer. Laten we deze kant uit gaan. We zien hem vast wel uit de verte aan komen, hij is zo lang...'

Ze liepen naar de andere kant van de kamer en namen onderweg een beker mede, maar realiseerden zich te laat dat professor Zwamdrift daar in haar eentje stond.

'Hallo,' zei Loena beleefd tegen professor Zwamdrift.

'Goeienavond, liefje,' zei professor Zwamdrift. Het kostte haar blijkbaar enige moeite om Loena duidelijk te onderscheiden en Harry rook weer goedkope sherry. 'Ik heb je de laatste tijd niet meer bij mij in de klas gezien...'

'Nee, ik heb dit jaar les van Firenze,' zei Loena.

'O ja, natuurlijk,' zei professor Zwamdrift met een nijdig, dronken gegiechel. 'Of Hortsik, zoals ik hem liever noem. Je zou toch verwachten dat professor Perkamentus het paard weer op stal zou hebben gezet nu ik terug ben op school. Maar nee... we moeten de lessen delen... het is een belediging, een regelrechte belediging! Wist je...'

Professor Zwamdrift was blijkbaar zo aangeschoten dat ze Harry niet eens herkende. Onder dekking van haar hatelijke opmerkingen over Firenze ging Harry wat dichter bij Hermelien staan en zei: 'Ik wil één ding weten. Ben je van plan Ron te vertellen dat je hem geholpen hebt tijdens de selectietrainingen?'

Hermelien trok haar wenkbrauwen op.

'Denk je echt dat ik zo laag zou zinken?'

Harry keek haar doordringend aan.

'Hermelien, als je Stoker mee uit vraagt –'

'Er is wel een verschil,' zei Hermelien waardig. 'Ik ben niet van plan Ron ook maar iets te vertellen over wat er wel of niet is voorgevallen toen hij geselecteerd werd als Wachter.'

'Goed zo,' zei Harry met nadruk. 'Want dat zou een enorme klap voor hem zijn en dan verliezen we vast de volgende wedstrijd –'

'Zwerkbal!' zei Hermelien boos. 'Denken jongens nou echt nergens anders aan? Magnus heeft me niet één vraag gesteld over mezelf, nee, ik werd alleen getrakteerd op De Honderd Beste Reddingen van Magnus Stoker, vanaf dat we hier binnenkwamen tot – o jee, daar heb je hem!'

Hermelien schoot zo snel weg dat het was alsof ze Verdwijnseld was; het ene moment was ze er nog en het volgende had ze zich tussen twee vrolijk lachende heksen door gewurmd en was ze verdwenen.

'Heb je Hermelien gezien?' vroeg Stoker toen hij zich even later een weg had gebaand door de menigte.

'Nee, sorry,' zei Harry. Hij draaide zich snel om en wilde deelnemen aan het gesprek dat Loena voerde, maar was even vergeten tegen wie ze het had.

'Harry Potter!' zei professor Zwamdrift met diepe, trillende stem. Blijkbaar herkende ze hem nu pas.

'O, hallo,' zei Harry niet bijster enthousiast.

'Beste jongen!' zei ze op wel heel doordringende fluistertoon. 'De geruchten! De verhalen! De Uitverkorene! Uiteraard wist ik dat al lang... de voortekenen waren nooit goed, Harry... maar waarom heb je Waarzeggerij laten vallen? Zeker voor jou is dat vak van het allergrootste belang!'

'Ah, Sybilla, we denken allemaal dat ons eigen vak het belangrijkst is!' zei een luide stem. Plotseling stond Slakhoorn naast professor Zwamdrift. Zijn gezicht was rood, zijn fluwelen muts stond scheef en hij had een beker mede in de ene hand en een enorme zoete pastei in de andere. 'Maar ik heb nog nooit zo'n natuurtalent gezien als het om toverdranken gaat,' zei Slakhoorn. Hij keek met veel genegenheid in zijn bloeddoorlopen ogen naar Harry. 'Hij doet het op gevoel – net als zijn moeder! Ik heb maar heel weinig leerlingen gehad die dat konden, dat kan ik je verzekeren, Sybilla. Ik geloof dat zelfs Severus –'

Tot Harry's afgrijzen stak Slakhoorn joviaal zijn arm uit en trok hij plotseling Sneep naar zich toe, die eerst nergens te zien was geweest.

'Verberg je niet steeds en kom er gezellig bij staan, Severus!' hikte Slakhoorn vrolijk. 'Ik had het net over Harry's uitzonderlijke prestaties op het gebied van toverdranken. Een deel van de eer komt natuurlijk jou toe, want jij hebt hem vijf jaar lesgegeven!'

Sneep kon niet ontsnappen, met Slakhoorns arm om zijn schouders. Hij keek Harry met half dichtgeknepen ogen aan langs zijn grote haakneus.

'Vreemd. Ik had altijd het idee dat Potter weinig tot niets van me had opgestoken.'

'Nou, dan is hij echt een zuiver natuurtalent!' riep Slakhoorn. 'Je had eens moeten zien wat hij tijdens de eerste les voor me brouwde! De Drank van de Levende Dood – ik heb het geen leerling ooit beter zien doen tijdens zijn eerste poging. Zelfs jij, Severus –'

'Werkelijk?' zei Sneep. Zijn ogen boorden zich nog steeds in die van Harry, die een beetje ongerust werd. Het laatste wat hij wilde was dat Sneep zou gaan onderzoeken waarom hij plotseling zo'n kei was in Toverdranken.

'Vertel nog eens wat je andere vakken zijn, Harry,' zei Slakhoorn.

'Verweer tegen de Zwarte Kunsten, Bezweringen, Gedaanteverwisselingen, Kruidenkunde...'

'Met andere woorden, alle vakken die een Schouwer nodig heeft,' zei Sneep met een bijna onmerkbaar spottende ondertoon.

'Nou, dat zou ik ook graag willen worden,' zei Harry uitdagend.

'Je zult vast een prima Schouwer zijn!' galmde Slakhoorn.

'Ik vind niet dat je Schouwer moet worden, Harry,' zei Loena onverwacht. Ze keken haar allemaal aan. 'De Schouwers maken deel uit van het Rotmondcomplot. Ik dacht dat iedereen dat wist. Ze proberen het Ministerie van Toverkunst van binnenuit te ondermijnen door een combinatie van Duistere magie en gebitsziekten.'

De helft van Harry's mede schoot in zijn neus toen hij in lachen uitbarstte. Alleen al hierom was het een goed idee geweest om Loena mee te nemen. Toen hij hoestend zijn drijfnatte maar nog steeds grijnzende gezicht ophief uit zijn beker, zag hij iets wat zijn humeur er nog beter op maakte: Draco Malfidus werd aan zijn oor in hun richting getrokken door Argus Vilder.

'Professor Slakhoorn,' hijgde Vilder. Zijn kwabbige wangen trilden en in zijn uitpuilende ogen gloeide een maniakaal licht van vreugde omdat hij weer eens iemand betrapt had. 'Ik heb deze jongen gesnapt terwijl hij zich boven op de gang schuilhield. Hij zegt dat hij ook is uit-genodigd voor uw feestje, maar pas wat later kon komen. Heeft u hem inderdaad uitgenodigd?'

Malfidus rukte zich woedend los uit de greep van Vilder.

'Oké, ik ben niet uitgenodigd!' zei hij boos. 'Ik wilde proberen zonder uitnodiging binnen te komen. Ben je nu tevreden?'

'Nee!' zei Vilder, al stond die uitspraak in schril contrast met de uit-drukking van leedvermaak op zijn gezicht. 'Je bent er gloeiend bij! Zei het schoolhoofd niet dat je 's avonds niet zonder toestemming op de gangen mag komen? Nou?'

'Goed, goed, Argus,' zei Slakhoorn wuivend. 'Het is kerst en het is geen misdaad om naar een feestje te willen. Voor deze ene keer zullen we de straf maar vergeten. Je mag blijven, Draco.'

Vilders teleurstelling en verontwaardiging waren volkomen voor-spelbaar, maar waarom zag Malfidus er bijna net zo ongelukkig uit, dacht Harry. En waarom keek Sneep naar Malfidus alsof hij niet alleen boos was maar zelfs... was dat mogelijk?... een beetje bang?

Bijna nog voor Harry goed tot zich kon laten doordringen wat hij ge-zien had, had Vilder zich al weer omgedraaid en schuifelde hij nijdig mompelend weg. Malfidus had een glimlach te voorschijn weten te toveren en bedankte Slakhoorn voor zijn genereuze gebaar, en Sneeps gezicht was weer uitgestreken en ondoorgrondelijk.

'Het is niets, het is niets,' wuifde Slakhoorn de bedankjes van Mal-fidus weg. 'Ik heb tenslotte je grootvader gekend...'

'Hij sprak altijd vol lof over u, professor,' zei Malfidus. 'Hij zei dat u de beste toverdrankbrouwer was die hij ooit gekend had...'

Harry staarde naar Malfidus. Hij werd niet geïntrigeerd door zijn geslijm; dat had hij ook jaren tegen Sneep gedaan. Het was het feit dat Malfidus er nogal ongezond uitzag. Dit was voor het eerst sinds tij-den dat hij Malfidus van dichtbij zag; hij had donkere wallen onder zijn ogen en zijn huid had een grauwe zweem.

'Ik wil je even spreken, Draco,' zei Sneep plotseling.

'Ach kom, Severus,' zei Slakhoorn en hij hikte weer. 'Het is kerst. Doe niet zo moeilijk –'

'Ik ben het hoofd van zijn afdeling en ik beslis zelf wel hoe moei-lijk, of anderszins, ik zal doen,' zei Sneep bits. 'Kom mee, Draco.'

Ze liepen weg, Sneep voorop, gevolgd door een wrokkige Malfi-dus. Harry bleef even staan aarzelen en zei toen: 'Ik kom zo terug, Loena – eh – wc.'

'Oké,' zei ze vrolijk, en terwijl hij zich haastig een weg baande door de menigte, dacht hij te horen hoe ze weer over het Rotmondcomplot begon tegen professor Zwamdrift, die oprecht geïnteresseerd leek te zijn.

Zodra hij het feestje verlaten had was het heel eenvoudig om zijn Onzichtbaarheidsmantel uit zijn zak te halen en over zich heen te gooien, want de gang was verlaten. Het was heel wat moeilijker om Sneep en Malfidus te vinden. Harry rende door de gang, waar het geluid van zijn voetstappen werd gemaskeerd door de muziek en het harde gepraat dat nog steeds opklonk uit Slakhoorns kamer. Misschien had Sneep Malfidus meegenomen naar de kerkers... of misschien bracht hij hem terug naar de leerlingenkamer van Zwaderich... Harry drukte zijn oor tegen iedere deur die hij passeerde terwijl hij door de gang sprintte, tot hij met een scherpe steek van opwinding neerhurkte bij het sleutelgat van het laatste lokaal in de gang en stemmen hoorde.

'... kunnen geen fouten veroorloven, Draco. Als je van school wordt gestuurd –'

'Ik had er niks mee te maken, oké?'

'Ik hoop dat je de waarheid vertelt, want het was niet alleen klunzig maar ook dom. Je wordt er al van verdacht dat je er iets mee te maken had...'

'Wie verdenkt me dan?' zei Malfidus boos. 'Voor de laatste keer: ik heb het niet gedaan! Katja Bell moet een vijand hebben gehad die niemand kent – kijk me niet zo aan! Ik weet wat je probeert te doen, ik ben niet stom! Geloof maar niet dat het zal lukken. Ik kan je blokkeren!'

Er viel even een stilte en toen zei Sneep zacht: 'Ah! Ik zie dat tante Bellatrix je Occlumentie heeft geleerd. Wat voor gedachten probeer je te verbergen voor je meester, Draco?'

'Ik probeer niets te verbergen voor *hem*, ik wil alleen niet dat *jij* je ermee bemoeit!'

Harry drukte zijn oor nog steviger tegen het sleutelgat... waarom praatte Malfidus zo tegen Sneep, die hij eerst altijd met respect behandeld had en zelfs graag mocht?

'Dus daarom probeer je me al het hele semester te ontlopen? Je was bang dat ik me ermee zou bemoeien? Je beseft toch wel dat, als iemand anders geweigerd had naar mijn werkkamer te komen nadat ik dat herhaaldelijk bevolen had –'

'Geef me dan maar strafwerk! Zeg het tegen Perkamentus!' zei Malfidus spottend.

Er viel opnieuw een stilte en toen zei Sneep: 'Je weet best dat ik dat niet wil doen.'

'Nou, dan zou ik maar niet meer eisen dat ik naar je kamer moet komen!'

'Luister naar me,' zei Sneep zo zacht dat Harry zijn oor uit alle macht tegen het sleutelgat moest drukken om hem te kunnen verstaan. 'Ik probeer je te helpen. Ik heb je moeder gezworen dat ik je zou beschermen. Ik heb de Onbreekbare Eed afgelegd, Draco –'

'Die zul je dan toch moeten breken, want ik heb je bescherming niet nodig! Het is mijn taak, hij heeft mij die opdracht gegeven en ik voer hem ook uit. Ik heb een plan en dat zal werken! Het duurt alleen iets langer dan ik gedacht had!'

'Wat is je plan?'

'Gaat je niks aan!'

'Als je me vertelt wat je wilt doen, kan ik je helpen –'

'Ik heb meer dan genoeg hulp, dank je. Ik ben niet alleen.'

'Dat was je vanavond wel en het was heel dom om door de gangen te zwerven zonder assistentie en zonder dat er mensen op de uitkijk stonden. Dat zijn elementaire fouten –'

'Ik zou Korzel en Kwast hebben meegenomen als jij ze geen strafwerk had gegeven!'

'Een beetje zachter, graag!' beet Sneep hem toe, want de stem van Malfidus klonk luid en opgewonden. 'Als Korzel en Kwast deze keer wél willen slagen voor hun SLIJMBAL in Verweer tegen de Zwarte Kunsten, zullen ze toch iets beter hun best moeten doen dan ze momenteel –'

'Wat doet het ertoe?' zei Malfidus. 'Verweer tegen de Zwarte Kunsten – dat is toch gewoon een lachertje? Het is allemaal toneel! Alsof iemand van ons bescherming nodig heeft tegen de Zwarte Kunsten –'

'Het is wel toneel dat van cruciaal belang is voor ons succes, Draco!' zei Sneep. 'Waar denk je dat ik al die jaren geweest zou zijn als ik niet geweten had hoe ik toneel moest spelen? Luister naar me! Je wordt onvoorzichtig! 's Avonds in je eentje rondzwerven en nog betrapt worden ook! Als je het alleen moet hebben van helpers als Korzel en Kwast –'

'Zij zijn niet de enigen. Er doen ook andere mensen mee, betere mensen!'

'Waarom neem je me niet in vertrouwen, dan kan ik –'

'Ik weet wat je wilt! Jij wilt met de eer gaan strijken!'

Er viel opnieuw een stilte en toen zei Sneep kil: 'Je praat als een kind. Ik begrijp heel goed dat je van streek bent door de gevangen-neming van je vader, maar –'

Harry had nauwelijks één seconde de tijd: hij hoorde de voetstap-pen van Malfidus aan de andere kant van de deur en wist nog net opzij te springen toen die openvloog. Malfidus liep met grote, woedende passen de gang uit, langs de open deur van Slakhoorns werkkamer, en verdween in de verte om de hoek.

Harry durfde bijna geen adem te halen terwijl hij wachtte tot Sneep ook langzaam naar buiten kwam. Zijn gezicht was ondoorgrondelijk terwijl hij terugkeerde naar het feestje. Harry bleef gehurkt op de grond zitten, verborgen onder de mantel, terwijl zijn gedachten op topsnelheid werkten.

HOOFDSTUK 16

EEN IJZIGE KERST

'*D*us Sneep bood aan om hem te helpen? Hij bood echt aan *om te helpen?*'

'Als je dat nog één keer vraagt,' zei Harry, 'dan steek ik dit spruitje –'

'Ik wilde het gewoon zeker weten!' zei Ron. Ze stonden samen aan het aanrecht in Het Nest en maakten een enorme berg spruitjes schoon voor mevrouw Wemel. Sneeuw dwarrelde langs het keukenraam.

'Ja, *Sneep bood aan om hem te helpen!*' zei Harry. 'Hij zei dat hij aan de moeder van Malfidus beloofd had dat hij hem zou beschermen. Hij had een Onbreekbare Eed afgelegd of zo –'

'Een Onbreekbare Eed?' zei Ron stomverbaasd. 'Nee, dat geloof ik niet... weet je het zeker?'

'Heel zeker,' zei Harry. 'Wat houdt dat in?'

'Nou, een Onbreekbare Eed kun je niet verbreken...'

'Vreemd genoeg had ik dat zelf ook al bedacht. Maar wat gebeurt er als je hem toch verbreekt?'

'Dan ga je dood,' zei Ron. 'Toen ik vijf was, wilden Fred en George me overhalen om zo'n eed af te leggen. Ze kregen me nog bijna zover ook. Ik had de hand van Fred al vast toen pa binnenkwam. Hij hád het niet meer!' Ron dacht er met een vrolijke schittering in zijn ogen aan terug. 'Dat is de enige keer dat ik pa net zo kwaad heb zien worden als ma. Fred zegt dat zijn linkerbil daarna nooit meer de oude is geweest.'

'Ik ben niet echt nieuwsgierig naar Freds linkerbil –'

'Pardon?' zei Fred toen de tweeling de keuken binnenkwam.

'Aah, George, moet je kijken. Ze gebruiken nog een mes! Schattig, hè?'

'Over ruim twee maanden ben ik zeventien en mag ik het met toverkracht doen,' zei Ron kribbig.

'Maar ondertussen,' zei George, die ging zitten en zijn voeten op de keukentafel legde, 'kunnen wij nog stil genieten terwijl jij voordoet hoe je het beste met een mes kunt – oeps!'

'Dat kwam door jullie!' zei Ron boos en hij zoog op zijn duim. 'Wacht maar, als ik zeventien ben –'

'Staan we vast versteld van je onvermoede tovertalenten,' geeuwde Fred.

'En nu we het toch over onvermoede talenten hebben, Ronald,' zei George. 'Wat horen we allemaal van Ginny over jou en een jongedame? Een zekere Belinda Broom, als onze informatie klopt.'

Ron kreeg een kleur, maar leek niet ontevreden terwijl hij zijn aandacht weer op de spruitjes richtte.

'Bemoei je met je eigen zaken!'

'Wat een gevat antwoord,' zei Fred. 'Ik snap niet hoe je steeds weer zo geestig kunt zijn! Nee, wat we wilden weten was... hoe is het gebeurd?'

'Hoe bedoel je?'

'Heeft ze een ongeluk gehad of zo?'

'Hè?'

'Hoe heeft ze die ernstige hersenbeschadiging opgelopen? Kijk uit!'

Mevrouw Wemel kwam de keuken in en zag nog net dat Ron zijn spruitjesmes naar Fred gooide. Die veranderde het met één nonchalant zwiepje van zijn toverstok in een papieren vliegtuigje.

'Ron!' zei zijn moeder woedend. 'Als ik nog één keer zie dat je met messen gooit...'

'Ik zal het niet meer doen,' zei Ron, 'terwijl je kijkt,' voegde hij er zachtjes aan toe en hij pakte weer een spruitje van de berg.

'Fred, George, het spijt me, maar Remus komt vanavond en dus zal Bill bij jullie op de kamer moeten slapen.'

'Geen probleem,' zei George.

'Charlie komt niet, dus kunnen Harry en Ron naar de zolder en als Fleur bij Ginny slaapt –'

'– heeft Ginny een onvergetelijke kerst –' mompelde Fred.

'– heeft iedereen een comfortabele slaapplaats. Nou ja, dan heeft iedereen in elk geval een bed,' zei mevrouw Wemel. Ze klonk een beetje opgejaagd.

'Dus Percy laat zijn lelijke rotkop definitief niet zien?' vroeg Fred.

Mevrouw Wemel draaide zich om voor ze antwoord gaf.

'Nee. Ik denk dat hij het druk heeft op het Ministerie.'

'Of misschien is hij gewoon de grootste zak die er op aarde rond loopt,' zei Fred toen mevrouw Wemel de keuken weer verliet. 'Eén van de twee. Nou, George, laten we gaan.'

'Wat gaan jullie doen?' vroeg Ron. 'Kunnen jullie ons niet helpen met die spruitjes? Als jullie je toverstok gebruiken, zijn wij ook klaar!'

'Nee, dat lijkt me niet verstandig,' zei Fred ernstig. 'Spruitjes schoonmaken zonder toverkracht is goed voor je karakter. Dan besef je pas hoe moeilijk Dreuzels en Snullen het hebben –'

'– en trouwens, als je wilt dat mensen je helpen, moet je geen messen naar ze smijten,' zei George en hij gooide het papieren vliegtuigje terug naar Ron. 'Gewoon een kleine hint. Wij gaan naar het dorp. Er werkt een heel knap meisje in de krantenzaak en ze is helemaal weg van mijn kaarttrucjes... ze vindt het net tovenarij...'

'Eikels,' gromde Ron. Hij keek hoe Fred en George over het besneeuwde erf liepen. 'Ze hadden het in tien seconden kunnen doen en dan hadden wij ook weg gekund.'

'Ik niet,' zei Harry. 'Ik heb Perkamentus beloofd dat ik niet van het erf af zou komen zolang ik bij jullie logeer.'

'O ja,' zei Ron. Hij maakte nog een paar spruitjes schoon en zei toen: 'Ga je dat van Sneep en Malfidus ook aan Perkamentus vertellen?'

'Reken maar,' zei Harry. 'Ik vertel het aan iedereen die een stokje voor hun plannetjes zou kunnen steken en Perkamentus staat boven aan de lijst. Misschien praat ik ook wel met je vader.'

'Wel jammer dat je niet hoorde wat Malfidus nou precies van plan is.'

'Hoe had ik dat nou kunnen horen? Hij wilde het niet tegen Sneep zeggen. Daar gaat het nou juist om.'

Het was even stil en toen zei Ron: 'Je weet toch wel wat ze zullen zeggen, hè? Pa en Perkamentus en de rest? Dat Sneep niet echt probeerde om Malfidus te helpen, maar hem gewoon uit zijn tent wilde lokken.'

'Ze hebben hem niet gehoord,' zei Harry kortaf. 'Niemand kan zó goed toneelspelen, zelfs Sneep niet.'

'Ja, oké... ik waarschuw je alleen maar,' zei Ron.

Harry keek hem fronsend aan.

'Jij denkt toch wel dat ik gelijk heb?'

'Ja zeker!' zei Ron haastig. 'Ik geloof je, echt! Maar verder is iedereen ervan overtuigd dat Sneep een trouw lid is van de Orde. Of niet soms?'

Harry zei niets. Hij had zelf ook al bedacht dat dat waarschijnlijk het grootste bezwaar zou zijn tegen zijn nieuwe bewijs. In gedachten kon hij Hermelien al horen:

'Hij dééd natuurlijk alleen maar alsof hij Malfidus wilde helpen, Harry, zodat die hem zou vertellen wat hij van plan was...'

Dat was pure verbeelding, omdat Harry nog geen gelegenheid had gehad om Hermelien te vertellen wat hij gehoord had. Ze was verdwenen toen hij terugkeerde naar Slakhoorns feestje, of dat had hij tenminste van een boze Stoker gehoord, en tegen de tijd dat hij zelf naar de leerlingenkamer terugging was ze al naar bed. Omdat hij en Ron de volgende dag vroeg naar Het Nest vertrokken, had hij haar 's ochtends net nog even gelukkig kerstfeest kunnen wensen en gezegd dat hij belangrijk nieuws had, dat hij haar na de vakantie zou vertellen. Hij wist niet zeker of ze hem wel gehoord had, omdat Ron en Belinda achter hem hadden gestaan en heel nonverbaal afscheid van elkaar hadden genomen.

Toch zou zelfs Hermelien één ding niet kunnen ontkennen: Malfidus voerde iets in zijn schild en Sneep wist ervan. Harry vond dan ook dat hij het volste recht had om 'zie je wel?' tegen Ron te zeggen en dat had hij ook al diverse keren gedaan.

Harry kreeg pas op kerstavond de kans om meneer Wemel te spreken, want die maakte lange dagen op het Ministerie. De Wemels en hun gasten zaten in de woonkamer, die door Ginny zo overdadig versierd was dat leek alsof er een container vol slingers ontploft was. Fred, George, Harry en Ron wisten als enigen dat het engeltje boven in de kerstboom in werkelijkheid een tuinkabouter was, die Fred in zijn enkel had gebeten toen hij wortels was gaan halen voor het kerstdiner. Fred had hem verdoofd, goud geschilderd, een tutu aangetrokken en vleugeltjes op zijn rug geplakt en nu staarde de kabouter woedend op het gezelschap neer: de lelijkste engel die Harry ooit gezien had, met een groot kaal hoofd dat veel op een aardappel leek en harige voeten.

Eigenlijk hoorden ze allemaal te luisteren naar een kerstconcert van Celine Malvaria, de favoriete zangeres van mevrouw Wemel. Haar kwelende stem schalde uit de grote houten radio. Fleur vond Celine blijkbaar maar niets en praatte zo luid dat mevrouw Wemel steeds nijdig met haar toverstok op de volumeknop wees en Celine harder en harder door de kamer galmde. Onder dekking van een extra swingend nummer, 'Een Ketel Vol Met Warme Liefde', begonnen Fred, George en Ginny een potje Knalpoker. Ron keek regelma-

249

tig stiekem naar Bill en Fleur, alsof hij hoopte op nuttige tips. Remus Lupos, magerder en havelozer dan ooit, zat bij het haardvuur en staarde naar de vlammen. Hij leek Celines stem niet eens te horen.

'O, roer eens in mijn ketel,
Want roer je naar mijn zin,
Dan heb je 't deze nacht niet koud,
Brouw ik er warme liefde in.'

'We hebben nog op dit liedje gedanst toen we achttien waren!' zei mevrouw Wemel. Ze veegde haar ogen af met haar breiwerk. 'Weet je nog, Arthur?'

'Hmmf?' zei meneer Wemel. Hij had zitten knikkebollen terwijl hij een mandarijntje pelde. 'O ja... geweldig nummer...'

Hij ging moeizaam wat rechter zitten en keek naar Harry, die naast hem zat.

'Sorry hoor,' zei hij en hij knikte naar de radio terwijl Celine in het refrein losbarstte. 'Het is bijna afgelopen.'

'Geeft niks,' zei Harry grijnzend. 'Is het nog steeds zo druk op het Ministerie?'

'Ontzettend druk,' zei meneer Wemel. 'Het zou niet zo erg zijn als we enige vorderingen maakten, maar we hebben de afgelopen maanden maar drie mensen gearresteerd en ik betwijfel of er één echte Dooddoener bij was – maar vertel dat niet verder, Harry,' voegde hij er vlug aan toe en hij leek opeens een stuk alerter.

'Ze hebben Sjaak Stuurman nu toch zeker wel vrijgelaten?' vroeg Harry.

'Nee, ik ben bang van niet,' zei meneer Wemel. 'Perkamentus heeft een persoonlijk beroep gedaan op Schobbejak... ik bedoel, iedereen die Sjaak ooit gesproken heeft weet dat hij net zomin een Dooddoener is als dit mandarijntje... maar de hotemetoten willen de indruk wekken dat ze niet stilzitten en "drie arrestaties" klinkt beter dan "drie onterechte arrestaties en drie vrijlatingen"... ook dat is streng geheim...'

'Ik zeg niks,' zei Harry. Hij aarzelde even en vroeg zich af hoe hij het best kon verwoorden wat hij op zijn hart had; terwijl hij zijn gedachten op een rijtje zette, begon Celine Malvaria aan een ballade getiteld 'Je Hebt Mijn Hartje Weggetoverd'.

'Meneer Wemel, weet u nog wat ik op het station vertelde, vlak voor we naar school gingen?'

'Ik heb het gecontroleerd, Harry,' zei meneer Wemel. 'Ik heb het huis van Malfidus doorzocht, maar er was niets wat er niet had moeten zijn, of het nou kapot was of niet.'

'Ja, ik las in de *Profeet* dat u bent gaan kijken... maar dit is iets anders... al heeft het er wel mee te maken...'

Hij vertelde wat hij Sneep en Malfidus had horen zeggen. Terwijl Harry sprak, zag hij dat Lupos naar hen keek en meeluisterde. Toen hij was uitgesproken viel er even een stilte en hoorden ze alleen Celine kwelen:

'M'n arme hart, waar ben je toch?
Ik voel, ik ben je kwijt...'

'Het zou ook kunnen, Harry,' zei meneer Wemel, 'dat Sneep gewoon deed –'

'Alsof hij Malfidus wilde helpen, zodat hij erachter kon komen wat hij in zijn schild voerde?' zei Harry vlug. 'Ja, ik verwachtte al dat u dat zou zeggen. Maar hoe kunnen we bepalen of dat echt zo is?'

'Het is niet onze taak om dat te bepalen,' zei Lupos onverwacht. Hij zat nu met zijn rug naar het vuur en keek langs meneer Wemel naar Harry. 'Dat is de taak van Perkamentus. Perkamentus vertrouwt Severus en daarom zouden wij dat ook moeten doen.'

'Maar stel dat Perkamentus het mis heeft wat Sneep betreft?' bracht Harry ertegen in.

'Dat hebben mensen al zo vaak gezegd. Het draait erom of je het oordeel van Perkamentus vertrouwt of niet. Ik wel, en daarom vertrouw ik Severus.'

'Maar Perkamentus maakt ook fouten,' protesteerde Harry. 'Dat geeft hij zelf toe.' Hij keek Lupos aan. 'En kun je eerlijk zeggen dat je Sneep sympathiek vindt?'

'Ik voel geen sympathie voor Sneep, maar ook geen antipathie,' zei Lupos. 'Nee, Harry, dat is de zuivere waarheid,' voegde hij eraan toe toen Harry sceptisch keek. 'We zullen waarschijnlijk nooit boezemvrienden worden; na alles wat zich tussen James, Sirius en Sneep heeft afgespeeld, heerst daar te veel verbittering voor. Maar ik kan ook niet vergeten dat Severus, in het jaar dat ik lesgaf op Zweinstein, iedere maand Wolfsworteldrank voor me maakte, en wel zo goed dat ik met volle maan niet zoveel hoefde te lijden als gewoonlijk.'

'Maar hij liet zich wel "per ongeluk" ontvallen dat je een weerwolf was, zodat je ontslag moest nemen!' zei Harry boos.

Lupos haalde zijn schouders op.

'Dat nieuws zou toch wel zijn uitgelekt. We weten allebei dat hij op mijn baantje uit was, maar hij had veel meer schade kunnen aanrichten door te sjoemelen met die Wolfsworteldrank. Hij zorgde ervoor dat ik gezond bleef en daar moet ik hem dankbaar voor zijn.'

'Misschien durfde hij niets met die drank uit te halen omdat hij wist dat Perkamentus hem op de vingers keek!' zei Harry.

'Je bent vastbesloten om hem te haten, Harry,' zei Lupos met een flauwe glimlach. 'En dat begrijp ik; met James als vader en Sirius als peetvader heb je een oud vooroordeel geërfd. Vertel gerust aan Perkamentus wat je ook aan Arthur en mij verteld hebt, maar verwacht niet dat hij er net zo over zal denken als jij. Verwacht zelfs niet dat hij verrast zal zijn. Het zou heel goed kunnen dat Sneep Draco uithoorde in opdracht van Perkamentus.'

'... 't Ligt nu aan diggelen, dus kom,
Geef me alsjeblieft mijn hart weerom!'

Celine besloot haar lied met een hoge, langgerekte noot en er klonk applaus op uit de radio. Mevrouw Wemel klapte enthousiast mee.

'Ies 'et afgelopen?' zei Fleur. 'Goed zo! Wat een afschuw'lijk –'

'En, wie wil er een slaapmutsje?' riep meneer Wemel en hij sprong overeind. 'Een lekker glaasje advocaat misschien?'

'Waar ben je de laatste tijd geweest?' vroeg Harry aan Lupos terwijl meneer Wemel vlug de advocaat ging halen en de anderen zich uitrekten en begonnen te praten.

'Ik heb ondergedoken gezeten,' zei Lupos. 'Bijna letterlijk. Daarom kon ik je niet schrijven, Harry; ik zou meteen door de mand zijn gevallen als ik je brieven had gestuurd.'

'Hoe bedoel je?'

'Ik heb een tijdje onder mijn gelijken geleefd, mijn soortgenoten,' zei Lupos. 'Weerwolven,' voegde hij eraan toe toen hij Harry's nietbegrijpende blik zag. 'Die staan vrijwel allemaal aan de kant van Voldemort. Perkamentus had een spion nodig en ik was... geknipt voor die rol.'

Hij klonk een beetje verbitterd en besefte dat misschien, want hij glimlachte wat hartelijker toen hij vervolgde: 'Ik klaag niet; het moest gebeuren en wie had het beter kunnen doen dan ik? Het was alleen

moeilijk hun vertrouwen te winnen. Je ziet meteen aan mij dat ik geprobeerd heb onder tovenaars te zijn, terwijl zij de normale maat-
schappij mijden en aan de zelfkant leven, waar ze stelen – en soms
doden – om te kunnen eten.'

'Waarom steunen ze Voldemort?'

'Ze denken dat ze onder zijn heerschappij een beter leven zullen
krijgen,' zei Lupos. 'En het is moeilijk om tegen Vaalhaar in te gaan...'

'Wie is Vaalhaar?'

'Heb je nooit van hem gehoord?' Lupos' handen balden zich
krampachtig tot vuisten. 'Fenrir Vaalhaar is misschien wel de meest
bloeddorstige weerwolf die er vandaag de dag rondloopt. Hij ziet het
als zijn missie om zo veel mogelijk mensen te bijten en te besmet-
ten; hij wil voldoende weerwolven creëren om de tovenaars te overwinnen. Voldemort heeft hem prooi beloofd, in ruil voor zijn dien-
sten. Vaalhaar specialiseert zich in kinderen... je moet ze bijten als
ze jong zijn, zegt hij, en dan zonder hun ouders opvoeden. Je moet
ze leren om normale tovenaars te haten. Voldemort dreigt hem op de
zonen en dochters van tovenaars los te laten; een dreigement dat
meestal werkt.'

Lupos zweeg even en zei toen: 'Vaalhaar heeft mij ook gebeten.'

'Wat?' zei Harry verbijsterd. 'Toen – toen je klein was, bedoel je?'

'Ja. Mijn vader had iets gedaan wat hem niet aanstond. Ik wist heel
lang niet welke weerwolf me had aangevallen en ik had zelfs medelijden met hem. Ik dacht dat hij er niets aan kon doen, want tegen die
tijd wist ik zelf hoe het was om in een wolf te veranderen. Maar Vaalhaar is anders. Met volle maan zorgt hij ervoor dat hij in de buurt is
van potentiële slachtoffers, zodat hij altijd kan toeslaan. Hij doet het
opzettelijk. En dat is de man die Voldemort gebruikt om de weerwolven te leiden. Ik zal niet doen alsof mijn rationele argumenten
veel gewicht in de schaal legden, vergeleken met Vaalhaars roep dat
wij weerwolven bloed verdienen, dat we ons moeten wreken op normale mensen...'

'Maar jij bént normaal!' zei Harry fel. 'Je hebt alleen een – een probleempje –'

Lupos barstte in lachen uit.

'Soms doe je me erg aan James denken; hij noemde het in gezelschap "mijn harige probleempje". Veel mensen dachten dat ik een
stout konijn had of zo.'

Hij pakte een glas advocaat aan van meneer Wemel, bedankte

hem en leek nu ietsje opgewekter. Harry voelde een golf van opwinding; de naam van zijn vader had hem eraan herinnerd dat hij Lupos nog iets wilde vragen.

'Heb je ooit van iemand gehoord die de Halfbloed Prins heet?'

'De Halfbloed wat?'

'Prins,' zei Harry. Hij keek aandachtig naar Lupos, om te zien of hij die naam zou herkennen.

'Er zijn geen prinsen in de toverwereld,' zei Lupos glimlachend. 'Dacht je erover om die titel zelf te gaan voeren? De "Uitverkorene" lijkt me eerlijk gezegd ruim voldoende.'

'Het heeft niets met mij te maken!' zei Harry verontwaardigd. 'De Halfbloed Prins is iemand die ooit op Zweinstein heeft gezeten. Ik heb zijn oude Toverdrankenboek. Hij heeft het volgeschreven met spreuken die hij zelf verzonnen heeft. Eentje was *Levicorpus* –'

'O ja, die was heel populair toen ik zelf op Zweinstein zat,' zei Lupos. 'In mijn vijfde jaar kon je een tijdlang nauwelijks een stap verzetten zonder opeens aan je enkel in de lucht gehesen te worden.'

'Mijn vader kende die spreuk ook,' zei Harry. 'Dat zag ik in de Hersenpan. Hij gebruikte hem tegen Sneep.'

Hij probeerde nonchalant te klinken, alsof het gewoon een terloopse opmerking was, maar wist niet zeker of hij het beoogde effect wel bereikt had; de glimlach van Lupos was net ietsje te begripvol.

'Ja,' zei hij, 'maar hij was niet de enige. Die spreuk was erg populair, zoals ik al zei... je weet zelf hoe spreuken komen en gaan...'

'Maar zo te horen is hij bedacht toen jullie op school zaten,' hield Harry vol.

'Dat hoeft niet per se,' zei Lupos. 'Beheksingen en spreuken zijn ook aan mode onderhevig, zoals alles.' Hij keek Harry aan en zei toen zacht: 'James was van zuiver bloed, Harry, en ik kan je verzekeren dat hij ons nooit gevraagd heeft of we hem "Prins" wilden noemen.'

'En Sirius was het ook niet?' vroeg Harry nu recht op de man af. 'Of jij?'

'Absoluut niet.'

'O.' Harry staarde in het vuur. 'Ik dacht gewoon – nou, de Prins heeft me geweldig geholpen met Toverdranken.'

'Hoe oud is dat boek, Harry?'

'Geen idee. Daar heb ik nooit naar gekeken.'

'Misschien kun je daaruit afleiden wanneer die Prins op Zweinstein zat,' zei Lupos.

Kort daarna besloot Fleur een imitatie te geven van Celine die 'Een Ketel Vol Met Warme Liefde' zong. Zodra de anderen het gezicht van mevrouw Wemel zagen, besloten ze plotseling dat het hoog tijd was om naar bed te gaan. Harry en Ron klommen naar Rons zolderkamer, waar een stretcher was neergezet voor Harry.

Ron viel bijna meteen in slaap, maar Harry wroette in zijn hutkoffer en haalde er *Toverdranken voor Gevorderden* uit voor hij in bed stapte. Hij bladerde het door tot hij helemaal voorin vond wat hij zocht: de publicatiedatum. Het boek was bijna vijftig jaar geleden uitgegeven, lang voordat zijn vader of zijn vrienden op Zweinstein hadden gezeten. Teleurgesteld gooide Harry het weer in zijn hutkoffer, deed de lamp uit en draaide zich om. Hij dacht aan weerwolven en aan Sneep, aan Sjaak Stuurman en de Halfbloed Prins en viel uiteindelijk in slaap, een onrustige slaap vol sluipende schaduwen en het gejammer van gebeten kinderen...

'Dat méént ze toch niet...'

Harry schrok wakker en zag een uitpuilende kous vol kerstcadeaus aan het voeteneinde van zijn bed. Hij zette zijn bril op en keek om zich heen; het kleine raam was bijna dichtgesneeuwd. Ron zat rechtop in bed, afgetekend tegen het raam, en keek vol ongeloof naar een dikke gouden ketting.

'Wat heb je daar?' vroeg Harry.

'Van Belinda,' zei Ron vol afkeer. 'Denkt ze echt dat ik die omdoe...?'

Harry keek wat beter en brulde van het lachen. Aan de ketting hingen in grote gouden letters de woorden 'Mijn Lieveling'.

'Mooi,' zei hij. 'Echt klasse. Ik vind dat je hem in elk geval aan Fred en George moet laten zien.'

'Als je het ooit tegen ze zegt,' zei Ron en hij verstopte de ketting vlug onder zijn kussen, 'dan – dan – dan –'

'Ga je tegen me stotteren?' zei Harry grijnzend. 'Kom nou toch. Waar zie je me voor aan?'

'Waarom denkt ze dat ik zoiets mooi zou vinden?' zei Ron geschokt.

'Denk eens na,' zei Harry. 'Heb je ooit laten doorschemeren dat je graag zou willen rondlopen met de woorden "Mijn Lieveling" om je nek?'

'Nou... we praten eigenlijk niet veel,' zei Ron. 'Het is meer...'

'Zoenen,' zei Harry.

'Ja, eigenlijk wel,' zei Ron. Hij aarzelde even en vroeg toen: 'Heeft Hermelien echt iets met Stoker?'

'Geen idee,' zei Harry. 'Ze waren wel samen op het feestje van Slakhoorn, maar volgens mij ging het niet zo goed.'

Ron keek ietsje opgewekter terwijl hij de rest van zijn kous leeghaalde.

Harry kreeg onder meer een trui van mevrouw Wemel met een ingebreide Gouden Snaai, een grote doos met producten uit Tovertweelings Topfopshop en een enigszins vochtig en muf ruikend pakje waar een kaartje aan zat met het opschrift 'Aan Meester, van Knijster'.

Harry keek naar het pakje. 'Zou ik het veilig open kunnen maken?'

'Het kan niet iets gevaarlijks zijn. Al onze post wordt nog steeds gecontroleerd op het Ministerie,' antwoordde Ron, maar hij keek achterdochtig naar het pakje.

'Ik heb er helemaal niet aan gedacht om Knijster iets te sturen! Geven mensen kerstcadeautjes aan hun huis-elfen?' vroeg Harry en hij porde behoedzaam tegen het pakje.

'Hermelien zou het zeker doen,' zei Ron. 'Maar kijk eerst wat erin zit, voor je je schuldig begint te voelen.'

Een tel later sprong Harry met een gil van zijn stretcher; het pakje bevatte een krioelende massa maden.

'Leuk,' schaterde Ron. 'Attent van hem.'

'Liever maden dan die ketting!' zei Harry en Ron hield meteen op met lachen.

Iedereen had een nieuwe trui aan tijdens de kerstlunch, behalve Fleur (aan wie mevrouw Wemel blijkbaar geen wol had willen verspillen) en mevrouw Wemel zelf. Zij droeg een spectaculaire gouden halsketting en een gloednieuwe, donkerblauwe toverhoed vol glinsterende, sterachtige diamantjes.

'Van Fred en George! Prachtig, hè?'

'Nou, we gaan je steeds meer waarderen nu we onze eigen sokken moeten wassen, ma,' zei George met een luchtig gebaar. 'Worteltjes, Remus?'

'Harry, er zit een made in je haar,' zei Ginny vrolijk. Ze boog zich over de tafel om hem te pakken. Harry kreeg kippenvel, maar dat had niets met de made te maken.

'Wat een 'orreur!' zei Fleur met een aanstellerige rilling.

'Ja, erg hè?' zei Ron. 'Een beetje jus, Fleur?'

In zijn gretigheid om haar te helpen sloeg Ron de juskom van tafel;

Bill zwaaide vlug met zijn toverstok en de jus rees omhoog en stroomde braaf weer in de kom.

'Je bent net zo erg als die Tops,' zei Fleur tegen Ron toen ze Bill een heleboel dankbare kussen had gegeven. 'Zij ies ook altijd even klunge–'

'Ik had die *lieve* Tops gevraagd of ze vandaag ook wilde komen,' zei mevrouw Wemel. Ze zette de worteltjes met overdreven kracht weer op tafel en keek Fleur woedend aan. 'Maar ze wilde niet. Heb jij haar de laatste tijd nog gesproken, Remus?'

'Nee, ik heb eigenlijk met niemand veel contact gehad,' zei Lupos. 'Maar Tops heeft toch zelf familie?'

'Hmmm,' zei mevrouw Wemel. 'Misschien wel, maar ik kreeg eerlijk gezegd de indruk dat ze met kerst alleen wilde zijn.'

Ze keek Lupos geërgerd aan, alsof het zijn schuld was dat Fleur haar schoondochter zou worden in plaats van Tops. Harry zag dat Fleur nu met haar eigen vork stukjes kalkoen voerde aan Bill en dacht dat mevrouw Wemel een verloren strijd voerde. Hij herinnerde zich wel dat hij iets had willen vragen over Tops en aan wie kon hij dat beter doen dan aan Lupos, die alles van Patronussen wist?

'De Patronus van Tops is van vorm veranderd,' zei hij. 'Dat beweerde Sneep tenminste. Ik wist niet dat dat kon. Waarom zou je je Patronus veranderen?'

Lupos kauwde een tijdje op zijn kalkoen, slikte en zei langzaam: 'Soms... een trauma... een grote emotionele schok...'

'Hij was groot en had vier poten,' zei Harry. Plotseling schoot hem iets te binnen. 'Hé... het zou toch niet –?'

'Arthur!' zei mevrouw Wemel plotseling. Ze was opgestaan, drukte haar hand tegen haar borst en staarde uit het keukenraam. 'Arthur – daar is Percy!'

'Wat?'

Meneer Wemel draaide zich om. Iedereen keek vlug naar buiten en Ginny stond op om beter te kunnen zien. Percy kwam met grote passen aanlopen over het besneeuwde erf. Zijn hoornen bril glinsterde in het zonlicht, maar hij was niet alleen.

'Arthur, hij – hij heeft de Minister bij zich!'

De man die Harry in de *Ochtendprofeet* had gezien volgde inderdaad in Percy's voetstappen. Hij hinkte een beetje en er kleefden sneeuwvlokken in zijn dikke, grijzende haar en op zijn zwarte mantel. Voor iemand iets kon zeggen en voor meneer en mevrouw Wemel meer konden doen dan elkaar verbijsterd aankijken, ging de keukendeur open en kwam Percy binnen.

Er viel een pijnlijke stilte en toen zei Percy nogal stijfjes: 'Vrolijk kerstfeest, moeder.'

'O *Percy*!' zei mevrouw Wemel en ze wierp zich in zijn armen.

Rufus Schobbejak bleef leunend op zijn wandelstok in de deuropening staan en keek naar dat ontroerende tafereel.

'Vergeef me dat ik zo kom binnenvallen,' zei hij toen mevrouw Wemel hem glunderend aankeek en haar ogen afveegde. 'Percy en ik waren toevallig in de buurt – werk voor het Ministerie, snapt u – en hij wilde per se even aanwippen om jullie te zien.'

Percy liet echter uit niets blijken dat hij ook de rest van zijn familie graag wilde begroeten. Hij stond er kaarsrecht bij, leek nogal opgelaten en staarde over de hoofden van de rest van het gezelschap heen. Meneer Wemel, Fred en George keken hem met stalen gezichten aan.

'Komt u toch binnen, Minister! Gaat u zitten!' zei mevrouw Wemel zenuwachtig en ze zette haar hoed recht. 'Neem een stukje palkoen of wat kudding... ik bedoel –'

'Nee, nee, beste Molly,' zei Schobbejak; Harry bedacht dat hij waarschijnlijk aan Percy gevraagd had hoe ze heette voor ze binnenkwamen. 'Ik wil niet storen, ik zou hier helemaal niet zijn als Percy jullie niet zo dolgraag had willen zien...'

'O, Percy!' snotterde mevrouw Wemel. Ze ging op haar tenen staan om hem te kunnen kussen.

'... we kunnen maar vijf minuten blijven, dus maak ik even een ommetje over het erf terwijl jullie bijpraten met Percy. Nee, nee, echt, ik wil jullie niet tot last zijn! Nou, als iemand me jullie fraaie tuin zou willen laten zien... ah, die jongeman daar is klaar met eten. Misschien wil hij een stukje met me wandelen?'

De sfeer aan tafel veranderde merkbaar en iedereen keek van Schobbejak naar Harry. Niemand geloofde dat Schobbejak zogenaamd niet wist hoe Harry heette, of toevallig net hem uitkoos voor een wandelingetje in de tuin terwijl Ginny, Fleur en George ook uitgegeten waren.

'Ja, goed,' verbrak Harry de stilte.

Hij liet zich niet voor de gek houden; Schobbejak kon wel zeggen dat ze toevallig in de buurt waren geweest en dat Percy graag zijn familie wilde zien, maar de werkelijke reden was dat Schobbejak onder vier ogen met hem wilde praten.

'Het is goed,' zei hij zacht toen hij Lupos passeerde, die half over-eind was gekomen uit zijn stoel. 'Goed,' herhaalde hij toen meneer Wemel zijn mond opendeed.

'Geweldig!' zei Schobbejak. Hij stapte achteruit om Harry voor te laten gaan. 'Even een rondje door de tuin en dan moeten Percy en ik helaas weer vertrekken. Eet rustig verder, allemaal!'

Harry liep over het erf naar de overwoekerde en besneeuwde tuin van de Wemels en Schobbejak hinkte met hem mee. Harry wist dat hij hoofd van de Schouwers was geweest; hij zag er gehard en gehavend uit, totaal anders dan de gezette Droebel met zijn bol-hoed.

'Fraai,' zei Schobbejak. Hij bleef bij het tuinhek staan en keek naar het besneeuwde gras en de onherkenbare planten. 'Heel fraai.'

Harry zei niets, maar voelde dat Schobbejak naar hem keek.

'Ik wilde je al heel lang ontmoeten,' zei Schobbejak na enkele ogenblikken. 'Wist je dat?'

'Nee,' zei Harry waarheidsgetrouw.

'Ja, al heel lang. Maar Perkamentus stelde zich altijd vreselijk be-schermend op als het om jou ging,' zei Schobbejak. 'Heel begrijpe-lijk, na alles wat je hebt doorgemaakt... en vooral na wat er op het Mi-nisterie gebeurd is...'

Hij wachtte tot Harry iets zou zeggen, maar Harry hield zijn mond en dus vervolgde Schobbejak: 'Al sinds mijn benoeming tot Minister heb ik gehoopt dat we elkaar even zouden kunnen spreken, maar dat heeft Perkamentus – heel begrijpelijk, laat ik dat herhalen – steeds verhinderd.'

Harry zei nog steeds niets en wachtte af.

'De geruchten die de ronde doen!' zei Schobbejak. 'We weten na-tuurlijk allebei hoe overdreven die verhalen kunnen zijn... al dat ge-fluister over een profetie... dat jij de "Uitverkorene" zou zijn...'

Nu naderden ze de reden voor Schobbejaks bezoek, dacht Harry.

'... ik neem aan dat Perkamentus dit soort zaken met je besproken heeft?'

Harry vroeg zich af of hij moest liegen of niet. Hij keek naar de klei-ne voetafdrukken van de tuinkabouters rond de bloembedden en het omgewoelde stuk grond waar Fred de kabouter had gevangen die nu, gehuld in een tutu, boven in de kerstboom hing. Hij besloot uiteindelijk de waarheid te vertellen... of een deel daarvan.

'Ja, we hebben erover gesproken.'

'Aha aha ' zei Schobbejak. Harry zag vanuit zijn ooghoeken dat

Schobbejak hem aandachtig bestudeerde en deed daarom alsof hij heel erg geïnteresseerd was in een tuinkabouter die plotseling zijn hoofd onder een bevroren rododendron uit stak. 'En wat heeft Perkamentus je allemaal verteld, Harry?'

'Sorry, maar dat blijft tussen ons,' zei Harry.

Hij zei het zo beleefd mogelijk en Schobbejaks stem was ook luchtig en vriendelijk toen hij zei: 'Ja, natuurlijk, als hij het je in vertrouwen verteld heeft, wil ik niet dat je zijn vertrouwen... nee, nee, verre van dat... en doet het er trouwens wel iets toe of je werkelijk de Uitverkorene bent of niet?'

Harry moest daar even over nadenken voor hij antwoord gaf.

'Ik begrijp niet helemaal wat u bedoelt, Minister.'

'Kijk, voor *jou* is het natuurlijk vreselijk belangrijk,' zei Schobbejak lachend. 'Maar voor de tovergemeenschap als geheel... het is maar net hoe de mensen iets zien, ja toch? Het gaat erom wat ze geloven.'

Harry zweeg. Hij dacht dat hij nu vaag zag waar Schobbejak heen wilde, maar hij was niet van plan om hem te helpen. De kabouter onder de rododendron wroette tussen de wortels, op zoek naar wormen, en Harry bleef naar hem kijken.

'Mensen *geloven* dat jij de Uitverkorene bent, snap je?' zei Schobbejak. 'Ze vinden je een held – en dat ben je ook, Harry, uitverkoren of niet! Hoe vaak heb je het nu al niet opgenomen tegen Hij Die Niet Genoemd Mag Worden? Maar goed,' ging hij verder, zonder op antwoord te wachten, 'het punt is dat jij voor velen een teken van hoop bent. Het idee dat er iemand is die misschien in staat is, of wie weet zelfs is *voorbestemd*, om Hij Die Niet Genoemd Mag Worden te vernietigen – nou, je snapt dat dat mensen een opkikker geeft. En ik denk dat, als je je dat goed bewust bent, je ook zult begrijpen dat het min of meer je plicht is om je aan de zijde van het Ministerie te scharen en iedereen nieuwe moed te geven.'

De kabouter had een worm gevonden en sjorde daar nu uit alle macht aan, in een poging hem uit de bevroren grond te trekken. Harry zweeg zo lang dat Schobbejak van Harry naar de kabouter keek en zei: 'Grappige wezentjes, hè? Maar wat zeg je ervan, Harry?'

'Ik begrijp niet goed wat u wilt,' zei Harry. 'Me "aan de zijde van het Ministerie scharen"... wat bedoelt u daar precies mee?'

'O, ik verlang echt geen grote inspanningen van je,' zei Schobbejak. 'Maar als je zo nu en dan eens zou kunnen aanwippen op het Ministerie, zou dat een goede indruk maken. En als je daar toch bent, kun je meteen eens praten met Gustaaf Rinkelbom, mijn opvolger op het Schouwershoofdkwartier. Dorothea Omber heeft verteld dat je de ambitie hebt om Schouwer te worden. Nou, dat kan heel gemakkelijk verwezenlijkt worden...'

Harry voelde woede opborrelen in zijn maag. Dus Dorothea Omber werkte nog steeds op het Ministerie?

'Met andere woorden,' zei hij, alsof hij een paar kleine puntjes wilde ophelderen, 'u wilt dat ik de indruk wek dat ik voor het Ministerie werk?'

'Het zou veel mensen een oppepper geven als ze dachten dat jij nauw bij ons werk betrokken was, Harry,' zei Schobbejak. Zo te horen was hij opgelucht dat Harry het zo snel snapte. 'De "Uitverkorene", begrijp je... het gaat erom dat we mensen weer hoop geven, het gevoel dat er opwindende dingen gebeuren...'

'Maar als ik kind aan huis ben bij het Ministerie,' zei Harry, die moeite deed om vriendelijk te blijven klinken, 'dan denkt iedereen toch dat ik het eens ben met wat het Ministerie doet?'

'Nou ja,' zei Schobbejak met een lichte frons, 'dat is gedeeltelijk het effect dat we graag zouden –'

'Nee, dat lijkt me geen goed idee,' zei Harry kalm. 'Sommige dingen die het Ministerie doet, vind ik namelijk niets. Dat jullie Sjaak Stuurman hebben opgesloten, bijvoorbeeld.'

Schobbejak zweeg even, maar zijn gezicht verhardde.

'Misschien was het naïef om te denken dat je het zou begrijpen,' zei hij en hij slaagde er minder goed in dan Harry om de boosheid uit zijn stem te bannen. 'We leven in gevaarlijke tijden en moeten bepaalde maatregelen nemen. Jij bent zestien –'

'Perkamentus is heel wat ouder en hij vindt ook dat Sjaak niet in Azkaban thuishoort,' zei Harry. 'Jullie maken van Sjaak een zondebok, net zoals jullie van mij een mascotte willen maken.'

Nadat ze elkaar lang en doordringend hadden aangekeken zei Schobbejak zonder enige hartelijkheid: 'Ik begrijp het. Net als je grote held Perkamentus heb je het liefst zo weinig mogelijk met het Ministerie te maken?'

'Ik wil niet gebruikt worden,' zei Harry.

'Sommige mensen zouden zeggen dat het je plicht is om je door het Ministerie te laten gebruiken!'

'Ja, en sommige mensen zouden zeggen dat het jullie plicht is om eerst te controleren of iemand wel een Dooddoener is voordat jullie hem in de bak gooien,' zei Harry. Hij begon nu ook kwaad te worden. 'U gedraagt zich precies zoals Barto Krenck. Jullie maken er iedere keer een zooitje van op het Ministerie. Of we hebben een Droebel, die doet alsof zijn neus bloedt terwijl er mensen voor zijn ogen vermoord worden, óf iemand als u, die de verkeerden laat opsluiten en wil doen alsof de Uitverkorene voor hem werkt!'

'Dus je bent de Uitverkorene niet?' zei Schobbejak.

'Dat deed er toch niet toe?' zei Harry met een verbitterde lach. 'Voor u niet.'

'Dat had ik niet moeten zeggen,' zei Schobbejak. 'Het was tactloos –'

'Nee, het was eerlijk,' zei Harry. 'Een van de weinige eerlijke dingen die u gezegd heeft. Het zal u een zorg zijn of ik blijf leven of niet. U wilt alleen dat ik de mensen wijsmaak dat u aan de winnende hand bent in de oorlog tegen Voldemort. Ik ben dit nog niet vergeten, Minister...'

Hij stak zijn rechtervuist op. Op de rug van zijn verkleumde hand glansden de witte littekens, waar hij Ik *mag niet liegen* van Dorothea Omber in zijn eigen vlees had moeten snijden.

'Ik kan me niet herinneren dat u het voor me opnam toen ik vorig jaar probeerde te waarschuwen dat Voldemort was teruggekeerd. Toen wilde het Ministerie niet zo graag vriendjes zijn.'

Ze bleven nog even staan, in een stilte die net zo ijzig was als de grond onder hun voeten. De kabouter was er eindelijk in geslaagd de worm uit de grond te trekken en zoog er nu tevreden op, leunend tegen de onderste takken van de rododendron.

'Wat voert Perkamentus uit?' vroeg Schobbejak bruusk. 'Waar gaat hij heen als hij niet op Zweinstein is?'

'Geen idee,' zei Harry.

'Maar zelfs als je het wist zou je het me niet vertellen, hè?' zei Schobbejak.

'Nee,' zei Harry.

'Nou, dan moet ik er op een andere manier achter zien te komen.'

'Dat kunt u proberen,' zei Harry onverschillig. 'Maar u lijkt me snuggerder dan Droebel, dus hoop ik dat u van zijn vergissingen geleerd heeft. Hij probeerde zich ook te bemoeien met de gang van zaken op Zweinstein. Misschien heeft u gemerkt dat Droebel geen Minister meer is, maar Perkamentus nog wel schoolhoofd. Ik zou Perkamentus met rust laten als ik u was.'

Er viel opnieuw een lange stilte.

'Ik merk in elk geval wel dat hij je goed geïndoctrineerd heeft,' zei Schobbejak. Zijn ogen glommen kil en hard achter zijn metalen bril. 'Je bent de trouwe volgeling van Perkamentus, hè Potter?'

'Ja, inderdaad,' zei Harry. 'Ik ben blij dat dat duidelijk is.'

Hij keerde de Minister van Toverkunst de rug toe en liep terug naar het huis.

HOOFDSTUK 17

EEN SLAKACHTIG GEHEUGEN

Aan het eind van de middag, een paar dagen na Nieuwjaar, verzamelden Harry, Ron en Ginny zich in de keuken om terug te gaan naar Zweinstein. Het Ministerie had voor een eenmalige verbinding met het Haardrooster gezorgd, zodat de leerlingen snel en veilig konden terugkeren naar school. Alleen mevrouw Wemel was er om afscheid te nemen, omdat meneer Wemel, Fred, George, Bill en Fleur allemaal naar hun werk waren. Toen ze op het punt stonden om te vertrekken, kon mevrouw Wemel haar tranen niet meer bedwingen, al was er de laatste dagen niet veel voor nodig om haar in snikken uit te laten barsten. Ze had regelmatig huilbuien sinds Percy op eerste kerstdag woedend het huis uit was gestormd, met grote klodders aardappelpuree op zijn bril (iets waarvoor Fred, George en Ginny allemaal de verantwoordelijkheid hadden opgeëist).

'Niet huilen, ma,' zei Ginny. Ze klopte haar moeder op haar rug terwijl die haar gezicht snikkend tegen Ginny's schouder drukte. 'Het komt heus wel goed...'

'Ja, maak je over ons niet druk,' zei Ron. Hij stond toe dat zijn moeder hem een vochtige kus op zijn wang gaf. 'En over Percy trouwens ook niet. Zo'n zak zal niemand missen.'

Mevrouw Wemel snikte nog harder terwijl ze Harry omhelsde.

'Beloof me dat je voorzichtig zult zijn... geen gekke dingen doen...'

'Dat doe ik nooit, mevrouw Wemel,' zei Harry. 'U kent me toch? Ik hou van een rustig leventje.'

Ze grinnikte zwakjes en liet hem los.

'Pas goed op jezelf, allemaal...'

Harry stapte de smaragdgroene vlammen in en riep: 'Zweinstein!' Hij ving één laatste glimp op van de keuken en mevrouw Wemels betraande gezicht voor de vlammen hem verzwolgen; hij tolde razendsnel rond en zag af en toe vaag een stukje van andere tovenaarskamers, die weer verdwenen waren voor hij iets kon zien, maar toen begon hij langzamer te draaien en kwam hij tot stilstand in de haard van professor Anderling. Ze keek nauwelijks op van haar werk terwijl hij zich uit de schoorsteen wurmde.

'Goeienavond, Potter. Probeer niet te veel as over het tapijt te strooien.'

'Ja, professor.'

Harry zette zijn bril recht en streek zijn haar glad toen Ron tollend in de haard verscheen. Nadat Ginny ook gearriveerd was, verlieten ze samen de kamer van professor Anderling en liepen naar de toren van Griffoendor. Harry keek uit de ramen in de gang; de zon ging al onder boven het schoolterrein, waar een dikker pak sneeuw lag dan in de tuin van Het Nest. In de verte zag hij Hagrid, die Scheurbek aan het voeren was voor zijn huisje.

'Gouden ballen,' riep Ron zelfverzekerd toen ze bij de Dikke Dame waren. Ze zag er bleker uit dan gewoonlijk en schrok van zijn harde stem.

'Nee,' zei ze.

'Hoe bedoel je, "nee"?'

'Er is een nieuw wachtwoord,' zei ze. 'En schreeuw niet zo.'

'Maar we komen net terug van vakantie! Hoe moeten wij nou –'

'Harry! Ginny!'

Hermelien kwam aanlopen. Ze had rode wangen en droeg een mantel, een hoed en handschoenen.

'Ik ben er al een paar uur. Ik was net even bij Hagrid en Scheur – ik bedoel Kortwiekje,' zei ze buiten adem. 'En, leuke kerst gehad?'

'Best wel,' zei Ron. 'Er is een hoop gebeurd. Rufus Scho –'

'Ik heb iets voor je, Harry,' zei Hermelien. Ze keek niet naar Ron en liet ook nergens uit blijken dat ze hem gehoord had. 'O ja, het wachtwoord. *Alcoholvrij*.'

'Precies,' zei de Dikke Dame met een zwak stemmetje. Ze zwaaide opzij en onthulde het portretgat.

'Wat heeft zij?' vroeg Harry.

'Te veel gedronken met kerst,' zei Hermelien. Ze sloeg haar ogen ten hemel en ging de anderen voor naar de volle leerlingenkamer. 'Zij en haar vriendin Beatrijs hebben alle wijn opgedronken op dat schilderij van die dronken monniken in de gang bij Bezweringen. Maar goed...'

Ze zocht even in haar zak en haalde een rol perkament te voorschijn met een vertrouwd handschrift erop.

'Geweldig,' zei Harry. Hij streek de rol glad en zag dat zijn volgende les met Perkamentus al één dag later op het programma stond. 'Ik heb hem een heleboel te vertellen – en jou trouwens ook. Laten we ergens gaan zitten –'

Op dat moment gilde iemand: 'Ronnieponnie!' en kwam Belinda Broom aanhollen. Ze wierp zich in Rons armen en diverse mensen grinnikten. Met geforceerde luchtigheid zei Hermelien: 'Daar is nog een tafeltje vrij... kom je ook, Ginny?'

'Nee, bedankt. Ik heb afgesproken met Daan,' zei Ginny, al viel het Harry wel op dat ze niet erg enthousiast klonk. Harry liet Ron en Belinda verdergaan met hun verticale partijtje vrij worstelen en liep met Hermelien naar het tafeltje.

'En, leuke kerst gehad?'

'O, dat ging wel,' zei ze schouderophalend. 'Niets bijzonders. Hoe was het bij Ronnieponnie?'

'Dat vertel ik je zo wel,' zei Harry. 'Hoor eens, Hermelien, kun je niet –?'

'Nee,' zei ze kortaf. 'Dus vraag het me niet.'

'Nou ja, ik dacht, zo met de kerst –'

'De Dikke Dame heeft die ton met vijfhonderd jaar oude wijn leeggedronken, Harry, niet ik. Wat was nou dat belangrijke nieuws van je?'

Ze keek zo fel dat het Harry niet verstandig leek om in discussie te gaan, dus liet hij het onderwerp Ron verder rusten en vertelde wat hij Malfidus en Sneep had horen zeggen.

Toen hij uitgesproken was dacht Hermelien even na en zei toen: 'En je denkt niet –?'

'– dat Sneep deed alsof hij Malfidus wilde helpen om hem uit zijn tent te lokken?'

'Nou... ja,' zei Hermelien.

'Dat zeiden Rons vader en Lupos ook al,' zei Harry met tegenzin. 'Maar dit bewijst dat Malfidus íéts in zijn schild voert. Dat moet je toch toegeven?'

'Ja, inderdaad,' zei Hermelien langzaam.

'En hij handelt in opdracht van Voldemort, zoals ik al zei!'

'Hmm... heeft een van de twee ook werkelijk Voldemorts naam genoemd?'

Harry fronste zijn voorhoofd en probeerde het zich te herinneren.

'Dat weet ik niet zeker... Sneep zei in elk geval wel "je meester". Wie zou dat anders kunnen zijn?'

'Ik weet niet,' zei Hermelien. Ze beet op haar lip. 'Misschien zijn vader?'

Ze staarde peinzend door de leerlingenkamer en zag blijkbaar niet eens dat Belinda Ron kietelde. 'Hoe was het met Lupos?'

'Niet zo best,' zei Harry. Hij vertelde haar over Lupos' missie onder de weerwolven en de problemen waarmee hij te kampen had. 'Heb jij ooit van die Fenrir Vaalhaar gehoord?'

'Ja!' zei Hermelien. Ze klonk geschrokken en verbaasd. 'En jij ook, Harry!'

'Wanneer dan? Met Geschiedenis van de Toverkunst? Je weet best dat ik daar nooit...'

'Nee, nee, niet met Geschiedenis van de Toverkunst. Malfidus gebruikte die naam om Odius te bedreigen!' zei Hermelien. 'In de Verdonkeremaansteeg, weet je nog? Hij zei dat Vaalhaar een oude vriend van de familie was en af en toe zou komen controleren of Odius wel zijn best deed!'

Harry keek haar met open mond aan. 'Dat was ik vergeten! Maar dat *bewijst* dat Malfidus een Dooddoener is! Hoe zou hij anders contact kunnen hebben met Vaalhaar, en hem ook nog zeggen wat hij moet doen?'

'Het is wel behoorlijk verdacht,' fluisterde Hermelien. 'Tenzij...'

'Kom nou toch!' zei Harry geïrriteerd. 'Deze keer kun je er niet onderuit!'

'Nou... het zou eventueel een loos dreigement kunnen zijn.'

'Soms ben je echt niet te geloven!' zei Harry hoofdschuddend. 'We zullen zien wie er gelijk heeft... je zult je woorden nederig moeten inslikken, Hermelien, net als het Ministerie. O ja, ik heb ook nog ruzie gehad met Rufus Schobbejak...'

De rest van de avond scholden ze gezellig samen op de Minister van Toverkunst, want Hermelien vond het, net als Ron, hondsbrutaal van het Ministerie dat ze Harry om hulp durfden vragen na alles wat hij vorig jaar had doorgemaakt.

Het nieuwe semester begon met een prettige verrassing voor de zesdejaars: de volgende ochtend hing er een groot vel perkament op het prikbord.

VERSCHIJNSELLES

*Leerlingen die zeventien jaar oud zijn, dan wel op of voor 31 augustus
zeventien worden, komen in aanmerking voor een cursus
Verschijnselen van twaalf weken, die gegeven zal worden door een
instructeur van het Ministerie van Toverkunst.
Zet hieronder uw naam als u zich wilt opgeven. Kosten: 12 Galjoenen.*

Harry en Ron sloten zich aan bij de vele belangstellenden die zich rond het prikbord verdrongen en hun naam onder de mededeling schreven. Ron had net zijn veer gepakt om zich in te schrijven, na Hermelien, toen Belinda hem van achteren besloop, haar handen voor zijn ogen deed en kirde: 'Ra ra wie ben ik, Ronnieponnie?' Harry zag Hermelien met nijdige passen wegbenen en liep vlug achter haar aan, want hij had geen zin om Ron en Belinda te moeten aanhoren. Tot zijn verbazing werden ze vlak nadat ze door het portretgat waren geklommen alweer ingehaald door Ron. Zijn oren waren vuurrood en hij keek nogal sikkeneurig. Hermelien zei niets, maar versnelde haar pas en ging naast Marcel lopen.

'Zo – Verschijnselen,' zei Ron. Uit zijn toon bleek duidelijk dat Harry niets mocht zeggen over wat er zojuist gebeurd was. 'Dat wordt lachen, denk je ook niet?'

'Ik weet niet,' zei Harry. 'Misschien valt het mee als je het zelf doet, maar ik vond het maar niks toen ik Bijverschijnselde met Perkamentus.'

'O ja, ik was vergeten dat jij het al gedaan hebt... ik moet ervoor zorgen dat ik de eerste keer slaag,' zei Ron bezorgd. 'Dat deden Fred en George ook.'

'Charlie is de eerste keer toch gezakt?'

'Ja, maar Charlie is een stuk groter dan ik.' Ron hield zijn gebogen armen een eindje van zijn lichaam, alsof hij een gorilla imiteerde. 'Fred en George durfden er niet veel over te zeggen... in elk geval niet als Charlie erbij was...'

'Wanneer kunnen we opgaan voor ons brevet?'

'Zodra we zeventien zijn. Dat word ik al in maart!'

'Ja, maar je kunt niet Verschijnselen in het kasteel...'

'Nee, maar iedereen weet dan dat ik zou kúnnen Verschijnselen als ik het wilde.'

Ron was niet de enige die opgewonden was bij het vooruitzicht van de Verschijnsellessen. Er werd de hele dag druk over gepraat; vrijwel alle leerlingen vonden het belangrijk om naar believen te kunnen verschijnen en verdwijnen.

'Het lijkt me echt vet als we gewoon kunnen –' Simon knipte met zijn vingers, om een plotselinge verdwijning aan te duiden. 'Mijn neef Festus doet het vaak om me te pesten. Wacht maar, als ik het straks ook kan... hij heeft geen seconde rust meer...'

Simon ging zo op in dat gelukzalige visioen dat hij iets te enthousiast met zijn toverstok zwaaide, en niet de klaterende fontein van helder water produceerde die op het programma stond bij Bezweringen, maar een straal als uit een brandslang. Het water spatte via het plafond tegen professor Banning, die plat op zijn gezicht viel.

'Harry heeft al eens Verschijnseld,' zei Ron tegen een lichtelijk ontdane Simon toen professor Banning zich had afgedroogd met een zwaai van zijn toverstaf en Simon strafregels had gegeven (*Ik ben een tovenaar, geen aap met een toverstok*). 'Per – eh – iemand heeft hem laatst meegenomen. Bijverschijnselen, snap je.'

'Wauw!' fluisterde Simon. Hij, Daan en Marcel gingen dichter bij Harry zitten om te horen hoe het voelde om te Verschijnselen. De rest van de dag werd Harry bestookt met vragen van andere zesdejaars, die allemaal wilden weten hoe het was. Ze leken eerder onder de indruk dan geschrokken toen hij vertelde hoe onaangenaam het was, en om tien voor acht 's avonds, toen het bijna tijd was voor zijn les met Perkamentus, zat hij nog steeds gedetailleerde vragen te beantwoorden. Hij was gedwongen om te liegen en te zeggen dat hij een boek moest terugbrengen naar de bibliotheek, anders zou hij te laat gekomen zijn.

De lampen op de kamer van Perkamentus brandden, de portretten van vroegere schoolhoofden snurkten zacht in hun lijsten en de Hersenpan stond weer klaar op het bureau. De handen van Perkamentus lagen aan weerskanten van de Hersenpan en zijn rechterhand was nog net zo zwart en geblakerd als voorheen. Hij scheen absoluut niet genezen te zijn en Harry vroeg zich wel voor de honderdste keer af wat de oorzaak kon zijn van die opvallende verwonding. Hij vroeg het niet, want Perkamentus had gezegd dat hij het te zijner tijd zou vertellen en bovendien was er een ander onderwerp waarover hij het wilde hebben. Maar voor Harry iets kon zeggen over Sneep en Malfidus, nam Perkamentus het woord.

'Ik hoorde dat je in de vakantie de Minister van Toverkunst ontmoet hebt.'

'Ja,' zei Harry. 'Hij is een beetje boos op me.'

'Inderdaad,' zuchtte Perkamentus. 'Hij is ook een beetje boos op mij. Nou, we moeten proberen ons niet te laten verlammen door schuldgevoel, maar moedig verdergaan, Harry.'

Harry grijnsde.

'Hij wilde dat ik de tovergemeenschap zou wijsmaken dat het Ministerie geweldig werk doet.'

Perkamentus glimlachte.

'Oorspronkelijk was dat een ideetje van Droebel. Tijdens zijn laat-ste dagen als Minister, toen hij wanhopig probeerde om zijn baantje te behouden, wilde hij een ontmoeting met jou, in de hoop dat jij hem zou steunen –'

'Na alles wat Droebel vorig jaar gedaan heeft?' zei Harry woedend. 'Na *Omber*?'

'Ik zei tegen Cornelis dat hij geen schijn van kans maakte, maar het idee ging een eigen leven leiden, ook na zijn ontslag. Al een paar uur na zijn benoeming wilde Schobbejak me spreken en eiste hij min of meer dat ik een ontmoeting met jou zou regelen –'

'Dus daarom had u ruzie met hem!' flapte Harry eruit. 'Dat stond in de *Ochtendprofeet*.'

'Zelfs de *Profeet* drukt af en toe wel eens de waarheid af,' zei Per-kamentus. 'Al is het maar bij toeval. Ja, daarom hadden we ruzie. En nu blijkt dat Rufus toch een manier heeft weten te vinden om je te spreken te krijgen.'

'Hij beschuldigde me ervan dat ik "de trouwe volgeling van Per-kamentus" was.'

'Wat onbeleefd van hem.'

'Ik vertelde hem dat ik dat ook was.'

Perkamentus deed zijn mond open en weer dicht. Achter Harry maakte Felix de feniks een zacht, muzikaal geluid. Tot Harry's inten-se gêne zag hij dat de helderblauwe ogen van Perkamentus plotse-ling nogal vochtig waren en hij keek vlug naar zijn eigen knieën. Toen Perkamentus uiteindelijk weer het woord nam, was zijn stem echter kalm.

'Ik ben diep geroerd, Harry.'

'Schobbejak wilde weten waar u naartoe gaat als u niet op Zwein-stein bent,' zei Harry. Hij bleef naar zijn knieën staren.

'Ja, hij is vreselijk nieuwsgierig wat dat betreft,' zei Perkamentus. Hij klonk heel opgewekt en het leek Harry nu weer veilig om hem aan te kijken. 'Hij heeft zelfs een poging gedaan om me te laten volgen. Eigenlijk was het grappig. Hij liet me schaduwen door Donders. Dat was niet aardig van hem. Ik was al een keer gedwongen geweest om Donders te vervloeken en nu moest ik dat tot mijn grote spijt op-nieuw doen.'

'Dus ze weten nog steeds niet waar u heen gaat?' vroeg Harry. Hij hoopte op meer informatie over dat intrigerende onderwerp, maar Perkamentus keek hem alleen maar glimlachend aan over zijn half-ronde brilletje.

'Nee, dat weten ze nog steeds niet en de tijd is nog niet helemaal rijp om het aan jou te vertellen. Goed, ik stel voor dat we nu verdergaan, tenzij jij nog iets hebt...?'

'Er is inderdaad iets,' zei Harry. 'Het gaat over Malfidus en Sneep.'

'*Professor* Sneep, Harry.'

'Ja. Ik hoorde ze praten tijdens het feestje van professor Slakhoorn – nou, eerlijk gezegd ben ik ze gevolgd...'

Perkamentus luisterde onbewogen naar Harry's verhaal. Toen Harry was uitgesproken zweeg hij even en zei toen: 'Bedankt dat je me dit verteld hebt, Harry, maar ik stel voor dat je er verder niet meer aan denkt. Ik geloof niet dat het van groot belang is.'

'Niet van groot belang?' zei Harry vol ongeloof. 'Professor, begreep u wel –'

'Ja, Harry. Gezegend als ik ben met een buitengewone intelligentie, begreep ik alles wat je me verteld hebt,' zei Perkamentus een tikje scherp. 'Het is zelfs niet uitgesloten dat ik het beter begreep dan jij. Nogmaals, ik stel het op prijs dat je me in vertrouwen hebt genomen, maar ik verzeker je dat wat je zonet verteld hebt geen reden is tot ongerustheid.'

Harry deed er verontwaardigd het zwijgen toe en keek Perkamentus boos aan. Wat was er aan de hand? Betekende dit dat Perkamentus inderdaad opdracht had gegeven aan Sneep om Malfidus uit te horen en wist hij alles wat Harry hem net verteld had al van Sneep? Of maakte hij zich wél ongerust en deed hij alsof?

'Met andere woorden,' zei Harry en hij hoopte dat zijn stem kalm en beleefd was, 'u heeft nog steeds het volste vertrouwen in –'

'Ik ben zo toegevend geweest om die vraag al een keer te beantwoorden,' zei Perkamentus. Hij klonk nu een stuk minder toegevend. 'Mijn antwoord is nog steeds hetzelfde.'

'Dat lijkt mij ook,' zei een hatelijke stem; Firminus Nigellus had blijkbaar alleen maar gedaan alsof hij sliep. Perkamentus negeerde hem.

'En nu moeten we echt verdergaan, Harry. Ik heb vanavond wel belangrijkere zaken met je te bespreken.'

Harry zweeg opstandig. Als hij nou eens weigerde om op een ander onderwerp over te stappen, en hardnekkig zijn verdenkingen tegen Malfidus uiteenzette? Het was alsof Perkamentus zijn gedachten las, want hij schudde zijn hoofd.

'Ah, Harry, hoe vaak komt dit niet voor, zelfs tussen de beste vrienden! We geloven allebei dat wat we zelf te zeggen hebben veel belangrijker is dan alles wat de ander eventueel te berde zou kunnen brengen!'

'Ik geloof niet dat wat u te zeggen hebt onbelangrijk is, professor,' zei Harry stijfjes.

'Gelukkig maar, want dat is het zeker niet,' zei Perkamentus gedecideerd. 'Ik wil je vanavond twee herinneringen laten zien, die allebei pas na onzettend veel moeite verkregen zijn. De tweede lijkt me zelfs de belangrijkste herinnering die ik verzameld heb.'

Harry zei niets; hij was nog steeds boos dat zijn verhaal zo koel ontvangen was, maar zag ook niet wat er te winnen viel door nog langer koppig te blijven.

'Nou,' zei Perkamentus met galmende stem, 'we zetten vanavond het verhaal voort van Marten Vilijn, die na onze laatste les op het punt stond om aan zijn studie op Zweinstein te beginnen. Je weet vast nog wel hoe opgewonden hij was toen hij hoorde dat hij een tovenaar was, dat hij geen prijs stelde op mijn gezelschap tijdens zijn bezoek aan de Wegisweg en dat ik hem op mijn beurt waarschuwde om vooral niet meer te stelen als hij eenmaal op school was.

Het nieuwe schooljaar arriveerde, net als Marten Vilijn, een stille jongen in een tweedehands gewaad, die met de anderen in de rij ging staan om Gesorteerd te worden. Nog geen seconde nadat hij de Sorteerhoed had opgezet, werd hij al bij Zwadderich ingedeeld,' vervolgde Perkamentus en hij gebaarde met zijn verschroeide hand naar de plank boven zijn hoofd, waar de oeroude Sorteerhoed lag. 'Ik weet niet hoe snel Vilijn erachter kwam dat de befaamde oprichter van zijn afdeling ook met slangen kon praten – misschien diezelfde avond al. Die ontdekking moet hem vreselijk opgewonden hebben en zijn gevoel van eigenwaarde vergroot hebben.

Maar als hij probeerde indruk te maken op de andere Zwadderaars of hen angst aan te jagen door demonstraties van Sisselspraak in hun leerlingenkamer, kwamen de leraren daar niets over te weten. Hij liet zo op het oog niets van arrogantie of agressie blijken. Als uitzonderlijk getalenteerde en knappe weesjongen kreeg hij vrijwel vanaf het begin veel aandacht en sympathie van het onderwijzend personeel. Hij leek beleefd en rustig en wilde graag leren. Bijna iedereen had een hoge pet van hem op.'

'Maar vertelde u niet hoe hij geweest was toen u hem in het weeshuis ontmoette?' vroeg Harry.

'Nee. Hij had weliswaar geen berouw getoond, maar toch was het mogelijk dat hij spijt had van zijn vroegere gedrag en had besloten een nieuwe weg in te slaan. Ik vond dat ik hem die kans moest geven.'

Perkamentus zweeg even en keek vragend naar Harry, want die had zijn mond opengedaan. Dit bewees opnieuw dat Perkamentus de neiging had om mensen te vertrouwen, ook al wees alles erop dat ze dat niet verdienden! Maar plotseling herinnerde Harry zich iets...

'Maar u vertrouwde hem niet écht, hè professor? Hij vertelde het me zelf... die Vilijn uit dat dagboek. "Perkamentus vond me ook nooit zo aardig als de andere leraren", zei hij.'

'Laten we zeggen dat ik er niet voetstoots van uitging dat hij te vertrouwen was,' zei Perkamentus. 'Zoals ik al gezegd heb, had ik me voorgenomen hem goed in de gaten te houden en dat deed ik ook. Ik zal niet pretenderen dat die aandacht in het begin veel resultaat opleverde. Hij was altijd erg op zijn hoede als ik erbij was; ik weet zeker dat hij vond dat hij te veel tegen me had losgelaten, in de eerste opwinding nadat hij hoorde dat hij een tovenaar was. Hij gaf zich daarna nooit meer zo bloot, maar kon wat hij er al uitgeflapt had niet meer terugnemen, net zomin als de dingen die mevrouw Koort me in vertrouwen verteld had. Hij was wel zo verstandig om nooit te proberen me met zijn charme in te palmen, zoals hij met veel van mijn collega's deed.

In de loop van zijn schooltijd verzamelde hij een groep toegewijde vrienden om zich heen; ik noem ze vrienden bij gebrek aan een beter woord, want Vilijn voelde beslist geen genegenheid voor hen, zoals ik eerder zei. Die groep bezat een duistere aantrekkingskracht binnen de school. Het was een gemêleerd gezelschap; een mengeling van zwakkeren die bescherming zochten, eerzuchtigen die hunkerden naar gedeelde glorie, en bruten die aangetrokken werden door een leider die hun geraffineerdere vormen van wreedheid kon tonen. Met andere woorden, ze waren de voorlopers van de Dooddoeners en sommigen van hen werden inderdaad de eerste Dooddoeners nadat ze Zweinstein verlieten.

Vilijn hield hen streng in de hand en ze werden nooit op openlijk wangedrag betrapt, al vonden er tijdens hun zeven jaar op Zweinstein de nodige onaangename incidenten plaats waarmee ze nooit rechtstreeks in verband konden worden gebracht. Het ernstigste voorval was natuurlijk de opening van de Geheime Kamer, die resulteerde in de dood van een meisje. Zoals je weet werd Hagrid ten onrechte van dat misdrijf beschuldigd.

Ik heb op Zweinstein niet veel herinneringen aan Vilijn kunnen vinden,' zei Perkamentus en hij legde zijn verschrompelde hand op de Hersenpan. 'Maar heel weinig mensen die hem kenden zijn bereid om te praten; ze zijn te bang. Wat ik weet, heb ik met veel moeite uitgezocht nadat hij Zweinstein verlaten had en ik de weinige mensen had opgespoord die ertoe verleid konden worden om iets te zeggen. Ik moest zowel Dreuzel- als tovenaarsgetuigen uithoren en een hoop onderzoek doen in oude archieven.

Degenen die wel iets wilden loslaten, zeiden dat Vilijn geobsedeerd werd door zijn afkomst. Dat is begrijpelijk; hij was opgegroeid in een weeshuis en wilde vanzelfsprekend weten hoe hij daar terechtgekomen was. Blijkbaar zocht hij vergeefs naar sporen van Marten Vilijn senior in de schoolarchieven, in de prijzenkamer, op lijsten met klassenoudsten en zelfs in boeken over de geschiedenis van de toverkunst. Uiteindelijk moest hij accepteren dat zijn vader nooit op Zweinstein gezeten had. Ik geloof dat hij toen de naam Vilijn voorgoed liet vallen, de identiteit van Heer Voldemort aannam en onderzoek begon te doen naar de eerst zo verachte familie van zijn moeder – de vrouw, zoals je je zult herinneren, die volgens hem onmogelijk een heks kon zijn omdat ze bezweken was voor de beschamende menselijke zwakte van de dood.

Zijn enige aanknopingspunt was de naam "Asmodom", want hij wist van de mensen uit het weeshuis dat zijn grootvader van moederskant zo heette. Na veel minutieus onderzoek in oude boeken over toverfamilies ontdekte hij ten slotte het bestaan van de laatste afstammelingen van Zwadderich. In de zomer van zijn zestiende levensjaar verliet hij het weeshuis, waarnaar hij jaarlijks terugkeerde, en ging hij op zoek naar zijn verwanten met de naam Mergel. En als je nu zou willen gaan staan, Harry...'

Perkamentus stond ook op en Harry zag dat hij weer een flesje kolkende, parelgrijze herinneringen in zijn hand had.

'Ik heb heel erg geboft dat ik dit te pakken heb gekregen,' zei hij en hij goot de glanzende massa in de Hersenpan. 'Zoals je zult begrijpen als we deze herinnering beleefd hebben. Zullen we?'

Harry stapte naar de stenen kom en boog gehoorzaam zijn hoofd, tot zijn gezicht door het oppervlak van de herinnering brak; na het bekende gevoel dat hij door het niets viel, landde hij op een smerige stenen vloer. Het was aardedonker.

Het duurde even voor hij besefte waar hij was, en tegen die tijd was Perkamentus naast hem geland. Het huisje van de Mergels was nu onbeschrijflijk veel smeriger dan enig ander huis dat Harry ooit gezien had. Massa's spinnenwebben hingen aan het plafond, de vloer was bedekt met een dikke laag vuil en op tafel lagen schimmelige en rottende etensresten tussen stapels aangekoekte pannen. Het enige licht was afkomstig van een flakkerende kaars aan de voeten van een man wiens haar en baard zo lang en verwilderd waren dat Harry zijn ogen en mond niet kon zien. Hij zat onderuitgezakt in een stoel bij het vuur en Harry dacht even dat hij dood was, maar toen werd er op de deur geklopt en schrok de man wakker. Hij greep met zijn rechterhand een toverstok en met zijn linkerhand een kort mes.

De deur ging knarsend open. Op de drempel stond een jongen die Harry onmiddellijk herkende, met een ouderwetse lantaarn in zijn hand. Lang, bleek, knap en donker – de zestienjarige Voldemort.

Voldemorts blik gleed langzaam door het krot en bleef rusten op de man in de stoel. Ze keken elkaar een paar tellen aan en toen kwam de man wankelend overeind. De vele lege flessen bij zijn voeten rolden rinkelend over de grond.

'JIJ!' brulde hij. 'JIJ!'

Hij sprong dronken op Vilijn af, met zijn toverstok en mes in de aanslag.

'Stop.'

Vilijn sprak in Sisselspraak. De man botste tegen de tafel, zodat de beschimmelde pannen op de grond kletterden, en staarde Vilijn aan. Er viel een lange stilte terwijl ze elkaar aandachtig bestudeerden. Ten slotte werd de stilte verbroken door de verwilderde man.

'Je spreekt de taal?'

'Ja, ik spreek de taal,' zei Vilijn. Hij kwam verder de kamer in en de deur viel achter hem dicht. Harry had onwillekeurig een schoorvoetende bewondering voor Voldemorts volslagen gebrek aan angst. Op zijn gezicht viel alleen walging te lezen, en misschien teleurstelling.

'Waar is Asmodom?' vroeg hij.

'Dood,' zei de ander. 'Jaren geleden gestorven, toch?'

Vilijn fronste zijn voorhoofd.

'Wie ben jij dan?'

'Morfin, 'tuurlijk.'

'De zoon van Asmodom?'

'Wie anders...?'

Morfin streek het haar uit zijn groezelige gezicht om Vilijn beter te kunnen zien, en Harry zag dat hij Asmodoms ring met de zwarte steen aan zijn rechterhand droeg.

'Dacht dat je die Dreuzel was,' fluisterde Morfin. 'Je lijkt allemachtig op die Dreuzel.'

'Welke Dreuzel?' vroeg Vilijn op scherpe toon.

'De Dreuzel waar m'n zus een oogje op had, de Dreuzel die in 't grote huis aan de overkant van het dal woont,' zei Morfin. Hij spuwde plotseling op de grond. 'Je lijkt precies op hem. Vilijn. Maar die is nu een stuk ouder, hè? Hij is ouder dan jij, nu ik 't bedenk...'

Morfin leek een beetje versuft. Hij wankelde en hield zich aan de rand van de tafel overeind.

'Hij is teruggekomen, snap je?' voegde hij er verdwaasd aan toe.

Voldemort keek schattend naar Morfin, deed nog een stap in zijn richting en zei: 'Is Vilijn teruggekomen?'

'Klopt, hij heeft haar in de steek gelaten. Net goed! Had ze maar niet moeten trouwen met dat stuk drek!' Morfin spuwde opnieuw op de grond. 'Maar ze heeft ons wel eerst bestolen voor ze ervandoor ging! Waar is 't medaillon dan, hè, waar is Zwadderichs medaillon?'

Voldemort gaf geen antwoord. Morfin werkte zich weer op tot een woedeaanval; hij zwaaide met zijn mes en schreeuwde: 'Onteerd heeft ze ons, die kleine slet! En wie ben jij trouwens, om vragen te komen stellen over haar? 't Is voorbij, toch... voorbij...'

Hij wankelde weer even en Voldemort stapte op hem af. Terwijl hij dat deed, werd het onnatuurlijk donker. De duisternis doofde het licht van Voldemorts lantaarn en Morfins kaars; hij doofde alles...

De vingers van Perkamentus sloten zich om Harry's arm en ze zweefden weer omhoog naar het heden. Het zachte gouden licht in de kamer van Perkamentus leek oogverblindend na die ondoordringbare duisternis.

'Was dat alles?' vroeg Harry. 'Waarom werd het zo donker? Wat gebeurde er?'

'Dat was omdat Morfin zich verder niets kon herinneren,' zei Perkamentus. Hij gebaarde dat Harry moest gaan zitten. 'Toen hij de volgende ochtend wakker werd, lag hij op de grond. Hij was alleen en de ring van Asmodom was verdwenen.

In Havermouth rende ondertussen een dienstmeid door de dorpsstraat en gilde dat er drie lijken in de salon van het landhuis lagen: Marten Vilijn senior en zijn vader en moeder.

De Dreuzelautoriteiten stonden voor een raadsel. Voor zover ik weet, hebben ze tot op heden nog steeds geen idee hoe de Vilijns om het leven gekomen zijn, want de Avada Kedavravloek laat meestal geen sporen na... de uitzondering zit tegenover me,' voegde Per-

276

kamentus eraan toe en hij knikte naar Harry's litteken. 'Op het Ministerie van Toverkunst, daarentegen, beseften ze onmiddellijk dat er sprake was van een magische moord. Ze wisten ook dat er tegenover het huis van de Vilijns, aan de andere kant van het dal, een veroordeelde Dreuzelhater woonde, een Dreuzelhater die al gevangen had gezeten wegens mishandeling van een van de slachtoffers.

Er gingen mensen van het Ministerie bij Morfin langs. Ze hoefden hem niet uit te horen of Veritaserum of Legilimentie te gebruiken. Hij biechtte de moorden onmiddellijk op, compleet met details die alleen de moordenaar kon weten. Hij was er trots op dat hij die Dreuzels gedood had, zei hij; hij had jarenlang op zijn kans gewacht. Hij overhandigde zijn toverstok en er werd vastgesteld dat die gebruikt was om de Vilijns te doden. Zonder enig verzet liet hij zich afvoeren naar Azkaban. Het enige wat hem dwars scheen te zitten, was het feit dat zijn vaders ring verdwenen was. "Hij vermoordt me als hij merkt dat ik hem kwijt ben," zei hij keer op keer tegen de mensen die hem gevangennamen. "Hij vermoordt me als hij merkt dat ik die ring kwijt ben." Dat was ook het enige wat hij ooit nog gezegd heeft. Hij bracht de rest van zijn leven door in Azkaban, treurend om het verlies van Asmodoms laatste erfstuk, en ligt begraven buiten de gevangenis, net als de andere arme zielen die binnen de muren overleden zijn.'

'Dus Voldemort heeft Morfins toverstok gestolen en die gebruikt?' zei Harry en hij ging overeind zitten.

'Inderdaad,' zei Perkamentus. 'We hebben geen herinneringen die dat aantonen, maar we kunnen er vrij zeker van zijn dat het zo gegaan is. Voldemort Verlamde zijn oom, pakte zijn toverstok en begaf zich naar "het grote huis aan de andere kant van het dal". Daar vermoordde hij de Dreuzel die zijn heksenmoeder in de steek had gelaten en meteen ook maar zijn Dreuzelgrootouders, zodat het hele onwaardige geslacht Vilijn in één klap werd uitgeroeid. Dat was zijn wraak op de vader die hem nooit gewild had. Toen keerde hij terug naar het krot van de Mergels, voerde daar het ingewikkelde stukje magie uit dat een valse herinnering bij zijn oom zou implanteren, legde de toverstok van Morfin naast zijn bewusteloze eigenaar, pakte de antieke ring en vertrok.'

'En Morfin heeft zich nooit gerealiseerd dat hij het niet gedaan had?'

'Nooit,' zei Perkamentus. 'Hij biechtte de misdaad juist trots op, zoals ik al zei.'

'Maar de hele tijd droeg hij deze werkelijke herinnering in zich!'

277

'Ja, maar die wist ik pas na veel deskundige Legilimentie uit hem los te weken,' zei Perkamentus. 'Waarom zou iemand zo diep in Morfins geheugen graven, als hij alles toch al bekend had? Ik wist tijdens de laatste weken van Morfins leven echter een bezoek te regelen, toen ik bezig was zo veel mogelijk te weten te komen over Voldemorts verleden. Na heel veel moeite wist ik deze herinnering boven water te halen. Toen ik zag wat hij inhield, probeerde ik Morfin vrij te krijgen, maar voordat het Ministerie tot een besluit kwam was hij al gestorven.'

'Maar waarom beseften ze op het Ministerie niet dat Voldemort de dader was?' vroeg Harry boos. 'Hij was toen toch nog minderjarig? Ik dacht dat ze het wisten wanneer een minderjarige toverde?'

'Nou, ze weten wel dat er getoverd is, maar niet wie het gedaan heeft. Je herinnert je vast nog wel dat het Ministerie jou de schuld gaf van een Zweefspreuk die in werkelijkheid was uitgesproken door –'

'Dobby,' gromde Harry; dat staaltje onrechtvaardigheid zat hem nog steeds dwars. 'Dus als je minderjarig bent en tovert in het huis van een meerderjarige heks of tovenaar, komt het Ministerie er niet achter?'

'Dan weten ze in elk geval niet wíé er getoverd heeft,' zei Perkamentus. Hij glimlachte om Harry's diepe verontwaardiging. 'Ze gaan ervan uit dat toverouders ervoor zorgen dat hun kinderen zich aan de regels houden.'

'Wat een onzin!' snauwde Harry. 'Als je ziet wat er hier gebeurd is, wat Morfin is overkomen...'

'Dat ben ik met je eens,' zei Perkamentus. 'Wat Morfin ook was, hij verdiende het niet om zo te sterven, opgesloten wegens moorden die hij niet begaan had. Maar het is al laat en ik wil je eerst nog deze andere herinnering laten zien voor we afscheid nemen...'

Perkamentus haalde opnieuw een kristallen flesje uit zijn binnenzak en Harry zweeg. Hij herinnerde zich wat Perkamentus gezegd had: dat dit misschien wel de belangrijkste herinnering was die hij verzameld had. Harry merkte dat het moeite kostte om het flesje leeg te gieten in de Hersenpan, alsof de inhoud een beetje gestold was. Konden herinneringen bederven?

'Dit duurt niet lang,' zei Perkamentus toen het flesje eindelijk leeg was. 'We zijn terug voor je het weet. Nou, laten we wederom een duik nemen in de Hersenpan...'

Harry viel opnieuw door het zilveren oppervlak en landde voor een man die hij direct herkende.

Het was een veel jongere Hildebrand Slakhoorn. Harry was zo aan de kale Slakhoorn gewend dat het een schok was om hem met een weelderige bos glanzend, strokleurig haar te zien; het was alsof hij een rieten dakje op zijn hoofd had, al glom er ook nu al een kale plek zo groot als een Galjoen op zijn kruin. Zijn snor was minder vol dan tegenwoordig en rossig blond van kleur. Hij was niet zo dik als de Slakhoorn die Harry kende, maar de gouden knoopjes van zijn rijk geborduurde vest stonden toch al behoorlijk onder spanning. Zijn kleine voeten rustten op een fluwelen poef, hij leunde behaaglijk achterover in een comfortabele oorfauteuil en had een glaasje wijn in zijn ene hand, terwijl hij met de andere in een doos geconfijte ananas grabbelde.

Harry keek om toen Perkamentus naast hem landde en zag dat ze in Slakhoorns werkkamer waren. Er zaten een stuk of zes jongens om Slakhoorn heen, op lagere of ongemakkelijkere stoelen dan de zijne. Ze waren allemaal een jaar of zestien en Harry herkende Vilijn meteen. Hij was de knapste van allemaal en maakte ook de meest ontspannen indruk. Zijn rechterhand rustte nonchalant op de armleuning van zijn stoel en Harry besefte met een schok dat hij de zwart met gouden ring van Asmodom droeg; hij had zijn vader al vermoord.

'Klopt het dat professor Mijmerzoet binnenkort met pensioen gaat, professor?' vroeg Vilijn.

'Marten, Marten, zelfs als ik dat wist, zou ik het je niet vertellen,' zei Slakhoorn. Hij zwaaide vermanend met een vinger vol suiker, maar deed dat effect weer teniet door te knipogen. 'Ik zou wel eens willen weten hoe je aan je informatie komt, beste jongen: je weet meer dan de meeste docenten.'

Vilijn glimlachte; de andere jongens grinnikten en keken hem bewonderend aan.

'Met je griezelige talent voor kennis die je niet hoort te hebben en je vleierij van mensen die ertoe doen – trouwens bedankt voor de ananas, die vind ik inderdaad het lekkerst –'

Verscheidene jongens giechelden en op dat moment gebeurde er iets vreemds: plotseling vulde de kamer zich met een dichte witte mist. Harry zag alleen nog maar het gezicht van Perkamentus, die naast hem stond. De stem van Slakhoorn galmde onnatuurlijk luid door de mist: '– het loopt nog eens slecht met je af, jongen, dat kan ik je verzekeren!'

De mist trok net zo abrupt weer op, maar niemand in de kamer zei er iets over of wekte de indruk dat er iets ongewoons was gebeurd.

Harry keek verbijsterd om zich heen toen de kleine gouden klok op Slakhoorns bureau elf uur sloeg.

'Lieve hemel, is het al zo laat?' zei Slakhoorn. 'Jullie kunnen beter gaan, anders komen we in de problemen. Van Detta, je levert morgen dat werkstuk in, anders wordt het strafwerk. Hetzelfde geldt voor jou, Arduin.'

Slakhoorn hees zich uit zijn stoel en liep met zijn lege glas naar zijn bureau terwijl de jongens de kamer uit schuifelden. Vilijn treuzelde opzettelijk; Harry zag dat hij als laatste wilde achterblijven.

'Opschieten, Marten,' zei Slakhoorn toen hij zich omdraaide en Vilijn zag staan. 'Je wilt toch niet buiten de toegestane tijd op de gang betrapt worden? Je bent nog wel klassenoudste.'

'Ik wilde u iets vragen, professor.'

'Vraag gerust, beste jongen, vraag gerust...'

'Weet u toevallig iets over... over Gruzielementen?'

Het gebeurde opnieuw: een dikke mist vulde de kamer, zodat Harry Slakhoorn noch Vilijn kon zien. Hij zag alleen Perkamentus, die sereen glimlachend naast hem stond. Slakhoorns stem galmde weer door de mist.

'*Ik weet niets over Gruzielementen en zelfs als ik het wel wist, zou ik het niet zeggen! Maak dat je wegkomt en laat ik niet merken dat je het daar ooit nog over hebt!*'

'Nou, dat was het,' zei Perkamentus kalm naast Harry. 'Tijd om op te stappen.'

Harry's voeten kwamen van de vloer en landden enkele ogenblikken later op het vloerkleed voor het bureau van Perkamentus.

'Was dat alles?' zei Harry verbluft.

Perkamentus had gezegd dat dit de belangrijkste herinnering was van allemaal, maar hij snapte niet wat er zo waardevol aan was. Die mist was eigenaardig, en ook dat niemand er iets van gemerkt had, maar verder scheen er niets gebeurd te zijn. Vilijn had alleen een vraag gesteld en was afgepoeierd.

'Zoals je misschien wel gemerkt zult hebben, is er met deze herinnering geknoeid,' zei Perkamentus. Hij nam weer achter zijn bureau plaats.

'Geknoeid?' herhaalde Harry en hij ging ook zitten.

'Inderdaad,' zei Perkamentus. 'Professor Slakhoorn heeft aan zijn eigen geheugen gesleuteld.'

'Waarom zou hij dat doen?'

'Omdat hij zich schaamt voor wat hij zich herinnert, denk ik,' zei

Perkamentus. 'Hij heeft geprobeerd die herinnering bij te schaven, zodat hij er beter uit te voorschijn komt, en heeft de delen die hij me niet wilde laten zien uitgewist. Zoals je gemerkt hebt is het erg slordig gedaan en dat is alleen maar goed, want dat bewijst dat de echte herinnering nog onder die veranderingen schuilgaat.

Ik geef je nu voor het eerst huiswerk mee, Harry. Het is jouw taak om professor Slakhoorn zover te krijgen dat hij jou de echte herinnering geeft. Die zal ongetwijfeld onze meest cruciale informatie bevatten.'

Harry staarde Perkamentus aan.

'Maar u heeft mij daar toch zeker niet voor nodig, professor?' vroeg hij zo beleefd mogelijk. 'U zou Legilimentie kunnen gebruiken... of Veritaserum...'

'Professor Slakhoorn is een uiterst bekwame tovenaar en heeft zich ongetwijfeld gewapend tegen beide mogelijkheden,' zei Perkamentus. 'Hij is veel bedrevener in Occlumentie dan die arme Morfin Mergel en ik weet vrijwel zeker dat hij, sinds hij me deze parodie op een herinnering gaf, altijd een tegengif tegen Veritaserum op zak heeft.

Nee, het zou heel dom zijn om professor Slakhoorn te dwíngen met de waarheid op de proppen te komen. Dat zou wel eens meer kwaad kunnen doen dan goed. Ik wil niet dat hij Zweinstein verlaat. Hij heeft echter ook zijn kleine zwakheden, net als wij allemaal, en ik denk dat jij de enige bent die door zijn verdediging heen zou kunnen breken. Het is heel belangrijk dat we de ware herinnering in handen krijgen, Harry... hoe belangrijk zullen we pas weten als we hem gezien hebben. Dus veel succes... en welterusten.'

Harry was een beetje overdonderd door het abrupte einde van de les, maar stond vlug op.

'Welterusten, professor.'

Toen hij de deur van de werkkamer achter zich dichtdeed hoorde hij Firminus Nigellus zeggen: 'Ik snap niet waarom je denkt dat die jongen het er beter vanaf zal brengen dan jij, Perkamentus.'

'Dat had ik ook niet van je verwacht, Firminus,' antwoordde Perkamentus en Felix de feniks maakte opnieuw een zacht, muzikaal geluid.

HOOFDSTUK 18
EEN VERRASSENDE
VERJAARDAG

D e volgende dag vertrouwde Harry Ron en Hermelien toe wat voor opdracht hij van Perkamentus gekregen had. Hij moest zijn verhaal twee keer doen, want Hermelien weigerde nog steeds om bij Ron in de buurt te komen, behalve om hem minachtend aan te kijken.

Ron verwachtte niet dat Harry problemen zou krijgen met Slakhoorn.

'Hij vindt je geweldig,' zei hij tijdens het ontbijt en hij zwaaide luchtig met een vork vol gebakken ei. 'Ik denk niet dat hij je iets kan weigeren. Niet zijn kleine Toverdrankprins. Wacht vanmiddag na de les gewoon even en vraag het hem dan.'

Hermelien was een stuk somberder.

'Hij moet vastbesloten zijn om te verbergen wat er werkelijk gebeurd is, als zelfs Perkamentus dat niet uit hem kon loskrijgen,' zei ze toen ze tijdens de pauze op de verlaten en besneeuwde binnenplaats stonden. 'Gruzielementen... Gruzielementen... nooit van gehoord...'

'Nee?'

Harry was teleurgesteld; hij had gehoopt dat Hermelien misschien een idee zou hebben wat een Gruzielement was.

'Het moet een vergevorderde vorm van Duistere magie zijn. Waarom zou Voldemort er anders naar gevraagd hebben? Het zou wel eens lastig kunnen worden om die informatie te pakken te krijgen, Harry. Je moet echt goed nadenken hoe je Slakhoorn wilt benaderen, een strategie uitstippelen...'

'Ron vindt dat ik vanmiddag na Toverdranken gewoon even wat langer moet blijven...'

'O, nou, als *Ronnieponnie* dat vindt, zou ik het maar doen,' zei Hermelien, die meteen uit haar slof schoot. 'Ik bedoel, wanneer heeft *Ronnieponnie* er ooit naast gezeten?'

'Hermelien, kun je niet –'

'Nee!' zei ze woedend en ze stormde weg. Harry bleef alleen achter, tot over zijn enkels in de sneeuw.

Toverdranken was de laatste tijd niet echt leuk, omdat Harry, Ron en Hermelien noodgedwongen een tafeltje moesten delen. Deze keer zette Hermelien haar ketel helemaal aan de andere kant van de tafel, naast Ernst, en negeerde zowel Harry als Ron.

'Wat heb jíj nou gedaan?' mompelde Ron tegen Harry toen hij Hermeliens hooghartige profiel zag.

Voordat Harry antwoord kon geven, ging Slakhoorn voor de klas staan en vroeg om stilte.

'Goed, goed, genoeg gekletst! Een beetje opschieten, graag, er staat vanmiddag een hoop op het programma! De Derde Wet van Klokker... wie kan me vertellen –? Juffrouw Griffel, uiteraard!'

Hermelien dreunde op topsnelheid op: 'De-Derde-Wet-van-Klokker-stelt-dat-het-tegengif-voor-een-gemengd-gif-gelijk-is-aan-meer-dan-de-som-van-de-tegengiffen-voor-ieder-afzonderlijk-bestanddeel.   '

'Precies!' glunderde Slakhoorn. 'Tien punten voor Griffoendor! Als we ervan uitgaan dat de Derde Wet van Klokker klopt...'

Harry moest Slakhoorn maar op zijn woord geloven als hij zei dat de Derde Wet van Klokker klopte, want hij had er geen woord van begrepen. Ook de rest van Slakhoorns verhaal scheen niemand te snappen, behalve Hermelien uiteraard.

'... en dat houdt in dat, als we de samenstelling van een gif correct vastgesteld hebben met behulp van Ichors Futselformule, onze eerste taak niet het relatief eenvoudige verzamelen van tegengiffen voor de specifieke ingrediënten is, maar bepalen welk toegevoegd bestanddeel door middel van een bijna alchemistisch proces de afzonderlijke elementen zal transformeren in –'

Ron zat naast Harry, met zijn mond halfopen, en tekende poppetjes in zijn splinternieuwe exemplaar van *Toverdranken voor Gevorderden*. Ron vergat steeds dat hij niet meer op Hermelien kon terugvallen als hij niet snapte wat er verteld werd.

'... en daarom,' besloot Slakhoorn, 'wil ik dat jullie allemaal een flesje van mijn bureau pakken en voor het eind van de les een tegengif brouwen voor het gif dat het bevat. Succes, en vergeet je beschermende handschoenen niet!'

Hermelien was al bijna bij Slakhoorns bureau voor de rest van de klas begreep dat het tijd was om op te staan en tegen de tijd dat Harry, Ron en Ernst terugliepen naar hun tafeltje, had zij haar fles je al leeggegoten in haar toverketel en zette ze die op het vuur.

'Jammer dat de Prins je hier niet bij kan helpen, Harry,' zei ze vrolijk terwijl ze weer overeind kwam. 'Deze keer moet je begrijpen om welke principes het gaat. Geen snelle oplossingen, geen valsspelerij!'

Harry trok boos de kurk uit het flesje met knalroze vergif dat hij van Slakhoorns bureau had gepakt. Hij goot het in zijn ketel en stak het vuur aan, maar had geen flauw idee wat hij daarna moest doen. Hij keek even naar Ron, die zijn voorbeeld gevolgd had en het nu blijkbaar ook niet meer wist.

'Weet je zeker dat de Prins geen tips heeft?' mompelde Ron.

Harry pakte zijn trouwe *Toverdranken voor Gevorderden* en zocht het hoofdstuk over Tegengiffen op. Hij zag wel de Derde Wet van Klokker, die Hermelien woord voor woord geciteerd had, maar niet één verhelderende aantekening in het handschrift van de Prins over wat het nou precies betekende. Blijkbaar had de Prins, net als Hermelien, meteen begrepen wat de wet inhield.

'Niets,' zei Harry somber.

Hermelien zwaaide nu enthousiast met haar toverstok boven haar ketel. Helaas konden ze haar spreuk niet nadoen omdat ze inmiddels zo goed was in nonverbale toverformules dat ze de woorden niet meer hardop hoefde te zeggen. Ernst Marsman mompelde echter '*Specialis revelio!*' boven zijn ketel. Het klonk indrukwekkend en dus deden Harry en Ron hem vlug na.

Al na vijf minuten realiseerde Harry zich dat zijn reputatie als beste toverdrankmaker van de klas op instorten stond. Slakhoorn had hoopvol in zijn ketel gekeken toen hij zijn eerste rondje maakte door het lokaal en had op het punt gestaan een verrukte uitroep te slaken, zoals meestal, maar had zijn hoofd hoestend teruggetrokken toen er een walm van rotte eieren uit de ketel opsteeg. Hermelien keek ongelooflijk zelfvoldaan; ze had het vreselijk gevonden dat Harry met Toverdranken steeds beter presteerde dan zij. Ze goot de mysterieus gescheiden bestanddelen van haar vergif nu in tien verschillende kristallen flesjes. Voornamelijk om dat irritante tafereel niet te hoeven zien boog Harry zich opnieuw over het boek van de Halfbloed Prins en sloeg met onnodig veel kracht een paar bladzijden om.

En daar stond het, dwars over een lange lijst met tegengiffen gekrabbeld.

Stop gewoon een bezoar in hun mond.

Harry staarde even naar die woorden. Had hij lang geleden niet iets over bezoars gehoord? Had Sneep het daar niet over gehad, tijdens Harry's allereerste Toverdrankles? '*Een bezoar is een steen uit een geitenmaag, die beschermt tegen de meeste soorten vergif.*'

Het was geen antwoord op het probleem van Klokker en als ze nog les hadden gehad van Sneep had Harry het niet aangedurfd, maar deze situatie vroeg om noodmaatregelen. Hij liep naar de voorraadkast, rommelde erin en duwde bosjes gedroogde kruiden en de hoorns van eenhoorns opzij tot hij helemaal achterin een kartonnen doosje zag staan met het opschrift 'Bezoars'.

Net op het moment dat hij het doosje openmaakte riep Slakhoorn: 'Nog twee minuten!' In het doosje zaten een stuk of zes verschrompelde bruine voorwerpen die meer op gedroogde niertjes leken dan op echte stenen. Harry pakte er een, zette het doosje terug en liep vlug weer naar zijn ketel.

'En de tijd is... OM!' riep Slakhoorn opgewekt. 'Eens kijken wat jullie ervan gebrouwen hebben! Benno... wat heb je voor me?'

Langzaam liep Slakhoorn door het lokaal en bekeek de verschillende tegengiffen. Niemand had de opdracht echt voltooid, al probeerde Hermelien nog vlug wat extra ingrediënten in haar flesjes te stoppen voor Slakhoorn bij haar was. Ron had de moed opgegeven en deed alleen nog zijn best om de weerzinwekkende dampen die uit zijn ketel opstegen niet in te ademen. Harry wachtte gespannen af, met de bezoar in zijn klamme hand.

Slakhoorn kwam als laatste langs hun tafeltje. Hij snoof even aan de toverdrank van Ernst, trok een gezicht en liep naar Ron. Hij boog zich niet lang over Rons ketel, maar stapte haastig achteruit en kokhalsde een beetje.

'En jij, Harry?' zei hij. 'Wat heb jij voor me?'

Harry stak zijn hand uit en liet de bezoar zien.

Slakhoorn staarde er wel tien seconden naar en Harry vroeg zich af of hij hem zou uitfoeteren, maar toen wierp Slakhoorn zijn hoofd in zijn nek en schaterde van het lachen.

'Je hebt wel lef, jongen!' bulderde hij. Hij pakte de bezoar en hield die omhoog, zodat de andere leerlingen hem ook konden zien. 'O, je bent net je moeder... nou, ik kan er niets op aanmerken... een bezoar werkt in al deze gevallen inderdaad als tegengif!'

Hermelien was furieus. Ze had een bezweet gezicht en roet op haar neus en haar half voltooide, traag borrelende tegengif bevatte tweeënvijftig verschillende ingrediënten, waaronder een pluk van haar eigen haar, maar Slakhoorn had alleen oog voor Harry.

'Heb je helemaal zelf aan een bezoar gedacht, Harry?' siste Hermelien tussen haar tanden.

'Dat is precies de individualistische inslag die een eersteklas toverdrankbrouwer nodig heeft!' zei Slakhoorn vrolijk, voor Harry antwoord kon geven. 'Hij is net zijn moeder, die ging ook op haar instinct af als ze toverdranken maakte. Ja, hij heeft het ongetwijfeld van Lily... inderdaad, Harry, als je toevallig een bezoar bij je hebt, kom je daarmee een heel eind... al werken ze niet tegen alles en zijn ze behoorlijk zeldzaam. Daarom is het toch de moeite waard om te leren hoe je tegengiffen moet mengen...'

De enige in het lokaal die nog woedender was dan Hermelien was Malfidus. Harry zag tot zijn genoegen dat hij iets over zich heen gemorst had wat op kattenkots leek. Voordat Malfidus of Hermelien kon protesteren dat Harry de beste was geworden door helemaal niets te doen, ging de bel.

'Tijd om jullie spullen in te pakken!' zei Slakhoorn. 'En tien punten extra voor Griffoendor, wegens pure lef!'

Nog nagrinnikend waggelde hij terug naar zijn bureau.

Harry treuzelde en deed er heel lang over om zijn tas in te pakken. Ron en Hermelien wensten hem geen van beiden succes toen ze het lokaal verlieten en keken allebei nogal boos. Uiteindelijk bleven alleen Harry en Slakhoorn over.

'Vooruit, Harry. Je komt nog te laat voor je volgende les,' zei Slakhoorn gemoedelijk en hij klikte de gouden sluitingen van zijn aktetas van drakenleer dicht.

'Professor,' zei Harry, en toen hij zichzelf hoorde praten moest hij meteen aan Voldemort denken, 'ik wilde u iets vragen.'

'Vraag gerust, beste jongen, vraag gerust...'

'Weet u toevallig iets over... over Gruzielementen?'

Slakhoorn verstijfde en zijn bolle gezicht leek plotseling ingevallen. Hij likte langs zijn lippen en zei schor: 'Wat?'

'Ik vroeg of u iets over Gruzielementen weet. Kijk –'

'Hier zit Perkamentus achter,' fluisterde Slakhoorn.

Zijn stem was totaal veranderd; hij klonk niet gemoedelijk meer, maar geschokt en bang. Hij voelde in zijn borstzak, pakte een zakdoek en veegde zijn bezwete voorhoofd af.

'Perkamentus heeft je die – die herinnering laten zien,' zei Slakhoorn. 'Nou?'

'Ja,' zei Harry, die besloot dat hij beter niet kon liegen.

'Natuurlijk,' zei Slakhoorn zacht. Hij veegde nog steeds zijn bleke gezicht af. 'Natuurlijk... nou, als je die herinnering hebt gezien, weet je dat ik niets – *niets* –' herhaalde hij met nadruk, '– over Gruzielementen weet!'

Hij pakte zijn aktetas van drakenleer, propte zijn zakdoek in zijn zak en liep met grote passen naar de deur van de kerker.

'Sorry, professor,' zei Harry wanhopig. 'Ik dacht alleen dat er misschien een stukje aan die herinnering ontbrak –'

'O ja?' zei Slakhoorn. 'Nou, dan had je het mis. MIS!'

Hij brulde dat laatste woord en voor Harry nog iets kon zeggen, had hij de deur van de kerker al met een klap achter zich dichtgeslagen.

Hermelien en Ron leefden absoluut niet met hem mee toen hij hen vertelde over zijn rampzalig verlopen gesprek. Hermelien was nog steeds ziedend omdat Harry haar had afgetroefd zonder ook maar iets te doen, en Ron had de pest in omdat Harry hem niet ook een bezoar had toegestopt.

'We zouden mooi voor gek hebben gestaan als we allebei met zo'n ding waren gekomen!' zei Harry nijdig. 'Hoor eens, ik moest proberen Slakhoorn in een goed humeur te krijgen, zodat ik hem naar Voldemort kon vragen. O, word nou eindelijk eens een beetje volwassen!' voegde hij er geïrriteerd aan toe toen Ron een gezicht trok bij het horen van die naam.

Harry was woedend vanwege zijn mislukte poging en de houding van Ron en Hermelien en vroeg zich in de dagen daarna somber af hoe hij het probleem moest aanpakken. Hij besloot voorlopig te doen alsof hij die Gruzielementen vergeten was; het leek hem verstandig om Slakhoorn een vals gevoel van veiligheid te geven voor hij weer tot de aanval overging.

Toen Harry geen vragen meer stelde, behandelde zijn leraar Toverdranken hem al gauw weer met zijn gebruikelijke hartelijkheid en scheen hij de kwestie verder vergeten te zijn. Harry wachtte een uitnodiging af voor een van zijn feestjes en was vastbesloten deze keer te gaan, zelfs als hij dan de Zwerkbaltraining moest verzetten. Helaas bleef zo'n invitatie uit. Harry vroeg het aan Hermelien en Ginny: zij waren ook niet uitgenodigd en trouwens niemand, voor zover zij wisten. Harry vroeg zich onwillekeurig af of dat betekende dat Slakhoorn minder vergeetachtig was dan hij leek en gewoon vastbesloten was Harry geen extra gelegenheid te geven om hem uit te horen.

Ondertussen had de bibliotheek van Zweinstein Hermelien voor de eerste keer sinds mensenheugenis in de steek gelaten. Ze was zo geschokt dat ze zelfs vergat om boos te zijn op Harry vanwege zijn truc met de bezoar.

'Ik heb niets kunnen vinden over Gruzielementen!' zei ze. 'Niets! Ik heb de verboden afdeling helemaal doorgewerkt, maar zelfs in de *allerergste* boeken, waarin je kunt lezen hoe je de *verschrikkelijkste* toverdranken moet brouwen – niets! De enige hint stond in de inleiding van *Magie op haar Gruwzaamst* – luister – "Betreffende het Gruzielement, de meest verdorven magische uitvinding, zullen wij niets vermelden, noch enigerlei aanwijzing verschaffen"... waarom noemen ze het dan?' zei ze ongeduldig. Ze sloeg het oude boek dicht en dat slaakte een spookachtige jammerkreet. 'O, hou je mond!' zei Hermelien en ze stopte het weer in haar tas.

De sneeuw rondom de school smolt toen het februari werd en maakte plaats voor kil, nat en somber weer. Paarsachtig grijze wolken hingen laag boven het kasteel en door de onophoudelijke regenval was het gras glad en modderig. Als gevolg daarvan werd de eerste Verschijnselles van de zesdejaars, die voor een zaterdagochtend op het programma stond zodat er geen gewone lessen zouden uitvallen, in de Grote Zaal gehouden in plaats van op het schoolterrein.

Toen Harry en Hermelien in de Grote Zaal arriveerden (Ron was samen met Belinda gegaan) zagen ze dat de tafels verwijderd waren. Regen beukte tegen de hoge ramen en het betoverde plafond kolkte donker boven hun hoofd terwijl ze zich verzamelden in aanwezigheid van Anderling, Sneep, Banning en Stronk – de Afdelingshoofden – en een kleine tovenaar die waarschijnlijk de Verschijnselinstructeur van het Ministerie was, dacht Harry. Hij was merkwaardig kleurloos, met transparante wimpers en dun, pluizig haar. Hij leek trouwens helemaal erg ijl, alsof één windvlaagje hem omver zou kunnen blazen. Harry vroeg zich af of zijn soliditeit was aangetast door het constant Verschijnselen en Verdwijnselen of dat zo'n frêle lichaamsbouw ideaal was voor iemand die wilde verdwijnen.

'Goedemorgen,' zei de tovenaar van het Ministerie toen alle leerlingen aanwezig waren en de Afdelingshoofden om stilte hadden gevraagd. 'Mijn naam is Wilco Draaisma en ik ben de komende twaalf weken jullie officiële Verschijnselinstructeur. Ik hoop jullie in die tijd klaar te stomen voor jullie Verschijnselbrevet –'

'Malfidus, hou je mond en let op!' blafte professor Anderling.

Iedereen keek om. Malfidus liep met dofrode wangen weg bij Korzel, met wie hij fluisterend had staan ruziën. Harry keek vlug even naar Sneep, die zo te zien ook boos was, al had Harry het sterke vermoeden dat dat eerder was omdat professor Anderling iemand van zijn afdeling een standje had gegeven dan omdat Malfidus onbeschoft was geweest.

'– en tegen die tijd denk ik dat veel van jullie klaar zullen zijn om je brevet te halen,' vervolgde Draaisma, alsof hij niet in de rede was gevallen.

'Zoals jullie misschien weten, is het normaal gesproken onmogelijk om te Verschijnselen of Verdwijnselen op Zweinstein. Professor Perkamentus heeft deze betovering voor één uur uitgeschakeld, en dan alleen hier in de Grote Zaal, zodat jullie kunnen oefenen. Ik wil benadrukken dat jullie niet kunnen Verschijnselen buiten de muren van deze zaal en dat het ook niet verstandig zou zijn om dat te proberen.

Zouden jullie nu zo willen gaan staan dat jullie allemaal anderhalve meter vrije ruimte vóór je hebben?'

Er volgde een hoop geduw en gedrang terwijl alle leerlingen een plekje zochten, tegen elkaar opbotsten en anderen wegjoegen uit hún vrije ruimte. De Afdelingshoofden mengden zich onder de studenten, zetten hen op hun plaats en beslechtten ruzies.

'Waar ga je heen, Harry?' vroeg Hermelien.

Harry gaf geen antwoord; hij wrong zich door de menigte, langs professor Banning die met pieperige stem een poging deed om een stel Ravenklauwen die allemaal vooraan wilden staan op hun plaats te zetten, en langs professor Stronk die de Huffelpufs streng een rij liet vormen. Hij glipte om Ernst Marsman heen en vond helemaal achteraan een plaatsje; recht achter Malfidus die het rumoer benutte om zijn ruzie met Korzel voort te zetten. Korzel stond anderhalve meter van hem vandaan en keek opstandig.

'Ik weet niet hoe lang het nog duurt, oké?' snauwde Malfidus, die niet wist dat Harry achter hem stond. 'Het kost gewoon meer tijd dan ik dacht.'

Korzel deed zijn mond open, maar Malfidus wist blijkbaar al wat hij wilde zeggen.

'Het gaat je niks aan wat ik doe, Korzel. Blijf jij nou maar gewoon op de uitkijk staan met Kwast en stel geen vragen!'

'Als ík wil dat mijn vrienden voor me op de uitkijk staan, vertel ik ze eerst wat ik van plan ben,' zei Harry, net hard genoeg dat Malfidus het kon horen.

Malfidus draaide zich bliksemsnel om en zijn hand schoot naar zijn toverstok, maar op dat moment riepen de vier Afdelingshoofden 'Monden dicht!' en werd het weer stil in de zaal. Malfidus keerde zich langzaam om.

'Bedankt,' zei Draaisma. 'En nu...'

Hij zwaaide met zijn toverstok en plotseling lag er voor iedere leerling een ouderwetse houten hoepel op de grond.

'Het belangrijkste om te onthouden bij Verschijnselen zijn de drie B's!' zei Draaisma. 'Bestemming, Besluitvaardigheid, Bedachtzaamheid!

Stap één: concentreer je gedachten op de gewenste *bestemming*,' zei Draaisma. 'In dit geval de ruimte binnen de hoepel. Concentreer je, allemaal.'

De leerlingen controleerden stiekem of de anderen ook naar hun hoepel keken en deden toen wat Draaisma vroeg. Harry staarde naar het ronde, stoffige stuk vloer binnen zijn hoepel en deed zijn uiterste best om nergens anders aan te denken. Dat was onmogelijk, want hij vroeg zich onwillekeurig af wat Malfidus uitvoerde en waarom er mensen op de uitkijk moesten staan.

'Stap twee,' zei Draaisma. 'Creëer de *besluitvaardigheid* om de gevisualiseerde ruimte ook werkelijk in bezit te nemen! Laat het verlangen om daar te willen verschijnen vanuit je geest tot in iedere vezel van je lichaam trekken!'

Harry keek om zich heen. Links van hem tuurde Ernst Marsman zo ingespannen naar zijn hoepel dat hij een rood hoofd kreeg; hij zag eruit alsof hij op het punt stond een ei te leggen zo groot als een Slurk. Harry probeerde niet te lachen en richtte zich weer op zijn eigen hoepel.

'Stap drie,' riep Draaisma. 'En doe dit pas als ik het zeg... draai in het rond, tast een pad af door het niets en doe dat met *bedachtzaamheid*! Wacht op mijn teken... één –'

Harry keek opnieuw om zich heen; een hoop mensen leken nogal geschrokken omdat ze nu al moesten Verschijnselen.

'– twee –'

Harry probeerde zijn gedachten op zijn hoepel te concentreren; hij was nu al vergeten waar de drie B's voor stonden.

'– DRIE!'

Harry draaide rond, verloor zijn evenwicht en viel bijna. Hij was niet de enige. De hele zaal stond plotseling vol wankelende leerlingen. Marcel viel plat op zijn rug, maar Ernst Marsman maakte een pirouetteachtige sprong tot in zijn hoepel. Hij keek heel trots, tot hij zag dat Daan Tomas hem verschrikkelijk uitlachte.

'Geeft niks, geeft niks,' zei Draaisma. Blijkbaar had hij niets beters verwacht. 'Leg de hoepels weer goed en neem je oorspronkelijke positie weer in...'

De tweede poging had even weinig succes als de eerste en de derde was minstens zo erg. Pas de vierde keer gebeurde er iets opwindends. Iemand krijste het uit van de pijn en iedereen keek geschrokken om. Suzanne Bonkel van Huffelpuf wankelde in haar hoepel, maar haar linkerbeen stond nog anderhalve meter verderop, op de plek waar ze begonnen was.

De Afdelingshoofden holden naar haar toe; er klonk een knal en er steeg een paarse rookwolk op. Toen die weer was opgetrokken, was een snikkende Suzanne weliswaar herenigd met haar been, maar zag ze er ook diep geschokt uit.

'Versprokkeling, oftewel achterlating van willekeurige lichaamsdelen, vindt plaats als een persoon onvoldoende *besluitvaardig* is,' zei Wilco Draaisma emotieloos. 'Je moet je onafgebroken concentreren op je *bestemming* en dan Verschijnselen, zonder haast maar wel met *bedachtzaamheid*... zo.'

Draaisma deed een stap, tolde elegant rond met uitgestrekte armen, verdween met wapperend gewaad en verscheen achter in de zaal.

'Denk aan de drie B's,' zei hij. 'Laten we het nog een keer proberen... een – twee – drie –'

Een uur later was Suzannes Versprokkeling nog steeds het interessantste wat er tijdens de hele les gebeurd was. Draaisma leek niet ontmoedigd. Hij deed zijn mantel om, maakte hem vast en zei alleen maar: 'Tot volgende week zaterdag en denk eraan: *Bestemming. Besluitvaardigheid. Bedachtzaamheid.*'

Hij zwaaide met zijn toverstok, liet de hoepels Verdwijnselen en verliet de Grote Zaal, vergezeld door professor Anderling. Er werd druk gepraat terwijl de leerlingen ook naar de uitgang stroomden.

'Hoe ging het bij jou?' vroeg Ron. Hij kwam vlug naast Harry lopen. 'De laatste keer voelde ik volgens mij iets – een soort getintel in mijn voeten.'

'Ik denk dat je schoenen te klein zijn, Ronnieponnie,' zei iemand achter hem en Hermelien kwam hatelijk grijnzend voorbij.

'Ik voelde helemaal niks,' zei Harry. Hij negeerde Hermeliens interruptie. 'Maar dat kan me ook niet schelen –'

'Hoe bedoel je? Wil je dan niet leren Verschijnselen?' vroeg Ron vol ongeloof.

'Ach, het maakt me niet zoveel uit. Ik vlieg liever,' zei Harry. Hij keek over zijn schouder om te zien waar Malfidus was, en begon nog sneller te lopen toen ze in de hal waren. 'Vooruit, schiet op, ik wil iets doen...'

Ron holde verbaasd achter Harry aan naar de toren van Griffoendor. Ze werden even opgehouden door Foppe, die een deur op de vierde verdieping liet klemmen en weigerde leerlingen door te laten als ze niet hun onderbroek in brand staken, maar Harry en Ron maakten rechtsomkeert en namen een van hun beproefde kortere routes. Nog geen vijf minuten later klommen ze door het portretgat.

'Krijg ik nog te horen wat we gaan doen?' vroeg Ron lichtjes hijgend.

'Hierheen,' zei Harry. Hij liep naar de trap naar de jongensslaapzalen.

Zoals Harry al gehoopt had, was er verder niemand op de slaapzaal. Hij deed zijn hutkoffer open en begon erin te rommelen, terwijl Ron ongeduldig toekeek.

'Harry...'

'Malfidus laat Korzel en Kwast op de uitkijk staan. Hij had er daarnet ruzie over met Korzel. Ik wil weten... aha.'

Hij had gevonden wat hij zocht: een vierkant en ogenschijnlijk blanco stuk perkament. Hij streek het glad en tikte erop met zijn toverstok.

'*Ik zweer plechtig dat ik snode plannen heb*... nou ja, Malfidus zeker.'

Onmiddellijk verscheen de Sluipwegwijzer: een gedetailleerde plattegrond van alle verdiepingen van het kasteel. De bewoners van Zweinstein waren afgebeeld als minuscule, bewegende zwarte stipjes waar een naam bij stond.

'Help me om Malfidus te vinden!' zei Harry.

Harry legde de kaart op zijn bed en hij en Ron bogen zich eroverheen en zochten.

'*Daar*!' zei Ron na een minuut of wat. 'In de leerlingenkamer van Zwadderich, kijk maar... samen met Park en Zabini en Korzel en Kwast...'

Harry keek teleurgesteld naar de kaart, maar herstelde zich vrijwel direct.

'Van nu af aan houd ik hem goed in de gaten,' zei hij resoluut. 'En zodra ik hem ergens verdacht zie rondsluipen en Korzel en Kwast op de uitkijk staan, gooi ik mijn vertrouwde Onzichtbaarheidsmantel om en ga ik kijken wat hij –'

Hij zweeg toen Marcel binnenkwam. Die bracht een doordringende schroeilucht met zich mee, deed zijn hutkoffer open en begon een schone onderbroek te zoeken.

Ondanks zijn voornemen om Malfidus te betrappen, had Harry de daaropvolgende weken weinig geluk. Hij keek zo vaak mogelijk op de kaart en bracht soms zelfs onnodige bezoekjes aan de wc tussen de lessen door, maar hij zag Malfidus niet één keer iets verdachts doen. Weliswaar struinden Korzel en Kwast vaker in hun eentje door het kasteel dan vroeger en bleven ze soms een hele tijd in verlaten gangen staan, maar dan was Malfidus niet alleen niet in de buurt, maar zelfs nergens te bekennen op de kaart. Dat was heel raadselachtig. Harry speelde met het idee dat Malfidus dan het schoolterrein verliet, maar had geen idee hoe hij dat voor elkaar zou moeten krijgen, gezien de strenge veiligheidsmaatregelen in en rond het kasteel. Het was waarschijnlijker dat hij Malfidus gewoon over het hoofd zag tussen al die honderden zwarte stipjes op de kaart. En het feit dat Korzel en Kwast nu hun eigen gang gingen terwijl zij en Malfidus vroeger altijd onafscheidelijk waren geweest – nou, dat soort dingen gebeurde nou eenmaal als je ouder werd. Ron en Hermelien waren het levende bewijs, dacht Harry triest.

Februari ging over in maart. Het weer bleef hetzelfde, al regende het nu niet alleen maar stormde het ook. Tot grote verontwaardiging van de leerlingen verscheen er een mededeling in de leerlingenkamers dat het eerstvolgende uitstapje naar Zweinsveld geschrapt was. Ron was woest.

'Dat was op mijn verjaardag!' zei hij. 'Ik had er juist zo'n zin in!'

'Nou ja, het is niet echt een verrassing,' zei Harry. 'Na wat er met Katja gebeurd is, bedoel ik.'

Ze was nog steeds niet terug uit het St. Holisto en bovendien waren er nog meer verdwijningen gemeld in de *Ochtendprofeet*, waaronder diverse familieleden van leerlingen.

'Het enige wat ik nu nog heb om naar uit te kijken zijn die stomme Verschijnsellessen!' zei Ron nors. 'Leuk verjaardagscadeau...'

Ze hadden inmiddels drie lessen achter de rug, maar Verschijnselen was even moeilijk als altijd, al waren er nog een paar mensen in geslaagd zichzelf te Versprokkelen. Frustratie vierde hoogtij en er heerste een zekere mate van irritatie tegenover Wilco Draaisma en zijn drie B's, die al aanleiding hadden gegeven tot een hele reeks bijnamen, waarvan Blubberbrein en Brabbelkop nog de netste waren.

'Gefeliciteerd met je verjaardag, Ron,' zei Harry toen ze op 1 maart gewekt werden door Simon en Daan die luidruchtig naar beneden gingen voor het ontbijt. 'Hier, een cadeautje.'

Hij gooide een pakje op Rons bed, naast een stapel andere cadeautjes die waarschijnlijk 's nachts door huis-elfen waren afgeleverd.

'Bedankt,' zei Ron slaperig. Terwijl hij het pakje openscheurde stond Harry op, maakte zijn hutkoffer open en zocht naar de Sluipwegwijzer, die hij iedere keer nadat hij hem gebruikt had weer veilig opborg. Hij had de halve inhoud van zijn hutkoffer al op de grond gegooid voor hij hem eindelijk vond, onder de opgerolde sokken waarin hij zijn flesje Felix Fortunatis had verstopt.

'Oké,' mompelde hij terwijl hij met de kaart terugliep naar zijn bed. Hij tikte erop met zijn toverstok en fluisterde: 'Ik zweer plechtig dat ik snode plannen heb,' zodat Marcel, die langs het voeteneinde van zijn bed liep, hem niet kon verstaan.

'Hé, hartstikke bedankt, Harry!' zei Ron enthousiast en hij zwaaide met de nieuwe Wachtershandschoenen die hij van Harry had gekregen.

'Ja, zit wel goed,' zei Harry verstrooid terwijl hij in de slaapzaal van Zwadderich naar Malfidus speurde. 'Volgens mij ligt hij niet meer in bed...'

Ron gaf geen antwoord; hij had het te druk met het uitpakken van zijn cadeautjes en slaakte af en toe een enthousiaste kreet.

'Ik heb dit jaar echt mooie dingen gekregen!' zei hij en hij liet een massief gouden horloge zien, met merkwaardige symbolen langs de rand en piepkleine, bewegende sterretjes in plaats van wijzers. 'Kijk, dit is van pa en ma. Jemig, ik wil volgend jaar wel wéér meerderjarig worden...'

'Ja, cool,' mompelde Harry. Hij keek even naar het horloge, maar tuurde toen weer ingespannen naar de Sluipwegwijzer. Waar was Malfidus toch? Hij zat niet aan de tafel van Zwadderich in de Grote Zaal... hij was ook niet bij Sneep, die in zijn werkkamer was... hij was niet in een van de badkamers of op de ziekenzaal...

'Ook eentje?' zei Ron. Hij bood Harry een doos met Chocoketels aan.

'Nee, dank je,' zei Harry. Hij keek op. 'Malfidus is weer verdwenen!'

'Kan niet,' zei Ron. Hij stopte een tweede Chocoketel in zijn mond, stond op en begon zich aan te kleden. 'Kom op. Als je niet opschiet, moet je dadelijk Verschijnselen op een lege maag... nou, wie weet gaat het dan gemakkelijker...'

Ron keek bedachtzaam naar de doos met Chocoketels, haalde zijn schouders op en nam er nog een.

Harry tikte met zijn toverstok op de kaart, mompelde: 'Snode plannen uitgevoerd,' al was dat niet waar, begon zich ook aan te kleden en dacht ondertussen diep na. Er moest een verklaring zijn voor de regelmatige verdwijningen van Malfidus, maar hij had geen idee wat die verklaring was. De beste manier om erachter te komen was door Malfidus te volgen, maar zelfs met zijn Onzichtbaarheidsmantel zou dat vrijwel ondoenlijk zijn; hij had ook nog lessen, Zwerkbaltraining, huiswerk en Verschijnselen en kon moeilijk de hele dag achter Malfidus aansjokken en dan hopen dat niemand dat zou merken.

'Ben je zover?' vroeg hij aan Ron.

Hij was al bijna bij de deur toen hij zich realiseerde dat Ron zich niet bewogen had. Hij leunde tegen een stijl van zijn hemelbed en staarde door het beregende raam naar buiten, met een merkwaardige, vage uitdrukking op zijn gezicht.

'Ron? Zullen we gaan ontbijten?'

'Ik heb geen honger.'

Harry keek hem verbaasd aan.

'En net zei je –'

'Ja, oké, ik ga wel mee naar beneden,' zuchtte Ron. 'Maar ik weet zeker dat ik geen hap door mijn keel krijg.'

Harry bestudeerde hem vol achterdocht.

'Je hebt anders net wel een halve doos Chocoketels naar binnen gewerkt.'

'Dat is iets anders,' zuchtte Ron opnieuw. 'Je... je zou het toch niet begrijpen.'

'Nee, waarschijnlijk niet,' zei Harry. Hij snapte er inderdaad niets van, maar draaide zich weer om en wilde de deur opendoen.

'Harry!' zei Ron plotseling.

'Wat?'

'Harry, ik hou het niet meer uit!'

'Wat hou je niet meer uit?' vroeg Harry. Hij begon echt ongerust te worden, want Ron was lijkbleek en kon zo te zien elk moment overgeven.

'Ik moet steeds aan haar denken!' zei Ron schor.

Harry gaapte hem aan. Dit had hij niet verwacht en hij wist ook niet of hij het wel wilde horen. Ron was zijn beste vriend, maar als hij Belinda 'Linniepinnie' ging noemen, zou hij toch echt streng moeten optreden.

'Waarom kun je dan niet gewoon ontbijten?' vroeg Harry, in een poging weer een normaal gesprek op gang te brengen.

'Volgens mij weet ze niet eens dat ik besta!' zei Ron met een wanhopig gebaar.

'Ze weet maar al te goed dat je bestaat,' zei Harry verbijsterd. 'Ze zoent toch steeds met je?'

Ron knipperde met zijn ogen.

'Over wie heb je het?'

'Over wie heb jíj het?' vroeg Harry. Hij kreeg steeds meer het gevoel dat alle logica uit het gesprek verdwenen was.

'Regina Valster,' zei Ron zacht en zijn hele gezicht lichtte op, alsof het plotseling beschenen werd door een straal van het zuiverste zonlicht.

Ze keken elkaar bijna een minuut lang aan en toen zei Harry: 'Je maakt een geintje, toch? Dit is een geintje.'

'Volgens mij... Harry, volgens mij hou ik van haar,' zei Ron gesmoord.

'Oké,' zei Harry. Hij liep naar Ron en keek wat beter naar zijn glazige ogen en bleke gezicht. 'Oké... zeg dat nog eens, zonder te lachen.'

'Ik hou van haar!' zei Ron ademloos. 'Heb je wel eens goed naar haar haar gekeken? Zo zwart en glad en glanzend... en haar ogen? Haar grote donkere ogen? En haar –'

'Ja hoor, heel grappig allemaal,' zei Harry ongeduldig. 'Maar nu heeft die grap lang genoeg geduurd. Hou op.'

Hij draaide zich weer om en had nog maar een paar passen in de richting van de deur gedaan toen hij een keiharde klap op zijn rechteroor kreeg. Harry draaide zich wankelend om. Rons vuist was opgeheven en zijn gezicht was verwrongen van woede; hij stond op het punt hem opnieuw te slaan.

Harry reageerde instinctief; zonder erbij na te denken trok hij zijn toverstok en schoot hem een spreuk te binnen: *Levicorpus!*

Ron schreeuwde het uit toen hij aan zijn enkel omhoog werd gehesen; hij bengelde hulpeloos ondersteboven in de lucht met neerhangend gewaad.

'*Waarom deed je dat?*' brulde Harry.

'Je beledigde haar, Harry! Je zei dat het een grap was!' schreeuwde Ron. Hij liep paars aan terwijl het bloed naar zijn hoofd stroomde.

'Dit is echt krankzinnig!' zei Harry. 'Wat heb je in –'

En toen zag hij de open doos op Rons bed liggen en drong de
waarheid tot hem door, met de kracht van een op hol geslagen trol.

'Hoe kom je aan die Chocoketels?'

'Voor m'n verjaardag gekregen!' riep Ron. Hij draaide langzaam
rond in de lucht terwijl hij verwoed spartelde, in een poging om los
te komen. 'Ik vroeg toch of jij er ook een wilde?'

'Je hebt ze van de grond opgeraapt, hè?'

'Ze waren van mijn bed gevallen! En laat me nu weer zakken!'

'Ze zijn niet van je bed gevallen, gek! Snap je het dan niet? Ze
waren van mij. Ik heb ze op de grond gegooid toen ik in mijn hutkoffer
naar de Sluipwegwijzer zocht. Dat zijn de Chocoketels die ik met
kerst van Regina heb gekregen en ze zitten vol liefdesdrank!'

Zo te zien was er maar één woord van die tirade tot Ron doorge-
drongen.

'Regina?' herhaalde hij. 'Zei je Regina, Harry? Ken je haar? Kun je
me aan haar voorstellen?'

Harry staarde naar zijn bengelende vriend, wiens gezicht nu een
en al hoop uitstraalde, en hij moest moeite doen om niet te lachen.
Een deel van hem – het deel rond zijn zere rechteroor – voelde er eigenlijk veel voor om Ron te laten zakken en te kijken hoe hij de boel
op stelten zette totdat de liefdesdrank was uitgewerkt... maar aan de
andere kant waren ze wel vrienden. Ron was niet zichzelf geweest
toen hij Harry had aangevallen en Harry bedacht dat hij nog een paar
flinke klappen verdiende als hij Ron de kans gaf zijn onsterfelijke
liefde te verklaren aan Regina Valster.

'Ja, ik zal jullie aan elkaar voorstellen,' zei Harry, die razendsnel
een plannetje bedacht. 'Ik laat je nu weer zakken, oké?'

Hij liet Ron met een dreun op de grond vallen (zijn oor deed echt
pijn), maar Ron sprong direct weer grijnzend overeind.

'Ik denk dat ze op de kamer van Slakhoorn is,' zei Harry zelfverzekerd en hij liep naar de deur.

'Waarom denk je dat?' vroeg Ron. Hij volgde Harry op de voet.

'O, Slakhoorn geeft haar bijles,' verzon Harry vlug.

'Misschien kan ik vragen of ik ook bijles kan krijgen, samen met
haar!' zei Ron gretig.

'Goed idee!' zei Harry.

Belinda stond te wachten bij het portretgat, een complicatie waar Harry niet op gerekend had.

'Je bent laat, Ronnieponnie!' pruilde ze. 'Ik heb een verjaardagsca –'

'Opzij,' zei Ron ongeduldig. 'Harry gaat me voorstellen aan Regina Valster!'

Zonder verder nog een woord tegen haar te zeggen wrong hij zich door het portretgat. Harry probeerde een verontschuldigend gezicht te trekken tegen Belinda, maar misschien was zijn uitdrukking eerder geamuseerd, want ze leek vreselijk op haar tenen getrapt toen de Dikke Dame achter hen dichtzwaaide.

Harry was een beetje bang geweest dat Slakhoorn misschien beneden aan het ontbijt zou zitten, maar na één keer kloppen deed hij al open. Hij droeg een groene fluwelen ochtendjas met bijpassende slaapmuts en zag er nogal duf uit.

'Harry,' mompelde hij. 'Je staat wel erg vroeg voor de deur... meestal slaap ik op zaterdag uit...'

'Het spijt me vreselijk dat ik u stoor, professor,' zei Harry zo zacht mogelijk, terwijl Ron op zijn tenen ging staan en langs Slakhoorn heen naar binnen probeerde te kijken, 'maar mijn vriend Ron heeft per ongeluk een liefdesdrankje binnengekregen. Kunt u een tegengif voor hem brouwen? Normaal gesproken zou ik met hem naar madame Plijster gaan, maar we horen eigenlijk geen spullen uit Tovertweelings Topfopshop te hebben en... nou ja, u weet wel... lastige vragen...'

'Ik zou gedacht hebben dat een expert als jij best zelf een remedie zou kunnen brouwen, Harry,' zei Slakhoorn.

'Eh...' zei Harry. Hij werd enigszins afgeleid omdat Ron hem nu in zijn zij porde, in een poging de kamer binnen te komen. 'Nou, ik heb nog nooit een tegengif voor een liefdesdrank gemaakt en tegen de tijd dat dat me gelukt is, heeft Ron misschien al iets ernstigs gedaan –'

Gelukkig koos Ron precies dat moment uit om te kreunen: 'Ik zie haar nergens, Harry. Verstopt hij haar soms?'

'Was die liefdesdrank soms over de datum heen?' vroeg Slakhoorn. Hij keek nu met professionele belangstelling naar Ron. 'Hoe langer je ze bewaart, hoe sterker ze vaak worden.'

'Dat zou veel verklaren,' hijgde Harry. Hij moest nu echt geweld gebruiken om te voorkomen dat Ron Slakhoorn opzij zou duwen. 'Hij is vandaag jarig, professor,' voegde hij er smekend aan toe.

'Nou goed, kom binnen, kom binnen,' liet Slakhoorn zich vermurwen. 'Alle benodigde ingrediënten zitten in mijn tas. Het is geen moeilijk tegengif...'

Ron stormde Slakhoorns warme, overvolle werkkamer in, struikelde over een voetenbankje met kwastjes, hield zich in evenwicht door zijn armen om Harry's hals te slaan en mompelde: 'Dat heeft ze toch niet gezien, hè?'

'Ze is er nog niet,' zei Harry. Hij keek hoe Slakhoorn zijn toverdrankdoos openmaakte en wat snufjes van het een en ander in een kristallen flesje deed.

'Gelukkig!' zei Ron vurig. 'Hoe zie ik eruit?'

'Heel knap,' zei Slakhoorn gladjes en hij gaf Ron een glas met heldere vloeistof. 'Drink dit maar gauw op. Een middel tegen de zenuwen, snap je? Dan blijf je kalm als ze dadelijk komt.'

'Geweldig,' zei Ron en hij klokte het tegengif gretig naar binnen.

Harry en Slakhoorn keken toe. Even glunderde Ron nog, maar toen stierf zijn grijns langzaam weg en maakte plaats voor diep afgrijzen.

'En, voel je je weer normaal?' vroeg Harry grijnzend. Slakhoorn grinnikte. 'Bedankt, professor.'

'Graag gedaan, beste jongen, graag gedaan,' zei Slakhoorn. Ron plofte in de dichtstbijzijnde stoel en leek totaal ondersteboven. 'Hij heeft een opkikkertje nodig,' vervolgde Slakhoorn en hij liep naar een tafel met allerlei flessen drank. 'Ik heb Boterbier, ik heb wijn, ik heb nog één fles op eiken gerijpte mede... hmm... die had ik eigenlijk met kerst aan Perkamentus willen geven... nou ja...' hij haalde zijn schouders op '... wat je nooit gehad hebt kun je ook niet missen! Zullen we die openmaken om de verjaardag van meneer Wemel te vieren? Er gaat niets boven een goed glas mede om de pijn van liefdesverdriet te verdrijven...'

Hij grinnikte opnieuw en Harry deed met hem mee. Dit was de eerste keer dat hij weer bijna alleen was met Slakhoorn na zijn catastrofale eerste poging om hem die herinnering te ontfutselen. Als hij ervoor kon zorgen dat Slakhoorn in zo'n goed humeur bleef... als ze voldoende op eiken gerijpte mede dronken...

'Alsjeblieft,' zei Slakhoorn. Hij gaf Harry en Ron een glas mede en hief toen zijn eigen glas op. 'Nou, hartelijk gefeliciteerd met je verjaardag, Rupert –'

'– Ron –' fluisterde Harry.

Ron luisterde blijkbaar niet naar de toast, want hij had het glas al aan zijn lippen gezet en de mede naar binnen gegoten.

Eén vluchtig moment lang, een fractie van een seconde, besefte Harry dat er iets vreselijk mis was, maar Slakhoorn blijkbaar nog niet.

'– en mogen er nog vele jaartjes volgen –'

'Ron!'

Ron liet zijn glas vallen. Hij kwam half overeind uit zijn stoel en zakte toen in elkaar. Zijn ledematen schokten krampachtig; belletjes speeksel dropen uit zijn mond en zijn ogen puilden uit hun kassen.

'Professor!' brulde Harry. 'Doe iets!'

Maar Slakhoorn leek verlamd van schrik. Ron kokhalsde en had stuiptrekkingen; zijn huid werd blauw.

'Wat – maar –' hakkelde Slakhoorn.

Harry sprong over een laag tafeltje, holde naar Slakhoorns open toverdrankdoos en haalde er zakjes en potjes uit terwijl Rons angstaanjagende, gorgelende ademhaling door de kamer galmde. Toen vond hij het – de verschrompelde, nierachtige steen die hij tijdens Toverdrankles aan Slakhoorn had gegeven.

Hij sprintte terug naar Ron, trok diens kaken van elkaar en propte de bezoar in zijn mond. Ron rilde van top tot teen en maakte een reutelend geluid. Zijn lichaam werd slap en hij bewoog niet meer.

HOOFDSTUK 19

ELFENSCHADUW

'*D*us alles bij elkaar niet echt een van Rons leukste verjaardagen?' zei Fred.

Het was avond en het was stil op de ziekenzaal. De gordijnen waren dicht en de lampen brandden. Ron was de enige patiënt; Harry, Hermelien en Ginny zaten rond zijn bed. Ze hadden de hele dag buiten voor de dubbele deuren gewacht en geprobeerd vlug naar binnen te kijken als er iemand in of uit ging, maar madame Plijster had hen pas om acht uur 's avonds binnengelaten. Fred en George waren om tien over acht gearriveerd.

'We hadden ons het overhandigen van de cadeautjes wel iets anders voorgesteld,' zei George. Hij zette een grote, fraai verpakte doos op Rons nachtkastje en ging naast Ginny zitten.

'Ja, we hadden op z'n minst verwacht dat Ron bij bewustzijn zou zijn,' zei Fred.

'We waren toch al in Zweinsveld en wilden hem verrassen –' zei George.

'Waren jullie in Zweinsveld?' vroeg Ginny.

'We dachten erover om de winkel van Zonko te kopen,' zei Fred somber. 'Je weet wel, een filiaal in Zweinsveld. Maar ja, daar hebben we ook weinig aan als jullie niet eens meer naar Zweinsveld mogen om onze spullen te kopen... afijn, dat doet er nu niet toe.'

Hij schoof een stoel bij, ging naast Harry zitten en keek naar Rons bleke gezicht.

'Wat is er precies gebeurd, Harry?'

Harry vertelde het verhaal opnieuw. Hij had het gevoel dat hij het al honderd keer had afgedraaid: tegen Perkamentus, tegen Anderling, tegen madame Plijster, tegen Hermelien en tegen Ginny.

'... en toen stopte ik die bezoar in zijn mond en kon hij ietsje beter ademhalen. Slakhoorn ging vlug hulp halen en kwam terug met Anderling en madame Plijster en zij brachten Ron naar de ziekenzaal. Ze denken dat het weer goed komt, maar volgens madame Plijster zal hij wel een week moeten blijven... steeds Extract van Wijnruit moeten innemen...'

'Jemig. Het was maar goed dat jij aan een bezoar dacht,' zei George zacht.

'En goed dat er toevallig eentje in de kamer was,' zei Harry. Hij kreeg nog steeds koude rillingen als hij eraan dacht wat er gebeurd zou zijn als hij dat steentje niet had kunnen vinden.

Hermelien gaf een bijna onhoorbaar snikje. Ze was de hele dag uitzonderlijk stil geweest. Nadat ze doodsbleek aan was komen rennen en aan Harry, die buiten de ziekenzaal wachtte, gevraagd had wat er gebeurd was, had ze vrijwel niet deelgenomen aan Harry en Ginny's obsessieve discussie over hoe Ron vergiftigd was, maar alleen bang en gespannen gewacht tot ze naar binnen mochten.

'Weten pa en ma het al?' vroeg Fred aan Ginny.

'Ja, ze hebben hem al gezien. Ze zijn een uur geleden gearriveerd – ze zijn nu op het kantoor van Perkamentus, maar ze komen zo...'

Er viel even een stilte en ze keken hoe Ron wat mompelde in zijn slaap.

'Dus het vergif zat in die mede?' vroeg Fred zacht.

'Ja,' zei Harry; hij kon nergens anders aan denken en was blij dat hij de gelegenheid kreeg om er opnieuw over te beginnen. 'Slakhoorn schonk het in –'

'Zou hij iets in Rons glas gedaan kunnen hebben zonder dat jij het zag?'

'Waarschijnlijk wel,' zei Harry, 'maar waarom zou hij Ron willen vergiftigen?'

'Geen idee,' zei Fred fronsend. 'En je denkt niet dat hij de glazen per ongeluk verwisseld kan hebben? Dat hij het op jou gemunt had?'

'Waarom zou Slakhoorn Harry willen vergiftigen?' vroeg Ginny.

'Dat moet je niet aan mij vragen,' zei Fred. 'Maar er zijn vast hordes mensen die niets liever zouden willen. Je weet wel, de "Uitverkorene" en zo.'

'Dus je denkt dat Slakhoorn een Dooddoener is?' vroeg Ginny.

'Alles is mogelijk,' zei Fred duister.

'Hij zou onder de Imperiusvloek kunnen verkeren,' zei George.

'Of hij zou onschuldig kunnen zijn,' zei Ginny. 'Het gif kan net zo goed in de fles hebben gezeten en dan was het waarschijnlijk voor Slakhoorn zelf bedoeld.'

'Wie zou Slakhoorn nou willen vermoorden?'

'Perkamentus denkt dat Voldemort Slakhoorn wilde inlijven,' zei

Harry. 'Slakhoorn heeft een jaar ondergedoken gezeten voor hij naar Zweinstein kwam. En...' hij dacht aan de herinnering die Perkamentus nog niet had kunnen loskrijgen uit Slakhoorn, '... misschien wil Voldemort hem wel uit de weg ruimen. Misschien is hij bang dat hij van nut zou kunnen zijn voor Perkamentus.'

'Maar jij zei zelf dat Slakhoorn van plan was geweest die fles mede met kerst aan Perkamentus te geven,' herinnerde Ginny hem eraan. 'Het vergif zou dus ook bedoeld kunnen zijn geweest voor Perkamentus.'

'Dan kende de gifmenger Slakhoorn toch niet goed,' zei Hermelien. Het was de eerste keer sinds uren dat ze haar mond opendeed en ze klonk alsof ze zwaar verkouden was. 'Iedereen die Slakhoorn kent, weet dat er grote kans bestaat dat hij zoiets lekkers zelf zou houden.'

'Erm-e-lie,' kraste Ron onverwacht.

Ze zwegen en keken bezorgd naar Ron, maar na nog even onverstaanbaar gemompeld te hebben begon hij gewoon te snurken.

De deuren van de ziekenzaal vlogen open en ze schrokken zich allemaal een ongeluk. Hagrid kwam met grote passen aanlopen. Zijn haar was nat van de regen, zijn jas van bevervel wapperde achter hem aan, hij had een kruisboog in zijn hand en de modderige voetstappen die hij achterliet waren zo groot als dolfijnen.

'Ik ben de hele dag in 't Verboden Bos geweest,' hijgde hij. ''t Gaat slecht met Aragog. Ik heb hem voorgelezen. Ik ben net terug en in de Grote Zaal vertelde professor Stronk over Ron! Hoe is 't met hem?'

'Valt mee,' zei Harry. 'Ze zeggen dat hij er weer bovenop komt.'

'Niet meer dan zes bezoekers tegelijk!' zei madame Plijster. Ze kwam haastig haar kantoortje uit.

'Met Hagrid erbij zijn we met zijn zessen,' merkte George op.

'O... ja...' zei madame Plijster. Blijkbaar had ze Hagrid vanwege zijn omvang voor meerdere mensen aangezien. Om haar verwarring te verbergen ruimde ze vlug Hagrids modderige voetstappen op met haar toverstok.

'Ik ken 't gewoon niet geloven,' zei Hagrid schor. Hij schudde met zijn enorme, harige hoofd en keek naar Ron. 'Ik ken 't niet geloven... mot je hem daar nou zien leggen... wie zou hem nou kwaad willen doen?'

'Daar hadden wij het ook net over, maar we konden niemand bedenken,' zei Harry.

'Zou d'r iemand zijn die de Zwerkballers van Griffoendor niet ken uitstaan?' vroeg Hagrid ongerust. 'Eerst Katja en nou Ron...'

'Ik denk niet dat iemand zo gauw een heel Zwerkbalteam zou uitmoorden,' zei George.

'Plank had de Zwadderaars best willen uitroeien, als hij ermee had kunnen wegkomen,' zei Fred.

'Nou, volgens mij heeft het niets met Zwerkbal te maken, maar bestaat er wel een verband tussen die moordpogingen,' zei Hermelien.

'Waarom denk je dat?' vroeg Fred.

'Om te beginnen hadden ze allebei fataal moeten zijn en waren ze dat niet, al was dat beide keren stom geluk. En ten tweede heeft blijkbaar de halsketting noch het gif het beoogde doel bereikt. Dat maakt de dader in zekere zin alleen maar gevaarlijker,' voegde ze er somber aan toe. 'Het kan hem of haar blijkbaar niet schelen hoeveel doden er vallen voor het werkelijke slachtoffer de klos is.'

Voor iemand op die onheilspellende mededeling kon reageren gingen de deuren van de ziekenzaal weer open en kwamen meneer en mevrouw Wemel haastig aanlopen. Tijdens hun eerste bezoek aan de ziekenzaal hadden ze zich er alleen van vergewist dat Ron weer volledig zou herstellen: nu sloeg mevrouw Wemel haar armen om Harry heen en omhelsde ze hem stevig.

'Perkamentus heeft verteld dat jij hem gered hebt met die bezoar,' snikte ze. 'O Harry, wat kunnen we zeggen? Je hebt Ginny gered... en Arthur... en nu Ron...'

'Ach... ik weet niet...' mompelde Harry opgelaten.

'De helft van ons gezin heeft inderdaad zijn leven aan jou te danken, nu ik er eens goed over nadenk,' zei meneer Wemel gesmoord. 'Nou, ik kan alleen maar zeggen dat het een gelukkige dag was voor de Wemels toen Ron besloot bij jou in de coupé te gaan zitten in de Zweinsteinexpres, Harry.'

Harry wist niet wat hij moest zeggen en was bijna blij toen madame Plijster opnieuw kwam waarschuwen dat Ron maximaal zes bezoekers mocht hebben. Harry en Hermelien stonden meteen op en Hagrid besloot ook te gaan, zodat Ron alleen was met zijn familie.

'Echt verschrikkelijk,' gromde Hagrid in zijn baard terwijl ze door de lange gang terugliepen naar de marmeren trap. 'Al die nieuwe veiligheidsmaatregelen en toch raken d'r nog kinders gewond... Perkamentus heb 't er moeilijk mee... hij zegt niet veel, maar ik ken 't zien...'

'Heeft hij helemaal geen idee, Hagrid?' vroeg Hermelien wanhopig.

'Tuurlijk. Iemand met zoveel hersens heb honderden ideeën,' zei Hagrid loyaal. 'Maar hij heb geen idee wie die halsketting heb gestuurd en ook niet wie die wijn heb vergiftigd, anders waren ze nou wel opgepakt. Wat mijn nog 't meeste dwarszit,' zei Hagrid, die zachter begon te praten en vlug even over zijn schouder keek (Harry controleerde voor de zekerheid het plafond om te zien of Foppe in de buurt was), 'is dat Zweinstein misschien niet lang meer open ken blijven als d'r leerlingen worden aangevallen. 't Is net als met die Geheime Kamer, hè? Zelfde laken een pak. Mensen raken in paniek, ouders halen hun kinderen van school en voor je 't weet begint 't schoolbestuur...'

Hagrid zweeg even toen de geest van een vrouw met lang haar sereen langszweefde en vervolgde toen op schorre fluistertoon, 'begint 't schoolbestuur weer te mekkeren dat Zweinstein misschien beter gesloten ken worden.'

'Nee toch zeker?' vroeg Hermelien bezorgd.

'Je mot 't vanuit hun standpunt bekijken,' zei Hagrid somber. 'Ik bedoel, 't was altijd al een beetje linke soep om je kind naar Zweinstein te sturen, hè? Je verwacht gewoon ongelukken als d'r honderden minderjarige tovenaars op mekaars lip zitten, maar poging tot moord is wel effe wat anders. Geen wonder dat Perkamentus boos is op Sn –'

Hagrid bleef abrupt staan, met een vertrouwde, schuldbewuste grimas op zijn gelaat, voor zover dat zichtbaar was boven zijn warrige zwarte baard.

'Wat?' zei Harry. 'Is Perkamentus boos op Sneep?'

'Heb ik nooit gezegd,' zei Hagrid, maar zijn paniekerige uitdrukking verraadde alles. 'O gut, is 't al zo laat? Bijna middernacht! Nou, ik mot hoognodig weer 'ns –'

'Hagrid, waarom is Perkamentus boos op Sneep?' vroeg Harry met stemverheffing.

'Ssst!' zei Hagrid nijdig en zenuwachtig. 'Ja, schreeuw 't nog effe wat harder door de gang, Harry! Wil je dat ik m'n baantje kwijtraak? Al zal je dat waarschijnlijk een rotzorg wezen, nu je toch bent gestopt met Verzorging van Fa –'

'Probeer niet om me een schuldcomplex aan te praten, want dat lukt je toch niet!' zei Harry resoluut. 'Wat heeft Sneep gedaan?'

'Weet ik niet, Harry. Ik had 't eigenlijk helemaal niet motten horen! Ik – nou, toen ik een dag of wat geleden 's avonds uit 't Verboden Bos kwam, hoorde ik ze met mekaar praten – oké, ruziën. Ik wou niet laten

305

merken dat ik d'r was en dus hield ik me eigen zogezegd op de achtergrond en probeerde niet te luisteren, maar 't was een – een ver-
hitte discussie en 't was niet eenvoudig om 't niet te horen.'

'Ja, en?' drong Harry aan terwijl Hagrid ongemakkelijk met zijn
enorme voeten schuifelde.

'Nou – ik hoorde Sneep zeggen dat Perkamentus te veel als vanzelfsprekend beschouwde en dat hij – Sneep – d'r misschien geen
zin meer in had –'

'Waarin?'

'Weet ik niet, Harry. 't Klonk alsof Sneep een tikkie overwerkt was
– maar Perkamentus zei 'm recht in z'n gezicht dat ie beloofd had dat
ie 't zou doen en daarmee uit. Hij zei echt waar 't op stond. En toen
zei ie iets over Sneep die onderzoek deed binnen z'n afdeling, binnen Zwadderich. Nou, daar is niks raars aan!' voegde hij er haastig
aan toe toen Harry en Hermelien elkaar veelbetekenend aankeken.
'Perkamentus heb alle Afdelingshoofden gevraagd om onderzoek te
doen naar die toestand met die halsketting...'

'Ja, maar met de andere Afdelingshoofden maakt Perkamentus
geen ruzie,' zei Harry.

'Hoor 'ns,' zei Hagrid en hij speelde opgelaten met zijn kruisboog;
er klonk een splinterend geluid en de boog brak doormidden. 'Ik
weet hoe je over Sneep denkt, Harry, maar je mot hier niet meer in
zien als d'r is.'

'Pas op!' zei Hermelien.

Ze draaiden zich om en zagen nog net de schaduw van Argus Vilder over de muur achter hen glijden. Een tel later kwam Vilder zelf
de hoek om, met kromme rug en trillende wangen.

'Aha!' zei hij amechtig. 'Zo laat en nog steeds niet naar bed! Dat
wordt strafwerk!'

'Effe dimmen, Vilder,' zei Hagrid bruusk. 'Ik ben d'r toch bij?'

'En wat maakt dat uit?' vroeg Vilder hatelijk.

'Ik ben verdorie leraar, gluiperige Snul dat je d'r bent!' schoot
Hagrid meteen uit zijn slof.

Er klonk een onaangenaam sissend geluid terwijl Vilder opzwol
van woede; mevrouw Norks was ook gearriveerd en zigzagde nu soepel langs Vilders magere enkels.

'Wegwezen,' zei Hagrid vanuit zijn mondhoek.

Dat hoefde hij geen twee keer te zeggen; Harry en Hermelien liepen vlug verder terwijl achter hen de woedende stemmen van Hagrid en Vilder opklonken. Bij de afslag naar de toren van Griffoendor

passeerden ze Foppe. Hij zoefde schel grinnikend in de richting van het geschreeuw en riep:

'Slaat men elkaar voor muil of kop,
Dan stookt Foppe graag het vuurtje op!'

De Dikke Dame deed een dutje en was niet blij dat ze wakker werd gemaakt, maar ze zwaaide toch knorrig open en ze klommen een gelukkig stille en lege leerlingenkamer in. Blijkbaar wist niemand nog van Ron; dat vond Harry helemaal niet erg, want hij was die dag al genoeg uitgehoord. Hermelien zei welterusten en ging naar de meisjesslaapzaal, maar Harry ging in een stoel bij de haard zitten en staarde naar de nasmeulende as.

Dus Perkamentus had ruzie gehad met Sneep? Ondanks wat hij tegen Harry had gezegd, zijn herhaalde verzekeringen dat hij Sneep volledig vertrouwde, was hij boos op hem geworden... hij vond blijkbaar dat Sneep niet voldoende zijn best had gedaan bij zijn onderzoek naar Zwadderich... of misschien naar één bepaalde Zwadderaar: Malfidus.

Had Perkamentus gedaan alsof Harry's verdenkingen loos alarm waren omdat hij niet wilde dat Harry iets doms deed of op eigen houtje iets ondernam? Dat zou heel goed kunnen. Misschien wilde Perkamentus niet dat Harry afgeleid zou worden van hun lessen, of van zijn poging om die herinnering van Slakhoorn te pakken te krijgen. Misschien vond Perkamentus het ongepast om verdenkingen aangaande zijn docenten te delen met een zestienjarige jongen...

'Dus daar ben je, Potter!'

Harry sprong verschrikt overeind uit zijn stoel met zijn toverstok in de aanslag. Hij was ervan overtuigd geweest dat de leerlingenkamer leeg was en was er totaal niet op voorbereid dat er opeens een massieve gedaante op zou staan uit een stoel aan de andere kant van de kamer. Toen hij wat beter keek, zag hij dat het Magnus Stoker was.

'Ik zat op je te wachten,' zei Stoker, zonder zich iets aan te trekken van Harry's getrokken toverstok. 'Ik ben zeker even ingedut. Hoor eens, ik zag dat ze Wemel naar de ziekenzaal brachten. Zo te zien is hij niet op tijd hersteld voor de wedstrijd van volgende week.'

Het duurde even voor Harry begreep waar Stoker het over had.

'O... ja... Zwerkbal,' zei hij. Hij stopte zijn toverstok weer tussen zijn broekriem en streek vermoeid door zijn haar. 'Ja... misschien is hij niet op tijd fit.'

'Dan ben ik Wachter, neem ik aan?' zei Stoker.

'Ja,' zei Harry. 'Ja, dat denk ik wel...'

Hij kon geen tegenargument bedenken; tenslotte had Stoker na Ron het best gepresteerd tijdens de selectietrainingen.

'Prima,' zei Stoker tevreden. 'Wanneer trainen we?'

'Wat? O... morgenavond.'

'Goed zo. Hoor eens, Potter, ik vind dat we voor de training even moeten praten. Ik heb wat ideeën over strategie waar je waarschijnlijk wat aan hebt.'

'Oké,' zei Harry niet bijster enthousiast. 'Nou, die hoor ik morgen wel. Ik ben behoorlijk afgepeigerd... ik zie je nog wel...'

Het nieuws dat Ron vergiftigd was deed de volgende dag als een lopend vuurtje de ronde, maar veroorzaakte niet zo'n sensatie als de aanslag op Katja. Veel mensen dachten aan een ongeluk omdat hij op de kamer van de leraar Toverdranken was geweest toen het gebeurde, en bovendien was er niet echt veel schade aangericht omdat hij onmiddellijk een tegengif toegediend had gekregen. De meeste Griffoendors hadden veel meer belangstelling voor de komende wedstrijd tegen Huffelpuf, want ze wilden dat Zacharias Smid, die Jager was in het team van Huffelpuf, eens goed op zijn donder zou krijgen vanwege zijn commentaar tijdens de openingswedstrijd tegen Zwadderich.

Harry's belangstelling voor Zwerkbal had echter nog nooit op zo'n laag pitje gestaan. Hij begon geobsedeerd te raken door Malfidus. Hij keek nog steeds op de Sluipwegwijzer als hij maar even de kans had en maakte soms zelfs omwegen naar de plaatsen waar Malfidus was, maar had hem nog altijd niet op iets ongewoons kunnen betrappen. En toch waren er onverklaarbare momenten dat Malfidus gewoon van de kaart verdween...

Harry had ook weer niet al te veel tijd om aan dat probleem te denken, want hij moest ook rekening houden met Zwerkbaltraining, huiswerk en het feit dat hij nu overal gevolgd werd door zowel Magnus Stoker als Belinda Broom.

Harry wist niet wie van de twee hij het irritantst vond. Stoker verveelde hem met een niet-aflatende stroom hints dat hij een betere permanente Wachter zou zijn dan Ron en dat Harry, als hij hem een paar keer had zien spelen, ongetwijfeld ook die mening zou zijn toegedaan. Bovendien had hij veel kritiek op de andere spelers en probeerde hij Harry steeds allerlei gedetailleerde trainingsschema's op te dringen, zodat Harry hem er meer dan eens met de nodige botheid aan moest herinneren wie er nu eigenlijk de aanvoerder was.

Daarnaast werd Harry ook steeds in de hoek gedreven door Belinda, die lange gesprekken over Ron wilde voeren. Dat was bijna nog vermoeiender dan Stokers betweterige Zwerkbalgezever. In het begin was Belinda boos geweest omdat niemand haar verteld had dat Ron op de ziekenzaal lag – 'Ik bedoel, ik bén tenslotte zijn vriendin!' – maar helaas had ze besloten Harry zijn vergeetachtigheid te vergeven en deed ze nu niets liever dan diepzinnige verhalen ophangen over Rons gevoelens: een uitermate gênante ervaring waar Harry absoluut geen behoefte aan had.

'Hoor eens, waarom praat je daar niet met Ron zelf over?' vroeg Harry nadat Belinda hem extra lang had doorgezaagd over een hele reeks onderwerpen, van wat Ron precies gezegd had over haar nieuwe galagewaad tot en met de vraag of Harry dacht dat Ron vond dat zijn relatie met Belinda 'serieus' was.

'Dat zou ik ook doen, maar hij slaapt altijd als ik op bezoek ga,' zei Belinda geïrriteerd.

'O ja?' zei Harry verbaasd. Steeds als hij naar de ziekenzaal ging, was Ron klaarwakker en alert. Hij was heel geïnteresseerd in het nieuws over de ruzie tussen Perkamentus en Sneep en nooit te moe om Stoker af te kraken.

'Gaat Hermelien Griffel nog vaak bij hem op bezoek?' vroeg Belinda plotseling.

'Ja, ik geloof het wel. Nou ja, ze zijn vrienden,' zei Harry slecht op zijn gemak.

'Vrienden! Laat me niet lachen!' zei Belinda schamper. 'Nadat wij iets kregen heeft ze weken geen woord tegen hem gezegd! Ik denk dat ze het weer goed wil maken nu hij plotseling zo *interessant* is...'

'Zou je vergiftigd worden echt interessant willen noemen?' vroeg Harry. 'Ik bedoel – o, sorry, ik moet gaan – Stoker wil met me over Zwerkbal praten,' zei hij haastig. Hij dook door een deur die deed alsof hij een stuk muur was en sprintte via een kortere route naar het lokaal van Toverdranken, waar Belinda en Stoker hem gelukkig niet konden volgen.

Op de ochtend van de wedstrijd tegen Huffelpuf wipte Harry nog vlug even de ziekenzaal binnen voor hij naar het veld ging. Ron was erg opgewonden; hij mocht van madame Plijster niet naar de wedstrijd gaan kijken omdat ze bang was dat de spanning hem te veel zou worden.

'En, hoe doet Stoker het?' vroeg hij nerveus aan Harry. Blijkbaar was hij vergeten dat hij die vraag al twee keer eerder had gesteld.

'Dat heb ik al verteld,' zei Harry geduldig. 'Al was hij van wereld-klasse, dan nog zou ik hem niet willen houden. Hij bemoeit zich met iedereen, want hij vindt dat hij het op elke positie beter doet dan alle andere spelers van ons team. Ik zal blij zijn als we hem weer kwijt zijn. En nu we het toch over mensen kwijtraken hebben,' zei Harry terwijl hij opstond en zijn Vuurflits pakte, 'zou je alsjeblieft niet steeds willen doen of je slaapt als Belinda op bezoek komt? Ik word gek van haar.'

'O,' zei Ron schaapachtig. 'Ja, oké.'

'Waarom zeg je het niet gewoon als je het uit wilt maken?' vroeg Harry.

'Ja... nou... was het maar zo eenvoudig,' zei Ron. Hij zweeg even. 'Komt Hermelien ook nog langs voor de wedstrijd?' voegde hij er ter-loops aan toe.

'Nee, ze is al naar het veld met Ginny.'

'O,' zei Ron teleurgesteld. 'Aha. Nou, veel succes. Ik hoop dat jul-lie geen spaan heel laten van Sto – ik bedoel Smid.'

'Ik zal mijn best doen,' zei Harry. Hij legde zijn bezem over zijn schouder. 'Tot na de wedstrijd.'

Hij haastte zich door de verlaten gangen. Alle leerlingen zaten al in het stadion of waren onderweg. Harry keek door de ramen en pro-beerde in te schatten hoeveel wind er stond, maar plotseling hoor-de hij een geluid. Malfidus kwam zijn kant uit, samen met twee meis-jes die er allebei nogal chagrijnig en verontwaardigd uitzagen.

Malfidus bleef staan toen hij Harry zag, lachte kort en vreugdeloos en liep weer verder.

'Waar ga jij heen?' vroeg Harry.

'Ja, dat zal ik jou aan je neus hangen, Potter. Alsof het jouw zaken zijn,' sneerde Malfidus. 'Ik zou maar een beetje opschieten, als ik jou was. Ze wachten vast op hun Uitverkoren Aanvoerder – De Jongen Die Bleef Scoren – of hoe ze je tegenwoordig ook noemen.'

Een van de meisjes giechelde. Harry keek haar aan en ze werd rood. Malfidus wrong zich langs Harry en de twee meisjes volgden hem op een drafje. Ze gingen de hoek om en verdwenen uit het zicht.

Harry bleef roerloos staan en keek hen na. Dit was echt om gek van te worden; hij moest zich al haasten als hij op tijd op het veld wilde zijn en uitgerekend nu kneep Malfidus er opeens tussenuit, terwijl de hele school in het stadion zat. Dit zou een uitgelezen kans zijn geweest om erachter te komen wat Malfidus in zijn schild voerde. De geluidloze seconden gleden voorbij en Harry bleef stokstijf staan en staarde naar de plaats waar Malfidus verdwenen was...

'Waar bleef je nou?' vroeg Ginny toen Harry de kleedkamer binnen kwam hollen. Het hele team was al klaar; Cools en Postelijn, de Drijvers, sloegen nerveus met hun knuppels tegen hun benen.

'Ik liep Malfidus tegen het lijf,' zei Harry zacht terwijl hij zijn vuurrode wedstrijdgewaad aantrok.

'Ja, en?'

'Ik wilde weten wat hij in het kasteel uitvoerde met twee vriendinnetjes terwijl verder iedereen in het stadion zit...'

'Doet dat er iets toe?'

'Nou, ik zal er nu in elk geval niet meer achter komen,' zei Harry. Hij greep zijn Vuurflits en zette zijn bril recht. 'Kom op, laten we gaan!'

Zonder verder nog een woord te zeggen marcheerde hij het veld op, onder oorverdovend gejuich en boegeroep. Er stond maar weinig wind. Af en toe waren er opklaringen en scheen plotseling fel zonlicht tussen de wolken door.

'Lastig weer!' zei Stoker opgewekt tegen de rest van het team. 'Cools, Postelijn: vlieg met de zon in je rug, zodat ze je niet zien aankomen –'

'Ik ben de aanvoerder, Stoker!' zei Harry boos. 'Zeg niet steeds wat ze moeten doen en ga gewoon bij je doelpalen staan!'

Zodra Stoker nijdig was weggestampt, wendde Harry zich tot Cools en Postelijn.

'Zorg inderdaad dat je de zon in je rug houdt,' zei hij met tegenzin.

Hij gaf de aanvoerder van Huffelpuf een hand; madame Hooch floot en hij zette zich af en steeg op, hoger dan de rest van het team. Harry zoefde rond het veld, op zoek naar de Snaai. Als hij die snel wist te grijpen, was er een kans dat hij nog op tijd kon terugkeren naar het kasteel en op de Sluipwegwijzer kon zien wat Malfidus uitvoerde...

'En Smid van Huffelpuf heeft de Slurk,' galmde een dromerige stem door het stadion. 'Hij deed de vorige keer het commentaar en toen is Ginny Wemel op hem in gevlogen. Volgens mij was dat expres – daar leek het in elk geval wel op. Smid had natuurlijk ook een hoop lelijke dingen gezegd over Griffoendor. Daar zal hij wel spijt van hebben, nu hij tegen ze speelt – o kijk, hij is de Slurk kwijt!

Ginny heeft hem afgepakt. Ik mag haar echt graag, ze is altijd aardig tegen me...'

Harry staarde naar het commentaarpodium. Alleen iemand die niet helemaal goed bij zijn hoofd was zou de megafoon aan Loena Leeflang geven. Maar zelfs van hoog boven het veld was haar lange, vuilblonde haar onmiskenbaar, net als haar halsketting van Boterbierkurken. Professor Anderling, die naast Loena zat, leek niet helemaal op haar gemak, alsof ze nu inderdaad haar twijfels had over Loena's benoeming.

'... maar die grote speler van Huffelpuf heeft de Slurk van haar afgepakt! Ik ben even zijn naam kwijt... Blater – nee, Bloterik –'

'Kuipers!' riep professor Anderling en het hele stadion lachte.

Harry keek om zich heen en zocht de Snaai, maar die was nergens te bekennen. Een paar tellen later scoorde Kuipers; Stoker had net luidkeels kritiek op Ginny omdat ze de Slurk was kwijtgeraakt en zag daardoor niet dat de grote rode bal langs zijn rechteroor scheerde.

'Stoker! Let zelf een beetje op en laat de andere spelers met rust!' brulde Harry. Hij keerde zijn bezem en keek woedend naar zijn Wachter.

'Jij geeft anders niet bepaald het goede voorbeeld!' schreeuwde Stoker, al even boos en rood.

'En nu heeft Harry Potter ruzie met zijn eigen Wachter,' zei Loena sereen, terwijl zowel de Huffelpufs als de Zwadderaars in het publiek juichten en klapten. 'Ik denk niet dat dat zal helpen om de Snaai te vinden, maar misschien is het wel een slimme list...'

Harry vloekte nijdig, keerde en begon weer rond het veld te cirkelen, speurend naar de kleine, gevleugelde gouden bal.

Ginny en Demelza scoorden allebei één keer, zodat de in rood en goud gehulde supporters op de tribunes ook iets te juichen hadden. Kuipers maakte opnieuw een doelpunt en trok de stand gelijk, maar dat scheen Loena niet eens te merken; ze had totaal geen belangstelling voor zulke alledaagse zaken als de stand en probeerde de aandacht van het publiek te richten op merkwaardig gevormde wolken en de mogelijkheid dat Smid, die tot nu toe de Slurk niet langer dan een minuut in zijn bezit had kunnen houden, leed aan iets wat ze 'Kneusjeskramp' noemde.

'Zeventig-veertig voor Huffelpuf!' blafte professor Anderling in Loena's megafoon.

'Ja? Nu al?' zei Loena vaag. 'O kijk! De Wachter van Griffoendor heeft de knuppel van een van zijn Drijvers afgepakt!'

Harry draaide zich midden in de lucht bliksemsnel om. Inderdaad had Stoker, om onduidelijke redenen, de knuppel van Postelijn afgepakt en deed hij nu voor hoe je een Beuker naar de aanstormende Kuipers moest slaan.

'*Geef die knuppel terug en maak dat je bij je doelringen komt!*' bulderde Harry. Hij racete naar Stoker toe, precies op het moment dat die woest uithaalde naar de Beuker en hem verkeerd raakte.

Doordringende, misselijkmakende pijn... een lichtflits... vaag geschreeuw in de verte... en toen het gevoel dat hij door een lange tunnel viel...

Toen Harry weer bijkwam, lag hij in een opmerkelijk warm en comfortabel bed en staarde hij omhoog naar een lamp die een gouden lichtcirkel wierp op een schemerig plafond. Moeizaam tilde hij zijn hoofd op. Links van hem lag een vertrouwde figuur met sproeten en rood haar.

'Leuk dat je even langskomt,' zei Ron grijnzend.

Harry knipperde met zijn ogen en keek om zich heen. Natuurlijk: hij lag op de ziekenzaal. Buiten was de hemel donkerblauw, met dofrode strepen. De wedstrijd moest al uren voorbij zijn... net als Harry's laatste hoop om Malfidus te kunnen betrappen. Harry's hoofd was loodzwaar; hij hief zijn hand op en voelde een stijve cocon van verband.

'Wat is er gebeurd?'

'Schedelbreuk.' Madame Plijster kwam aanlopen en duwde hem terug in de kussens. 'Niets om je zorgen over te maken. Ik heb het meteen geheeld, maar je moet hier wel een nachtje blijven. Ik wil niet dat je de komende uren overmatige inspanningen verricht.'

'Ik wil hier geen nacht blijven,' zei Harry boos. Hij ging overeind zitten en gooide de dekens van zich af. 'Ik wil Stoker te pakken krijgen en hem vermoorden!'

'Dat zouden we ook "overmatige inspanning" kunnen noemen,' zei madame Plijster. Ze duwde hem opnieuw kordaat terug in bed en zwaaide dreigend met haar toverstok. 'Je blijft hier liggen tot ik zeg dat je weg mag, Potter, of anders haal ik het schoolhoofd erbij.'

Ze ging terug naar haar kantoortje en Harry liet zich woedend weer in de kussens zakken.

'Weet je met hoeveel we verloren hebben?' vroeg hij met opeengeklemde kaken aan Ron.

'Jammer genoeg wel,' zei Ron verontschuldigend. 'De eindstand was driehonderdtwintig tegen zestig.'

'O, geweldig!' zei Harry furieus. 'Echt geweldig! Als ik Stoker te pakken krijg –'

'Je wilt hem helemaal niet te pakken krijgen. Hij is zo groot als een trol,' zei Ron. 'Persoonlijk lijkt het me een goed idee om hem te beheksen met die teennagelvloek van de Prins. En trouwens, misschien heeft de rest van het team al met hem afgerekend tegen de tijd dat jij hier weg mag. Ze waren niet bepaald blij met hem...'

Ron kon het leedvermaak in zijn stem niet onderdrukken en Harry merkte dat hij het fantastisch vond dat Stoker er zo'n zooitje van had gemaakt. Harry staarde naar de lichtkring op het plafond. Zijn pas geheelde schedel deed niet echt zeer, maar was nog wel een beetje gevoelig onder al het verband.

'Ik kon het commentaar helemaal hier verstaan,' zei Ron en zijn stem trilde van het lachen. 'Ik hoop dat Loena voortaan altijd commentaar mag geven... *Kneusjeskramp*...'

Harry was nog steeds te boos om de humor ervan in te zien en na een tijdje werd Rons gegnuif minder.

'Ginny is komen kijken toen je buiten westen was,' zei hij na een lange stilte. Harry's verbeelding maakte meteen overuren en creëerde razendsnel een tafereel waarin Ginny zich snikkend over zijn bewusteloze lichaam boog en opbiechtte dat ze zich altijd al enorm tot hem aangetrokken had gevoeld, terwijl Ron hun zijn zegen gaf... 'Ze vertelde dat je maar net op tijd was voor de wedstrijd. Hoe kan dat nou? Je ging hier ruim van tevoren weg.'

'O...' zei Harry toen aan die aangename fantasie abrupt een einde kwam. 'O ja... nou, ik zag Malfidus ertussenuit knijpen met twee meiden die duidelijk helemaal geen zin hadden om met hem mee te gaan. Dat is al de tweede keer dat hij niet samen met de rest van de school in het stadion zit. Vorige wedstrijd was hij zogenaamd geblesseerd, weet je nog?' Harry zuchtte. 'Was ik hem maar gevolgd! De wedstrijd was toch een ramp...'

'Doe niet zo achterlijk,' zei Ron op scherpe toon. 'Je kunt toch geen Zwerkbalwedstrijd laten schieten, alleen om Malfidus te volgen? Je bent nota bene aanvoerder!'

'Ik wil weten wat hij in zijn schild voert,' zei Harry. 'En zeg niet dat ik me maar wat in mijn hoofd haal, niet na wat ik hem en Sneep heb horen –'

'Ik zeg ook niet dat je je maar wat in je hoofd haalt,' zei Ron. Hij hees zich op één elleboog overeind en keek Harry fronsend aan. 'Maar er is ook geen wet die zegt dat er maar één persoon tegelijk

314

stiekeme plannetjes mag smeden op Zweinstein! Je begint een beetje geobsedeerd te raken door Malfidus, Harry. Ik bedoel, als je al overweegt een wedstrijd te laten schieten om hem te kunnen volgen...'

'Ik wil hem gewoon op heterdaad betrappen!' zei Harry gefrustreerd. 'Waar gaat hij heen als hij niet meer op de kaart te zien is?'

'Weet ik veel... Zweinsveld?' opperde Ron geeuwend.

'Ik heb hem nooit een van de geheime gangen op de Sluipwegwijzer zien nemen. En worden die nu trouwens niet allemaal bewaakt?'

'Nou, dan weet ik het ook niet,' zei Ron.

Er viel een stilte. Harry staarde opnieuw naar de lichtkring boven zijn hoofd en dacht na...

Als hij het gezag had van een Rufus Schobbejak, zou hij Malfidus kunnen laten schaduwen, maar helaas beschikte Harry niet over een hoofdkwartier vol Schouwers... hij overwoog even om de SVP in te zetten, maar dan zouden er leerlingen gemist worden tijdens de les; de meesten hadden nog steeds een overvol rooster...

Er klonk een zacht, rommelend gesnurk op uit Rons bed. Na een tijdje kwam madame Plijster weer even kijken, deze keer met een dikke ochtendjas aan. Het was het gemakkelijkst om te doen alsof hij sliep; Harry draaide zich op zijn zij en luisterde hoe de gordijnen dichtgleden na een zwaai van haar toverstok. De lampen doofden en ze keerde terug naar haar kantoortje; Harry hoorde de klik van de deur en wist dat ze ook naar bed ging.

Dit was al de derde keer dat hij met een Zwerkbalblessure op de ziekenzaal lag, bedacht Harry terwijl hij door het donker staarde. De laatste keer was hij van zijn bezem gevallen omdat er Dementors rond het veld hadden gestaan en de keer daarvoor waren alle botten uit zijn arm verwijderd door de totaal onbekwame professor Smalhart... dat was zijn pijnlijkste blessure geweest... hij herinnerde zich wat een kwelling het was geweest toen in één dag een hele arm vol botten had moeten teruggroeien en dat ongemak werd niet bepaald verlicht door de onverwachte bezoeker die 's nachts –

Harry ging rechtovereind zitten in bed. Zijn hart bonsde en zijn tulband van zwachtels stond scheef. Hij had de oplossing: er was wel degelijk een manier om Malfidus te laten schaduwen. Hoe kon hij dat vergeten zijn? Waarom had hij daar niet eerder aan gedacht?

De vraag was alleen hoe hij hem moest oproepen. Hoe deed je dat?

Zachtjes en aarzelend zei Harry:

'Knijster?'

Er klonk een keiharde *beng* en de stilte werd verstoord door geworstel en gepiep. Ron schrok met een schel kreetje wakker.

'Wat –?'

Harry wees haastig met zijn toverstok op de deur van madame Plijsters kantoortje en mompelde: '*Murmelio!*' zodat ze niet zou komen kijken. Hij schuifelde op zijn knieën naar het voeteneinde van zijn bed en keek wat er aan de hand was.

Twee huis-elfen rolden in het midden van de zaal over de grond. De een droeg een gekrompen, kastanjebruine trui en diverse wollen mutsen en de ander een smerig oud vod dat als een soort lendendoek om zijn heupen was geknoopt. Er galmde opnieuw een knal door de zaal en Foppe de klopgeest verscheen boven de vechtende elfen.

'Daar zat ik net lekker naar te kijken, Pottertje!' zei hij verontwaardigd tegen Harry. Hij wees op het gevecht en lachte hinnikend. 'Kijk die lieve elfjes toch eens kibbelen! Happie happie, stompie stompie –'

'Knijster beledigt Harry Potter niet waar Dobby bij is, anders slaat Dobby Knijster aan gort!' riep Dobby met een hoog stemmetje.

'Schoppie schoppie, krabbie krabbie!' riep Foppe vrolijk en hij gooide stukjes krijt naar de huis-elfen om ze nog bozer te maken. 'Knijpie knijpie, prikkie prikkie!'

'Knijster zegt wat hij wil over zijn meester, ja zeker, en wat voor meester! De smerige vriend van Modderbloedjes! O, wat zou de meesteres van die arme Knijster zeggen –?'

Ze kwamen er nooit achter wat de meesteres van Knijster gezegd zou hebben, want Dobby plantte zijn knobbelige kleine vuist in Knijsters mond en sloeg de helft van zijn tanden eruit. Harry en Ron sprongen uit bed en trokken de twee elfen uit elkaar, al bleven ze pogingen doen om elkaar te schoppen en te slaan, aangespoord door Foppe die rond de lamp zoefde en riep: 'Steek je vingertjes in zijn neus, ga op zijn hoofd staan, trek aan zijn oren –'

Harry richtte zijn toverstok op Foppe en zei: '*Snaternix!*' Foppe greep naar zijn keel, slikte moeizaam en zweefde de kamer uit. Hij maakte wel obscene gebaren, maar kon niet meer praten omdat zijn tong aan zijn verhemelte was vastgeplakt.

'Dat was een goeie,' zei Ron waarderend. Hij tilde Dobby op, zodat zijn maaiende vuisten geen contact meer maakten met Knijster. 'Weer zo'n vervloeking van de Prins?'

'Ja,' zei Harry en hij draaide Knijsters magere arm op zijn rug. 'Oké – ik verbied jullie om nog langer te vechten! Nou, Knijster, jij mag niet met Dobby vechten. Dobby, ik weet dat ik jou geen bevelen mag geven –'

'Dobby is een vrije huis-elf en mag iedereen gehoorzamen die hij wil en Dobby zal precies doen wat Harry Potter zegt!' zei Dobby. De tranen stroomden over zijn verschrompelde gezichtje en spatten op zijn trui.

'Goed dan,' zei Harry. Hij en Ron lieten de elfen los. Ze vielen op de grond, maar begonnen niet opnieuw te vechten.

'Heeft meester mij geroepen?' kraste Knijster. Hij maakte een diepe buiging, maar keek Harry tegelijkertijd aan op een manier waaruit duidelijk bleek dat hij hem een pijnlijke dood toewenste.

'Ja,' zei Harry. Hij keek even naar het kantoortje van madame Plijster om te zien of de *Murmelio*-spreuk nog werkte; blijkbaar had ze niets van alle opschudding gemerkt. 'Ik heb een karweitje voor je.'

'Knijster zal doen wat meester vraagt,' zei Knijster en hij boog zo diep dat zijn lippen bijna tegen zijn knoestige tenen kwamen. 'Knijster heeft geen keuze, maar Knijster schaamt zich dat hij zo'n meester heeft –'

'Dobby doet het wel, Harry Potter!' piepte Dobby. Zijn ogen, zo groot als tennisballen, waren nog steeds nat van de tranen. 'Het zou Dobby een eer zijn om Harry Potter te mogen helpen!'

'Misschien is het wel een goed idee als jullie het allebei doen,' zei Harry. 'Nou... ik wil dat jullie Draco Malfidus schaduwen.'

Harry negeerde Rons verbazing en ergernis en vervolgde: 'Ik wil weten waar hij heen gaat, wie hij ontmoet en wat hij uitvoert. Ik wil dat jullie hem vierentwintig uur per dag volgen.'

'Ja, Harry Potter!' zei Dobby meteen en zijn enorme ogen blonken van opwinding. 'En als Dobby het niet goed doet, springt hij van de hoogste toren, Harry Potter!'

'Dat is nou ook weer niet nodig!' zei Harry vlug.

'Dus meester wil dat ik de jongste Malfidus volg?' kraste Knijster. 'Meester wil dat ik de bloedzuivere achterneef van mijn oude meesteres bespioneer?'

'Ja, precies,' zei Harry. Hij zag de bui al hangen en was vastbesloten meteen maatregelen te nemen. 'En ik verbied je om hem te waarschuwen, Knijster. Je mag hem niet laten merken wat je doet, je mag niet met hem praten, je mag geen boodschappen schrijven... je mag op geen enkele manier met hem in contact komen. Snap je dat?'

Hij zag Knijster een verwoede poging doen om een uitweg te vinden uit die instructies, maar na enkele ogenblikken boog Knijster opnieuw, tot Harry's grote voldoening, en zei hij vol wrok: 'Meester denkt overal aan en Knijster moet gehoorzamen, ook al was Knijster veel liever de dienaar geweest van de jonge Malfidus...'

'Nou, dat is dan geregeld,' zei Harry. 'Ik wil dat jullie regelmatig verslag uitbrengen, maar zorg dat er dan geen andere mensen in de buurt zijn. Ron en Hermelien mogen het wel horen. En vertel ook verder niemand wat jullie uitvoeren. Blijf gewoon als twee wrattenpleisters aan Malfidus kleven.'

HOOFDSTUK 20

HEER VOLDEMORTS VERZOEK

*D*e volgende ochtend verlieten Harry en Ron de ziekenzaal. Ze waren weer kerngezond, dankzij de goede zorgen van madame Plijster, en konden nu genieten van de positieve kanten van schedelbreuken en vergiftigingspogingen. Het grootste voordeel was dat Hermelien niet meer boos was op Ron. Ze ging zelfs weer samen met hen naar beneden om te ontbijten en vertelde dat Ginny ruzie had gehad met Daan. Het sluimerende wezen in Harry's borst verhief zijn kop en snoof hoopvol.

'Waar hadden ze ruzie over?' vroeg hij zo nonchalant mogelijk, terwijl ze door een bijna verlaten gang op de zevende verdieping liepen. Er stond alleen een klein meisje, dat een wandtapijt van trollen met tutu's bekeek. Ze schrok vreselijk toen de zesdejaars aan kwamen lopen en liet een zware koperen weegschaal vallen.

'Geeft niks,' zei Hermelien vriendelijk en ze liep naar het meisje om haar te helpen. 'Alsjeblieft...' Ze tikte met haar toverstok op de kapotte weegschaal en zei: '*Reparo.*'

Het meisje bedankte haar niet, maar bleef verbijsterd staan en staarde hen na. Ron keek even achterom.

'Ik zweer je dat ze ieder jaar kleiner worden,' zei hij.

'Doet er niet toe,' zei Harry een beetje ongeduldig. 'Waar hadden Ginny en Daan ruzie om, Hermelien?'

'O, Daan lachte toen Stoker je raakte met die Beuker,' zei Hermelien.

'Het zal er ook vast wel komisch uitgezien hebben,' zei Ron.

'Het zag er helemaal niet komisch uit!' zei Hermelien verhit. 'Het was een vreselijk gezicht en als Cools en Postelijn Harry niet hadden opgevangen, zou hij nog wel eens veel zwaarder gewond kunnen zijn geraakt!'

'Nou ja, dat is toch nog niet meteen een reden voor Ginny en Daan om het uit te maken?' zei Harry. Hij hoopte dat hij nog altijd nonchalant klonk. 'Of is het nog steeds aan?'

'Ja – maar wat kan jou dat schelen?' vroeg Hermelien en ze keek Harry doordringend aan.

'Ik wil niet dat mijn Zwerkbalteam nóg meer problemen krijgt!' zei hij haastig, maar Hermelien bleef achterdochtig kijken en hij was opgelucht toen iemand achter hen 'Harry!' riep en hij een excuus had om Hermelien de rug toe te keren.

'Hé hallo, Loena.'

'Ik was op de ziekenzaal, maar ze zeiden dat je al weg was,' zei Loena en ze rommelde in haar tas.

Ze duwde een soort groene ui, een grote paddestoel met stippen en een paar handjes van iets wat op kattenbakstrooisel leek in Rons handen. Uiteindelijk vond ze een nogal groezelig rolletje perkament en overhandigde dat aan Harry.

'Ik moest je dit geven.'

Harry herkende het rolletje meteen: een nieuwe uitnodiging van Perkamentus.

'Vanavond,' zei hij tegen Ron en Hermelien toen hij het gelezen had.

'Goed wedstrijdverslag was dat!' zei Ron terwijl hij Loena de groene ui, de paddestoel en het kattenbakstrooisel aanreikte. Loena glimlachte vaag.

'Je houdt me voor de gek, hè?' zei ze. 'Iedereen vond me vreselijk.'

'Nee, ik meen het,' zei Ron serieus. 'Ik heb nog nooit zo van het commentaar bij een wedstrijd genoten! Wat is dit trouwens?' voegde hij eraan toe en hij hield het groene, ui-achtige voorwerp omhoog.

'O, een Snotwortel,' zei ze. Ze stopte het kattenbakstrooisel en de paddestoel weer in haar tas. 'Hou maar, hoor. Ik heb er nog meer. Ze zijn echt prima als je Boerende Plimpies wilt afweren.'

Ze liep door en Ron keek gniffelend naar zijn Snotwortel.

'Ik begin Loena steeds aardiger te vinden,' zei hij terwijl ze naar de Grote Zaal liepen. 'Ik weet ook wel dat ze gek is, maar het is een leuke vorm van –'

Hij zweeg abrupt. Belinda Broom stond onder aan de marmeren trap en ze was duidelijk helemaal niet blij.

'Hallo,' zei Ron opgelaten.

'Kom op,' mompelde Harry tegen Hermelien en ze liepen vlug door, al hoorde Harry Belinda nog wel zeggen: 'Waarom heb je niet gezegd dat je vandaag weer van de ziekenzaal af mocht? En wat doet *zij* hier?'

Toen Ron een halfuur later eindelijk kwam opdagen voor het ontbijt, maakte hij een norse indruk, en hoewel hij naast Belinda ging zitten, zag Harry dat ze niet één woord met elkaar wisselden. Hermelien deed alsof ze niets merkte, maar Harry betrapte haar wel een paar keer op een zelfvoldane glimlach. Ze was de hele dag in een buitengewoon goed humeur en toen ze 's avonds in de leerlingenkamer zaten, was ze zelfs bereid om Harry's werkstuk voor Kruidenkunde na te kijken (met andere woorden, af te maken), iets wat ze eerst resoluut geweigerd had omdat ze wist dat Harry het dan aan Ron zou geven zodat die het kon overschrijven.

'Bedankt, Hermelien,' zei Harry. Hij klopte haar op haar rug, keek op zijn horloge en zag dat het bijna acht uur was. 'Hoor eens, ik moet gaan, anders ben ik te laat bij Perkamentus...'

Ze gaf geen antwoord, maar streepte alleen nogal vermoeid een paar van zijn zwakkere zinnen door. Grijnzend klom Harry door het portretgat en ging op weg naar de kamer van Perkamentus. De waterspuwer sprong opzij zodra Harry het woord 'roomtoffees' liet vallen. Harry holde met twee treden tegelijk de trap op en klopte aan op het moment dat een klok in de kamer van Perkamentus acht uur sloeg.

'Binnen,' riep Perkamentus, maar net toen Harry de deur wilde openen, werd die aan de andere kant opengerukt door professor Zwamdrift.

'Aha!' riep ze. Ze wees dramatisch op Harry en haar ogen knipperden verwoed achter haar vergrotende brillenglazen. 'Dus dit is de reden dat je me zonder plichtplegingen je kamer uitgooit, Perkamentus!'

'M'n beste Sybilla,' zei Perkamentus licht geïrriteerd, 'ik voel niet de minste behoefte om je zonder plichtplegingen waar dan ook uit te gooien, maar Harry heeft nu eenmaal een afspraak en ik geloof niet dat er nog meer te zeggen valt –'

'Goed dan!' zei professor Zwamdrift diep gekwetst. 'Als je die omhooggevallen knol niet weg wilt sturen, moet je het zelf maar weten... misschien is er een andere school waar mijn talenten wel gewaardeerd worden...'

Ze wrong zich langs Harry en liep de wenteltrap af; ongeveer halverwege hoorden ze haar struikelen en Harry vermoedde dat ze op een van haar vele wapperende omslagdoeken was gaan staan.

'Doe de deur dicht en ga zitten, Harry,' zei Perkamentus. Hij klonk nogal vermoeid.

Harry deed wat hij vroeg. Toen hij zijn gebruikelijke plaats innam, tegenover het bureau van Perkamentus, zag hij ook de Hersenpan weer staan, plus twee kristallen flesjes met kolkende herinneringen.

'Dus professor Zwamdrift vindt het nog steeds niet leuk dat Firenze lesgeeft?' vroeg Harry.

'Nee,' zei Perkamentus. 'Waarzeggerij is veel problematischer dan ik ooit had kunnen voorzien – ik heb dat vak zelf nooit in mijn pakket gehad. Ik kan Firenze niet vragen om terug te keren naar het Verboden Bos nu hij verstoten is en ik kan Sybilla Zwamdrift ook niet vragen om op te stappen. Tussen ons gezegd en gezwegen heeft ze geen idee hoeveel gevaar ze buiten het kasteel zou lopen. Ze weet niet dat zij de profetie gedaan heeft over jou en Heer Voldemort, en het lijkt me ook niet verstandig om haar dat te vertellen.'

Perkamentus zuchtte diep en zei toen. 'Genoeg over mijn personeelsproblemen. We hebben wel belangrijker zaken te bespreken. Ten eerste – heb je de opdracht die ik je na onze laatste les gaf al tot een succesvol einde gebracht?'

'Eh...' zei Harry enigszins uit het veld geslagen. Door de Verschijnsellessen, Zwerkbal, Rons vergiftiging, de Beuker die hij tegen zijn hoofd had gekregen en zijn voornemen om uit te vissen wat Draco Malfidus in zijn schild voerde, was Harry bijna vergeten dat Perkamentus hem gevraagd had om die herinnering van Slakhoorn te bemachtigen. 'Nou, ik heb het professor Slakhoorn wel gevraagd, na afloop van de les, maar... eh... hij wilde hem niet geven.'

Er viel een stilte.

'Aha,' zei Perkamentus uiteindelijk. Hij keek Harry aan over zijn halfronde brilletje en zoals gewoonlijk had Harry het gevoel dat die blik doordrong tot in het diepst van zijn ziel. 'En je vindt dat je in deze kwestie geen mogelijkheid onbenut hebt gelaten? Dat je al je niet onaanzienlijke vindingrijkheid in de strijd hebt geworpen? Dat je geen enkele list of kunstgreep hebt nagelaten om die herinnering te pakken te krijgen?'

'Nou...' Harry probeerde tijd te winnen, want hij wist niet goed wat hij moest zeggen. Plotseling leek de ene poging die hij gedaan had om de herinnering te pakken te krijgen wel héél erg zwak. 'Nou... toen Ron per ongeluk dat liefdesdrankje innam, ging ik met hem naar professor Slakhoorn. Ik dacht dat als ik professor Slakhoorn in een goed humeur wist te krijgen –'

'En werkte dat?' vroeg Perkamentus.

322

'Nou, nee, omdat Ron vergiftigd werd –'

'– en jij even helemaal geen aandacht had voor die herinnering. Ik zou niet anders van je verwacht hebben, zolang je beste vriend in levensgevaar verkeerde. Maar zodra duidelijk was dat meneer Wemel volledig zou herstellen, had ik toch gehoopt dat je je weer zou concentreren op de opdracht die ik je gegeven had. Ik dacht dat ik duidelijk had gemaakt hoe belangrijk die herinnering is. Ik heb zelfs geprobeerd je ervan te doordringen dat het de meest cruciale herinnering is van allemaal en dat we in feite onze tijd verspillen zolang we die niet in ons bezit hebben.'

Een warm, prikkend gevoel van schaamte trok vanaf Harry's kruin door zijn hele lichaam. Perkamentus had niet met stemverheffing gesproken en klonk niet eens boos, maar Harry had liever gehad dat hij tegen hem was uitgevaren; deze kille teleurstelling was erger dan woede.

'Het is niet dat ik het onbelangrijk vond of zo, professor,' zei hij een beetje wanhopig. 'Ik was gewoon met andere – andere...'

'Met andere zaken bezig,' maakte Perkamentus zijn zin af. 'Aha.'

Er viel opnieuw een stilte, de pijnlijkste stilte die ooit tussen Perkamentus en hem geheerst had; hij leek minutenlang te duren en werd alleen verbroken door het zachte, knorrende gesnurk van het portret van professor Armando Wafelaar dat achter Perkamentus hing. Harry voelde zich merkwaardig klein, alsof hij een stukje gekrompen was sinds hij was binnengekomen.

Toen hij er niet meer tegen kon zei hij: 'Het spijt me vreselijk, professor Perkamentus. Ik had beter mijn best moeten doen... ik had moeten beseffen dat u me dat niet gevraagd zou hebben als het niet echt belangrijk was.'

'Dank je voor die woorden, Harry,' zei Perkamentus kalm. 'Mag ik hopen dat deze zaak vanaf nu je onverdeelde aandacht krijgt? Als we die herinnering niet hebben, heeft het eigenlijk weinig zin om deze lessen voort te zetten.'

'Ik doe het, professor! Ik krijg die herinnering te pakken!' zei Harry resoluut.

'Dan laten we dat onderwerp voorlopig rusten,' zei Perkamentus wat vriendelijker, 'en gaan we verder met ons verhaal. Je weet vast nog wel waar we gebleven zijn?'

'Ja, professor,' zei Harry vlug. 'Voldemort had zijn vader en zijn grootouders vermoord en gedaan alsof zijn oom Morfin de dader was. Daarna ging hij terug naar Zweinstein en vroeg... vroeg hij professor Slakhoorn naar Gruzielementen,' mompelde hij beschaamd.

'Heel goed,' zei Perkamentus. 'Je herinnert je hopelijk nog dat ik aan het begin van onze eerste les zei dat we op een gegeven moment zouden moeten gaan gissen en speculeren?'

'Ja, professor.'

'Tot dusver waren mijn theorieën over wat Voldemort tot zijn zeventiende uitvoerde redelijk op feiten gebaseerd. Dat zul je met me eens zijn?'

Harry knikte.

'Maar nu wordt alles duisterder en vreemder,' zei Perkamentus. 'Het was al moeilijk om iets te weten te komen over de jonge Vilijn, maar het was vrijwel onmogelijk om iemand te vinden die herinneringen wilde ophalen aan de volwassen Voldemort. Ik betwijfel zelfs of er op deze aardbol wel een levend wezen rondloopt, afgezien van Voldemort zelf, dat ons een volledig overzicht zou kunnen geven van zijn activiteiten nadat hij Zweinstein verliet. Ik heb echter nog twee laatste herinneringen die ik met je wil delen.' Perkamentus wees op de kristallen flesjes die glansden naast de Hersenpan. 'Na afloop wil ik graag weten of je mijn conclusies naar aanleiding van die herinneringen onderschrijft.'

Het feit dat Perkamentus blijkbaar zoveel waarde hechtte aan zijn mening, maakte dat Harry zich nog erger schaamde omdat hij zo weinig moeite had gedaan om Slakhoorns herinnering in handen te krijgen. Hij schoof schuldbewust heen en weer op zijn stoel terwijl Perkamentus het eerste flesje tegen het licht hield.

'Ik hoop dat je het nog niet beu bent om in het geheugen van anderen te duiken, want dit zijn twee curieuze herinneringen,' zei hij. 'De eerste is van Hompy, een stokoude huis-elf. Voor we ons verdiepen in wat Hompy gezien heeft, zal ik eerst in het kort vertellen hoe Heer Voldemort Zweinstein verliet.

Hij sloot zijn zevende schooljaar af met een topresultaat voor ieder examen dat hij aflegde, zoals je je kunt voorstellen. Zijn klasgenoten waren druk bezig om zich te oriënteren op de carrière die ze voor ogen hadden na Zweinstein. Vrijwel iedereen verwachtte grootse dingen van Marten Vilijn: klassenoudste, hoofdmonitor en winnaar van de Uitzonderlijke Onderscheiding wegens Verdiensten voor de School. Ik weet dat diverse leraren, onder wie professor Slakhoorn, hem aanraadden om bij het Ministerie van Toverkunst te gaan werken. Ze boden aan om afspraken voor hem te maken en nuttige contacten te leggen. Voldemort sloeg al die aangeboden hulp af en toen de leraren op Zweinstein opnieuw iets van hem hoorden, werkte hij bij Odius & Oorlof.'

'Bij Odius & Oorlof?' herhaalde Harry verbijsterd.

'Ja,' zei Perkamentus kalm. 'Als we dadelijk in het geheugen van Hompy duiken, zul je zien wat hem daarin aantrok, maar het was niet Voldemorts eerste keuze. Vrijwel niemand wist het destijds – ik werd als een van de weinigen in vertrouwen genomen door het toenmalige schoolhoofd – maar Voldemort benaderde professor Wafelaar en vroeg of hij als docent op Zweinstein kon blijven.'

'Wilde Voldemort hier blijven? Waarom?' vroeg Harry nog verbaasder.

'Daar waren verschillende redenen voor, al vertrouwde hij die niet aan professor Wafelaar toe,' zei Perkamentus. 'Ten eerste – en dat is heel belangrijk – was Voldemort naar mijn idee meer gehecht aan deze school dan aan enig medemens. Op Zweinstein was hij het gelukkigst geweest; dit was de enige plek waar hij zich ooit thuis gevoeld had.'

Harry voelde zich een beetje ongemakkelijk toen Perkamentus dat zei, want zo dacht hij zelf ook over Zweinstein.

'Ten tweede is dit kasteel een bolwerk van oeroude magie. Voldemort had ongetwijfeld meer van Zweinsteins geheimen ontrafeld dan de meeste andere leerlingen, maar misschien had hij het idee dat er nog meer mysteries waren die hij kon ontraadselen, meer geheime reservoirs van toverkracht die hij kon aanboren.

En ten derde zou hij als leraar grote invloed hebben gehad op vele jonge heksen en tovenaars. Misschien had hij dat idee van professor Slakhoorn, de leraar met wie hij het beste overweg kon en die had aangetoond wat een invloedrijke rol een docent kon spelen. Ik denk echt niet dat Voldemort van plan was de rest van zijn leven op Zweinstein te slijten, maar hij zag het kasteel waarschijnlijk wel als een nuttige plek om volgelingen te rekruteren en de kern van een leger op te bouwen.'

'Maar hij werd niet aangenomen?'

'Nee. Professor Wafelaar zei dat hij op zijn achttiende te jong was, maar raadde hem aan om het over een paar jaar opnieuw te proberen, als hij dan nog steeds les wilde geven.'

'Wat vond u daarvan?'

'Ik had grote twijfels,' zei Perkamentus. 'Ik had Armando afgeraden om Voldemort in dienst te nemen – zonder de redenen te noemen die ik nu aan jou geef, want professor Wafelaar was erg op Voldemort gesteld en overtuigd van zijn eerlijkheid – maar persoonlijk wilde ik niet dat Voldemort zou terugkeren naar deze school, en zeker niet op een invloedrijke post.'

'Welke baan wilde hij hebben, professor? In welk vak wilde hij lesgeven?'

Harry wist eigenlijk al wat Perkamentus zou zeggen.

'Verweer tegen de Zwarte Kunsten. Dat werd destijds gegeven door een oude professor, Galatea Mijmerzoet, die al bijna vijftig jaar op Zweinstein werkte.

Voldemort ging dus naar Odius & Oorlof en alle leraren die hem bewonderd hadden vonden het een verspilling dat zo'n briljante jonge tovenaar nu in een winkel werkte. Maar Voldemort was niet zomaar een winkelbediende. Hij was beleefd, knap en slim en mocht al gauw bijzondere klusjes opknappen, klusjes die karakteristiek zijn voor een zaak als Odius & Oorlof, die gespecialiseerd is in voorwerpen met ongebruikelijke en krachtige eigenschappen. Voldemort moest mensen overhalen hun kostbaarheden te verkopen, en naar de verhalen te oordelen had hij daar veel talent voor.'

'Dat geloof ik graag,' flapte Harry eruit.

'Precies,' zei Perkamentus met een flauwe glimlach. 'En nu wordt het tijd om te horen van Hompy de huis-elf. Ze werkte voor Orchidea Smid, een steenrijke oude heks.'

Perkamentus tikte met zijn toverstok op een flesje en de kurk vloog eruit. Hij goot de kolkende herinnering in de Hersenpan en zei: 'Na jou, Harry.'

Harry stond op en boog zich opnieuw over de wervelende zilveren inhoud van de kom, tot zijn gezicht het oppervlak raakte. Hij tuimelde door het duister en landde in een zitkamer, tegenover een onwaarschijnlijk dikke oude dame. Ze droeg een ingewikkelde, rossige pruik en een ruimvallend, knalroze gewaad, zodat ze op een gesmolten glacékoek leek. Ze keek in een met edelstenen bezette spiegel en deed met een grote poederdons rouge op haar toch al vuurrode wangen. De kleinste en oudste huis-elf die Harry ooit gezien had wrong de vlezige voeten van de heks in satijnen slippers.

'Schiet op, Hompy!' zei Orchidea gebiedend. 'Hij zei dat hij er om vier uur zou zijn. Het is nu een paar minuten voor vier en hij is nog nooit te laat geweest!'

Ze legde de poederdons weg en de huis-elf stond op. Haar hoofd kwam nauwelijks tot aan de zitting van Orchidea's stoel en haar per-kamentachtige huid hing in plooien om haar lichaam, net als het pas-gewassen linnen laken dat ze als een toga om zich heen geslagen had.

'En, hoe zie ik eruit?' vroeg Orchidea. Ze draaide haar hoofd naar links en rechts, om haar gezicht vanuit alle hoeken te kunnen be-wonderen in de spiegel.

'Beeldschoon, mevrouw,' piepte Hompy.

Harry bedacht dat waarschijnlijk in Hompy's contract stond dat ze glashard moest liegen als haar zulke vragen werden gesteld, want hij vond Orchidea allesbehalve beeldschoon.

Er rinkelde een bel en de huis-elf en haar meesteres schrokken.

'Daar heb je hem! Vlug, vlug, Hompy!' riep Orchidea. De elf ver-liet haastig de kamer, die zo volgepropt was met spullen dat iemand nauwelijks van de ene naar de andere kant zou kunnen lopen zonder minstens tien dingen om te stoten; er waren vitrines vol lakdoosjes, kasten met in goud geëmbosseerde boeken, planken met globes en hemelbollen en veel welig tierende planten in koperen potten; de kamer leek een kruising tussen een magische antiekwinkel en een broeikas.

Nog geen minuut later kwam de huis-elf terug, gevolgd door een lange jongeman die Harry onmiddellijk herkende als Voldemort. Hij was sober gekleed, in een zwart pak; zijn haar was iets langer dan op school en zijn wangen waren holler, maar dat stond hem juist goed en hij zag er knapper uit dan ooit. Uit de soepele manier waarop hij door de overvolle kamer laveerde bleek duidelijk dat hij er al eer-der was geweest. Hij boog zich over Orchidea's dikke kleine hand en streek er met zijn lippen langs.

'Ik heb bloemen meegebracht,' zei hij en hij toverde een bos rozen te voorschijn.

'O, stoute jongen, dat had je niet moeten doen!' piepte Orchidea, al zag Harry dat er een lege vaas klaarstond op het dichtstbijzijnde tafeltje. 'Je verwent deze oude dame echt te veel, Marten... ga zitten, ga zitten... waar is Hompy... aha...'

De huis-elf kwam aanhollen met een schaal cakejes, die ze naast haar meesteres neerzette.

'Tast toe, Marten,' zei Orchidea. 'Ik weet dat je dol bent op mijn cakejes. En, hoe is het met je? Je ziet bleek. Je moet veel te hard wer-ken in die winkel, dat heb ik al honderd keer gezegd...'

Voldemort glimlachte mechanisch en Orchidea giechelde onno-zel.

'En, wat kom je nu weer doen?' vroeg ze, verleidelijk met haar wimpers knipperend.

'Meneer Oorlof wil u een verbeterd bod doen voor het door kobolden gesmede harnas,' zei Voldemort. 'Vijfhonderd Galjoenen lijkt hem alleszins redelijk –'

'Kom, kom, niet zo snel, anders denk ik nog dat je alleen komt vanwege mijn spulletjes!' pruilde Orchidea.

'Ik word gestuurd vanwege uw spullen, mevrouw,' zei Voldemort kalm. 'Ik ben maar een arme winkelbediende en moet doen wat me wordt opgedragen. Meneer Oorlof wilde dat ik zou vragen –'

'Meneer Oorlof! Bah!' zei Orchidea en ze wuifde met haar hand. 'Ik zal je eens iets laten zien wat ik nooit aan Oorlof heb laten zien! Kun je een geheim bewaren, Marten? Beloof me dat je het niet tegen Oorlof zult zeggen! Hij zou me geen moment rust gunnen als hij wist dat ik het had en ik ben niet van plan om het te verkopen, zelfs niet aan Oorlof! Maar ik weet dat jij het zult kunnen waarderen vanwege zijn ouderdom en geschiedenis, niet vanwege de Galjoenen die het opbrengt...'

'Ik ben graag bereid om te kijken naar alles wat juffrouw Orchidea me laat zien,' zei Voldemort en Orchidea giechelde opnieuw.

'Ik heb Hompy gevraagd of ze het wil halen... Hompy, waar ben je? Laat meneer Vilijn onze *grootste* schat zien... pak ze trouwens allebei maar, nu je toch bezig bent...'

'Alstublieft, mevrouw,' piepte de huis-elf en Harry zag twee op elkaar gestapelde leren dozen door de kamer bewegen. Het leek alsof ze uit zichzelf voortzweefden, maar Harry wist dat de kleine huis-elf ze op haar hoofd droeg terwijl ze langs de tafeltjes, poefs en voetenbankjes zigzagde.

'Zo,' zei Orchidea opgewekt. Ze pakte de dozen aan, legde ze op haar schoot en maakte aanstalten om de bovenste open te doen. 'Ik denk dat je dit mooi zult vinden, Marten... o, als mijn familie wist dat ik je dit liet zien... ze kunnen haast niet wachten tot ze het zelf in handen krijgen!'

Ze deed het deksel open. Harry schuifelde naar voren om beter te kunnen kijken en zag een kleine gouden beker met delicaat gesmede oren.

'Heb je enig idee wat dit is, Marten? Pak maar, kijk eens goed!' fluisterde Orchidea. Voldemort strekte zijn lange vingers uit en tilde de gouden beker aan een van de oren uit de nauwsluitende zijden verpakking. Harry dacht dat hij een rode glans in zijn donkere ogen zag. Zijn hebzuchtige uitdrukking werd weerspiegeld op het gezicht van Orchidea, alleen keken haar kleine oogjes gretig naar Voldemorts knappe gezicht.

'Een das,' mompelde Voldemort. Hij bestudeerde het gegraveerde dier op de beker. 'Dan was deze van...?'

'Helga Huffelpuf, zoals je heel goed weet, slimme jongen!' zei Orchidea. Ze boog zich met veel gekraak van korsetten voorover en kneep hem even in zijn holle wang. 'Heb ik je nooit verteld dat ik een verre afstammeling van haar ben? Dit is al eeuwen familiebezit. Mooi, hè? Ze zeggen dat het allerlei verborgen krachten bezit, maar dat heb ik nooit echt uitgetest. Ik bewaar hem gewoon veilig in zijn doosje...'

Ze haakte de beker weer van Voldemorts lange wijsvinger en legde hem heel voorzichtig en zorgvuldig terug in de doos. Ze had het daar zo druk mee dat ze de schaduw die over Voldemorts gezicht gleed toen de beker werd afgepakt niet zag.

'Zo,' zei Orchidea vrolijk, 'waar is Hompy? O, daar ben je – leg dit weer terug, Hompy –'

De huis-elf pakte gehoorzaam de doos met de beker aan en Orchidea richtte haar aandacht op de veel plattere doos op haar schoot.

'Ik denk dat je dit nog mooier zult vinden, Marten,' fluisterde ze. 'Buig je eens een beetje naar me toe, lieve jongen, zodat je het goed kunt zien... Oorlof weet natuurlijk wel dat ik dit heb. Ik heb het tenslotte van hem gekocht, en hij zou het vast dolgraag terug willen hebben als ik er niet meer ben...'

Ze maakte de fraaie sluiting van goudfiligrein los en deed het deksel open. Daar, op een bed van rood fluweel, lag een zwaar gouden medaillon.

Deze keer stak Voldemort ongevraagd zijn hand uit en hield het medaillon omhoog.

'Het merkteken van Zwadderich,' zei hij zacht toen het licht op een rijkversierde, slangachtige Z viel.

'Precies,' zei Orchidea Smid. Ze vond het kennelijk prachtig dat Voldemort zo gefascineerd werd door haar medaillon. 'Het heeft me een vermogen gekost, maar ik kon het niet laten liggen. Zo'n topstuk móést ik hebben voor mijn verzameling. Blijkbaar had Oorlof het gekocht van een armoedige vrouw die het wel gestolen zal hebben maar geen idee had van de werkelijke waarde –'

Deze keer was de rode gloed in Voldemorts ogen onmiskenbaar.

Harry zag zijn knokkels wit worden toen zijn vingers de ketting van het medaillon vastgrepen.

'– Oorlof zal haar wel een schijntje hebben betaald, maar goed... mooi, hè? Ook hier worden allerlei krachten aan toegeschreven, maar ik bewaar het gewoon veilig...'

Ze pakte het medaillon weer. Even dacht Harry dat Voldemort het niet zou loslaten, maar toen glipte het door zijn vingers en lag het weer op het kussen van rood fluweel.

'Nou, dat was het, Marten. Ik hoop dat je het leuk vond om te zien!'

Orchidea keek Voldemort recht aan en voor het eerst zag Harry haar onnozele glimlach een beetje haperen.

'Voel je je wel goed, lieve jongen?'

'Ja zeker,' zei Voldemort zacht. 'Ja, ik voel me heel goed...'

'Ik dacht even – nou, het zal wel aan het licht gelegen hebben,' zei Orchidea. Ze leek enigszins van haar stuk gebracht en Harry vermoedde dat zij ook de rode gloed in Voldemorts ogen had gezien. 'Zo, berg maar weer goed op, Hompy... de gebruikelijke bezweringen...'

'Tijd om te gaan, Harry,' zei Perkamentus. Terwijl de kleine elf wegliep met de dozen op haar hoofd, pakte Perkamentus Harry weer bij zijn elleboog. Ze stegen samen op door de vergetelheid en keerden terug naar de kamer van Perkamentus.

'Orchidea Smid stierf twee dagen na deze scène,' zei Perkamentus. Hij ging zitten en gebaarde dat Harry hetzelfde moest doen. 'Het Ministerie beschuldigde Hompy de huis-elf ervan dat ze de chocola die haar meesteres 's avonds altijd dronk per ongeluk vergiftigd had.'

'Maak het nou!' zei Harry boos.

'Ik merk dat we er hetzelfde over denken,' zei Perkamentus. 'Er zijn inderdaad veel overeenkomsten tussen de dood van Orchidea en die van de Vilijns. In beide gevallen kreeg iemand anders de schuld, iemand die zich duidelijk herinnerde verantwoordelijk te zijn geweest voor het sterfgeval...'

'Bekende Hompy dan?'

'Ze wist nog dat ze iets in de chocola van haar meesteres had gedaan, iets wat geen suiker bleek te zijn maar een dodelijk en zeldzaam vergif,' zei Perkamentus. 'Men kwam tot de conclusie dat ze het niet opzettelijk had gedaan, maar dat ze oud en in de war was –'

'Voldemort heeft haar geheugen gemodificeerd, net als bij Morfin!'

'Ja, dat lijkt mij ook,' zei Perkamentus. 'En net als in het geval van

Morfin deed men op het Ministerie niet al te veel moeite om de schuld of onschuld van Hompy vast te stellen –'

'– omdat ze een huis-elf was,' zei Harry. Hij had nog nooit zoveel sympathie gevoeld voor Hermeliens huis-elfvereniging, de S.H.I.T.

'Precies,' zei Perkamentus. 'Ze was oud, ze gaf toe dat ze iets in de chocola had gedaan en niemand op het Ministerie vond het nodig om er al te diep op in te gaan. Net als in het geval van Morfin liep ook haar leven ten einde toen ik haar ten slotte wist op te sporen en deze herinnering uit haar loskreeg – al bewijst haar herinnering natuurlijk niets, behalve dan dat Voldemort van het bestaan van de beker en het medaillon op de hoogte was.

Tegen de tijd dat Hompy veroordeeld werd, had Orchidea's familie zich gerealiseerd dat haar twee grootste kostbaarheden ontbraken. Het duurde even voor ze dat zeker wisten, omdat Orchidea veel bergplaatsen had en ze haar verzameling altijd heel nauwlettend bewaakt had. Maar voor ze er echt van overtuigd waren dat de beker en het medaillon weg waren, had de bediende die bij Odius & Oorlof had gewerkt, de jongeman die zo vaak bij Orchidea op bezoek was geweest en haar zo gecharmeerd had, ontslag genomen en was hij verdwenen. Zijn werkgevers hadden geen idee waar hij gebleven was en waren net zo verrast door zijn verdwijning als iedereen. Het zou jaren duren voor er opnieuw iets van Marten Vilijn gezien of gehoord werd.

Als je het niet erg vindt, zou ik nu graag je aandacht willen vestigen op bepaalde punten in ons verhaal, Harry,' zei Perkamentus. 'Voldemort had opnieuw een moord gepleegd. Ik weet niet of dat de eerste was sinds hij de Vilijns uit de weg had geruimd, maar ik denk van wel. Deze keer moordde hij niet uit wraak, zoals je gezien hebt, maar uit hebzucht. Hij wilde de twee fabelachtige schatten hebben die die arme, verdwaasde vrouw hem liet zien. Net zoals hij ooit de andere kinderen in het weeshuis bestolen had en de ring van zijn oom Morfin had geroofd, ging hij er nu vandoor met de beker en het medaillon van Orchidea.'

'Dat is toch idioot?' zei Harry fronsend. 'Alles op het spel zetten en zijn baan opgeven voor die dingen...'

'Jij vindt het misschien idioot, maar Voldemort niet,' zei Perkamentus. 'Ik hoop dat je te zijner tijd zult begrijpen wat die voorwerpen precies voor hem betekenden, Harry, maar je zult toch moeten toegeven dat hij in elk geval het medaillon als zijn rechtmatige erfgoed beschouwde.'

'Ja, het medaillon misschien,' zei Harry. 'Maar waarom nam hij de beker ook mee?'

'Die was eigendom geweest van een van de oprichters van Zweinstein,' zei Perkamentus. 'Hij voelde nog steeds een grote verbondenheid met de school en kon een object dat zo doordrenkt was van de geschiedenis van Zweinstein niet weerstaan. Er waren vermoedelijk ook andere redenen... ik hoop je mettertijd te kunnen vertellen wat die waren.

En dan nu het allerlaatste tafereel dat ik je wil laten zien, in elk geval tot je erin slaagt de herinnering van professor Slakhoorn te bemachtigen. Er zitten tien jaar tussen Hompy's herinnering en deze, tien jaar waarin we alleen maar kunnen gissen naar de activiteiten van Heer Voldemort...'

Harry stond weer op toen Perkamentus het laatste flesje leeggoot in de Hersenpan.

'Van wie is deze herinnering?' vroeg hij.

'Van mij,' zei Perkamentus.

Harry dook na Perkamentus in de onrustig bewegende, zilverachtige massa en landde in dezelfde kamer die hij net verlaten had. Felix de feniks zat tevreden te slapen op zijn stok en achter het bureau stond een Perkamentus die erg veel leek op de Perkamentus naast Harry, al waren zijn beide handen ongeschonden en was zijn gezicht misschien ietsje minder gerimpeld. Het enige verschil met de kamer die ze zojuist verlaten hadden was dat het buiten sneeuwde; blauwachtige vlokken dwarrelden langs het donkere raam en vormden een laag op het kozijn.

Zo te zien wachtte de jongere Perkamentus op iemand, en inderdaad werd er enkele ogenblikken later op de deur geklopt en zei hij: 'Binnen.'

Harry snakte gesmoord naar adem, want Voldemort kwam binnen. Zijn gezicht had nog niet de trekken die Harry nu bijna twee jaar geleden had zien oprijzen uit die enorme stenen ketel; ze waren nog niet echt slangachtig, zijn ogen waren nog niet vuurrood, zijn gezicht was nog geen star masker en toch was hij ook niet meer de knappe Marten Vilijn. Het was alsof zijn gelaatstrekken vervaagd en gesmolten waren; ze waren wasachtig en vervormd en het wit van zijn ogen was bloederig, al waren zijn pupillen nog niet de spleetjes die ze later zouden worden. Hij droeg een lange zwarte mantel en zijn gezicht was net zo wit als de sneeuw die glinsterde op zijn schouders.

De Perkamentus achter het bureau leek helemaal niet verbaasd. Het was duidelijk dat dit een afgesproken bezoek was.

'Goedenavond, Marten,' zei Perkamentus kalm. 'Ga zitten.'

'Dank u,' zei Voldemort. Hij nam plaats op de stoel die Perkamentus aanwees – dezelfde stoel waarop Harry een paar minuten eerder nog gezeten had. 'Ik hoorde dat u tot schoolhoofd benoemd bent,' zei Voldemort en zijn stem was ietsje hoger en killer dan vroeger. 'Een terechte keuze.'

'Ik ben blij dat het je goedkeuring kan wegdragen,' zei Perkamentus glimlachend. 'Wil je iets drinken?'

'Graag,' zei Voldemort. 'Ik kom van ver.'

Perkamentus stond op en liep naar de kast die tegenwoordig de Hersenpan bevatte, maar waar toen allerlei flessen in stonden. Hij gaf Voldemort een glas wijn, schonk er voor zichzelf ook een in en ging weer aan zijn bureau zitten.

'Zo, Marten... waar heb ik dit genoegen aan te danken?'

Voldemort gaf niet meteen antwoord, maar nam alleen een slokje wijn.

'Ik word tegenwoordig geen Marten meer genoemd,' zei hij. 'Ik sta nu bekend als –'

'Ja, ik weet hoe je bekendstaat,' zei Perkamentus met een minzame glimlach. 'Maar ik ben bang dat je voor mij altijd Marten Vilijn zult blijven. Een van de irritante dingen aan oude leraren is dat ze de jeugdjaren van hun leerlingen helaas nooit vergeten.'

Hij hief zijn glas alsof hij een dronk uitbracht op Voldemort, maar diens gezicht bleef uitdrukkingsloos. Desondanks voelde Harry een subtiele verandering in de sfeer: de weigering van Perkamentus om Voldemorts zelfgekozen naam te gebruiken was een weigering om de toon van de ontmoeting te laten bepalen door Voldemort, en die vatte het ook als zodanig op.

'Het verbaast me dat u hier zo lang gebleven bent,' zei Voldemort na een korte stilte. 'Ik heb me altijd afgevraagd waarom een tovenaar zoals u nooit verder heeft willen kijken dan deze school.'

'Nou,' zei Perkamentus, nog steeds glimlachend, 'voor een tovenaar zoals ik is er niets belangrijker dan het doorgeven van oude kennis en het scherpen van jonge geesten. Als ik het me goed herinner, wilde jij zelf ook ooit graag leraar worden.'

'Nog steeds,' zei Voldemort. 'Ik vroeg me gewoon af waarom u, die zo vaak om raad wordt gevraagd door het Ministerie en bij mijn weten al twee keer de post van Minister aangeboden heeft gekregen –'

'De laatste keer dat ik telde was het zelfs drie keer,' zei Perkamentus. 'Maar als carrière heeft de politiek me nooit kunnen boeien. Ook dat hebben we gemeen, geloof ik.'

Zonder een spoor van een glimlach boog Voldemort zijn hoofd en nam nog een slokje wijn. Perkamentus verbrak de stilte die nu langer en langer duurde niet, maar wachtte tot Voldemort iets zou zeggen.

'Ik ben hier...' zei hij uiteindelijk, '... misschien wat later dan professor Wafelaar verwacht had... maar toch om te vragen waar ik destijds volgens hem nog te jong voor was. Ik wil graag terugkeren naar dit kasteel, om hier les te geven. U weet ongetwijfeld dat ik sinds mijn schooltijd veel heb gezien en gedaan. Ik kan de leerlingen dingen vertellen en leren die geen enkele andere tovenaar hun zou kunnen bijbrengen.'

Perkamentus keek even over de rand van zijn glas naar Voldemort voor hij antwoord gaf.

'Ja, ik weet inderdaad dat je sinds je schooltijd veel gezien en gedaan hebt,' zei hij kalm. 'Ook hier op je oude school hebben we geruchten over je gehoord, Marten. Ik zou het jammer vinden als ik ook maar de helft daarvan zou moeten geloven.'

Voldemorts gezicht bleef uitgestreken terwijl hij zei: 'Grootse daden leiden tot afgunst, afgunst leidt tot rancune, rancune leidt tot leugens. Dat weet u net zo goed als ik.'

'Dus jij zou je daden "groots" willen noemen?' vroeg Perkamentus fijntjes.

'Zeker,' zei Voldemort en er brandde even een rode gloed in zijn ogen. 'Ik heb geëxperimenteerd; ik heb de grenzen van de toverkunst verder verlegd dan ooit eerder gebeurd is –'

'Van sommige soorten toverkunst,' wees Perkamentus hem terecht. 'Van andere soorten... vergeef me... weet je nog steeds helemaal niets.'

Voor het eerst glimlachte Voldemort. Het was een strakke, hatelijke, boosaardige grijns die veel dreigender was dan een blik van woede.

'Het oude verhaal,' zei hij zacht. 'Maar niets van wat ik in de wereld gezien heb ondersteunt uw befaamde uitspraak dat liefde machtiger is dan welke magie dan ook, professor Perkamentus!'

'Misschien heb je op de verkeerde plaatsen gezocht,' suggereerde Perkamentus.

'Waar zou ik beter aan een nieuw onderzoek kunnen beginnen dan hier op Zweinstein?' zei Voldemort. 'Bent u bereid me terug te laten keren, zodat ik mijn kennis kan delen met de leerlingen? Ik stel mezelf en mijn talenten tot uw beschikking. U hoeft maar te bevelen en ik zal gehoorzamen.'

Perkamentus trok zijn wenkbrauwen op.

'En wat gebeurt er met degenen die *jou* gehoorzamen? Wat moet er worden van de mensen die zich volgens de geruchten de Dooddoeners noemen?'

Harry zag dat Voldemort niet verwacht had dat Perkamentus die naam zou kennen; er gloeide weer een rood licht in zijn ogen en zijn spleetvormige neusgaten verwijdden zich.

'Ik weet zeker dat mijn vrienden het ook zonder mij wel zullen redden,' zei hij na een korte stilte.

'Ik ben blij dat je hen als vrienden beschouwt,' zei Perkamentus. 'Eigenlijk had ik meer de indruk dat ze dienaars waren.'

'U vergist zich,' zei Voldemort.

'Dus als ik vanavond naar de Zwijnskop ga, zit daar niet een klein gezelschap op je terugkeer te wachten? Noot, bijvoorbeeld, Roselier, Schoorvoet, Dolochov? Het moeten inderdaad trouwe vrienden zijn als ze met dit hondenweer zo ver met je zijn meegereisd, alleen om je succes te wensen bij je poging als leraar te worden aangesteld.'

Het was duidelijk dat Voldemort helemaal niet blij was met Perkamentus' gedetailleerde kennis over zijn reisgenoten, maar hij herstelde zich vrijwel meteen.

'U bent even alwetend als altijd, professor Perkamentus.'

'Welnee. Ik sta alleen op goede voet met het plaatselijke horecapersoneel,' zei Perkamentus luchtig. 'Wel, Marten...'

Perkamentus zette zijn lege glas neer, ging wat rechter overeind zitten en legde in een karakteristiek gebaar zijn vingertoppen tegen elkaar.

'... laten we er verder geen doekjes om winden. Waarom ben je hier, omringd door je trawanten, en vraag je om een baan waarvan we allebei weten dat je die niet wilt?'

Voldemort was onaangenaam verrast.

'Een baan die ik niet wil? Integendeel, professor, ik wil hem juist heel graag.'

'O, je wilt terugkeren naar Zweinstein, maar niet om hier les te geven, net zomin als je dat wilde op je achttiende. Waar ben je op uit, Marten? Waarom zou je het voor deze ene keer niet gewoon eens onomwonden zeggen?'

Voldemort grijnsde schamper.

'Als u me die baan niet wilt geven –'

'Nee, natuurlijk niet,' zei Perkamentus. 'En ik geloof ook geen seconde dat je dat werkelijk verwacht had. Toch ben je gekomen. Je hebt het gevraagd. Je moet een bedoeling hebben gehad.'

Voldemort stond op. Hij leek minder op Marten Vilijn dan ooit nu zijn gezicht vertrokken was van woede.

'Is dat uw definitieve besluit?'

'Ja,' zei Perkamentus en hij stond ook op.

'Dan hebben we elkaar niets meer te zeggen.'

'Nee, niets,' zei Perkamentus en zijn gezicht stond plotseling intens triest. 'De tijd dat ik je bang kon maken met een brandende klerenkast en je kon dwingen om je wandaden recht te zetten is helaas al lang voorbij. Maar ik wou dat ik het nog kon, Marten... ik wou dat ik het nog kon...'

Heel even stond Harry op het punt om een zinloze waarschuwing te schreeuwen, want hij was ervan overtuigd dat Voldemorts hand afdwaalde naar zijn broekzak en zijn toverstok, maar toen was het moment voorbij. Voldemort draaide zich om, de deur sloeg dicht en hij was verdwenen.

Harry voelde dat Perkamentus hem bij zijn arm pakte en even later stonden ze samen op vrijwel dezelfde plek, alleen hoopte zich op het raamkozijn nu geen sneeuw op en was de hand van Perkamentus weer zwart en doods.

'Waarom?' vroeg Harry en hij keek Perkamentus aan. 'Waarom kwam hij terug? Bent u daar ooit achter gekomen?'

'Ik heb wel ideeën, maar meer ook niet,' zei Perkamentus.

'Wat voor ideeën, professor?'

'Dat zal ik je vertellen als je de herinnering van professor Slakhoorn in je bezit hebt, Harry. Als we over dat laatste stukje van de puzzel beschikken, zal alles hopelijk duidelijk zijn... voor ons beiden.'

Harry was nog steeds vreselijk nieuwsgierig en verroerde zich niet, ook al was Perkamentus al naar de deur gelopen en hield hij die nu voor hem open.

'Was hij weer op Verweer tegen de Zwarte Kunsten uit, professor? Hij zei niet...'

'O, hij wilde zeker Verweer tegen de Zwarte Kunsten hebben,' zei

Perkamentus. 'Dat bleek wel uit de nasleep van onze kleine confrontatie. Sinds ik Heer Voldemorts sollicitatie afwees, heeft geen enkele leraar Verweer tegen de Zwarte Kunsten het langer dan een jaar volgehouden.'

HOOFDSTUK 21

DE ONKENBARE KAMER

*E*en week lang probeerde Harry wanhopig te bedenken hoe hij Slakhoorn moest overhalen hem zijn ware herinnering te geven, maar de inspiratie bleef uit en hij zocht noodgedwongen zijn toevlucht tot wat hij steeds vaker deed als hij het niet meer wist: hij bladerde in *Toverdranken voor Gevorderden* in de hoop dat de Prins iets bruikbaars in de kantlijn geschreven zou hebben.

'Daar vind je heus niets in,' zei Hermelien zondagavond laat gedecideerd.

'Begin nou niet wéér, Hermelien,' zei Harry. 'Als de Prins er niet geweest was, zou Ron niet meer naast ons zitten.'

'Jawel, als jij in je eerste schooljaar beter naar Sneep geluisterd had,' zei Hermelien.

Harry negeerde haar. Hij had net een spreuk (*Sectumsempra!*) in de kantlijn zien staan, boven de intrigerende toevoeging 'Alleen voor vijanden' en wilde hem dolgraag uitproberen, maar het leek hem verstandig dat niet in aanwezigheid van Hermelien te doen. In plaats daarvan vouwde hij stiekem een hoekje van de bladzijde om.

Ze zaten in de leerlingenkamer bij de haard; er waren alleen nog maar wat zesdejaars op. Toen ze eerder die avond terugkwamen van het eten, had een nieuw perkament op het prikbord voor de nodige opwinding gezorgd, want het kondigde de datum van hun Verschijnselexamen aan. Leerlingen die op of voor 21 april zeventien werden konden zich inschrijven voor extra lessen die (onder streng toezicht) zouden plaatsvinden in Zweinsveld.

Ron was in paniek geraakt toen hij dat las: hij was er nog steeds niet in geslaagd om te Verschijnselen en was bang dat hij niet op tijd klaar zou zijn voor het examen. Hermelien had inmiddels twee keer met succes Verschijnseld en was ietsje zelfverzekerder, maar Harry werd pas over vier maanden zeventien en kon het examen dus niet afleggen, of hij er klaar voor was of niet.

'Maar jij kúnt tenminste Verschijnselen!' zei Ron gespannen. 'Ik denk dat het in juni een makkie voor je is!'

'Nou, ik heb het pas één keer gedaan,' herinnerde Harry hem eraan; tijdens hun laatste les was hij er eindelijk in geslaagd om te verdwijnen en weer in zijn hoepel op te duiken.

Na veel tijd verspild te hebben met getob over Verschijnselen, had Ron nu de grootste moeite om een ongelooflijk lastig werkstuk voor Sneep op tijd af te krijgen. Harry had het al af, net als Hermelien, maar verwachtte dat hij er een slecht cijfer voor zou krijgen; hij was het oneens met Sneep als het ging om de beste manier om Dementors af te weren. Niet dat dat hem veel kon schelen; Slakhoorns herinnering was nu het allerbelangrijkste.

'Harry, die stomme Prins kan je hier echt niet bij helpen!' zei Hermelien met stemverheffing. 'Je kunt mensen maar op één manier dwingen iets te doen wat ze niet willen en dat is door middel van de Imperiusvloek, die toevallig illegaal is –'

'Alsof ik dat niet weet,' zei Harry. Hij keek niet op uit zijn boek. 'Daarom zoek ik juist wat anders. Volgens Perkamentus werkt Veritaserum ook niet, maar misschien staat er iets in over een spreuk of een drankje...'

'Je pakt het verkeerd aan,' zei Hermelien. 'Volgens Perkamentus kan alleen jíj die herinnering bemachtigen. Dat houdt in dat jij Slakhoorn op de een of andere manier kunt ompraten en anderen niet. Het is geen kwestie van hem stiekem een drankje toedienen. Dat zou iedereen kunnen...'

'Hoe spel je "consolidatie"?' vroeg Ron. Hij schudde verwoed met zijn veer en keek naar zijn perkament. 'Toch niet K – O – N – T...'

'Nee,' zei Hermelien. Ze trok Rons werkstuk naar zich toe. 'En "agressie" begint ook niet met O – R – G – I – E. Wat voor veer heb je daar?'

'Zo'n Superspellende, van Fred en George, maar volgens mij is de betovering bijna uitgewerkt...'

'Dat lijkt me ook,' zei Hermelien en ze wees op de titel van zijn werkstuk. 'We moesten schrijven over Dementors, niet over "Drollators" en ik kan me ook niet herinneren dat jij je naam veranderd hebt in "Renald Wombel".'

'O nééé!' zei Ron. Hij keek vol afgrijzen naar het perkament. 'Moet ik dat hele pokkending nu overschrijven?'

'Maak je niet druk, ik kan het wel herstellen,' zei Hermelien en ze pakte haar toverstok.

339

'Ik hou van je, Hermelien,' zei Ron. Hij liet zich achterover zakken in zijn stoel en wreef vermoeid in zijn ogen.

Hermelien werd een beetje rood maar zei alleen: 'Laat Belinda dat niet horen.'

'Ik kijk wel uit,' zei Ron tussen zijn vingers door. 'Of misschien ook niet... wie weet maakt ze het dan uit...'

'Waarom maak jíj het niet uit als je er geen zin meer in hebt?' vroeg Harry.

'Jij hebt nog nooit iemand gedumpt, hè?' zei Ron. 'Jij en Cho zijn...'

'Zo'n beetje uit elkaar gegroeid, ja,' zei Harry.

'Ik wou dat dat met Belinda en mij ook gebeurde,' zei Ron somber. Hij keek hoe Hermelien zwijgend op de verkeerd gespelde woorden tikte met haar toverstok, zodat ze automatisch gecorrigeerd werden. 'Maar hoe meer ik laat doorschemeren dat ik ermee wil kappen, hoe steviger ze zich aan me vastklampt. Het is alsof je met de reuzen-inktvis omgaat.'

'Alsjeblieft,' zei Hermelien zo'n twintig minuten later. Ze gaf Ron zijn werkstuk terug.

'Hartstikke bedankt,' zei Ron. 'Mag ik jouw veer even lenen voor de laatste regels?'

Harry had tot dusver nog niets bruikbaars kunnen ontdekken in de aantekeningen van de Halfbloed Prins en keek om zich heen. Zij waren als laatsten op; Simon was net naar bed gegaan, na Sneep en zijn werkstuk hartgrondig vervloekt te hebben. De enige geluiden waren het geknetter van het vuur en het gekras van Rons geleende veer terwijl hij een laatste alinea over Dementors schreef. Harry had het boek van de Halfbloed Prins net dichtgeslagen en leunde geeuwend achterover toen –

Beng.

Hermelien slaakte een gilletje, Ron morste inkt over zijn werkstuk en Harry zei: 'Knijster!'

De huis-elf boog diep en sprak tegen zijn knoestige tenen.

'Meester zei dat hij regelmatig verslag wil over wat de jonge Malfidus uitvoert en dus komt Knijster –'

Beng.

Dobby verscheen naast Knijster. De theemuts op zijn hoofd stond scheef.

'Dobby heeft ook geholpen, Harry Potter!' piepte hij en hij keek boos naar Knijster. 'En Knijster moet het tegen Dobby zeggen als hij naar Harry Potter gaat, zodat ze samen verslag kunnen doen!'

'Wat krijgen we nou?' vroeg Hermelien, nog steeds geschokt door die plotselinge verschijningen. 'Wat is er aan de hand, Harry?'

Harry aarzelde even. Hij had niet aan Hermelien verteld dat hij Malfidus liet schaduwen door Knijster en Dobby omdat alles wat met huis-elfen te maken had erg gevoelig lag bij haar.

'Nou... ik heb gevraagd of ze Malfidus wilden volgen,' zei hij.

'Dag en nacht,' kraste Knijster.

'Dobby heeft een week niet geslapen, Harry Potter!' zei Dobby trots en hij wankelde een beetje.

Hermelien was diep verontwaardigd.

'Heb je niet geslapen, Dobby? Harry, je hebt toch niet gezegd –'

'Nee, natuurlijk niet,' zei Harry haastig. 'Dobby, je mag slapen, goed? Maar zijn jullie nog iets te weten gekomen?' vroeg hij voor Hermelien hem weer in de rede kon vallen.

'De jongeheer Malfidus beweegt zich met een nobelheid die past bij iemand van zuiver bloed,' kraste Knijster. 'Zijn gezicht doet denken aan het fijnbesneden gelaat van mijn meesteres en zijn manieren zijn –'

'Draco Malfidus is een slechte jongen!' piepte Dobby boos. 'Een slechte jongen die – die –'

Hij rilde van het kwastje op zijn theemuts tot de puntjes van zijn sokken en rende toen naar de haard, alsof hij in het vuur wilde duiken. Harry had zoiets verwacht en greep hem stevig bij zijn middel. Dobby spartelde een paar seconden tegen en werd toen slap.

'Dank u, Harry Potter,' hijgde hij. 'Het kost Dobby nog steeds moeite om kwaad te spreken over zijn oude meesters...'

Harry liet hem los. Dobby zette zijn theemuts recht en zei uitdagend tegen Knijster: 'Maar Knijster moet weten dat Draco Malfidus geen goede meester is voor een huis-elf!'

'Ja, we hoeven niet te horen hoeveel je van Malfidus houdt, Knijster,' zei Harry. 'Sla dat maar over en vertel wat hij heeft uitgevoerd.'

Knijster boog opnieuw, al keek hij woedend, en zei: 'Jongeheer Malfidus eet in de Grote Zaal, slaapt op een slaapzaal in de kerkers, woont lessen bij in verschillende –'

'Vertel jij het, Dobby,' viel Harry hem in de rede. 'Doet Malfidus dingen die hij niet zou moeten doen?'

'Harry Potter, meneer,' piepte Dobby en zijn enorme, bolle ogen glansden in de gloed van de haard, 'de jonge Malfidus heeft geen regels overtreden, voor zover Dobby kan achterhalen, maar hij doet wel alle mogelijke moeite om niet gezien te worden. Hij gaat regelmatig naar de zevende verdieping, samen met allerlei andere leerlingen die op de uitkijk blijven staan terwijl hij zich terugtrekt in –'

'De Kamer van Hoge Nood!' zei Harry. Hij sloeg zichzelf op zijn voorhoofd met *Toverdranken voor Gevorderden* en Ron en Hermelien keken hem verbaasd aan. 'Daar gaat hij stiekem heen! Daar doet hij... wat hij dan ook doet! Ik wil wedden dat ik hem daarom niet op de Sluipwegwijzer kon ontdekken – nu ik erover nadenk, kan ik me niet herinneren dat ik de Kamer van Hoge Nood er ooit op heb zien staan.'

'Misschien wisten de makers van de Sluipwegwijzer niet dat die kamer bestond,' zei Ron.

'Ik denk eerder dat het deel uitmaakt van de magie van de kamer,' zei Hermelien. 'Als je wilt dat de kamer onleesbaar is, dan is hij dat ook.'

'Dobby, kon je Malfidus naar binnen volgen om te zien wat hij uit-voert?' vroeg Harry gretig.

'Nee, Harry Potter. Dat is onmogelijk,' zei Dobby.

'Dat is het niet,' zei Harry. 'Malfidus wist vorig jaar binnen te komen toen daar het hoofdkwartier van de SVP was. Dan zou ik er toch ook in moeten kunnen om hem te bespioneren? Geen pro-bleem.'

'Ik denk niet dat dat lukt, Harry,' zei Hermelien langzaam. 'Malfi-dus wist precies waar we de kamer voor gebruikten, omdat die stom-me Marina ons verraden had. De kamer moest voor hem het hoofd-kwartier van de SVP worden en dus gebeurde dat ook. Maar jij weet niet wat de kamer wordt als Malfidus er is en daarom kun je hem niet vragen waarin hij moet veranderen.'

'Daar is vast wel iets op te vinden.' Harry veegde haar bezwaar van tafel. 'Geweldig, Dobby!'

'Knijster heeft het ook goed gedaan,' zei Hermelien vriendelijk, maar in plaats van dankbaar te zijn wendde Knijster zijn enorme, bloeddoorlopen ogen af en kraste hij tegen het plafond: 'Het Mod-derbloedje praat tegen Knijster; Knijster doet alsof hij haar niet hoort –'

'Maak dat je wegkomt!' beet Harry hem toe. Knijster maakte een laatste diepe buiging en Verdwijnselde. 'Ga jij maar lekker slapen, Dobby.'

'Dank u, Harry Potter, meneer!' piepte Dobby blij en hij verdween ook.

'Dit is fantastisch!' zei Harry enthousiast zodra de leerlingenkamer weer huis-elfvrij was. 'We weten waar Malfidus heen gaat! Hij zit in de val!'

'Ja, geweldig,' zei Ron somber. Hij deed verwoede pogingen om de met inkt doordrenkte massa perkament die een bijna voltooid werkstuk was geweest weer schoon te maken; Hermelien trok het perkament naar zich toe en begon de inkt op te zuigen met haar toverstok.

'Maar wat bedoelde Dobby toen hij zei dat Malfidus "allerlei andere leerlingen" bij zich heeft?' vroeg Hermelien. 'Hoeveel mensen weten ervan? Je zou toch denken dat hij juist bijna niemand in vertrouwen zou nemen...'

'Ja, dat is gek,' zei Harry. 'Ik hoorde hem tegen Korzel zeggen dat die zich er niet mee moest bemoeien, dus waarom vertelt hij het dan aan al die... al die...'

Harry's stem stierf weg en hij staarde naar het vuur.

'Allemachtig, wat ben ik stom geweest!' zei hij. 'Het is zo klaar als een klontje! Er stond een enorme ketel vol in de kerker... hij kan gemakkelijk een beetje gejat hebben tijdens de les...'

'Wat gejat?' vroeg Ron.

'Wisseldrank. Hij heeft wat van de Wisseldrank gestolen die Slakhoorn tijdens onze eerste Toverdrankenles liet zien. Malfidus laat helemaal niet allerlei leerlingen op de uitkijk staan... het zijn gewoon Korzel en Kwast! Ja, het klopt allemaal!' zei Harry. Hij sprong op en begon te ijsberen voor de haard. 'Korzel en Kwast zijn zó stom dat ze toch wel doen wat Malfidus zegt, ook al wil hij niet vertellen wat hij in zijn schild voert... maar hij wil niet dat ze betrapt worden terwijl ze bij de Kamer van Hoge Nood rondhangen en dus laat hij ze Wisseldrank innemen, zodat ze op andere mensen lijken... die twee meisjes die hij bij zich had toen hij niet naar het Zwerkbal ging – ha! Dat waren Korzel en Kwast!'

'Dus het kleine meisje dat haar weegschaal liet vallen...' zei Hermelien verbluft.

'Ja, natuurlijk!' zei Harry. 'Natuurlijk! Malfidus was in de kamer en dus liet ze – wat zeg ik? – dus liet *hij* de weegschaal vallen om Malfidus te waarschuwen dat hij niet naar buiten moest komen! Net als toen dat meisje een fles kikkerdril liet vallen! We zijn de hele tijd gewoon langs hem heen gelopen, zonder dat we het wisten!'

'Dus hij dwingt Korzel en Kwast om in meisjes te veranderen?' schaterde Ron. 'Jemig... geen wonder dat ze tegenwoordig zo chagrijnig kijken... het valt me mee dat ze niet gewoon gezegd hebben dat hij kan doodvallen...'

'Dat zouden ze natuurlijk niet doen als hij hun het Duistere Teken heeft laten zien,' zei Harry.

'Hmmm... het Duistere Teken waarvan we niet weten of het wel bestaat,' zei Hermelien sceptisch. Ze rolde het opgedroogde werkstuk op, voor er nog meer mee kon gebeuren, en gaf het aan Ron.

'We zullen zien,' zei Harry zelfverzekerd.

'Dat denk ik ook,' zei Hermelien. Ze stond op en rekte zich uit. 'Maar voor je vreselijk opgewonden wordt, wil ik je er nog wel even op wijzen dat je volgens mij niet in de Kamer van Hoge Nood kunt komen als je niet weet wat daar is.' Ze hees haar tas over haar schouder en keek Harry serieus aan. 'En ik zou vooral niet vergeten dat je je *eigenlijk* moet concentreren op die herinnering van Slakhoorn. Welterusten.'

Harry keek haar een beetje knorrig na. Zodra de deur naar de meisjesslaapzalen was dichtgegaan wendde hij zich tot Ron.

'Wat vind jij?'

'Ik wou dat ik kon Verdwijnselen als een huis-elf,' zei Ron en hij staarde naar de plek waar Dobby in het niets was opgelost. 'Dan zou dat Verschijnselexamen een makkie zijn.'

Harry sliep die nacht slecht. Hij lag uren wakker en vroeg zich af waar Malfidus de Kamer van Hoge Nood voor gebruikte en wat hij zou zien als hij er de volgende dag ging kijken. Ondanks Hermeliens bezwaren was Harry ervan overtuigd dat als Malfidus het hoofdkwartier van de SVP had kunnen zien, híj zou kunnen zien waar Malfidus de kamer voor gebruikte. Wat zou het zijn? Een vergaderruimte? Een schuilplaats? Een opslagkamer? Een werkplaats? Harry's gedachten werkten koortsachtig en toen hij uiteindelijk in slaap viel, werden zijn dromen verstoord door beelden van Malfidus die veranderde in Slakhoorn, die veranderde in Sneep...

Harry's verwachtingen waren hooggespannen tijdens het ontbijt: hij had een vrij uur voor Verweer tegen de Zwarte Kunsten en had besloten dan een poging te doen de Kamer van Hoge Nood binnen te dringen. Hermelien luisterde heel nadrukkelijk niet naar zijn gefluisterde plan en dat irriteerde Harry, want hij dacht dat ze hem zou kunnen helpen als ze dat wilde.

'Hoor eens,' zei hij zacht en hij legde zijn hand op de *Ochtendpro-feet* die ze net had losgemaakt van een postuil, zodat ze de krant niet kon openslaan en erachter verdwijnen, 'ik ben Slakhoorn echt niet vergeten, maar ik heb geen flauw idee hoe ik die herinnering te pakken moet krijgen. Ik wacht op een briljante ingeving. Kan ik in de tussentijd dan niet net zo goed proberen erachter te komen wat Malfidus uitvoert?'

'Ik heb al gezegd dat je Slakhoorn moet *overhalen*,' zei Hermelien. 'Het is geen kwestie van hem beetnemen of beheksen, anders had Perkamentus dat binnen twee tellen kunnen doen. In plaats van je tijd te verspillen aan de Kamer van Hoge Nood, kun je beter een beroep doen op Slakhoorns gevoelens.' Ze trok de *Profeet* onder Harry's hand uit, sloeg hem open en keek op de voorpagina.

'Zijn er nog bekenden –?' vroeg Ron terwijl Hermelien de koppen las.

'Ja!' zei Hermelien en Harry en Ron verslikten zich in hun ontbijt. 'Maar niet schrikken, hij is niet dood! Het gaat om Levenius: hij is gearresteerd en naar Azkaban gestuurd! Blijkbaar heeft hij zich tijdens een poging tot inbraak voorgedaan als een Necroot... en er is een zekere Octavius Plopper verdwenen... o, wat vreselijk: een jongetje van negen is gearresteerd wegens poging tot moord op zijn grootouders. Ze denken dat hij onder de Imperiusvloek verkeerde...'

Gedurende de rest van het ontbijt werd er niets meer gezegd. Hermelien ging naar Oude Runen, Ron naar de leerlingenkamer omdat hij nog steeds het laatste stukje van zijn werkstuk over Dementors moest schrijven en Harry naar de gang op de zevende verdieping en de muur tegenover het wandtapijt van Barnabas de Onbenullige die probeerde balletles te geven aan trollen.

Harry deed zijn Onzichtbaarheidsmantel om toen niemand hem zag, maar had zich in feite die moeite kunnen besparen, want de gang op de zevende verdieping was uitgestorven. Harry wist niet of hij meer kans maakte om de kamer binnen te komen als Malfidus er was of juist niet, maar zijn eerste poging zou in elk geval niet bemoeilijkt worden door de aanwezigheid van Korzel of Kwast, vermomd als elfjarig meisje.

Harry deed zijn ogen dicht toen hij bijna bij de plek was waar de deur van de Kamer van Hoge Nood verscholen was. Hij wist wat hij moest doen; daar was hij vorig jaar een expert in geworden. Hij concentreerde zich uit alle macht en dacht: *Ik moet weten wat Malfidus daarbinnen uitvoert... ik moet weten wat Malfidus daarbinnen uitvoert... ik moet weten wat Malfidus daarbinnen uitvoert...*

Hij liep drie keer langs de deur, deed toen met bonzend hart zijn ogen open en keek – maar zag alleen een doodgewoon stuk muur.

Hij duwde voorzichtig tegen de muur. De stenen waren massief en gaven niet mee.

'Oké,' zei Harry hardop. 'Oké, dan heb ik het verkeerde gedacht...'

Hij peinsde even en begon weer te lopen, met zijn ogen dicht.

Ik moet weten waar Malfidus stiekem naartoe gaat... Ik moet weten waar Malfidus stiekem naartoe gaat...

Na drie keer lopen opende hij verwachtingsvol zijn ogen.

Geen deur.

'Hè, kom nou!' zei hij geërgerd tegen de muur. 'Dat was een duidelijke instructie... nou, goed...'

Hij dacht een paar minuten na en begon toen weer te lopen.

Ik wil dat je de ruimte wordt die je ook voor Draco Malfidus wordt...

Hij deed na drie keer lopen niet meteen zijn ogen open maar luisterde aandachtig, alsof hij hoopte dat de deur met een ploppend geluidje zou verschijnen. Hij hoorde echter niets, behalve het gefluit van de vogels buiten, en deed zijn ogen open.

Nog steeds geen deur.

Harry vloekte en iemand gilde. Toen hij omkeek zag hij een stel paniekerige eerstejaars de hoek om sprinten, die blijkbaar dachten dat ze een grofgebekte geest tegen het lijf gelopen waren.

Harry probeerde een uur lang alle variaties op 'Ik moet weten wat Draco Malfidus daarbinnen uitvoert' die hij maar bedenken kon, maar was ten slotte gedwongen om toe te geven dat Hermelien misschien toch gelijk had gehad: de kamer weigerde hem toe te laten. Gefrustreerd en boos ging Harry naar Verweer tegen de Zwarte Kunsten. Onderweg deed hij zijn Onzichtbaarheidsmantel af en propte die in zijn schooltas.

'Alweer te laat, Potter,' zei Sneep kil toen Harry het met kaarsen verlichte lokaal binnenglipte. 'Tien punten aftrek voor Griffoendor.'

Harry keek boos naar Sneep terwijl hij naast Ron neerplofte. De helft van de leerlingen stond nog naast hun tafeltje, pakte boeken en legde spullen goed: hij kon echt niet veel later zijn dan de rest.

'Voor we beginnen, wil ik eerst jullie werkstuk over Dementors,' zei Sneep. Hij zwaaide achteloos met zijn toverstok, zodat vijfentwintig rollen perkament opstegen en in een nette stapel op zijn bureau landden. 'En ik hoop voor jullie dat ze beter zijn dan de rommel die ik voorgeschoteld kreeg over verzet tegen de Imperiusvloek. Goed, als jullie je boek nu openslaan op pagina – ja, meneer Filister?'

'Professor,' zei Simon, 'ik vroeg me af hoe je precies het verschil

346

kunt zien tussen een Necroot en een geest. Er stond iets in de *Profeet* over een Necroot –'

'Welnee,' zei Sneep verveeld.

'Maar professor, ik hoorde dat –'

'Als u het artikel in kwestie ook echt gelezen had, meneer Filister, dan zou u weten dat die zogenaamde Necroot in werkelijkheid een stinkende insluiper genaamd Levenius Lorrebos was.'

'Ik dacht dat Sneep en Levenius aan dezelfde kant stonden?' mompelde Harry tegen Ron en Hermelien. 'Zou hij het dan juist niet erg moeten vinden dat Levenius gear –'

'Maar ik geloof dat Potter meer te melden heeft over dit onderwerp,' zei Sneep. Hij wees plotseling op Harry, die achter in de klas zat, en keek hem doordringend aan met zijn zwarte ogen. 'Laten we eens aan Potter vragen wat het verschil is tussen een Necroot en een geest.'

De hele klas keek naar Harry, die zich haastig probeerde te herinneren wat Perkamentus verteld had op de avond dat ze op bezoek waren geweest bij Slakhoorn.

'Eh – nou – geesten zijn doorzichtig –' zei hij.

'Een meesterlijke uiteenzetting!' viel Sneep hem schamper in de rede. 'Je ziet wel dat bijna zes jaar magisch onderwijs niet voor niets geweest is, Potter. *Geesten zijn doorzichtig.*'

Patty Park grinnikte hatelijk en een paar andere leerlingen grijnsden. Harry haalde diep adem en probeerde rustig te blijven, ook al kookte hij vanbinnen. 'Ja, geesten zijn doorzichtig, maar Necroten zijn dode lichamen. Die zijn dus massief –'

'Dat had een kind van vijf ons ook kunnen vertellen,' smaalde Sneep. 'Een Necroot is een lijk dat gereanimeerd is door de spreuken van een Duistere tovenaar. Het leeft niet, maar wordt als een soort marionet gebruikt door de tovenaar en voert zijn bevelen uit. Een geest, zoals jullie inmiddels hopelijk weten, is de afdruk die een heengegane ziel heeft achtergelaten op aarde... en, zoals Potter ten overvloede vermeldde, is die inderdaad *doorzichtig.*'

'Nou, wat Harry zei komt anders goed van pas als je het verschil wilt zien tussen die twee!' zei Ron. 'Als je in een donker steegje plotseling tegenover zo'n ding staat, kijk je misschien wel of hij massief is maar vraag je niet: "Sorry, maar bent u de afdruk van een heengegane ziel?"'

Veel leerlingen lachten, maar hielden daar meteen mee op toen ze Sneep zagen kijken.

'Nogmaals tien punten aftrek voor Griffoendor,' zei Sneep. 'Ik had ook niets subtielers van je verwacht, Ronald Wemel: een jongen die zelf zo massief is dat hij nog geen twee centimeter kan Verschijnselen.'

'Nee!' fluisterde Hermelien. Ze greep Harry bij zijn arm toen die woedend zijn mond opendeed. 'Het heeft geen zin! Je krijgt alleen maar meer strafwerk. Niet doen!'

'Sla jullie boek nu open op pagina 213,' zei Sneep met een zelf- voldane grijns, 'en lees de eerste twee alinea's over de Cruciatus- vloek...'

Ron was de rest van de les erg stil. Zodra de bel ging liep Belinda naar Ron en Harry toe (Hermelien verdween op mysterieuze wijze toen Belinda aan kwam lopen) en schold op Sneep omdat hij Ron ge- pest had met Verschijnselen, maar dat scheen Ron alleen maar te ir- riteren. Hij schudde haar af door vlug met Harry de jongens-wc in te schieten.

'Eigenlijk heeft Sneep gelijk, hè?' zei Ron nadat hij een minuut of wat in een gebarsten spiegel had gestaard. 'Ik weet niet of het wel de moeite waard is om examen te doen. Ik krijg dat Verschijnselen toch niet onder de knie.'

'Als ik jou was, zou ik die extra lessen in Zweinsveld volgen en kij- ken of je daar iets mee opschiet,' zei Harry. 'Het lijkt me in elk geval interessanter dan wéér te proberen om binnen die stomme hoepel te komen. Als het dan nog steeds – je weet wel – niet zo goed gaat als je wilt, kun je het examen misschien beter even uitstellen. Wie weet kunnen we het van de zomer samen – Jenny, dit is een jongens-wc!'

De geest van een meisje was opgestegen uit een toilet achter hen. Ze zweefde nu in de lucht en keek hen aan door een dikke, ronde, witte bril.

'O, zijn jullie het,' zei ze sip.

'Wie verwachtte je dan?' zei Ron. Hij keek haar aan in de spiegel.

'Niemand,' zei Jenny. Ze pulkte somber aan een puist op haar kin. 'Hij zei dat hij me zou komen opzoeken, maar dat zei jíj ook...' ze keek Harry verwijtend aan, '... en ik heb je al maanden en maanden niet meer gezien. Ik heb geleerd om niet te veel van jongens te verwach- ten.'

'Ik dacht dat je op de meisjes-wc woonde?' zei Harry. Dat was de reden waarom hij daar nu al jaren uit de buurt bleef.

'Ja,' zei ze en ze haalde nors haar schouders op, 'maar dat wil nog niet zeggen dat ik niet ergens anders op *bezoek* kan gaan. Ik heb je ook een keer gezien toen je in bad zat, weet je nog?'

'Maar al te goed,' zei Harry.

'Ik dacht dat hij me aardig vond,' zei ze klaaglijk. 'Als jullie nou opkrassen, komt hij misschien weer terug... we hadden een heleboel
gemeen... ik weet zeker dat hij er ook zo over dacht...'

Ze keek hoopvol naar de deur.

'Bedoel je met een heleboel gemeen hebben dat hij ook in een
toilet woont?' vroeg Ron geamuseerd.

'Nee,' zei Jenny uitdagend. 'Ik bedoel dat hij gevoelig is, dat mensen hem pesten, dat hij eenzaam is, niemand heeft om mee te praten en niet bang is om zijn gevoelens te laten zien en te huilen!'

'Heeft er hier een jongen staan huilen?' vroeg Harry nieuwsgierig.
'Een jonge jongen?'

'Gaat je niks aan!' zei Jenny. Haar kleine, vochtige ogen keken naar
Ron, die nu breed stond te grijnzen. 'Ik heb beloofd dat ik het aan
niemand zou vertellen en ik neem zijn geheim mee in het –'

'Vast niet in het graf!' gnuifde Ron. 'Misschien in het riool?'

Jenny brulde het uit van woede en dook het toilet weer in, zodat
het water uit de pot spatte en op de vloer droop. Blijkbaar had het
pesten van Jenny Ron een oppepper gegeven.

'Je hebt gelijk,' zei hij en hij gooide zijn schooltas over zijn schouder. 'Ik doe die oefensessies in Zweinsveld en besluit dan of ik examen wil doen of niet.'

En dus ging Ron het weekend daarna mee met Hermelien en de
andere zesdejaars die op tijd zeventien zouden worden. Harry keek
jaloers toe hoe ze zich voorbereidden op hun trip naar het dorp; hij
miste de bezoekjes aan Zweinsveld en het was nu juist een prachtige lentedag. Voor het eerst in weken was de lucht helderblauw, maar
hij had besloten opnieuw een poging te wagen de Kamer van Hoge
Nood binnen te komen terwijl zijn vrienden weg waren.

'Je kunt beter gewoon naar de kamer van Slakhoorn gaan en proberen die herinnering te pakken te krijgen,' zei Hermelien toen Harry
haar en Ron in de hal over zijn plannen vertelde.

'Ik doe mijn best!' zei Harry boos en dat klopte ook. Hij bleef tegenwoordig na Toverdranken steeds achter, in een poging om Slakhoorn te spreken, maar die verliet de kerker zo snel dat Harry hem
nog niet had kunnen aanschieten. Harry had twee keer bij zijn kamer
aangeklopt, maar Slakhoorn had niet opengedaan, ook al wist Harry
zeker dat er de tweede keer vlug een ouderwetse grammofoon werd
uitgezet.

'Hij wil me niet spreken, Hermelien! Hij weet dat ik probeer om met hem alleen te zijn en hij doet alles om dat te voorkomen!'

'Nou, dan moet je het gewoon maar blijven proberen, hè?'

Een rijtje leerlingen schuifelde langs Vilder, die zoals gewoonlijk overal in porde met zijn Hypocrietspriet, en Harry gaf geen antwoord voor het geval de conciërge hem zou horen. Hij wenste Ron en Hermelien succes en liep toen de marmeren trap op. Hij was vastbesloten een paar uur te besteden aan de Kamer van Hoge Nood, wat Hermelien ook zei.

Zodra hij niet meer gezien kon worden vanuit de hal, haalde Harry de Sluipwegwijzer en zijn Onzichtbaarheidsmantel uit zijn tas. Toen hij onzichtbaar was tikte hij op de kaart, mompelde: 'Ik zweer plechtig dat ik snode plannen heb' en bestudeerde de Sluipwegwijzer zorgvuldig.

Het was zondagochtend en dus was bijna iedereen in de diverse leerlingenkamers: de Griffoendors in een toren, de Ravenklauwen in een andere, de Zwadderaars in de kerkers en de Huffelpufs in het souterrain in de buurt van de keuken. Hier en daar dwaalde iemand door de gangen of de bibliotheek... er waren ook wat mensen buiten... en in een gang op de zevende verdieping stond Karel Kwast, helemaal alleen. De Kamer van Hoge Nood was nergens te bekennen, maar daar maakte Harry zich geen zorgen om; als Kwast op wacht stond was de kamer open, of de Sluipwegwijzer dat nu wist of niet. Harry holde de trap op en begon pas wat langzamer te lopen toen hij bij de hoek van de gang was. Geruisloos sloop hij naar hetzelfde meisje met de zware koperen weegschaal dat Hermelien twee weken geleden geholpen had. Toen hij vlak achter haar stond boog hij zich naar haar toe en fluisterde: 'Hallo... wat ben jij een leuk meisje!'

Kwast gilde het uit, gooide de weegschaal in de lucht en zette het op een lopen. De galmende klap waarmee de weegschaal neerkwam was nog lang niet weggestorven toen Kwast al lang verdwenen was. Harry draaide zich lachend om en bestudeerde het onopvallende stuk muur waar Malfidus nu vast geschrokken achter stond. Hij besefte dat er een onwelkome bezoeker was, maar durfde niet naar buiten te komen en dat gaf Harry een aangenaam gevoel van macht terwijl hij probeerde te bedenken welke formulering hij nog niet gebruikt had.

Die hoopvolle stemming duurde niet lang. Een halfuur later, nadat hij opnieuw vele variaties had uitgeprobeerd op zijn verzoek om te mogen zien wat Malfidus uitvoerde, was de muur nog steeds even deurloos als altijd. Harry voelde zich mateloos gefrustreerd;

misschien was Malfidus nog geen meter van hem vandaan, maar toch had hij geen flauw idee wat hij daarbinnen deed. Harry's geduld raakte plotseling op; hij rende naar de muur en gaf er een schop tegen.

'AU!'

Het voelde alsof hij zijn teen gebroken had; terwijl hij zijn voet beetgreep en op één been ronddanste, gleed de Onzichtbaarheidsmantel van hem af.

'Harry?'

Hij tolde rond op zijn ene been en viel. Tot zijn stomme verbazing kwam Tops doodkalm aanlopen, alsof ze wel vaker een wandelingetje door die gang maakte.

'Wat doe jij hier?' zei hij en hij krabbelde haastig overeind; het was alsof Tops hem altijd betrapte als hij languit op de grond lag.

'Ik wilde Perkamentus spreken,' zei ze.

Harry vond dat ze er slecht uitzag. Ze was magerder en haar muisbruine haar was slap en futloos.

'Zijn kamer is niet hier, maar aan de andere kant van het kasteel,' zei Harry. 'Achter een waterspuwer –'

'Weet ik,' zei Tops. 'Hij is er niet. Blijkbaar is hij weer weg.'

'O ja?' zei Harry. Hij zette zijn gekneusde voet voorzichtig neer. 'Hé – weet jij toevallig waar hij dan naartoe gaat?'

'Nee,' zei Tops.

'Waarover wilde je hem spreken?'

'O, niks bijzonders,' zei Tops. Ze plukte onbewust aan de mouw van haar gewaad. 'Ik dacht dat hij misschien zou weten wat er aan de hand is... ik heb geruchten gehoord... er zijn mensen gewond...'

'Ja, weet ik. Het stond in de krant,' zei Harry. 'Dat ventje dat zijn grootouders probeerde te –'

'De *Profeet* loopt vaak achter,' zei Tops, schijnbaar zonder naar Harry te luisteren. 'Heb je de laatste tijd nog brieven gehad van iemand van de Orde?'

'Er is niemand meer van de Orde die me schrijft,' zei Harry. 'Niet sinds Sirius –'

Hij zag dat haar ogen vol tranen stonden.

'Sorry,' mompelde hij opgelaten. 'Ik bedoel... ik mis hem ook...'

'Wat?' zei Tops nogal wezenloos, alsof ze hem niet gehoord had. 'Nou... ik zie je nog wel, Harry...'

Ze draaide zich abrupt om en liep weer terug in de richting waar ze vandaan kwam. Harry staarde haar na. Na een paar minuten deed hij zijn Onzichtbaarheidsmantel weer om en hervatte hij zijn pogingen om de Kamer van Hoge Nood binnen te komen, maar de overtuiging ontbrak. Ten slotte, toen hij een leeg gevoel in zijn maag kreeg en zich realiseerde dat Ron en Hermelien dadelijk terug zouden komen voor het middageten, staakte hij zijn pogingen en liet hij de gang over aan Malfidus, die hopelijk de eerste uren niet naar buiten zou durven komen.

Ron en Hermelien zaten in de Grote Zaal en waren al halverwege een vroege lunch.

'Gelukt – nou, min of meer!' zei Ron enthousiast toen hij Harry zag. 'Ik moest eigenlijk Verschijnselen voor de tearoom van madame Kruimelaar. Ik schoot iets te ver door en belandde bij Pluimplukker, maar ik kwam in elk geval van mijn plaats!'

'Top!' zei Harry. 'En jij, Hermelien?'

'O, zij deed het natuurlijk perfect,' zei Ron voor Hermelien antwoord kon geven. 'Perfecte beslistheid, bevlogenheid en bezetenheid, of wat het ook mag wezen. We gingen na afloop iets drinken in de Drie Bezemstelen en je had moeten horen hoe Draaisma haar ophemelde! Het verbaast me dat hij haar nog geen aanzoek heeft gedaan –'

'En jij?' vroeg Hermelien, die Ron negeerde. 'Ben je al die tijd bij de Kamer van Hoge Nood geweest?'

'Ja,' zei Harry. 'En raad eens wie ik daar tegen het lijf liep? Tops!'

'Tops?' herhaalden Ron en Hermelien in koor.

'Ja. Ze zei dat ze Perkamentus wilde spreken...'

'Als je het mij vraagt, begint Tops een beetje door te draaien,' zei Ron nadat Harry hun gesprek beschreven had. 'Ze is niet meer de oude na wat er op het Ministerie gebeurd is.'

'Het is wel raar,' zei Hermelien. Om de een of andere reden leek ze erg bezorgd. 'Ze wordt geacht de school te bewaken. Waarom verlaat ze dan haar post om Perkamentus te spreken, terwijl hij er helemaal niet is?'

'Ik bedacht iets,' zei Harry aarzelend. Hij voelde zich onzeker toen hij zijn vermoeden onder woorden bracht; dit was veel meer het terrein van Hermelien. 'Je denkt toch niet dat ze... nou ja... verliefd was op Sirius?'

Hermelien keek hem verbaasd aan.

'Waarom denk je dat in hemelsnaam?'

'Geen idee,' zei Harry schouderophalend, 'maar ze begon bijna te huilen toen ik zijn naam noemde... en haar Patronus is tegenwoordig een groot, viervoetig beest... ik vroeg me af of het... je weet wel... of het misschien Sirius is.'

'Dat zou kunnen,' zei Hermelien langzaam. 'Maar dan snap ik nog steeds niet wat ze hier in het kasteel doet en waarom ze Perkamentus wilde spreken, als dat tenminste de werkelijke reden was...'

'Het is gewoon wat ik al zei,' merkte Ron op en hij werkte grote happen aardappelpuree naar binnen. 'Ze is een beetje de weg kwijt. Ze durft niet goed meer. Vrouwen,' zei hij wijs tegen Harry. 'Er hoeft maar dít te gebeuren en ze zijn van slag.'

'En toch,' zei Hermelien, die uit haar mijmeringen ontwaakte, 'betwijfel ik of veel *vrouwen* een halfuur lang zouden zitten mokken omdat madame Rosmerta niet lachte om hun mop over de feeks, de Heler en de *Mimbulus mimbeltonia*.'

Ron trok een nijdig gezicht.

HOOFDSTUK 22

NA DE BEGRAFENIS

*E*r verschenen stukken hemelsblauwe lucht boven de torens van het kasteel, maar die voortekenen van de naderende zomer konden Harry niet opvrolijken. Zijn pogingen om erachter te komen wat Malfidus uitspookte en om een gesprek aan te knopen met Slakhoorn, zodat die hem misschien de herinnering zou geven die hij al tientallen jaren onderdrukt had, waren op niets uitgelopen.

'Voor de laatste keer, Harry: vergeet Malfidus!' zei Hermelien.

Ze zat samen met Harry en Ron na het middageten in een zonnig hoekje van de binnenplaats. Hermelien en Ron hadden een folder van het Ministerie in hun hand: *Veelgemaakte Vergissingen bij het Verschijnselen en Hoe Die te Voorkomen.* Ze zouden 's middags opgaan voor hun examen, maar het lezen van de foldertjes had hun zenuwen niet kunnen kalmeren. Ron schrok en probeerde zich achter Hermelien te verstoppen toen er een meisje de hoek om kwam.

'Het is Belinda niet,' zei Hermelien vermoeid.

'O, gelukkig,' zei Ron en hij ontspande zich weer.

'Harry Potter?' zei het meisje. 'Ik moest je dit geven...'

'Bedankt...'

Met een hol gevoel in zijn maag pakte Harry het rolletje perkament aan. Zodra het meisje weer buiten gehoorsafstand was zei hij: 'Perkamentus zei dat we verder geen lessen meer zouden hebben zolang ik die herinnering niet te pakken heb!'

'Misschien wil hij weten hoe het ervoor staat?' zei Hermelien terwijl Harry de rol gladstreek. In plaats van het lange, smalle, schuine handschrift van Perkamentus zag hij slordige hanenpoten, die extra moeilijk te lezen waren omdat er grote vlekken op het perkament zaten waar de inkt was doorgelopen.

Beste Harry, Ron en Hermelien,
Aragog is gisteravond gestorven. Harry en Ron, jullie hebben hem gekend

en weten hoe bijzonder hij was. Hermelien, ik weet zeker dat je hem aardig ge-
vonden zou hebben. Het zou veel voor me betekenen als jullie later op de avond
zouden kunnen langskomen voor de begrafenis. Ik was van plan het te doen als
het begint te schemeren; dat was zijn favoriete tijdstip. Ik weet dat jullie dan ei-
genlijk niet meer buiten mogen komen, maar jullie kunnen de Onzichtbaar-
heidsmantel gebruiken. Ik zou het normaal gesproken niet vragen, maar ik zie
het in mijn eentje niet zitten.

    Hagrid

'Moet je dit zien,' zei Harry en hij gaf het briefje aan Hermelien.

'O, allemachtig!' zei ze nadat ze het vlug had doorgelezen. Ze gaf het aan Ron, die steeds ongeloviger keek terwijl hij las.

'Hij is echt *gestoord*!' zei hij woedend. 'Dat monster zei tegen zijn vriendjes dat ze Harry en mij mochten opvreten! Tast toe, daar kwam het op neer! En nu wil Hagrid dat we huilend rond zijn afgrijselijke, harige lichaam gaan staan?'

'Het is niet alleen dat,' zei Hermelien. 'Hij wil dat we 's avonds het kasteel verlaten, terwijl de beveiliging ongelooflijk is aangescherpt en hij weet dat we zwaar in de problemen komen als we betrapt worden.'

'We zijn al eerder 's avonds bij Hagrid geweest,' zei Harry.

'Ja, maar voor zoiets?' zei Hermelien. 'We hebben vaker onze nek uitgestoken om Hagrid te helpen, maar laten we wel wezen – Aragog is dood. Als we hem nou nog konden redden –'

'Dan ging ik helemaal niet,' zei Ron gedecideerd. 'Jij hebt hem nooit ontmoet, Hermelien. Hij kan er alleen maar op vooruitgegaan zijn nu hij dood is, geloof me.'

Harry pakte het briefje weer en keek naar de doorgelopen inkt. Het was duidelijk dat er heel wat tranen op het perkament gevallen waren...

'Harry, je denkt er toch niet echt over om te gaan?' zei Hermelien. 'Het zou zo zinloos zijn om híér strafwerk voor te riskeren!'

Harry zuchtte.

'Ja, weet ik,' zei hij. 'Nou, dan moet Hagrid Aragog maar zonder ons begraven.'

'Inderdaad,' zei Hermelien opgelucht. 'Hoor eens, ik denk dat er vanmiddag bijna niemand bij Toverdranken is, nu zoveel leerlingen Verschijnselexamen doen... probeer Slakhoorn dan een beetje te bewerken.'

'Bedoel je dat ik de zevenenvijftigste keer misschien eindelijk geluk heb?' vroeg Harry verbitterd.

'Geluk!' zei Ron plotseling. 'Dat is het Harry – je moet geluk hebben!'

'Hoe bedoel je?'

'Gebruik je geluksdrank!'

'Dat – dat is het, Ron!' zei Hermelien stomverbaasd. 'Natuurlijk! Waarom heb ik daar zelf niet aan gedacht?'

Harry keek hen aan. 'Felix Fortunatis?' zei hij. 'Nou, ik weet niet... ik wilde het eigenlijk bewaren...'

'Waarvoor?' zei Ron vol ongeloof.

'Wat kan er in hemelsnaam belangrijker zijn dan deze herinnering?' vroeg Hermelien.

Harry gaf geen antwoord. Dat gouden flesje zweefde al een tijdje langs de rand van zijn verbeelding: in de duistere diepten van zijn brein borrelden vage dagdromen waarin Ginny het uitmaakte met Daan en Ron blij was dat ze een ander vriendje had. Die beelden kwamen alleen aan de oppervlakte in zijn dromen of tijdens de schemerperiode als hij half wakker was en half sliep...

'Harry? Ben je er nog?' vroeg Hermelien.

'Wat? Ja, natuurlijk,' zei Harry en hij vermande zich. 'Nou... goed dan. Als ik Slakhoorn vanmiddag niet kan ompraten, neem ik een slok Felix Fortunatis en probeer ik het vanavond nog een keer.'

'Dat is dan geregeld,' zei Hermelien kordaat. Ze stond op en maakte een elegante pirouette. 'Bestemming... besluitvaardigheid... bedachtzaamheid...' mompelde ze.

'Hou op!' smeekte Ron. 'Ik ben toch al misselijk – vlug, ga voor me staan!'

'Het is Belinda niet!' zei Hermelien ongeduldig toen twee meisjes de binnenplaats overstaken en Ron zich haastig achter haar verschool.

'Hè, gelukkig,' zei Ron, nadat hij behoedzaam over Hermeliens schouder had gegluurd. 'Jemig! Ze kijken niet echt blij, hè?'

'Dat zijn de zusjes Malvijn en natuurlijk kijken ze niet blij. Heb je niet gehoord wat er met hun broertje gebeurd is?' vroeg Hermelien.

'Als ik ook nog moet bijhouden wat er met de familie van alle leerlingen gebeurt...' zei Ron.

'Nou, hun broertje is aangevallen door een weerwolf. Het gerucht gaat dat hun moeder weigerde de Dooddoeners te helpen. Hoe dan ook, die jongen was pas vijf en hij is overleden in het St. Holisto. Ze konden hem niet redden.'

'Is hij gestorven?' vroeg Harry geschokt. 'Maar weerwolven bijten toch geen mensen dood? Ze zorgen er alleen voor dat je ook een weerwolf wordt.'

'Soms doden ze mensen,' zei Ron, die nu ongewoon serieus keek. 'Ik heb wel eens vaker gehoord dat dat gebeurde, als de weerwolf zich niet meer kon beheersen.'

'Hoe heette die weerwolf?' vroeg Harry.

'Het gerucht gaat dat het Fenrir Vaalhaar was,' zei Hermelien.

'Ik wist het wel – de maniak die graag kleine kinderen aanvalt! Lupos heeft me over hem verteld!' zei Harry woedend.

Hermelien keek hem somber aan.

'Harry, je móét die herinnering te pakken krijgen!' zei ze. 'Het gaat er allemaal om dat Voldemort wordt tegengehouden. Ja toch? Al die vreselijke dingen komen door hem...'

In het kasteel ging de bel en Hermelien en Ron sprongen geschrokken overeind.

'Ik weet zeker dat het gaat lukken,' zei Harry terwijl ze naar de hal liepen en zich bij de andere leerlingen voegden die Verschijnsel-examen zouden doen. 'Veel succes.'

'En jij ook!' zei Hermelien veelbetekenend terwijl Harry op weg ging naar de kerkers.

Er waren maar drie leerlingen bij Toverdranken: Harry, Ernst en Draco Malfidus.

'Zijn jullie nog te jong om te mogen Verschijnselen?' vroeg Slakhoorn gemoedelijk. 'Nog geen zeventien geworden?'

Ze knikten.

'Nou ja,' zei Slakhoorn, 'nu we met zo weinig zijn, kunnen we misschien eens iets *leuks* doen. Ik wil dat jullie iets amusants voor me brouwen!'

'Dat klinkt goed, professor,' zei Ernst kruiperig en hij wreef in zijn handen, maar bij Malfidus kon er geen lachje af.

'Hoe bedoelt u, iets amusants?' vroeg hij geïrriteerd.

'O, verras me maar,' zei Slakhoorn luchtig.

Malfidus sloeg nors zijn exemplaar van *Toverdranken voor Gevorderden* open. Het was duidelijk dat hij deze les pure tijdverspilling vond. Harry keek stiekem naar hem, over zijn eigen boek heen. Malfidus had dit uur vast veel liever willen doorbrengen in de Kamer van Hoge Nood.

Was het verbeelding of was Malfidus magerder, net als Tops? Hij was beslist bleker en zijn huid had nog steeds een grauwe zweem, waarschijnlijk omdat hij tegenwoordig zo zelden buiten kwam, maar

hij straalde geen greintje zelfvoldaanheid, opwinding of hooghartig-
heid uit. De bravoure uit de Zweinsteinexpres, toen hij openlijk ge-
pocht had over de opdracht die hij gekregen had van Voldemort, was
totaal verdwenen en Harry dacht dat dat maar één ding kon betekenen: het ging niet goed met die mysterieuze opdracht.

Opgewekt bladerde Harry *Toverdranken voor Gevorderden* door en
vond een door de Halfbloed Prins verbeterde versie van Een Elixer
dat Euforie Opwekt. Dat was precies wat Slakhoorn gevraagd had en
als hij hem kon overhalen om een beetje te proeven, zou hem dat
misschien in zo'n goed humeur brengen dat hij hem die herinnering
lachend zou geven. Harry voelde zelf een beginnende euforie bij die
gedachte.

'Wel wel, dat ziet er geweldig uit,' zei Slakhoorn anderhalf uur later.
Hij klapte enthousiast in zijn handen toen hij naar de zonneschijnge-
le inhoud van Harry's ketel keek. 'Euforie, neem ik aan? En wat ruik
ik? Hmmm.... je hebt er een paar blaadjes pepermunt in gedaan!
Onorthodox, maar wat een briljante ingeving, Harry! Dat neutraliseert
uiteraard de neveneffecten die soms optreden, zoals overdreven
hard zingen en mensen onverwacht in de neus knijpen... ik snap niet
waar je die inspiratie vandaan haalt, beste jongen... tenzij –'

Harry duwde het boek van de Halfbloed Prins met zijn voet dieper in zijn schooltas.

'– je moeders genen hier aan het werk zijn!'

'O... ja, wie weet,' zei Harry opgelucht.

Ernst keek nogal chagrijnig; hij was vastbesloten geweest voor
deze ene keer beter te presteren dan Harry en had onverstandig genoeg zijn eigen toverdrank verzonnen, die gestremd was en nu als
een soort paarse koek op de bodem van zijn ketel lag. Ook Malfidus
pakte met een zuur gezicht zijn spullen in; Slakhoorn had zijn Hiksap
niet meer dan 'redelijk' gevonden.

De bel ging en Ernst en Malfidus vertrokken meteen.

'Professor...' begon Harry, maar Slakhoorn keek direct achterom en
toen hij zag dat het lokaal leeg was, op Harry en hem na, liep hij zo
snel mogelijk naar de deur.

'Professor – professor, wilt u mijn drank niet proe –' riep Harry wanhopig.

Maar Slakhoorn was al verdwenen. Harry goot teleurgesteld zijn
ketel leeg, pakte zijn spullen in en liep langzaam terug naar de leerlingenkamer.

Ron en Hermelien kwamen aan het eind van de middag terug.

'Harry!' riep Hermelien terwijl ze door het portretgat klom. 'Harry, ik ben geslaagd!'

'Geweldig!' zei Harry. 'En Ron?'

'Ron is – op het *nippertje* gezakt,' fluisterde Hermelien toen Ron vreselijk sikkeneurig de leerlingenkamer kwam binnensjokken. 'Hij had echt pech. Het was maar iets heel kleins: de examinator zag dat hij een halve wenkbrauw had achtergelaten... hoe ging het met Slakhoorn?'

'Geen succes,' zei Harry toen Ron bij hen kwam staan. 'Pech, jongen, maar volgende keer slaag je gewoon – dan kunnen we samen examen doen.'

'Ja, misschien,' zei Ron kribbig. 'Maar een *halve wenkbrauw*! Wat maakt dat nou uit!'

'Ik weet het,' zei Hermelien sussend. 'Hij was wel heel erg streng...'

Tijdens het eten werd er veel gescholden op de Verschijnselexaminator en Ron keek een klein beetje opgewekter toen ze teruggingen naar de leerlingenkamer en het hardnekkige probleem van Slakhoorn en de ontbrekende herinnering bespraken.

'En, Harry – ga je die Felix Fortunatis nog gebruiken of hoe zit het?' vroeg Ron.

'Ja, misschien is dat het beste,' zei Harry. 'Al denk ik niet dat ik alles nodig heb. Ik hoef geen twaalf uur lang geluk te hebben, het kan moeilijk de hele nacht duren... Nee, ik neem gewoon één slokje. Twee of drie uur moet genoeg zijn.'

'Je voelt je echt fantastisch als je het ingenomen hebt,' zei Ron. 'Alsof er helemaal niets fout kan gaan.'

'Waar heb je het over?' lachte Hermelien. 'Jij hebt het nooit ingenomen!'

'Nee, maar ik *dacht* van wel,' zei Ron, op de toon van iemand die iets overduidelijks uitlegt. 'Ik bedoel, het komt op hetzelfde neer.'

Ze hadden Slakhoorn net de Grote Zaal zien binnengaan en omdat ze wisten dat hij graag uitgebreid dineerde, wachtten ze nog een tijdje in de leerlingenkamer. Het plan was dat Harry naar Slakhoorns kamer zou gaan zodra ze dachten dat hij weer terug was. Toen de zon bijna de boomkruinen van het Verboden Bos raakte, besloten ze dat het zover was en na gecontroleerd te hebben of Marcel, Simon en Daan in de leerlingenkamer waren, slopen ze de trap op naar de jongensslaapzaal.

Harry pakte de opgerolde sokken uit zijn hutkoffer en haalde er het kleine, glanzende flesje uit.

'Nou, daar gaat ie,' zei Harry. Hij bracht het flesje naar zijn lippen en nam een nauwkeurig afgemeten slokje.

'Hoe voel je je?' fluisterde Hermelien.

Harry gaf niet direct antwoord. Langzaam maar zeker trok het gelukzalige gevoel door hem heen dat er oneindig veel mogelijkheden open lagen, dat hij alles kon doen wat hij wilde. Plotseling leek het bemachtigen van die herinnering niet alleen mogelijk, maar zelfs een fluitje van een cent...

Hij kwam grijnzend overeind, boordevol zelfvertrouwen.

'Geweldig,' zei hij. 'Echt geweldig. Oké... ik ga naar Hagrid.'

'Wat?' zeiden Ron en Hermelien geschokt.

'Nee, Harry – je moet naar Slakhoorn, weet je nog?' zei Hermelien.

'Nee,' zei Harry zelfverzekerd. 'Ik ga naar Hagrid. Daar heb ik een goed gevoel bij.'

'Heb je een goed gevoel bij het begraven van een reuzenspin?' vroeg Ron verbijsterd.

'Ja,' zei Harry. Hij haalde zijn Onzichtbaarheidsmantel uit zijn tas. 'Ik heb het gevoel dat het daar gaat gebeuren. Snappen jullie wat ik bedoel?'

'Nee,' zeiden Ron en Hermelien in koor. Ze keken nu echt geschrokken.

'Dit ís toch Felix Fortunatis?' zei Hermelien ongerust. Ze hield het flesje tegen het licht. 'Je hebt toevallig geen ander flesje vol – ik weet niet –'

'Extract van Idioterie?' opperde Ron terwijl Harry de mantel om zijn schouders gooide.

Harry lachte en Ron en Hermelien keken nog bezorgder.

'Maak je niet druk,' zei hij. 'Ik weet wat ik doe... en anders Felix wel.' Hij wandelde zelfverzekerd naar de deur.

Harry trok de Onzichtbaarheidsmantel over zijn hoofd en liep de trap af, terwijl Ron en Hermelien hem haastig volgden. Onder aan de trap glipte Harry door de open deur.

'Wat deed jij boven met *haar*?' krijste Belinda Broom. Ze staarde dwars door Harry heen naar Ron en Hermelien, die samen terugkwamen van de jongensslaapzaal. Harry hoorde Ron verontwaardigd iets mompelen terwijl hij door de kamer zigzagde.

Door het portretgat klimmen bleek heel eenvoudig; net toen hij bij het gat was, kwamen Ginny en Daan binnen en kon hij langs hen heen glippen. Terwijl hij dat deed, raakte hij Ginny per ongeluk aan.

'Niet duwen, Daan,' zei ze geïrriteerd. 'Dat doe je nou altijd, maar ik kan best zelf door het portretgat klimmen...'

Het portret zwaaide weer dicht, maar eerst hoorde Harry nog de nijdige reactie van Daan... Harry's gelukzalige gevoel nam toe terwijl hij met grote passen door het kasteel liep. Hij hoefde helemaal niet te sluipen, want hij kwam niemand tegen. Dat verbaasde hem niets; hij was deze avond de fortuinlijkste persoon op heel Zweinstein.

Harry wist niet waarom hij zo zeker wist dat het een goed idee was om naar Hagrid te gaan. Het was alsof de toverdrank steeds maar een paar meter van zijn pad verlichtte: hij kende zijn eindbestemming niet en wist niet hoe Slakhoorn erbij betrokken zou raken, maar was er wel van overtuigd dat hij het zo moest aanpakken als hij die herinnering wilde bemachtigen. In de hal zag hij dat Vilder vergeten was de voordeur op slot te doen. Harry gooide de deur grijnzend open, bleef even staan in de schemering, ademde frisse lucht en de geur van gras in en liep het bordes af.

Op de onderste trede van het bordes bedacht hij opeens dat het prettig zou zijn om een omweg te maken langs de moestuin. Die lag eigenlijk niet op de route naar Hagrid, maar Harry voelde dat dit een impuls was die hij niet moest negeren. Toen hij bij de moestuin aankwam, zag hij tot zijn vreugde maar niet echt tot zijn verbazing dat Slakhoorn stond te praten met professor Stronk. Harry ging achter een lage stenen muur staan en luisterde met een vredig gevoel naar hun conversatie.

'... bedankt dat je de tijd wilde nemen, Pomona,' zei Slakhoorn hoffelijk. 'De meeste deskundigen zijn het erover eens dat ze het beste werken als je ze plukt in de avondschemering.'

'O, daar ben ik het helemaal mee eens,' zei professor Stronk hartelijk. 'Is het zo genoeg?'

'Meer dan genoeg, meer dan genoeg,' zei Slakhoorn. Hij had zijn armen vol planten met grote bladeren, zag Harry. 'Dan heb ik een paar bladeren voor alle derdejaars, plus wat extra als iemand ze te lang laat sudderen... nou, een prettige avond verder en nogmaals bedankt!'

Professor Stronk wandelde door de invallende duisternis naar de kassen en Slakhoorn liep in de richting van de nog steeds onzichtbare Harry.

Harry voelde plotseling de aandrang om zich te laten zien en deed met een zwierig gebaar zijn mantel af.

'Goedenavond, professor.'

'Merlijns baard, Harry! Ik schrok me een ongeluk,' zei Slakhoorn. Hij bleef staan en keek achterdochtig naar Harry. 'Hoe heb je het kasteel uit weten te komen?'

'Ik denk dat Vilder vergeten was de deur op slot te doen,' zei Harry opgewekt en tot zijn genoegen zag hij Slakhoorn boos kijken.

'Ik ga maar eens over Vilder klagen bij het schoolhoofd,' zei Slakhoorn. 'Volgens mij maakt hij zich drukker om rommel op de gangen dan om behoorlijke beveiliging... maar wat doe je hier, Harry?'

'Dat komt door Hagrid, professor,' zei Harry. Hij wist dat het op dat moment het beste was om de waarheid te vertellen. 'Hij is behoorlijk van streek... maar u vertelt dit toch niet verder, hè? Ik wil niet dat hij in de problemen komt...'

Het was duidelijk dat Slakhoorns nieuwsgierigheid gewekt was.

'Nou, dat moet ik nog even zien,' zei hij kortaf. 'Ik weet wel dat Perkamentus Hagrid volkomen vertrouwt, dus zal hij echt niets vreselijks hebben gedaan...'

'Het gaat om een reuzenspin die hij jaren en jaren gehad heeft... hij woonde in het bos en kon praten en zo...'

'Ik heb geruchten gehoord dat er Acromantula's in het Verboden Bos woonden,' zei Slakhoorn zacht en hij keek naar de donkere bomen. 'Dus dat klopt?'

'Ja,' zei Harry. 'Maar deze spin, Aragog, was de eerste die Hagrid ooit gehad heeft. Hij is gisteravond gestorven en Hagrid is er kapot van. Hij wilde niet alleen zijn als hij hem begraaft en daarom zei ik dat ik zou komen.'

'Ontroerend, ontroerend,' zei Slakhoorn afwezig. Zijn grote, vochtige ogen staarden naar het licht dat in de verte in Hagrids huisje brandde. 'Maar het gif van de Acromantula is heel kostbaar... als dat beest nog maar kort dood is, is het misschien nog niet opgedroogd... ik wil natuurlijk niets ongevoeligs doen als Hagrid van streek is... maar als er een manier zou zijn om er iets van te pakken te krijgen... ik bedoel, het is vrijwel onmogelijk om gif af te tappen van een levende Acromantula...'

Slakhoorn leek nu meer in zichzelf te praten dan tegen Harry.

'... een vreselijke verspilling om het niet te verzamelen... zou heel goed tweehonderd Galjoenen per liter kunnen opbrengen... zoveel verdien ik nou ook weer niet, om heel eerlijk te zijn...'

Opeens zag Harry duidelijk wat hij moest doen.

'Nou...' zei hij en hij aarzelde overtuigend. 'Nou... als u ook zou willen komen, zou Hagrid dat vast op prijs stellen, professor... meer belangstelling tijdens de uitvaart, snapt u...'

'Ja, natuurlijk,' zei Slakhoorn en zijn ogen glommen van enthousiasme. 'Weet je wat, Harry, ik kom ook naar Hagrids huisje, en ik neem een paar flessen wijn mee. Dan kunnen we een dronk uitbrengen op de – nou, niet op de gezondheid van het arme beest – maar dan kunnen we in elk geval in stijl afscheid van hem nemen als hij begraven is. Ik ga even een andere das omdoen, want deze is ietsje te uitbundig voor zo'n gelegenheid...'

Hij liep snel terug naar het kasteel en Harry rende tevreden naar het huisje van Hagrid.

'Je bent d'r,' zei Hagrid schor toen hij de deur opendeed en Harry zijn Onzichtbaarheidsmantel liet afglijden.

'Ja – Ron en Hermelien konden niet,' zei Harry. 'Ze vonden het echt jammer.'

'Geef – geef niks... hij zou ontroerd zijn geweest als ie geweten had dat jij d'r was, Harry...'

Hagrid snikte oorverdovend. Hij had een zwarte rouwband gemaakt van een in schoensmeer gedoopte oude lap en zijn ogen waren rood en gezwollen. Harry klopte hem troostend op zijn elleboog, want dat was het hoogste punt van Hagrid dat hij bereiken kon.

'Waar gaan we hem begraven?' vroeg hij. 'In het bos?'

'Jemig de kremig, nee!' zei Hagrid. Hij veegde zijn vochtige ogen af met de zoom van zijn hemd. 'De andere spinnen laten me niet meer in de buurt van hun web komen nou Aragog dood is. 't Blijkt dat ze me alleen vanwege hem niet opgevreten hebben! Ken je je dat voorstellen, Harry?'

Het eerlijke antwoord was 'ja'; Harry herinnerde zich de keer dat hij en Ron oog in oog hadden gestaan met de Acromantula's maar al te goed. Ze hadden er geen geheim van gemaakt dat Aragog de enige reden was waarom ze Hagrid niet opaten.

'D'r is nog nooit een stuk van 't Verboden Bos geweest waar ik niet mocht kommen!' zei Hagrid hoofdschuddend. ''t Was een hele klus om Aragogs lichaam hierheen te brengen, dat ken ik je wel vertellen – meestal vreten ze hun doden op, maar ik wou hem een mooie begrafenis geven... een laatste groet...'

Hij begon weer te snikken en Harry klopte opnieuw op zijn elleboog en zei (want de toverdrank fluisterde hem in dat dit het goede moment was): 'Onderweg kwam ik professor Slakhoorn tegen, Hagrid.'

'Je zit toch niet in de problemen?' Hagrid keek geschrokken op. 'Je mag eigenlijk 's avonds niet buiten kommen, dat weet ik best. 't Is allemaal mijn stomme schuld –'

'Nee, nee, toen hij hoorde wat ik ging doen, zei hij dat hij Aragog ook graag de laatste eer wilde bewijzen,' zei Harry. 'Hij ging even een wat gepastere das omdoen, geloof ik... en hij zei dat hij een paar flessen wijn zou meebrengen, zodat we een dronk kunnen uitbrengen op Aragogs nagedachtenis...'

'Meen je dat?' zei Hagrid. Hij leek zowel stomverbaasd als ontroerd. 'Da's – da's echt hartstikke aardig van hem – en ook dat ie je d'r niet bij heb gelapt. Ik heb eigenlijk nooit veel op gehad met Hildebrand Slakhoorn... maar dat ie nou afscheid komt nemen van Aragog... dat zou die ouwe Aragog fijn gevonden hebben...'

Harry dacht stiekem dat Aragog Slakhoorns grote hoeveelheid smakelijk vlees nog veel fijner gevonden zou hebben, maar hij zei niets. Hij liep naar het achterraam van Hagrids huisje en zag een nogal gruwelijk schouwspel: de reuzenspin lag buiten dood op de grond, met zijn poten in elkaar gekruld.

'Wilde je hem hier begraven, Hagrid? In de tuin?'

'Net voorbij 't pompoenveldje, dacht ik,' zei Hagrid gesmoord. 'Ik heb 't – je weet wel – 't graf al gegraven. Ik dacht dat we misschien een paar aardige dingetjes zouden kennen zeggen – gelukkige herinneringen ophalen –'

Zijn stem begon te trillen. Op dat moment werd er geklopt. Hagrid liep naar de deur en snoot zijn neus in een reusachtige zakdoek met stippen. Slakhoorn kwam binnen, met verscheidene flessen in zijn armen. Hij had een sombere, zwarte zijden das om.

'Hagrid,' zei hij met diepe stem. 'Mijn innige deelneming met je verlies.'

'Da's heel aardig van je,' zei Hagrid. 'Hartstikke bedankt. En ook omdat je Harry d'r niet bij heb gelapt...'

'Het zou niet bij me opkomen,' zei Slakhoorn. 'Trieste avond, trieste avond... waar is het arme schepsel?'

'Buiten,' zei Hagrid met onvaste stem. 'Zullen – zullen we 't dan maar doen?'

Ze liepen naar de achtertuin. De maan glinsterde bleek tussen de bomen en verlichtte Aragogs lichaam, samen met de gloed die door Hagrids raam naar buiten scheen. Aragog lag aan de rand van een enorme kuil, naast een drie meter hoge berg verse aarde.

'Schitterend,' zei Slakhoorn. Hij liep naar de kop van de spin, waaruit acht melkachtige ogen nietsziend omhoog staarden en twee reusachtige, kromme kaken roerloos glansden in het maanlicht. Harry dacht dat hij het gerinkel van flessen hoorde toen Slakhoorn zich over de kaken boog en de enorme, harige kop bestudeerde.

'Niet iedereen heb d'r oog voor hoe mooi ze zijn,' zei Hagrid tegen Slakhoorns rug en de tranen stroomden uit zijn gerimpelde ooghoeken. 'Ik wist niet dat je belangstelling had voor wezens als Aragog, Hildebrand.'

'Belangstelling? M'n beste Hagrid, ik weet ze op hun waarde te schatten,' zei Slakhoorn. Hij stapte weg van de spin en Harry zag een fles blinken toen hij die vlug onder zijn mantel stopte. Hagrid veegde opnieuw zijn ogen af en zag niets. 'Goed... zullen we maar met de begrafenis beginnen?'

Hagrid knikte. Hij liep naar de reusachtige spin, hees hem met moeite op en rolde hem met een enorme grom in de donkere kuil. Aragog plofte met een nogal gruwelijke, krakende klap op de bodem en Hagrid begon weer te huilen.

'Het is natuurlijk moeilijk voor jou, die hem het beste kende,' zei Slakhoorn en hij klopte op Hagrids elleboog. Net als Harry kwam hij ook niet hoger. 'Zal ik dan maar een paar woorden zeggen?'

Slakhoorn had vast een hoop eersteklas vergif afgetapt van Aragog, dacht Harry, want hij grijnsde tevreden toen hij naar de rand van de kuil stapte en met trage, indrukwekkende stem zei: 'Vaarwel Aragog, koning der arachniden! Degenen die je kenden zullen je lange en loyale vriendschap nooit vergeten! Je lichaam zal vergaan, maar je geest zal voortleven op de stille, bewebde plaatsen van je bosrijke domein. Mogen je veelogige afstammelingen nog lang gedijen en je menselijke vrienden troost vinden voor het verlies dat ze geleden hebben.'

'Da' was... da' was... da' was prachtig!' brulde Hagrid. Hij viel op de composthoop neer en huilde hartverscheurend.

'Kom, kom,' zei Slakhoorn. Hij zwaaide met zijn toverstok, zodat de enorme berg aarde opwees in de lucht, met een gedempte dreun neerviel op de dode spin en een gladde berg vormde. 'Laten we naar binnen gaan en iets drinken. Pak jij hem aan de andere kant, Harry... zo, ja... opstaan, Hagrid... goed zo...'

Ze zetten Hagrid in een stoel bij de tafel. Muil, die zich in zijn mand verscholen had tijdens de begrafenis, kwam nu zachtjes aantrippelen en legde zoals gewoonlijk zijn massieve kop op Harry's

schoot. Slakhoorn opende een van de flessen wijn die hij had meegebracht.

'Ik heb ze *allemaal* laten testen op vergif,' verzekerde hij Harry. Hij
schonk bijna de hele eerste fles leeg in een van Hagrids emmerach-
tige bekers en gaf die aan Hagrid. 'Na wat er met je arme vriend Ralf
gebeurd is, heb ik eerst een huis-elf van alle flessen laten proeven.'

In gedachten zag Harry het gezicht van Hermelien als ze van dat
misbruik van huis-elfen hoorde en hij besloot het nooit tegen haar te
zeggen.

'Eentje voor Harry...' zei Slakhoorn en hij verdeelde een tweede
fles over twee bekers, '... en eentje voor mij.' Hij hief zijn beker op.
'Nou, op Aragog.'

'Op Aragog,' zeiden Harry en Hagrid.

Slakhoorn en Hagrid namen een grote teug, maar Harry, die geleid
werd door de Felix Fortunatis, wist dat hij niet moest drinken. Hij
deed alleen alsof hij een slok nam en zette de beker toen weer op
tafel.

'Ik heb hem gekregen als ei,' zei Hagrid neerslachtig. 'Toen ie uitkwam, was ie nog maar een piepklein beessie. Zo groot als een pe-
kinees.'

'Schattig,' zei Slakhoorn.

'Ik hield 'm in een kast op school, tot... tot...'

Hagrids gezicht betrok en Harry wist waarom: Marten Vilijn was
erin geslaagd Hagrid de schuld te geven van het openen van de Geheime Kamer en daarom was Hagrid destijds van school gestuurd.
Slakhoorn luisterde blijkbaar niet; hij keek naar het plafond, waar
een aantal koperen potten hing en ook een lange, zijdeachtige bos
glanzend wit haar.

'Dat is toch zeker geen eenhoornhaar, Hagrid?'

'Jawel,' zei Hagrid onverschillig. ''t Wordt vaak uit hun staart getrokken als ze in 't bos aan takken en zo blijven haken...'

'Maar beste kerel, weet je wel hoeveel dat waard is?'

'Ik gebruik 't om verband en zo mee vast te binden als d'r een dier
gewond is,' zei Hagrid schouderophalend. 'Je ken 't voor veel dingen
gebruiken... 't is hartstikke sterk.'

Slakhoorn nam opnieuw een grote slok wijn en zijn blik gleed
speurend door het huisje. Harry wist dat hij op zoek was naar nog
meer kostbaarheden die hij kon omzetten in een ruime hoeveelheid
op eiken gerijpte mede, geconfijte ananas en fluwelen huisjasjes. Hij
schonk Hagrids beker en de zijne nogmaals vol en vroeg naar de die-

ren die tegenwoordig in het Verboden Bos leefden en hoe Hagrid voor al die wezens zorgde. Hagrid werd steeds spraakzamer door de wijn en Slakhoorns vleiende belangstelling. Na een tijdje veegde hij zijn ogen niet meer af en begon hij aan een lange verhandeling over het fokken van Boomtrullen.

Op dat moment gaf de Felix Fortunatis Harry een duwtje en merkte hij dat de wijn die Slakhoorn had meegebracht bijna op was. Harry was er tot nu toe niet in geslaagd een Bijvulbezwering uit te voeren zonder de spreuk hardop uit te spreken, maar het idee dat hem dat nu niet zou lukken was lachwekkend. Harry grijnsde zelfs breed toen hij, onopgemerkt door Hagrid en Slakhoorn (die inmiddels sterke verhalen uitwisselden over de illegale handel in drakeneieren), met zijn toverstok onder tafel op de bijna lege flessen wees, die onmiddellijk weer volstroomden.

Na ongeveer een uur begonnen Hagrid en Slakhoorn allerlei extravagante toasts uit te brengen: op Zweinstein, op Perkamentus, op elfenwijn, op –

'Harry Potter!' brulde Hagrid en de wijn liep over zijn kin terwijl hij zijn veertiende emmer leegdronk.

'Inderdaad!' riep Slakhoorn met enigszins dubbele tong. 'Op Parry Otter, de Uitverkoren Jongen die – die – weetikveel,' mompelde hij en ook hij dronk zijn beker leeg.

Niet lang daarna begonnen de tranen weer te vloeien bij Hagrid en gaf hij de hele eenhoornstaart aan Slakhoorn, die hem in zijn zak stopte met de kreet: 'Leve de vriendschap! Leve de vrijgevigheid! Leve tien Galjoenen per haar!'

Nog weer later zaten Hagrid en Slakhoorn naast elkaar, met hun armen om elkaar heen en zongen een traag en droevig lied over een stervende tovenaar genaamd Odo.

'Aaah, 't bennen altijd de goeien die de pijp uit gaan,' mompelde Hagrid. Hij zat half ineengezakt, met zijn ellebogen op tafel en keek een beetje scheel, terwijl Slakhoorn keer op keer het refrein kweelde. 'M'n pa was veels te jong om al onder de zoden te leggen... en jouw pa en ma zekers, Harry...'

Grote dikke tranen drupten uit Hagrids gerimpelde ooghoeken; hij pakte Harry's arm en schudde eraan.

'... beste heks en tovenaar van hun leeftijd die ik ooit gekend heb... vreselijk... vreselijk...'

Slakhoorn zong klaaglijk:

'En Odo de held, die droeg men naar huis.
Daar werd hij ter aarde besteld,
Als tragische slotnoot stond op zijn steen,
Zijn naam achterstevoren gespeld.'

'... vreselijk!' gromde Hagrid. Zijn enorme, harige hoofd zakte op zijn armen en hij begon daverend te snurken.

'Sorry,' zei Slakhoorn en hij hikte. 'Ik heb nooit echt een opera-stem gehad.'

'Hagrid had het niet over uw zangkunst,' zei Harry. 'Hij bedoelde de dood van mijn ouders.'

'O,' zei Slakhoorn en hij onderdrukte een grote boer. 'O jee. Ja, dat was – dat was echt vreselijk. Vreselijk, vreselijk...'

Hij wist blijkbaar niet wat hij verder nog moest zeggen en schonk daarom hun bekers maar weer eens vol.

'Je – je herinnert het je zeker niet, Harry?' vroeg hij opgelaten.

'Nee. Nou ja, ik was ook pas één toen ze stierven,' zei Harry. Hij keek naar de kaars, die flakkerde door de wind van Hagrids gesnurk. 'Maar later ben ik er wel achter gekomen wat er gebeurd is. Mijn vader is als eerste gestorven. Wist u dat?'

'Nee, dat – dat wist ik niet,' zei Slakhoorn zacht.

'Ja... Voldemort vermoordde hem en stapte toen over zijn lichaam heen naar mijn moeder,' zei Harry.

Slakhoorn huiverde, maar kon ondanks zijn afgrijzen zijn blik niet losscheuren van Harry's gezicht.

'Hij zei dat ze opzij moest gaan,' ging Harry meedogenloos verder. 'Ze had niet hoeven sterven. Dat heeft Voldemort me zelf verteld. Hij wilde alleen mij hebben. Ze had kunnen vluchten.'

'O jee,' fluisterde Slakhoorn. 'Ze had kunnen... ze had niet hoeven... dat is verschrikkelijk...'

'Ja, hè?' zei Harry, die zelf nu ook bijna fluisterde. 'Maar ze weigerde opzij te gaan. Mijn vader was al dood en ze wilde niet dat ik ook zou sterven. Ze smeekte Voldemort... maar die lachte alleen...'

'Zo is het genoeg!' zei Slakhoorn abrupt en hij hief een bevende hand op. 'Echt, beste jongen, zo is het genoeg... ik ben oud... ik hoef niet te weten... ik wil niet weten...'

'O ja, dat was ik vergeten,' loog Harry, aangespoord door de Felix Fortunatis. 'U vond haar aardig, hè?'

'Aardig?' zei Slakhoorn. Zijn ogen stonden vol tranen. 'Ik denk dat iedereen die haar ontmoette haar meteen aardig vond... heel dapper... heel grappig... echt afschuwelijk...'

'Maar u wilt haar zoon niet helpen,' zei Harry. 'Zij heeft haar leven voor me gegeven, maar u wilt me niet eens een herinnering geven.'

Hagrids gesnurk donderde door de kamer. Harry bleef recht in de betraande ogen van Slakhoorn kijken. De leraar Toverdranken kon zijn blik blijkbaar niet afwenden.

'Zeg dat niet,' fluisterde hij. 'Het is geen kwestie van... als ik je ermee zou kunnen helpen... maar het zou geen enkel nut hebben...'

'Jawel,' zei Harry. 'Perkamentus heeft informatie nodig. Ik heb informatie nodig.'

Hij wist dat hij veilig was; Felix Fortunatis zei hem dat Slakhoorn dit de volgende ochtend allemaal vergeten zou zijn. Harry boog zich voorover, maar bleef Slakhoorn aankijken.

'Ik ben de Uitverkorene. Ik moet hem doden. Ik heb die herinnering nodig.'

Slakhoorn verbleekte en zijn glimmende voorhoofd was nat van het zweet.

'Ben je inderdaad de Uitverkorene?'

'Natuurlijk ben ik dat,' zei Harry kalm.

'Maar dan... beste jongen... je vraagt wel veel... je vraagt me in feite om je te helpen bij je poging tot vernietiging van –'

'Wilt u de tovenaar die Lily Evers vermoord heeft dan niet vernietigen?'

'Harry, Harry, natuurlijk wil ik dat, maar –'

'Bent u bang dat hij erachter zal komen dat u me geholpen heeft?'

Slakhoorn zei niets, maar leek inderdaad doodsbang.

'Wees moedig, professor. Net als mijn moeder...'

Slakhoorn hief een dikke hand op en drukte zijn trillende vingers tegen zijn mond; heel even leek hij sprekend op een gigantische baby.

'Ik ben niet trots...' fluisterde hij tussen zijn vingers door. 'Ik schaam me voor – voor wat die herinnering laat zien... ik denk dat ik die dag veel kwaad heb aangericht...'

'U kunt alles wat u toen gedaan hebt goedmaken door me die herinnering te geven,' zei Harry. 'Dat zou heel nobel en moedig van u zijn.'

Hagrid bewoog even in zijn slaap en snurkte toen verder. Slakhoorn en Harry keken elkaar aan boven de flakkerende kaars. De stilte duurde en duurde, maar Felix Fortunatis zei tegen Harry dat hij die niet moest verbreken en moest wachten.

Heel langzaam stak Slakhoorn zijn hand in zijn zak en pakte zijn toverstok. Hij voelde met zijn andere hand onder zijn mantel en haalde een leeg flesje te voorschijn. Terwijl hij Harry bleef aankijken zette Slakhoorn de punt van zijn toverstok tegen zijn slaap en trok hem toen terug, zodat er een lange, zilverachtige geheugendraad aan bleef kleven. De herinnering strekte zich verder en verder uit, tot hij brak en fonkelend aan de toverstok bengelde. Slakhoorn liet de draad in het flesje zakken, waar hij zich eerst oprolde en toen uitspreidde, kolkend als een gas. Met trillende hand deed hij de kurk op het flesje en gaf het aan Harry.

'Heel erg bedankt, professor.'

'Je bent een goede jongen,' zei Slakhoorn. Tranen stroomden over zijn dikke wangen in zijn walrussnor. 'En je hebt haar ogen... denk alleen niet al te slecht over me als je het gezien hebt...'

Toen legde ook hij zijn hoofd op zijn armen, zuchtte diep en viel in slaap.

HOOFDSTUK 23

GRUZIELEMENTEN

*H*arry voelde dat de Felix Fortunatis bijna uitgewerkt was toen hij terugsloop naar het kasteel. De voordeur was nog open, maar op de derde verdieping kwam hij Foppe tegen en wist hij ternauwernood ontdekking te voorkomen door zijdelings door een geheime deur te springen. Tegen de tijd dat hij bij het portret van de Dikke Dame was en zijn Onzichtbaarheidsmantel had afgedaan, verbaasde het hem niets dat ze in een weinig behulpzame bui was.

'Weet je wel hoe laat het is?'

'Sorry – ik had een belangrijke afspraak –'

'Nou, het wachtwoord is vannacht om twaalf uur veranderd, dus je zult op de gang moeten slapen.'

'Dat meen je toch niet?' zei Harry. 'Waarom moest het wachtwoord midden in de nacht veranderen?'

'Zo is het nou eenmaal,' zei de Dikke Dame. 'Als het je niet bevalt, moet je bij het schoolhoofd zijn. Die heeft de beveiliging aangescherpt.'

'O, geweldig!' zei Harry. Hij keek naar de harde vloer. 'Echt fantastisch. Als Perkamentus er was zou ik inderdaad naar hem toe gaan, want hij wilde dat ik –'

'Hij is terug,' zei een stem achter Harry. 'Professor Perkamentus is een uur geleden teruggekeerd op school.'

Haast Onthoofde Henk gleed naar Harry toe. Zoals gewoonlijk wiebelde zijn hoofd vervaarlijk op zijn kanten kraag.

'De Bloederige Baron zag hem arriveren,' zei Henk. 'Volgens de Baron was hij goedgehumeurd maar wel een beetje moe.'

'Waar is hij nu?' vroeg Harry opgetogen.

'Druk aan het kreunen en rammelen in de Astronomietoren. Dat is een van zijn favoriete –'

'Niet de Bloederige Baron, maar Perkamentus!'

'O – die is op zijn kamer,' zei Henk. 'De Baron zei dat hij nog wat zaken moest afhandelen voor hij ging slapen –'

'Dat klopt,' zei Harry, vol opwinding bij het vooruitzicht dat hij Perkamentus kon vertellen dat hij de herinnering bemachtigd had. Hij draaide zich om, holde weg en negeerde de Dikke Dame toen die hem nariep:

'Kom terug! Oké, ik jokte! Ik was boos omdat je me wakker had gemaakt! Het wachtwoord is nog steeds "falderappes"!'

Maar Harry sprintte al door de gang en zei nog geen drie minuten later 'roomtoffees' tegen de waterspuwer van Perkamentus. Die sprong opzij en gaf Harry toegang tot de wenteltrap.

'Binnen,' zei Perkamentus toen Harry klopte. Hij klonk uitgeput.

Harry deed de deur open. De kamer van Perkamentus zag er precies hetzelfde uit als altijd, alleen was er nu een donkere sterrenhemel zichtbaar door de ramen.

'Lieve hemel, Harry,' zei Perkamentus verrast. 'Waar heb ik dit wel erg late genoegen aan te danken?'

'Ik heb hem, professor! Ik heb de herinnering van Slakhoorn!'

Harry liet het glazen flesje zien. Even leek het schoolhoofd volkomen verbluft, maar toen glimlachte hij breed.

'Dat is spectaculair nieuws, Harry! Uitstekend! Ik wist wel dat het je zou lukken!'

Perkamentus was het late tijdstip meteen vergeten. Hij liep om zijn bureau heen, pakte het flesje met Slakhoorns herinnering aan met zijn niet-gewonde hand en liep naar de kast waar hij de Hersenpan bewaarde.

'Nu zullen we zien,' zei Perkamentus. Hij zette de stenen kom op zijn bureau en goot het flesje erin leeg. 'Nu zullen we eindelijk zien. Vlug, Harry...'

Harry boog zich gehoorzaam over de Hersenpan en voelde zijn voeten van de vloer komen. Hij tuimelde opnieuw door het donker en landde in de kamer van Hildebrand Slakhoorn.

De veel jongere Slakhoorn, met zijn dikke, glanzende, strokleurige haar en rossige snor, zat weer in de gemakkelijke oorfauteuil met zijn voeten op een fluwelen poef. Hij had een glaasje wijn in de ene hand en grabbelde met de andere in een doos geconfijte ananas. Er zaten ook weer zo'n zes jongens van zestien of zeventien om hem heen, met Marten Vilijn in het midden. De zwart met gouden ring van Asmodom glom aan zijn vinger.

Perkamentus landde naast Harry op het moment dat Vilijn vroeg:

372

'Klopt het dat professor Mijmerzoet binnenkort met pensioen gaat, professor?'

'Marten, Marten, zelfs als ik dat wist, zou ik het je niet vertellen,' zei Slakhoorn. Hij schudde vermanend met zijn vinger, maar knipoogde tegelijkertijd. 'Ik zou wel eens willen weten hoe je aan je informatie komt, beste jongen: je weet meer dan de meeste docenten.'

Vilijn glimlachte; de andere jongens grinnikten en keken hem bewonderend aan.

'Met je griezelige talent voor kennis die je niet hoort te hebben en je vleierij van mensen die ertoe doen – trouwens bedankt voor de ananas, die vind ik inderdaad het lekkerst –'

Verscheidene jongens grinnikten opnieuw.

'– heb ik er het volste vertrouwen in dat je binnen twintig jaar Minister van Toverkunst zult worden. Misschien wel binnen vijftien jaar, als je me ananas blijft sturen. Ik heb *uitstekende* contacten op het Ministerie.'

Marten Vilijn glimlachte flauwtjes terwijl de anderen weer grinnikten. Harry zag dat Vilijn beslist niet de oudste was, maar dat de andere jongens hem allemaal als hun leider schenen te beschouwen.

'Ik weet niet of de politiek wel iets voor mij is, professor,' zei hij toen het gelach was weggestorven. 'Om te beginnen heb ik niet de juiste achtergrond.'

Een paar jongens keken elkaar grijnzend aan. Harry was ervan overtuigd dat ze lachten om een privé-grap die iets te maken had met wat ze wisten, of vermoedden, van de beroemde voorvader van hun leider.

'Onzin,' zei Slakhoorn gedecideerd. 'Het is duidelijk dat je afstamt van keurige tovenaarsouders. Dat kan niet anders, met jouw talenten. Nee, je zult het ver schoppen, Marten. Wat dat betreft heb ik er nog nooit naast gezeten.'

De kleine gouden klok op Slakhoorns bureau sloeg elf uur.

'Lieve hemel, is het al zo laat?' zei Slakhoorn. 'Jullie kunnen beter gaan, anders komen we in de problemen. Van Detta, je levert morgen dat werkstuk in, anders wordt het strafwerk. Hetzelfde geldt voor jou, Arduin.'

De jongens schuifelden een voor een de kamer uit. Slakhoorn hees zich uit zijn stoel en liep met zijn lege glas naar zijn bureau. Hij keek om toen hij achter zich iemand hoorde bewegen; Vilijn was er nog.

'Opschieten, Marten. Je wilt toch niet buiten de toegestane tijd op de gang betrapt worden? Je bent nog wel klassenoudste...'

'Ik wilde u iets vragen, professor.'

'Vraag gerust, beste jongen, vraag gerust...'

'Weet u toevallig iets over... over Gruzielementen?'

Slakhoorn keek hem even aan en zijn dikke vingers speelden met de steel van zijn wijnglas.

'Zeker een werkstuk voor Verweer tegen de Zwarte Kunsten?'

Maar Harry zag dat Slakhoorn heel goed wist dat het niet om werk voor school ging.

'Niet echt, professor,' zei Vilijn. 'Ik kwam die term tegen in een boek en ik begreep niet goed wat ermee bedoeld werd.'

'Nee... nou... ik denk dat je de grootste moeite zou hebben om op Zweinstein een boek te vinden dat uitweidt over Gruzielementen. Dat is Duistere magie, Marten, echt heel Duister.'

'Maar u weet er natuurlijk alles van, professor? Ik bedoel, een tovenaar als u – sorry, als u het niet mag vertellen, dan begrijp ik dat natuurlijk – ik dacht alleen dat als iemand het zou weten – daarom vraag ik het aan u –'

Het was heel goed gedaan, dacht Harry. De aarzeling, de nonchalante toon, de subtiele vleierij: het was allemaal zorgvuldig gedoseerd. Harry had zelf genoeg ervaring in het aftroggelen van informatie van onwillige mensen om te weten wanneer er een meester aan het werk was. Hij besefte dat Vilijn dit verschrikkelijk graag wilde weten en misschien wel wekenlang naar dit moment had toegewerkt.

'Nou...' zei Slakhoorn. Hij keek niet naar Vilijn, maar speelde met het lint om zijn doos geconfijte ananas. 'Nou, het kan geen kwaad om je een algemeen beeld te geven. Zodat je begrijpt wat die term inhoudt, snap je? Een Gruzielement is de term voor een object waarin iemand een deel van zijn ziel verborgen heeft.'

'Ik begrijp niet helemaal hoe dat werkt, professor,' zei Vilijn.

Hij hield zijn stem zorgvuldig in bedwang, maar Harry voelde zijn opwinding.

'Je splijt je ziel en verbergt het afgescheiden deel in een voorwerp buiten je lichaam,' zei Slakhoorn. 'Zelfs als je lichaam dan wordt aangevallen of vernietigd kun je niet sterven, want een deel van je ziel is onbeschadigd en nog steeds aan de aarde gebonden. Maar zo'n bestaan...'

Slakhoorns gezicht betrok en Harry moest denken aan de woorden die hij bijna twee jaar geleden gehoord had.

'In een oogwenk werd ik losgescheurd uit mijn lichaam en was ik nog minder dan een geest, minder dan het armzaligste spook... maar toch leefde ik nog.'

'... daar zouden maar weinig mensen naar verlangen, Marten, heel weinig mensen. Vrijwel iedereen zou de dood verkiezen.'

Vilijns gretigheid was nu overduidelijk. Zijn ogen stonden hongerig en hij kon zijn hunkering niet langer verbergen.

'Hoe splijt je je ziel dan?'

'Nou,' zei Slakhoorn slecht op zijn gemak, 'je moet begrijpen dat de ziel ongeschonden en intact hoort te blijven. Als je die splijt, is dat een grove schending. Het is tegen de natuur.'

'Maar hoe doe je het?'

'Door een verderfelijke daad – de verderfelijkste daad die er is. Door een moord te plegen. Moorden verscheurt de ziel. De tovenaar die een Gruzielement wil maken gebruikt die schade in zijn voordeel en sluit het afgescheurde deel op.'

'Opsluiten? Hoe –?'

'Er is een spreuk, maar vraag me niet welke! Dat weet ik niet!' zei Slakhoorn. Hij schudde met zijn hoofd, als een oude olifant die geplaagd wordt door muskieten. 'Zie ik eruit alsof ik dat weet – zie ik eruit als een moordenaar?'

'Nee, professor! Natuurlijk niet,' zei Vilijn vlug. 'Het spijt me... ik wilde u niet beledigen...'

'Welnee, welnee! Ik ben niet beledigd,' zei Slakhoorn kortaf. 'Het is begrijpelijk dat je een zekere nieuwsgierigheid voelt naar dat soort zaken... tovenaars van een bepaald kaliber hebben zich altijd aangetrokken gevoeld tot dat aspect van de toverkunst...'

'Ja, professor,' zei Vilijn. 'Maar wat ik nog wilde vragen – inderdaad, gewoon uit nieuwsgierigheid – heb je wel echt veel aan één Gruzielement? Kun je je ziel maar één keer splijten? Zou het niet beter zijn, en zou je niet sterker worden, als je je ziel in meer stukken verdeelde? Is zeven niet het krachtigste magische getal? Zou zeven dan niet –'

'Merlijns baard, Marten!' piepte Slakhoorn. 'Zeven! Is het niet erg genoeg om één moord te overwegen? En trouwens... het is al vreselijk om de ziel in tweeën te splijten... maar om hem in zeven stukken te scheuren...'

Slakhoorn was diep verontrust; hij keek naar Vilijn alsof hij hem nog nooit echt goed gezien had en Harry merkte dat hij er spijt van had dat hij aan dit gesprek begonnen was.

'Dit is natuurlijk allemaal theoretisch, nietwaar?' mompelde hij. 'Waar we zojuist over gesproken hebben? Allemaal speculatief...'

'Natuurlijk, professor,' zei Vilijn vlug.

'Maar toch, Marten... hou alsjeblieft je mond over wat ik verteld heb. Het zou niet in goede aarde vallen als bekend werd dat we over Gruzielementen hebben gepraat. Dat is een verboden onderwerp op Zweinstein, snap je? Vooral Perkamentus is heel fel wat dat betreft...'

'Ik zal er geen woord over zeggen, professor,' zei Vilijn. Hij vertrok, maar eerst ving Harry nog een glimp op van zijn gezicht. Dat straalde dezelfde gelukzaligheid uit als toen hij voor het eerst gehoord had dat hij een tovenaar was, een euforie die zijn knappe gelaat niet mooier maakte, maar juist minder menselijk...

'Dank je, Harry,' zei Perkamentus zacht. 'Laten we gaan...'

Toen Harry weer in de kamer van Perkamentus landde, zat het schoolhoofd al achter zijn bureau. Harry ging ook zitten en wachtte tot Perkamentus iets zou zeggen.

'Ik heb heel lang op dit bewijs gewacht,' zei Perkamentus ten slotte. 'Het bevestigt de theorie waarvan ik ben uitgegaan. Hieruit blijkt dat ik gelijk heb, en ook dat we nog een lange weg te gaan hebben...'

Harry zag plotseling dat de oude schoolhoofden op de portretten aan de muur allemaal klaarwakker waren en naar hun gesprek luisterden. Een dikke tovenaar met een rode neus had zelfs een oorhoorn te voorschijn gehaald.

'Nou, Harry,' zei Perkamentus, 'je begrijpt ongetwijfeld de betekenis van wat we zojuist gehoord hebben. Op jouw leeftijd, plus of minus een paar maanden, deed Marten Vilijn zijn uiterste best om erachter te komen hoe hij onsterfelijk kon worden.'

'En u denkt dat hij daarin geslaagd is?' vroeg Harry. 'Heeft hij inderdaad een Gruzielement gemaakt en stierf hij daarom niet toen hij mij probeerde te doden? Had hij ergens een Gruzielement verborgen en was een stukje van zijn ziel veilig?'

'Een stukje... of meer,' zei Perkamentus. 'Je hoorde Voldemort: wat hij vooral van Hildebrand wilde weten, was wat er zou gebeuren met de tovenaar die meer dan één Gruzielement creëerde, die zo vastbesloten was om niet te sterven dat hij bereid was vele moorden te plegen en zijn ziel in vele stukken te scheuren, zodat hij die in meerdere, op verschillende plaatsen verborgen Gruzielementen kon insluiten. Die informatie had hij in geen enkel boek kunnen vinden. Voor zover ik weet – en voor zover Voldemort wist, daar ben ik zeker van – was er nooit een tovenaar geweest die zijn ziel in meer dan twee stukken had gescheurd.'

Perkamentus zweeg even en zette zijn gedachten op een rijtje.

'Vier jaar geleden kreeg ik voor het eerst het onweerlegbare bewijs dat Voldemort zijn ziel inderdaad gespleten had.'

'Waar dan?' vroeg Harry. 'Hoe?'

'Jij gaf het me zelf, Harry,' zei Perkamentus. 'Het dagboek, Vilijns dagboek, waarin hij uit de doeken deed hoe de Geheime Kamer opnieuw geopend kon worden.'

'Dat begrijp ik niet, professor,' zei Harry.

'Kijk, ik heb de Vilijn die uit het dagboek kwam zelf niet gezien, maar je beschreef een fenomeen dat ik nog nooit eerder had meegemaakt. Een doodgewone herinnering die zelf begon te handelen en te denken? Een doodgewone herinnering die het leven wegzoog uit het meisje dat hem in handen had gekregen? Nee, er school iets veel sinisterders in dat boek... een stukje ziel. Ik was er vrijwel zeker van dat het dagboek een Gruzielement was geweest. Maar dat riep evenveel vragen op als het beantwoordde. Wat me nog het meest intrigeerde en verontrustte, was dat het dagboek niet alleen als schuilplaats bedoeld was geweest maar ook als wapen.'

'Ik begrijp het nog steeds niet,' zei Harry.

'Nou, het dagboek werkte zoals een Gruzielement geacht wordt te werken – met andere woorden, het stukje ziel dat het bevatte was veilig opgeborgen en zou ongetwijfeld een rol spelen bij het voorkomen van de dood van de eigenaar. Aan de andere kant wilde Vilijn beslist dat het dagboek gelezen zou worden. Hij wilde dat een deel van zijn ziel iemand anders zou overheersen, zodat het monster van Zwadderich weer losgelaten zou worden.'

'Hij hoopte dat zijn inspanningen niet onopgemerkt zouden blijven,' zei Harry. 'Iedereen moest weten dat híj de erfgenaam van Zwadderich was, omdat hij die eer niet kon opeisen toen hij nog op school zat.'

'Dat klopt,' zei Perkamentus. 'Maar als hij wilde dat het dagboek in het bezit kwam van een toekomstige leerling van Zweinstein, sprong hij wel erg nonchalant om met het kostbare stukje ziel dat erin verborgen was. Dat snap je toch, Harry? Zoals professor Slakhoorn uitlegde, gaat het er bij een Gruzielement juist om dat je een deel van jezelf zorgvuldig bewaart, niet dat je het aan willekeurige vreemdelingen geeft met het risico dat die het misschien vernietigen – zoals ook inderdaad gebeurd is. Dat stukje ziel bestaat niet meer, daar heb jij voor gezorgd.

Ik vond de onverschilligheid waarmee Voldemort met dat Gruzielement omging onheilspellend. Het wees erop dat hij meer

Gruzielementen gemaakt had, of dat in elk geval van plan was geweest, zodat het verlies van het eerste niet fataal zou zijn. Ik wilde het niet geloven, maar er leek geen andere logische verklaring te zijn.

Twee jaar later, in de nacht dat Voldemort terugkeerde in zijn lichaam, vertelde je dat hij een zeer verhelderende en alarmerende uitspraak had gedaan tegen zijn Dooddoeners. *"Ik, die het pad dat naar onsterfelijkheid leidt verder heb gevolgd dan wie ook."* Dat zei hij volgens jou. *"Verder dan wie ook."* En ik dacht dat ik wist wat dat betekende, al begrepen de Dooddoeners het niet. Hij bedoelde zijn Gruzielementen, Harry, Gruzielementen in het meervoud. Geen enkele andere tovenaar heeft die ooit gehad, maar het klopte wel; Voldemort was in de loop der jaren steeds minder menselijk geworden en die gedaanteverandering was alleen verklaarbaar als zijn ziel verminkt was op een manier die de grenzen van wat we maar het gebruikelijke kwaad zullen noemen verre overschrijdt...'

'Dus door andere mensen te vermoorden, zorgde hij dat hij zelf niet gedood kon worden?' zei Harry. 'Waarom kon hij geen Steen der Wijzen maken, of er een stelen, als hij zo graag onsterfelijk wilde worden?'

'Nou, we weten dat hij dat vijf jaar geleden ook geprobeerd heeft,' zei Perkamentus. 'Maar er zijn een aantal redenen waarom een Steen der Wijzen lang niet zo'n grote aantrekkingskracht op Heer Voldemort zou hebben als Gruzielementen.

Het Levenselixer verlengt inderdaad het leven, maar de gebruiker moet het eeuwig blijven innemen als hij zijn onsterfelijkheid in stand wil houden. Voldemort zou dus volkomen afhankelijk zijn geweest van het Elixer, en als dat opraakte of vervuild werd of als de Steen werd gestolen zou hij doodgaan, net als ieder ander mens. Vergeet ook niet dat Voldemort het liefst alleen opereert. De gedachte dat hij van iets afhankelijk was, al was het maar van het Elixer, vond hij waarschijnlijk onverdraaglijk. Hij was natuurlijk bereid het te drinken, als dat hem kon verlossen uit het verschrikkelijke halfleven waartoe hij veroordeeld was na zijn poging om jou te doden, maar uitsluitend om weer aan een lichaam te komen. Ik ben ervan overtuigd dat hij van plan was daarna weer louter en alleen op zijn Gruzielementen te vertrouwen; hij zou ook niets anders nodig hebben als hij weer een menselijke vorm kon aannemen. Hij was al onsterfelijk... of kwam in elk geval zo dicht in de buurt van de onsterfelijkheid als een mens maar komen kan.

Maar nu, gewapend met de informatie uit de cruciale herinnering die jij hebt weten te bemachtigen, zijn we dichter dan ooit tevoren bij het ontraadselen van het geheim dat ons in staat zal stellen om Heer Voldemort te vernietigen. Je hoorde hem zelf, Harry: "Zou het niet beter zijn, en zou je niet sterker worden, als je je ziel in meer stukken verdeelde... Is zeven niet het krachtigste magische getal..." Is *zeven niet het krachtigste magische getal*? Ja, ik denk dat het idee van een zevendelige ziel Heer Voldemort aangesproken zou hebben.'

'Heeft hij *zeven* Gruzielementen gemaakt?' zei Harry, en verscheidene portretten maakten geluidjes van schrik en verontwaardiging. 'Maar die zouden overal kunnen zijn, waar ook ter wereld – verborgen – begraven – onzichtbaar –'

'Ik ben blij dat je de omvang van het probleem inziet,' zei Perkamentus kalm. 'Maar ten eerste zijn er geen zeven Gruzielementen maar zes, Harry. Het zevende deel van zijn ziel, al is het dan nog zo verminkt, huist in zijn herrezen lichaam. Dat is het deel dat al die jaren, tijdens zijn ballingschap, zo'n schimmig bestaan heeft geleid; zonder dat deel heeft hij helemaal geen eigen ik meer. Het zevende deel is het laatste dat iemand die Voldemort vernietigen wil moet aanvallen – het deel dat in zijn lichaam leeft.'

'Nou, zes Gruzielementen dan,' zei Harry vertwijfeld. 'Hoe moeten we die opsporen?'

'Je vergeet dat jij er al een vernietigd hebt. Net als ik.'

'Heeft u er een vernietigd?' vroeg Harry gretig.

'Inderdaad,' zei Perkamentus en hij stak zijn zwarte, verschroeide hand uit. 'Deze ring, Harry. Asmodoms ring. Er rustte een verschrikkelijke vloek op. Als ik niet – vergeef me mijn gebrek aan bescheidenheid – over buitensporig veel tovertalent beschikt had en professor Sneep me niet net op tijd te hulp geschoten was toen ik levensgevaarlijk gewond terugkeerde naar Zweinstein, had ik het misschien niet kunnen navertellen. Een verschrompelde hand lijkt me echter geen al te hoge prijs voor één zevende deel van Voldemorts ziel. De ring is geen Gruzielement meer.'

'Maar hoe heeft u de ring weten te vinden?'

'Nou, zoals je inmiddels begrepen hebt, ben ik al heel wat jaren bezig om zo veel mogelijk te weten te komen over Voldemorts verleden. Ik heb veel gereisd en de plaatsen bezocht die hij ook gekend heeft. Ik ontdekte de ring in de ruïnes van het huis van de Mergels. Toen Voldemort erin geslaagd was een deel van zijn ziel in de ring op te sluiten, wilde hij hem blijkbaar niet meer dragen. Hij verborg hem, beschermd door vele krachtige spreuken en bezweringen, in het huisje waar zijn voorouders gewoond hadden (Morfin was natuurlijk afgevoerd naar Azkaban), zonder het geringste vermoeden dat ik de moeite zou nemen om de ruïne te bezoeken of dat ik op zoek zou zijn naar sporen van magische camouflage.

Maar laten we elkaar ook weer niet al te uitbundig op de schouders kloppen. Jij hebt weliswaar het dagboek vernietigd en ik de ring, maar als onze theorie van een zevendelige ziel klopt, zijn er nog vier Gruzielementen over.'

'En die zouden van alles en nog wat kunnen zijn?' vroeg Harry. 'Oude conservenblikjes of lege toverdrankflesjes...?'

'Je denkt aan Viavia's, Harry. Dat moeten inderdaad alledaagse voorwerpen zijn, die je gemakkelijk over het hoofd ziet. Maar zou Heer Voldemort lege blikjes of oude flessen gebruiken om zijn kostbare ziel in te verbergen? Je vergeet wat ik je heb laten zien: Heer Voldemort verzamelde graag trofeeën en gaf de voorkeur aan voorwerpen met een indrukwekkende magische geschiedenis. Zijn trots, zijn geloof in zijn eigen superioriteit, zijn voornemen om een allesoverheersende plaats in de magische geschiedenis te bekleden: al die dingen wijzen erop dat Voldemort zijn Gruzielementen zorgvuldig uitkoos en liefst objecten gebruikte die die eer verdienden.'

'Het dagboek was anders helemaal niet zo bijzonder.'

'Zoals je zelf gezegd hebt, bewees het dagboek dat hij de erfgenaam van Zwadderich was. Ik weet zeker dat Voldemort het van het allergrootste belang vond.'

'En de andere Gruzielementen?' vroeg Harry. 'Heeft u enig idee wat die zouden kunnen zijn, professor?'

'Ik moet nu gaan gissen,' zei Perkamentus. 'Vanwege de redenen die ik net gaf, denk ik dat Heer Voldemort de voorkeur gaf aan voorwerpen die van zichzelf al een zekere grandeur bezaten. Daarom heb ik zo grondig in het verleden van Voldemort gespit, om te zien of ik bewijs zou kunnen vinden dat dergelijke voorwerpen verdwenen zijn toen hij in de buurt was.'

'Het medaillon!' zei Harry. 'Huffelpufs beker!'

'Ja,' zei Perkamentus glimlachend. 'Ik wil er mijn – nou, niet mijn overgebleven hand, maar toch wel een paar vingers – om verwedden dat die Gruzielement drie en vier zijn geworden. De overige twee, als we ervan uitgaan dat hij er in totaal zes heeft gemaakt, zijn een groter probleem, maar het lijkt me aannemelijk dat, toen hij eenmaal voorwerpen in zijn bezit had die van Huffelpuf en Zwadderich waren geweest, hij op zoek ging naar objecten die ooit hadden toebehoord

aan Griffoendor of Ravenklauw. Ik weet niet of hij ooit iets van Ravenklauw heeft kunnen bemachtigen, maar ik ben er wel van overtuigd dat het enige bekende relikwie van Griffoendor nog steeds veilig is.'

Hij wees met zijn verschroeide vingers op de muur achter hem,
waar een met robijnen bezet zwaard in een vitrine lag.

'Denkt u dat dat de werkelijke reden was waarom hij zo graag terug
wilde naar Zweinstein?' zei Harry. 'Om eigendommen van de andere
stichters op te sporen?'

'Dat is precies wat ik dacht,' zei Perkamentus. 'Maar helaas komen
we daar niet veel verder mee, want volgens mij werd Voldemort weg-
gestuurd voor hij de kans kreeg om de school te doorzoeken. Dat
brengt ons tot de conclusie dat hij nooit geslaagd is in zijn opzet om
voorwerpen van alle vier de stichters te verzamelen. Hij had er in elk
geval twee en misschien heeft hij een derde gevonden. Meer kunnen
we er voorlopig niet over zeggen.'

'Maar zelfs als hij iets van Ravenklauw of Griffoendor heeft opgespoord, blijft er altijd nog een zesde Gruzielement over,' zei Harry en
hij telde op zijn vingers. 'Of zou hij iets van Ravenklauw én Griffoendor hebben gevonden?'

'Nee, dat denk ik niet,' zei Perkamentus. 'Volgens mij weet ik wat
het zesde Gruzielement is. Ik ben benieuwd wat je zult zeggen als ik
je vertel dat ik al een tijdje nieuwsgierig ben naar het gedrag van de
slang Nagini?'

'Voldemorts slang?' zei Harry verbaasd. 'Kun je ook dieren als
Gruzielement gebruiken?'

'Nou, dat is niet echt raadzaam,' zei Perkamentus. 'Je vertrouwt
een deel van je ziel toe aan iets wat zelf kan denken en bewegen, en
dat is uiteraard heel riskant. Maar als mijn berekeningen kloppen,
kwam Voldemort nog minstens één van zijn zes Gruzielementen te
kort toen hij het huis van je ouders binnendrong met het plan om jou
te doden.

Hij schijnt het maken van Gruzielementen bewaard te hebben
voor moorden die hij extra belangrijk vond, en dat zou in jouw geval
zeker van toepassing zijn geweest. Hij dacht dat hij het gevaar dat in
de profetie onthuld was zou vernietigen als hij jou doodde. Hij dacht
dat hij dan onkwetsbaar zou zijn. Ik ben ervan overtuigd dat hij jouw
dood wilde gebruiken om zijn zesde en laatste Gruzielement te vervaardigen.

Zoals we weten, slaagde hij daar niet in, maar na een onderbreking van een aantal jaren gebruikte hij Nagini om een oude Dreuzel te doden. Het zou toen wel eens bij hem kunnen zijn opgekomen dat zij als laatste Gruzielement kon dienen. Ze onderstreept de band met Zwadderich, die zo belangrijk is voor Voldemorts aura. Ik denk dat hij voor haar alle genegenheid voelt die hij kán voelen; hij wil graag dat ze dicht bij hem in de buurt is en heeft een ongewoon sterke controle over haar, zelfs voor een Sisseltong.'

'Dus het dagboek is onschadelijk gemaakt, net als de ring,' zei Harry. 'De beker, het medaillon en de slang zijn nog intact en u denkt dat er misschien een zesde Gruzielement is dat ooit aan Ravenklauw of Griffoendor heeft toebehoord?'

'Een bewonderenswaardig accurate en bondige samenvatting,' zei Perkamentus en hij boog zijn hoofd.

'En... zoekt u die nog steeds, professor? Is dat wat u doet als u niet op school bent?'

'Dat klopt,' zei Perkamentus. 'Ik zoek al heel lang. Ik denk... misschien... dat ik opnieuw een Gruzielement op het spoor ben. Er zijn bemoedigende tekenen.'

'En als u dat vindt, mag ik dan met u mee, om te helpen het te vernietigen?' vroeg Harry.

Perkamentus keek Harry even aandachtig aan en zei toen: 'Ja, dat denk ik wel.'

'Ja?' zei Harry stomverbaasd.

'Ja,' zei Perkamentus met een flauwe glimlach. 'Dat heb je wel verdiend.'

Harry's hart sprong op. Het was geweldig om nu eens een keertje niet te horen dat hij voorzichtig moest zijn en zich niet aan gevaar moest blootstellen. De geschilderde schoolhoofden waren minder onder de indruk; Harry zag diverse portretten met hun hoofd schudden en Firminus Nigellus snoof schamper.

'Weet Voldemort wanneer er een Gruzielement vernietigd wordt, professor? Kan hij dat voelen?' vroeg Harry, die de portretten negeerde.

'Een interessante vraag, Harry. Ik geloof van niet. Voldemort is nu zo ondergedompeld in het kwaad, en die cruciale onderdelen zijn al zo lang van hem afgescheiden, dat hij niet meer voelt zoals wij dat doen. Misschien dat hij, als hij op sterven lag, zich bewust zou zijn van zijn verlies... maar hij wist bijvoorbeeld niet dat het dagboek vernietigd was. Dat hoorde hij pas toen hij Lucius Malfidus dwong om de waarheid op te biechten. Toen Heer Voldemort erachter kwam dat het dagboek was verminkt en van zijn kracht beroofd, was zijn woede vreselijk om te zien, heb ik gehoord.'

'Maar hij wilde toch juist dat Lucius Malfidus het dagboek Zweinstein zou binnensmokkelen?'

'Inderdaad, jaren geleden, toen hij ervan overtuigd was dat hij nog meer Gruzielementen zou kunnen maken. Desondanks moest Lucius op toestemming van Voldemort wachten en die kreeg hij nooit, want kort nadat hij Lucius het dagboek had gegeven verdween Voldemort. Hij dacht ongetwijfeld dat Lucius niets met het Gruzielement zou durven doen, behalve het zorgvuldig bewaren, maar hij rekende te veel op Lucius' angst voor een meester die hij al jaren niet meer gezien had en die hij voor dood hield. Natuurlijk wist Lucius niet wat het dagboek in werkelijkheid was. Ik heb begrepen dat Voldemort verteld had dat door het dagboek de Geheime Kamer opnieuw zou opengaan, omdat er een sluwe betovering op rustte. Als Lucius geweten had dat hij een deel van zijn meesters ziel in handen had, zou hij het ongetwijfeld met meer respect behandeld hebben – maar in plaats daarvan voerde hij op eigen houtje het oorspronkelijke plan uit, in de hoop daar zelf zijn voordeel mee te doen: door het dagboek stiekem Arthur Wemels dochter toe te stoppen, hoopte hij Arthur in diskrediet te brengen, mij te laten ontslaan als hoofd van Zweinstein en zich tegelijkertijd van een uiterst incriminerend voorwerp te ontdoen. Ah, arme Lucius... Voldemort is zo woedend vanwege het feit dat hij dat Gruzielement opofferde om er zelf beter van te worden, en ook vanwege het fiasco op het Ministerie van vorig jaar, dat het me niets zou verbazen als hij stiekem blij is dat hij nu veilig in Azkaban zit.'

Harry dacht even na en zei toen: 'Dus als al zijn Gruzielementen vernietigd zijn, zou Voldemort gedood kunnen worden?'

'Ja, dat denk ik wel,' zei Perkamentus. 'Zonder zijn Gruzielementen is Voldemort weer een gewone sterveling, met een verminkte en verzwakte ziel. Vergeet echter nooit dat zijn ziel dan misschien onherstelbaar beschadigd is, maar dat zijn brein en magische vermogens nog intact zijn. Alleen iemand met uitzonderlijk veel talent en macht zal een tovenaar als Voldemort kunnen doden, zelfs zonder Gruzielementen.'

'Maar ik heb niet uitzonderlijk veel talent en macht,' zei Harry onwillekeurig.

'Jawel!' zei Perkamentus gedecideerd. 'Je beschikt over een macht die Voldemort nooit bezeten heeft. Jij kunt '

'Ik weet het!' zei Harry ongeduldig. 'Ik kan liefhebben!' Het kostte hem moeite om er niet 'Nou en!' aan toe te voegen.

'Ja, Harry, jij kunt liefhebben,' zei Perkamentus. Zo te zien wist hij precies wat Harry er bijna had uitgeflapt. 'En dat is heel bijzonder en opmerkelijk, als je nagaat wat er allemaal met je gebeurd is. Je bent nog te jong om te begrijpen hoe bijzonder je bent, Harry.'

'Dus als de profetie zegt "hij zal een kracht bezitten die de Heer van het Duister niet kent", dan betekent dat gewoon – liefde?' vroeg Harry een beetje teleurgesteld.

'Ja – gewoon liefde,' zei Perkamentus. 'Maar Harry, vergeet nooit dat wat de profetie zegt alleen maar belangrijk is omdat Voldemort het belangrijk heeft gemáákt. Dat heb ik je aan het eind van vorig schooljaar ook verteld. Voldemort besloot dat jij de grootste bedreiging voor hem vormde – en daardoor *maakte* hij je tot zijn grootste bedreiging!'

'Maar dat komt op hetzelfde –'

'Nee, helemaal niet,' zei Perkamentus ongeduldig. Hij wees naar Harry met zijn zwarte, verschrompelde hand en zei: 'Je hecht te veel belang aan de profetie!'

'Maar u zei zelf dat de profetie betekent –' sputterde Harry.

'Als Voldemort nooit van de profetie gehoord had, zou hij dan in vervulling zijn gegaan? Zou hij iets betekend hebben? Natuurlijk niet! Denk je dat iedere voorspelling in de Hal der Profetieën in vervulling is gegaan?'

'Maar,' zei Harry verbijsterd, 'vorig jaar zei u dat een van ons de ander moest doden –'

'Harry, Harry, dat is alleen omdat Voldemort de grote fout maakte om in actie te komen naar aanleiding van de woorden van professor Zwamdrift! Als Voldemort je vader niet had vermoord, zou hij dan zo'n onbedwingbare wraakzucht bij je hebben opgewekt? Natuurlijk niet! Als hij je moeder niet gedwongen had haar leven voor je te geven, zou hij je dan voorzien hebben van een ondoordringbare magische bescherming? Natuurlijk niet! Snap je het niet, Harry? Voldemort heeft zelf zijn grootste vijand geschapen, zoals tirannen altijd doen! Heb je enig idee hoe erg tirannen het volk dat ze onderdrukken vrezen? Ze weten allemaal dat er ooit, onder hun vele slachtoffers, iemand zal zijn die in opstand komt en terugslaat! Voldemort is precies zo. Hij was altijd op zoek naar iemand die het misschien tegen hem zou kunnen opnemen. Hij hoorde de profetie en kwam meteen in actie, met als gevolg dat hij niet alleen persoonlijk de man uitkoos die de grootste kans maakte om hem te vernietigen, maar hem bovendien unieke en dodelijke wapens gaf!'

'Maar –'

'Het is echt van vitaal belang dat je dit begrijpt!' zei Perkamentus. Hij stond op en ijsbeerde door de kamer, zodat zijn glinsterende gewaad achter hem aan wapperde; Harry had hem nog nooit zo geagiteerd meegemaakt. 'Door zijn poging om je te vermoorden heeft Voldemort zelf de opmerkelijke persoon uitgekozen die nu tegenover me zit, en hem het juiste gereedschap gegeven om de klus te klaren! Het is Voldemorts eigen schuld dat je zijn gedachten en ambities kunt voelen en zelfs de slangachtige taal begrijpt waarin hij zijn bevelen geeft. En toch Harry, ondanks je bevoorrechte inzicht in Voldemorts wereld (een gave waarvoor iedere Dooddoener een moord zou doen) heb je je nooit laten verleiden door de Zwarte Kunsten. Je hebt nooit ook maar een seconde het verlangen gevoeld om een volgeling van Voldemort te worden.'

'Natuurlijk niet!' zei Harry verontwaardigd. 'Hij heeft mijn ouders vermoord!'

'Met andere woorden, je wordt beschermd door je vermogen om lief te hebben!' zei Perkamentus. 'De enige bescherming die kans van slagen heeft tegen de verleidingen van een macht als die van Voldemort! Ondanks alle verlokkingen die je hebt moeten weerstaan, alle leed dat je hebt doorgemaakt, ben je nog steeds zuiver van hart, net zo zuiver als op je elfde, toen je in een spiegel keek die je je hartenwens toonde en waar je geen onsterfelijkheid of rijkdom in zag, maar alleen een manier om Heer Voldemort te dwarsbomen. Harry, heb je enig idee hoe weinig tovenaars hetzelfde gezien zouden hebben in die spiegel? Toen had Voldemort al moeten weten met wie hij te maken had, maar dat wist hij niet.

Maar nu wel! Je hebt door Voldemorts geest gedwaald zonder schade op te lopen, maar hij kan jouw geest niet binnendringen zonder helse pijn te lijden, zoals hij ontdekte op het Ministerie. Ik denk niet dat hij begrijpt waarom, Harry. Hij had zo'n haast om zijn eigen ziel te verminken dat hij nooit een moment heeft stilgestaan bij de onvergelijkelijke kracht van een ziel die onbezoedeld en ongeschonden is.'

'Maar professor,' zei Harry, in een dappere poging om niet eigengereid te klinken, 'het komt toch allemaal op hetzelfde neer? Ik moet proberen hem te doden –'

'Moet?' zei Perkamentus. 'Natuurlijk moet je dat! Maar niet vanwege de profetie! Alleen omdat jij zelf nooit zult rusten voor je dat hebt geprobeerd! Dat weten we allebei! Stel je eens even voor dat je die profetie nooit gehoord had. Hoe zou je dan over Voldemort denken?'

Harry keek hoe Perkamentus door de kamer ijsbeerde en dacht na. Hij dacht aan zijn moeder, aan zijn vader, aan Sirius. Hij dacht aan Carlo Kannewasser. Hij dacht aan alle verschrikkelijke dingen die Voldemort gedaan had. Het was alsof er in zijn borst een vlam oplaaide die zijn keel schroeide.

'Ik zou willen dat hij vernietigd werd,' zei Harry. 'En het liefst zou ik dat zelf doen.'

'Natuurlijk wil je dat!' riep Perkamentus. 'De profetie houdt namelijk niet in dat je iets *moet* doen! Maar door de profetie heeft Voldemort je wel aangemerkt *als zijn gelijke*... met andere woorden, je mag je eigen weg kiezen en hebt het volste recht om je niets van de profetie aan te trekken. Maar Voldemort zelf hecht wel enorm veel waarde aan de profetie. Hij zal op je blijven jagen... en daardoor is het in feite vrijwel zeker dat –'

'Dat een van ons de ander ten slotte zal doden,' zei Harry. 'Ja.'

Maar hij begreep nu eindelijk wat Perkamentus hem duidelijk had willen maken. Het was het verschil tussen de arena in gesleurd worden voor een gevecht op leven en dood, of met trots opgeheven hoofd diezelfde arena in stappen. Sommige mensen zouden misschien zeggen dat daar weinig verschil tussen was, maar Perkamentus wist – net als ik, dacht Harry met een vlaag van felle trots, en net als mijn ouders – dat het alle verschil van de wereld maakte.

HOOFDSTUK 24

SECTUMSEMPRA

*H*arry was uitgeput maar ook opgetogen door al het werk dat hij die nacht verzet had. De volgende ochtend, toen ze Bezweringen hadden, vertelde hij alles aan Ron en Hermelien, na eerst de *Murmelio*-spreuk te hebben toegepast op de leerlingen om hen heen. Ron en Hermelien waren aangenaam onder de indruk van de manier waarop hij de herinnering van Slakhoorn had afgetroggeld en vol ontzag toen hij vertelde over Voldemort, Gruzielementen en de belofte van Perkamentus dat Harry mee mocht als hij er opnieuw een vond.

'Wauw,' zei Ron toen Harry uitgepraat was; hij zwaaide vaag en zonder op te letten met zijn toverstok in de richting van het plafond. 'Wauw. Dus je mag met Perkamentus mee... proberen of jullie kunnen... wauw!'

'Ron, je laat het sneeuwen,' zei Hermelien geduldig. Ze trok aan zijn pols zodat zijn toverstok niet langer op het plafond gericht was, want daar dwarrelden grote witte vlokken uit. Harry zag dat Belinda Broom, die aan een tafeltje verderop zat, woedend naar Hermelien keek en rode ogen had. Hermelien liet Rons arm vlug weer los.

'O ja,' zei Ron en hij keek verbaasd naar zijn schouders. 'Sorry... het lijkt wel of we allemaal vreselijk veel last hebben van roos...'

Hij veegde wat sneeuw van Hermeliens schouder en Belinda barstte in tranen uit. Ron keek heel schuldig en ging gauw met zijn rug naar Belinda toe zitten.

'Het is uit tussen ons,' fluisterde hij tegen Harry. 'Sinds gisteravond, toen ze me met Hermelien terug zag komen van de slaapzaal. Ze kon jou natuurlijk niet zien en dacht dat wij samen boven waren geweest.'

'Aha,' zei Harry. 'Nou – je vindt het toch niet erg dat het uit is?'

'Nee,' gaf Ron toe. 'Het was niet leuk toen ze stond te schelden, maar ik hoefde er tenminste niet zelf een punt achter te zetten.'

'Lafaard,' zei Hermelien, maar ze keek geamuseerd. 'Nou, het was sowieso geen goede avond voor de romantiek. Ginny en Daan zijn ook uit elkaar.'

Harry dacht dat ze hem daarbij nogal veelbetekenend aankeek, maar ze kon onmogelijk weten dat zijn binnenste plotseling een vreugdedansje maakte. Met een uitgestreken gezicht en zo nonchalant mogelijk vroeg hij: 'Hoezo?'

'O, het kwam eigenlijk door iets onbenulligs... ze zei dat hij haar altijd door het portretgat probeerde te helpen, alsof ze er zelf niet doorheen kon klimmen... maar het boterde al een tijdje niet meer.'

Harry keek even naar Daan, die aan de andere kant van het lokaal zat. Hij zag er inderdaad niet gelukkig uit.

'Jij zit nu natuurlijk wel met een dilemma,' zei Hermelien.

'Hoe bedoel je?' vroeg Harry vlug.

'Het Zwerkbalteam,' zei Hermelien. 'Als Ginny en Daan niet meer met elkaar praten...'

'O – o ja,' zei Harry.

'Banning,' zei Ron waarschuwend. De piepkleine leraar Bezweringen kwam hun kant op en Hermelien was er als enige in geslaagd om azijn in wijn te veranderen; haar flacon zat vol dieprode vloeistof, terwijl die van Harry en Ron nog troebel en bruin was.

'Kom, kom, jongens,' piepte professor Banning verwijtend. 'Iets minder kletsen en iets meer actie... vooruit, laat me eens zien wat jullie ervan terechtbrengen...'

Ze pakten allebei hun toverstok, concentreerden zich uit alle macht en richtten hun stok op hun flacon. Harry's azijn veranderde in ijs; Rons flacon ontplofte.

'Juist, ja... jullie huiswerk is...' zei professor Banning terwijl hij weer onder de tafel vandaan kwam en glasscherven uit zijn hoed plukte, '*oefenen.*'

Na Bezweringen hadden ze een van hun weinige gezamenlijke vrije uren en liepen ze samen terug naar de leerlingenkamer. Ron vatte het einde van zijn relatie met Belinda erg luchtig op en ook Hermelien maakte een vrolijke indruk, al zei ze alleen: 'Het is mooi weer,' toen Harry vroeg waarom ze grijnsde. Ron en Hermelien schenen geen van beiden gemerkt te hebben dat zich in Harry's hoofd een felle strijd afspeelde.

Ze is Rons zus.

Maar ze heeft Daan gedumpt!

Toch blijft ze Rons zus!

Ik ben zijn beste vriend.

Dat maakt het er alleen maar erger op.

Als je nou eerst eens met hem praat –

Dan slaat hij erop.

En als ik me nou gewoon niets van hem aantrek?

Hij is je beste vriend!

Harry merkte nauwelijks dat ze door het portretgat klommen en was zich ook maar vaag bewust van het groepje zevendejaars dat samendromde in de leerlingenkamer, tot Hermelien plotseling riep: 'Katja! Je bent terug! Voel je je weer goed?'

Harry keek: het was inderdaad Katja Bell. Ze leek weer helemaal gezond en werd omringd door opgetogen vriendinnen.

'Ik voel me echt prima!' zei ze blij. 'Ik mocht maandag weg uit het St. Holisto. Ik ben nog een paar dagen thuis geweest, en vanochtend ben ik teruggekomen. Lia vertelde me net over Stoker en de laatste wedstrijd, Harry...'

'Ja,' zei Harry. 'Nou, nu jij terug bent en Ron ook weer fit is, hebben we een goede kans om Ravenklauw een pak slaag te geven en dan maken we zelfs nog kans op de Cup. Luister, Katja...'

Hij wilde het haar per se vragen; hij was zo nieuwsgierig dat hij zelfs even niet aan Ginny dacht. Katja's vriendinnen zochten vlug hun spullen bij elkaar; blijkbaar waren ze al bijna te laat voor Gedaanteverwisselingen. Harry vroeg zacht:

'... die halsketting... weet je nog van wie je die gekregen hebt?'

'Nee,' zei Katja en ze schudde spijtig haar hoofd. 'Dat vraagt iedereen, maar ik weet het echt niet meer. Ik kan me alleen nog herinneren dat ik in de Drie Bezemstelen naar de wc ging...'

'Dus je bent de wc echt binnengegaan?' vroeg Hermelien.

'Nou, ik weet nog dat ik de deur opendeed,' zei Katja. 'Degene die de Imperiusvloek over me heeft uitgesproken, zal dus wel vlak achter de deur hebben gestaan. En daarna weet ik helemaal niets meer, tot ik zo'n twee weken geleden bijkwam in het St. Holisto. Hoor eens, ik moet nu echt gaan. Ik zie Anderling ervoor aan om me strafwerk te geven, ook al is dit de eerste dag dat ik terug ben...'

Ze pakte haar tas en boeken en volgde haastig haar vriendinnen. Harry, Ron en Hermelien gingen aan een tafel bij het raam zitten en dachten na over wat Katja verteld had.

'Als het inderdaad op de dames-wc gebeurd is, moet ze die halsketting van een vrouw of een meisje hebben gekregen,' zei Hermelien.

389

'Of van iemand die op een vrouw of meisje leek,' zei Harry. 'Vergeet niet dat er een ketel vol Wisseldrank in de kerkers heeft gestaan. We weten dat een deel ervan gestolen is...'

In gedachten zag hij een hele stoet Korzels en Kwasten voorbijhuppelen, stuk voor stuk in meisjes veranderd.

'Ik denk dat ik nog een slokje Felix Fortunatis neem en dan opnieuw probeer de Kamer van Hoge Nood binnen te komen,' zei Harry.

'Dat is je reinste verspilling van toverdrank,' zei Hermelien streng. Ze legde het exemplaar van *Spelmans Complete Catalogus der Syllaben* dat ze net uit haar schooltas had gehaald neer. 'Geluk helpt maar tot op een bepaald punt, Harry. De situatie met Slakhoorn was anders; je was altijd al in staat om hem over te halen en hoefde alleen de omstandigheden een handje te helpen. Geluk alleen is niet voldoende om een krachtige betovering te omzeilen. Verspil de rest van dat drankje alsjeblieft niet! Je zult al je geluk nodig hebben als Perkamentus je meeneemt...' besloot ze op fluistertoon.

'Kunnen we niet gewoon nog wat maken?' vroeg Ron. 'Het zou geweldig zijn om een voorraadje te hebben... kijk eens in je boek...'

Harry haalde *Toverdranken voor Gevorderden* uit zijn tas en zocht Felix Fortunatis op.

'Wauw, dat is écht een ingewikkelde drank,' zei hij en hij liet zijn blik over de lange lijst met ingrediënten gaan. 'En het duurt zes maanden voor het klaar is... je moet het laten sudderen...'

'Typisch,' zei Ron.

Harry wilde het boek weer wegstoppen toen hij een bladzijde met een omgevouwen hoekje zag; hij sloeg de pagina op en zag de *Sectumsempra*-spreuk, met het bijschrift 'Alleen voor vijanden', die hij een paar weken eerder gemarkeerd had. Hij wist nog steeds niet wat de spreuk deed, voornamelijk omdat hij hem niet wilde uittesten als Hermelien in de buurt was, maar hij dacht er wel over om hem uit te proberen op Stoker als hij die stiekem van achteren kon besluipen.

De enige die niet blij was met Katja's terugkeer was Daan Tomas, omdat hij nu geen invaller meer hoefde te zijn. Hij vatte het slechte nieuws vrij stoïcijns op. Toen Harry zei dat hij niet langer nodig was als Jager haalde hij alleen grommend zijn schouders op, maar Harry had duidelijk het gevoel dat Daan en Simon opstandig mompelden achter zijn rug.

De Zwerkbaltrainingen in de weken daarna waren de beste onder

Harry's leiding als aanvoerder. Het team was zo blij dat Stoker was opgekrast en dat Katja eindelijk terug was dat ze beter vlogen dan ooit.

Ginny had er kennelijk weinig last van dat het uit was met Daan; integendeel, ze was juist de grote gangmaakster van het team. Iedereen lachte zich een ongeluk als ze nadeed hoe Ron zenuwachtig op en neer danste voor zijn doelringen of hoe Harry bevelen brulde tegen Stoker voor hij buiten westen werd geslagen. Harry lachte net zo hard als de anderen en was blij dat hij een onschuldige reden had om naar Ginny te kunnen kijken; hij was tijdens de training nog een paar keer door Beukers geraakt omdat hij geen oog had voor het spel.

In Harry's hoofd woedde nog steeds een strijd: Ginny of Ron? Soms dacht hij dat de Ron van na het tijdperk-Belinda het niet zo erg zou vinden als hij iets met Ginny kreeg, maar dan herinnerde hij zich Rons uitdrukking toen hij gezien had dat ze Daan kuste en was hij ervan overtuigd dat Ron het al een verschrikkelijk verraad zou vinden als hij alleen haar hand maar vasthield...

Toch kon Harry het niet laten om met Ginny te praten, met haar te lachen en na de training met haar terug te lopen; ondanks zijn gewetenswroeging vroeg hij zich steeds af hoe hij ervoor zou kunnen zorgen dat ze een keertje alleen waren. Het zou ideaal zijn geweest als Slakhoorn weer een feestje had gegeven, want dan zou Ron niet worden uitgenodigd, maar helaas had Slakhoorn blijkbaar genoeg van feestjes. Harry overwoog een paar keer om Hermelien om hulp te vragen, maar schrok terug bij de gedachte aan haar zelfvoldane uitdrukking; die had ze soms toch al als Hermelien hem erop betrapte dat hij stiekem naar Ginny keek, of lachte om haar grappen. De zaak werd er nog ingewikkelder op door de knagende angst dat, als hij Ginny niet vroeg, iemand anders dat wel zou doen: Ron en hij waren het over één ding eens en dat was dat ze veel te populair was.

Al met al werd de verleiding om opnieuw een slok Felix Fortunatis te nemen met de dag sterker, want dit was duidelijk een geval waarin hij 'de omstandigheden een handje moest helpen', zoals Hermelien het omschreef. Mei verstreek, vol zwoele dagen, en het was alsof Ron steeds vlak achter Harry stond als Ginny bij hem in de buurt was. Harry hoopte vurig dat Ron plotseling het licht zou zien en zou beseffen dat hij in feite dolblij moest zijn als zijn zus en zijn beste vriend voor elkaar vielen; misschien zou hij hen dan eindelijk eens langer dan een halve minuut alleen laten. Dat leek echter onwaarschijnlijk, nu de laatste Zwerkbalwedstrijd van het seizoen steeds dichterbij kwam. Ron wilde alsmaar over tactiek praten met Harry en had bijna nergens anders aandacht meer voor.

Wat dat betrof was Ron niet de enige. Vrijwel de hele school keek vol belangstelling uit naar de wedstrijd tussen Griffoendor en Ravenklauw, want die zou bepalen wie er kampioen werd. Er waren nog allerlei variaties in de eindstand mogelijk. Als Griffoendor met een marge van driehonderd punten won van Ravenklauw (een moeilijke opgave, maar Harry had zijn team nog nooit zo goed zien vliegen) dan werd Griffoendor kampioen. Als ze met minder dan driehonderd punten verschil wonnen zouden ze op de tweede plaats eindigen, achter Ravenklauw; als ze met een marge van honderd punten verloren werden ze derde, achter Huffelpuf, en als ze met meer dan honderd punten de boot in gingen zouden ze vierde en laatste worden. Niemand zou hem ooit vergeven als Griffoendor onder zijn aanvoerderschap voor het eerst in twee eeuwen op de laatste plaats zou eindigen, dacht Harry.

De aanloop naar de beslissingswedstrijd werd gekenmerkt door de gebruikelijke pesterijtjes: leden van rivaliserende afdelingen probeerden spelers van de tegenpartij te intimideren op de gang; er werden luidruchtig beledigende liedjes over individuele spelers gezongen als die toevallig voorbijkwamen en de teamleden zelf liepen óf trots rond en genoten van alle aandacht, óf sprintten tussen de lessen door steeds naar de wc om over te geven. De wedstrijd was in Harry's gedachten onverbrekelijk verbonden met het succes of de mislukking van zijn plannen met Ginny. Hij had het gevoel dat, als ze met meer dan driehonderd punten verschil wonnen, de uitgelaten taferelen na afloop en een lekker wild feest wel eens net zo goed zouden kunnen werken als een flinke slok Felix Fortunatis.

Ondanks al die beslommeringen was Harry zijn andere grote ambitie nog niet vergeten, namelijk erachter komen wat Malfidus uitvoerde in de Kamer van Hoge Nood. Hij keek nog steeds regelmatig op de Sluipwegwijzer en omdat Malfidus dan vaak nergens te vinden was, kwam Harry tot de conclusie dat hij veel tijd moest doorbrengen in de kamer. Harry begon de hoop dat hij zelf ooit in de kamer zou kunnen doordringen te verliezen. Hij probeerde het nog wel, iedere keer als hij in de buurt was, maar de deur bleef hardnekkig gesloten, hoe hij zijn verzoek ook formuleerde.

Een paar dagen voor de wedstrijd tegen Ravenklauw was Harry in zijn eentje vanuit de leerlingenkamer op weg naar naar de Grote Zaal, voor het avondeten. Ron was naar de dichtstbijzijnde wc geholp om weer over te geven en Hermelien was vlug even naar professor Vector gegaan vanwege een fout die ze eventueel gemaakt zou kunnen hebben in haar laatste werkstuk voor Voorspellend Rekenen. Voornamelijk uit gewoonte maakte Harry zijn gebruikelijke omweg via de gang op de zevende verdieping en keek al lopend op de Sluipwegwijzer. Even kon hij Malfidus nergens vinden en ging hij ervan uit dat hij wel weer in de Kamer van Hoge Nood zou zijn, maar toen zag hij het minuscule, gelabelde stipje dat Malfidus voorstelde een verdieping lager in een wc. Deze keer had hij geen gezelschap van Korzel of Kwast, maar van Jammerende Jenny.

Harry staarde zo ingespannen naar die onwaarschijnlijke combinatie dat hij pardoes tegen een harnas liep. Door de dreun schrok hij wakker uit zijn overpeinzingen; hij liep haastig verder, voor Vilder kwam kijken, holde de marmeren trap af en liep door de gang naar de wc. Hij drukte zijn oor tegen de deur, maar hoorde niets. Stilletjes deed hij de deur open.

Draco Malfidus stond met zijn rug naar hem toe. Hij leunde met beide handen op de wasbak en zijn witblonde hoofd was gebogen.

'Niet doen,' kreunde Jammerende Jenny vanuit een van de toiletten. 'Niet doen... vertel me wat er aan de hand is... ik kan je helpen...'

'Niemand kan me helpen,' zei Malfidus. Zijn hele lichaam trilde. 'Ik kan het niet... het lukt niet... het werkt niet... en als ik het niet gauw doe... zegt hij dat hij me zal vermoorden...'

Malfidus huilde, besefte Harry. Hij huilde – tranen stroomden over zijn bleke wangen in de groezelige wasbak. Dat kwam als zo'n schok voor Harry dat hij als aan de grond genageld bleef staan. Malfidus snikte, slikte moeizaam, rilde van top tot teen, keek in de gebarsten spiegel en zag Harry staan.

Malfidus draaide zich abrupt om en trok zijn toverstok. Instinctief volgde Harry zijn voorbeeld. De vervloeking van Malfidus miste Harry op het nippertje en verbrijzelde de lamp naast hem. Harry gooide zichzelf opzij, dacht *Levicorpus*! en gaf een zwiepje met zijn toverstok, maar Malfidus blokkeerde de spreuk en richtte zelf opnieuw zijn toverstaf.

'Nee! Nee! Hou op!' piepte Jammerende Jenny. Haar stem galmde door de betegelde ruimte. 'Hou op! HOU OP!'

Met een knal spatte de afvalemmer achter Harry aan stukken. Harry probeerde de Vloek van Beentjeplak, maar die ketste van de muur achter Malfidus' oor en versplinterde de stortbak onder Jammerende Jenny. Die gilde en water gutste over de grond. Harry gleed uit en Malfidus riep met een vertrokken gezicht: 'Cruci –'

'SECTUMSEMPRA!' brulde Harry vanaf de vloer, wild met zijn toverstok zwaaiend.

Bloed spoot uit het gezicht en de borst van Malfidus, alsof er met een onzichtbaar zwaard op hem was ingehakt. Hij wankelde achteruit en smakte met een plons op de drijfnatte vloer. Zijn toverstok viel uit zijn slappe rechterhand.

'Nee –' bracht Harry er moeizaam uit.

Glibberend en wankelend kwam Harry overeind. Het gezicht van Malfidus was nat en rood en zijn doodsbleke handen grepen vertwijfeld naar zijn van bloed doordrenkte borst.

'Nee – ik wilde niet –'

Harry wist niet wat hij zei; hij viel op zijn knieën neer naast Malfidus, die krampachtig schokte in een grote plas bloed. Jammerende Jenny slaakte een oorverdovende gil.

'MOORD! MOORD! MOORD OP DE WC! MOORD!'

De deur achter Harry vloog open en hij keek geschrokken op. Sneep kwam het toilet binnenstormen; zijn gezicht was bleek van woede. Hij duwde Harry ruw opzij, knielde naast Malfidus, pakte zijn toverstok en streek daarmee over de diepe wonden die Harry's vloek had veroorzaakt, terwijl hij een zangerige toverformule mompelde. Het bloeden leek te stoppen; Sneep veegde het gezicht van Malfidus schoon en herhaalde zijn spreuk. Nu schenen de wonden te helen.

Harry keek vol afgrijzen toe. Hij was zich er nauwelijks van bewust dat hij ook kletsnat was van het water en het bloed. Boven hun hoofd zweefde Jammerende Jenny snikkend en kreunend rond. Toen Sneep zijn tegenvloek voor de derde keer had uitgesproken, hees hij Malfidus overeind.

'Je moet naar de ziekenzaal. Misschien zullen er wat littekens achterblijven, maar als je onmiddellijk essenkruid inneemt, kunnen we zelfs dat misschien vermijden... kom...'

Hij ondersteunde Malfidus terwijl ze naar de deur liepen. Daar draaide hij zich om en zei vol ijzige woede: 'En jij, Potter... wacht hier tot ik terugkom.'

Het kwam niet één seconde bij Harry op om niet te gehoorzamen. Hij kwam zelf ook trillerig overeind en keek naar de natte vloer. Grote bloedvlekken dreven als rode bloemen in het water. Hij kon het niet eens opbrengen om tegen Jammerende Jenny te zeggen dat ze haar mond moest houden. Jenny bleef krijsen en snikken en begon daar duidelijk steeds meer van te genieten.

Sneep kwam tien minuten later terug en deed de deur van het toilet achter zich dicht.

'Ga,' zei hij tegen Jenny. Ze dook meteen in haar toilet en liet een galmende stilte achter.

'Ik had het niet zo bedoeld,' zei Harry. Zijn stem klonk hol in de kille, waterige ruimte. 'Ik wist niet wat die spreuk zou doen.'

Sneep negeerde dat.

'Ik heb je kennelijk onderschat, Potter,' zei hij. 'Wie had gedacht dat je zulke Duistere magie kende? Hoe kom je aan die spreuk?'

'Ik – heb hem ergens gelezen.'

'Waar?'

'In een – een boek uit de bibliotheek,' verzon Harry vlug. 'Ik weet niet meer wat de titel –'

'Leugenaar,' zei Sneep. Harry's keel werd droog. Hij wist wat Sneep zou gaan doen en had dat nooit kunnen voorkomen...

Het was alsof het toilet danste voor zijn ogen; hij deed zijn uiterste best om nergens aan te denken, maar ondanks zijn inspanningen zweefde er een wazig beeld van *Toverdranken voor Gevorderden* van de Halfbloed Prins voor zijn geestesoog...

En toen stond hij opeens weer tegenover Sneep, in het vernielde, ondergelopen toilet. Hij keek in Sneeps zwarte ogen en hoopte dat die niet gezien had wat hij vreesde, al wist hij dat dat ijdele hoop was –

'Haal je tas en je schoolboeken,' zei Sneep zacht. 'Al je schoolboeken. Breng ze hier. Nu!'

Het had geen zin om ertegenin te gaan. Harry draaide zich om en plaste naar de deur van het toilet. Zodra hij op de gang was begon hij te hollen, naar de toren van Griffoendor. De meeste leerlingen liepen de andere kant uit en keken hem met open mond aan toen hij voorbijkwam, kletsnat van het water en het bloed, maar hij beantwoordde de vragen die op hem werden afgevuurd niet en rende verder.

Hij was diep geschokt; het was alsof een geliefd huisdier hem plotseling was aangevlogen. Waarom had de Prins in hemelsnaam zo'n spreuk in zijn boek gezet? En wat zou er gebeuren als Sneep het zag? Zou hij aan Slakhoorn vertellen – Harry's maag keerde zich om – dat dat de reden was waarom Harry dit jaar zo goed gepresteerd had met Toverdranken? Zou hij het boek waaruit Harry zoveel geleerd had in beslag nemen of vernietigen... het boek dat een soort vriend en leidsman was geworden? Dat kon Harry niet laten gebeuren... dat mocht niet...

'Waar was je –? Waarom ben je helemaal –? Is dat *bloed*?'

Ron stond boven aan de trap en keek verbouwereerd naar Harry.

'Ik heb je boek nodig,' hijgde Harry. 'Je boek van Toverdranken. Vlug... geef op...'

'Maar de Halfbloed –?'

'Ik leg het later wel uit!'

Ron haalde zijn exemplaar van *Toverdranken voor Gevorderden* uit zijn tas en gaf het aan Harry. Die rende verder naar de leerlingenkamer. Daar greep hij zijn schooltas, zonder zich iets aan te trekken van de stomverbaasde blikken van de leerlingen die al klaar waren met eten. Hij sprong weer door het portretgat en draafde naar de gang op de zevende verdieping.

Bij het wandtapijt van de dansende trollen bleef hij abrupt staan. Hij deed zijn ogen dicht en begon langzaam heen en weer te lopen.

Ik moet mijn boek ergens verstoppen... Ik moet mijn boek ergens verstoppen... Ik moet mijn boek ergens verstoppen...

Hij liep drie keer op en neer langs het doodgewone stuk muur. Toen hij zijn ogen weer opendeed zag hij hem eindelijk: de deur van de Kamer van Hoge Nood. Harry rukte de deur open, sprong de kamer in en sloeg de deur achter zich dicht.

Hij snakte verbluft naar adem. Ondanks zijn haast, zijn paniek, zijn angst voor wat hem te wachten stond op het toilet, was hij onwillekeurig toch diep onder de indruk van wat hij zag. Hij stond in een kamer met de afmetingen van een grote kathedraal en door de hoge ramen vielen er lichtstralen op iets wat wel een stad met torenhoge muren leek, muren die waren opgebouwd uit de voorwerpen die de bewoners van Zweinstein hier in de loop der eeuwen verborgen hadden. Hij zag doorgangen en paden, geflankeerd door wankele stapels beschadigd meubilair dat hier waarschijnlijk verstopt was om bewijzen voor misplaatst spreukgebruik te verbergen, of anders was opgeborgen door huis-elfen die geen rommel in het kasteel wilden. Er lagen duizenden en nog eens duizenden boeken, die ongetwijfeld verboden of beklad of gestolen waren. Harry zag gevleugelde katapults en Fragmentatiefrisbees, waarvan sommige nog voldoende energie hadden om zwakjes rond te zweven boven de enorme stapels verboden spullen: beschadigde flesjes met gestolde toverdranken, hoeden, sieraden, mantels, dingen die op de schalen van drakeneieren leken, goed afgesloten flessen waarvan de inhoud nog steeds boosaardig glansde, diverse roestige zwaarden en een massieve, met bloed bevlekte bijl.

Harry liep haastig door een van de gangpaden tussen de verborgen schatten. Hij ging rechtsaf, liep langs een enorme opgezette trol, rende een stukje verder, ging naar links bij de Verdwijnkast waarin Van Beest vorig jaar verdwaald was en bleef ten slotte staan bij een grote kast die, aan het verschroeide en afgebladderde oppervlak te zien, ooit met een sterk zuur bespat was. Harry deed een van de knarsende deuren open; de kast was al eens eerder als bergplaats gebruikt, want er stond een kooi in met een dier dat al heel lang dood was; het skelet had vijf poten. Harry stopte het boek van de Halfbloed Prins achter de kooi en sloeg de deur weer dicht. Hij bleef even staan, met bonzend hart, en keek naar de bergen spullen... zou hij deze plek ooit kunnen terugvinden tussen al die rommel? Hij pakte de gehavende buste van een lelijke oude heksenmeester van een krat, zette die boven op de kast waarin het boek verstopt was, plaatste een stoffige oude pruik en een doffe tiara op het hoofd van het borstbeeld om het wat opvallender te maken en sprintte toen zo snel mogelijk terug door de gangpaden tussen de rommel: terug naar de deur, terug naar de gang. Hij sloeg de deur met een klap achter zich dicht en die veranderde onmiddellijk weer in steen.

Harry rende op topsnelheid naar het een verdieping lager gelegen toilet en propte Rons *Toverdranken voor Gevorderden* al hollend in zijn schooltas. Een minuut later stond hij weer tegenover Sneep, die zonder een woord te zeggen zijn hand uitstak. Hijgend en met brandende longen gaf Harry hem zijn tas en wachtte af.

Sneep haalde Harry's boeken een voor een uit de tas en bekeek ze. Het laatste boek, dat van Toverdranken, bestudeerde hij heel zorgvuldig.

'Is dit jouw exemplaar van *Toverdranken voor Gevorderden*, Potter?' vroeg hij.

'Ja,' zei Harry nahijgend.

'Weet je dat zeker?'

'Ja,' zei Harry ietsje uitdagender.

'Dit is het exemplaar van *Toverdranken voor Gevorderden* dat je gekocht hebt bij Klieder & Vlek?'

'Ja,' zei Harry beslist

'Waarom staat dan de naam "Renald Wombel" op het schutblad?'
vroeg Sneep.

Harry's hart bleef even stilstaan.

'Dat is mijn bijnaam,' zei hij.

'Je bijnaam,' herhaalde Sneep.

'Ja... zo noemen mijn vrienden me,' zei Harry.

'Ik weet wat een bijnaam is,' zei Sneep. Zijn kille zwarte ogen
staarden weer doordringend in die van Harry. Die probeerde niet te
kijken. *Sluit je gedachten af... sluit je gedachten af...* maar hij had nooit geleerd om dat goed te doen...

'Weet je wat ik denk, Potter?' zei Sneep zacht. 'Ik denk dat je een
leugenaar en een bedieger bent en dat je het verdient om iedere zaterdag van dit semester strafwerk voor me te maken. Wat vind jij?'

'Ik – ik vind van niet, professor,' zei Harry. Hij weigerde nog steeds
om Sneep aan te kijken.

'Nou, we zullen zien hoe je er na je strafwerk over denkt,' zei
Sneep. 'Zaterdagochtend om tien uur op mijn werkkamer, Potter.'

'Maar professor...' zei Harry wanhopig en hij keek op. 'Zwerkbal...
de laatste wedstrijd van...'

'Tien uur 's ochtends,' fluisterde Sneep en hij lachte zijn gele tanden bloot. 'Arm Griffoendor... dat wordt dit jaar de vierde plaats.'

Zonder verder nog een woord te zeggen verliet hij het toilet. Harry
staarde in de gebarsten spiegel. Ron had zich vast nog nooit zo ziek
gevoeld als híj zich nu voelde, dat wist hij zeker.

'Ik zal maar niet "zie je wel?" zeggen,' zei Hermelien een uur later
in de leerlingenkamer.

'Hou op, Hermelien,' zei Ron boos.

Harry was uiteindelijk niet gaan eten; hij had helemaal geen trek
meer. Hij had net aan Ron, Hermelien en Ginny verteld wat er
gebeurd was, al leek dat niet echt nodig te zijn. Het nieuws had als
een lopend vuurtje de ronde gedaan: blijkbaar was Jammerende
Jenny in alle toiletten van het kasteel opgedoken en had ze het
verhaal overal rondgebazuind. Malfidus lag op de ziekenzaal en
had al bezoek gehad van Patty Park, die Harry's wandaden ook meteen overal breed had uitgemeten, en Sneep had de overige docenten precies verteld wat er gebeurd was. Harry was al weggeroe-
pen uit de leerlingenkamer voor een bijzonder onaangenaam
kwartiertje in het gezelschap van professor Anderling. Ze had gezegd dat hij van geluk mocht spreken dat hij niet van school werd
gestuurd en dat ze het volkomen eens was met Sneeps beslissing

om hem de rest van het semester iedere zaterdag strafwerk te laten maken.

'Ik zei toch dat er iets niet in de haak was met die zogenaamde Prins?' zei Hermelien, die zich kennelijk niet kon inhouden. 'En ik had gelijk, of niet soms?'

'Nee, ik vind van niet,' zei Harry koppig.

Hij had het al moeilijk genoeg zonder dat Hermelien hem ook nog eens de les las; de gezichten van de spelers van Griffoendor, toen hij verteld had dat hij zaterdag niet zou kunnen spelen, waren de allergrootste straf geweest. Hij voelde dat Ginny naar hem keek, maar hield zijn blik afgewend; hij wilde geen woede of teleurstelling in haar ogen zien. Hij had alleen gezegd dat zij zaterdag Zoeker zou zijn en dat Daan haar plaats als Jager zou innemen. Als ze wonnen, zouden Ginny en Daan het in de euforie na de wedstrijd misschien wel weer goedmaken... die gedachte sneed als een ijskoud mes door Harry heen.

'Harry,' zei Hermelien, 'hoe kún je dat boek blijven verdedigen terwijl die spreuk –'

'Zaag niet steeds door over dat boek!' beet Harry haar toe. 'De Prins heeft die spreuk alleen maar overgeschreven! Hij raadde niemand aan om hem te gebruiken. Misschien maakte hij wel een aantekening over iets wat tegen hém gebruikt was!'

'Ik kan mijn oren niet geloven,' zei Hermelien. 'Je probeert goed te praten wat –'

'Ik probeer niet goed te praten wat ik gedaan heb!' zei Harry. 'Ik heb er echt spijt van, en niet alleen omdat ik nu tien keer strafwerk moet maken. Je weet best dat ik nooit zo'n spreuk zou gebruiken, zelfs niet tegen Malfidus, maar dat kun je de Prins niet kwalijk nemen. Hij heeft niet geschreven "Dit moet je proberen, dit is echt een vette spreuk". Hij maakte gewoon aantekeningen voor zichzelf, niet voor anderen.'

'Je gaat me toch niet vertellen,' zei Hermelien, 'dat je van plan bent terug te gaan en –'

'Het boek weer te halen? Ja!' zei Harry met nadruk. 'Hoor eens, zonder de Prins zou ik nooit die Felix Fortunatis hebben gewonnen. Dan zou ik niet geweten hebben hoe ik Ron moest redden toen hij vergiftigd was en zou ik ook geen –'

'– volkomen onverdiende reputatie op het gebied van Toverdranken hebben,' zei Hermelien hatelijk.

'Hou nou eens op, Hermelien!' zei Ginny en Harry was zo verbaasd en dankbaar dat hij opkeek. 'Zo te horen probeerde Malfidus een Onvergeeflijke Vloek te gebruiken. Je zou blij moeten zijn dat Harry iets goeds achter de hand had!'

'Natuurlijk ben ik blij dat Harry niet vervloekt is!' zei Hermelien gepikeerd. 'Maar wil je *Sectumsempra* echt iets goeds noemen, Ginny? Kijk eens hoe Harry nu in de puree zit! En als je nagaat wat voor effect dit heeft op jullie kans om de wedstrijd te winnen –'

'Zeg, doe alsjeblieft niet opeens of je verstand hebt van Zwerkbal,' snauwde Ginny. 'Je zet jezelf alleen maar voor gek.'

Harry's mond viel open en die van Ron ook. Hermelien en Ginny, die het altijd heel goed met elkaar hadden kunnen vinden, zaten nu nijdig met hun armen over elkaar en keken elkaar niet aan. Na een nerveuze blik op Harry verschool Ron zich achter een willekeurig boek. Harry wist dat hij het niet verdiende, maar toch voelde hij zich plotseling ongelooflijk vrolijk, ook al werd er de rest van de avond door niemand meer iets gezegd.

Zijn vrolijkheid was van korte duur. De volgende dag moest hij een hoop hatelijke opmerkingen van Zwadderaars verduren, plus de woede van mede-Griffoendors die er helemaal niet blij mee waren dat hun aanvoerder door zijn eigen stomme schuld de laatste wedstrijd van het seizoen niet kon spelen. Ondanks zijn uitspraken tegen Hermelien, zou Harry op zaterdagochtend graag alle Felix Fortunatis ter wereld geruild hebben voor de kans om samen met Ron, Ginny en de anderen naar het Zwerkbalstadion te kunnen gaan. Het was bijna ondraaglijk om niet mee te mogen met de leerlingen die het zonovergoten terrein op stroomden, voorzien van rozetten en hoeden en zwaaiend met spandoeken en sjaaltjes, en in plaats daarvan de stenen trap af te moeten dalen naar de kerkers en het geroezemoes van de menigte langzaam te horen wegsterven, in de wetenschap dat hij niet één woord van het commentaar en zelfs geen gejuich of boegeroep zou kunnen verstaan.

'Ah, Potter,' zei Sneep toen Harry klopte en de helaas maar al te vertrouwde werkkamer binnenging die Sneep nog steeds gebruikte, ondanks het feit dat hij nu verscheidene verdiepingen hoger lesgaf. Het was er even schemerig als altijd en dezelfde slijmerige, dode dingen dreven in gekleurde oplossingen in potten die langs de wanden stonden. Onheilspellend genoeg stond op de tafel waaraan Harry geacht werd te gaan zitten een grote stapel met stof en spinnenwebben overdekte dozen; ze deden onmiddellijk aan saai, zwaar en zinloos werk denken.

'Meneer Vilder zoekt al een tijdje iemand om deze oude dossiers bij te werken,' zei Sneep. 'Het is een register van onverlaten zoals jij, en hun straffen. Als de inkt vervaagd is, of de kaartjes te lijden hebben gehad door muizenvraat, schrijf je de overtredingen en straffen op nieuwe kaartjes en doet die terug in de dozen, op alfabetische volgorde. Gebruik van toverkunst is niet toegestaan.'

'Goed, professor,' zei Harry en hij legde zo veel mogelijk minachting in die laatste drie lettergrepen.

'Misschien kun je het beste beginnen met de dozen duizendtwaalf tot duizendzesenvijftig,' zei Sneep met een boosaardige glimlach. 'Ik denk dat je daar enkele bekende namen zult tegenkomen, wat je taak extra interessant zal maken. Bijvoorbeeld...'

Hij plukte met een zwierig gebaar een kaartje uit de bovenste doos en las hardop voor: '"*James Potter en Sirius Zwarts. Betrapt op het gebruik van een illegale vervloeking tegen Benjamin Aldoor. Aldoors hoofd twee keer zo groot als normaal: dubbel strafwerk.*"' Sneep grijnsde misprijzend. 'Het moet een troost zijn dat zij er weliswaar niet meer zijn, maar dat hun grootse daden hier zijn vastgelegd.'

Harry kreeg het vertrouwde gevoel dat hij kookte vanbinnen. Hij beet op zijn tong om Sneep niet van repliek te dienen, ging zitten en trok een doos naar zich toe.

Zoals Harry al verwacht had was het nutteloos en oersaai werk, regelmatig afgewisseld (zoals Sneep duidelijk bedoeld had) door een stekend gevoel in zijn maag als hij de naam van zijn vader of Sirius weer eens tegenkwam. Meestal werden beide namen in verband gebracht met allerlei kleine vergrijpen en af en toe stonden Remus Lupos en Peter Pippeling er ook bij. Terwijl hij hun overtredingen en straffen overschreef, vroeg Harry zich steeds af wat er buiten gebeurde. De wedstrijd zou nu begonnen zijn... Ginny als Zoeker tegen Cho...

Harry keek keer op keer op de grote klok die tikte aan de wand. Hij scheen maar half zo snel te gaan als een normale klok; zou Sneep hem behekst hebben, zodat hij langzamer liep? Hij zat hier toch al veel langer dan een halfuur... een uur... anderhalf uur...

Toen het volgens de klok halfeen was, begon Harry's maag te rommelen. Sneep, die niet één woord gezegd had nadat hij Harry zijn opdracht had gegeven, keek om tien over een eindelijk op.

'Dat lijkt me wel voldoende voor vandaag,' zei hij koeltjes. 'Markeer waar je gebleven bent. Volgende week zaterdag om tien uur ga je verder.'

'Ja, professor.'

Harry stopte een verbogen kaartje op een willekeurige plek in de doos en verliet vlug de kamer, voor Sneep zich bedenken kon. Hij holde de trap op en luisterde met gespitste oren, maar vanaf het veld klonk geen enkel geluid. Alles was stil... de wedstrijd was afgelopen...

Hij aarzelde even bij de drukke Grote Zaal en holde toen de marmeren trap op. Of Griffoendor nou gewonnen had of verloren: het team feestte of treurde het liefst in zijn eigen leerlingenkamer.

'*Quid agis*?' zei hij aarzelend tegen de Dikke Dame. Hij vroeg zich af wat hij binnen zou aantreffen.

Met een ondoorgrondelijk gezicht antwoordde ze: 'Je zult wel zien.'

Ze zwaaide opzij.

Uit het gat achter haar steeg een oorverdovend gejuich op. Tot Harry's stomme verbazing begonnen allerlei mensen te gillen en te krijsen toen ze hem zagen. Verscheidene handen trokken hem de leerlingenkamer in.

'We hebben gewonnen!' brulde Ron. Hij kwam uitgelaten aanhollen en zwaaide met de zilveren Zwerkbalcup. 'We hebben gewonnen! Vierhonderdvijftig tegen honderdveertig! We hebben gewonnen!'

Harry keek om. Ginny rende naar hem toe met een felle, opgetogen uitdrukking op haar gezicht. Hij omhelsde haar en zonder erbij na te denken, zonder het gepland te hebben, zonder zich er iets van aan te trekken dat er minstens vijftig leerlingen keken, kuste hij haar.

Na een aantal seconden – of misschien wel een halfuur – of mogelijk zelfs verscheidene zonovergoten dagen – lieten ze elkaar weer los. Het was doodstil in de kamer. Toen floten diverse leerlingen en werd er nerveus gegiecheld. Over Ginny's hoofd heen zag Harry dat Daan Tomas een gebroken glas in zijn hand hield en dat Regina Valster kennelijk het liefst iets naar hem zou willen gooien. Hermelien glunderde, maar Harry zocht naar Ron. Ten slotte zag hij hem staan, met de Cup nog in zijn hand en een gezicht alsof hij net een klap met een knuppel had gehad. Heel even keken ze elkaar aan en toen maakte Ron een minuscuul hoofdbeweginkje dat volgens Harry betekende: 'Nou – als het niet anders kan.'

Terwijl het beest in zijn borst triomfantelijk brulde, keek Harry grijnzend naar Ginny en gebaarde naar het portretgat. Het leek een goed moment voor een lange wandeling over het schoolterrein waar ze – als ze eraan toekwamen – misschien ook nog zouden napraten over de wedstrijd.

HOOFDSTUK 25

DE ZIENERES SPREEKT

*H*et feit dat Ginny Wemel nu het vriendinnetje was van Harry Potter interesseerde heel veel leerlingen, en dan vooral meisjes, maar Harry merkte in de weken daarna dat hij zich niets aantrok van al het geroddel. Het maakte natuurlijk ook een groot verschil dat er nu over hem gepraat werd vanwege iets wat hem gelukkiger maakte dan hij in lange tijd geweest was, en niet omdat hij betrokken was bij gruwelijke taferelen vol Duistere magie.

'Hebben ze nou echt niks beters om over te kletsen?' zei Ginny. Ze zat in de leerlingenkamer op de grond, tegen Harry's benen geleund, en las de *Ochtendprofeet*. 'In één week tijd zijn er drie aanvallen van Dementors geweest en het enige wat Regina Valster wil weten, is of je werkelijk een Hippogrief op je borst getatoeëerd hebt.'

Ron en Hermelien schaterden het uit, maar Harry negeerde hen.

'Wat heb je gezegd?'

'Dat het een Hongaarse Hoornstaart is,' zei Ginny. Ze sloeg een pagina om. 'Dat is pas macho.'

'Bedankt,' zei Harry grijnzend. 'Heb je ook gezegd wat Ron voor tatoeage heeft?'

'Ja, een Ukkepulk, maar ik heb niet gezegd op welke plaats.'

Ron keek boos en Hermelien rolde over de grond van het lachen.

'Pas op!' zei hij waarschuwend tegen Harry en Ginny. 'Ik heb mijn toestemming gegeven, maar dat wil niet zeggen dat ik die niet meer kan intrekken –'

'Je *toestemming*,' spotte Ginny. 'Alsof ik jou ooit om toestemming zou vragen! Trouwens, je zei zelf dat je me liever met Harry ziet dan met Michel of Daan.'

'Ja, oké,' zei Ron met tegenzin. 'Zolang ik jullie maar niet steeds in het openbaar zie zoenen –'

'Vuile hypocriet! En jij en Belinda dan? Jullie spartelden vaak als twee palingen in het rond!' zei Ginny.

Rons verdraagzaamheid werd gelukkig niet al te zwaar op de proef gesteld, want vanaf begin juni hadden Harry en Ginny steeds minder tijd samen. Ginny's SLIJMBALlen kwamen eraan en ze moest 's avonds vaak urenlang leren. Op een van die avonden, toen Ginny zich had teruggetrokken in de bibliotheek en Harry in de leerlingenkamer bij het raam zat, zogenaamd om zijn huiswerk voor Kruidenkunde te maken, maar in werkelijkheid om nog eens lekker te dagdromen over het uitzonderlijk gelukkige uurtje dat hij en Ginny tussen de middag aan het meer hadden doorgebracht, ging Hermelien plotseling tussen Ron en hem in zitten. Haar vastberaden uitdrukking voorspelde weinig goeds.

'Ik moet met je praten, Harry.'

'Waarover?' vroeg Harry wantrouwig. De vorige dag had Hermelien hem nog op zijn vingers getikt omdat hij Ginny te veel afleidde terwijl ze hard zou moeten werken voor haar examens.

'Die zogenaamde Halfbloed Prins.'

'Hè nee, niet wéér!' kreunde hij. 'Hou daar nou eindelijk eens over op!'

Hij had nog niet terug durven gaan naar de Kamer van Hoge Nood om zijn boek op te halen, en zijn prestaties bij Toverdranken hadden daaronder geleden (al had Slakhoorn, die Ginny graag mocht, dat schertsend toegeschreven aan het feit dat Harry smoorverliefd was). Harry was ervan overtuigd dat Sneep de hoop om het boek van de Prins te pakken te krijgen nog niet had opgegeven en was vastbesloten het rustig in de Kamer van Hoge Nood te laten liggen zolang Sneep waakzaam bleef.

'Nee, ik hou er niet over op!' zei Hermelien resoluut. 'Eerst moet je naar me luisteren. Ik heb geprobeerd erachter te komen wie misschien als hobby Duistere spreuken verzon –'

'Hij maakte er helemaal geen hobby van –'

'Hij, hij – wie zegt dat het een hij is?'

'Daar hebben we het al over gehad!' zei Harry boos. '*Prins*, Hermelien, *Prins*!'

'Oké!' zei Hermelien. Met vuurrode wangen haalde ze een oud krantenknipsel uit haar zak en legde dat nijdig op tafel. 'Kijk hier dan maar eens naar! Naar die foto!'

Harry pakte het tere stuk papier en keek naar de vergeelde, bewegende foto. Ron boog zich naar hem toe om mee te kunnen kijken. Op de foto stond een mager meisje van een jaar of vijftien. Ze was niet knap; ze keek nors en sikkeneurig en had zware wenkbrauwen en een lang, bleek gezicht. Onder de foto stond: *Ellen Prins, aanvoer-ster van Zweinsteins Fluimstenenteam.*

'Ja, en?' zei Harry nadat hij het korte artikel bij de foto vlug had doorgelezen: een saai verhaal over schoolcompetities.

'Ze heette Ellen Prins. *Prins*, Harry.'

Ze keken elkaar even aan. Harry besefte wat Hermelien bedoelde en begon te lachen.

'Nooit van z'n leven!'

'Wat?'

'Denk je dat zíj de Halfbloed...? Kom nou toch!'

'Waarom niet? Er bestaan geen echte prinsen in de toverwereld, Harry! Het is óf een bijnaam, óf de titel die iemand voor zichzelf verzonnen heeft, óf een echte achternaam! Nee, luister nou! Als haar vader bijvoorbeeld een tovenaar was die Prins heette en haar moeder een Dreuzel, dan zou ze een "halfbloed Prins" zijn!'

'Ja, leuk verzonnen, Hermelien...'

'Maar zo is het! Misschien was ze er trots op dat ze een halve Prins was!'

'Hoor eens, Hermelien, ik wéét dat het geen meisje was. Dat voel ik!'

'Je denkt gewoon dat een meisje niet slim genoeg kan zijn geweest!' zei Hermelien boos.

'Hoe kan ik nou denken dat meisjes niet slim zijn nadat ik vijf jaar met jou ben omgegaan?' zei Harry gepikeerd. 'Nee, het komt door de manier waarop hij schrijft. Je merkt aan alles dat die Prins een kerel was. Dat meisje op de foto heeft er niets mee te maken. Hoe kom je daar trouwens aan?'

'Uit de bibliotheek,' zei Hermelien voorspelbaar. 'Er liggen stapels oude jaargangen van de *Profeet*. Nou, ik ga toch proberen of ik meer te weten kan komen over Ellen Prins.'

'Veel plezier,' zei Harry geïrriteerd.

'Wees maar niet bang,' zei Hermelien. 'Ik denk dat ik eerst eens naga wie er vroeger onderscheidingen hebben gewonnen voor Toverdranken!' voegde ze eraan toe toen ze bijna bij het portretgat was.

Harry keek haar nog even knorrig na, maar richtte zijn aandacht toen weer op de hemel buiten, die langzaam donker werd.

'Ze heeft het gewoon nooit kunnen verkroppen dat jij beter was in Toverdranken dan zij,' zei Ron en hij sloeg *Duizend Magische Kruiden en Paddestoelen* weer open.

'Vind jij het stom van me dat ik dat boek weer terug wil hebben?'

'Natuurlijk niet!' zei Ron. 'De Prins was een genie. En trouwens... zonder zijn tip over die bezoar...' hij streek veelbetekenend met zijn vinger over zijn keel, '... zou ik hier niet meer gezeten hebben. Ik zeg niet dat de spreuk die je tegen Malfidus gebruikte nou zo geweldig was –'

'Ik ook niet,' zei Harry vlug.

'Maar hij is weer helemaal genezen, of niet soms? Hij liep binnen de kortste keren weer gewoon rond.'

'Ja,' zei Harry; dat klopte, al werd hij nog steeds geplaagd door lichte gewetenswroeging. 'Dankzij Sneep...'

'Moet je zaterdag weer strafwerk maken voor Sneep?' vroeg Ron.

'Ja, en ook de zaterdag daarna, en de zaterdag daarna,' zuchtte Harry. 'Hij liet al doorschemeren dat we volgend jaar gewoon verdergaan als ik aan het eind van het schooljaar niet alle dozen gedaan heb.'

Dat strafwerk was extra irritant omdat het de weinige vrije tijd die hij met Ginny kon doorbrengen nog verder beperkte. Hij vroeg zich de laatste tijd vaak af of Sneep dat ook wist, want hij liet Harry steeds langer blijven en maakte dan allerlei stekelige opmerkingen over het mooie weer, en het feit dat Harry helaas geen gebruik kon maken van de vele mogelijkheden die dat bood.

Harry werd uit zijn norse overpeinzingen wakker geschud doordat Jimmy Postelijn aan kwam lopen en hem een rolletje perkament gaf.

'Bedankt, Jimmy – hé, van Perkamentus!' zei Harry opgewonden nadat hij het gelezen had. 'Hij wil dat ik direct naar zijn kamer kom!'

Ron en Harry keken elkaar aan.

'Wauw,' fluisterde Ron. 'Denk je... zou hij opnieuw...'

'Nou, laat ik maar gaan kijken,' zei Harry en hij sprong overeind.

Hij verliet de leerlingenkamer en liep zo snel mogelijk over de zevende verdieping. Hij kwam alleen Foppe tegen, die in de tegenovergestelde richting vloog en Harry nogal ongeïnteresseerd met krijtjes bekogelde. Hij grinnikte schel terwijl hij Harry's defensieve vervloeking ontweek. Zodra Foppe was verdwenen, was het doodstil; over een kwartier ging de avondklok in en vrijwel iedereen was al teruggekeerd naar de leerlingenkamers.

Plotseling hoorde Harry een gil en een klap. Hij bleef abrupt staan en luisterde.

'Hoe – *durf* – je – aaaaah!'

Het lawaai kwam uit een andere gang. Harry rende in de richting van het geluid met zijn toverstok in de aanslag. Toen hij om de hoek kwam, zag hij professor Zwamdrift languit op de grond liggen met een van haar vele omslagdoeken over haar hoofd. Naast haar lagen verscheidene sherryflessen, waarvan er een kapot was.

'Professor –'

Harry liep vlug naar haar toe. Een paar van haar glinsterende kralenkettingen waren verward geraakt in haar bril. Ze hikte, streek over haar haar en hees zich aan Harry's arm overeind.

'Wat is er gebeurd, professor?'

'Een goede vraag!' zei ze schril. 'Ik liep rustig door de gang, mijmerend over de Duistere voortekenen die ik heb gezien...'

Harry luisterde maar half; hij had plotseling beseft waar ze waren. Rechts zag hij het wandtapijt met de dansende trollen en links dat gladde, ondoordringbare stuk muur waarachter –

'Professor, probeerde u de Kamer van Hoge Nood binnen te komen?'

'... blik in de toekomst die mij geschonken is – wat?'

Ze keek plotseling nogal schuldbewust.

'De Kamer van Hoge Nood,' herhaalde Harry. 'Probeerde u daar binnen te komen?'

'Ik – ik wist niet dat leerlingen ook op de hoogte waren van –'

'Niet allemaal,' zei Harry. 'Maar wat is er gebeurd? Ik hoorde u gillen... het klonk alsof u aangevallen werd...'

'Tja...' zei professor Zwamdrift. Ze sloeg haar omslagdoeken verdedigend om haar schouders en keek Harry aan met haar enorm uitvergrote ogen. 'Ik wilde – eh – bepaalde persoonlijke voorwerpen opbergen...' Ze mompelde iets over 'boosaardige beschuldigingen'.

'Aha,' zei Harry, met een blik op de sherryflessen. 'Maar u kon niet in de Kamer van Hoge Nood komen?'

Dat vond hij vreemd; de kamer was tenslotte ook gewoon opengegaan toen hij het boek van de Halfbloed Prins had willen verstoppen.

'Nee, dat was geen probleem,' zei professor Zwamdrift. Ze keek boos naar de muur. 'Er was alleen al iemand binnen.'

'Iemand –? Wie dan?' vroeg Harry. 'Wie was er?'

'Ik heb geen idee,' zei professor Zwamdrift, een beetje verbaasd omdat Harry zo opgewonden reageerde. 'Toen ik de Kamer van Hoge Nood binnenging, hoorde ik een stem. Dat is nog nooit voorgekomen in al de jaren dat ik de kamer nu gebruik als – dat ik de kamer gebruik.'

'Wat zei die stem?'

'Nou, hij zei niet echt iets,' zei professor Zwamdrift. 'Hij... juichte.'

'*Juichte*?'

'Ja. Hij leek opgetogen,' zei ze.

Harry keek haar met grote ogen aan.

'Was het een mannen- of een vrouwenstem?'

'Een mannenstem, zou ik zeggen,' zei professor Zwamdrift.

'En hij klonk blij?'

'Heel blij,' zei ze pinnig.

'Alsof die persoon iets vierde?'

'Ja, precies.'

'En toen?'

'Toen riep ik: "Wie is daar?"'

'Had u daar niet achter kunnen komen zonder meteen te roepen?' vroeg Harry enigszins gefrustreerd.

'Mijn Innerlijke Oog concentreerde zich op veel verhevener zaken dan zulke aardse nietigheden als juichende stemmen,' zei professor Zwamdrift waardig. Ze deed haar omslagdoeken en talrijke glinsterende kralenkettingen goed.

'Ik begrijp het,' zei Harry haastig; hij had al meer dan genoeg gehoord over professor Zwamdrifts Innerlijke Oog. 'En gaf de stem antwoord?'

'Nee,' zei ze. 'Het werd aardedonker en meteen daarna werd ik met geweld de kamer uit geslingerd!'

'Zag u dat niet aankomen?' vroeg Harry, die zich niet kon inhouden.

'Nee. Zoals ik al zei was het aarde –' Ze zweeg plotseling en keek hem achterdochtig aan.

'U kunt dit beter aan professor Perkamentus vertellen,' zei Harry. 'Hij moet weten dat Malfidus een feestje – ik bedoel, dat iemand u uit de Kamer van Hoge Nood heeft gegooid.'

Tot zijn verrassing richtte professor Zwamdrift zich hooghartig in haar volle lengte op.

'Het schoolhoofd heeft laten doorschemeren dat hij graag wat minder vaak bezoek van me zou ontvangen,' zei ze koeltjes. 'Ik ben niet iemand die haar gezelschap opdringt aan mensen die dat niet op prijs stellen. Als Perkamentus het verkiest om de waarschuwingen die de kaarten laten zien te negeren –'

Plotseling sloot haar knokige hand zich om Harry's pols.

'Keer op keer, hoe ik ze ook schud –'

Ze haalde met een dramatisch gebaar een kaart onder haar omslagdoeken vandaan.

'– de door bliksem getroffen toren,' fluisterde ze. 'Onheil. Rampspoed. Het nadert met rasse schreden.'

'Aha,' zei Harry opnieuw. 'Nou... toch vind ik dat u Perkamentus moet vertellen over die stem, dat alles donker werd en dat u de kamer werd uitgegooid...'

'Vind je?' Professor Zwamdrift dacht even na, maar Harry voelde dat ze wel zin had om haar avontuur nog een keer te vertellen.

'Ik was net naar hem op weg,' zei Harry. 'We hebben een afspraak. We zouden samen kunnen gaan.'

'Nou, in dat geval...' zei professor Zwamdrift glimlachend. Ze bukte zich, pakte haar sherryflessen en gooide die zonder verdere omhaal in een grote, blauw met witte vaas die in een nis stond.

'Ik vind het echt jammer dat ik je niet meer in mijn klas heb, Harry,' zei ze gevoelvol. 'Je was nooit echt een goede Ziener... maar wel een fantastisch studieobject...'

Harry gaf geen antwoord; hij had het vreselijk gevonden om professor Zwamdrifts studieobject te zijn en onophoudelijk bestookt te worden met deprimerende voorspellingen.

'Ik ben bang dat de knol – pardon, onze centaur – niets van cartomantie weet,' vervolgde ze. 'Ik vroeg hem op een keer – als Zieners onder elkaar – of hij ook niet de vibraties van naderend onheil voelde, maar hij scheen mijn vraag komisch te vinden. Ja, komisch!'

Haar stem ging nogal hysterisch omhoog en Harry rook een doordringende sherrygeur, ook al had ze de flessen weggegooid.

'Misschien heeft dat paard gehoord dat ik de gave van mijn overovergrootmoeder niet geërfd heb. Die geruchten worden al jaren verspreid door afgunstige mensen. Weet je wat ik dan zeg, Harry? Dat Perkamentus me nooit op deze befaamde school les zou hebben laten geven en me nooit al die jaren zo volledig vertrouwd zou hebben als ik mijn talenten niet dubbel en dwars bewezen had!'

Harry mompelde iets onverstaanbaars.

'Ik herinner me mijn eerste gesprek met Perkamentus als de dag van gisteren,' vervolgde professor Zwamdrift met schorre stem. 'Hij was diep onder de indruk, diep onder de indruk... ik logeerde in de Zwijnskop, die ik trouwens niemand zou kunnen aanraden – vlooien, beste jongen – maar ik zat destijds krap bij kas. Perkamentus was zo hoffelijk om naar mijn kamer in de herberg te komen. Hij stelde me een hoop vragen... ik moet toegeven dat ik eerst de indruk had dat hij weinig op had met Waarzeggerij... en ik weet nog dat ik me een beetje raar begon te voelen. Ik had die dag weinig gegeten... maar toen...'

Voor het eerst luisterde Harry aandachtig, want hij wist wat er toen gebeurd was: professor Zwamdrift had de voorspelling gedaan die zijn hele leven zo ingrijpend beïnvloed had, de profetie over hem en Voldemort.

'... maar toen werden we ruw gestoord door Severus Sneep!'

'Wat?'

'Ja. Er was een hoop opschudding op de gang, de deur vloog open en we zagen die nogal onbehouwen barman, samen met Sneep, die iets wauwelde over een verkeerde trap die hij genomen zou hebben. Persoonlijk dacht ik dat hij betrapt was terwijl hij aan de deur stond te luisteren tijdens mijn sollicitatiegesprek met Perkamentus – hij was destijds ook op zoek naar werk en hoopte waarschijnlijk op nuttige wenken! Nou, daarna was Perkamentus opeens bereid me in dienst te nemen en ik dacht onwillekeurig dat dat kwam doordat hij getroffen was door het schrille contrast tussen mijn eigen bescheiden manier van doen en onopdringerige talent en de streberige, brutale jongeman die bereid was aan sleutelgaten te luisteren – Harry?'

Ze keek achterom, want ze had beseft dat Harry niet langer naast haar liep; hij stond nu zo'n drie meter achter haar.

'Harry?' herhaalde ze onzeker.

Ze leek bezorgd en bang, misschien omdat zijn gezicht zo doodsbleek was. Harry stond als aan de grond genageld terwijl de ene schokgolf na de andere over hem heen spoelde en alles wegvaagde, behalve de informatie die zo lang voor hem geheimgehouden was...

Sneep had de profetie afgeluisterd. Sneep had het nieuws over de profetie aan Voldemort doorgebriefd. Sneep en Peter Pippeling hadden Voldemort op het spoor gebracht van Lily en James en hun zoon...

Op dat moment was verder niets nog van belang voor Harry.

'Harry?' zei professor Zwamdrift. 'Harry – ik dacht dat we samen naar het schoolhoofd zouden gaan?'

'Blijf hier,' zei Harry, met lippen die stijf aanvoelden.

'Maar beste jongen... ik wilde hem vertellen hoe ik ben aangevallen in de Kamer van –'

'Blijf hier!' herhaalde Harry woedend.

Ze keek hem geschrokken na terwijl hij langs haar heen rende, naar de gang waar de kamers van Perkamentus waren en de eenzame waterspuwer op wacht stond. Harry schreeuwde het wachtwoord en rende met drie treden tegelijk de bewegende wenteltrap op. Hij klopte niet op de deur maar bonsde, en de kalme stem van Perkamentus zei pas 'Binnen' nadat Harry de kamer al binnengestormd was.

Felix de feniks keek om en in zijn heldere zwarte ogen glansde de weerkaatste gouden gloed van de zonsondergang. Perkamentus stond bij het raam en keek uit over het schoolterrein, met een lange zwarte reismantel over zijn arm.

'Zo, Harry. Ik had beloofd dat je met me mee mocht gaan.'

Heel even begreep Harry niet wat hij bedoelde; het gesprek met professor Zwamdrift had verder alles uit zijn hoofd verdreven en het was alsof zijn hersens heel traag werkten.

'Met... met u mee...?'

'Alleen als je dat wilt, uiteraard.'

'Als ik...'

Pas toen herinnerde Harry zich waarom hij oorspronkelijk zo graag naar de kamer van Perkamentus had gewild.

'Heeft u er een gevonden? Een Gruzielement?'

'Ik geloof het wel.'

Woede en rancune streden met verbijstering en opwinding; even kon Harry geen woord uitbrengen.

'Het is begrijpelijk dat je bang bent,' zei Perkamentus.

'Ik ben niet bang!' flapte Harry eruit en dat klopte; hij voelde veel emoties, maar geen angst. 'Welk Gruzielement? En waar is het?'

'Ik weet niet zeker welk Gruzielement – al denk ik dat we de slang kunnen uitsluiten – maar ik geloof dat het verborgen is in een grot aan de kust, honderden kilometers hiervandaan, een grot waar ik al heel lang naar op zoek ben. Het is de grot waarin Marten Vilijn ooit twee kinderen uit het weeshuis de stuipen op het lijf heeft gejaagd tijdens hun schoolreisje naar zee; kun je je dat nog herinneren?'

'Ja,' zei Harry. 'Hoe wordt hij beschermd?'

'Dat weet ik niet. Ik heb wel vermoedens, maar ik zou er ook totaal naast kunnen zitten.' Perkamentus aarzelde even en zei toen: 'Harry, ik heb beloofd dat je mee mocht en ik houd me aan mijn belofte, maar ik voel me verplicht om je te waarschuwen dat dit wel eens heel gevaarlijk zou kunnen worden.'

'Ik ga mee,' zei Harry, nog voordat Perkamentus uitgesproken was. Hij was zo woedend op Sneep dat zijn verlangen om iets wanhopigs en gevaarlijks te doen de laatste minuten vertienvoudigd was. Dat

411

was kennelijk van zijn gezicht af te lezen, want Perkamentus stapte bij het raam weg en bekeek Harry eens wat beter, met een lichte frons tussen zijn zilvergrijze wenkbrauwen.

'Wat is er gebeurd?'

'Niets,' loog Harry.

'Waarom ben je zo van streek?'

'Ik ben niet van streek.'

'Harry, je was nooit echt een goede Occlumens –'

Dat laatste woord deed Harry's woede ontploffen.

'Sneep!' riep hij, en achter hem kraste Felix zacht. 'Sneep, daar gaat het om! Hij heeft Voldemort verteld van de profetie, híj was het, híj heeft aan de deur geluisterd! Dat hoorde ik van Zwamdrift!'

De uitdrukking van Perkamentus veranderde niet, maar Harry dacht wel dat hij wat bleker werd, onder de bloedrode gloed die de ondergaande zon op zijn huid wierp. Perkamentus zweeg een tijdje.

'Wanneer ben je dat te weten gekomen?' vroeg hij uiteindelijk.

'Daarnet!' zei Harry. Het kostte hem de grootste moeite om het niet uit te schreeuwen. Plotseling kon hij zich niet meer inhouden. 'U LIET HEM HIER LESGEVEN EN HIJ ZEI TEGEN VOLDEMORT DAT HIJ MIJN OUDERS MOEST VERMOORDEN!'

Zwaar ademend, alsof hij gevochten had, draaide Harry zich om en begon door de kamer te ijsberen. Perkamentus had zich nog steeds niet verroerd. Harry wreef met zijn ene hand over de knokkels van de andere en moest al zijn zelfbeheersing aanspreken om geen dingen omver te schoppen. Hij wilde razen en tieren tegen Perkamentus, maar hij wilde ook met hem mee en het Gruzielement vernietigen; hij wilde zeggen dat hij een dwaze oude man was omdat hij Sneep nog steeds vertrouwde, maar hij was bang dat Perkamentus hem niet mee zou nemen als hij zijn woede niet onder controle kreeg...

'Harry,' zei Perkamentus kalm, 'luister naar me.'

Het was net zo moeilijk om te stoppen met ijsberen als om niet te schreeuwen. Harry bleef staan, beet op zijn onderlip en keek naar het gerimpelde gezicht van Perkamentus.

'Professor Sneep heeft een vreselijke –'

'Zeg niet dat het een vergissing was, professor! Hij luisterde aan de deur!'

'Laat me alsjeblieft uitspreken.' Perkamentus wachtte tot Harry bruusk knikte en ging toen verder. 'Professor Sneep beging een vreselijke vergissing. Op de avond dat hij de eerste helft van professor Zwamdrifts profetie hoorde, was hij nog de dienaar van Heer Voldemort. Natuurlijk ging hij zijn meester haastig vertellen wat hij gehoord had, want dat was van het allergrootste belang voor Voldemort. Maar hij wist niet – hij kon onmogelijk weten – op welke jongen Voldemort het vanaf dat moment gemunt zou hebben, of dat de ouders die hij bij die moorddadige speurtocht zou doden mensen waren die professor Sneep kende, dat het jouw vader en moeder waren –'

Harry stootte een vreugdeloze lach uit.

'Hij haatte mijn vader net zo erg als Sirius! Heeft u niet gemerkt dat de mensen die Sneep haat wel erg vaak doodgaan, professor?'

'Je hebt geen idee hoeveel berouw professor Sneep voelde toen hij zich realiseerde hoe Heer Voldemort de profetie geïnterpreteerd had, Harry. Ik denk dat hij nooit ergens zoveel spijt van heeft gehad. Dat was ook de reden dat hij terugkeerde naar –'

'Maar *hij* is wel een goede Occlumens, nietwaar professor?' zei Harry. Zijn stem trilde, zoveel moeite moest hij doen om het niet opnieuw uit te schreeuwen. 'En is Voldemort er niet nog steeds van overtuigd dat Sneep hém trouw is? Professor... hoe kunt u *zeker* weten dat Sneep aan onze kant staat?'

Perkamentus zweeg even; het was alsof hij afwegingen maakte voor hij tot een beslissing kwam. Ten slotte zei hij: 'Dat weet ik zeker. Ik vertrouw Severus Sneep volkomen.'

Harry haalde een paar keer diep adem, in een poging zichzelf te kalmeren, maar dat lukte niet.

'Nou, ik niet!' zei hij met stemverheffing. 'Hij voert iets in zijn schild, samen met Draco Malfidus! Het gebeurt vlak onder uw neus en toch wilt u niet –'

'We hebben het hier al eerder over gehad, Harry,' zei Perkamentus, en nu klonk hij weer streng. 'Ik heb je verteld hoe ik erover denk.'

'U verlaat vanavond de school en ik wed dat u er zelfs niet aan gedacht hebt dat Sneep en Malfidus wel eens zouden kunnen –'

'Zouden kunnen wat?' vroeg Perkamentus met opgetrokken wenkbrauwen. 'Waar verdenk je ze precies van?'

'Ik... ze zijn iets van plan!' zei Harry, en hij balde zijn vuisten. 'Professor Zwamdrift was net in de Kamer van Hoge Nood om haar sherryflessen te verbergen, en toen hoorde ze Malfidus juichen! Hij had iets te vieren! Hij probeert daar iets gevaarlijks te repareren, dat is blijkbaar eindelijk gelukt en nu wilt u de school verlaten zonder zelfs maar –'

'Genoeg,' zei Perkamentus. Zijn stem was kalm, maar Harry zweeg meteen; hij besefte dat hij een onzichtbare grens had overschreden. 'Denk je dat ik deze school tijdens mijn afwezigheid ooit onbeschermd achtergelaten heb? Natuurlijk niet. Als ik vanavond wegga, zijn er aanvullende veiligheidsmaatregelen getroffen. Suggereer alsjeblieft niet dat ik de veiligheid van mijn leerlingen niet serieus neem, Harry.'

'Ik wilde niet –' mompelde Harry een beetje beteuterd, maar Perkamentus viel hem in de rede.

'Ik wil het er verder niet over hebben.'

Harry wist met moeite een woedend antwoord te onderdrukken. Hij was bang dat hij te ver was gegaan, dat hij zijn kans om Perkamentus te mogen vergezellen verspeeld had, maar Perkamentus vervolgde: 'Wil je vanavond met me meegaan?'

'Ja,' zei Harry meteen.

'Goed dan; luister.'

Perkamentus richtte zich in zijn volle lengte op.

'Je mag mee, maar op één voorwaarde: dat je ieder bevel dat ik geef onmiddellijk opvolgt.'

'Natuurlijk.'

'Ik wil dat je me goed begrijpt, Harry. Ik bedoel dat je ook moet gehoorzamen aan zulke bevelen als "vlucht", "verberg je" of "ga terug". Beloof je dat?'

'Ik – ja, natuurlijk.'

'Als ik zeg dat je je moet verbergen, doe je dat dan?'

'Ja.'

'Als ik zeg dat je moet vluchten, gehoorzaam je?'

'Ja.'

'Als ik zeg dat je jezelf in veiligheid moet brengen en mij moet achterlaten, doe je dan wat ik zeg?'

'Ik –'

'Harry?'

Ze keken elkaar even aan.

'Ja, professor.'

'Goed dan. Haal je Onzichtbaarheidsmantel en zorg dat je over vijf minuten in de hal bent.'

Perkamentus draaide zich om en keek uit het vurige raam; de zon was nu een felle, robijnrode gloed aan de horizon. Harry verliet vlug de kamer en holde de wenteltrap af. Plotseling was het weer helder in zijn hoofd. Hij wist wat hij moest doen.

Ron en Hermelien zaten samen in de leerlingenkamer toen hij

terugkwam. 'Wat wilde Perkamentus?' vroeg Hermelien. 'Harry, voel je je wel goed?' voegde ze er ongerust aan toe.

'Ja, prima,' zei Harry kortaf en hij sprintte de trap op naar zijn slaapzaal. Daar gooide hij zijn hutkoffer open, haalde er de Sluipwegwijzer en een paar opgerolde sokken uit en rende de trap weer af naar de leerlingenkamer. Ron en Hermelien keken hem verbijsterd aan.

'Ik heb niet veel tijd,' hijgde Harry. 'Perkamentus denkt dat ik mijn Onzichtbaarheidsmantel ben gaan halen. Luister...'

Hij vertelde vlug waar hij naartoe ging en waarom. Hij negeerde Hermeliens kreetjes van afgrijzen en Rons haastige vragen; ze konden later zelf wel de details invullen.

'... dus snappen jullie wat dat betekent?' besloot Harry in ijltempo. 'Perkamentus is er niet en nu heeft Malfidus alle tijd om zijn plannetje ten uitvoer te brengen. Nee, *luister!*' siste hij nijdig toen Ron en Hermelien hem in de rede wilden vallen. 'Ik weet gewoon dat het Malfidus was die stond te juichen in de Kamer van Hoge Nood. Hier –' Hij gaf de Sluipwegwijzer aan Hermelien. 'Hou hem in de gaten, en Sneep ook. Probeer zo veel mogelijk leden van de SVP op te trommelen. Die speciale Galjoenen werken vast nog wel, hè? Perkamentus zegt dat hij extra veiligheidsmaatregelen heeft genomen, maar als Sneep hierbij betrokken is, weet hij wat die maatregelen zijn en hoe hij ze moet omzeilen. Hij heeft er waarschijnlijk alleen geen rekening mee gehouden dat jullie ook een oogje in het zeil houden.'

'Harry –' begon Hermelien en haar ogen waren groot van angst.

'Ik heb geen tijd voor discussies,' zei Harry. 'Hier, pak aan.' Hij gaf de sokken aan Ron.

'Bedankt,' zei Ron. 'Eh – waar heb ik sokken voor nodig?'

'Niet de sokken, maar wat erin zit. Felix Fortunatis. Neem allebei een slok en geef ook wat aan Ginny. Zeg tegen haar dat ik aan haar denk. Ik kan nu beter gaan, Perkamentus wacht op me –'

'Nee!' zei Hermelien toen Ron vol ontzag het minuscule flesje gouden toverdrank uit de sokken haalde. 'Dat hebben we niet nodig! Neem jij het. Je weet niet wat voor gevaar je te wachten staat!'

'Mij overkomt heus niets. Ik ben samen met Perkamentus,' zei Harry. 'Nee, ik wil weten dat met jullie alles goed gaat... kijk niet zo, Hermelien. Ik zie jullie later wel...'

Hij klom haastig door het portretgat en holde naar de hal.

Perkamentus stond al te wachten bij de eiken voordeuren en keek om toen Harry aan kwam draven. Harry bleef hijgend staan op de bovenste tree van het bordes. Hij had steken in zijn zij.

'Ik wil graag dat je je Onzichtbaarheidsmantel omdoet,' zei Perkamentus. Hij wachtte tot Harry hem om had gegooid en zei toen: 'Prima. Zullen we gaan?'

Perkamentus liep het bordes af. Zijn eigen reismantel wapperde nauwelijks, want het was warm en windstil buiten. Harry liep haastig met hem mee onder de Onzichtbaarheidsmantel. Hij hijgde nog steeds en zweette behoorlijk.

'Wat zullen de mensen denken als ze u zien weggaan, professor?' vroeg hij en hij dacht aan Malfidus en Sneep.

'Dat ik iets ga drinken in Zweinsveld,' zei Perkamentus luchtig. 'Soms neem ik een glaasje bij Rosmerta of in de Zwijnskop... althans, daar lijkt het op. Geen slechte manier om je ware bestemming te verbergen.'

In de invallende schemering liepen ze de oprijlaan af. De lucht geurde naar warm gras, het water van het meer en houtrook uit Hagrids huisje. Harry kon zich maar moeilijk voorstellen dat ze iets gevaarlijks of angstaanjagends gingen doen.

'Professor,' zei Harry zacht toen ze het hek aan het eind van de oprijlaan naderden, 'gaan we Verschijnselen?'

'Ja,' zei Perkamentus. 'Dat kun jij nu toch ook?'

'Jawel,' zei Harry, 'maar ik heb nog geen brevet.'

Het leek hem het beste om eerlijk te zijn; hij wilde de boel niet verknoeien door honderd kilometer van hun bestemming aan te komen.

'Doet er niet toe,' zei Perkamentus. 'Ik help je wel.'

Ze passeerden het hek en liepen in de schemering over het verlaten weggetje naar Zweinsveld. Het werd snel donker en tegen de tijd dat ze in de dorpsstraat waren, brandde er licht in de ramen boven de winkels. Toen ze bijna bij de Drie Bezemstelen waren, hoorden ze geschreeuw.

'– en laat ik je niet meer zien!' riep madame Rosmerta en ze gooide een groezelige tovenaar naar buiten. 'O, hallo, Albus... je bent laat op pad...'

'Goeienavond, Rosmerta, goeienavond... sorry, maar ik was op weg naar de Zwijnskop... niet om het een of ander, maar ik heb vanavond behoefte aan een wat rustiger sfeer...'

Een minuut later waren ze in de zijstraat waar het uithangbord van de Zwijnskop kraakte, ondanks het feit dat er geen wind stond. In tegenstelling tot de Drie Bezemstelen, leek de Zwijnskop uitgestorven te zijn.

'We hoeven niet echt naar binnen te gaan,' mompelde Perkamentus en hij keek om zich heen. 'Als niemand ons maar ziet verdwijnen... leg je hand op mijn arm, Harry. Je hoeft me niet heel stevig beet te houden, ik leid je alleen maar. Ik tel tot drie. Een... twee... drie...'

Harry tolde rond en had onmiddellijk weer het afschuwelijke gevoel dat hij door een dikke rubberen slang geperst werd. Hij kon geen adem halen en zijn hele lichaam werd ondraaglijk samengedrukt. Net toen het leek alsof hij zou stikken, barstten de onzichtbare banden om zijn borst open. Het was donker en koel en hij ademde dankbaar frisse, zilte lucht in.

HOOFDSTUK 26

DE GROT

*H*arry rook zout en hoorde golven ruisen; een koel briesje streek door zijn haar terwijl hij uitkeek over een maanverlichte zee onder een hemel vol sterren. Hij stond op een hoge, donkere rotspunt en in de diepte schuimde en kolkte het water. Harry keek om. Achter hem rees een torenhoog, loodrecht klif op, zwart en schimmig. Een paar andere reusachtige rotsblokken, zoals de steenklomp waarop Harry en Perkamentus stonden, waren in een ver verleden van het klif afgebroken. Alles was even guur en kaal: alleen maar zee en rots, met nergens een boom, een plukje gras of een stukje strand.

'Wat vind je?' zei Perkamentus. Het was alsof hij Harry vroeg of dit een goed plekje was voor een picknick.

'Gingen ze hiernaartoe met de kinderen uit het weeshuis?' vroeg Harry. Hij kon zich moeilijk een grimmiger plaats voorstellen voor een schoolreisje.

'Niet echt hierheen,' zei Perkamentus. 'Ongeveer halverwege de kliffen ligt een klein dorpje. Ik geloof dat ze daar naartoe gingen, zodat de weeskinderen de zeelucht konden opsnuiven en de golven konden zien. Nee, ik denk dat alleen Marten Vilijn en zijn jeugdige slachtoffers op deze plek zijn geweest. Een Dreuzel zou hier niet kunnen komen, tenzij hij een eersteklas bergbeklimmer was, en schepen mijden deze rotsen; de wateren rondom zijn veel te gevaarlijk. Ik denk dat Vilijn naar beneden is geklommen; toverkracht zou nuttiger zijn geweest dan touwen. En hij nam twee kleine kinderen mee, vermoedelijk om te genieten van de doodsangsten die ze uitstonden. Ik denk dat de afdaling alleen al voldoende moet zijn geweest, vind je ook niet?'

Harry keek opnieuw naar het klif en kreeg kippenvel.

'Maar zijn uiteindelijke bestemming – en die van ons – is ietsje verderop. Kom.'

Perkamentus wenkte Harry en liep naar het randje van de rotspunt.

Een reeks kartelige uitsparingen, die als steun voor hun voeten konden dienen, leidden naar rotsblokken die dichter bij de voet van het klif lagen, half onder water. Het was een verraderlijke afdaling en Perkamentus deed er lang over, gehinderd door zijn verschrompelde hand. De lagere rotsen waren glibberig van het water en Harry voelde druppeltjes koud, ziltig schuim in zijn gezicht spatten.

'*Lumos*,' zei Perkamentus toen hij het rotsblok bereikte dat het dichtst bij de voet van het klif lag. Wel duizend gouden lichtpuntjes werden fonkelend weerkaatst door het donkere water en de zwarte rotswand naast hen werd ook verlicht.

'Zie je het?' vroeg Perkamentus en hij hief zijn toverstaf nog wat hoger op. Harry zag een spleet in het klif, waar het water in en uit kolkte.

'Vind je het niet erg om nat te worden?'

'Nee,' zei Harry.

'Doe je Onzichtbaarheidsmantel dan af – die hebben we niet meer nodig – en laten we de sprong wagen.'

Met de onverwachte lenigheid van een veel jonger iemand liet Perkamentus zich van het rotsblok glijden. Hij plonsde in zee en zwom met een soepele borstslag naar de smalle, donkere opening in het klif, met zijn lichtgevende toverstok tussen zijn tanden. Harry deed zijn Onzichtbaarheidsmantel af, propte die in zijn zak en volgde Perkamentus.

Het water was ijskoud; Harry's doorweekte kleren golfden om hem heen en probeerden hem omlaag te trekken. Hij haalde diep adem, zodat de geur van zout en zeewier in zijn neusgaten drong en zwom achter het flikkerende licht aan, dat flauwer werd naarmate het dieper in het klif verdween.

De rotsspleet werd een donkere tunnel die waarschijnlijk met vloed onder water stond. Hij was nauwelijks een meter breed en de slijmerige wanden glansden als gesmolten teer in het licht van de toverstok van Perkamentus. Nadat ze een eindje gezwommen hadden, boog de tunnel af naar links en zag Harry dat hij tot diep onder het klif doorliep. Hij bleef achter Perkamentus aan zwemmen en zijn bijna gevoelloze vingertoppen streken langs ruwe, natte steen.

Opeens kwam Perkamentus overeind uit het water. Zijn zilvergrijze haar en donkere gewaad glansden. Toen Harry op dezelfde plek was, voelde hij een natuurlijke trap die naar een grote grot leidde. Hij klauterde de treden op, terwijl het water uit zijn kletsnatte kleren stroomde, en rilde in de windstille, ijskoude lucht.

Perkamentus stond in het midden van de grot. Hij hield zijn toverstok hoog boven zijn hoofd, draaide langzaam rond en bestudeerde de wanden en het plafond.

'Ja, hier is het,' zei hij.

'Hoe weet u dat?' fluisterde Harry.

'Deze plek heeft toverkracht gekend,' zei Perkamentus simpelweg.

Harry wist niet of hij rilde van de kou die tot diep in zijn botten doordrong, of doordat hij zich ook bewust was van die mysterieuze betoveringen. Hij keek hoe Perkamentus langzaam ronddraaide en zich blijkbaar concentreerde op dingen die Harry niet kon zien.

'Dit is maar een voorvertrek. De hal, zou je kunnen zeggen,' zei Perkamentus na enkele ogenblikken. 'Wij moeten doordringen tot de binnenste ruimte... en nu krijgen we te maken met de hindernissen van Heer Voldemort in plaats van met louter natuurlijke obstakels...'

Perkamentus liep naar de wand van de grot, streek erover met zijn verschroeide vingertoppen en mompelde woorden in een taal die Harry niet verstond. Twee keer maakte Perkamentus een rondje door de grot, en raakte hij zo veel mogelijk van de ruwe steen aan. Af en toe bleef hij even staan en bewoog hij zijn vingers heen en weer over een bepaalde plek, tot hij zijn hand ten slotte plat tegen de rots drukte.

'Hier is het,' zei hij. 'Hier moeten we naar binnen. De ingang is verborgen.'

Harry vroeg niet hoe Perkamentus dat wist. Hij had nog nooit gezien dat een tovenaar op deze manier iets oploste, door gewoon te kijken en te voelen, maar hij wist inmiddels wel dat harde knallen en veel rook eerder een teken waren van onkunde dan van talent.

Perkamentus deed een paar stappen achteruit en wees met zijn toverstok op de rots. Heel even verscheen de omtrek van een boog. Hij straalde een witte gloed uit, alsof er een fel licht brandde achter de stenen.

'G-gelukt!' mompelde Harry klappertandend, maar bijna voordat hij dat woord gezegd had verdween de omtrek weer en was de rotswand even kaal en massief als eerst. Perkamentus keek om.

'Het spijt me vreselijk, Harry. Daar had ik aan moeten denken,' zei hij. Hij wees met zijn toverstaf op Harry en diens kleren waren onmiddellijk weer warm en droog, alsof ze voor een laaiend vuur gehangen hadden.

'Dank u,' zei Harry, maar Perkamentus had zijn aandacht weer op de rots gericht. Hij voerde geen magische handelingen meer uit, maar staarde alleen aandachtig naar de wand, alsof er iets heel interessants op geschreven was. Harry verroerde geen vin; hij wilde de concentratie van Perkamentus niet verstoren.

Na twee volle minuten zei Perkamentus zacht: 'Hè, nee toch! Dat is wel erg cru.'

'Hoe bedoelt u, professor?'

'Ik heb zo het idee,' zei Perkamentus terwijl hij zijn ongeschonden hand onder zijn gewaad stak en een kort zilveren mes pakte, zo een als Harry soms gebruikte om ingrediënten voor toverdranken fijn te hakken, 'dat we een betaling moeten verrichten voor we verder mogen gaan.'

'Een betaling?' zei Harry. 'Moeten we die deur iets geven?'

'Ja,' zei Perkamentus. 'Bloed, als ik me niet vergis.'

'Bloed?'

'Ik zei toch dat het cru was?' zei Perkamentus nogal schamper en zelfs een beetje teleurgesteld, alsof Voldemort niet aan zijn hoge verwachtingen beantwoord had. 'Zoals je ongetwijfeld zult begrijpen, is het achterliggende idee dat je vijand zichzelf moet verzwakken voor hij of zij wordt doorgelaten. Opnieuw beseft Heer Voldemort niet dat er ergere dingen zijn dan lichamelijke verwondingen.'

'Ja, maar toch. Als het niet hoeft...' zei Harry. Hij had in het verleden voldoende pijn gevoeld om niet te verlangen naar meer.

'Soms is pijn onvermijdelijk,' zei Perkamentus. Hij schudde de mouw van zijn gewaad terug, zodat de onderarm van zijn gewonde hand bloot kwam.

'Professor!' protesteerde Harry. Hij liep haastig naar Perkamentus toen die zijn mes ophief. 'Ik doe het wel! Ik ben –'

Hij wist eigenlijk niet wat hij wilde zeggen – jonger, gezonder? Perkamentus glimlachte alleen maar. Een zilveren flits, een rode fontein en plotseling was de rotswand bespat met donkere, glanzende druppels.

'Heel vriendelijk van je, Harry,' zei Perkamentus. Hij streek met de punt van zijn toverstok over de diepe snee in zijn arm en die genas onmiddellijk, zoals Sneep de wonden van Malfidus genezen had. 'Maar jouw bloed is meer waard dan het mijne. Ah, het schijnt gewerkt te hebben!'

De stralende zilveren omtrek van de boog verscheen weer en deze keer vervaagde de gloed niet: de bebloede rotswand binnen de boog verdween en er bleef een opening achter die naar een on-doordringbare duisternis leidde.

'Na mij,' zei Perkamentus en hij stapte onder de boog door. Harry volgde hem en verlichtte haastig zijn eigen toverstok.

Wat ze zagen was mysterieus en spookachtig: ze stonden aan de rand van een groot, inktzwart meer. Het was zo groot dat Harry de an-dere oever niet kon onderscheiden, en de grot was zo hoog dat ook het dak onzichtbaar was. Ver weg, in het midden van het meer, gloei-de een wazig groen licht dat weerkaatst werd door het roerloze water. Die groenige gloed en het schijnsel van hun toverstokken waren de enige lichtpuntjes in een inktzwarte duisternis en zelfs hun tover-stokken verlichtten minder van de grot dan Harry verwacht had. Het donker was op de een of andere manier dikker en ondoordringbaar-der dan normaal.

'We gaan een eindje lopen,' zei Perkamentus zacht. 'Zorg ervoor dat je niet in het water stapt. Blijf dicht bij me.'

Hij begon langs de rand van het meer te lopen en Harry volgde hem op de voet. Hun passen maakten holle, galmende geluiden op de smalle rotsrichel langs het water. Ze liepen en liepen, maar het uitzicht veranderde niet: de ruwe rotswand aan de ene kant en het zwartglanzende, spiegelgladde oppervlak van het meer aan de an-dere, met in het midden die mysterieuze groene gloed. Harry vond de immense ruimte en doodse stilte beklemmend en angstaanja-gend.

'Professor?' zei hij na een tijdje. 'Denkt u dat het Gruzielement hier is?'

'Ja,' zei Perkamentus. 'Ja, dat weet ik zeker. De vraag is alleen hoe we het moeten bereiken.'

'Zouden we... zouden we niet gewoon een Sommeerspreuk kun-nen proberen?' vroeg Harry. Hij wist dat het een stomme suggestie was, maar hij wilde dolgraag weer zo snel mogelijk weg uit die grot, zo graag zelfs dat hij zich ervoor schaamde.

'Dat zouden we zeker kunnen proberen,' zei Perkamentus. Hij bleef abrupt staan, zodat Harry bijna tegen hem aan botste. 'Waarom doe jij het niet?'

'Ik? O... oké...'

Harry had dat niet verwacht, maar hij schraapte zijn keel, hield zijn toverstok omhoog en riep: '*Accio Gruzielement!*'

Met een donderend geraas rees er iets groots en bleeks op uit het donkere water, op een meter of zes afstand; voor Harry kon zien wat het was, verdween het weer met een galmende plons en breidden zich grote rimpelingen uit over het spiegelende water. Harry schrok zich dood, sprong achteruit en kwam tegen de rotswand. Hij keek met bonzend hart naar Perkamentus.

'Wat was dat?'

'Iets wat klaar is om te reageren als we een poging doen het Gruzielement te pakken.'

Harry keek naar het meer. Het water leek weer glanzend zwart glas, want de rimpelingen waren onnatuurlijk snel verdwenen. Harry's hart ging nog steeds tekeer.

'Wist u dat dat zou gebeuren?'

'Ik verwachtte dat er íéts zou gebeuren als we een minder dan subtiele poging deden het Gruzielement in handen te krijgen. Dat was een heel goed idee, Harry. Verreweg de eenvoudigste manier om erachter te komen waarmee we geconfronteerd worden.'

'Maar we weten niet wat dat ding was,' zei Harry. Hij keek nog steeds naar het sinistere, gladde water.

'Wat die dingen *zijn*, bedoel je,' zei Perkamentus. 'Ik betwijfel of het er maar een is. Zullen we verdergaan?'

'Professor?'

'Ja, Harry.'

'Moeten we het meer in?'

'Het meer in? Alleen als we erg veel pech hebben.'

'Dus u denkt niet dat het Gruzielement op de bodem ligt?'

'Nee, nee... ik denk dat het Gruzielement zich in het *midden* bevindt.'

Perkamentus wees op de wazige groene gloed in het midden van het water.

'Dan moeten we het meer dus oversteken?'

'Ja, dat lijkt me wel.'

Harry zei niets. Hij dacht aan zeemonsters, aan reusachtige slangen, aan demonen, aan waterduivels en aan geesten...

'Aha!' zei Perkamentus en hij bleef zo plotseling staan dat Harry deze keer inderdaad tegen hem opbotste; hij wankelde even aan de rand van het donkere water, maar de ongeschonden hand van Perkamentus greep hem bij zijn bovenarm en trok hem terug. 'Het spijt me, Harry. Ik had je moeten waarschuwen. Ga tegen de rotswand staan; volgens mij zijn we er.'

Harry had geen idee wat Perkamentus bedoelde. Naar zijn idee leek dit stukje oever precies op alle andere stukjes, maar Perkamentus had kennelijk iets bijzonders gezien. Deze keer streek hij niet met zijn hand over de rotswand maar bewoog hij hem door de lucht, alsof hij verwachtte dat hij op iets onzichtbaars zou stuiten.

'Kijk!' zei Perkamentus een paar tellen later vrolijk. Zijn hand sloot zich midden in de lucht om iets wat Harry niet kon zien. Perkamentus liep naar het uiterste randje van de oever en Harry keek zenuwachtig toe hoe zijn schoenen met gespen bijna het water raakten. Perkamentus hield zijn gebalde vuist omhoog en tikte erop met de punt van zijn toverstok, die hij in zijn andere hand had.

Onmiddellijk werd er een dikke, kopergroene ketting zichtbaar, die zich vanuit het donkere water uitstrekte tot in de vuist van Perkamentus. Hij tikte op de ketting en de schakels gleden soepel als een slang door zijn hand en vormden een stapel op de grond, met een gekletter dat rumoerig weergalmde tussen de donkere rotswanden. De ketting trok iets omhoog uit het inktzwarte water: Harry snakte naar adem toen de spookachtige boeg van een piepklein bootje opdook uit het meer. Het vaartuigje straalde dezelfde groene gloed uit als de ketting en dreef vrijwel zonder één rimpeling naar de plek op de oever waar Harry en Perkamentus stonden.

'Hoe wist u dat die ketting daar was?' vroeg Harry stomverbaasd.

'Magie laat altijd sporen na,' zei Perkamentus toen het bootje zacht tegen de oever stootte. 'Soms zelfs heel karakteristieke sporen. Ik heb Marten Vilijn zelf lesgegeven en ik ken zijn stijl.'

'Is... is het bootje veilig?'

'Ja, dat denk ik wel. Voldemort had een manier nodig om het meer te kunnen oversteken zonder de woede van de wezens in het water over zich af te roepen, voor het geval hij ooit zijn Gruzielement wilde bezoeken of verwijderen.'

'Dus die dingen in het water doen ons niets als we oversteken in Voldemorts bootje?'

'Ik denk dat we ons erop moeten voorbereiden dat ze op een gegeven moment zullen beseffen dat we níét Heer Voldemort zijn. Maar tot dusver hebben we het niet slecht gedaan. Ze hebben toegestaan dat we het bootje boven water haalden.'

'Maar waaróm hebben ze dat toegestaan?' vroeg Harry. Hij kon het visioen van tentakels die uit het donkere water oprezen zodra ze de oever achter zich hadden gelaten niet van zich afzetten.

'Voldemort was er waarschijnlijk redelijk zeker van dat alleen een machtige tovenaar de boot zou kunnen vinden,' zei Perkamentus. 'Ik denk dat hij bereid was het naar zijn idee minimale risico te nemen dat iemand anders hem zou ontdekken, omdat hij wist dat er nog andere obstakels zouden komen die alleen hij kon overwinnen. We zullen zien of hij daar gelijk in had.'

Harry keek naar het bootje. Het was echt heel klein.

'Het lijkt me niet voor twee mensen gebouwd, professor. Kunnen wij er wel allebei in? Zijn we niet te zwaar?'

Perkamentus grinnikte.

'Ik denk niet dat Voldemort zich druk maakte om het gewicht, maar meer om de hoeveelheid magische kracht die het meer overstak. Vermoedelijk is het bootje zo betoverd dat er maar één tovenaar tegelijk in kan plaatsnemen.'

'Maar dan –'

'Ik denk niet dat jij meetelt, Harry. Je bent minderjarig en nog niet eens afgestudeerd. Voldemort zou nooit gedacht hebben dat een jongen van zestien zo ver zou komen. Nee, jouw magische vermogens tellen niet echt mee, vergeleken met de mijne.'

Die woorden maakten Harry's zelfvertrouwen er niet groter op. Misschien realiseerde Perkamentus zich dat, want hij voegde eraan toe: 'Dat is Voldemorts vergissing, Harry, Voldemorts vergissing... oudere mensen zijn dwaas en vergeetachtig als ze de kracht van de jeugd onderschatten. Goed, jij nu eerst en raak vooral het water niet aan.'

Perkamentus ging opzij en Harry klom voorzichtig in het bootje. Perkamentus stapte ook in en legde de opgerolde ketting op de bodem. Ze zaten op elkaar geperst; Harry kon alleen maar hurken, met zijn knieën over de rand van de boot. Die begon meteen te varen. Het enige geluid was het zijdezachte geruis van de boeg die door het water sneed. Zij deden niets; het was alsof het bootje aan een onzichtbaar touw naar het licht in het midden werd getrokken. Al gauw konden ze de wanden van de grot niet meer zien. Ze hadden op zee kunnen zijn, alleen waren er geen golven.

Harry keek naar het zwarte water, waar de weerkaatste gouden gloed van zijn toverstok fonkelde en danste. De boot maakte diepe rimpelingen in het gladde oppervlak, krassen in een donkere spiegel...

En toen zag Harry het: een paar centimeter onder de oppervlakte dreef iets wits.

'Professor!' zei hij en zijn geschrokken stem galmde over het stille meer.

'Ja, Harry?'

'Volgens mij zag ik een hand in het water – een mensenhand!'

'Dat geloof ik graag,' zei Perkamentus kalm.

Harry staarde naar het water, op zoek naar de verdwenen hand. Hij kreeg een misselijk gevoel.

'Dus het ding dat uit het water sprong...'

Harry kreeg antwoord voordat Perkamentus iets kon zeggen. Het licht van zijn toverstok gleed over een ander stuk van het meer en nu zag hij een dode man, die met zijn gezicht omhoog een paar centimeter onder de oppervlakte dobberde. Zijn open ogen waren melkachtig wit, alsof ze bedekt waren met spinnenwebben, en zijn haar en gewaad dreven als rook om hem heen.

'Er liggen lijken in het water!' zei Harry. Zijn stem was veel hoger dan normaal en leek helemaal niet op zijn eigen stem.

'Ja,' zei Perkamentus rustig. 'Maar voorlopig hoeven we ons geen zorgen te maken.'

'Voorlopig?' herhaalde Harry. Hij scheurde zijn blik los van het water en keek naar Perkamentus.

'Niet zolang ze vredig dobberen,' zei Perkamentus. 'Een lijk op zich is niet iets om bang voor te zijn, Harry, net zoals je niet bang hoeft te zijn voor het donker. Heer Voldemort, die in wezen natuurlijk doodsbang is voor beide, zou dat niet met me eens zijn, maar daaruit blijkt opnieuw zijn gebrek aan wijsheid. We vrezen alleen het onbekende als we dood en duisternis zien, verder niets.'

Harry zei niets. Hij had geen zin om ertegenin te gaan, maar vond het idee dat er lijken om hen heen dreven gruwelijk en hij geloofde bovendien niet dat ze ongevaarlijk waren.

'Maar er sprong er eentje uit het water,' zei hij. Hij probeerde net zo kalm te klinken als Perkamentus. 'Toen ik de Sommeerspreuk gebruikte, sprong er een lichaam op uit het water.'

'Ja,' zei Perkamentus. 'Zodra we het Gruzielement in handen hebben, zullen ze ongetwijfeld een stuk minder vredig zijn. Maar net als veel wezens die in kou en duisternis leven, vrezen ze licht en warmte. Dat zullen dan ook onze wapens zijn als de nood aan de man komt, Harry,' zei Perkamentus. 'Vuur,' voegde hij er glimlachend aan toe bij het zien van Harry's verbaasde gezicht.

'O ja... natuurlijk...' zei Harry. Hij keek naar de groene gloed waar het bootje nog steeds onverbiddelijk op af voer. Hij kon niet meer doen alsof hij niet bang was. Het enorme, inktzwarte meer dat wemelde van de doden... het leek uren en uren geleden dat hij professor Zwamdrift had ontmoet, dat hij Ron en Hermelien de Felix Fortunatis had gegeven... plotseling had hij er spijt van dat hij zo haastig afscheid van hen had genomen... en Ginny had hij zelfs helemaal niet meer gezien...

'We zijn er bijna,' zei Perkamentus opgewekt.

Inderdaad leek de groene gloed sterker te worden en een paar minuten later stootte het bootje zacht tegen iets aan. Harry kon eerst niet onderscheiden wat het was, maar toen hij zijn lichtgevende toverstok ophief, zag hij dat het een klein eilandje van gladde rots was.

'Raak het water niet aan!' herhaalde Perkamentus toen Harry uit het bootje stapte.

Het eiland was niet groter dan de werkkamer van Perkamentus: een kaal, vlak stuk steen waarop zich alleen de bron van dat groenachtige licht bevond. De groene gloed was een stuk sterker nu ze zo dichtbij waren; Harry dacht eerst dat het een soort lamp was, maar toen hij beter keek zag hij dat het licht afkomstig was uit een stenen kom op een voetstuk, die veel weg had van de Hersenpan.

Perkamentus liep naar de kom en Harry volgde hem. Samen keken ze in de kom en zagen een smaragdgroene, lichtgevende vloeistof.

'Wat is het?' vroeg Harry.

'Dat weet ik niet zeker,' zei Perkamentus. 'Iets wat ons meer problemen zal bezorgen dan bloed en lijken, vermoed ik.'

Perkamentus stroopte zijn mouw op en strekte zijn verschroeide vingertoppen uit naar de gloeiende vloeistof.

'Professor, raak het niet –'

'Ik kan het niet aanraken,' zei Perkamentus met een flauwe glimlach. 'Zie je wel? Ik kan er niet dichter bij komen dan nu. Probeer jij het maar eens.'

Harry stak zijn hand in de kom en probeerde de vloeistof aan te raken, maar op zo'n twee centimeter van de oppervlakte stuitte hij op een onzichtbare barrière. Hoe hard hij ook duwde, zijn vingers raakten alleen ondoordringbare en onbuigzame lucht.

'Ga opzij, Harry,' zei Perkamentus.

Hij maakte met zijn toverstok ingewikkelde bewegingen boven de vloeistof en mompelde zacht. Er gebeurde niets, alleen werd de gloed die de vloeistof uitstraalde misschien iets feller. Harry zweeg terwijl Perkamentus bezig was, maar na een tijdje liet die zijn toverstok zakken en durfde Harry weer iets te vragen.

'Denkt u dat het Gruzielement in de kom ligt?'

'Ja.' Perkamentus tuurde nog aandachtiger in de kom en Harry zag zijn omgekeerde spiegelbeeld in de gladde groene vloeistof. 'Maar hoe komen we erbij? Deze vloeistof kan niet met de hand worden aangeraakt. Ik kan hem ook niet Verdwijnselen, splijten, leegscheppen of opzuigen en hij is ongevoelig voor bezweringen, transformaties of andere pogingen om hem van aard te doen veranderen.'

Perkamentus hief bijna verstrooid zijn toverstok weer op, tekende er een rondje mee in de lucht en ving de kristallen beker die hij te voorschijn getoverd had.

'Ik kan alleen maar concluderen dat deze vloeistof bedoeld is om gedronken te worden.'

'Wat?' zei Harry. 'Nee!'

'Ja, dat denk ik wel. Alleen door te drinken kan ik de kom legen en zien wat zich op de bodem bevindt.'

'Maar als – als u nou doodgaat?'

'O, ik denk niet dat het zo werkt,' zei Perkamentus kalm. 'Heer Voldemort zou degene die dit eiland weet te bereiken niet willen doden.'

Harry kon zijn oren niet geloven. Was dit opnieuw een voorbeeld van Perkamentus' idiote neiging om van iedereen het goede te denken?

'Professor,' zei Harry en hij probeerde rustig te blijven, 'professor, we hebben het wel over *Voldemort* –'

'Het spijt me, Harry: ik had moeten zeggen dat hij degene die dit eiland weet te bereiken niet *onmiddellijk* zou willen doden,' verbeterde Perkamentus zichzelf. 'Hij zou die persoon lang genoeg in leven willen houden om erachter te komen hoe die zo ver door zijn verdedigingslinies wist te dringen en vooral waarom die met alle geweld de kom wilde legen. Vergeet niet dat Heer Voldemort ervan overtuigd is dat hij als enige van zijn Gruzielementen weet.'

Harry deed opnieuw zijn mond open, maar Perkamentus stak zijn hand op, maande hem tot stilte en keek fronsend naar de smaragdgroene vloeistof. Het was duidelijk dat hij diep nadacht.

'Deze drank moet ongetwijfeld voorkomen dat ik het Gruzielement te pakken krijg,' zei hij uiteindelijk. 'Misschien word ik verlamd, of vergeet ik wat ik hier doe, of krijg ik zo'n helse pijn dat ik nergens anders aandacht meer voor heb, of word ik op een andere manier uitgeschakeld. In dat geval, Harry, is het jouw taak om ervoor te zorgen dat ik blijf drinken, ook al moet je de drank in mijn protesterende mond gieten. Begrijp je me?'

Ze keken elkaar aan over de kom en hun bleke gezichten werden verlicht door die onaardse groene gloed. Harry zei niets. Had Perkamentus hem daarom meegenomen – om hem met geweld een drank toe te dienen die hem misschien ondraaglijke pijn zou doen?

'Je weet toch nog op welke voorwaarde je met me mee mocht?' vroeg Perkamentus.

Harry aarzelde even en keek in zijn blauwe ogen, die nu een groene weerschijn hadden door het licht uit de kom.

'Maar stel –'

'Heb je niet plechtig beloofd dat je iedere opdracht die ik je gaf zou uitvoeren?'

'Ja, maar –'

'En heb ik je niet van tevoren gewaarschuwd dat het gevaarlijk zou kunnen worden?'

'Ja,' zei Harry. 'Maar –'

'Goed, dan is dit mijn bevel,' zei Perkamentus. Hij stroopte zijn mouwen weer op en hief de lege beker op.

'Waarom kan ik niet drinken?' vroeg Harry vertwijfeld.

'Omdat ik veel ouder, veel slimmer en veel vervangbaarder ben,' zei Perkamentus. 'Eens en voor al, Harry: heb ik je woord dat je alles zult doen wat in je macht ligt om ervoor te zorgen dat ik blijf drinken?'

'Kan ik niet –'

'Heb ik je woord?'

'Maar –'

'Je *woord*, H*arry*.'

'Ik – nou goed, maar –'

Voor Harry opnieuw kon protesteren stak Perkamentus de beker in de drank. Heel even hoopte Harry dat hij de vloeistof niet zou kunnen aanraken met de beker, zoals dat met hun handen ook niet was gelukt, maar het kristal zonk meteen onder de oppervlakte. Toen de beker tot de rand toe gevuld was, bracht Perkamentus hem naar zijn lippen.

'Gezondheid, Harry.'

Hij dronk de beker leeg. Harry keek doodsbang toe en zijn handen grepen de rand van de kom zo krampachtig beet dat zijn vingertoppen gevoelloos werden.

'Professor?' zei hij ongerust toen Perkamentus de lege beker liet zakken. 'Hoe voelt u zich?'

Perkamentus schudde zijn hoofd, met zijn ogen dicht. Harry vroeg zich af of hij pijn had. Perkamentus stak de beker blindelings weer in de kom, liet hem vollopen en dronk hem opnieuw leeg.

Zwijgend dronk Perkamentus drie bekers van de groene drank op, maar halverwege de vierde beker wankelde hij en viel hij voorover tegen de kom. Zijn ogen waren nog altijd gesloten en hij haalde moeizaam adem.

'Professor Perkamentus?' zei Harry gespannen. 'Kunt u me horen?'

Perkamentus gaf geen antwoord. Er trokken spiertjes in zijn gezicht, alsof hij heel diep sliep en een verschrikkelijke nachtmerrie had. Zijn greep op de beker verslapte en de drank liep er bijna uit. Harry stak zijn hand uit, pakte de kristallen beker en hield hem recht.

'Professor, kunt u me horen?' herhaalde hij met stemverheffing. Het geluid galmde door de grot.

Perkamentus hijgde even en toen hij sprak, herkende Harry zijn stem niet, want hij had Perkamentus nog nooit bang horen klinken.

'Ik wil niet... dwing me niet...'

Harry keek naar het bleke gezicht dat hij zo goed kende, naar de kromme neus en het halfronde brilletje. Hij wist niet wat hij moest doen.

'... vreselijk... ophouden...' kreunde Perkamentus.

'U... u mag niet ophouden,' zei Harry. 'U moet blijven drinken, weet u nog wel? U zei dat u moest blijven drinken. Hier...'

Harry haatte en verachtte zichzelf, maar bracht de beker toch naar de lippen van Perkamentus en hield hem schuin, zodat Perkamentus de rest van de vloeistof opdronk.

'Nee...' kreunde hij toen Harry de beker in de kom stak en hem weer vulde. 'Ik wil niet... ik wil niet... laat me gaan...'

'Het is goed, professor,' zei Harry en zijn handen trilden. 'Het is goed. Ik ben bij u –'

'Zorg dat het ophoudt, zorg dat het ophoudt,' kreunde Perkamentus.

'Ja... ja, hierdoor houdt het op,' loog Harry. Hij goot de beker leeg in de open mond van Perkamentus.

Die gilde: het geluid galmde door de enorme grot en over het doodse zwarte water.

'Nee, nee, nee... nee... ik kan niet... ik kan niet meer! Dwing me niet, ik wil niet...'

'Het is goed, professor, het is goed!' zei Harry. Zijn handen trilden zo erg dat hij de zesde beker nauwelijks kon vullen; de kom was nu halfleeg. 'Er gebeurt niks met u. U bent veilig, dit is niet echt, ik zweer dat het niet echt is – drink dit op, vooruit, drink op...'

Gehoorzaam dronk Perkamentus, alsof Harry hem een tegengif aanbood, maar toen de beker leeg was zonk hij onbedaarlijk trillend op zijn knieën neer.

'Het is allemaal mijn schuld, mijn schuld,' snikte hij. 'Zorg dat het ophoudt, ik weet dat ik verkeerd heb gedaan, o, zorg dat het ophoudt, dan zal ik nooit, nooit meer...'

'Nu houdt het op, professor,' zei Harry met overslaande stem en hij goot het zevende glas leeg in de mond van Perkamentus.

Die dook angstig ineen, alsof hij omringd werd door onzichtbare folteraars; zijn maaiende hand sloeg de weer gevulde beker bijna uit Harry's bevende handen. 'Doe ze geen pijn, doe ze geen pijn,' kreunde hij. 'Alsjeblieft, alsjeblieft, het is allemaal mijn schuld, doe mij maar pijn...'

'Hier, drink! Drink dit op en dan komt alles goed,' zei Harry ten einde raad. Perkamentus gehoorzaamde opnieuw en deed zijn mond open, ook al kneep hij zijn ogen stijf dicht en beefde hij van top tot teen.

Hij viel voorover, begon weer te schreeuwen en roffelde met zijn vuisten op de grond terwijl Harry de negende beker vulde.

'Nee, alsjeblieft, alsjeblieft... niet dat, niet dat! Ik zal alles doen...'

'Drink nou maar, professor, drink nou maar...'

Perkamentus dronk als een kind dat verging van de dorst, maar toen de beker leeg was, gilde hij alsof zijn binnenste in brand stond.

'Niet meer! Alsjeblieft niet meer...'

Harry schepte een tiende beker vol en voelde het kristal over de bodem van de kom schrapen.

'We zijn er bijna, professor. Drink dit op, vooruit...'

Hij ondersteunde de schouders van Perkamentus en die dronk het glas leeg; Harry sprong overeind en vulde de beker opnieuw terwijl Perkamentus gepijnigder dan ooit schreeuwde: 'Ik wil dood! Ik wil dood! Zorg dat het ophoudt, zorg dat het ophoudt! Ik wil dood!'

'Drink dit, professor, drink dit...'

Perkamentus dronk en zodra de beker leeg was gilde hij: 'DOOD ME!'

'Dat – doet dit glas!' bracht Harry er moeizaam uit. 'Als u dit opdrinkt... is het voorbij... dan is alles voorbij!'

Perkamentus dronk de inhoud van de beker gulzig tot de laatste druppel op, slaakte toen een amechtige, reutelende kreet en viel op zijn gezicht.

'Nee!' schreeuwde Harry. Hij was gaan staan om de beker opnieuw te vullen, maar gooide die nu in de kom, viel op zijn knieën naast Perkamentus en draaide hem weer op zijn rug. De bril van Perkamentus stond scheef en zijn mond hing open; zijn ogen waren gesloten. 'Nee!' zei Harry en hij schudde Perkamentus door elkaar. 'Nee, u bent niet dood, u zei zelf dat het geen vergif was! Word wakker, word wakker – *Renervatio*!' riep hij en hij wees met zijn toverstok op de borst van Perkamentus; er volgde wel een rode lichtflits, maar verder gebeurde er niets. '*Renervatio* – professor – alstublieft –'

De oogleden van Perkamentus trilden krampachtig en Harry's hart sprong op.

'Professor, bent u –?'

'Water,' kraste Perkamentus.

'Water,' hijgde Harry, '– ja –'

Hij sprong overeind en greep de beker die hij in de kom had laten vallen; hij zag het gouden medaillon dat eronder lag nauwelijks.

'*Aguamenti*!' riep Harry en hij tikte met zijn toverstok tegen de beker.

Die stroomde vol met helder water; Harry knielde naast Perkamentus, ondersteunde zijn hoofd en bracht het glas naar zijn lippen – maar dat was leeg. Perkamentus kreunde en begon te hijgen.

'Maar ik had – wacht – *Aguamenti*!' zei Harry en hij wees opnieuw met zijn toverstaf op de beker. Even glansde er helder water, maar toen hij de beker naar de lippen van Perkamentus bracht, verdween dat weer.

'Ik doe mijn best, professor, ik doe mijn best!' zei Harry wanhopig, maar hij dacht niet dat Perkamentus hem hoorde; hij was op zijn zij gerold en snakte rochelend naar adem, alsof het hem de grootste moeite kostte aan lucht te komen. '*Aguamenti – Aguamenti –* AGUAMENTI!'

De beker stroomde steeds vol, maar droogde ook meteen weer op en de ademhaling van Perkamentus werd zwakker en zwakker. Terwijl zijn gedachten paniekerig rondtolden, besefte Harry instinctief wat de enige manier was om aan water te komen, omdat Voldemort dat zo gepland had...

Hij holde naar de rand van het eilandje en stak de beker in het meer. Toen hij hem weer ophief, was hij tot de rand gevuld met ijskoud water dat niet verdween.

'Professor – hier!' schreeuwde Harry. Hij liet zich half voorover vallen en goot het water onhandig over het gezicht van Perkamentus.

Meer kon hij niet doen, want het ijzige gevoel in zijn andere arm kwam niet door de kou van het water. Een slijmerige witte hand greep zijn pols en het wezen aan wie de hand toebehoorde trok hem langzaam naar het meer. Het donkere water was niet langer spiegelglad; het kolkte en overal zag Harry witte handen en hoofden opduiken. Mannen, vrouwen en kinderen met nietsziende ogen gleden in de richting van het eilandje. Een heel leger van doden rees op uit het inktzwarte meer.

'Petrificus Totalus!' schreeuwde Harry. Hij probeerde zich uit alle macht vast te klampen aan het gladde, natte oppervlak van het eiland terwijl hij met zijn toverstaf op de Necroot wees die zijn pols vasthield: het wezen liet hem los en viel met een plons achterover in het water. Harry krabbelde overeind, maar er klommen al vele andere Necroten tegen het eilandje op. Hun knokige handen klauwden aan de gladde rots en hun mistige, dode ogen staarden hem aan. Ze waren gehuld in doorweekte lompen en hun ingevallen gezichten leken hatelijk te grijnzen.

'Petrificus Totalus!' brulde Harry opnieuw. Hij deinsde achteruit en zwiepte met zijn toverstok door de lucht. Zes of zeven Necroten vielen verlamd neer, maar er kwamen er nog meer op hem af. 'Impedimenta! Detentio!'

Een paar struikelden en een of twee werden in touwen gewikkeld, maar de Necroten die achter hen tegen de rots op klauterden stapten gewoon over de gevallen lichamen heen of vertrapten ze. Harry bleef met zijn toverstok maaien en gilde: 'Sectumsempra! SECTUM-SEMPRA!'

Er verschenen lange snedes in hun doorweekte vodden en ijskoude huid, maar ze hadden geen bloed meer dat ze konden vergieten: ze bleven komen, zonder pijn te voelen, en strekten hun verschrompelde handen uit. Harry deinsde verder terug, maar voelde van achteren andere armen naar hem reiken, uitgemergelde armen die zo koud waren als de dood zelf. Zijn voeten kwamen van de grond toen de armen hem optilden en hem langzaam maar zeker naar het donkere water droegen. Hij wist dat er deze keer geen redding zou zijn, dat hij zou verdrinken en gewoon de zoveelste dode bewaker van een deel van Voldemorts verscheurde ziel zou worden...

Maar toen laaiden er rode en gouden vlammen op in de duisternis: er brandde plotseling een ring van vuur rond het rotsige eilandje, zodat de Necroten die Harry vasthielden struikelden en aarzelden; ze durfden niet door de vlammen heen te breken om bij het water te komen. Ze lieten Harry los; toen hij de grond raakte gleed hij uit en viel. Hij haalde zijn arm open aan de ruwe steen, maar sprong meteen weer overeind, met zijn toverstok in de aanslag, en keek om zich heen.

Perkamentus stond weer. Hij was net zo bleek als de Necroten, maar torende hoog boven hen uit. Het schijnsel van de vlammen danste in zijn ogen en uit de punt van zijn opgeheven toverstaf stroomde vuur, als een gigantische lasso die hen omringde met zijn warmte.

De Necroten botsten tegen elkaar en probeerden blindelings te ontsnappen aan het vuur dat hen omcirkelde.

Perkamentus griste het medaillon uit de stenen kom, stopte het onder zijn gewaad en gebaarde dat Harry bij hem moest komen staan. De Necroten werden afgeleid door de vlammen en schenen niet te merken dat hun prooi vluchtte. Perkamentus ging Harry voor naar het bootje en de dansende ring van vuur bewoog met hen mee. De verbijsterde Necroten volgden hen naar de rand van het eiland en lieten zich daar dankbaar in het donkere water glijden.

Harry trilde van top tot teen en was bang dat Perkamentus misschien niet meer in het bootje zou kunnen klimmen. Hij wankelde toen hij dat probeerde, want al zijn energie ging op aan het in stand houden van de beschermende ring van vuur. Harry greep hem beet en hielp hem om in te stappen. Zodra ze allebei weer in het bootje geperst zaten, voer dat meteen weg. Het gleed over het zwarte water, nog steeds omgeven door de ring van vuur, en kennelijk durfden de Necroten die onder hen door het water zwermden niet boven te komen.

'Sorry, professor,' hijgde Harry. 'Ik was helemaal vergeten – van dat vuur – ze kwamen op me af en ik raakte in paniek –'

'Heel begrijpelijk,' mompelde Perkamentus. Harry schrok toen hij hoorde hoe zwak zijn stem klonk.

Ze stootten zacht tegen de oever. Harry sprong uit het bootje, draaide zich vlug om en hielp Perkamentus. Zodra die ook op de oever stond liet hij zijn toverstok zakken; de ring van vuur verdween maar de Necroten kwamen niet boven water. Het bootje zonk weer en de ketting gleed rammelend en ratelend in het meer. Perkamentus zuchtte diep en leunde tegen de wand van de grot.

'Ik ben zwak...' zei hij.

'Wees niet bang,' zei Harry, al was hij dat zelf wel omdat Perkamentus er zo uitgeput en bleek uitzag. 'Wees niet bang, ik zorg wel dat we thuiskomen... steunt u maar op mij...'

Harry legde de niet-gewonde arm van Perkamentus om zijn schouders, loodste het schoolhoofd mee rond het meer en droeg het grootste deel van zijn gewicht.

'Die bescherming... was toch... heel effectief,' zei Perkamentus schor. 'Eén persoon had het niet gekund... je hebt het goed gedaan, Harry, heel goed...'

'Praat maar niet,' zei Harry. Hij schrok toen hij merkte hoe onduidelijk de stem van Perkamentus was en hoe erg hij met zijn voeten sleepte. 'Spaar uw krachten, professor... we zijn hier zo weer uit...'

'De boog heeft zich vast weer gesloten... mijn mes...'

'Dat is niet nodig. Ik heb mijn arm opengehaald aan een steen,' zei Harry. 'Als u maar zegt waar het is...'

'Daar...'

Harry streek met zijn gewonde onderarm over de steen; zodra de boog zijn betaling van bloed ontvangen had, ging hij weer open. Ze staken de buitengrot over en Harry hielp Perkamentus het ijskoude water in dat klotste in de rotsspleet.

'Het komt allemaal weer goed, professor,' zei Harry keer op keer. Het feit dat Perkamentus geen antwoord gaf, was nog angstaanjagender dan zijn verzwakte stem. 'We zijn er bijna... ik kan ons allebei terug laten Verschijnselen... maakt u zich geen zorgen...'

'Ik maak me ook geen zorgen, Harry,' zei Perkamentus en ondanks het ijzige water klonk zijn stem nu ietsje krachtiger. 'Ik ben bij jou.'

HOOFDSTUK 27

DE DOOR DE BLIKSEM
GETROFFEN TOREN

Zodra ze zich weer onder de sterrenhemel bevonden, hees Harry Perkamentus op het dichtstbijzijnde rotsblok en hielp hem om op te staan. Doorweekt en rillend, met het gewicht van Perkamentus op zijn schouders, concentreerde Harry zich intenser op zijn bestemming dan hij ooit gedaan had: Zweinsveld. Hij sloot zijn ogen, pakte de arm van Perkamentus zo stevig mogelijk vast en stapte het afschuwelijke gevoel van samenpersing in.

Nog voor hij zijn ogen opendeed, wist hij al dat het gewerkt had: de zilte lucht en de zeewind waren verdwenen. Perkamentus en hij stonden rillend en kletsnat in de donkere dorpsstraat van Zweinsveld. Eén gruwelijk moment lang verbeeldde Harry zich dat er nog meer Necroten rond de winkels slopen en op hem af kwamen, maar toen hij met zijn ogen knipperde zag hij dat er niets bewoog: de straat was uitgestorven en aardedonker, afgezien van een paar straatlantaarns en wat ramen waar nog licht brandde.

'Het is ons gelukt, professor!' fluisterde Harry schor. Hij besefte plotseling dat zijn longen brandden van inspanning. 'Het is ons gelukt! We hebben het Gruzielement!'

Perkamentus wankelde en viel half tegen hem aan. Harry dacht even dat hij uit balans was door zijn onervaren Verschijnselen, maar toen zag hij het gezicht van Perkamentus. Dat leek bleker en bezweter dan ooit in het licht van de straatlantaarn die een eind verderop stond.

'Professor, voelt u zich wel goed?'

'Ik heb me wel eens beter gevoeld,' zei Perkamentus zwakjes, al trilden zijn mondhoeken in een flauwe glimlach. 'Dat groene spul... was bepaald geen gezondheidsdrankje...'

Tot Harry's afschuw zakte Perkamentus langzaam in elkaar.

'Professor – alles komt goed, maakt u zich geen zorgen –'

Hij keek wanhopig om zich heen, op zoek naar hulp, maar er was niemand. Zijn enige gedachte was dat hij Perkamentus zo snel mogelijk naar de ziekenzaal moest brengen.

'U moet naar school, professor... madame Plijster...'

'Nee,' zei Perkamentus. 'Ik heb... ik heb professor Sneep nodig... maar ik geloof niet... dat ik erg ver kan lopen...'

'Goed... luister, professor – ik klop gewoon ergens aan en vraag of u binnen mag komen. Dan ren ik naar school en haal ik madame –'

'Severus,' zei Perkamentus met heldere stem. 'Ik heb Severus nodig...'

'Goed dan, Sneep, maar ik moet u heel even alleen laten zodat ik –'

Maar voor Harry zich kon verroeren hoorde hij voetstappen. Hij voelde een golf van opluchting: iemand had hen gezien, iemand besefte dat ze hulp nodig hadden! Toen hij omkeek zag hij dat madame Rosmerta haastig kwam aanlopen door de donkere straat. Ze droeg pluizige slippers met hoge hakken en een met draken geborduurde zijden ochtendjas.

'Net toen ik de gordijnen op mijn slaapkamer dichtdeed, zag ik jullie Verschijnselen! Gelukkig, gelukkig! Ik wist gewoon niet wat ik moest – maar wat is er met Albus?'

Ze bleef buiten adem staan en keek met grote ogen naar Perkamentus.

'Hij is gewond,' zei Harry. 'Kunnen we hem naar de Drie Bezemstelen brengen, madame Rosmerta? Dan ga ik gauw hulp halen op school.'

'Je kunt niet in je eentje naar de school! Weet je dan niet – heb je niet gezien –?'

'Als u helpt om hem te dragen,' zei Harry, die niet naar haar geluisterd had, 'dan krijgen we hem vast wel –'

'Wat is er gebeurd?' vroeg Perkamentus. 'Wat is er, Rosmerta?'

'Het – het Duistere Teken, Albus.'

Ze wees in de richting van Zweinstein. Harry werd vervuld van afgrijzen toen hij die woorden hoorde... hij draaide zich om en keek...

Aan de donkere hemel boven de school zweefde een lichtgevende groene schedel met een slangentong: het teken dat de Dooddoeners altijd achterlieten als ze een gebouw binnendrongen... als ze iemand vermoord hadden...

'Wanneer is dat verschenen?' vroeg Perkamentus. Zijn hand kneep pijnlijk in Harry's schouder terwijl hij overeind probeerde te komen.

'Dat moet een paar minuten geleden zijn geweest. Het was er nog niet toen ik de kat buiten zette, maar toen ik boven was –'

'We moeten onmiddellijk terug naar het kasteel,' zei Perkamentus. Hij wankelde een beetje, maar leek de situatie toch volledig onder controle te hebben. 'Rosmerta, we hebben een vervoermiddel nodig – bezems –'

'Er staan er een paar achter de bar,' zei ze. Ze leek doodsbang. 'Zal ik ze –?'

'Nee, Harry haalt ze wel.'

Harry pakte meteen zijn toverstok.

'*Accio Rosmerta's bezems.*'

Een oogwenk later vloog de deur van het café met een klap open: twee bezems schoten de straat op en raceten allebei zo snel mogelijk naar Harry. Toen ze bij hem waren stopten ze abrupt en bleven lichtjes trillend op ongeveer een meter hoogte zweven.

'Rosmerta, stuur een boodschap aan het Ministerie,' zei Perkamentus terwijl hij op de dichtstbijzijnde bezem stapte. 'Misschien heeft niemand op Zweinstein nog beseft wat er aan de hand is... Harry, doe je Onzichtbaarheidsmantel om.'

Harry haalde de mantel uit zijn zak en gooide die over zich heen voor hij op zijn bezem stapte; madame Rosmerta waggelde al terug naar het café op haar hoge hakken toen Harry en Perkamentus zich afzetten tegen de grond en opstegen. Terwijl ze op topsnelheid naar het kasteel vlogen keek Harry naar Perkamentus, klaar om hem te grijpen als hij misschien zou vallen, maar de aanblik van het Duistere Teken scheen Perkamentus nieuwe kracht te hebben geschonken: hij boog zich diep over zijn bezem met zijn ogen op het Teken gericht, en zijn lange, zilvergrijze haar en baard wapperden achter hem aan. Harry keek ook naar de zwevende schedel en voelde een snel groeiende angst, als een giftige luchtbel in zijn binnenste die zijn longen samenperste en de gedachte aan alle andere ongemakken verdreef...

Hoe lang waren ze weg geweest? Was het geluk van Ron, Hermelien en Ginny inmiddels opgebruikt? Zweefde het Duistere Teken vanwege een van hen boven de school of kwam het door Marcel, Loena, of een ander lid van de SVP? En als dat zo was... Harry had gevraagd of ze hun veilige bed wilden verlaten om op de gangen te patrouilleren. Zou hij opnieuw verantwoordelijk zijn voor de dood van een vriend?

Terwijl ze over het donkere kronkelweggetje vlogen dat ze eerder op de avond gevolgd hadden naar Zweinsveld, hoorde Harry boven het gieren van de wind uit dat Perkamentus opnieuw woorden mompelde in een taal die hij niet kende. Hij dacht dat hij begreep waarom toen ze de muur rond het schoolterrein passeerden en hun bezems even schokten: Perkamentus schakelde de bezweringen uit die hij zelf gebruikt had om het kasteel te beveiligen, zodat ze snel door konden vliegen. Het Duistere Teken glansde recht boven de Astronomietoren, de hoogste van het kasteel. Had het sterfgeval daar plaatsgevonden?

Perkamentus was al over de borstwering van de toren gevlogen en stapte van zijn bezem. Harry landde een oogwenk later naast hem en keek om zich heen.

De toren was verlaten. De deur van de wenteltrap die omlaag leidde naar het kasteel was dicht. Harry zag nergens iets wat op een worsteling of een gevecht op leven en dood wees en er was geen lichaam te bekennen.

'Wat betekent dit?' vroeg Harry aan Perkamentus en hij keek naar de groene schedel met de slangentong, die boosaardig glansde boven hun hoofd. 'Is dat wel het echte Duistere Teken? Is er werkelijk iemand – professor?'

In de vage groene gloed van het Teken zag Harry dat Perkamentus naar zijn borst greep met zijn verschroeide hand.

'Maak Severus wakker,' zei Perkamentus zwakjes maar duidelijk. 'Vertel hem wat er is gebeurd en breng hem hierheen. Doe verder niets, spreek met niemand en hou je Onzichtbaarheidsmantel om. Ik wacht hier.'

'Maar –'

'Je hebt gezworen dat je me zou gehoorzamen, Harry. Ga!'

Harry liep haastig naar de deur van de wenteltrap, maar hij had zijn hand nauwelijks op de ijzeren ring gelegd toen hij rennende voetstappen hoorde op de trap. Hij keek naar Perkamentus, die gebaarde dat hij opzij moest gaan. Harry stapte achteruit en trok zijn toverstok.

De deur vloog open: iemand sprong het dak van de toren op en schreeuwde: 'Expelliarmus!'

Harry's lichaam werd onmiddellijk stijf en roerloos. Hij voelde dat hij achterover tegen de muur viel en daar als een wankel standbeeld balanceerde, zonder dat hij een vin kon verroeren of iets kon zeggen. Hij snapte niet wat er gebeurd was – Expelliarmus was geen Verstijvingsspreuk –

In het licht van het Teken zag hij de toverstok van Perkamentus in een boog over de kantelen vliegen en plotseling begreep hij het... Perkamentus had Harry zwijgend laten Verstijven en door die ene seconde die hij nodig had gehad voor de spreuk de kans gemist om zich te kunnen verdedigen.

Perkamentus leunde met een krijtwit gezicht tegen de borstwering, maar liet geen enkel teken van paniek blijken. Hij keek alleen maar naar degene die hem ontwapend had en zei: 'Goedenavond, Draco.'

Malfidus stapte het platte dak op en keek of Perkamentus en hij alleen waren. Zijn blik viel op de tweede bezem.

'Wie is er nog meer?'

'Die vraag zou ik jou ook kunnen stellen. Of doe je dit helemaal alleen?'

Harry zag in de groene gloed van het Teken dat de bleke ogen van Malfidus weer naar Perkamentus gleden.

'Nee, ik heb hulp,' zei hij. 'Er zijn Dooddoeners in de school.'

'Wel, wel,' zei Perkamentus, alsof Malfidus hem een ambitieus werkstuk voor school had laten zien. 'Heel knap gedaan. Dus je hebt een manier gevonden om ze binnen te smokkelen?'

'Ja,' hijgde Malfidus. 'Vlak onder uw neus en u had er geen idee van!'

'Ingenieus,' zei Perkamentus. 'Maar toch... neem me niet kwalijk dat ik het vraag... waar zijn ze dan? Je lijkt me tamelijk alleen.'

'Ze kwamen een stel van uw bewakers tegen. Er wordt beneden gevochten, maar ze komen zo. Ik ben vast vooruit gegaan. Ik – er is iets wat ik moet doen.'

'Dan zou ik het maar gauw doen als ik jou was, beste jongen,' zei Perkamentus zacht.

Er viel een stilte. Harry zat gevangen in zijn onzichtbare, verlamde lichaam en kon alleen maar kijken. Hij luisterde ingespannen of hij iets kon horen van de Dooddoeners die beneden vochten, terwijl Malfidus zwijgend naar Perkamentus staarde. Tot Harry's ongeloof glimlachte Perkamentus.

'Draco, Draco, je bent geen moordenaar.'

'Hoe weet u dat?' vroeg Malfidus.

Hij scheen zich te realiseren hoe kinderlijk dat klonk, want zelfs in de groene gloed van het Teken zag Harry dat hij rood werd.

'U weet niet waar ik toe in staat ben,' zei Malfidus, nu een stuk krachtiger. 'U weet niet wat ik allemaal al gedaan heb!'

'Jawel,' zei Perkamentus minzaam. 'Je hebt Katja Bell en Ronald

Wemel bijna vermoord. Je probeert al een jaar lang steeds wanhopiger om mij te vermoorden. Het spijt me dat ik het zeggen moet, Draco, maar het waren zwakke pogingen... zo zwak zelfs dat ik me afvraag of je wel echt je best deed...'

'Natuurlijk deed ik mijn best!' zei Malfidus fel. 'Ik heb er het hele jaar aan gewerkt en vanavond –'

Beneden in het kasteel hoorde Harry een gesmoorde gil. Malfidus verstijfde en keek achterom.

'Iemand schijnt zich behoorlijk te verzetten,' zei Perkamentus achteloos. 'Maar je zei... ja, je bent erin geslaagd om Dooddoeners mijn school binnen te smokkelen. Ik moet toegeven dat ik dat niet voor mogelijk had gehouden... hoe heb je dat klaargespeeld?'

Malfidus zei niets: hij luisterde nog steeds naar wat zich beneden afspeelde en scheen bijna net zo verlamd te zijn als Harry.

'Misschien kun je beter proberen het karwei in je eentje te klaren,' suggereerde Perkamentus. 'Stel dat je helpers worden tegengehouden door mijn bewakers? Zoals je misschien gemerkt hebt, zijn er ook leden van de Orde van de Feniks aanwezig. En in feite heb je niet echt hulp nodig... ik heb geen toverstok... ik kan mezelf niet verdedigen.'

Malfidus staarde hem alleen maar aan.

'Ik begrijp het,' zei Perkamentus vriendelijk toen Malfidus zich niet verroerde en ook niets zei. 'Je bent bang. Je durft niets te doen tot zij er zijn.'

'Ik ben niet bang!' snauwde Malfidus, al maakte hij nog steeds geen aanstalten om Perkamentus kwaad te doen. 'U zou bang moeten zijn!'

'Maar waarom? Ik denk niet dat je me zult doden, Draco. Mensen vermoorden is lang niet zo gemakkelijk als onschuldigen soms denken... vertel me eens, terwijl we op je vrienden wachten: hoe heb je ze binnengesmokkeld? Ik heb het idee dat je er lang over gedaan hebt om een manier te bedenken.'

Zo te zien moest Malfidus de aandrang om het uit te schreeuwen of over te geven onderdrukken. Hij slikte moeizaam en haalde enkele malen diep adem, terwijl hij Perkamentus woedend aankeek en zijn toverstok op diens hart gericht hield. Toen zei hij, alsof de woorden er onwillekeurig uit werden geperst: 'Ik moest eerst de kapotte Verdwijnkast repareren. De kast die in jaren niet gebruikt is en waar Van Beest vorig jaar in verdwaalde.'

'Aaaah.'

Perkamentus maakte een geluid dat voor een deel een zucht en voor een deel gekreun was en deed zijn ogen even dicht.

'Heel slim van je... er is er nog een, neem ik aan?'

'Ja, bij Odius & Oorlof,' zei Malfidus. 'Er is een soort verbinding tussen die twee. Van Beest vertelde dat hij, toen hij opgesloten zat in de kast op Zweinstein, gevangen was in een soort niemandsland maar soms geluiden kon horen uit de school en soms uit de winkel, alsof hij tussen die twee punten op en neer reisde. Hij schreeuwde wel, maar niemand hoorde hem... uiteindelijk wist hij uit de kast te Verdwijnselen, ook al had hij zijn brevet niet gehaald. Dat werd bijna zijn dood. Iedereen vond het een machtig verhaal, maar ik begreep als enige wat het betekende. Zelfs Odius wist dat niet. Ik besefte als enige dat je misschien in Zweinstein zou kunnen komen als ik de kapotte Verdwijnkast repareerde.'

'Heel goed,' zei Perkamentus zacht. 'Dus de Dooddoeners zijn via Odius & Oorlof in de school gekomen? Een slim plan, heel slim... en vlak onder mijn neus, zoals je al zei...'

'Ja,' zei Malfidus. Bizar genoeg scheen hij moed en troost te ontlenen aan de lof van Perkamentus. 'Ja, het was behoorlijk slim!'

'Maar er waren ook momenten waarop je niet zeker wist of je de kast wel zou kunnen repareren, nietwaar?' zei Perkamentus. 'En op die momenten nam je je toevlucht tot primitieve en ondoordachte methodes. Je probeerde me een vervloekte halsketting te sturen, die vrijwel zeker in verkeerde handen zou vallen... je vergiftigde een fles mede terwijl er maar een minieme kans was dat ik die zou opdrinken...'

'Toch had u niet door wie daarachter zat, of wel soms?' smaalde Malfidus. Perkamentus gleed ietsje verder omlaag langs de borstwering. Kennelijk vloeide de kracht weg uit zijn benen. Harry verzette zich geluidloos en zonder succes tegen de bezwering die hem verlamde.

'Eerlijk gezegd wel,' zei Perkamentus. 'Ik was ervan overtuigd dat jij het was.'

'Waarom heeft u me dan niet tegengehouden?'

'Dat heb ik wel geprobeerd, Draco. Professor Sneep hield je in mijn opdracht in de gaten –'

'Hij voerde uw opdrachten helemaal niet uit! Hij heeft mijn moeder beloofd –'

'Dat zou hij natuurlijk zeggen, Draco, maar –'

'Hij is een dubbelagent! Hoe stom kun je zijn? Hij werkt helemaal niet voor u! Dat denkt u alleen!'

'We moeten maar accepteren dat we daar van mening over ver-
schillen, Draco. Ik vertrouw professor Sneep toevallig –'

'Dan bent u nog stommer dan ik dacht!' spotte Malfidus. 'Sneep
heeft me zo vaak gevraagd of hij kon helpen. Hij wilde ook meedoen,
wilde zelf met de eer gaan strijken. "Wat voer je in je schild? Kwam
die halsketting van jou? Dat was stom, je had de hele boel kunnen
verraden!" Maar ik heb hem niet verteld wat ik in de Kamer van Hoge
Nood deed. Als hij morgen wakker wordt, is het allemaal voorbij en
is hij niet langer het lievelingetje van de Heer van het Duister. Dan
is hij niets, vergeleken met mij. Helemaal niets!'

'Heel bevredigend,' zei Perkamentus kalm. 'Het is natuurlijk altijd
prettig als noeste arbeid gewaardeerd wordt... maar toch moet je een
medeplichtige hebben gehad... iemand in Zweinsveld die Katja de
– de – aaaah...'

Perkamentus sloot zijn ogen weer en knikte, alsof hij bijna in slaap
viel.

'Natuurlijk... Rosmerta. Hoe lang verkeert ze al onder de Imperiusvloek?'

'Hebt u het eindelijk door?' vroeg Malfidus treiterend.

Beneden werd opnieuw geschreeuwd, maar nu harder. Malfidus
keek zenuwachtig over zijn schouder en toen weer naar Perkamentus, die vervolgde: 'Dus die arme Rosmerta was gedwongen op haar
eigen toilet op de loer te liggen, tot er een leerlinge van Zweinstein
binnenkwam die ze de ketting kon geven? En de mede... Rosmerta
kon hem natuurlijk gemakkelijk vergiftigen voor ze de fles aan Slakhoorn stuurde, in de overtuiging dat het een kerstcadeautje voor mij
was... ja, heel slim... heel slim... die arme Vilder zou een fles van Rosmerta niet controleren... hoe stond je in contact met Rosmerta? Ik
dacht dat we alle communicatiemogelijkheden tussen de school en
de buitenwereld in de gaten hielden?'

'Magische munten,' zei Malfidus. Het was alsof hij gedwongen
werd om te blijven praten, ook al trilde de hand waarin hij zijn toverstok hield. 'Ik had er eentje en zij ook. Zo kon ik boodschappen
versturen –'

'Lijkt dat niet erg veel op de geheime methode die de leerlingen
die zich de Strijders van Perkamentus noemden vorig jaar gebruikten?' vroeg Perkamentus. Zijn stem was luchtig en kalm, maar Harry
zag hem opnieuw een paar centimeter langs de muur omlaag glijden.

'Ja, daar had ik het idee vandaan,' zei Malfidus met een verwrongen glimlach. 'Het idee om die mede te vergiftigen had ik trouwens van dat Modderbloedje Griffel. Ik hoorde haar in de bibliotheek zeggen dat Vilder geen toverdranken kon herkennen...'

'Gebruik alsjeblieft niet zulke aanstootgevende woorden in mijn bijzijn,' zei Perkamentus.

Malfidus lachte schor.

'Vindt u het erg dat ik "Modderbloedje" zeg terwijl ik op het punt sta u te vermoorden?'

'Ja, inderdaad,' zei Perkamentus, en Harry zag zijn voeten nog wat verder wegglijden terwijl hij moeite deed om overeind te blijven. 'Maar wat mij vermoorden betreft, Draco: daar heb je nu verscheidene minuten de tijd voor gehad. We zijn alleen, ik ben weerlozer dan je ooit had kunnen dromen en je hebt nog steeds niets gedaan...'

De mond van Malfidus vertrok onwillekeurig, alsof hij iets bitters proefde.

'Om nog even terug te komen op vanavond,' zei Perkamentus. 'Ik snap niet helemaal hoe het gebeurd is... wist je dat ik niet op school was? Ja, natuurlijk,' beantwoordde hij zijn eigen vraag. 'Rosmerta heeft me gezien in Zweinsveld en jou natuurlijk op de hoogte gebracht met behulp van die ingenieuze munten...'

'Klopt,' zei Malfidus. 'Maar ze zei dat u alleen iets ging drinken en dan weer terug zou komen...'

'Ik heb inderdaad iets gedronken... en ik ben ook weer terug... zij het nog niet helemaal de oude,' mompelde Perkamentus. 'Dus jullie besloten een val voor me te zetten?'

'We besloten het Duistere Teken boven de toren te laten verschijnen, zodat u gauw terug zou komen om te kijken wie er vermoord was,' zei Malfidus. 'En dat werkte!'

'Nou... ja en nee...' zei Perkamentus. 'Moet ik hieruit afleiden dat er niemand vermoord is?'

'Er is wel iemand dood,' zei Malfidus en zijn stem schoot omhoog. 'Een van uw mensen... ik weet niet wie, het was donker... ik moest over het lichaam heen stappen... ik had hier eigenlijk al klaar moeten staan als u terugkwam uit Zweinsveld, maar die lui van de Feniks bemoeiden zich er weer eens mee...'

'Ja, daar hebben ze een handje van,' zei Perkamentus.

Beneden werd geschreeuwd en er klonken harde knallen; zo te horen werd er nu gevochten op de wenteltrap naar het dak van de Astronomietoren, waar Perkamentus, Malfidus en Harry stonden.

Harry's hart bonsde ongehoord in zijn onzichtbare borst... er was iemand dood... Malfidus was over het lichaam heen gestapt... wie was het?

'We hebben niet veel tijd meer, hoe je het ook wendt of keert,' zei Perkamentus. 'Laten we het daarom eens even over je opties hebben, Draco.'

'Mijn opties!' zei Malfidus. 'Ik heb mijn toverstok in mijn hand – ik sta op het punt om u te vermoorden –'

'Laten we dat alsjeblieft afdoen als de onzin die het is, beste jongen. Als je dat werkelijk van plan was, zou je het meteen gedaan hebben, zodra je me ontwapend had. Dan hadden we niet eerst dit prettige gesprek over je methodes en motieven gevoerd.'

'Ik heb geen opties!' zei Malfidus en hij zag plotseling net zo bleek als Perkamentus. 'Ik móét het doen! Anders vermoordt hij me! Dan roeit hij mijn hele familie uit!'

'Ik begrijp dat je in een lastig parket zit,' zei Perkamentus. 'Waarom denk je dat ik je hier niet veel eerder op heb aangesproken? Ik wist dat Heer Voldemort je zou vermoorden als hij zelfs maar vermoedde dat ik je verdacht.'

Het gezicht van Malfidus vertrok toen Perkamentus de naam van Voldemort zei.

'Ik durfde je niet te vragen naar de opdracht die je gekregen had, voor het geval hij Legilimentie zou gebruiken,' vervolgde Perkamentus. 'Maar nu hoeven we geen blad meer voor de mond te nemen... er is nog geen onherstelbare schade aangericht. Je hebt niemand echt kwaad gedaan, al heb je heel veel geluk dat je onbedoelde slachtoffers het overleefd hebben... ik kan je helpen, Draco.'

'Nee!' zei Malfidus en de hand waarin hij zijn toverstok hield beefde als een rietje. 'Niemand kan me helpen. Hij zei dat ík het moest doen of dat hij me anders zou vermoorden. Ik heb geen keus.'

'Sluit je aan bij het goede kamp, Draco. Wij kunnen je beter verbergen dan je ooit voor mogelijk hebt gehouden. Bovendien kan ik vanavond nog leden van de Orde naar je moeder sturen, zodat zij ook kan onderduiken. Je vader is op het moment veilig in Azkaban... als het zover is, kunnen we hem ook beschermen... sluit je aan bij het goede kamp, Draco... je bent geen moordenaar...'

Malfidus keek naar Perkamentus.

'Maar ik ben al zo ver,' zei hij langzaam. 'Ze dachten dat het mijn dood zou worden als ik zelfs maar een poging deed, maar nu sta ik hier... ik heb u in mijn macht... ik hou de toverstok vast... u bent aan mijn genade overgeleverd...'

'Nee, Draco,' zei Perkamentus kalm. 'Alleen míjn genade doet er nu iets toe, niet de jouwe.'

Malfidus zweeg. Zijn mond hing open en zijn hand trilde nog steeds. Harry dacht dat hij zijn toverstok een fractie zag zakken –

Plotseling daverden er voetstappen op de trap en werd Malfidus opzij gesmeten toen vier mensen in zwarte gewaden de deur open-gooiden en het dak op stormden. Verlamd en doodsbang keek Harry naar de vier vreemdelingen. Blijkbaar hadden de Dooddoeners het gevecht op de trap gewonnen.

Een kleine, kwabbige man met een merkwaardige, scheve grijns op zijn gezicht giechelde amechtig.

'Perkamentus in het nauw!' zei hij. Hij wendde zich tot een grijn-zende, gedrongen vrouw die zijn zus had kunnen zijn. 'Perkamentus zonder toverstok! Perkamentus moederziel alleen! Goed gedaan, Draco, goed gedaan!'

'Goedenavond, Amycus,' zei Perkamentus kalm, alsof hij de man op de thee had gevraagd. 'En je hebt Alecto meegebracht, zie ik... een waar genoegen...'

De vrouw grinnikte nijdig.

'Denk je dat grapjes je zullen helpen op je sterfbed?' spotte ze.

'Grapjes? Nee, nee, goede manieren,' antwoordde Perkamentus.

'Doe het!' zei de man die het dichtst bij Harry stond: een lange, breedgeschouderde kerel met warrig grijs haar en een grijze snor. Zijn zwarte Dooddoenersgewaad spande ongemakkelijk strak om zijn lichaam en zijn stem verschilde van alle stemmen die Harry ooit gehoord had: een schor, raspend geblaf. Hij verspreidde een door-dringende stank van vuil, zweet en iets wat onmiskenbaar bloed was. Zijn smerige handen hadden lange gele nagels.

'Ben jij dat, Fenrir?' vroeg Perkamentus.

'Inderdaad,' raspte de ander. 'Ben je blij om me te zien, Perka-mentus?'

'Nee, dat kan ik niet zeggen...'

Fenrir Vaalhaar grijnsde puntige tanden bloot. Bloed droop over zijn kin en hij likte langzaam en obsceen zijn lippen af.

'Je weet toch hoeveel ik van kinderen houd, Perkamentus?'

'Moet ik daaruit opmaken dat je nu zelfs mensen aanvalt als het geen volle maan is? Heel ongebruikelijk... is één keer in de maand niet meer voldoende om je hunkering naar mensenvlees te bevredigen?'

'Inderdaad,' zei Vaalhaar. 'Schokt je dat, Perkamentus? Maakt het je bang?'

'Ik zal niet ontkennen dat ik ervan walg,' zei Perkamentus. 'En ik ben inderdaad enigszins geschokt dat Draco uitgerekend jou heeft binnengelaten in de school waar ook zijn vrienden zijn...'

'Dat heb ik niet gedaan,' fluisterde Malfidus. Hij keek niet naar Vaalhaar; blijkbaar wilde hij hem niet zien. 'Ik wist niet dat hij ook zou komen –'

'Een reisje naar Zweinstein sla ik natuurlijk niet over, Perkamentus,' raspte Vaalhaar. 'Niet als er kelen afgebeten kunnen worden... heerlijk, heerlijk...'

Hij peuterde met een gele nagel tussen zijn voortanden en grijnsde hatelijk naar Perkamentus.

'Misschien doe ik de jouwe wel als toetje, Perkamentus...'

'Nee,' zei de vierde Dooddoener op scherpe toon. Hij had een grof, bruut gezicht. 'We hebben onze bevelen. Draco moet het doen. Vooruit, Draco, schiet op!'

Malfidus leek besluitelozer dan ooit. Trillend van angst keek hij naar Perkamentus. Diens gezicht was nog bleker dan eerst en bevond zich ook dichter bij de grond, want hij was opnieuw verder omlaag gezakt langs de kantelen.

'Als je het mij vraagt maakt hij het sowieso niet lang meer!' zei de man met de scheve grijns terwijl zijn zus giechelde. 'Moet je hem eens zien – wat is er met je gebeurd, Perkie?'

'O, minder weerstand, tragere reflexen,' zei Perkamentus. 'Met andere woorden ouderdom... misschien overkomt jou ooit hetzelfde, Amycus... als je geluk hebt...'

'Wat bedoel je daar nou weer mee, hè? Wat bedoel je daarmee?' schreeuwde de Dooddoener, die plotseling agressief werd. 'Je verandert ook nooit, hè Perkie, altijd maar praten en niets doen, niets! Ik snap niet eens waarom de Heer van het Duister de moeite neemt om je te vermoorden! Vooruit, Draco, doe het!'

Op dat moment klonken beneden opnieuw geluiden van een vechtpartij en schreeuwde iemand: 'Ze hebben de trap geblokkeerd – *Reducto*! REDUCTO!'

Harry's hart sprong op: dus deze vier hadden niet alle tegenstand uitgeschakeld! Ze hadden alleen door het gevecht heen weten te breken, het dak van de toren bereikt en zo te horen een barricade opgericht –

'Vooruit, Draco! Snel!' zei de man met het brute gezicht.

De hand van Malfidus trilde zo erg dat hij nauwelijks kon richten.

'Ik doe het wel!' grauwde Vaalhaar. Hij stapte met uitgestrekte handen en ontblote tanden op Perkamentus af.

'Nee, zei ik!' riep de man met het brute gezicht; er volgde een lichtflits en de weerwolf werd opzij gegooid. Hij smakte tegen de borstwering, met een gezicht vol razernij. Harry's hart bonsde zo hard dat het onmogelijk leek dat niemand hoorde dat hij daar stond, verlamd door de spreuk van Perkamentus – kon hij zich maar verroeren en een vloek afvuren van onder de Onzichtbaarheidsmantel –

'Doe het, Draco, of ga anders opzij zodat een van ons –' krijste de vrouw, maar op dat moment vloog de deur van de trap weer open en verscheen Sneep. Hij had zijn toverstok in zijn hand en zijn zwarte ogen namen het tafereel in zich op: Perkamentus die ineengezakt tegen de muur lag, de vier Dooddoeners, onder wie de woedende weerwolf, en Malfidus.

'We zitten met een probleempje, Sneep,' zei de kwabbige Amycus. Zowel zijn ogen als zijn toverstok waren op Perkamentus gericht. 'De jongen kan kennelijk niet –'

Op dat moment fluisterde iemand anders de naam van Sneep.

'Severus...'

Daar schrok Harry meer van dan van alles wat hij die avond had meegemaakt. Voor het eerst hoorde hij Perkamentus smeken.

Sneep zei niets, maar liep naar Malfidus en duwde die ruw opzij. De drie Dooddoeners deinsden zwijgend achteruit. Zelfs de weerwolf leek bang te zijn.

Sneep keek naar Perkamentus. Uit iedere hardvochtige lijn van zijn gezicht sprak afkeer en haat.

'Severus... alsjeblieft...'

Sneep hief zijn toverstok op en richtte die op Perkamentus.

'*Avada Kedavra!*'

Uit de punt van Sneeps toverstok spoot een groene lichtstraal, die Perkamentus midden in zijn borst raakte. Harry's schreeuw van afschuw kwam nooit over zijn lippen; roerloos en geluidloos moest hij toekijken hoe Perkamentus de lucht in werd geslingerd. Het was alsof hij een fractie van een seconde bleef zweven onder de glanzende schedel, maar toen viel hij langzaam achterover, als een grote lappenpop. Hij tuimelde over de borstwering en verdween uit het zicht.

HOOFDSTUK 28

DE VLUCHT VAN DE PRINS

*H*arry had het gevoel dat hij ook door de lucht tuimelde. *Het was niet echt gebeurd... het kon niet echt gebeurd zijn...*

'Weg hier, snel,' zei Sneep.

Hij greep Malfidus bij zijn nek en dwong hem om als eerste naar de trap te gaan; Vaalhaar en de gedrongen broer en zus volgden, opgewonden hijgend. Terwijl ze door de deur verdwenen besefte Harry dat hij zich weer kon bewegen; de reden dat hij nu nog roerloos tegen de muur stond had niets met toverkracht te maken, maar met afschuw en ontzetting. Hij gooide zijn Onzichtbaarheidsmantel af op het moment dat de Dooddoener met het brute gezicht als laatste door de deur wilde stappen.

'*Petrificus Totalus!*'

De Dooddoener viel om alsof hij een klap met een zwaar voorwerp had gehad en smakte stijf als een etalagepop op de grond. Hij was nauwelijks neergeploft of Harry sprong al over hem heen en holde de donkere trap af.

Angst vrat aan Harry... hij moest Perkamentus vinden en Sneep tegenhouden... in zijn gedachten hielden die twee dingen op de een of andere manier verband met elkaar... als hij ze allebei bereikte, kon hij wat er gebeurd was terugdraaien... Perkamentus kon niet echt dood zijn...

Hij sprong de laatste tien treden van de wenteltrap af en bleef toen staan, met zijn toverstok in de aanslag. De schemerige gang was vol stof. Het leek wel alsof het halve plafond was ingestort en vlak voor zijn neus werd verwoed gevochten, maar net toen hij probeerde te onderscheiden wie tegen wie vocht hoorde hij een gehate stem schreeuwen: '*Het is gebeurd! Tijd om te gaan!*' Hij zag Sneep aan het eind van de gang nog net de hoek omgaan; blijkbaar hadden hij en Malfidus zich ongedeerd een weg weten te banen door de strijdende partijen. Harry sprintte achter hen aan, maar op dat moment maakte een gedaante zich los uit het gevecht en vloog hem aan: het was Vaalhaar de weerwolf. Hij had Harry al besprongen voor die zijn toverstok kon opheffen; Harry viel achterover met smerig, kleverig haar in zijn gezicht, de stank van zweet en bloed in zijn neusgaten en een hete, gretige ademhaling bij zijn keel –

'*Petrificus Totalus!*'

Harry voelde dat Vaalhaar verstijfde; met een geweldige krachtsinspanning duwde hij de weerwolf van zich af. Die smakte op de grond terwijl een groene lichtstraal op Harry af suisde; hij bukte vliegensvlug en stortte zich met zijn hoofd vooruit in de strijd. Zijn voeten raakten iets zachts en glads en hij struikelde. Er lagen twee lichamen met hun gezicht naar beneden op de grond, in grote plassen bloed, maar hij had geen tijd om te kijken wie het waren. Harry zag ietsje verderop vuurrood haar dansen; Ginny had het aan de stok met Amycus, de kwabbige Dooddoener, die de ene na de andere vervloeking op haar afvuurde terwijl zij probeerde die te ontwijken. Amycus giechelde en genoot blijkbaar van het spelletje. '*Crucio – Crucio –* je kunt niet eeuwig blijven dansen, knappe kleine –'

'*Impedimenta!*' schreeuwde Harry.

Zijn vloek raakte Amycus in de borst: hij krijste als een speenvarken, werd van de vloer getild, kwam met een keiharde klap tegen de muur, gleed omlaag en verdween uit het zicht achter Ron, professor Anderling en Lupos, die het alle drie tegen een andere Dooddoener opnamen. Harry zag Tops vechten met een enorme blonde tovenaar die kwistig met vervloekingen strooide, zodat ze van de muren ketsten, steen verbrijzelden, ramen aan scherven lieten spatten –

'Waar kom jij vandaan, Harry?' riep Ginny, maar hij had geen tijd om te antwoorden. Hij holde verder en wist ternauwernood een vloek te ontwijken die boven zijn hoofd tegen de muur kwam, zodat er stukjes steen op hem neerregenden. Sneep mocht niet ontsnappen, hij moest Sneep te pakken krijgen –

'Pak aan!' schreeuwde professor Anderling en Harry zag dat Alecto, de vrouwelijke Dooddoener, de gang uit sprintte met haar armen over haar hoofd, gevolgd door haar broer. Harry sprong achter hen aan, maar zijn voet bleef haken en plotseling lag hij dwars over iemands benen; toen hij opkeek, zag hij het bleke, ronde gezicht van Marcel, dat plat tegen de vloer gedrukt was.

'Marcel, ben je –'

'Gawel,' mompelde Marcel. Hij drukte zijn handen tegen zijn buik. 'Harry... Sneep en Malfidus... kwamen langs...'

'Weet ik! Ik zit achter ze aan!' zei Harry. Hij richtte vanaf de grond een vloek op de enorme blonde Dooddoener die de meeste chaos veroorzaakte; de man krijste het uit toen de spreuk hem in zijn gezicht raakte. Hij draaide zich wankelend om en kloste achter de broer en zus aan.

Harry krabbelde overeind en sprintte verder door de gang. Hij negeerde de knallen achter hem, het geschreeuw van mensen die riepen dat hij moest terugkomen en de geluidloze smeekbedes van de gedaantes op de grond, van wie hij het lot nog niet kende...

Hij glibberde de hoek om, op schoenen die glad waren van het bloed. Sneep had een enorme voorsprong – zou hij de Verdwijnkast in de Kamer van Hoge Nood al bereikt hebben, of zou de Orde maatregelen hebben genomen om de kast te beveiligen, zodat die vluchtroute was afgesneden voor de Dooddoeners? Hij hoorde alleen zijn eigen dreunende voetstappen en zijn bonzende hart terwijl hij door de volgende verlaten gang holde, maar toen zag hij een bloederige voetafdruk en wist hij dat minstens één van de vluchtende Dooddoeners op weg was naar de voordeur. Misschien was de Kamer van Hoge Nood inderdaad geblokkeerd –

Hij glibberde opnieuw een hoek om en een vervloeking suisde langs hem heen; hij dook vlug achter een harnas, dat aan stukken spatte, en zag dat de broer en zus de marmeren trap af renden en vloeken op hem afvuurden. Ze raakten alleen een stel pruikdragende heksen in een portret op de overloop, die gillend hun toevlucht zochten in naburige schilderijen. Terwijl hij over de resten van het harnas sprong hoorde Harry nog meer gegil en geschreeuw. Blijkbaar waren er ook andere mensen in het kasteel wakker geworden...

Harry draafde naar een punt waar hij een stuk kon afsnijden, in de hoop zo de broer en zus in te halen en de voorsprong van Sneep en Malfidus terug te brengen, want die moesten inmiddels al buiten op het schoolterrein zijn. Harry vergat niet om over de verdwijnende trede halverwege de verborgen trap te springen, gooide zich door een wandtapijt en kwam uit in een gang waar een aantal verbijsterde en in pyjama geklede Huffelpufs stond.

'Harry! We hoorden lawaai en iemand zei iets over het Duistere Teken –' begon Ernst Marsman.

'Uit de weg!' schreeuwde Harry. Hij liep twee jongens omver terwijl hij naar de overloop holde en de rest van de marmeren trap af rende. De eiken voordeuren waren geforceerd: Harry zag bloedvlekken op de stenen vloer van de hal en diverse doodsbange leerlingen zaten ineengedoken tegen de muur. Een of twee hielden nog steeds angstig hun armen voor hun gezicht; de reusachtige zandloper van Griffoendor was getroffen door een vloek en de robijnen die hij bevatte rolden kletterend over de vloer...

Harry stoof de hal door en rende het donkere terrein op. In de verte zag hij nog net drie gedaantes over het gras hollen, op weg naar het hek. Als ze eenmaal buiten het schoolterrein waren, konden ze Verdwijnselen. Zo te zien waren het de enorme blonde Dooddoener en een eindje voor hem Sneep en Malfidus.

De koude lucht sneed door Harry's longen terwijl hij achter hen aan rende. In de verte staken de silhouetten van Sneep en de anderen even af tegen een felle lichtflits. Harry wist niet wat het was, maar bleef hollen. Hij was nog te ver weg om goed te kunnen mikken met een vloek –

Nog een flits, geschreeuw en meer terugkaatsende lichtstralen. Plotseling begreep Harry het: Hagrid was zijn huisje uit gekomen en probeerde te verhinderen dat de Dooddoeners ontsnapten. Hoewel zijn longen in brand stonden en hij bijna dubbelklapte door de pijn in zijn zij, begon Harry nog harder te hollen toen een ongewenst stemmetje in zijn hoofd fluisterde: Niet Hagrid... niet ook Hagrid...

Iets raakte Harry keihard in zijn lendenen en hij viel voorover. Zijn gezicht kwam met een klap op de grond en het bloed stroomde uit zijn neus. Terwijl hij zich om liet rollen, met zijn toverstok in de aanslag, besefte hij dat de broer en zus die hij had ingehaald toen hij een stuk afsneed nu weer vlak achter hem waren...

'Impedimenta!' schreeuwde hij. Hij rolde nogmaals om en kwam op zijn hurken overeind, maar bleef laag bij de donkere grond. Wonderbaarlijk genoeg raakte zijn vloek een van de twee. Die viel en de ander struikelde over hem of haar; Harry sprong weer overeind en sprintte achter Sneep aan...

Nu zag hij het gigantische silhouet van Hagrid afsteken tegen het licht van de wassende maan die plotseling achter de wolken vandaan kwam. De blonde Dooddoener vuurde de ene vloek na de andere op hem af, maar Hagrids immense kracht en de taaie huid die hij van zijn reuzinnenmoeder geërfd had schenen hem te beschermen. Sneep en Malfidus renden verder; dadelijk zouden ze buiten het schoolterrein zijn en kunnen Verdwijnselen –

Harry holde langs Hagrid en zijn tegenstander, mikte op Sneeps rug en schreeuwde: '*Paralitis!*'

Hij miste; de rode lichtstraal flitste langs Sneeps hoofd. Sneep schreeuwde: '*Rennen, Draco!*' en draaide zich om. Hij en Harry stonden nu twintig meter van elkaar en richtten tegelijkertijd hun toverstok.

'*Cru* –'

Maar Sneep pareerde de vloek en sloeg Harry achterover voor hij hem kon voltooien. Harry krabbelde weer overeind op het moment dat de enorme Dooddoener achter hem '*Incendio!*' schreeuwde. Harry hoorde een donderende knal en plotseling werd alles verlicht door een dansende oranje gloed: Hagrids huisje stond in brand.

'Muil is nog binnen, smerige –!' brulde Hagrid.

'*Cru* –' schreeuwde Harry opnieuw. Hij mikte op de gedaante verderop, die verlicht werd door de dansende vuurgloed, maar Sneep blokkeerde de vervloeking opnieuw. Harry zag zijn spottende gezicht.

'Geen Onvergeeflijke Vloeken voor jou, Potter!' schreeuwde hij boven het gebulder van de vlammen, het geschreeuw van Hagrid en het wilde gekef van Muil uit. 'Je hebt de moed en het talent niet.'

'*Detent* –' schreeuwde Harry, maar Sneep weerde de vervloeking met een bijna achteloze armbeweging af.

'Vecht terug!' gilde Harry. 'Vecht terug, laffe –'

'Noem je mij een lafaard, Potter?' riep Sneep. 'Je vader durfde mij nooit aan te vallen, behalve als het vier tegen een was. Hoe zou je hem dan willen noemen?'

'*Parali* –'

'Ik blokkeer je gewoon opnieuw en opnieuw, tot je leert om je mond te houden en je gedachten te verbergen, Potter!' spotte Sneep en hij weerde de vloek af. 'Kom!' schreeuwde hij tegen de grote Dooddoener achter Harry. 'We moeten gaan, voor er mensen van het Ministerie verschijnen!'

'*Impedi* –'

Voor hij die vervloeking kon voltooien, werd Harry getroffen door een folterende pijn. Hij viel voorover in het gras, er gilde iemand, hij ging dood, Sneep was van plan hem net zo lang te martelen tot hij gek werd...

'Nee!' brulde Sneep en de pijn hield net zo abrupt op als hij begonnen was. Harry lag opgerold in het donkere gras, met zijn toverstok nog steeds krampachtig in zijn hand geklemd. Ergens boven hem hoorde hij Sneep schreeuwen: 'Ben je onze bevelen vergeten? Potter behoort aan de Heer van het Duister toe. Wij mogen hem niets doen! Ga! Ga!'

Harry voelde de grond trillen onder zijn hoofd toen de broer en zus en de enorme Dooddoener gehoorzaam naar het hek draafden. Harry slaakte een woordeloze kreet van woede: op dat moment kon het hem niets schelen of hij bleef leven of niet. Hij hees zichzelf overeind en wankelde blindelings naar Sneep, die hij nu net zo erg haatte als Voldemort zelf.

'*Sectum –*'

Sneep gaf weer een zwiepje met zijn toverstok en de vloek werd afgeweerd, maar Harry stond nu nog maar een of twee meter van Sneep af en kon zijn gezicht duidelijk zien in de gloed van de vlammen. Hij keek niet meer schamper of hatelijk: zijn gezicht was een masker van woede. Harry concentreerde zich tot het uiterste en dacht *Levi* –

'Nee, Potter!' schreeuwde Sneep. Er klonk een harde KNAL en Harry zeilde weer door de lucht en smakte op zijn rug. Deze keer vloog zijn toverstok uit zijn hand. Hij hoorde Hagrid schreeuwen en Muil janken terwijl Sneep naar hem toe liep en keek hoe hij daar lag, weerloos en zonder toverstok, zoals Perkamentus. Het bleke gezicht van Sneep droop van de haat in het rode licht van het brandende huisje, net als toen hij Perkamentus had gedood.

'Hoe waag je het om mijn eigen spreuken tegen me te gebruiken, Potter! Ik heb ze zelf verzonnen – ik, de Halfbloed Prins! Wil jij mijn uitvindingen tegen me richten, net als je smerige vader? Vergeet het maar... *nee!*'

Harry had naar zijn toverstok gegraaid, maar Sneep vuurde er een vloek op af en de stok vloog meters weg en verdween in het duister.

'Vermoord me dan,' hijgde Harry. Hij voelde absoluut geen angst, alleen maar woede en verachting. 'Vermoord me zoals je hem ook vermoord hebt, lafaard!'

'NOEM ME GEEN LAFAARD!' gilde Sneep. Zijn gezicht had plotseling iets krankzinnigs en onmenselijks, alsof hij net zoveel pijn had als de blaffende, huilende hond in het brandende huis.

Hij zwiepte met zijn toverstok door de lucht: een withete flits striemde Harry's gezicht en hij werd weer ruggelings tegen de grond geslagen. Er dansten sterretjes voor zijn ogen en even werd alle lucht uit zijn longen geperst, maar toen hoorde hij vleugels ruisen en verduisterde iets groots de sterren. Scheurbek vloog op Sneep af en die wankelde achteruit toen vlijmscherpe klauwen naar hem uithaalden. Harry kwam half overeind, nog duizelig van de klap waarmee hij op de grond was gekomen, en zag Sneep zo snel mogelijk weghollen, achtervolgd door de klapwiekende Hippogrief die harder krijste dan Harry hem ooit had horen doen.

Harry stond op en zocht versuft naar zijn toverstok. Hij wilde opnieuw achter Sneep aan, maar terwijl zijn vingers in het gras woelden en takjes opzij smeten, wist hij dat het te laat was. Toen hij zijn toverstok eindelijk gevonden had en zich omdraaide, zag hij inderdaad alleen nog de Hippogrief rondcirkelen boven het hek. Sneep was Verdwijnseld zodra hij buiten het schoolterrein was.

'Hagrid,' mompelde Harry, nog altijd versuft, en hij keek om. 'HAGRID?'

Hij liep wankelend naar het brandende huisje, maar op dat moment sprong er een reusachtige gedaante uit de vlammen met Muil op zijn rug. Harry viel met een kreet van opluchting op zijn knieën. Hij trilde van top tot teen, zijn hele lichaam deed zeer en zijn ademhaling ging moeizaam en schokkerig.

'Voel je je eigen wel goed, Harry? Voel je je wel goed? Zeg 'ns wat tegen me, Harry...'

Hagrids grote, harige gezicht zweefde boven Harry en verduisterde de sterren. Harry rook verbrand hout en geschroeid hondenhaar; hij stak zijn hand uit en streelde Muils geruststellend warme en levende lijf, dat trillend naast hem lag.

'Alles oké,' hijgde Harry. 'Met jou ook?'

'Tuurlijk... d'r is wel meer voor nodig om mijn klein te krijgen.'

Hagrid pakte Harry onder zijn armen en tilde hem met zo'n kracht op dat Harry's voeten even van de grond kwamen. Hij zag bloed over Hagrids wang lopen, uit een diepe snee onder zijn gezwollen oog.

'We moeten het vuur blussen,' zei Harry. 'De spreuk is *Aguamenti...*'

'O ja, ik wist wel dat het zoiets was,' mompelde Hagrid. Hij haalde een smeulende, gebloemde roze paraplu te voorschijn en zei: '*Aguamenti!*'

Er spoot meteen een waterstraal uit de punt van de paraplu. Harry hief ook zijn toverstokarm op, al leek die zo zwaar als lood, en mompelde: '*Aguamenti.*' Hij en Hagrid lieten samen water over het huisje stromen tot ook de laatste vlammen gedoofd waren.

'Nou, valt nog mee,' zei Hagrid een paar minuten later hoopvol toen hij de rokende puinhoop bekeek. 'Niks wat Perkamentus niet ken fiksen...'

Harry voelde een stekende pijn bij het horen van die naam. In de stilte en het donker werd hij opnieuw vervuld van afgrijzen.

'Hagrid...'

'Ik zat net de pootjes van een paar Boomtrullen te verbinden toen ik ze hoorde aankomen,' zei Hagrid verdrietig. Hij keek nog steeds naar zijn geruïneerde huisje. 'Die zullen wel helemaal verkoold zijn, de arme stakkers...'

'Hagrid...'

'Maar wat was dat nou allemaal, Harry? Ik zag dat die Dooddoeners kwamen aanrennen uit de richting van 't kasteel, maar wat deed Sneep bij ze? Waar is ie nou – achtervolgde hij ze of zo?'

'Hij...' Harry schraapte zijn keel, die droog was van de paniek en de rook. 'Hagrid, hij is dood...'

'Dood?' zei Hagrid en hij keek met grote ogen naar Harry. 'Sneep dood? Wat zeg je me nou, Harry?'

'Nee, Perkamentus,' zei Harry. 'Sneep heeft... Perkamentus vermoord.'

Hagrid staarde hem alleen maar aan. Het weinige dat zichtbaar was van zijn gezicht was vol onbegrip.

'Wat is er met Perkamentus, Harry?'

'Hij is dood. Sneep heeft hem vermoord...'

'Zeg niet van dat soort dingen!' zei Hagrid bruusk. 'Sneep die Perkamentus heb vermoord – doe niet zo achterlijk, Harry. Waarom zeg je nou zoiets?'

'Ik heb het zelf gezien.'

'Kan niet.'

'Ik heb het gezien, Hagrid.'

Hagrid schudde zijn hoofd, vol ongeloof maar ook vol medeleven, en Harry begreep dat Hagrid dacht dat hij een klap op zijn hoofd had gehad, dat hij in de war was, misschien wel door de naweeën van een vervloeking.

'Nee, wat d'r tuurlijk gebeurd is, is dat Perkamentus tegen Sneep heb gezegd dat ie met die Dooddoeners mee moest gaan,' zei Hagrid zelfverzekerd. 'Hij mag z'n dekmantel niet verknallen, snappie? Kom op, dan gaan we terug naar de school. Kom mee, Harry...'

Harry ging er niet verder tegenin en deed ook geen poging om het uit te leggen. Hij beefde nog steeds onbedwingbaar. Hagrid zou er gauw genoeg achter komen, veel te gauw... Toen ze naar het kasteel liepen, zag Harry achter veel ramen licht branden; hij kon zich de taferelen binnen duidelijk voorstellen, hoe leerlingen van de ene kamer naar de andere holden en zeiden dat Dooddoeners de school waren binnengedrongen, dat het Duistere Teken glinsterde boven Zweinstein, dat er iemand gedood moest zijn...

De eiken voordeuren stonden open en licht stroomde over de oprijlaan en het gazon. Langzaam en onzeker kwamen leerlingen in ochtendjassen het bordes af, zenuwachtig speurend naar de Dooddoeners die het duister in gevlucht waren, maar Harry had alleen oog voor de voet van de hoogste toren. Hij dacht dat hij daar een zwart, verfrommeld hoopje in het gras zag liggen, ook al was hij te ver weg om werkelijk iets te kunnen zien. Terwijl hij sprakeloos naar de plek staarde waar het lichaam van Perkamentus moest liggen, zag hij dat er steeds meer mensen in die richting liepen.

'Waar kijken ze allemaal naar?' vroeg Hagrid terwijl hij en Harry naar de voorkant van het kasteel liepen. Muil bleef zo dicht mogelijk naast hen lopen. 'En wat leg daar in 't gras?' voegde Hagrid er bezorgd aan toe. Hij liep nu naar de voet van de Astronomietoren, waar een kleine menigte samendromde. 'Zie je dat, Harry? Daar net onder aan de toren? Precies onder 't Duistere Teken... jemig de kremig... je denkt toch niet dat d'r iemand...'

Hagrid zweeg; die gedachte was blijkbaar te gruwelijk om uit te spreken. Harry liep met hem mee. Hij voelde het steken en schrijnen in zijn gezicht en benen, waar hij het afgelopen halfuur door verschillende vervloekingen geraakt was, maar tegelijkertijd voelde hij de pijn niet werkelijk, alsof iemand anders die naast hem liep bont en blauw was en niet hij. Het enige dat echt en onontkoombaar was, was het verschrikkelijke, verstikkende gevoel in zijn borst...

Hij en Hagrid liepen als in een trance door de mompelende mensenmassa tot ze helemaal vooraan stonden, waar de met stomheid geslagen leerlingen en docenten een ruimte hadden vrijgelaten.

Harry hoorde Hagrid kreunen van pijn en ontzetting, maar hij bleef niet staan: hij liep langzaam verder, tot hij bij de plek was waar Perkamentus lag. Toen hurkte hij neer.

Harry had geweten dat er geen hoop meer was vanaf het moment dat de Vloek van de Totale Verstijving waarmee Perkamentus hem getroffen had plotseling was opgeheven. Hij wist dat dat alleen maar had kunnen gebeuren als degene die de vloek had uitgesproken dood was, maar dat had hem er toch niet op voorbereid dat hij hem nu hier zou zien liggen, slap en vermorzeld, met zijn armen en benen gespreid: de grootste tovenaar die Harry ooit ontmoet had of ooit ontmoeten zou.

De ogen van Perkamentus waren gesloten; als zijn ledematen er niet onder zo'n vreemde hoek bij hadden gelegen, had je kunnen denken dat hij sliep. Harry stak zijn hand uit, zette het halfronde brilletje recht op de kromme neus en veegde met zijn mouw een straaltje bloed van de mond. Hij staarde naar het wijze oude gezicht en probeerde de verpletterende, onbegrijpelijke waarheid te bevatten: dat Perkamentus nooit meer met hem zou praten, hem nooit meer zou kunnen helpen...

Er steeg een geroezemoes op uit de menigte achter Harry. Na wat een heel lange tijd leek, drong het tot hem door dat hij op iets hards knielde. Hij keek wat het was.

Het medaillon dat ze uren geleden hadden weten te bemachtigen was uit de zak van Perkamentus gevallen en opengesprongen, misschien door de klap waarmee het op de grond terecht was gekomen. Harry kon onmogelijk meer ontzetting of afgrijzen of verdriet voelen dan hij nu al voelde, maar toch besefte hij dat er iets mis was toen hij het medaillon opraapte...

Hij draaide het om en bekeek het. Het was minder groot dan het medaillon dat hij in de Hersenpan had gezien en er was ook niets in gegraveerd. De rijk bewerkte Z, het merkteken van Zwadderich, was nergens te bekennen en bovendien was het leeg. Hij zag alleen een stukje gevouwen perkament op de plek waar een portret had moeten zitten.

Werktuiglijk haalde Harry het perkament uit het medaillon, vouwde het open en las het in het licht van de vele toverstokken die nu achter hem gloeiden.

Aan de Heer van het Duister
Ik weet dat ik al lang dood zal zijn voor u dit leest,
maar ik wil dat u weet dat ik uw geheim ontdekt heb.
Ik heb het echte Gruzielement gestolen en ben van plan
het zo snel mogelijk te vernietigen.
Ik bereid me voor op de dood in de hoop dat u weer sterfelijk zult zijn
als u uiteindelijk uw gelijke ontmoet.
R.A.Z.

Harry wist niet wat de boodschap betekende en dat kon hem ook niets schelen. Er was maar één ding belangrijk: dit was geen Gruzielement. Perkamentus had zichzelf voor niets verzwakt door die verschrikkelijke drank op te drinken. Harry verfrommelde het perkament in zijn gebalde vuist en er prikten tranen in zijn ogen terwijl Muil begon te janken.

HOOFDSTUK 29

DE KLAAGZANG
VAN DE FENIKS

'*K*om op, Harry...'
'Nee.'
'Je ken hier niet blijven zitten, Harry... vooruit, kom mee.'
'Nee.'

Hij wilde Perkamentus niet verlaten; hij wilde helemaal nergens heen. Hagrids hand op zijn schouder trilde. Toen zei een andere stem: 'Kom, Harry.'

Een veel kleinere en warmere hand sloot zich om de zijne en trok hem overeind. Hij gehoorzaamde aan die druk zonder erbij na te denken. Pas toen hij blindelings terugliep door de mensenmenigte, besefte hij door een flauwe, bloemenachtige geur dat Ginny hem terugbracht naar het kasteel. Onverstaanbare stemmen beukten zijn trommelvliezen, gesnik, geschreeuw en gejammer sneed door de lucht, maar Harry en Ginny liepen verder, naar het bordes en de hal. Er zweefden gezichten in Harry's ooghoeken: mensen fluisterden en staarden hem nieuwsgierig aan. De robijnen uit de zandloper van Griffoendor glansden als bloeddruppels terwijl ze naar de marmeren trap liepen.

'We gaan naar de ziekenzaal,' zei Ginny.

'Ik ben niet gewond,' zei Harry.

'Dat moet, van Anderling,' zei Ginny. 'Iedereen is er. Ron en Hermelien en Lupos –'

Er borrelde weer angst op in Harry's borst; hij was de roerloze gedaantes die hij had achtergelaten even vergeten.

'Wie zijn er nog meer dood, Ginny?'

'Niemand van ons, wees niet bang.'

'Maar het Duistere Teken – Malfidus zei dat hij over een lichaam heen was gestapt –'

'Ja, dat was Bill, maar die leeft nog. Het komt allemaal weer goed.'

Toch hoorde Harry aan haar stem dat er iets mis was.

'Weet je dat zeker?'

'Ja, natuurlijk. Hij... hij is alleen nogal toegetakeld. Hij is aange-vallen door Vaalhaar. Madame Plijster zegt dat hij er nooit... dat hij er nooit meer uit zal zien als vroeger...' Ginny's stem trilde een beet-je. 'We weten niet echt wat de gevolgen zullen zijn – ik bedoel, Vaal-haar is een weerwolf, maar hij was niet getransformeerd toen hij Bill beet.'

'Maar de anderen... er lagen nog meer lichamen op de grond...'

'Marcel ligt ook op de ziekenzaal, maar madame Plijster zegt dat hij weer volledig zal herstellen. Professor Banning werd bewusteloos geslagen, maar voelt zich nu weer goed. Hij is alleen nog een beetje duizelig. Hij wilde per se gaan kijken hoe het met de Ravenklauwen was. Er is wel een Dooddoener gesneuveld. Hij werd getroffen door een Vloek des Doods, waar die blonde reus mee strooide – Harry, als we die Felix Fortunatis niet hadden ingenomen, denk ik dat niemand van ons het overleefd had, maar iedere vloek scheen ons op het nip-pertje te missen –'

Ze kwamen bij de ziekenzaal aan. Harry duwde de deur open en hij zag Marcel in een bed bij de ingang. Zo te zien sliep hij. Ron, Her-melien, Loena, Tops en Lupos stonden om een bed aan de andere kant van de zaal. Toen ze de deur hoorden opengaan, keken ze alle-maal op. Hermelien rende naar Harry toe en omhelsde hem. Lupos kwam ook aanlopen en keek erg bezorgd.

'Is alles goed met je, Harry?'

'Ja, prima... en met Bill?'

Niemand gaf antwoord. Harry keek over Hermeliens schouder en zag een onherkenbaar gezicht op het kussen. Het was zo vreselijk opengehaald en kapotgebeten dat Bill er grotesk uitzag. Madame Plijster verzorgde de wonden met een scherp ruikende groene zalf en Harry herinnerde zich hoe gemakkelijk Sneep de *Sectumsempra*-wonden van Malfidus genezen had met zijn toverstok.

'Kunt u ze niet helen met een bezwering of zo?' vroeg hij.

'Geen enkele bezwering werkt tegen deze wonden,' zei madame Plijster. 'Ik heb alles geprobeerd, maar er is geen remedie tegen de beet van een weerwolf.'

'Maar hij is niet met volle maan gebeten,' zei Ron. Hij keek strak naar het gezicht van zijn broer, alsof hij hem door te staren kon ge-nezen. 'Vaalhaar was niet getransformeerd. Dan wordt Bill toch geen – geen echte –?'

Hij keek onzeker naar Lupos.

'Nee, ik denk niet dat Bill een echte weerwolf zal worden,' zei Lupos. 'Maar dat wil niet zeggen dat er geen besmetting zal zijn. Dit zijn vervloekte wonden. De kans is klein dat ze ooit volledig zullen genezen en – en Bill zou voortaan wel eens wat wolfachtige karaktertrekken kunnen krijgen.'

'Misschien weet Perkamentus iets wat werkt,' zei Ron. 'Waar is hij? Bill heeft het in opdracht van Perkamentus tegen die maniakken opgenomen. Perkamentus staat bij hem in het krijt, hij kan hem niet zo laten –'

'Ron – Perkamentus is dood,' zei Ginny.

'Nee!' Lupos keek verwilderd van Ginny naar Harry, alsof hij hoopte dat die haar zou tegenspreken, maar toen Harry dat niet deed, viel Lupos op een stoel naast Bills bed neer en sloeg zijn handen voor zijn gezicht. Harry had nog nooit eerder meegemaakt dat Lupos zijn zelfbeheersing verloor en had het gevoel dat hij onvrijwillig getuige was van iets heel persoonlijks, iets intiems zelfs. Hij draaide zich om, keek naar Ron en wisselde zwijgend een blik uit die bevestigde wat Ginny al gezegd had.

'Hoe is hij gestorven?' vroeg Tops. 'Hoe is het gebeurd?'

'Sneep heeft hem vermoord,' zei Harry. 'Ik was erbij, ik heb het gezien. Toen we terugkwamen landden we op de Astronomietoren, omdat het Duistere Teken daar hing... Perkamentus was ziek, hij was zwak, maar ik geloof dat hij in de gaten had dat het een valstrik was toen hij hoorde dat iemand de trap op rende. Hij verlamde me, ik kon niets doen. Ik had mijn Onzichtbaarheidsmantel om. Toen verscheen Malfidus en die Ontwapende Perkamentus –'

Hermelien drukte haar handen tegen haar mond en Ron kreunde. Loena's lippen trilden.

'– er kwamen nog meer Dooddoeners – en toen Sneep. Sneep deed het. De Avada Kedavra.' Harry kon niet verdergaan.

Madame Plijster barstte in tranen uit. Niemand besteedde aandacht aan haar, alleen Ginny fluisterde: 'Sst! Luister!'

Snikkend en met grote ogen drukte madame Plijster haar vingers tegen haar mond. Ergens in het donker zong een feniks een lied dat Harry nog nooit eerder gehoord had: een diepbedroefde klaagzang vol aangrijpende schoonheid. Harry had hetzelfde gevoel als toen hij de feniks eerder had horen zingen: dat het geluid niet van buiten kwam, maar uit hemzelf, dat zijn eigen verdriet op magische wijze in muziek werd omgezet en nu over het schoolterrein en door de ramen van het kasteel golfde.

Hij had geen idee hoe lang ze luisterden en ook niet waarom hun pijn ietsje verzacht werd terwijl ze naar het geluid van hun eigen rouw luisterden, maar het was alsof er veel tijd verstreken was toen de deur van de ziekenzaal weer openging en professor Anderling binnenkwam. Net als bij de anderen zag je ook aan haar dat ze gevochten had: er zaten schrammen op haar gezicht en haar gewaad was gescheurd.

'Molly en Arthur zijn onderweg,' zei ze, en de betovering van de muziek werd verbroken. Het was alsof iedereen uit een trance ontwaakte: ze keken weer naar Bill of wreven in hun ogen en schudden hun hoofd. 'Wat is er gebeurd, Harry? Volgens Hagrid was jij bij professor Perkamentus toen hij – toen het gebeurde. Hij zegt dat professor Sneep er op de een of andere manier bij –'

'Sneep heeft Perkamentus vermoord,' zei Harry.

Ze keek hem met grote ogen aan en wankelde toen; madame Plijster, die zichzelf weer onder controle leek te hebben, liep vlug naar haar toe, toverde een stoel te voorschijn en schoof die onder professor Anderling.

'Sneep!' herhaalde Anderling zachtjes, en ze viel op de stoel neer. 'We vroegen ons vaak af... maar hij vertrouwde hem... altijd... Sneep... ik kan het gewoon niet geloven...'

'Sneep was een uiterst bedreven Occlumens,' zei Lupos. Zijn stem klonk veel scherper en hardvochtiger dan normaal. 'Dat hebben we altijd geweten.'

'Maar Perkamentus bezwoer ons dat hij aan onze kant stond!' fluisterde Tops. 'Ik dacht altijd dat Perkamentus iets wist over Sneep wat wij niet wisten...'

'Hij liet vaak doorschemeren dat hij een ijzersterke reden had om Sneep te vertrouwen,' zei professor Anderling. Ze veegde haar vochtige ogen af met een Schots geruite zakdoek. 'Ik bedoel... iemand met de voorgeschiedenis van Sneep... natuurlijk vroegen we ons wel eens af... maar Perkamentus heeft me uitdrukkelijk verzekerd dat Sneeps berouw oprecht was... hij wilde geen kwaad woord over hem horen!'

'Ik zou wel eens willen weten wat hij Perkamentus op de mouw gespeld heeft,' zei Tops.

'Dat weet ik,' zei Harry. Iedereen keek hem aan. 'Sneep gaf Voldemort de informatie waardoor die op zoek ging naar mijn vader en moeder. En toen zei Sneep tegen Perkamentus dat hij zich niet gerealiseerd had wat hij deed en dat hij er vreselijk veel spijt van had, dat hij het erg vond dat ze dood waren.'

'En daar trapte Perkamentus in?' vroeg Lupos ongelovig. 'Geloofde hij dat Sneep het erg vond dat James dood was? Sneep *haatte*
James...'

'En mijn moeder vond hij ook helemaal niks, omdat ze Dreuzelouders had,' zei Harry. '"Modderbloedje", noemde hij haar...'

Niemand vroeg hoe Harry dat wist. Iedereen leek verlamd van
ontzetting terwijl ze de monsterlijke waarheid probeerden te verwerken.

'Het is allemaal mijn schuld,' zei professor Anderling onverwacht.
Ze was helemaal van slag en speelde zenuwachtig met haar natte
zakdoek. 'Mijn schuld. Ik vroeg vanavond aan Filius of hij Sneep
wilde halen. Ik heb hem zelf gevraagd om ons te komen helpen! Als
ik Sneep niet gewaarschuwd had, zou hij zich misschien niet hebben
aangesloten bij de Dooddoeners. Ik geloof niet dat hij wist dat ze er
waren. Dat hoorde hij voor het eerst van Filius. Ik geloof niet dat hij
wist dat ze zouden komen.'

'Het is jouw schuld niet, Minerva,' zei Lupos gedecideerd. 'We
hadden dringend hulp nodig en waren blij toen we hoorden dat
Sneep eraan kwam...'

'En toen hij inderdaad kwam, vocht hij met de Dooddoeners
mee?' vroeg Harry. Hij wilde zelfs het kleinste detail van Sneeps ver-
dorvenheid en verraad weten, koortsachtig zoekend naar nog meer
redenen om hem te haten, om wraak te zweren.

'Ik weet niet precies hoe het gebeurde,' zei professor Anderling
afwezig. 'Het was allemaal zo verward. Perkamentus had gezegd dat
hij een paar uur niet op school zou zijn en dat wij voor de zekerheid
op de gangen moesten patrouilleren... we zouden versterking krijgen
van Remus, Bill en Nymphadora... en dus deden we dat. Alles leek
rustig. Iedere geheime gang van of naar het kasteel werd in de gaten
gehouden. We wisten dat niemand vliegend de school kon bereiken.
Op alle ingangen rustten zware betoveringen. Ik weet nog steeds niet
hoe de Dooddoeners binnen zijn gekomen...'

'Ik wel,' zei Harry. Hij legde in het kort uit hoe het zat met de twee
Verdwijnkasten en het magische pad daartussen. 'Ze zijn het kasteel
binnengedrongen via de Kamer van Hoge Nood.'

Bijna onwillekeurig keek hij even naar Ron en Hermelien, die er-
uitzagen alsof ze een klap met een moker hadden gehad.

'Ik heb er een zooitje van gemaakt, Harry,' zei Ron somber. 'We
deden precies wat je vroeg: we keken op de Sluipwegwijzer, maar
zagen Malfidus nergens en dachten dat hij in de Kamer van Hoge

Nood was. Ginny, Marcel en ik hielden de gang op de zevende verdieping in de gaten... maar Malfidus wist langs ons heen te komen.'

'Toen we daar ongeveer een uur op wacht hadden gestaan, kwam hij uit de Kamer van Hoge Nood,' zei Ginny. 'Hij was alleen en had die afgrijselijke verschrompelde arm in zijn hand –'

'Zijn Hand van de Gehangene,' zei Ron. 'Die geeft alleen licht aan degene die hem vasthoudt, weet je nog wel?'

'Hoe dan ook,' vervolgde Ginny, 'hij kwam vast kijken of de kust veilig was voor hij de Dooddoeners naar buiten liet, want zodra hij ons zag gooide hij iets in de lucht en werd het aardedonker –'

'Peruviaans Instant Duistergruis,' zei Ron boos. 'Van Fred en George. Ik zal eens tegen ze zeggen dat ze hun spullen niet zomaar aan iedereen moeten verkopen.'

'We probeerden van alles – *Lumos*, *Incendio*,' zei Ginny. 'Niets drong door de duisternis heen. We moesten ons op de tast een weg zoeken naar het eind van de gang, maar we hoorden wel dat er mensen langsrenden. Malfidus kon natuurlijk nog zien, door die Hand van de Gehangene, en loodste de anderen mee, maar we durfden geen vervloekingen te gebruiken voor het geval we elkaar zouden raken. Toen we eindelijk in een gang kwamen waar het weer licht was, waren ze al verdwenen.'

'Gelukkig liepen Ron, Ginny en Marcel vrijwel meteen ons tegen het lijf,' zei Lupos. 'Ze vertelden wat er gebeurd was en wij haalden de Dooddoeners een paar minuten later in. Ze waren op weg naar de Astronomietoren. Het was duidelijk dat Malfidus niet gedacht had dat er nog meer mensen op wacht zouden staan. Zijn voorraadje Duistergruis was in elk geval op. Er ontstond een gevecht, zij zetten het op een lopen en wij gingen achter hen aan. Een van hen, Grafblom, maakte zich plotseling los uit het groepje en rende de trap van de Astronomietoren op –'

'Om het Duistere Teken te laten verschijnen?' vroeg Harry.

'Dat denk ik wel, ja. Dat moeten ze hebben afgesproken voor ze de Kamer van Hoge Nood verlieten,' zei Lupos. 'Maar waarschijnlijk had Grafblom geen zin om boven in zijn eentje op Perkamentus te wachten, want hij kwam de trap weer af hollen om mee te vechten en werd toen geraakt door een Vloek des Doods die mij maar net miste.'

'Als Ron de wacht hield bij de Kamer van Hoge Nood, met Ginny en Marcel,' zei Harry tegen Hermelien, 'was jij dan –'

'Bij de kamer van Sneep, samen met Loena,' fluisterde Hermelien.

Er blonken tranen in haar ogen. 'We hingen urenlang rond op de gang bij zijn kamer en er gebeurde helemaal niets... we wisten niet wat zich boven afspeelde, want Ron had de Sluipwegwijzer meegenomen. Pas tegen middernacht sprintte professor Banning de trap af naar de kerkers. Hij riep iets over Dooddoeners in het kasteel. Volgens mij zag hij mij en Loena niet eens: hij stormde gewoon de kamer van Sneep binnen. We hoorden hem zeggen dat Sneep moest komen helpen en toen klonk er een dreun en kwam Sneep naar buiten. Hij zag ons en – en –'

'En toen?' vroeg Harry.

'Ik ben zo vreselijk stom geweest, Harry,' fluisterde Hermelien met een hoog stemmetje. 'Hij zei dat professor Banning was flauwgevallen en dat wij voor hem moesten zorgen terwijl hij – terwijl hij het opnam tegen de Dooddoeners –'

Rood van schaamte sloeg ze haar handen voor haar gezicht en praatte door haar vingers heen, zodat haar stem gesmoord klonk.

'We gingen naar zijn kamer, om te zien of we professor Banning konden helpen. Die lag bewusteloos op de grond... o, het is nu allemaal glashelder! Sneep had Banning natuurlijk Verlamd maar dat beseften we niet, Harry! Dat beseften we niet! We lieten Sneep gewoon gaan!'

'Dat is jullie schuld niet,' zei Lupos. 'Hermelien, als je Sneep niet gehoorzaamd had en niet gauw uit de weg was gegaan, zou hij jou en Loena waarschijnlijk vermoord hebben.'

'Dus toen ging hij naar boven,' zei Harry. In gedachten zag hij hoe Sneep de marmeren trap op rende, terwijl zijn zwarte gewaad achter hem aan wapperde en hij zijn toverstok trok. 'Hij kwam op de plaats waar gevochten werd...'

'Het ging niet goed. We waren aan de verliezende hand,' zei Tops zacht. 'Grafblom was dood, maar de rest van de Dooddoeners verzette zich tot het uiterste. Marcel was gewond, Bill was aangevallen door Vaalhaar... het was stikkedonker... de vervloekingen vlogen je om de oren... we zagen Malfidus nergens, waarschijnlijk was hij stiekem de trap van de toren op geglipt... en toen renden er nog meer Dooddoeners achter hem aan en blokkeerde eentje de trap met een of andere vloek... Marcel rende eropaf en werd door de lucht geslingerd...'

'We konden niet door de barrière heen breken,' zei Ron. 'Die grote blonde Dooddoener vuurde nog steeds in het wilde weg vervloekingen af, die van de muren kaatsten en ons op het nippertje misten...'

'Toen kwam Sneep,' zei Tops, 'en een seconde later was hij weer verdwenen.'

'Ik zag dat hij aan kwam rennen, maar op dat moment werd ik bijna geraakt door een vloek van die grote Dooddoener en moest ik vlug wegduiken. Ik had even geen oog meer voor iets anders,' zei Ginny.

'Ik zag hem dwars door die vervloekte barrière rennen, alsof hij niet bestond,' zei Lupos. 'Ik probeerde hem te volgen maar werd achteruit gesmeten, net als Marcel...'

'Hij moet een spreuk gebruikt hebben die wij niet kenden,' fluisterde professor Anderling. 'Hij gaf tenslotte les in Verweer tegen de Zwarte Kunsten... ik ging ervan uit dat hij zo vlug mogelijk achter de Dooddoeners die naar het dak van de toren gevlucht waren aan wilde...'

'Klopt,' zei Harry woedend, 'maar om ze te helpen, niet om ze tegen te houden... en ik durf te wedden dat je het Duistere Teken op je arm moest hebben om door die barrière te komen! Wat gebeurde er toen hij weer naar beneden kwam?'

'Nou, die grote Dooddoener had net een vloek afgevuurd waardoor het halve plafond instortte, maar waardoor ook de vloek die de trap blokkeerde verbroken werd,' zei Lupos. 'We renden allemaal naar de trap – iedereen die nog kon staan – en toen doken Sneep en Malfidus plotseling op uit de stofwolken. We vielen ze uiteraard niet aan –'

'We lieten ze gewoon passeren,' zei Tops met holle stem. 'We dachten dat ze achtervolgd werden door de Dooddoeners – en opeens kwamen de andere Dooddoeners en Vaalhaar terug en brak er weer een gevecht uit. Ik dacht dat ik Sneep iets hoorde roepen, maar ik kon hem niet verstaan –'

'Hij riep: "Het is gebeurd!"' zei Harry. 'Hij had gedaan wat hij wilde doen.'

Iedereen zweeg. De klaagzang van Felix galmde nog steeds over het donkere terrein. Terwijl zijn lied door de nacht schalde, kwamen er onwelkome gedachten op bij Harry. Hadden ze het lichaam van Perkamentus al weggehaald bij de voet van de toren? Wat zou ermee gaan gebeuren? Waar zou het worden begraven? Hij balde zijn vuisten in zijn zakken en voelde de kleine, koude omtrek van het valse Gruzielement tegen de knokkels van zijn rechterhand drukken.

De deur van de ziekenzaal vloog open en iedereen schrok. Meneer en mevrouw Wemel kwamen haastig aanlopen, gevolgd door Fleur. Haar beeldschone gezicht stond doodsbang.

'Molly – Arthur –' zei professor Anderling en ze sprong overeind. 'Ik vind het zo erg voor jullie –'

'Bill,' fluisterde mevrouw Wemel. Ze liep vlug langs professor Anderling heen toen ze Bills gehavende gezicht zag. 'O, Bill!'

Lupos en Tops stonden snel op, zodat meneer en mevrouw Wemel dichter bij het bed konden komen. Mevrouw Wemel boog zich over haar zoon en drukte haar lippen tegen zijn bloederige voorhoofd.

'Zei je dat Vaalhaar hem heeft aangevallen?' vroeg meneer Wemel ontdaan aan professor Anderling. 'Maar hij was niet getransformeerd? Wat houdt dat in? Wat gaat er met Bill gebeuren?'

'Dat weten we nog niet,' zei professor Anderling, en ze keek hulpeloos naar Lupos.

'Er heeft waarschijnlijk enige besmetting plaatsgevonden, Arthur,' zei Lupos. 'Het is een heel merkwaardig en misschien wel uniek geval... we weten pas hoe zijn gedrag zal zijn als hij bijkomt...'

Mevrouw Wemel nam de stinkende groene zalf over van madame Plijster en begon Bills wonden te verzorgen.

'En Perkamentus?' vroeg meneer Wemel. 'Minerva, is het waar... is hij echt...?'

Professor Anderling knikte. Harry voelde Ginny naast zich bewegen en zag dat ze aandachtig naar Fleur keek. Die staarde met een strak en verbijsterd gezicht naar Bill.

'Perkamentus is dood,' fluisterde meneer Wemel, maar mevrouw Wemel had alleen maar oog voor haar oudste zoon; ze begon te snikken en haar tranen vielen op Bills verminkte gezicht.

'Het geeft natuurlijk niet hoe hij eruitziet... dat is niet echt b-belangrijk... maar hij was vroeger zo'n knap ventje... hij is altijd h-heel knap geweest... en hij z-zou gaan trouwen...'

''Oe bedoelt u?' vroeg Fleur op hoge toon. ''Oe bedoelt u, 'ij *zou* gaan trouwen?'

Mevrouw Wemel hief verbluft haar betraande gezicht op.

'Nou – alleen dat –'

'Denkt u dat Bill nu niet meer met me wil trouwen?' vroeg Fleur. 'Denkt u dat 'ij niet meer van me 'oudt nu 'ij gebeten is?'

'Nee, dat bedoelde ik –'

'Want 'ij 'oudt nog wél van me!' zei Fleur. Ze richtte zich in haar volle lengte op en gooide haar lange, zilverblonde haar in haar nek. 'Er ies meer dan een weerwolf voor nodig om ervoor te zorgen dat Bill niet meer van me 'oudt!'

'Ja, dat zal vast wel,' zei mevrouw Wemel. 'Ik dacht alleen dat – nu hij zo – nu hij –'

'U dacht dat íék niet meer met 'em zou willen trouwen? Of misschien 'oopte u dat?' zei Fleur met opengesperde neusgaten. 'Wat kan 'et mij schelen 'oe 'ij eruitziet? Iek ben knap genoeg voor ons allebei, denk iek! Uit die littekens blijkt dat mijn man dapper ies! En dat doe iek wel!' voegde ze er fel aan toe. Ze duwde mevrouw Wemel opzij en griste de groene zalf uit haar hand.

Mevrouw Wemel viel tegen haar man aan en keek met een heel eigenaardige uitdrukking hoe Fleur de wonden van Bill insmeerde. Niemand zei iets; Harry durfde zich niet te verroeren. Net als iedereen wachtte hij op een uitbarsting.

'Oudtante Marga,' zei mevrouw Wemel na een lange stilte, 'heeft een prachtige, door kobolden gesmede tiara. Ik kan haar vast wel overhalen om die aan jou te lenen als jullie gaan trouwen. Ze is erg op Bill gesteld, en ik denk dat hij heel goed zou staan bij je haar.'

'Dank u,' zei Fleur stijfjes. 'Iek weet zeker dat dat mooi zal zijn.'

En toen – Harry kon niet helemaal volgen hoe het gebeurde – vielen de twee vrouwen elkaar opeens huilend in de armen. Harry snapte er echt niets meer van. Hij vroeg zich af of de hele wereld gek was geworden en draaide zich om. Ron leek even verbijsterd als Harry en ook Ginny en Hermelien keken elkaar verbouwereerd aan.

'Zie je wel!' zei een gespannen stem. Tops keek woedend naar Lupos. 'Ze wil nog steeds met hem trouwen, ook al is hij gebeten! Het maakt haar niet uit!'

'Dat is iets anders,' zei Lupos, bijna zonder zijn lippen te bewegen. Ook hij leek plotseling heel gespannen. 'Bill wordt geen volledige weerwolf. Het zijn twee totaal verschillende –'

'Maar het maakt mij ook niets uit! Het maakt me niet uit!' zei Tops. Ze greep Lupos bij het voorpand van zijn gewaad en schudde hem door elkaar. 'Dat heb ik je wel honderdduizend keer gezegd...'

En plotseling begreep Harry alles: wat de Patronus van Tops voorstelde, waarom ze van dat muisbruine haar had gekregen en waarom ze overhaast naar het kasteel was gekomen om Perkamentus te spreken toen het gerucht ging dat er iemand was aangevallen door Vaalhaar. Ze was toch niet verliefd geweest op Sirius...

'En ik heb wel honderdduizend keer tegen *jou* gezegd dat ik te oud voor je ben,' zei Lupos. Hij weigerde haar aan te kijken en staarde naar de grond. 'Ik ben te arm... te gevaarlijk...'

'Ik vind echt dat je een belachelijk standpunt inneemt, Remus.

469

Dat weet je,' zei mevrouw Wemel over de schouder van Fleur terwijl ze die op haar rug klopte.

'Het is helemaal niet belachelijk,' zei Lupos. 'Tops verdient iemand die jong en ongeschonden is.'

'Maar ze wil jou,' zei meneer Wemel. 'En jonge en ongeschonden mannen blijven niet altijd zo, Remus.' Hij gebaarde triest naar zijn zoon, die tussen hen in lag.

'Dit is... niet het geschikte moment om hierover te praten,' zei Lupos. Hij keek verward om zich heen, maar weigerde iemand in de ogen te zien. 'Perkamentus is dood...'

'Als er iemand blij zou zijn geweest met een klein beetje meer liefde op de wereld, was het Perkamentus wel,' zei professor Anderling bruusk, op het moment dat de deur van de ziekenzaal weer openging en Hagrid binnenkwam.

Het weinige van zijn gezicht dat niet verscholen ging achter zijn haar en baard was kletsnat en opgezwollen; hij schudde van verdriet en had een reusachtige zakdoek met stippen in zijn hand.

'Ik... ik heb 't gedaan, professor,' zei hij gesmoord. 'Hem v-verplaatst. Professor Stronk heb de leerlingen weer naar bed gebracht. Professor Banning moest effe gaan liggen, maar zegt dat ie dadelijk weer oké is en volgens professor Slakhoorn is 't Ministerie op de hoogte gebracht.'

'Dank je, Hagrid,' zei professor Anderling. Ze stond meteen op en keek naar het groepje rond Bills bed. 'Ik moet de mensen van het Ministerie spreken als ze komen. Hagrid, zeg tegen de Afdelingshoofden – Slakhoorn kan optreden namens Zwadderich – dat ik ze direct wil spreken op mijn werkkamer. Ik wil graag dat jij ook komt.'

Hagrid knikte en schuifelde naar buiten, en professor Anderling keek naar Harry.

'Voor zij komen wil ik jou even spreken, Harry. Als je mee zou willen gaan...'

Harry stond op, mompelde 'Tot zo' tegen Ron, Hermelien en Ginny en volgde professor Anderling. De gangen waren verlaten en het enige geluid was het lied van de feniks, dat nog steeds opklonk in de verte. Het duurde even voor Harry besefte dat ze niet naar de kamer van professor Anderling gingen, maar naar die van Perkamentus, en het duurde nog een paar seconden voor het tot hem doordrong dat ze plaatsvervangend schoolhoofd was geweest... nu had zij blijkbaar de leiding over de school... en was de kamer achter de waterspuwer van haar...

Zwijgend gingen ze via de bewegende wenteltrap naar de ronde kamer. Harry wist niet wat hij verwacht had: misschien dat de kamer zwart gedrapeerd zou zijn, of zelfs dat het lichaam van Perkamentus er zou liggen, maar alles zag er nog net zo uit als toen Perkamentus en hij een paar uur eerder vertrokken waren: de zilveren instrumenten draaiden en puften op hun tafeltjes met spillepootjes, de vitrine met het zwaard van Griffoendor glansde in het maanlicht en de Sorteerhoed lag op een plank achter het bureau. Maar de stok van Felix was verlaten; hij stortte nog steeds zijn klaagzang uit over het schoolterrein. En er was een nieuw schilderij toegevoegd aan de rij portretten van overleden schoolhoofden... Perkamentus dommelde in een gouden lijst boven het bureau, met zijn halfronde brilletje op zijn kromme neus. Hij zag er vredig en onbezorgd uit.

Professor Anderling keek heel even naar dat portret, maakte toen een eigenaardige beweging, alsof ze zich vermande, liep om het bureau heen en keek met een gespannen en getekend gezicht naar Harry.

'Harry,' zei ze, 'ik zou graag willen weten wat jij en professor Perkamentus gingen doen toen jullie vanavond de school verlieten.'

'Dat kan ik u niet vertellen, professor,' zei Harry. Hij had die vraag verwacht en had zijn antwoord klaar. Hier, in deze zelfde kamer, had Perkamentus hem op het hart gedrukt om vooral niets over de inhoud van hun lessen te zeggen, behalve tegen Ron en Hermelien.

'Het zou belangrijk kunnen zijn, Harry,' zei professor Anderling.

'Dat is het ook,' zei Harry. 'Het is heel belangrijk, maar ik mocht het aan niemand vertellen.'

Professor Anderling keek hem boos aan.

'Potter,' (Harry merkte dat hij opeens weer met zijn achternaam werd aangesproken) 'gezien de dood van professor Perkamentus geloof ik wel dat de situatie veranderd is –'

'Nee, dat vind ik niet,' zei Harry schouderophalend. 'Professor Perkamentus heeft nooit gezegd dat ik zijn bevelen niet meer moest opvolgen als hij dood was.'

'Maar –'

'Er is één ding dat u moet weten voor de mensen van het Ministerie arriveren. Madame Rosmerta verkeert onder de Imperiusvloek. Zij hielp Malfidus en de Dooddoeners. Zo zijn de halsketting en de vergiftigde mede binnengesmokkeld.'

'Rosmerta?' zei professor Anderling vol ongeloof, maar voor ze verder kon gaan werd er geklopt en kwamen Stronk, Banning en

Slakhoorn binnen. Ze werden gevolgd door Hagrid, die nog steeds tranen met tuiten huilde. Zijn enorme lichaam schudde van verdriet.

'Sneep!' zei Slakhoorn. Hij zag er nog het meest ontdaan uit en was bleek en zweterig. 'Sneep! Ik heb hem zelf lesgegeven! Ik dacht dat ik hem kende!'

Voor iemand kon reageren, klonk hoog aan de muur een doordringende stem: een tovenaar met een tanig gezicht en een korte, zwarte pony was net zijn lege schilderij binnengewandeld.

'Minerva, de Minister kan er elk moment zijn. Hij is zojuist Verdwijnseld vanaf het Ministerie.'

'Dank je, Everhard,' zei professor Anderling, en ze wendde zich vlug tot de andere docenten.

'Ik wil even overleggen wat er met Zweinstein moet gebeuren voor de Minister arriveert,' zei ze. 'Persoonlijk ben ik er niet van overtuigd dat de school volgend jaar nog wel moet opengaan. Het feit dat het schoolhoofd vermoord is door een van onze collega's is een verschrikkelijke schandvlek op het blazoen van Zweinstein. Het is gruwelijk.'

'Ik weet zeker dat Perkamentus gewild zou hebben dat de school open bleef,' zei professor Stronk. 'Zolang er ook maar één leerling wil komen, moet de school open blijven.'

'Maar zullen we hierna ook nog maar één leerling hebben?' vroeg Slakhoorn, en hij veegde zijn bezwete voorhoofd af met een zijden zakdoek. 'Ik denk dat vrijwel alle ouders hun kinderen nu thuis zullen houden en dat kan ik hen niet kwalijk nemen. Persoonlijk denk ik niet dat we op Zweinstein meer gevaar lopen dan ergens anders, maar je kunt niet verwachten dat moeders er ook zo over denken. Ze willen hun gezin bij elkaar houden, dat is niet meer dan natuurlijk.'

'Dat ben ik met je eens,' zei professor Anderling. 'Bovendien heeft Perkamentus zelf ook wel eens situaties voorzien waarin de school misschien gesloten zou moeten worden. Toen de Geheime Kamer heropend werd, heeft hij overwogen de school te sluiten – en ik moet zeggen dat ik de moord op professor Perkamentus heel wat verontrustender vind dan het idee dat het monster van Zwadderich ongezien ergens diep onder het kasteel leeft...'

'We moeten het schoolbestuur raadplegen,' zei professor Banning met zijn pieperige stemmetje; hij had een grote bult op zijn voorhoofd, maar scheen voor het overige ongedeerd nadat hij op de kamer van Sneep bewusteloos was geslagen. 'We moeten de voorgeschreven procedures volgen en geen overhaaste beslissingen nemen.'

'Hagrid, jij hebt nog niets gezegd,' zei professor Anderling. 'Wat vind jij? Moet Zweinstein open blijven?'

Hagrid, die geluidloos had zitten huilen achter zijn zakdoek met stippen terwijl de anderen overlegden, keek nu met dikke rode ogen op en zei schor: 'Kweenie, professor... dat motten de Afdelingshoofden en zo maar beslissen...'

'Professor Perkamentus hechtte altijd veel waarde aan je mening en ik ook,' zei professor Anderling vriendelijk.

'Nou, ik blijf,' zei Hagrid. Er gleden nog steeds dikke tranen uit zijn gerimpelde ooghoeken, die in zijn verwarde baard dropen. 'Zweinstein is m'n thuis, dat is 't al vanaf m'n dertiende. En als d'r kinders zijn die les van me willen hebben, dan doe ik dat. Maar ik weet niet... Zweinstein zonder Perkamentus...'

Hij slikte moeizaam en verdween weer achter zijn zakdoek. Er viel een stilte.

'Goed,' zei professor Anderling. Ze keek uit het raam om te zien of de Minister er al aan kwam. 'Dan ben ik het met Filius eens. We kunnen het beste het schoolbestuur raadplegen en de definitieve beslissing aan hen overlaten.

En nu even over de leerlingen... het is misschien verstandig om die eerder naar huis te sturen. We zouden de Zweinsteinexpres morgen al kunnen laten komen, als dat nodig is –'

'En de begrafenis van Perkamentus dan?' vroeg Harry, die voor het eerst zijn mond opendeed.

'Nou...' zei professor Anderling iets minder kordaat, want haar stem trilde. 'Ik – ik weet dat het de wens was van Perkamentus om hier op Zweinstein begraven te worden –'

'Dan gebeurt dat toch ook, of niet?' zei Harry fel.

'Als het Ministerie het goedkeurt,' zei professor Anderling. 'Er is nog nooit een schoolhoofd –'

'Er heb ook nog nooit een schoolhoofd meer voor deze school gedaan,' gromde Hagrid.

'Zweinstein zou de laatste rustplaats van Perkamentus moeten zijn,' zei professor Banning.

'Absoluut,' zei professor Stronk.

'In dat geval,' zei Harry, 'zou u de leerlingen pas na de begrafenis naar huis moeten sturen. Ik weet zeker dat iedereen wil blijven voor het –'

Het woord bleef in zijn keel steken, maar professor Stronk maakte zijn zin af.

'Afscheid.'

'Goed gezegd,' piepte professor Banning. 'Heel goed gezegd! Het is niet meer dan gepast dat de leerlingen hem een laatste groet brengen. We kunnen na de begrafenis wel vervoer naar huis regelen.'

'Mee eens!' blafte professor Stronk.

'Ik denk... ja...' zei Slakhoorn nogal geagiteerd. Hagrid snikte instemmend.

'Hij komt eraan,' zei professor Anderling plotseling. Ze keek omlaag naar het schoolterrein. 'De Minister... en zo te zien heeft hij een hele delegatie bij zich...'

'Mag ik weg, professor?' vroeg Harry meteen.

Hij voelde er helemaal niets voor om Rufus Schobbejak nu nog te spreken of door hem ondervraagd te worden.

'Ga maar,' zei professor Anderling. 'En vlug.'

Ze liep naar de deur en hield die voor hem open. Harry holde de wenteltrap af en haastte zich door de uitgestorven gangen. Hij had zijn Onzichtbaarheidsmantel op het dak van de Astronomietoren laten liggen, maar dat deed er niet toe; hij kwam niemand tegen op de gangen, zelfs Vilder, mevrouw Norks of Foppe niet. Pas in de gang naar de leerlingenkamer van Griffoendor zag hij eindelijk weer een levende ziel.

'Is het waar?' fluisterde de Dikke Dame toen hij aan kwam lopen. 'Is het echt waar? Is Perkamentus – dood?'

'Ja,' zei Harry.

Ze jammerde het uit en zwaaide meteen opzij, zonder zelfs maar naar het wachtwoord te vragen.

Zoals Harry al verwacht had, was het stampvol in de leerlingenkamer. Het werd onmiddellijk doodstil toen hij door het portretgat klom. Hij zag Daan en Simon bij een groepje andere leerlingen zitten; dat betekende dat de slaapzaal leeg was, of bijna leeg. Zonder iets te zeggen of met iemand oogcontact te maken liep Harry regelrecht naar de deur van de jongensslaapzalen.

Zoals hij gehoopt had, wachtte Ron hem op. Hij zat aangekleed op zijn bed; Harry ging op zijn eigen hemelbed zitten en ze keken elkaar even aan.

'Ze overwegen de school te sluiten,' zei Harry.

'Dat voorspelde Lupos al,' zei Ron.

Er viel weer een stilte.

'En,' fluisterde Ron, alsof hij bang was dat de bedden meeluisterden. 'Hebben jullie het gevonden? Hebben jullie het te pakken gekregen? Een – een Gruzielement?'

Harry schudde zijn hoofd. Alles wat er was voorgevallen op dat zwarte meer leek nu net een oude nachtmerrie; was het echt gebeurd, nog maar een paar uur geleden?

'Niet?' zei Ron beteuterd. 'Was er geen Gruzielement?'

'Nee,' zei Harry. 'Iemand had het al gestolen en er een nep-Gruzielement voor in de plaats gelegd.'

'Al *gestolen*?'

Zwijgend haalde Harry het valse medaillon uit zijn zak, maakte het open en gaf het aan Ron. Het volledige verhaal kon wachten... dat deed er vanavond niet toe... niets deed er nog toe, behalve het einde; het einde van hun zinloze avontuur, het einde van het leven van Perkamentus...

'R.A.Z.,' fluisterde Ron. 'Wie was dat in vredesnaam?'

'Geen idee,' zei Harry. Hij ging languit op bed liggen, zonder zich uit te kleden, en staarde met nietsziende ogen omhoog. Hij was totaal niet nieuwsgierig naar R.A.Z.: hij betwijfelde of hij ooit nog nieuwsgierig zou zijn. Terwijl hij daar lag, realiseerde hij zich opeens dat het stil was op het schoolterrein. Felix was opgehouden met zingen.

En Harry wist, zonder te weten hoe, dat de feniks verdwenen was en voorgoed afscheid had genomen van Zweinstein, net zoals Perkamentus voorgoed afscheid had genomen van de school, van de wereld... en van Harry.

HOOFDSTUK 30

DE WITTE TOMBE

*A*lle lessen werden geschrapt en alle examens uitgesteld. In de dagen daarna haalden sommige ouders hun kinderen haastig van school – de zusjes Patil kwamen op de ochtend na de dood van Perkamentus al niet meer opdagen voor het ontbijt en Zacharias Smid werd meegenomen door zijn arrogant uitziende vader. Simon Filister daarentegen weigerde botweg om met zijn moeder mee te gaan naar huis; ze ruzieden luidkeels in de hal, tot ze hem ten slotte toestemming gaf om te blijven voor de begrafenis. Het kostte haar zelf de grootste moeite om een slaapplaats te vinden in Zweinsveld, vertelde Simon aan Harry en Ron, want het dorp werd overspoeld door heksen en tovenaars die Perkamentus de laatste eer wilden bewijzen.

Onder de jongere leerlingen, die dat nog niet eerder hadden meegemaakt, ontstond enige opwinding toen een lichtblauw rijtuig, zo groot als een huis en getrokken door twaalf reusachtige, gevleugelde witte paarden, op de middag voor de begrafenis aan kwam scheren door de lucht en landde aan de rand van het Verboden Bos. Harry zag vanuit een raam hoe een gigantische maar knappe vrouw, met een olijfkleurige huid en zwart haar, het trapje van het rijtuig afdaalde en zich in de armen van de wachtende Hagrid wierp. Ondertussen logeerde op het kasteel een hele delegatie ambtenaren van het Ministerie van Toverkunst, onder wie de Minister zelf. Harry deed zijn uiterste best om ieder contact met hem te vermijden; hij wist zeker dat hem vroeg of laat gevraagd zou worden wat er gebeurd was toen Perkamentus Zweinstein voor de laatste keer verlaten had.

Harry, Ron, Hermelien en Ginny trokken de hele tijd met elkaar op. Het was prachtig weer en dat was extra ironisch; Harry probeerde zich voor te stellen hoe het geweest zou zijn als Perkamentus niet was gestorven en ze aan het eind van het schooljaar zoveel tijd samen hadden kunnen doorbrengen, als Ginny's examens erop hadden gezeten en ze niet alsmaar met haar huiswerk bezig was geweest... en steeds stelde hij de dingen die hij moest zeggen uit. Hij wist dat het uiteindelijk niet anders kon, dat het de enige manier was, maar voorlopig kon hij zijn grootste bron van troost nog niet missen.

Ze gingen twee keer per dag naar de ziekenzaal. Marcel was weer genezen, maar Bill was nog onder de hoede van madame Plijster. Zijn littekens waren nog net zo erg als in het begin en hij vertoonde nu zelfs een duidelijke gelijkenis met Dwaaloog Dolleman, maar qua persoonlijkheid leek hij helemaal de oude. De enige duidelijke verandering was dat hij nu een grote voorkeur had voor halfrauwe biefstuk.

'... dus ies 'et maar goed dat 'ij met mij trouwt,' zei Fleur opgewekt terwijl ze Bills kussens opschudde. 'Ien diet land bakken ze 'un vlees veel te lang, dat 'eb iek altijd al gezegd.'

'Nou ja, ik moet me er maar bij neerleggen dat Bill echt met haar gaat trouwen,' zuchtte Ginny later op de avond toen zij, Harry, Ron en Hermelien in de leerlingenkamer van Griffoendor bij het open raam zaten en uitkeken over het schemerige schoolterrein.

'Fleur valt best mee,' zei Harry. 'Ze is natuurlijk wel lelijk,' voegde hij er snel aan toe toen Ginny hem met opgetrokken wenkbrauwen aankeek. Ze giechelde met tegenzin.

'Ach, als ma ertegen kan, moet ik het ook aankunnen.'

'Zijn er nog bekenden dood?' vroeg Ron aan Hermelien, die de *Avondprofeet* las.

Hermeliens gezicht vertrok bij het horen van zijn geforceerde stoerheid.

'Nee,' zei ze verwijtend en ze vouwde de krant weer dicht. 'Ze zijn nog steeds op zoek naar Sneep, maar die is onvindbaar.'

'Natuurlijk niet!' zei Harry. Iedere keer als dat onderwerp ter sprake kwam, werd hij weer boos. 'Ze vinden Sneep pas als ze Voldemort vinden en aangezien ze dat in al die jaren niet gelukt is...'

'Ik ga naar bed,' zei Ginny geeuwend. 'Ik slaap niet zo best, sinds... nou ja... ik zou wel weer eens lekker willen slapen.'

Ze kuste Harry (Ron keek nadrukkelijk de andere kant uit), wuifde naar de anderen en liep naar de meisjesslaapzalen. Zodra de deur achter haar was dichtgegaan boog Hermelien zich naar Harry, met een uiterst Hermelienachtige uitdrukking op haar gezicht.

'Harry, ik heb vanochtend iets gevonden in de bibliotheek...'

'R.A.Z.?' vroeg Harry en hij ging rechtop zitten.

Hij had niet meer het gevoel dat hij vroeger zo vaak had gehad:

opgewonden, nieuwsgierig, brandend van verlangen om een myste-
rie op te lossen. Hij wist nu gewoon dat hij eerst de waarheid over
het echte Gruzielement te weten moest komen voor hij verder kon
gaan met de duistere, raadselachtige reis die hem te wachten stond,
de reis waaraan Perkamentus en hij samen begonnen waren, maar
die hij in zijn eentje zou moeten voltooien. Er zouden nog vier Gruzielementen kunnen zijn, op onbekende plaatsen, en die moesten
stuk voor stuk gevonden en vernietigd worden voor er zelfs maar een
kans was dat Voldemort gedood kon worden. Hij dreunde steeds hun
namen op in zijn hoofd, alsof hij ze onder handbereik kon brengen
door ze op te sommen: 'Het medaillon... de beker... de slang... iets
van Griffoendor of Ravenklauw... het medaillon... de beker... de
slang... iets van Griffoendor of Ravenklauw...'

Die mantra dreunde nog steeds door Harry's hoofd als hij 's avonds
in slaap viel en zijn dromen waren vol met bekers, medaillons en
mysterieuze voorwerpen waar hij net niet bij kon, ook al bood Perkamentus Harry behulpzaam een touwladder aan, die in een kluwen
slangen veranderde zodra hij begon te klimmen...

Hij had Hermelien op de ochtend na de dood van Perkamentus
het stukje perkament uit het medaillon laten zien. Ze had de initialen niet meteen herkend als die van een of andere obscure tovenaar
over wie ze wel eens iets gelezen had, en had sindsdien vaker een
bezoek gebracht aan de bibliotheek dan strikt noodzakelijk was voor
iemand die geen huiswerk meer hoefde te maken.

'Nee,' zei ze triest. 'Ik heb wel gezocht, maar nog niets gevonden...
er zijn een paar redelijk bekende tovenaars of heksen met die
initialen – Rosalina Antigone Zolder bijvoorbeeld, of Roderik "Af-
hakker" Zwaardman... maar die lijken me verder niet de juiste kandidaten. Naar dat briefje te oordelen kende degene die het Gruzielement gestolen heeft Voldemort, en ik heb geen snippertje bewijs
kunnen vinden dat Zolder of Zwaardman ooit iets met hem te maken
heeft gehad... nee, het gaat om... nou, om Sneep.'

Ze keek al zenuwachtig toen ze de naam alleen maar zei.

'Wat is er met hem?' vroeg Harry nors en hij liet zich achterover
zakken in zijn stoel.

'Nou, eigenlijk dat ik toch min of meer gelijk had wat die Halfbloed
Prins betreft,' zei ze aarzelend.

'Moet je daar nou echt over doorzeuren, Hermelien? Hoe denk je
dat ik me nu voel?'

'Nee – nee, Harry, dat bedoelde ik niet!' zei ze haastig. Ze keek om zich heen om te zien of er iemand meeluisterde. 'Het is alleen dat ik gelijk had toen ik zei dat het boek ooit van Ellen Prins was geweest. Ze was namelijk... de moeder van Sneep!'

'Ik vond haar meteen al spuuglelijk!' zei Ron. Hermelien negeerde hem.

'Toen ik oude jaargangen van de *Profeet* doorkeek, zag ik een klein berichtje dat Ellen Prins getrouwd was met een zekere Tobias Sneep, en later een berichtje waarin stond dat ze de moeder was geworden van een –'

'– moordenaar!' snauwde Harry.

'Nou... ja,' zei Hermelien. 'Dus in feite had ik min of meer gelijk. Sneep was er trots op dat hij een "halve Prins" was, snap je? Te oordelen naar wat ik in de *Profeet* las, was Tobias Sneep een Dreuzel.'

'Ja, dat klopt helemaal,' zei Harry. 'Hij zou zijn tovenaarsbloed natuurlijk benadrukken om zich in te likken bij Lucius Malfidus en zijn vriendjes... hij lijkt sprekend op Voldemort. Een bloedzuivere moeder, een Dreuzelvader... ze schaamden zich voor hun afkomst, probeerden zich groter voor te doen dan ze waren met behulp van de Zwarte Kunsten, gaven zichzelf indrukwekkende nieuwe namen – *Heer* Voldemort, de Halfbloed *Prins* – hoe kan Perkamentus dat niet –'

Hij zweeg abrupt en keek uit het raam. Onwillekeurig moest hij steeds weer denken aan het onvergeeflijke vertrouwen dat Perkamentus in Sneep had gesteld... maar zoals Hermelien hem zojuist onbewust onder zijn neus gewreven had, was hij in dezelfde val getrapt... die haastig neergekrabbelde spreuken waren steeds boosaardiger geworden, maar toch had hij geen kwaad woord willen horen over de jongen die zo slim was geweest, die hem zo veel geholpen had...

Geholpen had... dat was nu bijna een ondraaglijke gedachte...

'Ik snap nog steeds niet waarom hij je er niet bij heeft gelapt omdat je dat boek gebruikte,' zei Ron. 'Hij moet geweten hebben waar je het allemaal vandaan haalde.'

'Ja, dat wist hij,' zei Harry bitter. 'Dat wist hij toen ik *Sectumsempra* gebruikte. Hij had geen Legilimentie nodig... misschien besefte hij het zelfs al eerder, toen Slakhoorn vertelde hoe geweldig ik opeens was in Toverdranken... dan had hij zijn oude schoolboek maar niet in die kast moeten laten liggen, hè?'

'Maar waarom confronteerde hij je er niet mee?'

'Ik denk dat hij niet met dat boek in verband gebracht wilde worden,' zei Hermelien. 'Perkamentus had het vast niet leuk gevonden. Zelfs als Sneep ontkend had dat het boek van hem was, zou Slakhoorn zijn handschrift meteen herkend hebben. Bovendien lag het boek in Sneeps oude klaslokaal, en ik wil wedden dat Perkamentus wist dat Sneeps moeder Prins heette.'

'Ik had met het boek naar Perkamentus moeten gaan,' zei Harry. 'Die liet me steeds zien hoe verdorven Voldemort was, zelfs als jongetje, en ik had het bewijs dat Sneep net zo was –'

'"Verdorven" is wat sterk uitgedrukt,' zei Hermelien.

'Jij zei zelf steeds dat het boek gevaarlijk was!'

'Ik probeer te zeggen dat je te veel de schuld op je neemt, Harry. Ik dacht dat de Prins een onaangenaam gevoel voor humor had, maar ik had geen idee dat hij een potentiële moordenaar zou zijn.'

'Niemand had ooit kunnen denken dat Sneep... nou, je weet wel,' zei Ron.

Er viel een stilte terwijl ze opgingen in hun eigen gedachten, maar Harry wist zeker dat ze ook stilstonden bij de volgende ochtend, als Perkamentus begraven zou worden. Harry was nog nooit op een begrafenis geweest; toen Sirius was gestorven, was er geen lichaam geweest. Hij wist niet wat hij moest verwachten en maakte zich een beetje zorgen om wat hij misschien zou zien en voelen. Hij vroeg zich af of de dood van Perkamentus minder onwerkelijk zou zijn als de begrafenis achter de rug was. Er waren momenten waarop dat afschuwelijke feit hem dreigde te overweldigen, maar ook periodes van leegte, waarin hij eigenlijk niets voelde en nog steeds maar moeilijk kon geloven dat Perkamentus er echt niet meer was, ondanks het feit dat iedereen in het kasteel nergens anders over praatte. Hij had weliswaar niet, zoals in het geval van Sirius, wanhopig gezocht naar een uitweg, een manier waarop Perkamentus misschien toch nog zou kunnen terugkeren... hij voelde in zijn broekzak aan de koude ketting van het nep-Gruzielement dat hij nu altijd bij zich had, niet als talisman, maar om zichzelf te herinneren aan de prijs die ze daarvoor hadden moeten betalen en aan wat hem nog te doen stond.

Harry stond de volgende ochtend vroeg op om te pakken; de Zweinsteinexpres zou een uur na de begrafenis vertrekken. Beneden in de Grote Zaal was de stemming somber en bedrukt. Iedereen was in galagewaad, maar niemand leek veel eetlust te hebben. Professor Anderling had de troonachtige stoel in het midden van de Oppertafel leeg gelaten. Hagrids stoel was ook leeg. Harry dacht dat Hagrid het waarschijnlijk niet had kunnen opbrengen om te gaan ontbijten, maar de plaats van Sneep was ingepikt door Rufus Schobbejak. Harry meed zijn geelachtige ogen, die speurend door de zaal gleden, met het ongemakkelijke gevoel dat Schobbejak hem zocht. In het gevolg van Schobbejak zag Harry ook het rode haar en de hoornen bril van Percy Wemel. Ron liet nergens uit blijken dat hij Percy gezien had, al prikte hij misschien wat venijniger in zijn gerookte haring dan anders.

Aan de tafel van Zwadderich zaten Korzel en Kwast samen te mompelen. Ondanks hun gorilla-achtige omvang leken ze merkwaardig verloren nu Malfidus niet lang en bleek tussen hen in zat en zei wat ze moesten doen. Harry had niet veel meer aan Malfidus gedacht. Al zijn vijandschap was voor Sneep gereserveerd, maar hij was de angst in de stem van Malfidus niet vergeten toen ze daar op het dak van de toren stonden, en ook niet dat hij zijn toverstok had laten zakken voordat de Dooddoeners arriveerden. Harry dacht niet dat Malfidus Perkamentus gedood zou hebben. Hij verachtte Malfidus, maar zijn afkeer ging nu ook vergezeld van een piepklein beetje medelijden. Waar was Malfidus nu, vroeg Harry zich af, en waar werd hij door Voldemort toe gedwongen, onder het dreigement dat hij en zijn ouders anders vermoord zouden worden?

Harry's gedachten werden verstoord door Ginny die hem aanstootte. Professor Anderling was opgestaan en het verdrietige geroezemoes in de Grote Zaal stierf vrijwel onmiddellijk weg.

'Het is bijna tijd,' zei ze. 'Volg jullie Afdelingshoofd naar buiten. Griffoendors, volg mij.'

Ze schuifelden in bijna volslagen stilte langs de lange zitbanken. Harry ving een glimp op van Slakhoorn, aan het hoofd van de stoet Zwadderaars. Hij droeg een schitterend smaragdgroen gewaad dat geborduurd was met zilverdraad. Professor Stronk, het Afdelingshoofd van Huffelpuf, had er nog nooit zo schoon uitgezien, dacht Harry: er zat niet één lapje op haar hoed. Toen ze in de hal kwamen, zagen ze madame Rommella en Vilder staan. Zij droeg een dikke zwarte sluier die tot op haar knieën kwam en hij een stokoud zwart pak en een zwarte das die naar mottenballen roken.

Ze gingen in de richting van het meer, zag Harry toen ze het bordes op stapten. Warme zonnestralen streelden zijn gezicht terwijl ze professor Anderling zwijgend volgden naar een plek waar honderden stoelen in rijen waren opgesteld. In het midden liep een gangpad en tegenover de stoelen stond een marmeren tafel. Het was een schitterende zomerdag.

De helft van de stoelen werd al bezet door een merkwaardige verzameling mensen: sjofel en chic, jong en oud. De meesten herkende Harry niet, maar sommigen wel, waaronder leden van de Orde van de Feniks: Romeo Wolkenveldt, Dwaaloog Dolleman, Tops, met haar dat nu wonderbaarlijk genoeg weer knalroze was, en Remus Lupos, wiens hand ze vast leek te houden. Hij zag meneer en mevrouw Wemel, Bill die ondersteund werd door Fleur en Fred en George met jasjes van zwart drakenleer. Madame Mallemour nam in haar eentje al tweeënhalve stoel in beslag en Harry zag de harige bassist van tovenaarspopgroep de Witte Wieven, Tom, de waard van de Lekke Ketel, Arabella Vaals, de Snul die naast Harry woonde in de Ligusterlaan, Goof Blikscha, de chauffeur van de Collectebus, madame Mallekin van de gewadenwinkel aan de Wegisweg en een paar mensen die Harry alleen van gezicht kende, zoals de barman van de Zwijnskop en de heks die met het lunchkarretje langskwam op de Zweinsteinexpres. Ook de geesten van het kasteel waren aanwezig, al kon je ze nauwelijks onderscheiden in het felle zonlicht. Ze waren alleen zichtbaar als ze zich bewogen en dan even ijl glansden in de stralende lucht.

Harry, Ron, Hermelien en Ginny gingen aan het eind van een rij stoelen bij het meer zitten. Veel mensen fluisterden met elkaar; het klonk alsof er een zacht briesje door het gras streek, maar dat werd overstemd door het gefluit van de vogels. De menigte bleef groeien; Harry zag dat Marcel naar een stoel werd geholpen door Loena en voelde een warme golf van genegenheid voor hen beiden. Zij hadden als enige leden van de SVP gereageerd op de oproep van Hermelien op de avond dat Perkamentus gestorven was, en Harry wist waarom: zij hadden de SVP het meest gemist en hadden waarschijnlijk regelmatig hun magische munten gecontroleerd in de hoop dat er weer een bijeenkomst zou zijn...

Cornelis Droebel kwam langs, op weg naar de voorste rijen. Hij leek erg ontdaan en speelde zoals gewoonlijk met zijn groene bolhoed. Daarna zag Harry Rita Pulpers, met haar klauwachtige, roodgelakte nagels. Tot zijn woede had ze een opschrijfboekje in haar hand. Met een nog veel sterkere vlaag van woede herkende hij het padachtige gezicht van Dorothea Omber. Ze had een zwarte fluwelen strik op haar ijzergrijze krullen en probeerde verdrietig te kijken, maar erg overtuigend was het niet. Toen ze de centaur Firenze als een schildwacht bij de waterrand zag staan, schrok ze zichtbaar en ging ze vlug een heel eind verderop zitten.

Nu zaten de docenten ook. Harry zag Schobbejak, ernstig en waardig, op de voorste rij naast professor Anderling. Hij vroeg zich af of Schobbejak en de andere belangrijke mensen die aanwezig waren het echt erg vonden dat Perkamentus dood was. Maar toen hoorde hij muziek, vreemd en onaards, en vergat hij zijn afkeer van het Ministerie terwijl hij probeerde te ontdekken waar die vandaan kwam. Hij was niet de enige: veel mensen keken nieuwsgierig en een beetje geschrokken om.

'Daar,' fluisterde Ginny in Harry's oor.

Toen zag hij hen, in het heldere, zonverlichte groene water, een paar centimeter onder de oppervlakte zodat ze hem gruwelijk aan Necroten deden denken: een koor van meermensen. Ze zongen in een taal die hij niet verstond. Hun bleke gezichten leken te rimpelen en hun paarsachtige haar dreef om hen heen. Harry's nekharen gingen overeind staan toen hij de muziek hoorde, maar toch was die niet onaangenaam. Hij sprak van verlies en wanhoop. Harry keek naar de wilde gezichten van de zangers en had het gevoel dat zij het in elk geval wel erg vonden dat Perkamentus dood was. Ginny gaf hem opnieuw een por en hij keek om.

Hagrid kwam langzaam aangelopen door het gangpad tussen de stoelen. Hij huilde geluidloos en zijn gezicht was nat van de tranen. In zijn armen, gewikkeld in paars fluweel met gouden sterren, droeg hij iets wat het lichaam van Perkamentus moest zijn, realiseerde Harry zich. Hij kreeg een brok in zijn keel toen hij dat zag; even leken de vreemde muziek en het besef dat het lichaam van Perkamentus zo dichtbij was alle warmte van de zon weg te zuigen. Ron was bleek en geschokt en hete tranen drupten op de schoot van Ginny en Hermelien.

Ze konden niet goed zien wat er helemaal vooraan gebeurde. Hagrid scheen het lichaam voorzichtig op de tafel te hebben gelegd en liep nu weer terug door het gangpad, terwijl hij zijn neus zo toeterend snoot dat sommige mensen hem verontwaardigd aankeken, onder wie Dorothea Omber... maar Harry wist dat Perkamentus het helemaal niet erg zou hebben gevonden. Hij probeerde een vriendelijk gebaar te maken toen Hagrid voorbijkwam, maar diens ogen waren zo dik en opgezwollen dat het een wonder was dat hij nog kon zien waar hij liep. Harry keek om en begreep waarom Hagrid helemaal naar achteren liep, want op de laatste rij, gekleed in een jasje en een broek die allebei zo groot waren als een tienpersoonstent, zat de reus Groemp. Zijn enorme, lelijke, rotsblokachtige hoofd was gebogen en hij leek gedwee en bijna menselijk. Hagrid ging naast zijn halfbroer zitten; Groemp klopte Hagrid hard op zijn hoofd, zodat zijn stoelpoten een eindje wegzakten in de grond. Harry voelde plotseling de bevrijdende aandrang om te lachen, maar toen hield de muziek op en draaide hij zich weer om.

Een kleine man met plukkerig haar en een effen zwart gewaad stond nu voor het lichaam van Perkamentus. Harry kon niet goed verstaan wat hij zei. Af en toe kwamen er een paar woorden aandrijven over de honderden hoofden: 'Nobelheid van geest... intellectuele bijdrage... niet aflatende moed...' het zei Harry niet veel. Het had weinig te maken met de Perkamentus die hij gekend had. Harry herinnerde zich wat Perkamentus verstaan had onder enkele passende woorden: 'domkop', 'blubber', 'kleinood' en 'kriel'. Hij moest opnieuw moeite doen om een grijns te onderdrukken... wat was er toch met hem aan de hand?

Links klonk een zacht, spattend geluid en hij zag dat de meermensen boven water waren gekomen om ook te luisteren. Hij herinnerde zich dat Perkamentus twee jaar geleden gehurkt aan de oever van het meer had gezeten, dicht bij de plek waar Harry nu zat, en in het Meermans met het vrouwelijke stamhoofd van de meermensen had gepraat. Harry vroeg zich af waar Perkamentus Meermans had geleerd. Er was zoveel wat hij hem niet gevraagd had, zoveel wat hij had moeten zeggen...

Onverwacht drong de vreselijke, onontkoombare waarheid tot hem door, dieper dan ooit tevoren: Perkamentus was er niet meer, hij was dood... Harry's hand sloot zich zo krampachtig om het koude medaillon dat het pijn deed, maar hij kon niet voorkomen dat de tranen over zijn wangen biggelden. Hij wilde niet naar Ginny en de anderen kijken en staarde naar het meer en het Verboden Bos, terwijl de man in het zwart verder neuzelde. Er bewoog iets tussen de bomen. De centauren kwamen Perkamentus ook de laatste eer bewijzen. Ze bleven aan de bosrand, maar Harry zag hen roerloos tussen de bomen staan, half verscholen in de schaduw. Ze keken naar de tovenaars en hun bogen hingen naast hun lichaam. Harry moest aan zijn eerste, nachtmerrieachtige uitstapje naar het Verboden Bos denken, waar hij het ding was tegengekomen dat toen Voldemort was. Niet lang daarna hadden Perkamentus en hij het over het voeren van een uitzichtloze strijd gehad. Het was belangrijk om te blijven vechten, steeds opnieuw, had Perkamentus gezegd, want alleen zo kon het kwaad tot staan worden gebracht, ook al kon het nooit helemaal worden uitgeroeid...

Terwijl hij in de warme zon zat, besefte Harry dat de mensen die om hem gegeven hadden allemaal geprobeerd hadden hem te beschermen: zijn moeder, zijn vader, zijn peetvader en nu Perkamentus. Ze waren vastbesloten geweest om ervoor te zorgen dat hem niets overkwam, maar nu was dat voorbij. Hij mocht niemand meer tussen hem en Voldemort in laten staan en moest voorgoed afstand doen van de illusie die hij eigenlijk al vaarwel had moeten zeggen toen hij één jaar oud was: dat de beschutting van de armen van zijn ouders betekende dat niets hem deren kon. Uit deze nachtmerrie was geen ontwaken mogelijk. Niemand zou geruststellend in het donker fluisteren dat hij niet bang hoefde te zijn, dat het allemaal verbeelding was; zijn laatste en grootste beschermer was dood en Harry was meer op zichzelf aangewezen dan hij ooit in zijn leven geweest was.

De kleine man in het zwart was eindelijk uitgesproken en ging weer zitten. Harry wachtte tot er iemand anders op zou staan; hij verwachtte nog meer toespraken, misschien wel van de Minister, maar niemand verroerde zich.

Opeens gilden er mensen. Felle witte vlammen laaiden op rond Perkamentus en de tafel waarop hij lag; ze rezen hoger en hoger op en onttrokken het lichaam aan het oog. Witte rookwolken kringelden door de lucht en namen eigenaardige vormen aan; één adembenemend moment dacht Harry dat hij een feniks vreugdevol omhoog zag wieken naar de blauwe hemel, maar het volgende moment doofde het vuur. Op de plek waar het gebrand had stond nu een witte marmeren tombe, die het lichaam van Perkamentus en de tafel waarop dat gerust had omsloot.

Er volgden opnieuw geschrokken kreten toen een regen van pijlen door de lucht scheerde, maar die kwam ver van de menigte neer. Harry wist dat dat het eerbetoon van de centauren was geweest; hij zag hoe ze zich omdraaiden en in de koele schaduw van de bomen verdwenen. Ook de meermensen zonken langzaam weg in het groene water en verdwenen uit het zicht.

Harry keek naar Ginny, Ron en Hermelien. Rons gezicht was vertrokken, alsof hij verblind werd door het zonlicht, en Hermeliens ogen waren nat van de tranen, maar Ginny huilde niet meer. Ze keek Harry aan met dezelfde felle, vastberaden uitdrukking die hij ook gezien had toen ze hem omhelsde nadat ze in zijn afwezigheid de Zwerkbalcup gewonnen hadden, en hij wist dat ze elkaar op dat moment volkomen begrepen. Als hij haar vertelde wat hij van plan was zou ze niet zeggen 'Doe niet' of 'Wees voorzichtig', maar zou ze zijn besluit accepteren, omdat ze niets minder van hem verwacht had. Harry vermande zich en zei dat waarvan hij sinds de dood van Perkamentus geweten had dat hij het zou moeten zeggen.

'Ginny, luister...' fluisterde hij toen de mensen opstonden en het geroezemoes aanzwol. 'Ik kan niet meer met je omgaan. We mogen elkaar niet meer zien. We mogen niet meer samen zijn.'

Met een merkwaardig verwrongen glimlach zei ze: 'Dat is natuurlijk om de een of andere stomme, nobele reden?'

'De laatste paar weken met jou waren net... net iets uit een ander leven,' zei Harry. 'Maar ik kan niet... we kunnen niet... er zijn nu dingen die ik alleen moet doen.'

Ze huilde niet, maar keek hem alleen aan.

'Voldemort gebruikt de mensen van wie zijn vijanden houden. Hij heeft jou al een keer als lokaas gebruikt, en dat was alleen omdat je de zus van mijn beste vriend was. Stel je eens voor wat een gevaar je loopt als we samen verdergaan. Hij zal erachter komen, hij zal het horen. En dan zal hij proberen mij te treffen via jou.'

'En als me dat nou niks uitmaakt?' zei Ginny fel.

'Mij maakt het wel uit,' zei Harry. 'Hoe denk je dat ik me zou voelen als dit jouw begrafenis was... en het mijn schuld was...'

Ze staarde over het meer.

'Ik heb je nooit kunnen loslaten,' zei ze. 'Niet echt. Ik bleef altijd hopen... Hermelien zei dat ik verder moest gaan met mijn leven, dat ik misschien met andere mensen om moest gaan, wat meer ontspannen moest zijn als jij erbij was, want ik kreeg nooit een woord over mijn lippen als jij in dezelfde kamer was, weet je nog? Ze dacht dat je misschien iets meer aandacht aan me zou besteden als ik wat meer... mezelf was.'

'Slimme meid, die Hermelien,' zei Harry en hij probeerde te glimlachen. 'Het enige waar ik spijt van heb is dat ik je niet eerder gevraagd heb. We hadden veel meer tijd samen kunnen hebben... maanden... misschien wel jaren...'

'Maar je was steeds te druk bezig om de toverwereld te redden,' zei Ginny half lachend. 'Nou... ik kan niet zeggen dat ik verbaasd ben. Ik wist dat dit zou gebeuren. Ik wist dat je alleen gelukkig zou kunnen zijn als je op jacht was naar Voldemort. Misschien houd ik daarom van je.'

Harry kon het niet verdragen om die dingen te horen en hij dacht dat zijn vastberadenheid niet langer stand zou houden als hij naast haar bleef zitten. Hij zag dat Ron Hermelien vasthield en haar haar streelde, terwijl ze haar gezicht snikkend tegen zijn schouder drukte en de tranen van het puntje van zijn lange neus dropen. Met een gebaar vol ellende stond Harry op, keerde Ginny en de tombe van Perkamentus de rug toe en liep weg om het meer. Lopen was draaglijker dan stilzitten, net zoals zo snel mogelijk op pad gaan om de Gruzielementen op te sporen en Voldemort te doden beter zou zijn dan wachten...

'Harry!'

Hij keek om. Rufus Schobbejak kwam haastig aanhinken langs de oever van het meer, steunend op zijn wandelstok.

'Ik wilde je al een tijdje spreken... vind je het erg als ik een stukje met je meeloop?'

'Nee,' zei Harry onverschillig en hij liep door.

'Harry, wat een verschrikkelijke tragedie,' zei Schobbejak. 'Ik kan je niet zeggen hoe vreselijk ik het vond toen ik het hoorde. Perkamentus was een groots tovenaar. We hadden natuurlijk onze meningsverschillen, zoals je weet, maar niemand –'

'Wat wilt u?' vroeg Harry kortaf.

Schobbejak leek geïrriteerd, maar keek vlug weer verdrietig en begripvol, net als daarvoor.

'Je bent uiteraard diep geschokt,' zei hij. 'Ik weet dat je Perkamentus heel na stond en misschien wel zijn meest favoriete leerling was. De band tussen jullie –'

'Wat wilt u?' herhaalde Harry en hij bleef staan.

Schobbejak bleef ook staan, leunde op zijn stok en keek Harry sluw aan.

'Ik hoorde dat jij bij hem was, toen hij op de avond van zijn dood de school verliet.'

'Van wie hoorde u dat?' zei Harry.

'Iemand heeft een Dooddoener verlamd op het dak van de Astronomietoren toen Perkamentus al dood was. En we hebben daar twee bezemstelen aangetroffen. We zijn niet helemaal achterlijk op het Ministerie, Harry.'

'Ik ben blij dat te horen,' zei Harry. 'Nou, waar ik geweest ben met Perkamentus en wat we gedaan hebben zijn mijn zaken. Hij wilde niet dat het verder verteld werd.'

'Je loyaliteit is bewonderenswaardig,' zei Schobbejak, al moest hij moeite doen om zijn irritatie te onderdrukken. 'Maar Perkamentus is dood, Harry. Hij is er niet meer.'

'Hij zal pas van school verdwenen zijn als niemand hier hem meer trouw is,' zei Harry, die onwillekeurig moest glimlachen.

'M'n beste jongen... zelfs Perkamentus kan niet terugkeren uit de –'

'Dat beweer ik ook niet. U zou het niet begrijpen. Maar ik heb u niets te zeggen.'

Schobbejak aarzelde even en zei toen, op wat hij zelf kennelijk een tactvolle toon vond: 'Het Ministerie kan je een hoop bescherming bieden, Harry. Ik ben graag bereid een paar van mijn Schouwers tot je beschikking te –'

Harry lachte.

'Voldemort wil me zelf vermoorden en daar zullen een paar Schouwers hem heus niet van weerhouden. Dus bedankt, maar nee bedankt.'

'En het aanbod dat ik je met kerst deed...?' zei Schobbejak, en zijn stem klonk nu kil.

'Wat voor aanbod? O ja... dat ik iedereen wijsmaak dat jullie het fantastisch doen, in ruil voor –'

'– een geweldige mentale opsteker voor iedereen!' snauwde Schobbejak.

Harry keek hem even aan.

'Hebben jullie Sjaak Stuurman al vrijgelaten?'

Schobbejak kreeg een onaangename paarse kleur, die sterk aan oom Herman deed denken.

'Ik zie dat je nog steeds –'

'De trouwe volgeling van Perkamentus bent,' zei Harry. 'Klopt.'

Schobbejak keek hem nog even woedend aan, draaide zich toen om en hinkte weg. Harry zag dat Percy en de rest van Schobbejaks delegatie op hem wachtten en af en toe nerveus naar de snikkende Hagrid en Groemp keken, die nog steeds op hun plaats zaten. Ron en Hermelien liepen haastig naar Harry toe en kwamen onderweg Schobbejak tegen; Harry draaide zich om, slenterde verder en wachtte tot ze hem zouden inhalen. Dat deden ze in de schaduw van de grote beuk waar ze in gelukkiger tijden zo vaak onder gezeten hadden.

'Wat wilde Schobbejak?' vroeg Hermelien.

'Wat hij met kerst ook al wilde,' zei Harry schouderophalend. 'Dat ik alles zou vertellen over Perkamentus en iedereen zou wijsmaken dat het Ministerie fantastisch werk levert.'

Ron leek even met zichzelf te worstelen, maar zei toen tegen Hermelien: 'Hoor eens, laat me teruggaan, dan sla ik Percy voor zijn bek!'

'Nee,' zei Hermelien gedecideerd en ze greep hem bij zijn arm. 'Ik wed dat ik me dan een stuk beter voel!'

Harry lachte en betrapte zelfs Hermelien op een flauwe grijns, al stierf die weer weg toen ze naar het kasteel keek.

'Ik kan het idee dat we misschien nooit meer terugkomen gewoon niet verdragen,' zei ze zacht. 'Hoe kunnen ze Zweinstein sluiten?'

'Misschien gebeurt dat niet,' zei Ron. 'We lopen hier niet meer gevaar dan thuis, of wel soms? Het is nu overal hetzelfde. Zweinstein lijkt me zelfs veiliger. Het wordt tenslotte door meer tovenaars verdedigd. Wat vind jij, Harry?'

'Zelfs als de school open blijft, kom ik toch niet meer terug,' zei Harry.

Rons mond viel open, maar Hermelien zei triest: 'Ik wist wel dat je dat zou zeggen. Maar wat wil je dan doen?'

'Ik ga nog één keer terug naar de Duffelingen, omdat Perkamentus dat wilde,' zei Harry. 'Maar het wordt een kort bezoek en daarna vertrek ik voorgoed.'

'Maar waar wil je heen als je niet teruggaat naar school?'

'Ik dacht erover om naar de Halvemaanstraat te gaan, waar mijn ouders woonden,' mompelde Harry. Dat idee speelde al door zijn hoofd sinds de avond waarop Perkamentus was gestorven. 'Daar is het voor mij allemaal begonnen. Ik heb het gevoel dat ik daar naartoe moet. Dan kan ik ook eindelijk eens het graf van mijn vader en moeder bezoeken. Dat wil ik al zo lang.'

'En dan?' vroeg Ron.

'Dan moet ik de overgebleven Gruzielementen opsporen,' zei Harry. Hij keek naar de witte tombe van Perkamentus, die weerspiegelde in het water aan de overkant van het meer. 'Hij wilde dat ik dat zou doen. Daarom heeft hij me er alles over verteld. Als Perkamentus gelijk had – en daar twijfel ik niet aan – dan zijn er nog vier, al weet ik niet waar. Ik moet ze vinden en vernietigen en dan ga ik op jacht naar het zevende deel van Voldemorts ziel, het deel dat nog in zijn lichaam huist. Ik ben degene die hem zal doden. En als ik onderweg Severus Sneep tegenkom,' voegde hij eraan toe, 'dan bof ik en heeft Sneep pech gehad.'

Er viel een lange stilte. De menigte had zich weer verspreid en de laatste achterblijvers liepen met een grote boog om de immense gestalte van Groemp heen. Hij knuffelde Hagrid, wiens oorverdovende gesnik nog steeds over het water galmde.

'Wij zullen er ook zijn, Harry,' zei Ron.

'Wat?' zei Harry.

'Bij je oom en tante,' zei Ron. 'En dan gaan we met je mee, waar je ook naartoe gaat.'

'Nee –' zei Harry vlug. Daar had hij niet op gerekend; hij had juist duidelijk willen maken dat hij deze levensgevaarlijke reis alleen moest aanvaarden.

'Je hebt ooit tegen ons gezegd dat we tijd zouden hebben om ons te bedenken, als we niet verder wilden gaan,' zei Hermelien kalm. 'Die tijd is nu voorbij en we hebben ons niet bedacht.'

'Wij gaan met je mee, wat er ook gebeurt,' zei Ron. 'Maar eerst moet je mee naar het huis van mijn ouders, jongen, zelfs nog voor we naar de Halvemaanstraat gaan.'

'Hoezo?'

'Het huwelijk van Bill en Fleur, weet je nog?'

Harry keek hem verbijsterd aan: het idee dat er nog steeds zoiets normaals als een huwelijk kon bestaan, leek ongelooflijk en tegelijkertijd fantastisch.

'Ja, dat mogen we niet missen,' zei hij ten slotte.

Zijn hand sloot zich onbewust om het nep-Gruzielement, maar ondanks alles, ondanks het duistere en kronkelende pad dat zich voor zijn voeten uitstrekte, ondanks de ultieme confrontatie met Voldemort waarvan hij wist dat die ooit komen moest, of het nu over een maand was, een jaar of tien jaar, sprong zijn hart op bij de gedachte dat hij samen met Ron en Hermelien nog één laatste, glorieuze dag van vrede zou beleven.